ao pôr do sol

Nora Roberts

Romances

A Pousada do Fim do Rio
O Testamento
Traições Legítimas
Três Destinos
Lua de Sangue
Doce Vingança
Segredos
O Amuleto
Santuário
A Villa
Tesouro Secreto
Pecados Sagrados
Virtude Indecente
Bellíssima
Mentiras Genuínas
Riquezas Ocultas
Escândalos Privados
Ilusões Honestas
A Testemunha
A Casa da Praia
A Mentira
O Colecionador
A Obsessão
Ao Pôr do Sol
O Abrigo
Uma Sombra do Passado
O Lado Oculto
Refúgio
Legado

Saga da Gratidão

Arrebatado pelo Mar
Movido pela Maré
Protegido pelo Porto
Resgatado pelo Amor

Trilogia do Sonho

Um Sonho de Amor
Um Sonho de Vida
Um Sonho de Esperança

Trilogia do Coração

Diamantes do Sol
Lágrimas da Lua
Coração do Mar

Trilogia da Magia

Dançando no Ar
Entre o Céu e a Terra
Enfrentando o Fogo

Trilogia da Fraternidade

Laços de Fogo
Laços de Gelo
Laços de Pecado

Trilogia do Círculo

A Cruz de Morrigan
O Baile dos Deuses
O Vale do Silêncio

Trilogia das Flores

Dália Azul
Rosa Negra
Lírio Vermelho

Nora Roberts

ao pôr do sol

Tradução
Carolina Simmer

3ª edição

Rio de Janeiro | 2021

Título original: *Come Sundown*

Capa: Renan Araújo
Imagens de capa: Sol nascente / fotoarek / Shutterstock; Paisagem / Ersler Dmitry / Shutterstock

Texto revisado segundo o novo
Acordo Ortográfico da Língua Portuguesa

2021
Impresso no Brasil
Printed in Brazil

CIP-BRASIL. CATALOGAÇÃO NA PUBLICAÇÃO
SINDICATO NACIONAL DOS EDITORES DE LIVROS, RJ

Roberts, Nora, 1950-
R549p Ao pôr do sol / Nora Roberts; tradução de Carolina Simmer. – 3ª ed. –
3ª ed. Rio de Janeiro: Bertrand Brasil, 2021.

Tradução de: Come Sundown
ISBN 978-85-286-2295-9

1. Ficção americana. I. Simmer, Carolina. II. Título.

CDD: 813
17-46327 CDU: 821.111(73)-3

Direitos exclusivos de publicação em língua portuguesa somente para o Brasil adquiridos pela:
EDITORA BERTRAND BRASIL LTDA.
Rua Argentina, 171 – 3º andar – São Cristóvão
20921-380 – Rio de Janeiro – RJ
Tel.: (21) 2585-2000 – Fax: (21) 2585-2084

Atendimento e venda direta ao leitor:
sac@record.com.br

Para Jason e Kat,
os melhores companheiros de viagem

Parte Um

Uma Jornada

Assim, quando ardemos em febre,
Nos debatemos de um lado para o outro;
Porém, o alívio é pouco
Quando mudamos de posição, mas a dor permanece.

— Isaac Watts

Prólogo

♦ ♦ ♦ ♦

Região ocidental de Montana, 1991

ALICE BODINE SE ALIVIOU atrás de uma barreira esparsa de pinheiros. Tivera que atravessar a neve na altura do joelho para chegar até lá, e seu traseiro exposto (com a tatuagem de libélula que fizera em Portland) tremia por causa do vento que rugia como as ondas do mar.

Como já percorria a estradinha a cinco quilômetros sem encontrar nem um único carro ou caminhão, Alice se perguntou por que diabos se dera ao trabalho de ir até lá.

Enquanto puxava a calça jeans para cima, concluiu que alguns costumes estavam entranhados demais.

Deus era testemunha de que tentara. Tentara deixar para trás os hábitos, as regras, as convenções, as expectativas. Mesmo assim, lá estava ela — quase três anos após sua emancipação autodeclarada de tudo que era familiar, de tudo que era normal —, arrastando-se de volta para casa com o traseiro quase congelado.

Ajeitou a mochila nos ombros enquanto refazia o caminho sobre suas fundas pegadas para voltar àquela estrada fajuta. A mochila abrigava todas as suas posses, que incluíam outra calça jeans, uma camisa do AC/DC, um moletom do Grateful Dead que carregara de algum sujeito qualquer na época em que chegara a Los Angeles, um pouco de sabonete e xampu (que surrupiara durante o tempo felizmente breve que passara limpando quartos num Holiday Inn, em Rigby, Idaho), além de camisinhas, seu estoque de maquiagem, quinze dólares e trinta e oito centavos, e o restante de uma trouxinha de maconha de ótima qualidade que arrumara com um cara com quem se divertira num acampamento na região leste de Oregon.

Alice disse a si mesma que o motivo para voltar para casa era sua falta de dinheiro e a repulsiva ideia de ter que voltar a limpar lençóis manchados com o gozo de babacas aleatórios. E também havia a percepção de como seria fácil se tornar uma daquelas mulheres apáticas que ela vira se prostituírem nos cantos escuros de tantas ruas em tantas cidades pelas quais passara.

Ela chegara perto disso, é verdade. Quando você sente fome suficiente, frio suficiente, medo suficiente, a ideia de vender o corpo — era só sexo, afinal — pelo preço de uma refeição e um quarto decente parecia aceitável.

Mas a verdade — e havia momentos em que Alice encarava a verdade — era que havia algumas regras impossíveis de quebrar. A verdade era que queria a sua casa. Queria sua mãe, sua irmã, seus avós. Queria seu quarto, com seus pôsteres pendurados nas belas paredes cor-de-rosa, com as janelas com vista para as montanhas. Queria o cheiro de café e bacon na cozinha pela manhã, a sensação de montar um cavalo em pleno galope.

A irmã tinha casado — e não fora aquele casamento idiota, todo *tradicional*, que a fizera surtar? Não fora aquilo a gota-d'água? Reenie talvez até já tivesse um filho agora, provavelmente tinha, e devia continuar tão perfeita como sempre.

Mas Alice sentia falta até mesmo disso, até mesmo da perfeição irritante de Maureen.

Então seguiu em frente, por mais um quilômetro e meio, com o casaco de lã que comprara num brechó mal a protegendo do frio, e as botas que tinha havia mais de dez anos amassando a neve no acostamento estreito.

Devia ter ligado para casa quando chegara a Missoula, pensou agora. Devia ter deixado o orgulho de lado e ligado. O avô teria ido buscá-la — e ele nunca passava sermões. Mas Alice se imaginava subindo a estrada até o rancho — talvez até pavoneando por ela.

Como tudo pararia, ficaria estático. Os empregados do rancho, os cavalos, até mesmo o gado nos campos. O velho cachorro, Blue, viria pulando para cumprimentá-la. E a mãe surgiria na varanda.

O retorno da filha pródiga.

O suspiro de Alice se transformou numa nuvem de respiração quente, carregada pelo forte vento frio.

Ela devia ter tido mais bom senso, ela já tivera mais bom senso, mas a carona que pegara em Missoula parecera um sinal. E a deixara a vinte quilômetros de casa.

Só que talvez não conseguisse chegar lá antes de anoitecer, e isso a preocupava. Havia uma lanterna na mochila, mas as pilhas estavam fracas. E também havia um isqueiro, mas Alice apertou o passo só de pensar em montar acampamento sem uma barraca ou um cobertor, sem comida e com o restante de sua água tendo acabado três quilômetros atrás.

Tentou imaginar o que a família diria. Ficariam felizes em vê-la — tinham que ficar. Talvez estivessem irritados por ela ter ido embora como fora, sem nenhuma explicação além de um bilhete fajuto. Mas, aos 18 anos, Alice tinha idade suficiente para fazer o que quisesse — e ela não queria ir para a faculdade, ou se prender a um casamento, ou ter um empreguinho qualquer no rancho.

Ela queria liberdade, e fora atrás disso.

Agora, com 21 anos, voltar para casa era uma *escolha.*

Talvez não fosse tão ruim trabalhar no rancho. Talvez pudesse considerar se inscrever em algumas aulas na faculdade.

Ela era uma mulher adulta.

Os dentes da mulher adulta quase tremiam, mas ela seguiu em frente. Esperava que os avós ainda estivessem bem — e sentiu pontadas dolorosas de culpa por não ter certeza absoluta de que vovó e vovô ainda estavam vivos.

É claro que estão, garantiu Alice para si mesma. Foram apenas três anos. Vovó não ficaria irritada, não por muito tempo, pelo menos. Ela lhe passaria uns sermões. Veja só como está magra! Misericórdia, o que foi que você fez com o seu cabelo?

Achando graça da ideia, Alice puxou para baixo o gorro que cobria os fios curtos que descolorira tanto quanto possível. Ela *gostava* de ser loura, gostava da forma como a cor glamorosa tornava seus olhos mais verdes.

Porém, mais do que tudo, gostava da ideia de ser envolvida por um dos abraços do avô, de se sentar à mesa para uma refeição longa — o Dia de Ação de Graças estava quase chegando — e contar suas aventuras para sua família careta.

Ela vira o Oceano Pacífico, passeara pela Rodeo Drive como uma estrela de cinema, trabalhara duas vezes como figurante em um filme de verdade. Talvez conseguir papéis de verdade em filmes de verdade tenha sido mais difícil do que ela havia imaginado, mas pelo menos *tentara.*

Provara que conseguia viver por conta própria. Que conseguia fazer coisas, ver coisas, experimentar coisas. E faria tudo de novo se eles a perturbassem.

Irritada, Alice piscou e limpou as lágrimas que inundavam seus olhos. Ela não imploraria. Não imploraria para que a aceitassem de volta, para que a acolhessem.

Meu Deus, como queria estar em casa.

O ângulo do sol indicava que seria impossível chegar antes do anoitecer, e dava para sentir o cheiro de neve fresca no ar. Talvez — talvez, se tomasse um atalho entre as árvores, atravessando os campos, conseguiria chegar à casa dos Skinner.

Alice parou, cansada, indecisa. Era mais seguro ficar na estrada, mas atravessar os campos a pouparia de um quilômetro e meio de caminhada, talvez mais. E também havia alguns chalés por ali, se conseguisse lembrar a direção que deveria seguir. Eram estruturas vazias para turistas que gostavam de ficar no meio do mato, mas poderia arrombar a porta, acender a lareira, talvez até encontrar comida enlatada.

Ela olhou para a estrada que parecia infinita, para os campos cobertos de neve, para as montanhas geladas que se agigantavam contra o azul do céu que se tornava cada vez mais acinzentado com o cair da noite e a nevasca por cair.

Mais tarde, pensaria naquela indecisão, naqueles poucos minutos de hesitação parada no vento incessante, no acostamento da estrada. Nos poucos minutos antes de dar um passo na direção dos campos, das montanhas, indo para as sombras compridas dos pinheiros, para longe da estrada.

Apesar de ser o primeiro som que ouvia em mais de duas horas — além de sua própria respiração, de suas próprias botas contra o chão, do vento tremulando por entre as árvores —, o barulho do motor não lhe chamou atenção a princípio.

Mas, quando o fez, ela cambaleou de volta pela neve, sentiu o coração acelerar ao ver a picape que vinha lentamente na sua direção.

Alice deu um passo à frente e, em vez de esticar o dedão, como fizera inúmeras vezes durante sua jornada, balançou os braços para o alto, num gesto de urgência.

Podia até fazer três anos que fora embora, mas ela nascera e crescera no campo. No Oeste. Ninguém passaria direto por uma mulher pedindo ajuda numa estrada deserta.

Enquanto a picape diminuía a velocidade até parar, Alice pensou que nunca vira nada tão lindo quanto aquele modelo Ford azul enferrujado, com um rack para armas, a caçamba coberta por uma lona e um adesivo no para-brisa que dizia PATRIOTA DE VERDADE.

Quando o motorista se inclinou e abriu a janela, ela teve que lutar contra as lágrimas.

— Parece que você está precisando de ajuda.

— Uma carona não seria nada mal.

Alice abriu um sorriso, analisando o homem. Ela precisava da carona, mas não era boba.

Ele usava um casaco de pele de carneiro com alguns anos de uso e um chapéu de caubói sobre o cabelo curto e escuro.

Bonito, pensou Alice, o que sempre ajudava. Mais velho — devia ter pelo menos uns 40 anos. Seus olhos, também escuros, pareciam amigáveis o suficiente.

Dava para ouvir a batida de uma animada música country vinda do rádio.

— Para onde você está indo? — perguntou ele naquele sotaque arrastado do oeste de Montana que também soava musical.

— Para o Rancho Bodine. Fica...

— Claro, eu conheço a propriedade dos Bodine. Vou passar por lá. Pode entrar.

— Obrigada. De verdade. Você está me fazendo um enorme favor.

Alice tirou a mochila dos ombros e a puxou para dentro da picape depois de entrar.

— Seu carro quebrou? Não vi nada na estrada.

— Não. — Ela acomodou a mochila aos seus pés, quase sem conseguir falar tamanho o alívio que sentia diante do ar quente que saía do aquecedor. — Eu vim de Missoula, peguei carona, mas tiveram que me deixar uns nove quilômetros lá atrás.

— Você andou por nove quilômetros?

Em êxtase, Alice fechou os olhos enquanto os cubos de gelo que eram seus pés começavam a degelar.

— Você foi o primeiro carro que vi em duas horas. Nunca pensei em chegar lá a pé. Estou tão feliz por não precisar mais andar.

— É uma caminhada e tanto, ainda mais para uma moça tão miúda, sozinha. Já vai escurecer.

— Eu sei. Que sorte a minha você ter aparecido.

— Que sorte a sua — repetiu ele.

Alice não viu o punho se aproximar. Foi tudo tão rápido, tão surpreendente. Seu rosto pareceu explodir com o soco. Ela desmaiou antes mesmo que seus olhos terminassem de se revirar.

E não sentiu o segundo golpe.

Movendo-se com rapidez, animado com a oportunidade que caíra no seu colo, o homem a tirou da picape e rolou o corpo inerte na caçamba coberta pela lona.

Amarrou as mãos dela, amordaçou-a, e então a cobriu com um cobertor velho.

Não queria que a garota morresse de frio antes de chegarem em casa.

Os dois ainda tinham muitos quilômetros pela frente.

Capítulo 1

♦ ♦ ♦ ♦

Dias atuais

A AURORA ESTAVA EM PLENO VAPOR, cor-de-rosa, tingindo as montanhas cobertas de neve com um tom delicado. Alces ressoavam ao atravessarem a névoa em sua peregrinação matutina, e o galo cacarejava seu alarme insistente.

Saboreando o final do seu café, Bodine Longbow parou sob o batente da porta da cozinha para observar e ouvir o que considerava ser o começo perfeito de um dia de novembro.

A única coisa que o tornaria melhor seria uma hora extra. Desde a infância, ela desejava um dia com 25 horas, até mesmo escrevera tudo que conseguiria fazer com sessenta minutos a mais.

Como a rotação da Terra não acontecia de acordo com a sua vontade, Bodine compensava a falta de tempo, raramente acordando depois das cinco e meia. Ao nascer do sol, ela já tinha malhado — por exatamente sessenta minutos —, tomado banho, se penteado, se vestido, verificado os e-mails e as mensagens no celular e tomado um café da manhã que consistia apenas em iogurte, ao qual acrescentava granola para tentar se convencer a apreciar o sabor, embora ambos lhe fossem desagradáveis, enquanto conferia sua agenda no tablet.

Como sua agenda estava sempre memorizada, a última parte não era necessária. Mas Bodine gostava de ser meticulosa.

Agora, depois de completar a parte pré-amanhecer do dia, podia separar alguns minutos para apreciar seu café matutino — um expresso duplo com leite integral e uma gotinha de caramelo que ela sempre prometia a si mesma abandonar um dia.

O restante da casa logo apareceria, o pai e os irmãos voltariam depois de verificar o gado e instruir os empregados. Como era o dia de folga de

Clementine, Bodine sabia que a mãe logo entraria a todo vapor na cozinha para preparar com alegria e perfeição um café da manhã digno de um rancho em Montana. Depois de alimentar os três homens, Maureen arrumaria tudo antes de seguir para o Resort Bodine, onde trabalhava como chefe de vendas.

Maureen Bodine Longbow era objeto de constante fascinação da filha.

Não apenas Bodine tinha certeza absoluta de que a mãe não desejava ter uma hora extra por dia, como obviamente não precisava de mais sessenta minutos para fazer tudo o que precisava, manter um casamento bem-sucedido e ajudar a administrar dois negócios complexos — o rancho e o resort — ao mesmo tempo em que aproveitava a vida.

Como que atraída pelo pensamento, Maureen apareceu. O cabelo curto, castanho-escuro, coroava um rosto tão belo quanto um botão de rosa. Os olhos verdes alegres sorriram para Bodine.

— Bom dia, minha querida.

— Bom dia. Você está bonita.

Maureen passou a mão pelo quadril esbelto e o vestido verde-musgo estreito.

— Tenho um monte de reuniões hoje. Quero passar uma boa impressão.

Ela abriu a velha porta do celeiro que dava para a despensa e tirou um avental branco do gancho.

Não que uma gota de gordura de bacon fosse ousar cair naquele vestido, pensou Bodine.

— Prepare um café para mim, sim? — pediu Maureen enquanto amarrava o avental. — Ninguém consegue fazer um café tão bom quanto o seu.

— Claro. Tenho uma reunião com Jessie agora cedo — disse Bodine, referindo-se à gerente de eventos do resort, Jessica Baazov, que trabalhava ali havia três meses. — Sobre o casamento de Linda-Sue Jackson. Linda-Sue chegará às dez.

— Hum. Seu pai me contou que Roy Jackson anda enchendo a cara e se lamentando sobre como o casamento da filha sairia caro, mas sei por fontes seguras que a mãe de Linda-Sue está determinada a fazer da festa o maior evento possível. Ela faria a garota caminhar até o altar ao som de um coral celestial de anjos se nós oferecêssemos o serviço.

Bodine vaporizou o leite para o café com cuidado.

— Pelo preço certo, Jessie provavelmente daria um jeito.

— Ela está indo bem, não está? — Com uma frigideira enorme no fogão de oito bocas, Maureen começou a fritar o bacon. — Gosto daquela garota.

— Você gosta de todo mundo. — Bodine passou o café para a mãe.

— A vida é mais fácil assim. Se você parar para pensar, todo mundo tem um lado bom.

— Adolf Hitler — desafiou Bodine.

— Bem, por ele ser quem era, hoje em dia temos um limite que a maioria das pessoas não quer cruzar. Isso é bom.

— Só você, mamãe. — Bodine se inclinou para beijar a bochecha da mãe. Ela havia ultrapassado o um metro e sessenta de Maureen aos 12 anos, crescendo mais doze centímetros. — Tenho tempo para botar a mesa antes de sair.

— Ah, querida, você também precisa tomar café.

— Eu tomei iogurte.

— Você odeia iogurte.

— Só odeio quando estou comendo, e faz bem para mim.

Maureen suspirou, tirando o bacon da frigideira e adicionando mais.

— Juro que há dias em que acho que você é uma mãe melhor para si mesma do que eu.

— Você é a melhor mãe do mundo — rebateu Bodine, pegando uma pilha de pratos do armário.

Ela ouviu a barulheira antes de a porta dos fundos abrir. Os homens da sua vida entraram junto com dois cachorros.

— Limpem as botas.

— Caramba, Reenie, como se a gente fosse esquecer. — Sam Longbow tirou o chapéu. Ninguém comia na mesa de Maureen enquanto usava um.

Ele tinha um metro e noventa, grande parte em pernas, e era um homem bonito, magro, com mechas grisalhas cobrindo o cabelo preto, e rugas se espalhando pelos cantos dos olhos castanho-escuros.

Seu dente incisivo esquerdo era torto, e Bodine achava que isso dava mais charme ao sorriso do pai.

Chase, dois anos mais velho que a irmã, pendurou seu chapéu de vaqueiro num gancho na parede e tirou a jaqueta de trabalho. O porte e a altura vinham do pai — assim como todos os irmãos Longbow —, mas o rosto e a cor da pele e do cabelo eram da mãe.

Rory, três anos mais novo que Bodine, era uma mistura dos dois, com cabelo castanho-escuro e olhos verdes vivazes, uma versão de vinte e dois anos do rosto de Sam Longbow.

— Mãe, pode fazer café da manhã para mais uma pessoa?

Maureen arqueou as sobrancelhas para Chase.

— Sempre posso fazer café da manhã para mais uma pessoa. Quem é o convidado?

— Convidei Cal para tomar café.

— Bem, coloque mais um prato na mesa — ordenou Maureen. — Faz muito tempo que Callen Skinner não come conosco.

— Ele já voltou?

Chase assentiu com a cabeça para Bodine e seguiu para a cafeteira.

— Chegou ontem. Está arrumando as coisas dele na cabana, como combinamos. Um café da manhã decente o ajudaria a se ambientar.

Enquanto Chase bebia o café puro, Rory adicionava doses generosas de leite e açúcar à sua xícara.

— Ele não parece um caubói de Hollywood.

— O que deixou nosso caçula muito decepcionado — comentou Sam, lavando as mãos na enorme pia. — Rory estava torcendo para ele aparecer com esporas barulhentas, uma faixa prateada no chapéu e botas engraxadas.

— E não vi nada disso. — Rory surrupiou uma fatia de bacon. — Cal está igual ao que era quando foi embora. Só que mais velho.

— Cal não é nem um ano mais velho que eu. Deixe um pouco de bacon para a gente — acrescentou Chase.

— Eu fiz mais — disse Maureen, tranquila, e levantou o rosto quando Sam se inclinou para beijá-la.

— Você está linda como uma rosa, Reenie. E cheirosa também.

— Tenho um monte de reuniões agora de manhã.

— Falando em reuniões. — Bodine olhou para o relógio. — Preciso ir.

— Ah, querida, não pode esperar Callen chegar? Já faz quase dez anos que você não o vê.

Oito anos, pensou Bodine, e precisava admitir que estava curiosa para reencontrá-lo. Mas...

— Não posso, desculpe. Encontro com ele mais tarde. E com vocês também — disse ela, beijando o pai. — Rory, depois precisamos resolver umas coisas no escritório.

— Pode deixar, chefe.

Bodine soltou uma risada irônica e seguiu para o vestíbulo, onde tinha deixado sua pasta pronta para o dia.

— Vai nevar à tarde — gritou ela, empacotando-se com um casaco, gorro e cachecol, e, calçando as luvas, saiu para a manhã gelada.

Como estava um minuto atrasada, Bodine apertou o passo até a picape. Ela sabia que Callen ia voltar; estava presente na reunião de família em que discutiram contratá-lo como cavaleiro-chefe do rancho.

Chase e ele eram melhores amigos desde sempre, e Cal tinha alternado entre ser uma pedra no sapato dela e sua primeira paixonite secreta, voltando a ser a pedra, voltando a ser a paixonite.

Bodine não conseguia lembrar em qual categoria ele estava quando fora embora de Montana. Conforme dirigia pela neve amassada na estrada do rancho, ocorreu-lhe que, quando partira, ele era mais novo que Rory.

Tinha uns 20 anos, calculou ela, sem dúvida irritado e frustrado por ter perdido a maior parte do seu patrimônio. Terra que o pai comprara dos Skinner quando — em termos, digamos, educados — o pai de Callen passara por um período difícil.

E o período difícil se dera porque o homem apostara os períodos áureos no jogo. Era um péssimo jogador, como Bodine ouvira o pai dizer certa vez, e tão viciado em apostas quanto alguns eram em bebida.

Então, com a terra que ele amava reduzida a menos de cinquenta acres, a casa e algumas poucas construções, Callen Skinner partira para fazer a própria vida.

De acordo com Chase, Cal tivera sucesso domando cavalos para filmes.

Agora, com o pai morto, a mãe viúva e a irmã casada, com um filho e outro bebê a caminho, ele decidira voltar.

Bodine ouvira o suficiente por aí para saber que o que restava do terreno dos Skinner não pagaria as dívidas de hipotecas e empréstimos. E a casa estava vazia, pois a Sra. Skinner fora morar com a filha e a família numa casa bonita em Missoula, onde Savannah e o marido tinham uma loja de artesanato.

Esperava que logo tivessem outra reunião para discutir a compra dos cinquenta acres restantes, e, enquanto dirigia, refletiu se o pedaço de terra seria mais bem utilizado pelo rancho ou pelo resort.

Caso reformassem a casa, podiam alugá-la para grupos. Ou eventos. Casamentos pequenos, festas de empresa, reuniões de família.

Ou podiam economizar tempo e despesas, demolir tudo e construir outra coisa.

Ela se distraiu com as possibilidades até passar sob o arco do Resort Bodine, no qual a placa com o logotipo ficava pendurada.

Então deu a volta com a picape, notando que as luzes do centro comercial estavam acesas; o encarregado do primeiro turno devia estar se preparando para iniciar as atividades do dia. Naquela semana, teriam uma feirinha com artigos de couro e artesanato, que com certeza atrairia alguns dos hóspedes do fim de outono. Ou, com a explosão do marketing das equipes de Rory, atrairia clientes não hospedados que foram almoçar no Bornal.

Ela estacionou diante da construção comprida e baixa, com uma varanda larga, que abrigava a recepção.

O lugar sempre a deixava orgulhosa.

O resort nascera antes dela, numa reunião entre a mãe, a avó e a bisavó — com vovó, Cora Riley Bodine, no comando.

O que começara como um hotel-fazenda simples se transformara num resort de luxo que oferecia culinária cinco estrelas, serviços personalizados, aventuras, luxos, eventos, diversão e muito mais, espalhado por mais de trinta mil acres, incluindo o rancho. E tudo isso, pensou Bodine ao sair da picape, com a beleza inestimável da região ocidental de Montana.

Ela correu para dentro do prédio, onde alguns hóspedes tomavam café diante da enorme lareira acesa.

Ao sentir o aroma de abóbora e cravo, acenou em aprovação para o balcão de recepção e seguiu para sua sala, onde pretendia se organizar para o trabalho. Mas deu meia-volta e retornou para o balcão quando Sal, a ruiva espevitada que ela conhecia desde o jardim de infância, sinalizou para que se aproximasse.

— Queria avisar que Linda-Sue acabou de ligar para dizer que vai se atrasar um pouquinho.

— Ela sempre se atrasa.

— Sim, mas desta vez resolveu avisar em vez de simplesmente se atrasar. Disse que vai buscar a mãe.

A base sólida sobre a qual Bodine construíra sua jornada sofreu a primeira rachadura.

— A mãe dela vem para a reunião?

— Sinto muito. — Sal ofereceu um sorriso pesaroso.

— Isso vai ser mais problemático para Jessie do que para mim, mas obrigada pelo aviso.

— Jessie ainda não chegou.

— Não tem problema, estou adiantada.

— Você sempre está — gritou Sal às suas costas enquanto Bodine se afastava, dobrando no corredor que levava à sala da gerência do resort. Sua sala.

Ela gostava do tamanho do cômodo. Era grande o suficiente para ter reuniões com a equipe ou gerentes, mas pequena o bastante para que esses momentos tivessem um ar íntimo e pessoal.

Uma janela dupla tinha vista para trilhas de pedra, parte da construção que abrigava o Bornal e o Salão de Jantar mais exclusivo, e os campos que se estendiam na direção das montanhas.

Fora de propósito que Bodine posicionara a antiga mesa da avó de costas para a janela, de forma a evitar distrações. A sala também abrigava duas cadeiras de couro, com encostos altos, que antes eram usadas no escritório da casa do rancho, e um pequeno sofá — que fora da mãe; ela mudara o forro para um resistente tecido azul-turquesa.

Bodine pendurou o casaco, o gorro e o cachecol num canto, passou uma mão pelo cabelo — preto como o do pai, preso num longo rabo de cavalo que batia em suas costas.

Ela parecia com o avô — de acordo com a viúva dele. Bodine vira fotos e reconhecia a semelhança com o jovem e malfadado Rory Bodine, que morrera na Guerra do Vietnã antes de completar 23 anos.

Ele tinha olhos verdes desafiadores e uma boca larga, com o lábio superior grosso. O cabelo preto era um pouco ondulado, enquanto o da neta era escorrido, mas ela herdara as maçãs do rosto proeminentes, o nariz pequeno e arrebitado, e a pele branca irlandesa que exigia litros de protetor solar.

Mas gostava de pensar que puxara o talento sagaz para negócios da avó.

Ela foi até a bancada que abrigava a máquina de cápsulas que fazia um café aceitável e depois seguiu para a mesa com sua xícara para rever suas anotações sobre as duas primeiras reuniões do dia.

Enquanto terminava uma ligação e um e-mail ao mesmo tempo, Jessica entrou.

Como Maureen, Jessie usava um vestido — vermelho-vivo neste caso, junto com uma jaqueta curta de couro cor de creme. As botas de cano curto com salto não durariam cinco minutos na neve, mas combinavam com o vestido vermelho como se os dois tivessem sido tingidos juntos.

Bodine tinha que admirar aquele estilo confiante, impecável.

O cabelo com mechas louras estava preso num coque elegante que Jessica geralmente usava em dias de trabalho. Assim como as botas, os lábios combinavam perfeitamente com o vestido e realçavam suas maçãs do rosto imponentes, o nariz reto e fino e os olhos de um azul-claro glacial.

Jessica sentou enquanto a chefe terminava a ligação, tirando o próprio telefone do bolso da jaqueta e mexendo na tela.

Bodine desligou e se recostou na cadeira.

— A coordenadora da Associação dos Escritores Ocidentais vai entrar em contato com você sobre um retiro de três dias e um banquete de despedida.

— Eles já sabem as datas? O número de convidados?

— Provavelmente serão noventa e oito pessoas. Vão chegar no dia nove de janeiro e sairão no dia doze.

— Janeiro agora?

Bodine sorriu.

— Eles tiveram problemas com o lugar que tinham reservado, então estão com pressa. Eu olhei a agenda, e temos disponibilidade. As coisas vão ficar meio paradas depois das festas de fim de ano. Podemos reservar o Moinho para eles, para as salas de reunião e o banquete e todos os chalés de que precisam por quarenta e oito horas. A coordenadora parece organizada, só um pouco desesperada. Ela se chama Mandy. Acabei de mandar um e-mail com os detalhes para você, minha mãe e Rory. O orçamento deles deve ser suficiente.

— Tudo bem. Vou falar com ela, planejar o cardápio, o transporte, as atividades e tudo mais. Escritores?

— Pois é.

— Vou avisar ao Salão. — Jessica fez outra anotação no telefone. — Nunca organizei um evento para escritores que não termine com uma conta gigantesca no bar.

— Melhor para nós. — Bodine apontou para a pequena cafeteira com um dedão. — Fique à vontade.

Jessica simplesmente ergueu a garrafa térmica verde do Resort Bodine que sempre carregava.

— Como você vive sem café? — quis saber Bodine, de verdade. — Ou Coca-Cola. Como é que consegue só beber água?

— Porque também existe vinho. E ioga, meditação.

— Todas essas coisas dão sono.

— Não se você fizer do jeito certo. Você devia tentar fazer ioga. E a meditação provavelmente ajudaria a diminuir a cafeína.

— Meditação só me faz pensar em todas as outras coisas que eu preferia estar fazendo. — Inclinando-se para trás, Bodine girou a cadeira de um lado para o outro. — Gostei muito dessa jaqueta.

— Obrigada. Fui a Missoula no meu dia de folga e acabei esbanjando. O que faz quase tão bem para a mente e para o espírito quanto a ioga. Sal me disse que Linda-Sue vai se atrasar um pouco. Grande novidade. E parece que a mãe vem junto.

— Eu soube. Vamos dar um jeito. Elas vão reservar cinquenta e quatro chalés por três dias. O jantar de ensaio, o casamento, a festa, a Cidade Zen ficará praticamente tomada na véspera da cerimônia, além das outras atividades.

— Faltam menos de quatro semanas para o casamento. Então não resta muito tempo para mudarem de ideia ou acrescentarem mais frescuras.

A boca larga de Bodine formou um sorriso.

— Você já foi apresentada a Dolly Jackson, não é?

— Eu consigo lidar com Dolly.

— Antes você do que... qualquer outra pessoa — decidiu Bodine. — Vamos rever o que já decidimos.

As duas revisaram a lista do início ao fim. Estavam falando de uma pequena confraternização na semana antes do Natal quando a cabeça de Sal surgiu na porta.

— Linda-Sue e a mãe.

— Já vamos. Espere, Sal. Peça que sirvam umas mimosas.

— Agora a coisa vai ficar boa.

— Ótima ideia — disse Jessica, depois que Sal foi embora. — Vamos paparicar as duas e deixá-las mais tranquilas.

— Linda-Sue não é tão ruim assim. Chase teve um namorico com ela na escola. — Bodine se levantou e ajeitou o colete marrom. — Mas mimosas não fazem mal a ninguém. Vamos lá.

A bela, curvilínea e frágil Linda-Sue andava de um lado para o outro do lobby com as mãos entrelaçadas entre os seios.

— Você não consegue imaginar, mamãe? Tudo decorado para o Natal, as árvores, os pisca-piscas, a lareira acesa como agora. E Jessica disse que o Moinho vai estar brilhando.

— É melhor que esteja mesmo. Mas precisamos daqueles candelabros grandes, Linda-Sue, pelo menos uma dúzia. Dourados, como os que eu vi na revista. Não daquele dourado brilhante. Tem que ser do tipo elegante.

Enquanto falava, Dolly escrevia numa das folhas do grande fichário branco de noiva, pesado como um tijolo, que carregava.

Seus olhos tinham um ar ligeiramente insano.

— E camurça vermelha, em vez de branca, estendida no caminho onde o trenó vai parar. Mas tem que ser vermelho-escuro, não vermelho-vivo. Isso vai destacar o seu vestido. E acho que precisamos de uma harpista, usando vestido de camurça vermelha com aquele acabamento dourado elegante, para tocar enquanto os convidados sentam.

Jessica respirou fundo.

— Vamos precisar de mais mimosas.

— Você tem razão. — Bodine estampou um sorriso no rosto e partiu para a batalha.

Ela cedeu quarenta minutos ao casamento dourado elegante antes de escapulir. Nos três meses desde que viera trabalhar como gerente de eventos, Jessica se mostrara mais do que capaz de lidar com uma mãe difícil e uma noiva hesitante.

Em todo caso, Bodine tinha uma reunião marcada com o gerente de alimentos e bebidas, precisava responder algumas perguntas de um dos motoristas e tinha uma conversa pendente com o gerente dos tratadores dos cavalos.

A estrada sinuosa de cascalho, cheia de subidas e descidas, que ia do escritório ao Centro de Atividades Bodine — o CAB —, tinha quase oitocentos metros, mas, assim que saiu para o ar fresco, ela decidiu que preferia ir andando em vez de pegar o carro.

O cheiro da neve era perceptível agora, o que significava que provavelmente começaria a nevar antes do meio da tarde. Mas, por enquanto, o céu estava azul-claro sob as nuvens que se amontoavam.

Ela passou por dois pequenos Kias verdes que ficavam à disposição dos hóspedes durante sua estadia (com o uso restrito à propriedade), virou na estrada estreita de cascalho e não viu mais ninguém.

Havia campos dos dois lados, soterrados de neve. Bodine observou um trio de cervos saltitando pela paisagem, com seus rabos brancos aparecendo de relance e os grossos pelos escuros de inverno.

O chamado de um falcão a fez erguer o olhar para vê-lo circular lá em cima. A falcoaria era uma das prioridades do seu planejamento de três anos para o resort, e, agora que chegava ao fim do primeiro ano, já fizera progresso na área.

Enquanto suas botas faziam barulho ao tocarem o chão duro como aço, o vento remexia a neve e a fazia girar ao redor de Bodine como se fosse uma poeira brilhante.

Ela notou uma movimentação ao redor do CAB; alguns dos funcionários exercitavam cavalos na arena coberta. O cheiro quente dos animais a atingiu, assim como os aromas de couro curtido, feno e cereais.

Quando o homem de casaco pesado e chapéu de caubói marrom a viu, ela ergueu a mão em cumprimento. Abe Kotter deu um tapinha na égua malhada que escovava e cruzou os poucos passos que o separavam de Bodine.

— Vai nevar — disse ela.

— Vai nevar — concordou ele. — Teve um casal de Denver que quis sair numa cavalgada. Como sabiam montar, Maddie levou os dois para dar uma volta. Acabaram de voltar.

— Só me avise se você quiser levar algum cavalo para o rancho, fazer uma troca.

— Pode deixar. Você veio andando do escritório?

— Fiquei com vontade de caminhar, sentir o ar fresco. Mas, sabe de uma coisa, acho que vou selar um dos cavalos para voltar. Aproveito e faço uma visita às moças da Casa Bodine.

— Diga a elas que mandei lembranças. Eu selo o cavalo, Bo. Três Meias precisa dar uma volta. Você estaria fazendo um favor a este velho.

— Velho, uma pinoia.

— Farei 69 anos em fevereiro.

— Se você acha que isso é ser velho, minhas avós vão usar seu esqueleto para praticar tiro.

Abe riu, voltou para onde estava e acariciou a égua mais uma vez.

— Pode ser, mas vou tirar aquelas férias de inverno, como conversamos. Quero ir visitar meu irmão no Arizona. A patroa e eu vamos um pouco antes do Natal, e só voltamos em abril.

Bodine não fez cara feia, apesar de querer.

— Você e Edda vão fazer falta por aqui.

— Com o passar dos anos, os invernos ficam cada vez mais difíceis. — Ele verificou os cascos da égua e pegou um limpador para higienizá-los. — Não há muita procura por cavalgadas e coisas assim no inverno. Maddie pode me substituir, cuidar dos cavalos por uns meses. Ela tem juízo.

— Vamos ver. Ela está lá dentro? Preciso entrar de qualquer forma, tenho que falar com Matt.

— Está, sim. Vou aprontar o Três Meias para você.

— Obrigada, Abe. — Bodine começou a se afastar, mas voltou. — Que diabos você vai fazer no Arizona?

— Além de aproveitar o calor, não faço a mínima ideia.

Ela deu a volta para entrar na propriedade. Da primavera ao fim do outono, o espaço grande, no estilo de um estábulo, abrigava grupos que se preparavam para fazer rafting em corredeiras, passear em quadriciclos, cavalgar, tocar boiadas e sair em caminhadas com um guia.

Quando a neve começava a cair com força, o ritmo das coisas diminuía, e, agora, os passos de Bodine ecoavam pelo espaço enquanto ela seguia até o balcão curvado e o gerente de atividades do resort.

— Como vão as coisas, Bo?

— Estão indo, Matt, o que já é suficiente. E com você?

— Tão tranquilas que estamos conseguindo conversar. Temos um grupo fazendo esqui *cross-country*, outro praticando tiro ao alvo. Uma família de doze pessoas vem para uma cavalgada amanhã; então avisei ao Chase. Ele disse que Cal Skinner está de volta e vai cuidar disso.

— Pois é.

Ela conversou com Matt sobre estoques, troca de aparelhos e equipamentos, e então pegou o celular para consultar as anotações sobre as atividades extras para o casamento dos Jackson.

— Vou mandar um e-mail com os detalhes. Por enquanto, você só precisa deixar tudo isso reservado e decidir quem vai ficar encarregado de cada coisa.

— Entendi.

— Abe disse que Maddie estava aqui.

— Ela foi ao banheiro.

— Tudo bem. — Bodine viu a hora no celular antes de guardá-lo no bolso. Ela queria pegar o cavalo para visitar as avós, mas depois ia precisar voltar correndo para o escritório. — Eu espero um pouco.

Seguiu até a máquina de venda automática. Jessica tinha razão — beber mais água lhe faria bem. Mas ela não queria água. Queria algo doce e borbulhante. Queria uma Coca.

Maldita Jessie, pensou ela, enfiando o dinheiro na máquina e pegando uma garrafa de água.

Bodine deu um gole irritado e viu Maddie saindo do banheiro.

— Oi, Maddie.

Ela foi até a amazona. Achou que a amiga parecia um pouco pálida, com os olhos cansados, apesar de ter aberto um sorriso rapidamente.

— Oi, Bo. Acabei de voltar da cavalgada.

— Fiquei sabendo. Tudo bem? Você não está com uma cara boa.

— Estou ótima. — Dispensando a preocupação da amiga com um aceno de mão, Maddie bufou. — Vamos sentar um pouquinho?

— Claro. — Bodine gesticulou para uma das mesinhas espalhadas pelo espaço. — Está tudo bem? Aqui? Em casa?

— Tudo está ótimo. De verdade. — Maddie, a quem Bodine conhecia desde sempre, se sentou e afastou a aba do chapéu que cobria seu sedoso cabelo louro-claro. Os fios estavam na altura do queixo. — Estou grávida.

— Você... Maddie! Que notícia boa. Isso não é maravilhoso?

— É maravilhoso e fantástico. E um pouco assustador. Thad e eu pensamos: por que esperar? Nós casamos na primavera, o que é recente, e o plano era protelar por um ano, talvez dois. Mas então pensamos: por que fazer isso? E decidimos pôr a mão na massa. — Ela riu e deu uma batidinha na água de Bodine. — Posso tomar um gole?

— Pode ficar com tudo. Estou tão feliz, Maddie. Como você está se sentindo?

— Passei os dois primeiros meses vomitando três vezes por dia. Assim que acordava, na hora do almoço e na hora do jantar. Eu me canso mais rápido, mas o médico disse que é assim mesmo. E os enjoos devem acabar logo. Espero. Acho que já estão melhorando um pouco. Agora mesmo eu estava com o estômago meio embrulhado, mas não vomitei, o que foi um progresso.

— Thad deve estar no sétimo céu.

— Ele está mesmo.

— De quanto tempo você está grávida?

— No sábado vão completar doze semanas.

Bo abriu a boca, fechou de novo, e então pegou a garrafa para dar mais um gole.

— Doze.

Depois de soltar um suspiro, Maddie mordeu o lábio inferior.

— Eu quase te contei assim que descobri, mas sempre dizem que é melhor esperar os três primeiros meses passarem, o primeiro trimestre. Não contamos para ninguém além dos nossos pais. Seria impossível não contar para eles. Mesmo assim, esperei até completar quatro semanas.

— Você não parece nem um pouco grávida.

— Mas vou parecer. A verdade é que minha calça jeans já está apertada na cintura. Usei um mosquetão para fechá-la.

— Mentira!

— É verdade. — Para provar, Maddie levantou a camisa, mostrou o clipe de metal para Bo. — E olhe só para isto.

Maddie levantou o boné, inclinando a cabeça para mostrar os dois centímetros de raiz castanha que dividia o louro.

— Não querem que eu pinte. Juro que só tiro este chapéu depois que o bebê nascer. Não vejo minha cor natural desde que eu tinha 13 anos e você me ajudou a pintar o cabelo com aquela tinta de farmácia.

— E usamos um pouco para fazer mechas louras em mim, e meu cabelo ficou parecendo um pedaço de abóbora fluorescente.

— Eu achei maneiro. Sou loura de coração, Bo, mas vou ser uma grávida morena. Uma morena gorda, desengonçada e que faz xixi de cinco em cinco minutos.

Rindo, Bodine devolveu a água. Enquanto bebia, Maddie passou uma mão sobre a barriga ainda diminuta.

— Eu me sinto diferente, de verdade, e é meio surreal. Bodine, vou ser mãe.

— Você vai ser uma mãe incrível.

— Já decidi que vou ser mesmo. Mas tem outra coisa que eu não devia estar fazendo.

— Andando a cavalo.

Assentindo com a cabeça, Maddie deu outro gole na água.

— Estou enrolando, eu sei. Caramba, eu ando a cavalo desde que era um bebê, mas a médica está insistindo.

— Eu também. Você saiu com um grupo hoje, Maddie.

— Pois é. Eu devia ter contado ao Abe, mas queria falar com você antes. E ele também fica falando que vai me deixar encarregada dos cavalos neste inverno. Não quis dizer nada porque sei que ele é capaz de adiar a viagem, mesmo estando tão empolgado.

— Abe não vai adiar nada, e você só vai subir numa sela de novo quando o médico liberar. Está decidido.

Mordendo o lábio outra vez — um óbvio sinal de ansiedade —, Maddie rosqueou e abriu a tampa da garrafa de água.

— E também tem as aulas.

— Vamos achar alguém para substituir você. — Ela daria um jeito, pensou Bodine. Isso fazia parte do seu trabalho. — Cuidar dos cavalos envolve bem mais do que só cavalgar, Maddie.

— Eu sei. Já cuido de uma parte da papelada. Posso cuidar deles, dar comida, dirigir o trailer dos cavalos, levar os hóspedes para o Centro Equestre. Posso...

— Você pode me dar uma lista do seu médico com tudo que é permitido ou proibido. O que tiver permissão de fazer, você faz. O que não tiver, não faz.

— Mas o negócio é que a médica é muito rigorosa, e...

— Eu também sou — interrompeu Bodine. — Se você não me der a lista e seguir tudo direitinho, vou te demitir.

Maddie fez um muxoxo, recostando-se na cadeira.

— Thad disse que você reagiria assim.

— Você não se casou com um idiota. E ele te ama. Eu também. Agora, vá para casa e tire o dia de folga.

— Ah, eu não preciso ir para casa.

— Você vai para casa — repetiu Bo. — E vai tirar uma soneca. Depois da soneca, vai ligar para o médico e dizer a ele...

— É uma mulher.

— Que seja. Diga a ela para fazer a tal lista e depois me envie. Na pior das hipóteses, Maddie, você vai trocar a sela por uma cadeira de escritório por alguns meses. — Bodine sorriu. — E vai engordar.

— Estou um pouco ansiosa para isso.

— Ótimo, porque é o que vai acontecer. Agora, vá para casa. — Bodine se levantou e se inclinou para dar um abraço apertado na amiga. — E meus parabéns.

— Obrigada. Obrigada, Bo. Vou contar a Abe antes de ir embora. Posso dizer que você vai resolver tudo, né?

— Pode.

— Na verdade, vou contar pra todo mundo. Estou morrendo de vontade de fazer isso desde que fiz xixi naquele palito. Ei, Matt! — Maddie se levantou e deu um tapinha na barriga. — Estou grávida!

— Puta merda!

Bodine observou enquanto ele pulava por cima do balcão e corria para erguer Maddie num abraço.

Quando as pessoas descobriam que teriam um filho, contavam primeiro aos pais, pensou Bodine enquanto saía. Mas todo mundo era família ali.

Capítulo 2

♦ ♦ ♦ ♦

Enquanto cavalgava, Bodine pensava no que precisava ser feito, no que podia ser feito e no que era mais lógico fazer. Perder dois dos principais funcionários da área equestre — um até a primavera, e outra por pelo menos oito meses — criava um quebra-cabeça. Ela tinha as peças, mas precisava encontrar a melhor forma de encaixá-las.

A neve caía, fina e rala por enquanto, uma amostra do que ainda estava por vir. Bodine apreciou o aroma do ar, a forma como um gavião deslizava através dos flocos lá em cima, e um coelho gordo que pulava, desaparecia e pulava de novo enquanto corria pelo vasto campo branco.

Bo impulsionou Três Meias para um trote rápido e elegante, entendendo o que o cavalo queria, deixando-o aumentar o ritmo para um galope bonito, ondulante. Viu uma das picapes de manutenção descendo a estrada, vindo dos Chalés das Toras Altas, e deu a si mesma e ao cavalo o prazer de dar a volta pelo caminho mais longo, onde o mundo se abria para a visão das montanhas brancas que se erguiam contra o céu cinzento.

Por um momento, permitiu que sua mente se esvaziasse. Ela resolveria o quebra-cabeça, solucionaria o problema, faria tudo que fosse necessário.

Passou pelas tendas brancas da Cidade Zen, por cima da colina que aconchegava os chalés que chamavam de Propriedades da Vista da Montanha, e voltou à estrada que levava à casa das avós.

A residência ficava afastada da estrada, dando espaço para a horta que ambas adoravam, uma casa de bonecas branca com um belo acabamento azul, janelas grandes para aproveitar a vista e varandas espaçosas, na frente e nos fundos, para passar o tempo.

Bodine seguiu a cavalo pelos fundos da propriedade. Parou no pequeno estábulo, desmontou e, depois de afagar o animal em agradecimento, o prendeu.

Atravessou a neve fina que cobria o caminho até a varanda dos fundos, onde metodicamente limpou suas botas no tapete.

O aroma de algo maravilhoso fervilhando no fogão a cativou assim que passou pela porta. Enquanto desabotoava o casaco, Bodine foi cheirar a panela.

Frango e alho-poró, detectou ela, inalando. O que a bisa chamava de galinha-poró.

Bodine olhou ao redor. A cozinha espaçosa se abria para uma sala de estar com um sofá fofo, algumas poltronas e uma enorme televisão de tela plana.

As avós adoravam programas de televisão.

A tela exibia uma novela com um casal de uma beleza inatingível. Ela viu a cesta de tricô — da bisa — e a cesta de crochê — da vovó —, mas não encontrou nenhuma das duas.

Deu uma olhada no quarto de hóspedes, que também servia de escritório, e o encontrou arrumado e vazio.

Seguiu para a sala, que ocupava o espaço entre as duas suítes pequenas, onde a lareira acesa fervilhava como a sopa.

Quando ia chamar as avós, ouviu a voz de uma delas vindo da direita.

— Eu consertei! Eu disse que ia consertar!

Cora saiu do quarto segurando uma caixa de ferramentas cor-de-rosa. Ela abafou um grito, levando uma mão ao coração.

— Minha Nossa Senhora, Bodine! Você me matou de susto. Mamãe! Bodine está aqui!

Com as ferramentas chacoalhando, Cora foi abraçar a neta.

Chinelos atoalhados, o cheiro de Chanel Nº 5, um corpo — tão esbelto e ágil que não condizia com sua idade — vestido numa calça jeans e um suéter macio e quente que a própria mãe devia ter tricotado.

Bodine inalou o aroma dela.

— O que a senhora consertou?

— Ah, a pia do meu banheiro estava vazando feito uma peneira.

— Quer que eu chame a manutenção?

— Você parece a bisa falando. Passei a vida inteira consertando as coisas. Agora, consertei o vazamento.

— Já era de esperar. — Bodine beijou as duas bochechas macias de Cora e sorriu para os olhos azuis inteligentes.

— Você precisa consertar alguma coisa?

— Vou perder dois cavaleiros, mas já estou pensando num jeito de resolver isso.

— Nós duas gostamos de consertar as coisas, não é? Mamãe! Pelo amor de Deus, Bodine está aqui.

— Eu estou indo, oras. Não precisa gritar.

Enquanto Cora deixara o cabelo — curto e desfiado — ficar branco, dona Fancy era teimosa e mantinha o dela no tom ruivo de sua juventude.

Prestes a completar 90 anos, ela até admitia que não se movia mais com a mesma agilidade de antes, mas se orgulhava em dizer que ainda tinha todos os dentes, conseguia ouvir tudo que quisesse e só precisava de óculos para enxergar de perto.

A bisa era pequena, mais fofa do que rechonchuda. Gostava de usar camisas ou bonés com dizeres e os comprava pela internet. A de hoje era:

ESTA É A CARA
DE UMA FEMINISTA

— Sempre que te vejo, você está mais bonita — disse dona Fancy quando Bodine a abraçou.

— Faz dois dias que a senhora me viu.

— Isso não faz diferença. Venha sentar. Preciso dar uma olhada na sopa.

— O cheiro está ótimo.

— Só vai levar mais uma hora para ficar pronta, se você puder esperar.

— Não posso mesmo, preciso voltar. Só dei um pulo aqui para ver vocês.

Dona Fancy mexeu a sopa enquanto Cora guardava a caixa de ferramentas.

— Chá e biscoitos então — decretou Cora. — Sempre há tempo para chá e biscoitos.

Bodine lembrou a si mesma de que estava comendo coisas mais saudáveis, evitando doces e carboidratos.

— Cora e eu fizemos biscoitos de canela ontem. — Dona Fancy sorriu enquanto colocava uma chaleira no fogão.

Por que é que tinha que ser biscoito de canela?

— Tenho tempo para comer um biscoito. Sente, bisa. Eu faço o chá.

Ela pegou a chaleira, as xícaras e os coadores, já que nenhuma das duas mulheres se dignava a ter saquinhos de chá em casa.

— Vocês estão perdendo a novela — alertou.

— Ah, estamos gravando — disse dona Fancy, despreocupada. — Preferimos assistir à noite e adiantar os comerciais.

— Eu tentei explicar que a televisão não precisa ficar ligada para o programa ser gravado, mas ela não acredita em mim.

— Isso não faz sentido nenhum — disse dona Fancy para a filha. — Melhor não arriscar. Fiquei sabendo que o garoto dos Skinner voltou de Hollywood para trabalhar no rancho.

— É isso mesmo.

— Sempre gostei daquele rapaz. — Cora depositou um prato cheio de biscoitos sobre a mesa.

— Um pedaço de mau caminho. — Dona Fancy pegou um biscoito. — E aquele arzinho de encrenqueiro o torna mais interessante.

— Era um bom amigo para o Chase, que sempre foi muito sério. E você tinha uma quedinha pelo rapaz — comentou Cora.

— Não tinha, não.

As avós trocaram olhares divertidos, quase idênticos.

— Eu tinha 12 anos! E como vocês sabiam?

— Aqueles seus olhares sofridos. — Dona Fancy deu palmadinhas no peito. — Oras, se eu fosse mais nova ou ele mais velho, também teria uma quedinha pelo garoto.

— E o que o vovô diria disso? — quis saber Bodine.

— Ele diria que casado e morto não significam a mesma coisa. Nós ficamos juntos por sessenta e sete anos antes de o seu bisavô morrer, e podíamos olhar para onde quiséssemos. Mas tocar? Aí, sim, casado e morto seriam sinônimos.

Rindo, Bodine levou o chá para a mesa.

— Diga àquele garoto para vir nos visitar — exigiu Cora. — Um rapaz bonito sempre deixa o dia mais feliz.

— Pode deixar.

Bodine olhou para os biscoitos.

Podia comer coisas saudáveis mais tarde.

NEVAVA PESADO quando Bodine saiu do trabalho. Ela se sentiu ainda mais agradecida pelos biscoitos da tarde, já que não conseguira almoçar e agora estava bem atrasada para o jantar.

Quando estacionou a picape no rancho, sua fome era tanta que comeria qualquer coisa — depois de tomar uma taça de vinho.

Bodine tirou o casaco e as botas no vestíbulo dos fundos, pegou a pasta e encontrou Chase na cozinha, pegando uma cerveja na geladeira.

— Tem ensopado de carne no forno — disse ele. — Mamãe pediu para deixar quente para você.

Carne vermelha, pensou Bodine. Ela estava tentando comer menos carne vermelha.

Ah, paciência.

— Onde está todo mundo?

— Rory tinha um encontro. Mamãe disse que ia tomar um demorado banho de banheira e papai deve estar junto com ela.

Bodine instantaneamente bateu com a base da mão na testa.

— Por que é que você colocou essa imagem na minha cabeça?

— Porque a cara que ele fez a colocou na minha. Eu acredito em compartilhar as coisas. — Chase balançou a garrafa. — Quer uma cerveja?

— Vou tomar vinho. Faz bem tomar uma taça de vinho por dia. Pode pesquisar — insistiu, quando o irmão abriu um sorriso.

Talvez ela tivesse servido uma dose generosa, mas continuava sendo *uma* taça.

— Então, Maddie está grávida.

— Como você sabe? — Irritada, Bodine usou a mão para erguer a taça de vinho e outra para servir o ensopado.

— Maddie mandou uma mensagem para Thad dizendo que tinha dado a notícia a você e a todo mundo que estava por perto; então ele me contou. E para todo mundo que estava por perto. Mas eu já estava esperando por isso.

— Estava? Por quê?

— Tudo está no olhar, Bodine. No olhar. E em um comentário ou outro sobre ser pai e tal.

— Se você já tinha suas suspeitas, por que não perguntou a ele? — Irritada, ela cutucou a lateral do irmão. — Se eu soubesse disso umas semanas atrás, podia ter mantido alguns dos cavaleiros temporários. Mas veja só com quem eu estou falando — disse ela, pegando uma colher na gaveta. — Charles Samuel Longbow, aquele que nunca faz perguntas.

— A resposta sempre aparece. Vou tomar minha cerveja na sala, na frente da lareira.

Colocando a colher no prato com o ensopado, Bodine o seguiu. Assim como o irmão, ela se sentou no sofá grande e apoiou as pernas sobre a mesa.

— Liguei para todos os cavaleiros temporários que acho que podem assumir o trabalho. Preciso de mais de uma pessoa. Mas todo mundo já tinha emprego para o inverno. — Bodine comeu o ensopado, refletindo sobre o assunto. —Ainda faltam algumas semanas antes do Abe ir para a droga do deserto, mas não gosto de deixar as coisas nas mãos de alguém que não conheço e não consegui treinar. Tenho o Ben e a Carol, mas, apesar de eles serem bons, não são gerentes.

— E o Cal?

— Cal?

— Sim, Cal pode fazer as duas coisas sem problema. Ele é ótimo com cavalos e é gerente. Se você ficar muito apertada, papai e eu podemos ajudar. Rory, também, ou mamãe. Mas que droga, até a vovó pode ficar encarregada das cavalgadas. Ela já anda a cavalo quase todos os dias mesmo.

— Visitei ela e a bisa hoje. Fui com o Três Meias. Quando vovó descobriu, queria levá-lo de volta para o CAB por mim. E ficou irritada quando não deixei por causa da neve. Ela não devia guiar cavalgadas no inverno.

Chase assentiu cuidadosamente e deu mais um gole na cerveja.

— Ela podia dar aulas.

— É, pensei nisso. Ela ia gostar. Bem, se eu puder pegar alguém do rancho por empréstimo, pelo menos enquanto Abe estiver fora, não vou precisar encontrar outro funcionário. Você não é completamente inútil, Chase.

— Eu? — Ele tomou mais um gole. — Tenho meus talentos ocultos.

— Imagino que esses talentos não envolvam saber onde encontrar quinze quilômetros de veludo vermelho, uma dúzia de candelabros dourados com um metro e meio de altura e uma harpista num vestido de veludo vermelho.

— Por enquanto, esses continuam ocultos.

— São para o casamento de Linda-Sue. A mãe veio com ela hoje, e acrescentou, mudou ou reclamou sobre cada detalhe. Um desperdício de mimosas — murmurou Bodine.

— Foi você quem quis gerenciar o lugar.

— Pois é, e eu adoro fazer isso, mesmo em dias assim. Além do mais, o veludo, a harpista e as coisas douradas? Isso é problema da Jessica. Só o fato de ela não ter mandado Dolly Jackson calar a boca mostra que acertei em contratá-la.

— Achei que ela não fosse durar tanto. — Feliz com os pés sobre a mesa, o irmão observou a neve que caía do outro lado da janela. — E ela ainda não enfrentou o inverno de Montana.

— Ela vai ficar bem. Por que não ficaria?

— Ela é uma garota da cidade grande. Do Leste.

— E a melhor gerente de eventos que temos desde que Martha se aposentou cinco anos atrás. Não preciso verificar mil vezes tudo que ela faz.

— Mas você faz isso mesmo assim.

— Não tanto quanto antes. — Bodine olhou para a janela ampla, imitando Chase, e observou a neve que caía contra a escuridão. — Vai nevar uns trinta centímetros. É melhor eu mandar uma mensagem para Len só para garantir que alguém limpe as estradas depois.

— Verificando mil vezes.

— É minha responsabilidade. — Bodine olhou para o teto. — Você acha mesmo que eles estão juntos na banheira?

— Eu apostaria dinheiro.

— Acho melhor eu não subir por enquanto. Vou tomar outra taça de vinho antes.

— Aproveite e pegue outra cerveja para mim. — Os olhos de Chase seguiram o olhar da irmã revirar. — Prefiro dar uma meia hora para eles antes de ir lá pra cima.

Bodine passou grande parte do dia seguinte verificando as estradas que se entremeavam pelo resort, aprovando propostas, deixando outras de lado e apressando um pedido de roupas de cama novas para os chalés.

Tinha acabado de começar a analisar a campanha publicitária de inverno — panfletos, cartas, site, Facebook e Twitter — quando Rory entrou na sala.

O irmão desabou sobre uma cadeira, esparramando-se como se planejasse ficar ali por um tempo.

— Estou dando uma olhada na campanha de inverno — começou Bodine.

— Ótimo, porque temos uma nova para discutir.

— Uma nova?

— Uma ideia nova. — Ele olhou para trás quando Jessica entrou. — Aí está ela, minha cúmplice. Mamãe está ocupada, mas vai passar aqui se conseguir.

— Do que você está falando? Os folhetos vão ser impressos amanhã, e o site novo entra no ar na semana que vem.

— Não vai fazer diferença se atrasarmos alguns dias.

Sabendo que aquela era exatamente a pior forma de abordar Bodine, Jessica deu um tapinha no braço de Rory — e um beliscão — antes de sentar.

— Acho que podemos tirar proveito do interesse que conquistamos nos últimos dois anos com o evento Culinária Caubói e o Rodeio Bodine.

— O Rodeio Bodine é nosso evento anual mais concorrido — acrescentou Rory. — Mas só vinte e cinco por cento dos participantes e dos espectadores se hospedam aqui, come nos restaurantes, bebem no bar e usam nossos serviços.

— Eu estou ciente disso, Rory. A maior parte do público dos rodeios tem seus próprios trailers ou fica em hotéis baratos. Muitos moradores locais compram ingressos. O Lace & Monte em junho não tem tanto público, mas atrai mais reservas. E a temporada do ano também faz diferença.

— Exatamente. — Ele apontou para a irmã. — E no inverno, o que temos? Neve. E mais neve. As pessoas que vêm do Leste ou da Califórnia querem a experiência de virarem caubóis, fazerem cavalgadas, andarem de carroça, comerem hambúrgueres de búfalo, e tudo de um jeito bem luxuoso.

À vontade apresentando seu projeto, Rory cruzou as botas de couro caras nos tornozelos.

— Tem um pessoal que vem durante o inverno, passeia de *snowmobile* ou prefere se entocar num chalé e fazer uma massagem, mas um metro de neve é algo bem intimidante, então perdemos possibilidades de lucro. Por que não usar a neve para aumentar a receita?

Bodine já tinha aprendido — apesar de admitir que isso levara tempo — a não olhar para Rory como seu irmão caçula quando se tratava de marketing.

— Fiquei interessada.

— Uma competição de esculturas de neve. Um evento de fim de semana. Uma ideia geral? Vamos supor que tenhamos quatro categorias. Menos de 12 anos, de 12 a 16 anos, adultos e famílias. Daremos prêmios, convidaremos a mídia local para fazer a cobertura. E ofereceremos um desconto nos chalés para participantes que se hospedarem por dois dias.

— Você quer que as pessoas façam bonecos de neve?

— Bonecos de neve, não — interviu Jessica. — Apesar de isso ser uma opção. Arte com neve, esculturas, como fazem nas competições de esculturas de areia na Flórida. Podemos liberar alguns acres, ter uma seção infantil, supervisionada por funcionários. E servimos chocolate quente e sopa.

— E cones de gelo.

— Cones de gelo. — Rory balançou a cabeça para a irmã. — Eu devia ter pensado nisso.

— Vamos emprestar as ferramentas. Pás, espátulas, esse tipo de coisa — continuou Jessica. — Mas os competidores precisam criar os próprios ornamentos. Podemos fazer uma recepção na noite de sexta, designar locais e começar às nove em ponto no sábado.

— Vamos precisar de atividades para as crianças menores — considerou Bodine. — Elas mudam de foco rápido, não é? E precisam ter algo para fazer quando saírem do frio, como comidas e lanches. Os adultos também, não com atividades planejadas, mas muita gente pode querer fazer intervalos.

— Organizamos um bufê no Bornal. Talvez umas tendas aquecidas com massagens para pescoço e ombros. Posso desenvolver atividades infantis. — Jessica franziu a testa. — Temos que manter o tema de inverno. Podemos oferecer passeios de trenó por um valor adicional. E damos uma festa na noite de sábado, com uma banda, para anunciar os vencedores e entregar os prêmios.

— Eu gosto do conceito, mas vocês precisam alinhar os detalhes, os argumentos e os valores bem rápido. Arrumem fotos. *Festival* das Esculturas de Neve soa melhor do que *competição.*

— Droga, é mesmo — concordou Rory. — Acho que é por isso que você é a chefe.

— E não se esqueça disso.

— Vou começar a resolver os detalhes. — Guardando o telefone, Jessica se levantou. — Rory, que tal nos encontrarmos em uma hora para acertar tudo?

— Está bem. — Ele a observou partir e se virou com um sorriso para a irmã. — Ela é cheirosa.

— Sério?

Radiante com seu sorriso perfeito, Rory ergueu as sobrancelhas.

— Muito cheirosa.

— Ela é velha demais para você. E elegante demais.

— A idade é só um estado de espírito, e eu consigo ser elegante quando quero. Não que eu vá me envolver com ela — adicionou o irmão. — Só estava comentando. — Ele se levantou. — Quer saber, dá para fazer uma bela campanha de marketing com esse festival.

Ele podia fazer um bom trabalho, pensou Bodine. E faria.

— Dê um jeito para que não tenhamos prejuízo — avisou ela.

— Pão-duro.

— Avoado. Vá embora. Eu estou ocupada.

Agora mais que nunca, pensou ela, olhando para a tela do computador e para o layout atual do panfleto.

Precisariam mudar o projeto para adicionar o festival à seção de promoções e eventos a tempo de atraírem reservas.

Bodine pegou o telefone para ligar para o designer.

Rory e Jessica — com a ajuda de Maureen — cumpriram o prometido. Às cinco da tarde, Bodine tinha uma proposta completa em sua mesa e uma simulação da estrutura, da abordagem e dos preços.

Ela levou mais uma hora para modificar algumas coisas, aprovar tudo e enviar o projeto para o designer, mas fora um tempo bem aproveitado.

Quando saiu do escritório, olhou na direção do Salão de Jantar, analisou os carros e picapes no estacionamento. Vários Kias e uma boa quantidade de SUVs, picapes e automóveis de clientes de fora.

Dava para o gasto.

Bodine queria seu jantar e um momento de tranquilidade em que não tivesse que ter todas as respostas. Talvez dormisse cedo.

Depois de estacionar no rancho, ela pegou a pasta e seguiu para o vestíbulo dos fundos enquanto fazia um planejamento noturno em sua mente:

Taça de vinho.

Jantar.

Um banho quente demorado.

Algumas horas mergulhada num livro.

Dormir.

Parecia perfeito.

Captou o aroma — com certeza absoluta — da lasanha de Clementine e decidiu que Deus existia.

Quando Bodine entrou na cozinha, Clementine — com seu corpo esquelético de um metro e oitenta e dois e a autoridade que não dava a ninguém alternativa alguma além de limpar o prato — soltou uma de suas risadas estridentes.

— Garoto, você não mudou nadica de nada.

— Nada nesse mundo ou em qualquer outro seria capaz de mudar meu amor incondicional por você.

Bodine conhecia aquela voz, aquele charme despreocupado e malicioso. Enquanto Clementine enchia a lava-louças, ela encontrou Callen Skinner apoiado contra a bancada, tomando uma cerveja.

Capítulo 3

♦ ♦ ♦ ♦

ELE NÃO MUDARA NADA, pensou Bodine.

Quando fora embora, Callen era muito magro. Seu corpo parecia mais musculoso agora. Pernas longas e um quadril estreito lhe davam uma aparência esguia, porém os ombros tinham se alargado, e o rosto, afinado.

Aquele rosto sempre fora bonito, mas seus ângulos agora pareciam mais definidos, a mandíbula, mais firme. O cabelo, da cor da pelugem invernal dos cervos, estava mais comprido do que ela lembrava, e cacheava um pouco ao redor das orelhas e da gola da camisa.

Bodine se perguntou se os fios ainda clareavam quando ele ficava sob o sol sem chapéu por mais de dez minutos. Callen virou a cabeça e a encarou. Ela notou que os olhos eram os mesmos: aquele cinza enganosamente calmo que podia exibir tons de azul ou verde.

— E aí, Bodine?

Clementine se virou, plantou os punhos no quadril ossudo.

— Já era tempo. Acha que isto aqui é uma cafeteria? Sorte sua que sobrou alguma coisa para você comer.

— A culpa é do Rory. Foi ele quem me encheu de trabalho no fim do dia. Olá, Callen.

— Lave as mãos — ordenou Clementine. — E depois vá sentar.

— Sim, senhora.

— Quer uma cerveja? — perguntou Callen.

— Ela vai querer uma taça daquele vinho tinto que anda tomando porque evita problemas de coração ou coisa assim. Aquele ali — disse Clementine, apontando.

— É mesmo? Eu pego. — Callen caminhou até a garrafa, pegou uma taça e serviu a bebida enquanto Bodine lavava as mãos, obediente.

— Coma a salada. — Clementine serviu uma porção na tigela, jogou algo por cima e mexeu. — E não reclame do molho.

— Não, senhora. Obrigada — acrescentou ela quando Callen lhe passou a taça.

Bodine sentou, tomou o primeiro gole do vinho, e então, enquanto a cozinheira colocava um guardanapo sobre seu colo, pegou o garfo.

— Sente aí e faça companhia a ela, Cal. Metade das vezes essa garota chega atrasada para o jantar e come sozinha. Metade das vezes! Tem um prato quente no forno. Faça-a comer tudo.

— Pode deixar.

— Quer mais torta de maçã?

— Minha querida Clem, lamento dizer que não tenho mais espaço.

— Ora, então leve um pedaço para a cabana quando for embora. — Ela apertou sua bochecha, e o sorriso dele surgiu como um relâmpago numa chuva de verão. — Bem-vindo de volta. Estou indo para casa. — Em vez de ter a bochecha apertada, Bodine ganhou um tapinha na cabeça que terminou num afago. — Coma tudo, mocinha. Até amanhã.

— Boa noite, Clementine. — Bodine deixou a porta do vestíbulo dos fundos fechar antes de soltar um suspiro e pegar a taça de vinho de novo. — Você não precisa ficar sentado aí me vendo comer.

— Eu prometi. Juro que me casaria com aquela mulher só por essa marra toda que ela tem. A comida seria um bônus. — Ele deu um gole lento na cerveja, observando Bodine por cima da garrafa. — Você ficou mais bonita.

— Você acha?

— Eu estou vendo. Você sempre foi bonita, só que ficou mais. Fora isso, como está?

— Bem. Ocupada. Bem ocupada. E você?

— Feliz por estar de volta. Não tinha certeza de que eu ia gostar, então isso também é um bônus.

— Você ainda não teve tempo de sentir falta de Hollywood.

Ele girou os ombros.

— Era um bom trabalho. Interessante. Mais difícil do que você imagina. Mais difícil do que eu imaginava quando cheguei.

Para Bodine, os melhores trabalhos, os mais gratificantes, geralmente eram assim.

— Você conseguiu o que queria?

Os olhos de Callen encontraram os dela de novo.

— Consegui.

— Eu sei que já faz uns anos, mas quero dizer que sinto muito sobre o seu pai. E sinto muito por não ter ido ao enterro.

— Obrigado. Eu lembro que você estava doente, gripada ou coisa assim.

— Ou coisa assim. Foram três dias. Nunca fiquei tão mal, e espero não ter que repetir a dose.

— Já que estamos nos lamentando, sinto muito sobre o seu avô. Seu bisavô. Ele era um bom homem.

— Praticamente o melhor. Como vai a sua mãe, Callen?

— Bem. Ela está melhor agora, com um neto para mimar, e outro a caminho. Vamos vender o resto do terreno para o seu pai.

Bodine remexeu a salada.

— Não sei se eu devia dizer que sinto muito.

— Não precisa. O lugar não significa mais nada para mim. Já faz bastante tempo.

Isso até podia ser verdade, pensou ela, mas, ainda assim, fora seu patrimônio.

— Vamos cuidar bem dele.

— Imagino que sim. — Callen levantou e tirou a comida dela do forno. — E olhe só para você, Bodine — disse ele enquanto colocava o prato sobre a mesa. — Gerenciando o resort inteiro.

Como Clementine não estava ali para lhe olhar de cara feia, Bodine deu umas belas rosqueadas no moedor de pimenta.

Ela gostava do ardor.

— Eu não faço tudo sozinha.

— Pelo que fiquei sabendo, poderia muito bem fazer. Eu trabalhei para você hoje — comentou ele. — Como já faz muito tempo, Chase achou melhor que eu fosse passar um tempo com Abe para ver o que eu achava do trabalho.

Ela sabia disso — só porque Chase havia se lembrado de enviar uma mensagem depois de já ter decidido tudo.

— E o que você achou?

— Foi só uma impressão inicial. Posso te contar, se quiser.

Callen esperou um instante. Ela deu de ombros e comeu a lasanha.

— Concordo com Abe que você deveria contratar mais um cavaleiro. É verdade que pode pegar alguém do rancho por empréstimo, mas é melhor ter uma pessoa permanente. Não vou ter dificuldade em ficar no lugar do Abe quando ele for embora mês que vem, mas ainda teremos um funcionário a menos.

Como Bodine concordava com o argumento e não havia o que discutir sobre aquele conselho, assentiu com a cabeça.

— Estou procurando. Mas não encontrei ninguém ainda.

— Estamos em Montana, Bodine. Você vai encontrar seu caubói.

— Mas não quero qualquer um. — Ela gesticulou com o garfo para mostrar que, naquele ponto, estava irredutível. — Se eu não te conhecesse, você não ficaria no lugar de Abe.

— Justo.

— Mas eu te conheço. Será que você não sabe de ninguém na Califórnia que queira mudar de ares?

Callen fez que não com a cabeça e analisou a cerveja.

— Lá, você muda de ares o tempo todo, já que vai aonde mandam. E o salário é bom. Eu podia pedir uns favores, mas não me sentiria bem em pedir para alguém abrir mão daquele dinheiro todo para vir guiar cavalgadas, dar aulas, limpar esterco e cavalos. — O olhar dele encontrou o dela. — Por que eu voltei?

— Eu não perguntei nada.

— Perguntou, sim. Já tinha chegado a hora de voltar para casa. — E então aquele sorriso-relâmpago surgiu novamente. — Talvez eu tenha ficado com saudade de você e dessas pernas compridas, Bodine.

— Aham. — O som era ao mesmo tempo divertido e sarcástico.

— Eu teria sentido se soubesse que você ficou mais bonita.

— E eu também teria sentido saudades se soubesse que você deixou de ser magricela.

Callen soltou uma gargalhada.

— Sabe o que percebi? Senti mesmo saudades suas. E desta cozinha também. Mas, puxa vida, este lugar ficou mais fino desde a última vez que estive aqui. Uma porta de celeiro numa despensa grande o suficiente para fazer um estoque de comida. Um fogão enorme e brilhante, e aquela torneira que sai da parede. Clementine disse que é para encher as panelas novas.

— Minhas avós fizeram mamãe se viciar em programas de decoração. Ela quase enlouqueceu papai de tanto insistir numa reforma.

— E senti saudade de outras coisas. Quero ir visitar a vovó e dona Fancy.

— Elas iam gostar disso. Você tem tudo de que precisa na cabana?

— E mais um pouco. E o lugar também está mais bonito do que na época em que eu e Chase entrávamos escondidos lá para planejar nossas aventuras.

— E me trancavam do lado de fora. — Bodine percebeu que continuava um pouco amargurada com isso.

— Bem, você era uma *menina*.

Ela riu da resposta, do tom astutamente horrorizado. Talvez tivesse sentido um pouquinho de saudade dele também.

— Eu cavalgava tão bem quanto vocês.

— Sim. Isso me irritava bastante. Chase disse que você perdeu Maravilha dois invernos atrás.

Bodine cavalgara, amara e cuidara da gentil égua desde que as duas tinham dois anos.

— Fiquei arrasada. Levei seis meses para conseguir escolher outro cavalo.

— Você escolheu bem. Seu Leo é esperto e cheio de personalidade. Quer mais uma taça desse vinho?

Bodine pensou no assunto.

— Metade.

— De que adiante beber metade de qualquer coisa?

— É melhor do que nada.

— Isso parece conformismo. — Mas Callen se levantou, pegou a garrafa e a depositou sobre a mesa. — Parece que você limpou seu prato; então já cumpri minha promessa para Clementine. É melhor eu ir.

— Vai querer a torta?

— Não. Se eu levar um pedaço, ela vai ficar lá me chamando, tentando me convencer a comê-la, e não vou conseguir dormir nunca. Foi bom te ver, Bo.

— Você também.

Quando Callen foi embora, ela ficou sentada por um instante, pensando, distraidamente acariciando o canivete que carregava no bolso da frente — sempre. O mesmo que ele lhe dera de presente no seu aniversário de 12 anos.

Talvez, só talvez, ela ainda sentisse um pouco daquela paixonite. Só um pouquinho.

Mas não era nada com que precisasse se preocupar, nada em que quisesse investir. Apenas um friozinho na barriga ao ver o homem em que se transformara o garoto por quem tivera uma quedinha adolescente.

Era bom saber disso, reconhecer a situação e então deixá-la de lado.

Ela pegou a garrafa de vinho, serviu até a metade exata da taça.

Melhor do que nada.

1991

ELE ORDENARA QUE ELA o chamasse de *senhor.* Alice memorizara todas as rugas de seu rosto, o timbre exato de sua voz. Quando fugisse, contaria à polícia que seu sequestrador tinha uns 40 anos, era branco, com cerca de um metro e setenta e cinco, talvez setenta quilos. Meio musculoso e muito forte. Olhos e cabelo castanhos.

Ele tinha um queloide no lado esquerdo do quadril, com uns dois centímetros de comprimento, e uma marca de nascença na coxa direita.

E com frequência cheirava a couro, cerveja e óleo de pistola.

Ela faria um retrato falado com a polícia.

Há mais de um mês xingava a si mesma por não ter prestado mais atenção na picape. Até mesmo a cor fugira de sua memória, apesar de achar — talvez — que fosse um azul desbotado, enferrujado.

Seria incapaz de informar a placa, mas, de toda forma, era bem possível que o veículo fosse roubado. Por outro lado, conseguiria descrevê-lo do chapéu de caubói às botas de montaria surradas.

Se não o matasse antes.

Alice sonhava com isso, em dar um jeito de surrupiar uma faca, uma pistola ou uma corda e usá-la para matá-lo na próxima vez que ouvisse a porta do celeiro se abrir, da próxima vez que ouvisse aquelas botas pisando duro nos degraus que levavam à sua prisão.

Ela não fazia ideia de onde estava, se continuava em Montana ou se fora levada para Idaho ou Wyoming. Até onde sabia, o homem poderia tê-la transportado para a lua num foguete.

A prisão tinha piso de concreto e paredes cobertas com fórmica vagabunda. Não havia janelas, e apenas uma única porta se abria sobre um lance de escada precária, sem corrimão.

Havia uma privada, uma pia presa à parede e um chuveiro estreito com um chuveirinho. Assim como o ar no cômodo, a água no chuveiro nunca chegava nem perto de esquentar.

Para dar alguma privacidade, ele pendurara uma cortina esfarrapada para separar a área do banheiro do restante.

O restante se tratava de um quadrado com dez passos de largura — Alice sabia disso porque tinha andado de um lado para o outro inúmeras vezes, esticando a corrente presa à sua perna direita e que a impedia de subir mais do que dois degraus da escada. O cômodo abrigava uma cama dobrável, uma mesa aparafusada ao chão, uma luminária aparafusada à mesa. Um urso que escalava uma árvore formava a base da sua única fonte de iluminação e da lâmpada de quarenta Watts.

Apesar de o homem ter levado a mochila dela, ele deixara para trás uma escova de dente, pasta, sabão, xampu e ordem para usá-los, já que a limpeza aproximava de Deus.

Também fornecera uma única toalha áspera, um pano de prato e dois cobertores misericordiosamente quentes. Um exemplar da Bíblia se encontrava sobre a mesa.

No quesito comida, um velho caixote de madeira abrigava uma embalagem de cereais, metade de um pacote de pão de forma branco, pequenos potes de manteiga de amendoim e geleia de uva, duas maçãs — para mantê-la saudável, como o senhor alegava. Alice tinha uma única tigela de plástico e apenas uma colher do mesmo material.

Ele trazia o jantar. Era a única forma de a jovem saber que outro dia se passara. Geralmente era algum tipo de ensopado, mas às vezes havia hambúrgueres gordurosos.

Na primeira vez, ela se recusara a comer, gritando e tendo um ataque de raiva. Então o homem lhe dera uma surra, levara seus cobertores embora. As vinte e quatro horas seguintes foram um pesadelo cheio de dor e calafrios, o que a convenceu a comer. Para conseguir se manter forte o suficiente para escapar.

O desgraçado a recompensara com uma barra de chocolate.

Alice tentara implorar, subornar — sua família lhe daria dinheiro se ele a soltasse.

O homem dissera que, agora, ela era propriedade dele. Apesar de ser óbvio que Alice fora uma vagabunda antes de ser resgatada no acostamento da estrada, ele passaria a ser responsável por sua vida. E faria com ela o que bem entendesse.

O senhor sugerira que ela lesse a Bíblia, que dizia que as mulheres deviam permanecer sob o domínio dos homens, que Deus criara Eva da costela de Adão para servir como sua ajudante e lhe dar filhos.

Quando Alice dissera que ele era um filho da puta maluco, um covarde de merda, o homem deixara de lado sua tigela de ensopado. Seu punho fechado quebrara o nariz dela antes de ele a deixar choramingando no próprio sangue.

A primeira vez que a estuprara, ela lutara como louca. Apesar de o senhor bater nela e a esganar até tirar suas forças, Alice se debatia, gritava, implorava contra cada violação, dia após dia, até perder a noção de tempo.

Num desses dias, ele lhe serviu um pedaço de presunto frito picado, uma porção de purê de batata com molho vermelho, uma colherada de ervilhas e um bolinho. Até mesmo trouxe um guardanapo xadrez vermelho, dobrado num triângulo, deixando-a tão chocada a ponto de perder a fala.

— É o nosso jantar de Natal — disse o senhor ao se acomodar nos degraus para comer a própria refeição. — Quero vê-la comer com gratidão a comida que tive tanto trabalho para fazer.

— Natal. — Tudo dentro de Alice pareceu se inundar e estremecer. — É Natal?

— Eu não acredito nessa baboseira de trocar presentes nem em árvores enfeitadas e coisas assim. É o dia para celebrarmos o nascimento de Jesus. Então, uma refeição especial basta. Coma.

— É Natal. Por favor, por favor, Deus, me deixe ir embora. Quero ir para casa. Quero minha mãe. Quero...

— Cale essa boca com todos esses seus desejos — disse ele, ríspido, e Alice se retraiu como se tivesse levado um soco. — Se eu tiver que me levantar daqui antes de terminar de comer, você vai se arrepender. Tenha respeito e coma o que eu te dei.

Ela usou a colher e se esforçou para pegar um pouco de presunto e mastigá-lo, apesar de a mandíbula ainda doer da surra que levara poucos dias antes.

— Eu dou tanto trabalho. — Mais de um mês, pensou Alice. Fazia mais de um mês que estava num buraco com aquele maníaco. — Não seria melhor ter alguém que cuidasse do senhor? Que cozinhasse para o senhor? Uma ajudante, como a Bíblia diz.

— Você vai aprender — disse ele, comendo com a enganosa calma e paciência que Alice aprendera a temer.

— Mas... eu sei cozinhar. Cozinho muito bem. Se o senhor me deixar subir, posso cozinhar.

— Há algo de errado com a refeição que você está comendo?

— Ah, não. — Ela engoliu uma colherada das batatas gosmentas. — Sei que o senhor teve muito trabalho fazendo tudo isso. Mas o trabalho podia ser meu, e eu cozinharia, limparia e seria uma ajudante de verdade.

— Você acha que pareço idiota, Esther?

Fazia semanas que ela desistira de gritar que seu nome era Alice.

— Não, senhor! É claro que não.

— Acha que eu sou tão idiota, tão fraco diante da sedução de uma mulher, que não sei que você tentaria fugir se subisse essa escada? — A boca dele se retorceu. Seus olhos assumiram aquele ar sombrio terrível. — Talvez você tentasse enfiar uma faca de cozinha na minha garganta antes.

— Eu jamais...

— Cale essa boca mentirosa. Não vou te castigar como você merece por me chamar de idiota porque hoje é o dia do nascimento do Menino Jesus. Mas não teste minha paciência.

Quando Alice desistiu e voltou a comer em silêncio, o homem assentiu com a cabeça.

— Você vai aprender. E quando eu decidir que aprendeu o bastante e por tempo suficiente, talvez permita que suba. Mas, por enquanto, você tem tudo de que precisa aqui embaixo.

— Posso pedir uma coisa, por favor?

— Você pode pedir. Isso não quer dizer que vai ter o que quer.

— Eu queria as luvas e mais um par de meias que estão na minha mochila. Sinto frio nas mãos e nos pés. Estou com medo de ficar doente. Se eu ficar gripada, vou dar mais trabalho do que já dou.

O homem a encarou em silêncio, por um bom tempo.

— Eu posso pensar no seu caso.

— Obrigada. — As palavras pareceram grudar na sua garganta como a comida, mas Alice se forçou a pronunciá-las. — Obrigada, senhor.

— Posso pensar no seu caso — repetiu ele —, se você começar a me respeitar como eu mereço. Levante.

Alice colocou o prato de papel sobre a mesa e se levantou.

— Tire as roupas e deite na cama que te dei. Vou usufruir o que é meu por direito, e, desta vez, você não vai tentar me impedir.

Ela pensou nas frieiras nos pés e nas mãos, no frio constante. Ele a estupraria independentemente de qualquer coisa. Que sentido fazia também levar uma surra?

Tirou o moletom e a blusa que usava por baixo. Seu coração estava seco demais para que derramasse lágrimas enquanto despia as meias gastas de tanto andar pelo chão de concreto. Ela abaixou a calça jeans, tirou a perna esquerda, afastou o resto até a corrente no tornozelo direito.

E então deitou na cama dobrável, esperou ele tirar a roupa, apoiar o peso sobre seu corpo, enfiar-se dentro dela, arfar e gemer, gemer e arfar.

Alice acreditava que ele a destruíra ao fazê-la se submeter ao estupro por um par de meias.

Mas, ao pensar naquela noite fatídica, depois de saber que o ano tinha virado, enquanto passava uma semana inteira debruçada sobre o vaso sanitário, enjoada e tonta todas as manhãs, ela soube que estava errada.

Sua destruição ocorreu quando descobriu que carregava o filho do senhor.

Alice temeu dar a notícia; temeu não dar a notícia. Pensou em suicídio, pois aquela certamente era a opção mais caridosa para ela própria e para aquilo que ele plantara em seu corpo.

Mas lhe faltavam coragem e oportunidade.

Enquanto se encolhia na cama, refletiu que talvez ele o fizesse por ela. Quando o senhor descobrisse que ela estava grávida, talvez lhe surrasse até a morte. E aí tudo acabaria.

Ela pensou na mãe, na irmã, nos avós, nos tios e nas tias e nos primos. Pensou no rancho, em como o lugar pareceria um cartão-postal sob a neve de janeiro.

Lembrou a si mesma que ninguém a procuraria. Ela mesma fechara essa porta, cortara relações, tornara-se incomunicável.

E ninguém a encontraria naquele buraco.

Alice desejou poder pedir desculpas à família por ter desaparecido daquele jeito. Com tanta raiva, tão orgulhosa que não se importara com os sentimentos dos outros. Que não acreditara que se importariam.

Desejou poder contar à família que havia tentado voltar para casa.

Quando ouviu a porta abrir, quando ouviu os passos, ela estremeceu. Não de medo, mas de resignação.

— Tire a bunda da cama e venha comer.

— Estou doente.

— Você vai ficar ainda mais doente se não me obedecer.

— Preciso de um médico.

O homem a agarrou pelo cabelo e a puxou. Gritando, Alice cobriu o rosto.

— Por favor, por favor. Estou grávida. Estou grávida.

Ele puxou seu cabelo com mais força enquanto aproximava o rosto dela do seu.

— Não venha com essas histórias de vagabunda pra cima de mim.

— Estou grávida. — Ela falava com calma agora, certa de que encontraria a morte. Forçando-se a aceitá-la. — Faz seis dias que fico enjoada toda manhã. Minha menstruação não desce desde que vim para cá. Não veio em dezembro, e está chegando perto da data em que deveria vir em janeiro. Perdi a noção do tempo até o senhor dizer que era Natal. Estou grávida.

Quando ele soltou seu cabelo, Alice afundou na cama.

— Então estou bem satisfeito.

— O senhor... o quê?

— Você tem algum problema de audição, Esther? Estou satisfeito.

Ela o encarou; então fechou os olhos.

— O senhor queria que eu engravidasse.

— Nós devemos ser fecundos e nos multiplicar. Nosso propósito na Terra é produzir filhos.

Alice ficou imóvel e deixou a resignação de lado, permitindo que uma centelha de esperança surgisse.

— Senhor, preciso me consultar com um médico.

— Seu corpo foi feito para isso. Médicos só enrolam as pessoas para ganhar dinheiro.

Ele quer o bebê, lembrou ela a si mesma.

— Nós queremos que o bebê seja saudável. Preciso de vitaminas e cuidados pré-natais. Se eu ficar doente, o bebê dentro de mim também ficará.

Aquela faísca, aquela faísca louca, brilhou em seus olhos.

— Você acha que um médico charlatão sabe mais do que eu?

— Não. Não. Eu só quero o melhor para o bebê.

— Vou dizer o que é melhor. Levante e coma o que eu trouxe. Vamos evitar relações até termos certeza de que o feto está bem-implantado.

O SENHOR TROUXE um pequeno aquecedor portátil e uma poltrona. Ele adicionou um frigobar ao quarto, onde guardava leite, frutas e legumes. E passou a lhe dar mais carne do que antes, obrigando-a a tomar uma vitamina diária.

Quando achou que ela estava saudável o suficiente, os estupros voltaram, mas com menos frequência. As surras se transformaram em tapas em seu rosto.

Conforme a barriga de Alice crescia, o homem trazia vestidos enormes e esvoaçantes que ela odiava e um par de chinelos que trouxe lágrimas de gratidão aos seus olhos. Ele prendeu um calendário na parede e marcava os dias que passavam, e agora ela podia observar o tempo se arrastar.

Ele teria que deixá-la subir quando o bebê nascesse. Ele queria o filho, então teria que deixar que ela e o bebê subissem.

E aí...

Seria necessário esperar, calculou Alice enquanto sentava na poltrona ao lado do pequeno aquecedor e sentia o bebê chutar e se mexer em sua barriga.

Teria que fazê-lo acreditar que ela ficaria ali, que seria obediente, que fora vencida. E, depois que conhecesse bem o terreno, quando fosse capaz de planejar a melhor forma de fugir, ela escaparia. Se tivesse a oportunidade, o mataria, mas escaparia de toda forma.

Alice vivia por isso, pela vinda do bebê, pela porta que se abriria. Aquele ser era algo que a ajudaria — e nada mais do que isso, uma coisa que ele forçara dentro de seu corpo.

Quando estivesse lá em cima, quando tivesse recuperado as forças, quando soubesse onde estava, quando ele baixasse a guarda, ela fugiria.

No próximo Natal, estaria em casa, segura, e o desgraçado estaria morto ou na cadeia. O bebê... ela não conseguia pensar nisso.

Não queria pensar nisso.

NO FIM DE SETEMBRO, no décimo primeiro mês de cativeiro, o trabalho de parto começou como uma dor incômoda nas costas. Alice andou de um lado para o ouro para tentar aliviar a sensação, sentou na poltrona, encolheu-se na cama, mas nada funcionava. A dor se espalhava, cercando a barriga, ficando mais forte.

Quando a bolsa estourou, ela começou a gritar. Gritou como não gritava desde as primeiras semanas no porão. E, assim como naquelas semanas, ninguém apareceu.

Aterrorizada, encolheu-se na cama enquanto a dor vinha cada vez mais forte, em intervalos menores. Sua garganta implorava por água, fazendo com que ela se levantasse entre as contrações para pegar um pouco da pia, servindo-a num dos copos de papel que ele trouxera.

Dez horas depois de a primeira pontada de dor surgir, a porta lá em cima se abriu.

— Me ajude. Por favor, por favor, me ajude.

O homem desceu rápido, e então ficou parado, franzindo a testa, antes de enfiar o chapéu de volta na cabeça.

— Por favor, está doendo. Está doendo tanto. Preciso de um médico. Ah, meu Deus, preciso de ajuda.

— Uma mulher dá à luz seus filhos com sangue e dor. Você não é diferente. Hoje é um bom dia. Meu filho está vindo ao mundo.

— Não vá embora! — Ela chorou enquanto ele subia os degraus. — Ah, meu Deus, não me deixe. — E então a dor tornou impossível emitir qualquer som além de um grito sofrido.

O homem voltou com uma pilha de toalhas velhas que mais pareciam panos de chão, um balde de ferro e uma faca embainhada no cinto.

— Por favor, chame um médico. Acho que tem algum problema.

— Não há problema algum. Isso é só o castigo de Eva. — Ele afastou seu vestido e enfiou os dedos nela, causando uma nova dor.

— Parece que você está quase pronta. Pode gritar o quanto quiser. Ninguém vai te ouvir. Eu vou trazer meu filho ao mundo. Vou trazê-lo com minhas próprias mãos, na minha própria terra. Sei o que estou fazendo. Já ajudei no parto de vários bezerros, e é quase a mesma coisa.

Aquele monstro que ele botara dentro dela a rasgaria ao meio. Louca de dor, Alice bateu nele, tentou se afastar. Então começou a chorar, exausta, quando ele a deixou sozinha de novo.

E voltou a lutar, gritando até ficar rouca, quando o homem reapareceu com uma corda e a amarrou na cama.

— É para o seu próprio bem — disse ele. — Agora, comece a empurrar meu filho. Empurre, está me ouvindo? Ou vou cortá-lo fora.

Encharcada de suor e morta de cansaço, Alice empurrou. Ela seria incapaz de resistir à necessidade urgente de fazer isso mesmo com a dor que a atravessava.

— Peguei a cabeça, veja só que cabeça perfeita. E é cabeludo. Empurre!

Ela juntou todas as forças, gritando em meio ao último rompante de dor indescritível. Quando seu corpo amoleceu de exaustão, ouviu um choro manhoso.

— Saiu? Saiu?

— Você deu cria a uma fêmea.

Alice se sentia drogada, fora do próprio corpo, e viu, por entre a cortina de lágrimas e suor, que ele segurava um bebê que se remexia, um bebê cheio de sangue e gosma.

— Uma menina.

Os olhos que encontraram os de Alice estavam impassíveis e frios, e lhe causaram um medo novo.

— Um homem precisa de um filho.

Ele colocou o bebê sobre ela e tirou um barbante do bolso.

— Coloque-a no peito — ordenou enquanto amarrava o cordão umbilical.

— Eu... não posso. Meus braços estão amarrados.

Com o rosto gélido, ele puxou a faca do cinto. Alice instintivamente se arqueou, lutando contra a corda, desesperada para passar os braços ao redor da criança e protegê-la.

Mas o senhor cortou o cordão, depois a corda.

— Você precisa passar do resguardo. — Ele pegou outro balde enquanto o choro do bebê ficava mais alto, e Alice segurou a criança.

Uma nova dor a pegou desprevenida, mas não era tão ruim quanto antes. Ele jogou a placenta no balde.

— Dê um jeito nesse berreiro. Limpe essa criança e a si mesma.

Ele começou a subir os degraus, olhou para trás uma última vez.

— Um homem precisa e merece um filho.

Depois que a porta foi fechada, Alice ficou deitada na cama suja, com a bebê chorando e se remexendo. Ela não queria dar de mamar à criança, não sabia como fazer isso. Não queria estar sozinha com aquela coisa. Não queria olhar para ela.

Mas olhou, olhou, e viu como era indefesa, aquela coisinha que crescera dentro do seu corpo.

Aquela criança. Aquela filha.

— Está tudo bem. Vai ficar tudo bem.

Alice se moveu, fazendo uma careta com o movimento, aninhando o bebê e guiando sua boca para o seio. A menina esperou um momento, seus olhos compridos olhando cegamente, e então ela sentiu o puxão e a sucção da mamada.

— Isso, isso. Vai ficar tudo bem.

Ela acariciou a cabecinha, cantarolou, sentiu um amor impossível.

— Você é minha, não dele. Só minha. Seu nome é Cora. É o nome da sua avó. Você é a minha Cora agora, e eu vou cuidar de você.

O homem a deixou sozinha por três dias, e Alice temeu que nunca mais voltasse. Com a perna presa, era impossível chegar à porta, encontrar uma saída.

Se tivesse algo afiado, podia tentar cortar o pé fora. A comida escassa começou a acabar, mas havia toalhas para o bebê e o pano de prato que ela lavava e ensaboava vez após outra para manter a pequena Cora limpa.

Alice sentava na poltrona, com a bebê nos braços, cantarolando músicas, acalmando-a sempre que ficava manhosa. Andava com Cora, beijava sua cabeça cabeluda, admirava os dedinhos das mãos e dos pés.

A porta se abriu de novo.

Alice apertou a bebê enquanto o homem descia, carregando um saco de comida.

— Trouxe o que você precisa. — Ele se virou, olhou para o bebê nos braços dela. — Deixe-me vê-la.

Mesmo que fosse capaz de rasgar a garganta dele com os dentes, Alice não conseguiria quebrar a corrente. Precisava se manter calma e amável; então sorriu.

— Sua filha é bonita e perfeita, senhor. E é tão boazinha. Quase nunca chora, só quando sente fome ou se suja. Seria bom ter umas fraldas e um pouco de...

— Eu disse para me deixar vê-la.

— Ela acabou de dormir. Acho que tem os seus olhos e o seu queixo. — Não, não, não tinha, mas mentir fazia parte de se manter calma e amável. — Eu devia ter agradecido ao senhor por me ajudá-la a trazer ao mundo, por me ajudar a fazê-la.

Quando ele se agachou resmungando, Alice relaxou um pouco. Não viu o olhar raivoso em seus olhos.

Mas ele pegou a bebê tão rápido que Cora acordou com um choro assustado, e Alice levantou da poltrona num pulo.

— Ela parece saudável o suficiente.

— Ela é. Ela é perfeita. Por favor, posso fazê-la parar de chorar. Só tenho que...

O homem se virou, seguiu na direção da escada com Alice voando atrás dele, a corrente batendo contra o concreto até se esticar completamente.

— Aonde você vai? Para onde está levando ela?

Perdendo a cabeça, Alice pulou nas costas dele; o homem a afastou com um tapa, como se ela fosse uma mosca, e subiu a escada. Parou para olhar para trás enquanto ela dava puxões inúteis na corrente.

— Filhas não me servem de nada. Mas ela vai servir para alguém, me render um belo dinheiro.

— Não, não, por favor. Eu vou cuidar dela. Ela não vai incomodar. Não a leve. Não a machuque.

— A menina é sangue do meu sangue; então não vou machucá-la. Mas filhas não me servem de nada. É melhor você me dar um filho, Esther. É melhor mesmo.

Alice puxou a corrente até seu tornozelo começar a sangrar, gritou até sua garganta arder como se queimada por ácido.

Quando caiu sobre o chão de concreto, chorando, completamente desesperada, quando soube que nunca mais veria a filha, foi o momento em que ele finalmente a destruiu.

Capítulo 4

♦ ♦ ♦ ♦

Dias atuais

Com o acréscimo da conferência dos escritores e do recém-confirmado evento de escultura em neve, além das várias festas e confraternizações de fim de ano organizadas para manter o interesse do público até fevereiro, Bodine analisava currículos e recomendações de vários gerentes.

Ela separou os favoritos — uma recém-formada que queria trabalhar com hotelaria, uma mulher cujos filhos acabaram de sair de casa e que tinha experiência como camareira, um jovem cavaleiro que buscava um emprego integral ou de meio período, alguns candidatos a garçom, uma massagista experiente que acabara de se mudar de Boulder.

Avaliou mais alguns, refletindo sobre suas prioridades.

Era necessário contratar outra camareira, já que a esposa de Abe, Edda, deixaria a vaga aberta quando fossem para o Arizona. Aquela candidata parecia boa. E com certeza havia necessidade de mais um caubói, e de garçons.

Bodine pensou na recém-formada, que parecia disposta a aceitar qualquer cargo que lhe oferecessem. Era uma garota local, com um bom histórico e notas excelentes.

Com sua pastinha de papel em mãos, ela foi atrás de Jessica.

E a encontrou no Salão de Jantar, conversando com o gerente do restaurante.

— Ótimo. Duas pessoas com quem eu queria falar. Jake, dei uma olhada nos candidatos a garçom que você me enviou.

— Carrie Ann gosta dos dois — disse ele, referindo-se à garçonete com olhos de águia que trabalhava ali havia doze anos.

— Pois é. Pode contratá-los se quiser. Isso vai lhe dar tempo para verificar se são bons antes mesmo de os clientes do fim de ano chegarem.

— Está certo. Resolvemos tudo, Jessica?

— Melhor, impossível. Acho que o evento dos Hobart vai ser perfeito em todos os sentidos. Obrigada, Jake.

— Disponha. Vou me planejar para contratar os garçons novos esta semana.

Quando ele se afastou, Bodine se virou para Jessica.

— O que você acha de ter uma assistente/estagiária?

— Eu já tenho Will. — Os olhos azul-claros se encheram de nervosismo. — Você não está pensando em mandar o Will embora, está?

— Não, quero acrescentar outra pessoa. Talvez. A garota é sobrinha de uma amiga da minha mãe. Mas — continuou Bodine — tem experiência. É formada em hotelaria, trabalhou num hotel em Billings antes de se formar, mas a mãe passou por alguns problemas ano passado, e ela voltou para casa para ajudar. Quer ficar mais perto da família. É jovem, mas tem ótimas referências. Gostei dela. Acho que você pode treiná-la no método Bodine.

— É você quem manda.

— Bem, isso é verdade, e vou contratá-la de qualquer forma. Mas, se você der uma olhada no currículo dela e achar que não vai dar certo, posso colocá-la no setor de atividades ou de vendas.

— Vou dar uma olhada no currículo. — Jessica pegou o papel das mãos de Bodine. — Marque uma entrevista.

— Ótimo. Depois me avise quando você vai estar livre.

— Pode deixar. — Jessica colocou o papel sobre a mesa, prendendo-o sob o *tablet*. — Você falou com o Rory?

— Só no café da manhã.

— Temos duas reservas para o Festival de Escultura de Neve.

— Já? Mas o anúncio entrou no site hoje cedo.

— Pois é. — Com um sorriso presunçoso, Jessica fez um brinde com a garrafa de água.

Bodine tamborilou com a palma da mão sobre a pasta de papel.

— Parece que vou ter que contratar mais funcionários temporários para o inverno. Posso perguntar uma coisa?

— Claro.

— Por que você usa salto alto todos os dias quando passa mais tempo correndo de um lado para o outro do que sentada? — acrescentou ela. — No fim do dia, seus pés devem estar doendo.

As sobrancelhas de Jessica se ergueram; seu olhar baixou para os pés da chefe.

— Por que você usa botas maravilhosas todos os dias? Nós usamos o que somos, Bodine.

Bodine olhou para as botas de montaria cinza-chumbo com fivelas nas laterais. Eram mesmo maravilhosas.

— Eu sou as minhas botas.

— E suas calças jeans, e, na maioria dos dias, como hoje, seus coletes elegantes. Gosto muito da sua coleção de coletes.

Achando graça, Bodine puxou o colete com listras verdes e azuis finas para baixo. Ele podia ser considerado elegante, pensou.

— É só a minha forma de encontrar um meio-termo entre um terninho e calça jeans.

— Eles ficam bem em você.

— Certo. — Bodine sacudiu o cabelo, naquela ocasião preso em uma longa trança, sobre os ombros. — Eu, minhas botas maravilhosas e meu colete elegante vamos falar com o Abe. Também tenho um funcionário novo para ele, e outro para a Cidade Zen. — Ela começou a se afastar, mas voltou. — Eu estaria chorando nesses sapatos em menos de duas horas.

— Você é mais durona que isso.

— Por dentro — explicou Bodine —, eu estaria chorando.

Ela pegou o casaco e o chapéu no escritório. De acordo com o cronograma, Abe devia estar terminando duas aulas no Centro Equestre.

Com a picape, Bodine completou o trajeto de dez minutos que serpenteava pelo resort até dar na estrada que levava ao centro.

Seguiu para o grande picadeiro de equitação, deparando-se com o cheiro de cavalos e o som de um risinho nervoso.

— Você está indo bem, Deb, muito bem. Mantenha os calcanhares para baixo, Jim. Assim mesmo.

Franzindo a testa, ela se aproximou e viu Callen, não Abe, montado e dando instruções.

Os dois alunos eram inexperientes, sem dúvida, mas ele tinha tudo sob controle.

O sujeito ficava bem em cima de um cavalo, pensou ela. Parecia tão confortável quanto algumas pessoas aboletadas numa poltrona reclinável.

Os alunos faziam movimentos fáceis — apesar de o cavalo baio que chamavam de Biff ser tão preguiçoso quanto um adolescente numa manhã de verão. O animal se arrastava sob o homem, enquanto a moça da risadinha nervosa cavalgava sobre a dócil Maybelle.

— Prontos para trotar de novo? — perguntou Callen aos dois.

— Ah, caramba, acho que sim. — A mulher olhou para Jim, do outro lado do picadeiro. — Acho que sim, né?

— Vamos lá.

— Mostrem a eles o que vocês querem — aconselhou Callen.

Traseiros acertaram o couro com força suficiente para Bodine fazer uma careta, mas ambos os alunos conseguiram contornar o picadeiro num trote tranquilo.

— Agora, façam uma curva, mudem de direção. Isso aí. Cutuque-o, Jim. Ele não gosta de andar, prefere ficar parado. Assim mesmo.

Callen guiou o próprio cavalo — um belo animal cor de caramelo que Bodine não reconhecia — em um círculo pequeno para manter os dois alunos em seu campo de visão. Quando a viu, baixou a ponta do chapéu.

— Estão prontos para tentar um meio-galope? Cotovelos para baixo, Deb — instruiu ele quando os braços da mulher se ergueram em outro risinho. — Você consegue. Mostre a ela o que você quer.

— Estou um pouco... está bem. — Com os lábios comprimidos, Deb se balançou na sela e soltou um gritinho quando a égua começou um meio-galope suave. — Ah, meu Deus! Estou conseguindo. Jim!

— Isso aí, querida. Estamos cavalgando!

Eles deram duas voltas, e, apesar de a mulher ir para a frente e para trás da sela como um metrônomo, seu rosto exibia um enorme sorriso.

— Agora, diminuam a velocidade — isso mesmo — até estarem caminhando. Vocês foram ótimos.

— Podemos ir de novo? Acabou o tempo — informou Jim ao olhar para o relógio. — Mas...

— Mais uma volta.

— Eba! — exclamou ele, e, entusiasmado, fez Biff seguir relutante para mais uma volta no picadeiro.

Pegando um bloco de apoio, Bodine atravessou a terra macia enquanto Callen desmontava. Ele ergueu a mão para o seu cavalo, que bufou e então ficou parado, com o quadril deslocado e as rédeas jogadas por cima do pescoço.

Um pouco ofegante e um pouco corada, a radiante Deb fitava Callen do alto.

— Jim só me convenceu a vir depois de me subornar com um par de botas que vi numa loja do resort. Nem acredito o quanto foi divertido! Como eu desço daqui?

Com uma risada, Callen segurou a égua da aluna.

— Jogue a sua perna para cá, e deslize para baixo. Tem um apoio bem ali.

Desajeitada, porém animada, Deb pisou no apoio e então sorriu para Bodine ao se afastar do cavalo.

— Oi! Você trabalha para o Cal?

— Ela é a chefe — explicou Cal. — Todo mundo trabalha para ela.

— Ah! É um prazer conhecê-la. — Deb ofereceu a mão. — Nós nos divertimos muito, não é, Jim? Eu nunca tinha subido num cavalo antes, e agora sei fazer um... Como era mesmo o nome, Cal?

— Meio-galope.

— Isso mesmo. Ah, vou passar uma semana dolorida, mas já quero repetir a dose. Vamos fazer uma cavalgada, Jim.

— Pode nos inscrever. — Com um pouco mais de elegância do que a esposa, Jim desmontou. — Ou eu mesmo inscrevo a gente. Baixei o aplicativo do resort no telefone. Ótima ideia. Jim Olster.

— Bodine Longbow.

— Ah, até seu nome parece saído de Montana. Adorei este lugar. Nós chegamos ontem, mas já estamos adorando tudo. Você se importaria de tirar uma foto? — Deb pegou o telefone. — Uma foto nossa, com Cal e os cavalos. Adorei o seu chapéu. Agora também preciso de um. Gosto desse estilo com a aba reta. Nós vamos fazer compras, Jim, e comemorar no Saloon. Eu andei a cavalo!

Bodine tirou as fotos, encerrando a sessão com uma de Deb pressionando sua bochecha na da égua.

Quando os dois foram embora, com Deb ainda tagarelando, Bodine levou a égua até a cerca para tirar a sela.

— Eu diria que os dois ficaram satisfeitos.

— Pois é. Deb devia estar querendo muito aquelas botas. Ela chegou aqui com as mãos tremendo.

— Nós vendemos botas muito boas. Cadê o Abe? Ele estava agendado para a aula dos Olster.

— Ah, meu Deus. — Callen passou a sela do cavalo para a cerca. — Você ainda não ficou sabendo? A esposa dele sentiu dores no peito, então...

— Edda? Dores no peito? O que houve, onde ela está? — Enquanto fazia perguntas, Bodine já sacava o telefone.

— Calma. Ele me mandou uma mensagem no meio da aula. Parece que ela teve um pequeno infarto.

A própria Bodine quase teve um também.

— Um... um... *pequeno*?

— A palavra que ele usou foi "leve". Ela vai ficar internada por enquanto, mas está estável. Eu estava aqui quando ligaram para ele. Edda foi passar o dia com umas amigas e começou a sentir dor. Ela está de folga hoje, não está? Eu disse ao Abe para ir embora, que eu cobriria a aula.

— Obrigada, de verdade, mas alguém devia ter me contado.

— Abe ficou um pouco aturdido, e foi embora num piscar de olhos. E eu estava ocupado me certificando de que a aluna não desmaiaria no meio da aula.

— Certo, você tem razão. — Para se acalmar, Bodine tirou o chapéu, bateu com ele contra a coxa enquanto andava de um lado para o outro. — Eu só... preciso de detalhes. Ela está estável? Você tem certeza?

— As palavras exatas de Abe foram: "Ela está me pentelhando para voltar para casa. Mas os médicos querem que ela passe a noite aqui, precisam fazer exames."

— Que exames? Como você saberia isso? — disse ela antes que Callen conseguisse responder. — Vou pesquisar. Vou pesquisar quais são os procedimentos normais, e então ligo para ele.

Mais calma agora que tinha um plano, Bodine botou o chapéu de novo.

— O que mais estava na agenda de Abe para hoje?

— Ele tinha uma cavalgada daqui a pouco — respondeu Callen antes de ela conseguir achar as informações no telefone. — Carol pode cuidar disso. E uma aula semanal às quatro.

— É o horário de Lessie Silk. Ela tem 12 anos. Eu cuido dela.

— Deixe comigo — garantiu Callen. — Chase sabe onde eu estou.

— Certo. Tudo bem. Vou contratar outro cavaleiro. Consegui alguém para entrevistar. Eu ia conversar com o Abe sobre isso, mas, agora, simplesmente vou ligar para o candidato e pedir que ele venha. Se o sujeito não for um idiota, ficamos com ele.

Ela entraria em contato com Abe, pediria mais detalhes sobre a Edda. Ligaria para o candidato, marcaria uma entrevista e ajustaria o cronograma da governança, já que era responsabilidade de Edda e ela não voltaria ao trabalho antes de ser liberada pelos médicos.

— Já bolou uma solução para tudo? — perguntou Callen após um momento.

— Quase. Você disse que foi leve?

— Foi a palavra que Abe usou, assim como *estável*.

— Tudo bem. — Bodine suspirou, controlando a emoção. — Quem é este rapaz bonito? — Ela fez carinho no desconhecido cavalo cor de caramelo.

— Este é Pôr do Sol. Minha cara-metade. Pôr do Sol, esta é Bodine.

Callen apontou um dedo para baixo, e o cavalo dobrou as pernas da frente, fazendo uma mesura.

— Ora, mas como você é esperto.

— O cavalo mais inteligente que eu já conheci. — Callen deu uma batidinha no ombro de Bodine. Pôr do Sol se aproximou, apoiando a cabeça onde o dono indicara.

Rindo, Bodine passou um braço pelo pescoço de Pôr do Sol.

— Há quanto tempo está com ele?

— Desde que ele nasceu, num pôr do sol em maio, quatro anos atrás. Eu estava ajudando um amigo enquanto não aparecia trabalho, e a égua dele deu à luz. Foi amor à primeira vista. Eu o comprei na mesma hora, e, quando ele já estava desmamado e pronto, foi para a minha casa.

Callen enrolou as rédeas com firmeza ao redor do pito da sela.

— Quer se exibir um pouco, Pôr do Sol?

O cavalo jogou a cabeça para trás e foi trotando até o centro do picadeiro.

— Cascavel!

Ao ouvir o grito de Callen, Pôr do Sol se empinou, os cascos acertando o ar.

— Tiro de costas.

Baixando as pernas da frente, Pôr do Sol jogou as patas de trás para o alto.

— Trá-lá-lá.

Esperto, o cavalo dançou lateralmente para a esquerda, balançou a anca, dançou para a direita.

— Dama à vista.

Achando graça e impressionada, Bodine viu um brilho surgir nos olhos do cavalo antes de ele fazer a versão equina do gingado masculino ao voltar para ela.

— Beije a moça.

Pôr do Sol baixou a cabeça e esfregou o focinho na bochecha de Bodine.

— Você é uma graça — disse ela, pressionando os próprios lábios na bochecha do cavalo. — Você o treinou? Você sempre levou jeito, mas isso foi muito impressionante.

— Eu aprendi uma coisinha ou outra com especialistas durante as minhas viagens, mas é fácil quando se trabalha com o melhor. O melhor mesmo.

— Não vou discutir quanto a isso. — E amor, do tipo que ela sabia que desabrochava entre cavalos e seres humanos, impregnava as palavras de Callen.

— Você sabe fazer algum truque enquanto cavalga? Costumava saber.

O sorriso rápido que Callen abriu exibia — na opinião de Bodine — uma bela dose de sedução.

— Você quer que eu me exiba agora?

— Só estou pensando que recebemos muitas famílias, muitas crianças nos fins de semana, ainda mais no verão. Um showzinho na arena do lado do CAB, com uns movimentos elaborados, terminando com alguns truques? As pessoas vão adorar.

— Talvez.

— Quem sabe meia hora de show, meia hora para as crianças tirarem dúvidas e fazerem carinho no cavalo? Você receberia um bônus. Se quiser pensar no assunto, vejo como podemos encaixar isso no cronograma.

Pôr do Sol fez um movimento com o traseiro em direção ao ombro de Callen, como se dissesse: eu topo!

— Posso pensar no assunto.

— Ótimo, então conversamos sobre isso mais tarde. Precisa de ajuda com os cavalos?

— Está tudo sob controle.

— Melhor eu voltar, então. — Bodine começou a se afastar, virou, continuou andando de ré enquanto falava: — Você é um bom professor, Skinner. Nunca achei que fosse virar uma pessoa paciente.

— Passei algum tempo treinando.

— Bastante tempo, eu diria.

Quando ela se virou de novo, Callen ficou admirando suas pernas longas até perdê-las de vista.

— Paciência não é tudo na vida — disse ele para o cavalo. — Talvez, da próxima vez, *eu* devesse beijar a moça.

Pôr do Sol soltou um som que não poderia ser confundido com nada além de uma risada.

BODINE ENCAIXOU TODAS AS TAREFAS possíveis na sua agenda para o restante do dia e da manhã seguinte.

Ela fez ligações e marcou entrevistas. Tomou a rara decisão de trancar a porta da sala, certificando-se de que teria tempo suficiente sem interrupções para ajustar o cronograma e compensar a ausência de Edda e Abe por alguns dias.

Foi uma alegria — e um alívio — descobrir que nenhum dos funcionários reclamou por ter que mudar de turno.

Depois de implorar à cozinha do Salão de Jantar por uma canja de galinha, foi visitar Abe e Edda. Ela mesma esquentou a sopa para se certificar de que eles comessem, enquanto Edda insistia que estava bem.

Quando chegou em casa — mais uma vez atrasada para o jantar —, tirou sua porção de costeleta do forno e se acomodou com o prato e o laptop para reler o currículo das pessoas que queria contratar.

A mãe entrou na cozinha enquanto Bodine comia com uma das mãos e mexia no teclado com a outra.

— Humm — disse a filha.

— Pensei ter ouvido você chegar. Não faz bem trabalhar até tarde o tempo todo, querida.

Bodine engoliu.

— O trabalho está caótico. Estou consertando as coisas.

— É o que você sempre faz. Acabei de falar com a Edda. Ela parece um pouco cansada, um pouco envergonhada. Acho que também vou tomar esse seu vinho. Fiquei sabendo que você foi visitá-los no hospital, e levou sopa. — No caminho para pegar uma taça, Maureen parou para dar um beijo no alto da cabeça da filha. — Você é uma boa menina.

— Fiquei assustada. Edda sempre pareceu tão... resistente. Ela não vai precisar de cirurgia, mas terá que tomar remédios. E mudar algumas coisas em sua rotina. Dieta, exercícios.

— Nós vamos tomar conta para que ela se cuide mais. — Depois de sentar, Maureen se serviu de vinho e encheu um pouco mais a taça da filha. — E isso vale para você também. Durma mais, e faça suas refeições direito. Sua avó e eu, e o seu pai, não abrimos o Resort Bodine para você se matar de trabalhar.

— Foi uma exceção.

— E não é sempre assim? — disse Maureen daquele jeito calmo.

— Não, de verdade. Mas estou tentando melhorar a situação. Marquei entrevistas com cinco pessoas amanhã. Sou rápida. E com mais um candidato depois de amanhã.

— Seis? Jessie me disse que vai conversar com Chelsea amanhã. Eu queria falar com você sobre isso — comentou Maureen.

— Eu sei que ela é sobrinha da Jane Lee Puckett e sei que você e a Sra. Puckett são amigas desde sempre.

— É mais do que isso, apesar de essa parte ser importante. Jane Lee tem sido como uma irmã para mim desde que a minha... desde que a minha foi embora no dia seguinte ao meu casamento e partiu o coração da nossa mãe.

Maureen tomou um longo gole de vinho e respirou fundo.

— Ela faz parte da família. Não preciso lembrar que ela trocou as suas fraldas, além das de Chase e Rory, do mesmo jeito que eu troquei as dos filhos dela. É assim que famílias agem, e isso é importante.

— Eu sei, mãe.

Maureen simplesmente lhe lançou um olhar — um daqueles capazes de fazer qualquer reclamação, explicação ou desculpa desaparecer. Foi eficiente.

— Isso não é tudo. Chelsea é inteligente, esperta e educada. Ela abriu mão de um ótimo emprego para voltar para casa e ajudar a família. Isso é ter caráter. Então me parece que seria tolice não contratá-la. — Ela ergueu a mão antes que Bodine conseguisse falar. — A decisão é sua. Nós a deixamos no comando porque você é inteligente e esperta, além de bastante educada. E você não apenas queria o cargo, como trabalhou duro por ele. Era isso que eu queria dizer.

— Acho importante que Jessica a entreviste e possa opinar sobre quem contratamos para trabalhar com ela.

— É por isso que você está no comando. Porque esse é um ótimo argumento. Jessie não é boba, e imagino que não vá rejeitar Chelsea. Mais cinco?

— Garçons, camareiras, um cavaleiro e uma massagista. Por enquanto, não precisamos de pessoal na Cidade Zen; então isso vai lhe dar tempo para ser treinada. E gostei do currículo dela. Mas as outras vagas têm que ser preenchidas logo, especialmente as da governança e dos cavalos. Na verdade, seria bom ter mais um instrutor qualificado na arena, já que Abe vai tirar licença para cuidar da Edda, o que está mais do que certo. Posso pedir a Maddie para vir uma ou duas vezes na semana, só para as aulas, mas tenho medo que ela faça muito esforço.

— Peça para a Maddie ir uma vez por semana, para testar, e deixe claro que vai mandá-la de volta para casa se ela forçar a barra ou subir num cavalo.

— Esse é um bom meio-termo. — E Bodine teria pensado nisso se sua mente não estivesse tão sobrecarregada. — Callen cobriu as aulas do Abe de novo. Eu assisti ao final de uma ontem, fiquei surpresa com o quanto ele é bom. Nunca imaginei que teria talento para ser professor.

— Talentos ocultos? — Maureen sorriu. — Aquele menino nunca foi tão rebelde quanto as pessoas pensavam. E o próprio Cal era uma dessas pessoas.

— Talvez. Eu fiquei mais impressionada com o cavalo dele, um capão novinho, cor de caramelo. Aprendeu a fazer truques.

— Fiquei sabendo, mas queria ver por conta própria.

— Eu pedi a ele para fazer shows na arena do CAB. Os adultos iam adorar, e as crianças iriam à loucura.

— Você está sempre fazendo planos, Bo.

— É por isso que eu sou a chefe.

NA MANHÃ SEGUINTE, Bodine se encontrou com a candidata à vaga de camareira às nove em ponto. Ela gostou do que viu e do que ouviu e aí pediu a uma funcionária da governança que mostrasse um chalé desocupado para a mulher.

— Beth vai trazê-la de volta depois. Venha falar comigo, Yvonne, e me diga o que achou.

Então trocou o escritório pelo Salão de Jantar, onde o gerente entrevistava um garçom com potencial. O candidato parecia mais jovem que seus 21 anos.

Vestia uma camisa branca de botão com uma gravata fina amarrada ao redor do pomo de adão, que subia e descia nervosamente.

A garçonete mais antiga da casa ocupava o lugar à sua frente, de braços cruzados, com um olhar sério.

— Nós temos nosso método de fazer as coisas por aqui, e esse método se chama trabalhar duro. Se você não tiver uma mesa para servir, pode limpar outra. Se o movimento estiver devagar, pode arrumar pratos, encher saleiros. Mas ficar enrolando não é uma opção.

— Eu vou trabalhar duro, senhora.

— Pode ser que sim, pode ser que não. Eu boto os preguiçosos para fora daqui num instante. Por que você quer este trabalho?

— Eu preciso de um bom emprego, senhora, para juntar dinheiro e voltar para a faculdade, conseguir meu diploma.

— Por que precisa voltar? Por que não continuou lá?

O rapaz corou um pouco, o rosto se tornando rosado sob o cabelo cor de palha.

— Meus pais me ajudaram o máximo possível. Eu trabalhava no Bigsby Café, como falei no meu currículo. Mas a mensalidade é cara, e preciso trabalhar, juntar dinheiro, para voltar e terminar. O Resort Bodine é um ótimo lugar para isso, e fica mais perto de casa do que Missoula.

Bodine viu Carrie Ann amolecer, mas duvidava que o pobre garoto tivesse percebido.

— Você tirava boas notas?

— Ah, sim, senhora.

— O que está estudando?

— Pedagogia. Quero dar aulas. Para crianças. Quero... — Ele ficou ainda mais vermelho. — Quero ajudar a moldar e educar mentes jovens.

— É mesmo?

— Sim, senhora.

Carrie Ann bufou e olhou para Bodine.

— Vou te levar ao Bornal, mostrar como as coisas funcionam. Se você não se mostrar um idiota, pode voltar aqui e resolver a papelada do RH com a Sylvia.

— Hum... eu... A senhora vai me contratar?

— Só se você não for um idiota. Coloque o casaco. Está frio lá fora.

Ela se levantou e foi até a chefe.

— Ele vai servir.

— Vou avisar a Sylvia.

No caminho, Bodine encontrou com Jessica saindo do RH.

— Bo, perfeito. Quero que conheça Chelsea.

— Nós já nos conhecemos — disse a moça.

Bodine analisou a morena bonita com olhos inocentes.

— Sinto muito, não lembro. Conheço os seus tios.

— Minha festa de 13 anos foi aqui. Você nos guiou numa cavalgada. Logo depois do passeio, dei meu primeiro beijo num garoto com quem achei que fosse casar e ter seis filhos; então isso ficou marcado na minha memória.

— O que aconteceu com o garoto?

— Descobri que ele só gostava muito de beijar garotas, coisa que a minha versão de 13 anos não entendeu nem gostou.

— É bom vê-la de novo.

— Bodine. — Jessica passou um braço pelos ombros de Chelsea. — Eu amo esta garota. Quero ela para mim.

— Como acho que isso não significa que você gosta muito de beijar garotas, imagino que tenha sido contratada, Chelsea.

— Obrigada, a vocês duas. Só quero deixar claro que não estou dando pulinhos de alegria e gritando, o que é um sinal da minha maturidade e compostura. Porque, por dentro, é isso que estou fazendo. Ah! Agora dei uma pirueta.

Bodine riu.

— Eu quero muito trabalhar aqui. Acho que será uma experiência boa e criativa.

Chelsea parou de falar quando Rory se aproximou com outro homem.

— Parece que o Clube das Mulheres Bonitas está em reunião — disse ele.

— Meu irmão Rory. Ele trabalha na área de vendas e marketing. Esta é Chelsea Wasserman.

— A sobrinha de Jane Lee. — Rory ofereceu uma mão. — Ela sempre fala que você é bonita, mas imaginei que estivesse sendo uma tia coruja.

— Chelsea é nossa nova assistente de eventos — explicou Jessica. — Então vocês vão se ver bastante.

— Que bom. Ah, Bo, este é Esau LaFoy. Sal disse que vocês têm uma entrevista marcada às dez.

— Isso mesmo.

— Eu cheguei um pouco antes. Posso esperar no lobby até a senhora estar livre para me atender.

Ele não era muito mais velho que o novo garçom, pensou Bodine, mas não parecia do tipo que ficaria corado. Seus olhos, de um castanho puxado para o verde, se mantiveram sérios e respeitosos.

— Não precisa. Vamos para a minha sala. — Ela gesticulou, seguindo na frente.

Apesar de estarem um pouco gastas, Esau lustrara as botas. Ele também usava calça jeans, blusa xadrez de botão, jaqueta jeans forrada com lã e um chapéu de caubói preto, que tirou educadamente e depositou no colo quando se sentou na cadeira que Bodine ofereceu.

— Então, Esau, você é das redondezas de Garnet.

— Sim, como meu pai e o pai dele. A maioria das pessoas me chama de Easy, Srta. Longbow.

— Easy. Você viajou um bocado.

— Um pouco. Participei de rodeios por um tempo, pegava trabalhos em ranchos quando precisava. Os nomes que estão no meu currículo comprovam que sei trabalhar e cuidar de cavalos.

— Por que largou os rodeios?

— A verdade é que eu não tinha dinheiro para continuar. Fica caro se você não ganha prêmios com certa frequência, e tive uma fase ruim. Além disso, meu pai está ficando velho, e concluí que, se eu me machucasse, não teria ninguém para ajudá-lo se ele precisasse. Nós temos alguns acres de terra ao sul de Garnet. Ele é duro na queda, se orgulha disso, mas, daqui a alguns anos, não vai conseguir continuar fazendo tudo que faz hoje.

— O trabalho aqui pode ser esporádico durante a temporada de inverno. Talvez você não consiga receber quarenta horas por semana.

— Aceito o que tiver.

— Você tem seu próprio cavalo?

— Agora não, tive que vender o meu. Mas posso tentar comprar um se for preciso.

Easy sorriu enquanto falava, exibindo uma lasca no dente incisivo esquerdo e um ar devagar, afável.

Ele tem um rosto bonito, pensou Bodine. Um pouco durão, um pouco envelhecido, como muitos dos caubóis que passavam horas na sela, expostos ao sol e ao vento. As mãos estavam imóveis. Carregavam calos típicos de alguém que trabalhava com cavalos.

Ela já investigara seus antecedentes, mas não encontrara nada grave. Easy podia até ter abandonado a escola, mas, como ele próprio dissera, e os empregadores em seu currículo confirmaram, sabia cuidar de cavalos.

— Você não precisa ter uma montaria. Temos vários cavalos e trazemos mais animais na primavera. Já deu aulas de equitação?

Easy abriu a boca, mas fechou-a de novo, pensando um pouco.

— Eu quero o emprego; então é difícil dizer que não. Mas nunca passei muito tempo ensinando os outros a cavalgar. Ensinei umas coisas para uma moça que conheci em Abilene, mas foi por brincadeira. A maioria das pessoas que conheço já sabe o que fazer.

Com base na entrevista, Bodine não podia dizer que Easy era a pessoa mais brilhante do mundo, mas ele parecia educado, honesto e amigável o suficiente.

E ela estava desesperada.

— Trata-se de mais do que exercitar os cavalos, prender arreios, dar comida e escová-los. Nós atendemos hóspedes, e algumas pessoas nunca subiram em um cavalo, ou não fazem isso há anos. Cavalgadas são populares, e os guias têm que saber algumas coisas. Como encontrar o cavalo certo para cada cavaleiro, prestar atenção durante o passeio para garantir que um hóspede não se machuque. E que no final das contas ele se divirta.

— Cavalos são mais fáceis de entender do que pessoas, mas acho que as pessoas não são tão difíceis assim quando se presta atenção.

— É verdade. O que acha de irmos até o Centro Equestre para você dar uma olhada nas coisas e conhecer nosso cavaleiro-chefe?

Easy se levantou.

— Eu adoraria.

Capítulo 5

♦ ♦ ♦ ♦

BODINE CONSEGUIU CHEGAR EM CASA a tempo para o jantar, evitando a fúria de Clementine e passando quase uma hora contando para a família, enquanto comiam, sobre as pessoas que contratara.

— Você entrevistou muita gente em um dia — comentou Sam, bebericando seus dois dedos de uísque diário pós-jantar.

— Tenho mais uma entrevista amanhã, mas todo mundo que contratei queria o emprego, se apresentou bem e foi aprovado pelos respectivos gerentes. — Ela olhou para Chase. — Com o Abe fora, pedi a Callen para ficar de olho no LaFoy.

— Ele saberia o que olhar.

— LaFoy. — Sam franziu a testa, pensando. — Acho que não conheço ninguém com esse sobrenome por aqui.

— Ele é dos arredores de Garnet.

— Realmente não conheço.

— Bem, vamos ver como ele se sai, mas, antes de deixá-lo com Callen, dei uma olhada por conta própria. Como ele se comportava, como lidava com os cavalos, como interagia com Callen e Ben, que estava lá na hora. Antes de eu ir embora, pedi ao Callen que me avisasse se houvesse algum problema. Como ele não falou nada, contratei o rapaz. E segui seu conselho, mãe. Pedi a Maddie para dar uma aula por semana.

— Acho que isso vai dar certo. E fico feliz por você ter gostado da Chelsea. Aposto que ela vai ser uma boa funcionária.

— Gostei mesmo dela. Mas a Jessie ficou apaixonada. E achei ótimo que ela tenha ficado no resort por algumas horas para entrar no ritmo das coisas. Isso significa que ela é proativa.

— Você disse que a sobrinha da Sra. Puckett era inteligente — comentou Rory. — Mas não disse que era gostosa. Muito gostosa.

— Sossega o facho — murmurou Bodine, ao mesmo tempo em que Maureen sacudia um dedo na direção do filho.

— Não me venha com gracinhas para cima da garota, Rory Carter Longbow.

— Mas é impossível controlar minhas gracinhas.

— O celeiro está cheio de corda se você precisar de ajuda para se segurar. — Chase terminava a refeição como começara o dia, com café puro. — É melhor eu avisar logo que conversei com o Abe agora de noite.

— Como está a Edda? — perguntou Bodine.

— Ela está melhorando, mas ele ficou bem assustado com toda essa história. Resolveu levar a Edda para passar uma semana com o filho e a família no feriado de Ação de Graças. E talvez passem duas semanas com a filha no Natal.

— Ele não me contou nada disso — começou Bodine.

— Bem, me deixe terminar de falar. Parece que os filhos estão insistindo, e, além disso, está claro que, quando ele voltar ao trabalho, Edda vai fazer o mesmo. Abe disse que não sabe como impedi-la. Então quer que ela passe um bom tempo descansando, e as visitas e a viagem para o Arizona seriam uma boa solução.

— Eu entendo, mas...

— Ele conversou comigo primeiro — continuou Chase, tranquilamente falando por cima da irmã — porque queria saber se eu concordava com você sobre deixar Cal como substituto, já que ele foi contratado para o rancho e não seria uma coisa esporádica, preenchendo um buraco de vez em quando, mas a gerência integral até a primavera.

— Sim, mas...

Chase apenas levantou um dedo, o que fez Bodine revirar os olhos.

— E eu disse que Cal nos faria falta. Mas, do jeito que as coisas estão, ele faria mais falta para o resort, e papai concorda. Então não vemos problema em deixá-lo com você durante o inverno se não houver outra opção, sob a condição de que Cal também concorde, já que ele não foi contratado para esse trabalho.

Bodine esperou, exagerando na pausa.

— Acabou?

— Acabei.

— Posso dar a minha opinião?

Chase deu de ombros.

— Sua opinião vem depois da nossa, pelo que me parece. Se nós tivéssemos dito que não, que queríamos manter Cal aqui, o assunto seria encerrado. Se Cal disser: "Não, obrigado, vocês não me contrataram para fazer esse serviço", idem. Então a sua opinião só conta depois que isso for resolvido.

Bodine tamborilou os dedos sobre a mesa.

— E o que Cal disse?

— Ainda não cheguei nesse ponto. Achei melhor perguntar amanhã cedo. Falei com o Abe pouco antes do jantar.

— Eu pergunto, obrigada.

— Tudo bem. Não sei por que você ficou tão irritada com isso.

Como resposta, Bodine abriu seu sorriso mais doce — e mais assustador.

— Vou explicar, então. Abe devia ter falado comigo, como sou eu quem terá dois cargos importantes vagos de novembro a abril. Esse é o ponto número um. Ele devia ter me perguntado se quero que Callen Skinner seja meu gerente de tratadores de cavalos em tempo integral até abril. E você devia ter dito isso a ele. Então, eu tomo essa decisão e, *se* eu aceitar, pergunto a você e ao papai se posso pegar Cal emprestado por tanto tempo. Se os dois aceitarem, converso com Callen para ver se ele aceita a proposta.

Chase deu de ombros de novo.

— Acho que o resultado foi o mesmo, só que chegamos nele mais rápido.

— A questão não é ser rápido. — Frustrada, e um pouco ofendida, Bodine jogou as mãos para o ar. — O rancho e o resort são empresas diferentes. Essa foi uma decisão inteligente e prática que a vovó tomou quando decidiu criar o hotel-fazenda. Tem toda uma papelada a ser preenchida, salários a serem negociados, uma definição das obrigações de trabalho, um contrato.

— Você terá tudo isso de qualquer forma — argumentou Chase.

— Ah, Bo só está irritada porque o Abe foi falar com você e não com ela.

Maureen lançou um olhar frio para o filho mais novo.

— E ela tem todo o direito de estar. Pode até haver mais homens do que mulheres nesta mesa, mas isso não faz a opinião de vocês valer mais. O que é certo é certo. Abe devia ter falado com a chefe dele, que é a Bo. Vou atribuir esse erro ao estresse e à preocupação pelos quais ele está passando com Edda. Espero que você faça o mesmo, Bodine, e seja compreensiva.

A raiva diminuiu um pouco.

— Sim. É claro. Mas...

— O rancho e o resort são como você disse. — Sam continuou a bebericar o uísque. — Separados. Sua avó foi inteligente o suficiente para perceber, naquela época, que seus tios não iam conseguir trabalhar tanto quanto era necessário para manter um rancho deste tamanho, e nenhum dos rapazes ou das moças — acrescentou ele, olhando para a esposa — tinha interesse nisso. Então ela criou o hotel-fazenda, viu como podia usar os recursos dele para manter o rancho em funcionamento.

Ele fez uma pausa, bebericando o uísque. Nenhuma pessoa na mesa teria pensado em interrompê-lo.

— Então, depois que eu apareci, sua avó, a mãe dela e a sua se juntaram e fizeram grandes planos. Não há dúvida de que temos mulheres inteligentes e visionárias nesta família, e temos duas empresas que nos fornecem uma vida da qual gostamos, num lugar do qual gostamos. E as duas deixariam seu avô orgulhoso. Mas elas não são apenas negócios, e nós nunca podemos nos esquecer disso.

— Não, senhor — disse Bodine. — Eu nunca me esqueço disso.

— Sei que não, apesar de sentir falta de ver você por aí, nas pastagens, no estábulo, no celeiro. Um pai sente falta da filha.

— Papai.

— Ele pode sentir saudade e orgulho dela ao mesmo tempo. Mas não podemos esquecer, e não esquecemos, que o que temos, o que criamos, começando com a sua avó, é uma comunidade, uma família. Abe está preocupado com a esposa, está fazendo tudo que pode para cuidar dela, queira ela ou não. E, conhecendo Edda, sabemos que ela vai arrumar confusão. Não acho que ele quisesse ser desrespeitoso quando decidiu falar com o Chase primeiro.

— Ele certamente não quis. — Mas Bodine continuava encarando o irmão.

— Eu só falei com o homem e te contei o que vai acontecer. Você só precisa me avisar o que decidir.

— Pode deixar. — Ela se levantou. — Vou dar uma caminhada, pensar em como resolver tudo isso.

Rory esperou até estar certo de que a irmã não o ouviria.

— Nossa, por que criar tanto caso? Que sensível. Foi só...

Ele se interrompeu e murchou ao receber um olhar da mãe.

— Quando você trabalhar em um mundo masculino sem ter um pênis, poderá dar a sua opinião. Pense nisso enquanto ajuda Clementine a tirar a mesa e lavar a louça.

— Sim, senhora.

Em cinco minutos, Chase estava sozinho na mesa com o pai.

— Eu só falei com o homem — repetiu ele. — E estou oferecendo nosso melhor cavaleiro para ela por quatro meses, se Cal aceitar. E acabamos de contratá-lo.

— É tudo uma questão de equilíbrio, filho. Mulheres, trabalho, família. É tudo uma questão de equilíbrio. Que tal nós dois irmos para a varanda da frente, fumar uns charutos e reclamar das mulheres? Fazer isso de vez em quando ajuda.

— Vou pegar meu casaco.

AGASALHADA NO PRÓPRIO CASACO, Bodine desgastou a irritação que restava no ar frio e fresco. Lá em cima, uma quantidade incontável de estrelas brilhava contra o céu azul-escuro. A lua, quase cheia, flutuava — um navio enorme e branco sobre um mar tranquilo.

O ar ao redor se agitou, trazendo o aroma de pinha, neve e animais. Ela ouviu uma vaca mugir, uma coruja piar, viu a sombra sorrateira de um dos gatos do rancho.

Os dois vira-latas alegres, Clyde e Chester, correram ao redor de Bodine por um tempo; depois, como ela não mostrou interesse em brincar, saíram correndo para encontrar outra coisa com a qual se divertir.

Quando a raiva passou, ela usou a cabeça para pensar no que faria em seguida. Precisava conversar com Abe e Edda, e, como seu pai tinha razão no que dissera sobre comunidade e família, tinha que se livrar de qualquer ressentimento antes disso. E, então, seria necessário deixar claro que era ela quem tomava as decisões.

Uma das camareiras teria que atuar como gerente temporariamente. Caso contrário, Bodine acabaria tendo que resolver todos os pequenos problemas e organizar o cronograma toda semana. Talvez todo dia.

E também seria necessário se preparar, ter um plano B em caso de dois funcionários importantes decidirem se aposentar em vez de voltar ao trabalho.

A ideia a deixava triste, muito triste. Abe e Edda trabalhavam ali desde que sua avó inaugurara o hotel-fazenda, e, por algum motivo, aceitar isso a fazia se sentir solitária também.

Bodine virou na direção do estábulo em vez de seguir para a cabana. Callen podia esperar um pouco mais.

Depois de abrir a porta enorme, ela entrou, os aromas de cavalos, feno, esterco, cereais, linimento e couro a envolvendo.

Enquanto seguia pelo piso largo e inclinado de concreto, cabeças equinas surgiram nas baias. Algumas bufaram um cumprimento, mas Bodine seguiu até a cabeça que a observava, aguardando-a.

— Olá. Aí está o meu menino. — Ela acariciou as bochechas do Appaloosa que nomeara Leo devido às pintas de leopardo sobre o pelo branco.

Ele cutucou seu ombro com a cabeça, encarando-a com aqueles belos e fascinantes olhos azuis.

Um pai sente falta da filha, pensou ela. Um cavalo também sente falta da dona.

— Desculpe. Não tenho visitado muito, não tenho te dado atenção. As últimas semanas... — Bodine balançou a cabeça, entrou na baia, pegou uma escova para passar sobre os flancos dele. — Não tem desculpa. Não entre nós. Quer saber? Amanhã vou te levar para o trabalho. Você pode passar o dia com os cavalos do resort, e faremos uma bela cavalgada pela manhã. E outra quando voltarmos à noite. Também senti sua falta.

Ela tirou do bolso a cenoura que Leo tentava pegar.

— Você sempre sabe. Só não conte a ninguém.

Enquanto ele mastigava, Bodine apoiou a cabeça em seu pescoço.

— Eu vou dar um jeito nas coisas, certo? Já está quase tudo resolvido. Ainda quero dar um chute no traseiro do Chase, mas já está quase tudo resolvido.

Ela deu uma esfregada no cavalo.

— Vejo você amanhã. Bem cedinho.

Como a ideia de uma bela cavalgada a deixou animada, Bodine saiu do estábulo, afagando algumas cabeças no caminho, e seguiu para a cabana.

Com telhas pequenas e rústicas de cedro e uma varandinha, o lugar ficava à distância de uma pedra arremessada com força da casa principal e de uma cuspida entusiasmada do alojamento do rancho.

Originalmente, a cabana fora construída com o telhado pontudo e janelas quadradas para o hotel-fazenda. Alguns outros chalés que ficavam espalhados entre as árvores tinham sido destruídos para que fosse reutilizado o material na construção do resort. Mas a cabana fora mantida como ocasional casa de hóspedes, um espaço para armazenamento ou um lugar não muito oficial para brincadeiras de infância.

E, agora, para Callen Skinner.

Uma aldrava em forma de ferradura ornava a porta da frente, mas Bodine usou as juntas da mão para bater enquanto observava a fumaça que saía da chaminé do alojamento ao lado.

Callen abriu a porta, iluminado pela luz às suas costas.

— E aí, vizinha?

— E aí? Podemos conversar por um instante?

— Por vários. Você já comeu?

— Já, eu acabei... Ah. — Quando ela entrou, viu o prato sobre a mesa. — Você está jantando. Podemos conversar mais tarde.

— Não tem problema. — Para assegurar o que dizia, ele fechou a porta. — Quer uma cerveja?

— Não, obrigada.

Callen voltou para a mesa, pegou o controle remoto e desligou o filme em preto e branco que passava na televisão.

Era um espaço pequeno e eficiente, abrigando a cozinha e a sala de estar, que tinham sido reformadas pela mãe. A porta do quarto abria na cozinha, e o banheiro lá dentro era tão pequeno que ela se perguntou como ele conseguia tomar banho sem dar cotoveladas e joelhadas em tudo.

— Quer se sentar?

— Eu não queria interromper o seu jantar.

— Se você se sentar e falar enquanto eu como, isso não vai acontecer. Tire o casaco. O aquecedor funciona bem.

O pequeno aquecedor à lenha no canto fazia um bom trabalho, pensou Bodine, jogando o casaco no encosto da cadeira da sala de estar.

Ela se sentou diante de Callen na mesa de dois lugares.

— Você cozinha?

Ele cortou um pedaço do filé de costela frito.

— O suficiente para não morrer de fome. Eu podia ter jantado no alojamento, mas precisava resolver algumas coisas.

Ao lado dele havia uma pasta de papel fechada.

— Você estava passando pela vizinhança? — perguntou ele.

— Por acaso. Eu gosto da área.

— Eu também.

— Você não me ligou para dizer que LaFoy era péssimo; então eu o contratei.

— Você me disse para avisar se o sujeito fosse péssimo, e não foi. Ele é bom com cavalos, sabe o que está fazendo, parece escutar o que você diz e se deu bem com todo mundo que apresentei. Um casal apareceu com o filho pequeno para dar uma olhada nos animais. Ele foi educado e gentil. Achei que isso bastava, apesar de o cara não ser dos mais brilhantes.

— Bem, eu pensei a mesma coisa, e isso já basta. — Bodine se recostou na cadeira, suspirando. — Vamos direto ao ponto, Skinner. Parece que o Abe não vai voltar antes da primavera. Ele está preocupado com a Edda, quer que ela descanse um pouco. Daí vai levá-la para visitar alguns parentes e distraí-la.

Prestando atenção, Callen cortou mais um pedaço do filé.

— Parece uma boa ideia, considerando a situação.

— Nós tínhamos conversado sobre você ficar alternando entre o resort e o rancho, e me ajudar, principalmente em janeiro, mas, agora, não vai mais dar certo.

— Precisa ser algo mais definitivo.

— Exatamente. Papai e Chase disseram que, se você quiser ficar no resort durante o inverno, eles te liberam. Caso isso aconteça, nós podemos conversar sobre o seu salário, já que você passará para a folha de pagamento do resort enquanto o Abe estiver fora. Se você não concordar, já que foi contratado para cuidar dos cavalos do rancho, também não tem problema. Se esse for o caso, eu só gostaria de pedir que você continue a cobrir o Abe enquanto não encontro alguém mais permanente.

Callen pegou uma garfada de purê de batata, tomou um gole da cerveja, e disse:

— Humm.

— Desde que Edda ficou doente, estou organizando o cronograma dos cavalos e da governança. Posso até pedir para uma das camareiras assumir a gerência por ela, mas não tenho ninguém para gerenciar o CAB e o Centro Equestre. Mesmo que Maddie não estivesse grávida, ela não seria gerente. Ainda não. E não acho que queira ser. Então tenho que buscar ajuda de fora. Posso fazer isso se você não estiver interessado em trocar de função.

Ele comeu, pensou um pouco.

— Você pode me passar os detalhes? Tem a questão do salário, sim, mas os deveres, as responsabilidades, quanta autonomia vou ter se a mudança for oficial? Temporária, mas oficial.

— Claro. — Bodine ficou mais tranquila ao ver que ele preferia perguntar as coisas em vez de dar uma resposta impulsiva. — Se você me passar o seu e-mail, eu envio tudo por escrito.

— Posso te passar o meu e-mail. — Callen recitou o endereço. — Mas aposto meu chapéu que você sabe todos os detalhes de cabeça. E eu gosto muito do meu chapéu.

Bodine pensou por um instante.

— Posso pegar uma cerveja? — Ela apontou para a geladeira com o polegar. Então o dispensou com um aceno de mão quando ele fez menção de se levantar.

Ela pegou uma garrafa e usou a boca aberta do abridor de touro na parede para tirar a tampa. Em seguida deu um longo gole.

— Eu gosto de uma cerveja. — Bodine deu outro gole. — Vinho é gostoso, mas, puxa vida, não há nada como uma cerveja gelada.

Ela se sentou, listou a descrição do emprego, os deveres, as obrigações, as expectativas, quem mandava em quem, as responsabilidades legais, as políticas do resort.

A lista era longa. Ela fez uma pausa, bebeu mais.

— Tem certeza de que não prefere receber tudo por e-mail?

— Eu já entendi. A maioria das coisas faz sentido.

Quando ela disse o salário, Callen comeu mais um pedaço do filé, refletiu.

— Parece justo.

— Ótimo. Quer um tempo para pensar no assunto?

— Só preciso pedir para Sam e Chase me liberarem.

— Eu disse que eles já liberaram.

— Sim. Mas não foi você quem me contratou, foram eles. E eu prefiro conversar com os dois diretamente. Imagino que não haverá problema, como você mesma disse; então não preciso de tempo. Aceito a proposta. Embora isso vá me criar uma dificuldade durante alguns meses.

— Dificuldade? Que dificuldade?

Dando um gole na cerveja, ele a observou por cima da garrafa por um tempo, seus olhos cinzentos a avaliando.

— Bem, é complicado dar em cima de alguém quando essa pessoa é sua chefe. Já é problemático quando ela é filha e irmã dos seus chefes, embora não seja impossível. Mas, quando é sua chefe direta, fica mais difícil.

Bodine o encarou por cima da própria cerveja.

— Nós dois vamos estar ocupados demais para você dar em cima de mim. Ou para eu ter de ficar fugindo de você.

— Ninguém fica tão ocupado assim. — Ele a analisou com um ar divertido e avaliador. — Você é boa em fugir?

— Eu sou bem rápida, Skinner. E preciso muito de que isso dê certo, mas não complique as coisas.

— A culpa não é minha se você ficou tão bonita. Que tal combinarmos assim: escolhemos uma data. Primeiro de maio, acho que é um bom dia. Já vamos estar na primavera, e você não vai ser mais minha chefe. Vou te levar para dançar, Bodine.

O fogo crepitou no velho aquecedor, um lembrete da chama e da quentura.

— Sabe de uma coisa, Callen, se você tivesse me lançado esse olhar paquerador e essa conversa mole quando eu tinha meus 12 ou 13 anos, meu coração teria explodido. Eu era tão apaixonada por você.

Agora, o sorriso não surgiu como um relâmpago. Ele se abriu devagar, sedutor.

— É mesmo?

— Ah, sim. Você, todo magricela, meio rebelde, com aquele ar emburrado, passou semanas sendo objeto da minha afeição desesperada e dos meus hormônios à flor da pele. Talvez até tenha durado uns meses, mas, na época, pareceram anos. — Ela gesticulou com a cerveja. — O fato de você e Chase me acharem uma pentelha só aumentava meu desejo secreto.

— A gente não te azucrinava o tempo todo.

— Não, não o tempo todo. Você partiu o meu coração adolescente com a sua indiferença, porque é assim que meninos de 14, 15 anos olham para meninas de 12. E, como qualquer menina da minha idade, eu superei.

— Tive mais do que alguns momentos de interesse quando você tinha uns 15 anos.

Surpresa, Bodine deu um gole lento na cerveja e decidiu repetir as palavras dele.

— É mesmo?

— Você demorou um pouco para crescer, mas acertou em cheio. E eu notei isso. — Callen se levantou, pegou outra cerveja, balançou uma segunda como oferta. Ela fez que não com a cabeça. — Era difícil não notar ou ignorar o interesse. Mas, naquela época, eu devia ter uns 18 anos. E com essa idade já pensava em ir embora para construir minha fortuna. Além do mais, você era a irmã mais nova do meu melhor amigo.

— Isso nunca vai mudar.

— Mas você não é mais tão nova. E esses três anos de diferença entre nós deixaram de importar depois que crescemos. Além disso, estou de volta.

— Você fez fortuna, Callen?

— Eu me dei bem. Mais do que isso, fiz o que precisava fazer. Aprendi o que precisava aprender. E agora voltei para ficar de vez.

Quando Bodine ergueu uma sobrancelha, ele balançou a cabeça.

— Não quero mais ir embora, não preciso ir. Esta é a minha terra. Não se trata de ser dono de nada, mas de acordar todo dia sabendo que estou onde quero estar, com um trabalho bom e pessoas boas.

As palavras dele a afetaram.

— Você deixou de ser emburrado.

— Isso fazia parte da raiva, já que os dois caminham juntos. Agora, vamos falar daquele encontro.

Com uma risada, Bodine deixou a cerveja sobre a mesa e levantou.

— Vou te enviar o cronograma da semana. Ele vai mudar, porque alguns hóspedes só agendam aulas ou cavalgadas depois de chegarem aqui. E vamos começar os passeios de trenó na semana que vem. — Ela seguiu até o casaco e vestiu-o. — Se você tiver alguma dúvida sobre como organizar os horários, me mande um e-mail. Ou passe no escritório.

— Isso não foi uma resposta sobre o primeiro de maio.

Bodine sorriu.

— Não foi, né? Obrigada pela cerveja — acrescentou ela, e saiu.

Soltando uma risada baixa, Callen deu um tapinha contra o coração. Em sua opinião, um dos maiores atrativos de mulheres teimosas e provocativas — especialmente as que eram espertas e inteligentes — era o desafio que apresentavam.

E ele nunca fora capaz de resistir a um desafio.

QUANDO BILLY JEAN FECHOU O CAIXA e terminou o serviço do Saloon, a dor em seus pés a estava enlouquecendo tanto quanto os incansáveis latidos do Terrier de sua mãe.

Ela mal podia esperar para botá-los para cima e cair na cama, mesmo que fizesse isso sozinha desde que dera um pé na bunda do namorado — aquele desgraçado, traidor e mentiroso — alguns dias antes.

E também estava ansiosa por depositar as gorjetas da noite no seu Fundo para o Vestido Vermelho.

Ela o encontrara enquanto fazia compras pela internet e se apaixonara perdidamente. Todos os dias o visitava no seu carrinho de compras; e, pelas suas contas, as gorjetas de hoje permitiriam que agora clicasse em "Finalizar a compra".

Cento e quarenta e nove dólares e noventa e nove centavos.

Dinheiro demais para se gastar num vestido, pensou ela enquanto apagava as luzes. Mas não para *aquele* vestido. Além do mais, seria uma recompensa por ter trabalhado tanto, um símbolo de sua nova condição de mulher solteira.

Usaria o vestido em sua próxima noite de folga, talvez fosse até o Rebanho para tomar uns drinques e dançar. Ainda sentindo raiva do ex, decidiu que, então, as circunstâncias ficariam bem claras para todo mundo,.

Billy Jean saiu para o frio. Ouviu os cascalhos sendo esmagados por suas botas, destruindo o silêncio. Deixara os últimos clientes ficarem batendo papo por mais tempo do que deveria. Mas aquelas gorjetas tinham sido boas.

E, se quisesse, poderia passar a manhã toda dormindo.

Trabalhar no último turno era maravilhoso.

Ela entrou no carro — um SUV compacto que comprara usado e cujas prestações pareciam nunca terminar. Mas precisava dele para se deslocar de um lado para o outro.

Afastando-se do que chamavam de Vilarejo Bodine, cheio de restaurantes, lojas e escritórios, Billy Jean seguiu pelas estradas de terra, serpenteando pela floresta e chalés vazios, entrando num trecho esburacado que a fez desejar ter ido ao banheiro antes de partir.

Assim que chegasse à estrada asfaltada, porém, poderia pisar no acelerador. O carro era rápido como uma lebre, e, àquela hora, a estrada estaria deserta.

Só mais quinze minutos, disse a si mesma, e chegaria em casa.

E então o carro engasgou, fez uns barulhos estranhos, e morreu.

— Ah, que droga! Merda, que palhaçada é essa?

Rosnando, Billy Jean virou a chave na ignição, pisou no acelerador. E, quando nada aconteceu, bateu no volante.

Que diabos faria agora?

Ficou sentada por um instante, de olhos fechados, até conseguir se controlar. Depois de sair do carro batendo a porta, abriu o capô. Xingando de novo, voltou pisando firme para pegar uma lanterna no porta-luvas.

Ela sabia trocar pneus — e já fizera isso antes. Sabia colocar água no radiador, abastecer o carro e verificar cabos de bateria. Qualquer coisa além disso seria tão complicado quanto consertar o motor de um foguete.

Billy Jean deixou o capô aberto e chutou o pneu da frente a caminho de desenterrar o celular da bolsa que deixara no banco do passageiro.

Seu primeiro instinto era ligar para Chad — o desgraçado do ex, aquele traidor e mentiroso. Mas então lembrou que tinham terminado. Ela considerou ligar para um dos pais divorciados, mas nenhum dos dois morava perto da área.

Então pensou em chamar um reboque 24 horas ou ligar para sua amiga Sal. Sal morava mais perto, só que...

Ela ouviu o som de um motor, viu as luzes de um farol, e pensou: graças a Deus!

Quando a picape diminuiu a velocidade e parou atrás do carro, Billy Jean foi correndo até a janela do motorista.

— Parece que você está precisando de ajuda.

Ela abriu seu sorriso mais radiante.

— Preciso mesmo.

1992

Mais um Dia de Ação de Graças se passou. Alice acompanhava os dias pelos números no calendário. Ele não o levara — por enquanto. Ela marcava o tempo por ali e tentava, tentava tanto, se imaginar em casa, sentada à grande mesa redonda na sala de jantar.

Mamãe faria dois perus grandes — um deles para os empregados do rancho. Se ela se esforçasse bastante, conseguia sentir o cheiro da comida na cozinha. Vovô colocaria uns filés na grelha, e vovó assaria um presunto. Seu prato favorito.

E também havia os acompanhamentos. Purê de batata, batata-doce com marshmallow, vagem, couve-de-bruxelas — seu prato *menos* favorito. Bolinhos e caldo de carne.

Alice faria molho de *cranberry*. Gostava de ver as frutinhas estourarem enquanto ferviam. Reenie podia fazer ovos recheados. Isso exigia tempo, além de paciência demais.

E quando alguém achava que seria impossível comer mais? Lá vinham as tortas!

Ela se lembrou da infância, sentada à mesa da cozinha com a irmã, fazendo tortinhas com o que restava da massa.

Mamãe cantarolando enquanto preparava outra sobremesa.

Mas, mesmo quando os lábios de Alice se curvavam num sorriso, as imagens não duravam. Piscavam e iam desaparecendo até que ela estivesse deitada na cama dobrável naquele quarto horrível, com uma corrente pesada no pé e braços vazios.

Ele levara seu bebê embora.

Apesar de o leite ter secado — de forma dolorosa —, a dor fantasmagórica em seus seios permanecia, um lembrete terrível dos eventos.

Sua única fuga era o sono — o que mais poderia fazer? Enquanto dormia, ela tentava voltar para casa. Comia o peru do Dia de Ação de Graças, montava um cavalo rápido sob um céu que explodia com as cores do crepúsculo.

Será que veria o sol de novo?

Passava batom, comprava um vestido novo. Paredes cor-de-rosa e pôsteres de astros de cinema, as janelas que traziam o céu e as montanhas para dentro de casa.

Mas, quando abria os olhos, a realidade pesava como chumbo em sua alma. Quatro paredes feias, um piso de concreto e uma porta trancada no topo de degraus inclinados.

Não, ela nunca mais veria o sol nascer ou se pôr. Seu mundo não tinha janelas que lhe trouxessem luz.

Ninguém jamais a tocaria com delicadeza ou carinho. Porque apenas o senhor existia. Só o senhor que a violentava todas as noites. E, quando ela gritava porque seu corpo ainda não se curara do parto, ele aumentava o ritmo e lhe dava um tapa para calar a boca.

Ela nunca mais veria seu quarto, tão rosa e bonito, nem se sentaria à mesa do rancho ou faria a refeição do Dia de Ação de Graças com a família.

Nunca mais seguraria sua filha. Sua Cora, com mãozinhas e pezinhos rosados.

Aquela perda, o vazio dentro de si causado pelo roubo de uma criança que acreditara não querer e a quem amara tanto, tão depressa, infestava todos os pensamentos como uma fumaça fétida.

Alice comia porque, quando se recusava, ele jogava sopa por sua goela abaixo, agarrando seu cabelo para inclinar a cabeça para trás, fechando suas narinas com os dedos. Ela se limpava porque, quando não o fazia, ele lhe dava uma surra e a esfregava com uma escova sob a água fria até sua pele rasgar e sangrar.

E implorava pela filha. Ela se comportaria, tomaria cuidado, faria qualquer coisa se ele lhe devolvesse o bebê.

A menina é problema de outra pessoa agora.

Fora isso que ele lhe dissera. Filhas não serviam de nada.

O senhor não a deixava morrer, como era seu desejo. Bastava deixá-la morrer, caindo num sono em que poderia ficar sentada no balanço da varanda da frente, olhando para as montanhas enquanto cantarolava para a filha.

Se tivesse algo afiado, teria cortado a própria garganta. Não, não, cortaria a dele primeiro, pensou ela — praticamente sonhando com isso —, deitada na cama, com os olhos fechados tão apertados que seria impossível ver sua prisão.

Sim, ela o mataria primeiro, e depois a si mesma.

Alice se perguntou se conseguiria afiar alguma das colheres de plástico que ele trazia com as refeições. Ou sua escova de dente. Talvez a escova de dente.

Ela podia tentar fazer isso, tentaria fazer isso, mas, meu Deus, como estava cansada.

A única coisa que queria era dormir.

Conforme sua mente divagava, ela se imaginou rasgando o lençol, fazendo um laço. Não havia lugar para pendurá-lo, mas, talvez, se o prendesse em um dos degraus, apertasse o tecido com força no pescoço, poderia se enforcar.

Era impossível continuar daquela forma, acordar dia após dia, noite após noite, naquele lugar horrível, sabendo que ele viria.

A pior parte, pior até mesmo que a violência, que os estupros, eram as incontáveis horas de solidão. Uma solidão que ficava cada vez maior, mais profunda, mais sombria, sem a filha.

Alice se forçou a levantar, analisar o lençol com olhos apáticos, indiferentes.

Será que deveria cortá-lo em tiras e trançar os pedaços? Isso tornaria a corda forte o suficiente para o seu objetivo?

Era tão difícil se concentrar quando todos os pensamentos tinham que atravessar uma neblina em sua mente. Ela brincou com o lençol, procurando pontos fracos, fáceis de serem partidos.

A ideia de se matar parecia tão assustadora quanto resolver um problema matemático simples.

Até menos.

Mas ela lembrou a si mesmo que era preciso esperar. O senhor desceria logo. Tinha que esperar até que ele fosse embora de novo. Suicídio podia ser uma coisa demorada.

Hoje, concluiu Alice com um suspiro cansado. Ela morreria hoje.

Uma fuga.

Ela se levantou novamente, mas, daquela vez, o quarto girou.

Não, fora ela quem girara. E seu estômago embrulhou.

Quase não conseguiu chegar na privada a tempo, caindo de joelhos enquanto seu estômago rebelde se esvaziava.

Suada e enjoada, ela respirou fundo, vomitou mais.

Lágrimas surgiram enquanto ela se encolhia no chão, arfando, tremendo. Lágrimas de tristeza, mas também de uma felicidade estranha.

Alice ouviu as trancas abrirem. Ouviu os passos dele — pesados, pesados.

Ela se ergueu, apoiando-se contra a pia, a cabeça ainda girando um pouco, e o encarou.

E reencontrou seu ódio conforme a neblina mental se afastava para trazer uma clareza terrível.

Colocando a mão na barriga, que permanecia pelancuda e flácida do parto, encontrou um motivo para voltar a viver.

— Estou grávida — contou a ele.

O senhor assentiu com a cabeça.

— É melhor que seja um filho desta vez. Agora, se limpe e tome seu café.

Capítulo 6

♦ ♦ ♦ ♦

Dias atuais

NA MANHÃ FRESCA, com o céu leste manchado de rosa e dourado, Bodine pegou sua pasta e seguiu na direção do estábulo.

Ouviu as galinhas cacarejando como sempre, enquanto Chester e Clyde davam início à sua brincadeira de luta matutina diante do alojamento. Os cachorros interromperam a batalha para correr até ela, com as línguas de fora e os olhos brilhando — como se fizesse um mês que não a viam.

Nada fazia um dia começar tão animado quanto uma dupla de cães loucamente felizes. Bodine então os esfregou e acarinhou até os dois se cansarem e voltarem para a brincadeira.

Acenou para alguns empregados do rancho que andavam por ali e conversou despreocupadamente com outros dois que limpavam as baias do estábulo.

Depois parou ao se deparar com Callen em sua jaqueta de pele de carneiro, botas confortavelmente gastas e um chapéu de caubói marrom, selando o impressionante Pôr do Sol.

— Vai dar um passeio? — perguntou ela.

Ele a fitou.

— Pôr do Sol precisa esticar as pernas, e eu preciso dele no resort hoje.

— Ele é muito útil. Se você quiser, também podemos colocá-lo na folha de pagamento.

— Não precisa. — Enquanto Callen cingia a sela, o cavalo virou a cabeça e tirou o chapéu da cabeça do dono com uma mordida. — O que nós já conversamos sobre isso?

Pôr do Sol simplesmente esticou a cabeça na direção da porta baixa, oferecendo o chapéu para Bodine.

— Ora, muito obrigada. É um chapéu bonito.

— Se Pôr do Sol continuar brincando com ele, logo vai deixar de ser. Você precisa de alguma coisa?

— Já tenho o que quero, um cavalo que também precisa esticar as pernas. Vou com ele para o trabalho.

— Está um belo dia para cavalgar. Eu espero você, e podemos ir juntos. Pode devolver meu chapéu, chefe?

Ela entregou o chapéu de volta e seguiu para a baia de Leo. Em seguida, ouviu Callen dizer, frustrado:

— Pare com isso.

Enquanto selava Leo, Bodine se perguntou se conseguiria ensinar alguns truques a ele. Com seu gosto por cenouras e petiscos de hortelã, recompensas podiam ser úteis no processo.

Ouviu os funcionários do estábulo soltarem uma gargalhada. Quando saiu com Leo, entendeu o motivo.

Pôr do Sol estava sentado no piso de concreto com o ar paciente de um homem descansando sobre uma poltrona, enquanto Callen estava apoiado na porta da baia, mexendo no telefone.

— Esse cavalo é o melhor, Cal — disse um dos homens. — Não tem nem como competir com ele.

Callen ergueu o olhar e sorriu para Bodine.

— Pronta?

— Sim. E você?

Ele se afastou da porta, pegando as rédeas de Pôr do Sol.

— Então vamos.

O cavalo se levantou com o mesmo ar indolente do dono.

Depois de uma análise rápida e algumas fungadas, os cavalos aparentemente aprovaram um ao outro.

Do lado de fora do estábulo, Bodine subiu na sela.

— Eu tinha planejado seguir uma rota que deixasse Leo correr bastante.

— Pode ser.

Os dois começaram trotando, esquentando os músculos, conforme o dia clareava e o céu passava de rosa a azul. O ar frio circulava com o vento leve, soprando o rosto de Bodine, trazendo à tona os aromas do inverno, neve e pinha.

— Você conseguiu dar uma olhada no cronograma? — perguntou ela.

— Consegui. Vi que o ferrador virá amanhã, e a veterinária no dia seguinte. Vou me apresentar aos dois. O cara novo começa hoje cedo. Então tenho que prestar atenção no que ele faz para ter certeza de que contratá-lo foi uma boa escolha.

— O Dia de Ação de Graças é na semana que vem.

— Fiquei sabendo.

— Nós recebemos muitos grupos e famílias no feriado. Pensei em testarmos a ideia do show, se você concordar. Não faríamos propaganda nem nada, seria só um bônus para as pessoas que já estiverem aqui.

— Acho que podemos tentar.

— Vou colocar na agenda.

Os dois desceram uma inclinação, atravessaram uma ravina estreita, subiram de novo num ponto onde um rebanho de cervos passeava, tão silenciosos quanto os espíritos da floresta. O topo dos chifres balançando ao vento.

— Hora de esticar as pernas. — Bodine conduziu Leo para um galope.

O frio se chocou contra seu rosto enquanto os cascos do cavalo ressoavam na estrada. Ele mantinha as orelhas para cima e a cabeça erguida, mostrando que estava aproveitando o passeio tanto quanto a dona. Callen seguia ao lado dela, com Pôr do Sol acompanhando o ritmo de Leo como se os dois estivessem presos um ao outro.

Quando surgiu uma bifurcação na estrada, Bodine entrou à direita, diminuindo a velocidade para um meio-galope, e então para um trote tranquilo. Feliz com a cavalgada, com o ar e com a manhã, ela jogou sua longa trança por cima do ombro e decidiu que queria mais.

— Podemos dar a volta pela trilha. — Ela gesticulou para o caminho que passava pelas árvores marcadas com a marca Bodine. — É um passeio bonito no inverno, e vai ser um caminho mais longo antes de termos que nos separar.

— Você é a guia. Chase e eu andávamos por estas trilhas quando éramos pequenos, quando seu pai o liberava por algumas horas. Lembro quando vocês construíram esses chalés no caminho.

— Aqui é tão tranquilo que a gente até esquece que eles existem.

Pilhas de neve cobriam o chão ao longo da trilha e os galhos das árvores. Bodine notou sinais de cervos e raposas nos arredores pelo formato das pegadas e pelo excremento.

— Dá para sentir o cheiro de fumaça dos chalés onde os hospedes já acordaram e acenderam a lareira — acrescentou ela. — Mas, em geral, é só ar puro.

— Por que você assumiu o escritório e não os cavalos?

— Porque sou boa em administrar. — Ela virou na sela, olhando para Callen. — Também sou boa em cuidar dos cavalos, mas há outras pessoas que fazem isso bem. Eu gosto de gerenciar todos os detalhes, garantir que tudo esteja sempre funcionando como deveria. Ou passar a impressão de que está tudo bem mesmo que não esteja sem deixar que os hóspedes percebam. E acho que também gosto de não saber exatamente tudo que vai acontecer num dia, mas mesmo assim organizar uma agenda, ir riscando itens da lista para ter uma noção do que está por vir e conseguir resolver o restante. — Bodine se virou de novo quando a trilha começou a descer. — Mas sinto falta dos cavalos, dessa conexão diária e eterna. Vou começar a vir com o Leo para o trabalho com mais frequência. — Ela deu um tapinha no pescoço do animal. — Os hóspedes vão gostar de ver a gerente-geral cavalgando. Esse tipo de coisa causa uma boa impressão.

— Você está sempre fazendo planos.

— Ah, com certeza.

Rindo, Bodine virou de novo quando os cavalos voltaram para a estrada.

— Tenho uma mente muito ativa, Skinner. Eu gosto de cavalgar e esvaziá-la de vez em quando. Quer dar outra galopada?

— Meu bem, estou sempre pronto para uma galopada.

— Aposto que sim.

— Tchá! — gritou ela, fazendo Leo sair em disparada.

Novamente, Callen fez seu cavalo acompanhar a velocidade e o ritmo.

Bodine ficou contente em ter escolhido o caminho mais longo, menos direto. Isso significava que precisavam dar voltas, mas ela tinha tempo para isso.

Num impulso, pegou a curva que ia na direção contrária ao Vilarejo Bodine.

Só mais alguns minutos antes que tivesse que ir para o escritório, para um dia de trabalho, para a sua agenda. Enquanto dizia a si mesma que era hora de parar, de voltar, ela notou um carro no acostamento da estrada.

Quase não pensou no assunto, quase não parou.

Diminuiu a velocidade para um trote.

— Nós temos que... Espere aí. Aquele parece o caro de Billy Jean. — Bodine guiou o cavalo até lá. — É o carro dela.

— Quem é Billy Jean?

— Ela trabalha no Saloon. É uma das garçonetes. — Bodine desmontou. — Acho que estava trabalhando ontem, preciso ver o cronograma. Parece que o carro quebrou. — Franzindo a testa, ela olhou pela janela e sentiu uma pontada de preocupação. — A bolsa dela está no banco. Billy Jean não deixaria a bolsa para trás.

— Calma.

Callen desmontou, passou as rédeas dos dois cavalos para Bodine e deu a volta no veículo. Ela tirou o telefone do bolso do casaco, começou a procurar o número da garçonete.

— Bo.

— Espere, espere, estou ligando para ela. Talvez tenha sido apenas...

Ela se interrompeu ao ouvir o *riff* de abertura da música de Michael Jackson. A música de Billy Jean.

— É o toque dela. É o toque dela. O quê...?

— O telefone está no chão. E parece que alguém passou por cima da neve, indo na direção das árvores.

— Ela não faria isso.

Mas Bodine conseguia ver a neve e os arbustos amassados tão bem quanto Callen. E então viu mais.

Seu olhar se concentrou num montinho, no casaco azul-escuro quase no mesmo instante em que Callen notava a mesma coisa. Ela deu um pulo e saiu correndo antes que ele conseguisse segurá-la.

— Bo. Droga. Espere.

— Ela está ferida. Ela está ferida.

Ele a alcançou, arrastando-a para trás. Com neve até os joelhos, os dois lutaram até Bodine conseguir soltar um braço e lhe dar um soco.

— Me solte, seu idiota. Ela está machucada.

Sem outra escolha, Callen apertou os braços ao redor dela.

— Ela está mais do que machucada, Bo. Pare com isso. Pare. Não há o que fazer.

Fúria e medo inundaram seu corpo como uma doença.

— Tire as mãos de cima de mim ou juro que vou te matar.

Isso só serviu para o fazer apertá-la mais.

— Você não pode tocar nela, está me ouvindo? Isso não ajudará em nada, talvez piore a situação. Ela está morta, Bo. Ela está morta!

Desesperada, Bodine se debateu por mais alguns segundos, até desistir. Simplesmente desistiu, com a respiração pesada, vaporizando no ar, o corpo todo tremendo.

— Eu preciso ver. Não vou tocar nela se... Preciso ver. Me solte.

Callen a soltou um pouco e se moveu, saindo da frente do corpo.

— Sinto muito. Sinto muito, Bo.

— Ela... — *Ela está morta.* As palavras de Callen ecoavam em sua mente, e a verdade contida nelas acertou seu coração, seu âmago. — Ela bateu a cabeça naquela pedra. Bateu a cabeça. Tem tanto sangue. Ela... Me solte. Estou bem. Me solte.

Quando ele obedeceu, Bodine continuou olhando para o rosto de Billy Jean, mas pegou o telefone de novo.

— Você pode ligar para a polícia, Callen? — Talvez sua voz tenha saído um pouco abalada, mas estava firme. — Enquanto isso, vou ligar para a segurança do resort para... para... bloquear este trecho da estrada para ninguém mais se aproximar.

— Vamos voltar para a estrada antes.

— Não vou deixá-la sozinha.

Era preciso bolar planos, tomar providências, fazer o que precisava ser feito. Apesar de ainda estar cedo demais — graças a Deus — para a saída e chegada de hóspedes, muitos dos funcionários que não viviam na propriedade passavam por ali a caminho do trabalho.

Bodine pediu à segurança para bloquear oitocentos metros da estrada em ambas as direções, permitindo acesso apenas à polícia, e ordenou que um funcionário trouxesse a chave do chalé vazio mais próximo.

— Acho melhor não contar o motivo. — Ainda enterrada na neve até os joelhos, ela encarou o telefone. — Por enquanto, pelo menos. Tenho que avisar aos meus pais. Eles precisam saber, mas... Os pais de Billy Jean, eles moram em... perto de Helena. Não, não. — Bodine pressionou a mão contra a testa, tentando espremer a informação do cérebro. — A mãe dela mora em Helena. Eles são divorciados. O pai... Não consigo lembrar. Tem um irmão também. Na Marinha. Não, não, ele é fuzileiro naval. — Quando Callen continuou em silêncio, ela se voltou contra ele, irritada. — Isso é importante.

— Eu sei. Eu não a conhecia, Bodine, mas isso não significa que não sei que essas coisas são importantes. O xerife está a caminho, e você pode passar a ele os contatos da família.

— Eu preciso falar com eles. — Tudo dentro dela parecia quente e ressecado, como se tivesse pegado fogo. — Billy Jean trabalhava para nós. Era uma de nós. Preciso falar com eles também. Alguém a perseguiu. Dá para ver onde...

Bodine olhou para trás, observando as pegadas na neve. As marcas deixadas por quem a seguira.

E as marcas de Callen vindo atrás dela para segurá-la.

— Eu fiz besteira — murmurou ela. — Amassei a neve toda. E a teria agarrado e a tirado do lugar caso você não tivesse me impedido. Estamos na cena de um crime. Sou inteligente o bastante para saber que não se mexe na cena de um crime.

— Você viu uma mulher caída na neve. Viu sangue. A sua preocupação era com ela, não com a porcaria das provas.

Sua preocupação era com ela — com uma amiga, uma funcionária, uma mulher com uma risada alegre. Ao mesmo tempo, não se preocupara com nada, e sabia disso.

Não podia se permitir agir assim novamente.

— Eu teria piorado as coisas. Tudo sempre pode piorar, e eu teria feito isso. — Bodine precisou respirar fundo antes de encará-lo. Quando o fez, viu o hematoma que se formava embaixo do olho direito dele. — Desculpe pelo soco. De verdade.

— Não foi o primeiro que levei, e tenho quase certeza de que não será o último.

Mesmo assim, ela tocou de leve o hematoma.

— Você pode colocar um pouco de gelo quando nós... O chalé. Preciso pegar a chave quando a entregarem para Mike, o segurança. A polícia pode usá-lo se precisar. Nós vamos ter que dar depoimentos, e talvez queiram conversar com as últimas pessoas que a viram no Saloon. — Pense, pense, ela ordenou a si mesma enquanto suas entranhas se reviravam. Faça uma lista, cumpra os itens. — E... Não sei o que mais. Minha cabeça parece não estar funcionando direito.

— Pelo que estou vendo, está funcionando muito bem.

— Talvez você possa ir até lá para ver se já trouxeram a chave.

— Você não vai deixar Billy Jean sozinha. E eu não vou deixar você sozinha. Bodine. Voltar para a estrada, bem ali, não seria o mesmo que abandoná-la.

Ela olhou naquela direção. Os dois tinham deixado os cavalos para trás; simplesmente deixaram os cavalos soltos na estrada.

— Você tem razão. Precisamos prender os cavalos — disse ela, voltando. — E precisamos dar um jeito de levá-los para o CAB. Depois que a polícia nos liberar, você pode seguir com o Pôr do Sol e guiar o Leo.

— Pode deixar.

Enquanto pegava as rédeas, Callen se virou ao ouvir um carro se aproximando. Conduziu os cavalos para o outro lado da estrada, satisfeito pela polícia ter aparecido mais rápido que o esperado.

Acima de tudo, ele queria levar Bodine para longe dali, para longe daquela neve, para longe da visão do corpo da amiga.

A picape preta com o emblema do departamento de polícia local na lateral parou a alguns metros de distância do carro de Billy Jean.

Callen observou o homem saltar do veículo. Ombros largos e porte atlético, o chapéu bege sobre o cabelo curto e cor de palha, os óculos com lentes espelhadas que escondiam o que ele sabia serem olhos azuis frios e duros. Com o queixo quadrado e lábios finos, o policial virou a cabeça por tempo suficiente para encará-lo por dez segundos antes de seguir na direção de Bodine.

Callen pensou "Puta merda", antes de prender as rédeas num galho e cruzar a estrada novamente.

—É Billy Jean Younger — disse Bodine. — Ela é uma de nossas garçonetes.

Garret Clintok assentiu com a cabeça.

— O xerife está vindo. Preciso que vocês dois se afastem. Fiquei sabendo que estava de volta, Skinner.

Pelo menos ele não era o xerife.

— Não sabia que você era policial. Bodine pediu para trazerem a chave daquele chalé ali. Vamos ficar lá com os cavalos.

— Vocês vão ficar esperando aqui. — Ele olhou com ar de reprovação para a calça jeans e as botas de Callen. — Você se meteu na cena do crime, comprometeu as provas.

— Fui eu quem fez isso — disse Bodine, rapidamente. — Eu não raciocinei quando a encontrei, só quis ir até ela. Callen me segurou. Desculpe, Garrett, agi por impulso.

— É compreensível. Você tocou nela?

— Callen me segurou antes que eu pudesse alcançá-la. Dava para ver que... Qualquer um teria entendido que ela estava morta, mas eu simplesmente reagi.

— O telefone dela está no chão, do outro lado do carro — adicionou Callen. — Também não tocamos nisso. Policial.

— Eu queria entrar, sentar um pouco. Talvez tomar um pouco de água. — Bodine se moveu, só um pouco, apenas o suficiente para se enfiar no meio dos homens e das vibrações tensas no ar. — Estou um pouco nervosa. Será que Callen não pode ir até onde Mike está bloqueando a estrada para pegar a chave? Nós ficaríamos próximos. No Chalé Grande Céu. Não queríamos deixá-la sozinha, mas agora que você chegou...

— Podem ir. Não quero que contem a ninguém o que aconteceu por enquanto, não até entendermos a situação.

— Obrigada. Obrigada, Garrett.

Os dois atravessaram a estrada juntos, pegaram os cavalos e começaram a puxá-los pelo caminho.

— Ele comeu na palma da sua mão.

Bodine suspirou.

— Não gosto de bancar a mocinha frágil, mas tinha me esquecido de como vocês implicam um com o outro.

— Ele que tem implicância comigo. Eu só devolvo. É diferente.

A frieza na voz de Callen a fez querer suspirar.

— Pode ser, mas não vi motivo para arrumar confusão com Billy Jean jogada a cinco metros de distância. Como estou bancando a frágil, leve os cavalos até Mike. Peça a ele para chamar alguém para buscá-los. Vou esperar na varanda, sentada na porcaria da cadeira de balanço.

Meia hora depois, a lareira fora acesa e Bodine fizera café. E já dera voltas suficientes pelo chalé para ter percorrido três quilômetros.

Seu nervosismo não diminuiu quando, em vez do xerife, Clintok entrou pela porta.

— Sei que este é um momento difícil para você, Bo. Por que não se senta? Vou tomar seu depoimento daqui a pouco. Antes, quero conversar com Skinner lá fora.

— O xerife está aqui. Eu vi as viaturas pela janela.

— Sim. O pessoal está fazendo o que precisa ser feito, assim como eu. Skinner?

Clintok indicou a porta com o polegar e voltou a sair.

— Não o provoque — alertou Bodine.

— O fato de eu estar respirando já é provocação para ele.

Callen saiu. Clintok se apoiou numa das colunas da varanda, assentindo com a cabeça.

— Vamos ouvir sua versão dos fatos.

— Que termos interessantes. Nós estávamos indo para o trabalho a cavalo — começou ele.

— Você e Bodine? Vocês fazem isso com frequência?

— Foi a primeira vez, mas não faz muito tempo que voltei, e só comecei a trabalhar oficialmente para o resort ontem à noite.

Baixando os óculos escuros, Clintok mirou aqueles olhos duros nele.

— Me disseram que você estava trabalhando no Rancho Bodine.

— As coisas mudaram.

— Você foi demitido?

Bodine pedira para não irritá-lo, mas a ideia era tentadora demais. Sabendo muito bem como provocar Clintok, Callen abriu um sorrisinho.

— Pela lógica, se eu tivesse sido demitido, não estaria trabalhando para o resort da família. Nós estávamos indo para o trabalho a cavalo — repetiu ele.

— De quem foi a ideia?

— Diria que dos dois. Eu tinha planejado fazer isso. Bodine tinha planejado fazer isso. No fim, planejamos fazer isso ao mesmo tempo.

— Parece que vocês desviaram bastante do caminho. Há maneiras mais rápidas de ir do rancho ao resort a cavalo.

— Nós queríamos cavalgar.

— Quem escolheu o caminho?

— Bodine.

A boca de Clintok se retorceu como se quisesse dizer: *mentiroso.*

— Sei. Qual o seu grau de intimidade com Billy Jean Younger?

— Eu não a conhecia. Nunca a vi antes.

— É mesmo? — Clintok apoiou a mão no coldre da arma. — Você está trabalhando no resort, mas nunca a vira antes.

— Sim, já que acabei de começar lá.

— Onde você estava ontem à noite, Skinner?

— Estou morando no terreno do rancho, então era lá que eu estava.

— No alojamento?

— Não, na cabana.

Assentindo devagar, Clintok se aproximou, chegando muito perto de Callen.

— Então você estava sozinho.

— Na maior parte do tempo. Tomei uma cerveja com Bo, e nós conversamos sobre eu substituir o Abe enquanto ele está de licença. — Em vez de se afastar, Callen simplesmente se inclinou para a frente. — Você está mesmo tentando me acusar pelo que aconteceu com aquela garota? Seu rancor é tão grande assim, Clintok?

— Eu sei o que você é, o que sempre foi. Billy Jean reagiu quando você a atacou? Foi ela quem te deu esse olho roxo?

— Eu não conhecia Billy Jean. Foi Bo quem me deu um soco.

— Puxa, agora estou me perguntando por que ela faria algo assim.

— Pergunte a ela.

— Pode ter certeza de que vou fazer isso. — Com a boca retorcida num sorriso desdenhoso, Clintok cutucou o peito de Callen. — Não faz nem meia dúzia de dias que você está de volta, e já temos uma mulher morta. Não faz nem meia dúzia de dias que está de volta, e quer que eu acredite que você nunca entrou no Saloon do resort e se apresentou para a moça bonita no bar? Eu sei muito bem quando estou ouvindo merda, Skinner.

— Parece que grande parte dessa merda está vindo da sua boca. Se você não maneirar, o cheiro vai acabar te seguindo.

O rosto de Clintok ficou tão vermelho quanto beterraba cozida, uma reação que ele sabia — por experiência própria — que geralmente antecedia um soco.

— Vamos lá, siga adiante com essa ideia. — O convite de Callen era tão frio e cortante quanto o vento. — Vamos ver no que isso vai dar.

Clintok trincou os dentes — Callen poderia jurar que os ouvira ranger. Mas o policial se afastou.

— Você pode voltar ao trabalho. Por enquanto. Não faça planos de sair da cidade.

— Só vou embora quando Bodine for.

— Eu mandei você sair daqui.

Calmo, Callen caminhou pela varanda e se sentou em uma cadeira de balanço.

— Bem, me explique que lei estou infringindo.

A mão direita de Clintok se fechou num punho.

— Logo vou acabar com você. Muito em breve.

Mas ele entrou, deixando o outro acomodado na cadeira.

— Fiz café — disse Bodine imediatamente.

— Eu não recusaria uma xícara. — Clintok, ainda com as maçãs do rosto vermelhas, sentou-se à mesa comprida na cozinha. — Você sabe se Billy Jean estava trabalhando ontem à noite e a que horas teria saído?

— Ela estava trabalhando, só não tenho como ter certeza a que horas foi embora. Mas teria sido depois da meia-noite. Nós deixamos que os funcionários decidam a hora que vão parar de servir, desde que não fechem antes da meia-noite. Então pode ter sido até uma da manhã. Depois ela teria de fechar o caixa e arrumar as coisas. Acho que o mais provável é que Billy Jean tenha ido embora entre meia-noite e meia e uma e meia da manhã. — Bodine colocou a xícara diante dele e se sentou. — Eu preciso mesmo contar aos meus pais sobre o que aconteceu, Garrett, e alguns funcionários também precisam saber.

— Daqui a pouco. Nosso pessoal está bloqueando a área, então você pode avisar ao segurança para ir embora depois que tomarmos o seu depoimento.

— Tudo bem.

— Agora, o que você estava fazendo aqui com Skinner, tão longe? Ele te disse para tomarem o caminho mais longo?

— Não. Eu queria deixar meu cavalo correr. Já fazia mais de uma semana que não saía com ele. Foi por isso que saí cedo hoje de manhã e encontrei Callen selando o cavalo dele. Então viemos juntos.

— Foi ideia dele?

— Meu Deus, não sei, Garrett. — Cansada e se sentindo enjoada, ela afastou o cabelo do rosto. — Foi natural. Nós estávamos saindo ao mesmo tempo, indo para o mesmo lugar.

— Tudo bem, mas...

— Ouça. — Ela estava de saco cheio de bancar a frágil. — Sei que você detesta o Callen, mas isso não é importante agora. Eu queria dar uma volta. Comecei a seguir na direção do resort, mas decidi andar um pouco mais.

Então tomei a estrada para dar uma última galopada e vi o carro de Billy Jean. A única coisa que pensei na hora foi que o carro podia ter quebrado e ela conseguiu uma carona, mas, quando vi que a bolsa ainda estava lá dentro, fiquei preocupada. Liguei para ela, só por precaução. E aí... — Bodine teve que fazer uma pausa. Levantou-se e pegou um copo de água. — Eu ouvi... Nós ouvimos o telefone tocar. Conheço o toque dela. O aparelho estava no chão, jogado na neve, e, então, eu vi... Eu olhei para um ponto onde dava para ver que alguém tinha saído da estrada, seguido pela neve, e vi o casaco dela. Vi Billy Jean. Foi como eu disse, simplesmente reagi, comecei a correr, tentando... tentando alcançá-la, e Callen me segurou e me disse para parar e eu não podia ajudá-la.

— Ora, mas como ele sabia de uma coisa dessas?

— Ah, meu Deus, Garrett, qualquer um teria visto isso! — A raiva subiu, atravessando o cansaço e o enjoo. — Eu só não queria enxergar, não queria acreditar, tentei então me soltar. Até mesmo dei um soco nele, mas Callen esperou eu me acalmar. Não sei por que você está deixando uma briga idiota de escola afetar seu julgamento, mas posso te dizer com toda certeza que a pessoa que fez aquilo com Billy Jean, seja lá quem for, não foi Callen Skinner.

— Eu tenho um trabalho a fazer. — Clintok se levantou. — E, a menos que você possa me dizer onde Callen Skinner estava quando Billy Jean foi morta, meu julgamento está no lugar certo. É melhor você tomar cuidado com ele. Se quiser, pode voltar ao trabalho. O xerife vai conversar com você quando terminar aqui.

Quando ele saiu, Bodine pegou a xícara da mesa e a jogou na pia.

— Mas como os homens são *babacas*. — Ela se virou no momento em que Callen entrou. — E não quero ouvir uma palavra sua.

— Tudo bem.

— Vocês dois querem ficar de picuinha, tentando mostrar quem é o mais fodão? Uma mulher morreu. Uma mulher que eu contratei. Uma mulher de quem eu gostava. Uma mulher com família e amigos, e...

— Acalme-se — consolou Callen quando Bodine cobriu o rosto e começou a tremer.

Ele se aproximou e a abraçou. Daquela vez, ela não se debateu, só permaneceu rija por um instante. Então amoleceu, desabou.

— Ela era minha amiga. Minha amiga.

— Sinto muito. — Callen beijou sua testa, acariciou suas costas. — Queria poder dizer mais alguma coisa, mas não havia o que falar.

— Preciso tomar uma atitude. Eu funciono melhor quando sei o que fazer.

— Você precisa parar um pouco. Isso também é uma atitude.

— Chorar é irritante. Chorar não ajuda em nada.

— Claro que ajuda. Você se esvazia um pouco para se preencher com outras coisas.

— Pode ser, mas...

Bodine virou a cabeça ao mesmo tempo que Callen virava a dele. Seus lábios se encontraram.

Seus lábios se esbarraram, pensaria ela mais tarde. Realmente foi um esbarrão — nada planejado, um acidente de percurso. Talvez tivessem se tocado por alguns segundos, mas não foi, nem de longe, um beijo de verdade.

Mesmo assim, ela se afastou depressa.

— Isso... isso é tão desrespeitoso.

— O objetivo não era esse.

Frustrada e envergonhada, ela o dispensou com uma das mãos e secou as bochechas molhadas enquanto se afastava.

— Não foi culpa sua. Não foi culpa minha. Aconteceu. Estamos passando por uma manhã horrorosa, e simplesmente aconteceu. Preciso ir para o Vilarejo Bodine. Minha mãe já deve ter chegado. Preciso contar a ela. Nós temos que... Meu Deus, temos que pensar em como vamos contar para todo mundo. — Ela pressionou os dedos contra os olhos fechados. — Você precisa ir para o CAB. Já estamos com o número de funcionários reduzido por lá.

— Não acha melhor eu ligar para o Chase e contar o que aconteceu? Acho que ele e seu pai deviam vir para cá. Você vai querer sua família por perto quando der a notícia.

Soltando o ar lentamente, ela baixou as mãos.

— Você tem razão. Você tem razão, eu devia ter pensado nisso. Vamos pedir uma carona para o Mike. Clintok disse que a polícia está bloqueando a estrada. — Bodine fechou os olhos por um instante e empertigou os ombros novamente. — Certo, já sei o que preciso fazer. Vamos indo.

Capítulo 7

♦ ♦ ♦ ♦

A FAMÍLIA SE reuniu NA CASA BODINE, espalhando-se pela bela sala de estar cheia de fotos emolduradas e com a lareira acesa. Depois de insistir que a mãe se sentasse, Maureen serviu café aos demais.

Se estivessem no rancho, pensou Bodine, a reunião familiar ocorreria ao redor da grande mesa de jantar com a mãe cuidando de todos, como fazia agora.

Porque cuidar dos outros a acalmava. Bodine compreendia bem isso, já que estar ocupada tinha o mesmo efeito sobre ela.

O lugar fora escolhido para a reunião porque a família não podia se afastar muito, e Bodine calculava que não poderia passar mais de meia hora fora do escritório.

Ela precisava cuidar dos funcionários, lidar com o impacto da notícia e do sofrimento que já reverberava pelo resort.

— O que podemos fazer pela família dela? — Dona Fancy estava sentada em sua cadeira favorita, empertigada. — Eu a conhecia. Uma menina trabalhadora, alegre. Mas, Bodine, você devia conhecê-la melhor do que todos nós. O que podemos fazer pela família?

— Por enquanto, ainda não sei, bisa. Os pais dela são divorciados há muito tempo, acho. Ela tem um irmão que é fuzileiro naval, mas não sei onde ele está. Vou descobrir. A mãe mora em Helena, até onde sei. Não tenho certeza sobre o pai.

— Se os familiares quiserem vir até aqui, precisamos hospedá-los num lugar com bastante privacidade, cuidar deles.

— Sem dúvida — concordou Cora. — Bodine, deixe dois chalés separados para eles, caso seja necessário. E escolha um motorista para transportá-los.

— Já reservei os chalés. — Ela colocara tudo na agenda, tentara organizar o que devia e podia ser feito. — Quanto ao motorista... Talvez eles aluguem um carro, mas acho que um de nós devia ficar disponível para levá-los aonde quer que precisem ir. Acho que deveria ser um de nós em vez de um funcionário.

— Tem razão — disse Maureen. — Também temos que cuidar da família do resort. Billy Jean... — Seus olhos se encheram de lágrimas; então ela fez uma pausa para se recompor. — Billy Jean era querida. Uma menina muito extrovertida. Precisamos lidar rapidamente com o sofrimento e o choque das pessoas, e também com o medo. Ainda não sabemos o que aconteceu, mas todo mundo vai começar a especular e se preocupar, além de estarem de luto por um dos nossos.

— Acho que deveríamos contratar um psicólogo.

Diante da sugestão de Rory, Chase virou a cabeça, encarando o irmão.

— Nem consigo imaginar as pessoas querendo falar sobre isso com um desconhecido.

— Você não faria isso — concordou Rory. — E algumas pessoas mais conformadas também não. Mas muitas falariam, mais do que você imagina. Nós somos uma empresa, devemos oferecer apoio psicológico aos nossos funcionários.

— Acho que concordo com Chase sobre não querer falar com um terapeuta — começou Sam —, mas entendo o ponto de vista do Rory. Vamos encontrar um profissional de confiança e contratá-lo. As pessoas podem decidir o que querem fazer.

— Vou pesquisar. — Isso já estava na lista de Bodine.

— Não. — Cora balançou a cabeça para a neta. — Você já tem coisas demais para fazer. Eu posso contratar a pessoa certa.

— Não quero parecer frio nem insensível. — Rory fez uma careta para seu café. — E estou tão puto da vida quanto estou triste. Ainda não consigo entender o que aconteceu, e não tenho certeza de que serei capaz mesmo quando descobrirmos que diabos aconteceu. Mas temos de pensar no que diremos à imprensa, em como vamos responder as perguntas dos jornalistas, sem contar as dos hóspedes.

— Estou pensando nisso — garantiu Bodine. — Até que saibamos o que aconteceu, é melhor contar a verdade. Todos nós estamos chocados e tristes com a morte de uma amiga. E estamos cooperando com a polícia. Não há muito mais que possamos dizer por enquanto.

— Posso falar com os funcionários. A vovó tem razão — continuou Rory — sobre você já ter coisas demais para fazer.

Ele saberia o que dizer, pensou Bodine. E saberia quando escutar. Rory tinha um coração enorme e a capacidade de entender o que alguém precisava antes mesmo de a pessoa saber.

— Isso me ajudaria bastante. Enquanto isso, Jessica e eu formularemos uma declaração oficial e pensaremos no que todo mundo, não apenas nós, deve dizer aos hóspedes e à imprensa. Você também pode ajudar com essa parte, Rory.

— Por que ela? — perguntou Chase. — Por que Jessica? Ela cuida dos eventos, não é?

— Porque ela é inteligente e perceptiva. Jessica consegue se manter calma e focada, mas consegue fazer ajustes quando as circunstâncias mudam. — Bodine estava sentada no chão de pernas cruzadas e olhou para cima, encontrando o cenho franzido e o ar duvidoso no olhar do irmão. — Você escolheria alguém melhor?

— Não entendo por que você precisa de alguém que mal conhecia a Billy Jean e planeja festas. Mas a decisão é sua. — Ele deu de ombros.

— É minha mesmo.

— Papai e eu temos que acalmar o pessoal do rancho. Não faz sentido. — A raiva veio à tona. — Não faz sentido nenhum alguém atacá-la daquele jeito.

— Nós não sabemos se foi isso o que aconteceu. — Bodine ergueu uma das mãos antes de Chase revidar. — Acho que deve ter sido, mas não sabemos. Até termos todos os fatos, vocês precisam falar para o pessoal do rancho a mesma coisa que estamos falando para os funcionários do resort.

Ele a encarou até a raiva se esvair de seus olhos.

— Deve ter sido horrível para você encontrá-la daquele jeito. Que bom que não estava sozinha.

Como a imagem do corpo de Billy Jean surgiu em sua mente, Bodine apenas balançou a cabeça e desviou o olhar. Ao ouvir uma batida à porta, ela se levantou no mesmo instante.

— Eu atendo.

O xerife Tate educadamente limpava as botas no tapete do outro lado.

— Bodine, como você está, querida?

Bob Tate era um homem robusto com um rosto envelhecido e corado. Ela o conhecia desde criança, já que ele era amigo dos pais dela e gostava de brincar dizendo que beijara sua mãe uma vez antes de Sam tomar a iniciativa.

— É um dia terrível. Um dia terrível e difícil.

— Eu sei. — Ele lhe deu um abraço rápido, depois um tapinha nas costas. — Eu passei no seu escritório, e aquela lourinha bonita do Leste disse que a família toda estava aqui. Precisamos conversar, querida.

— Eu sei. Vou pendurar seu casaco.

— Não se preocupe com isso. — O xerife Tate entrou na sala. — Dona Fancy, Sra. Bodine. — Ele tirou o chapéu. — Desculpe aparecer na sua casa sem avisar.

— Você é sempre bem-vindo, Bob. — Cora foi a primeira a se levantar. — Vou pegar um café.

— Eu agradeço. Maureen, Sam, meninos.

— Rory, pegue uma cadeira para o xerife Tate. — Dona Fancy gesticulou para o quarto da filha. — Como vai Lolly?

— Ela tem me obrigado a fazer dieta. — Ele sorriu ao falar, os olhos se enrugando. — Quer matar um homem de fome na própria casa. Obrigado, Rory.

O xerife sentou na cadeira oferecida, soltando uma bufada.

— O que você pode nos contar? — perguntou Sam.

— Na verdade, quase nada. Estamos fazendo tudo que precisamos fazer, e não posso falar sobre isso. Tenho que fazer algumas perguntas a Bodine.

Cora voltou da cozinha com a xícara de café.

— É melhor deixarmos vocês a sós?

— Não, senhora, isso não é necessário. Como todos vocês conheciam Billy Jean, talvez possam adicionar algum detalhe. Mas, Bodine, foi você quem a encontrou. Junto com Cal Skinner.

— Sim, senhor. Estávamos indo juntos para o trabalho, a cavalo — explicou ela. Mas, é claro, ele já sabia disso.

— Você fez um caminho mais longo. Foi Cal quem sugeriu isso?

— Não. A ideia foi minha. Eu estava na frente.

O xerife ergueu as sobrancelhas, mas assentiu com a cabeça.

Bodine contou todos os detalhes, assim como fizera com Garrett Clintok. Tate a interrompeu quando chegou ao ponto em que encontraram o telefone de Billy Jean.

Assentindo com a cabeça, ele folheou um caderninho.

— Cal sugeriu que você ligasse para ela.

— Não. Quando eu vi a bolsa de Billy Jean dentro do carro, fiquei preocupada; então liguei para o celular. Ela não tem telefone em casa. E, então, ouvi o toque. Na mesma hora, Cal me chamou para olhar do outro lado do carro. Encontramos o celular no chão e aquela trilha de neve amassada. Foi aí que eu a vi, e tentei correr até ela, pela neve. Pensei que pudesse estar machucada, disse a mim mesma que era só isso, mas a verdade é que eu sabia que era tarde demais. Qualquer um teria percebido isso. Callen me impediu, me segurou.

Observando-a, Tate bateu no seu caderno com o cotoco de um lápis.

— Ele foi até Billy Jean?

— Não. Cal ficou me segurando até conseguir me acalmar o suficiente para eu entender que não deveríamos tocar nela. Tive dificuldade em aceitar o que estava acontecendo.

— Fiquei sabendo que Cal está com um olho roxo. Ele já estava assim quando vocês saíram para o trabalho hoje cedo?

— Não, porque a culpa disso foi minha. Eu estava fora de mim, tentando me soltar, e acabei acertando um soco nele antes de conseguir me controlar. E já entendi o que está acontecendo. — Sua voz soava fria agora. — Quero esclarecer algumas coisas.

— Fique à vontade.

— Eu expliquei tudo que aconteceu para o Garrett da mesma forma como estou explicando para o senhor. Se ele contou uma versão diferente da minha, está mentindo.

Como se quisesse acalmar os ânimos dela, Tate abanou uma mão no ar.

— Bo, eu estou ciente de que Cal e Garrett não se dão bem.

— Foi Clintok que começou com essa implicância, muito tempo atrás. — Chase se levantou, despreocupado. — Quando nós éramos garotos, ele perseguia o Cal por todo canto. O sujeito era um pé no saco. Desculpe, bisa, mas não tem outro jeito de descrever como era. E aí ele e mais três babacas...

Chase fez outra pausa, e dona Fancy acenou com a mão.

— Você pode se desculpar por sua linguagem chula depois que terminar de contar a história.

— Eles nos atacaram quando Cal e eu estávamos acampando na beira do rio. Os três ficaram me segurando para o Garrett bater em Cal. Mas no final Cal deu a volta por cima, e estava metendo a porrada nele quando Wayne Ricket... O senhor se lembra dele?

— Lembro — respondeu Tate. — Quando eu ainda trabalhava no patrulhamento, vivia levando o rapaz para a delegacia. Depois que virei xerife, fiz a minha parte para que fosse condenado a cinco anos por lesão corporal qualificada.

— Ele se enfiou na briga; então eram dois contra um. Mas, agora, só tinham dois me segurando, e eu estava fulo da vida. Nós acabamos com eles. Após esse encontro, Clintok apenas falava grosso. Não tinha coragem de fazer nada além disso depois que os socos do Cal o fizeram colocar os bofes para fora. Só estou dizendo que, se houvesse uma forma de acabar com o Cal, mesmo que para isso tivesse que fazer o senhor pensar que ele matou uma mulher, Clintok o faria num piscar de olhos.

Tendo finalizado o seu discurso, Chase voltou a sentar.

Tate ficou em silêncio por um instante, analisando seu caderninho.

— Agradeço a informação. Muito bem, Bo. — O xerife se virou para ela. — O que aconteceu depois?

— Cal ligou para a polícia, e eu liguei para a segurança do resort, já que minha cabeça tinha voltado para o lugar, e pedi para bloquearem a estrada, impedindo que as pessoas passassem por ali. Clintok chegou primeiro, e ficou bem claro que ele queria provocar Callen, então... — Bodine bufou. — Eu disse que precisava sentar, tomar um copo de água e pedi para o pessoal do escritório trazer a chave do chalé mais próximo. Não parecia certo deixar os dois implicando um com outro enquanto Billy Jean estava jogada lá.

— Foi uma atitude inteligente. Eu ainda preciso de mais alguns detalhes, e tenho que conversar com o chefe direto de Billy Jean e com as pessoas que trabalharam com ela ontem à noite.

— O chefe direto dela se chama Drew Mathers. Já conversei com ele e com os funcionários do bar. Sei que o senhor precisa fazer isso também, mas já posso adiantar que Billy Jean mandou todo mundo para casa por volta de meia-noite e meia. Ainda havia três casais no bar. Dois deles estavam juntos, mas o terceiro se encontrou lá; então ficaram mais tempo. Não posso dizer com certeza a que horas ela fechou tudo e foi embora, mas posso dar o nome das pessoas que estavam lá depois de meia-noite e meia.

— Isso me ajudaria bastante. Billy Jean tinha um namorado, não tinha?

— Eles terminaram. Umas duas semanas atrás. Chad Ammon. Ele trabalha como motorista no resort, faz turnos extras como carregador de malas. Hoje é o dia de folga dele.

— O filho de Stu Ammon?

— Sim.

— E quem terminou com quem?

— Ela terminou com ele. Parece que Chad a traiu com uma garota de Missoula. E com outra de Milltown antes. Então Billy Jean lhe deu um pé na bunda. Sei que o senhor precisa conversar com ele também, mas, apesar do Chad ser um mulherengo, não machucaria uma mosca. E estava tão chateado por ter sido dispensado quanto ficaria ao se cortar enquanto se barbeava. Não foi nada de mais.

— Ela estava saindo com alguém?

— Como é que Billy Jean dizia? Ela estava dando um tempo de... — Bodine olhou para as avós. — Certa parte do corpo. Eu a via quase todos os dias, e ela teria me contado se tivesse mudado de ideia.

— Muito bem. Obrigado por me contar tudo, Bo. — Depois de guardar o caderno no bolso, Tate se levantou. — O café estava maravilhoso, Sra. Bodine. Vou deixá-los em paz.

— O senhor vai para o resort agora? — perguntou Bodine.

— Vou.

— Se quiser, posso ir junto para reunir as pessoas com quem o senhor quer falar e arrumar uma sala para que possam conversar.

— Isso me ajudaria bastante.

O xerife esperou enquanto Bodine pegava o casaco e olhava para a família. Por ora, não havia mais nada a dizer, pensou ela, e então saiu com Tate.

— Eu sei que o senhor não pode me contar tudo — começou ela —, mas está claro que alguém perseguiu Billy Jean. Não sei por que ela parou ali nem sei como as coisas aconteceram, mas está claro que ela ficou apavorada e saiu correndo, o que quer dizer que estava fugindo de algo. De alguém.

— Acho que ainda tenho muito trabalho a fazer antes de determinar oficialmente se isso foi ou não o que aconteceu.

— Estou perguntando se devo reforçar a segurança.

— Não sei se isso é necessário. Mas, quando algo assim acontece, as pessoas tendem a ficar assustadas até receberem respostas. Você deve fazer o que achar certo.

Uma mulher que ela conhecia havia morrido nas suas terras, pensou Bodine. Nada parecia certo.

Enquanto carregava uma égua dócil para dentro de um trailer, Cal viu a picape do xerife descendo a estrada que levava ao CAB.

Já esperava por isso.

Depois de erguer a grade do trailer atrás dos dois cavalos, ele seguiu na direção do curral, onde Easy LaFoy escovava outro cavalo.

— Vou colocar você para trabalhar mais tarde — disse Easy ao animal. — Então é melhor descansar agora.

— Easy, preciso que leve aqueles cavalos para o centro. Temos aula daqui a uma hora. Maddie vai direto para lá.

— Ainda não terminei aqui, chefe.

— Tudo bem, eu cuido disso. Leve esses dois para lá e os sele. Diga a Maddie para não se esquecer das regras. Você pode almoçar enquanto ela estiver dando a aula.

— Tudo bem, chefe. — Os dois saíram do curral ao mesmo tempo que Tate estacionava a picape. — Imagino que ele tenha vindo para falar sobre o que aconteceu com aquela garota. Que coisa horrorosa.

— Pois é. Você pode ir. — E seguiu até Tate.

— Cal. — O xerife assentiu com a cabeça. — Como vai sua mãe?

— Bem. Ela gosta de ter um neto para mimar.

— Eu também vou ser avô.

— Eu não sabia disso.

— Pois é, o primeiro nasce em maio. Minha esposa já está ficando enlouquecida, comprando roupinhas e bichos de pelúcia. — Tate fez uma pausa, observando Easy manobrar a picape e o trailer. — Funcionário novo?

— É, mas eu também sou.

— Essa não é a melhor forma de ser recebido quando se volta para casa. Que tal você me contar o que houve?

— Podemos conversar enquanto eu trabalho? Tem uma cavalgada de seis pessoas marcada para a tarde.

— Claro que podemos.

Os dois seguiram para o curral em direção aos cavalos e, então, Callen retomou o trabalho de Easy.

Enquanto trabalhava, relatou tudo que acontecera entre o momento em que encontrara Bodine até os dois acharem o corpo.

— Vocês passaram pela trilha do Rabo Branco?

— Passamos. Com o tempo assim é como cavalgar num filme. Parece uma tela de cinema.

— E você sabe do que está falando. Cinema.

— Acho que sim.

— Você já foi beber no Saloon desde que voltou?

— Não. Estive ocupado demais, e tenho cerveja no rancho. Nunca tinha visto Billy Jean antes. — E jamais a esqueceria. — Não posso provar que não resolvi vir até aqui de noite e atacar uma mulher que não conhecia, mas isso com certeza seria algo fora da minha rotina.

Apesar das circunstâncias, os lábios de Tate se curvaram num pequeno sorriso.

— Pelo que lembro, você já se meteu em algumas confusões.

— Com garotos e homens — concordou Callen, sem hesitar, mesmo que sentisse a influência de Clintok naquela linha de interrogatório. — Se eu me metia com mulheres? Sim, mas de forma diferente e com o consentimento de ambas as partes.

— Nunca ouvi nada que contradissesse isso. — Tate gesticulou para o olho de Callen. — Parece que você se meteu em confusão recentemente. Esse seu olho está bem roxo.

— Já tive piores. Bodine... Ela só queria ir até a amiga. Essa era a intenção dela, e eu não podia deixar que fizesse isso. Então, sim, o senhor pode dizer que brigamos, e ela me acertou. A moça tem um belo soco de direita.

— Foi isso que você contou para o meu policial?

— Foi.

Tate esperou um instante, depois outro.

— Quer acrescentar mais alguma coisa?

— Não tenho mais nada para acrescentar.

— Tenho uma história para contar. — Tate tirou um pacote de chiclete do bolso. — Minha esposa me pentelhou até eu parar de fumar. — Ele ofereceu o pacote, e Callen pegou um chiclete. — Enfim, de volta ao assunto. Houve um jogo de pôquer uma noite, na casa dos Clintok. A sra. Clintok estava visitando a irmã, e havia levado com ela a filha. Bud Clintok e o jovem Garrett estavam sozinhos em casa. Ele devia ter uns 12 anos, acho. Seu pai estava lá.

Os olhos cinzentos de Callen se mantiveram indiferentes enquanto ele assentia com a cabeça.

— Ele geralmente estava em todos os jogos de pôquer.

E em todas as corridas de cavalo e em qualquer evento esportivo em que se pudesse apostar.

— É verdade, apesar de ter tido fases em que conseguiu controlar seus demônios. Mas esse não era o caso na época. Não estou faltando ao respeito com os mortos quando digo que Jack Skinner tinha uma doença, mas não faria mal a uma mosca. Aquela era uma de suas noites de sorte. Estava ganhando todas. Todo mundo bebia bastante, xingava bastante, apostava, fumava... Sinto falta dessa última parte.

Tate suspirou, mastigando seu chiclete.

— Na última rodada, restaram apenas seu pai e o de Garrett. Veja bem, Bud estava perdendo quase tanto quanto seu pai estava ganhando. Mas o monte estava gordo, Bud continuou aumentando as apostas, e Jack acompanhava. Tinha uns quinhentos dólares lá quando o dinheiro de Bud acabou. Ele disse que apostaria outra coisa. Seu pai, meio que brincando, respondeu que podia apostar o cachorrinho. O cachorro não devia ter mais que 4 meses, e tinha gostado dele. Jack disse que era seu amuleto de sorte. E Bud concordou. Os dois mostraram as cartas. Bud tinha um *flush* de copas, do oito à rainha. E o Jack? Uma quadra de dois.

Tate fez uma pausa, empurrou o chapéu para trás e balançou a cabeça.

— Uma quadra, simples assim. Jack ficou com o dinheiro, mas não quis aceitar o cachorro. Ele era do garoto, e seu pai não era má pessoa. Disse que preferia que Bud lhe pagasse um jantar, e as coisas ficaram por isso mesmo. Todo mundo voltou para casa de cara cheia e com os bolsos mais leves, menos Jack. E eu também não, porque perdi tanto quanto ganhei, o que foi uma sorte naquelas circunstâncias. — O xerife desviou o olhar para as montanhas, mas então encarou Callen. — Fiquei sabendo que alguém matou o cachorrinho com um tiro no dia seguinte. Veja bem, Bud pode ser um homem difícil, mas jamais faria isso.

Callen já notara aquilo, já vira a maldade dentro de Clintok quando os dois tinham 12 anos.

— Por que o senhor o contratou, xerife?

— Ele voltou para casa depois de lutar pelo país. Imaginei, pelo que eu via, que Garrett tinha superado essa crueldade. Não estou dizendo que o rapaz não se exalte de vez em quando, mas também não tenho motivos para reclamar dele. Mas nós dois vamos ter uma conversa, porque uma mulher morreu, e ninguém que trabalha para mim vai usar uma coisa dessas para se vingar de picuinhas do passado.

— Eu não tenho problema nenhum com ele. Se Clintok ficar fora do meu caminho, eu fico fora do dele.

— E é assim que as coisas vão ser. Mande lembranças à sua mãe.

— Pode deixar.

Sozinho com os cavalos, Callen ficou pensando em garotos amargurados — ele mesmo fora um — e no pai que nunca fora cruel, apenas fraco o bastante para perder tudo. Inclusive o respeito do filho.

EM SUA SALA, Bodine se forçou para seguir a rotina, resolvendo coisas que não podiam ser adiadas, mas deixando tudo de lado quando algum funcionário do resort aparecia com perguntas ou procurando por consolo.

Ela seguiu em frente com o estômago embrulhado e uma dor de cabeça que aumentava cada vez mais entre seus olhos.

Jessica parou na porta e bateu com os nós dos dedos.

— Desculpe interromper.

— Não, está tudo vem. Eu já ia falar com você. Assim, economizo tempo.

— Você comeu alguma coisa hoje?

— O quê? — Momentaneamente confusa, Bodine esfregou o pescoço que estava tenso.

— Foi o que eu imaginei. — Tomando o controle da situação, ela simplesmente pegou o telefone na mesa da chefe e ligou para o ramal da cozinha. — Oi, Karleen, aqui é Jessica. Você pode mandar uma tigela da sopa do dia e uma xícara de chá de camomila para a sala da Bo? Sim, isso seria ótimo. Obrigada.

— E se eu não quiser sopa? — disse Bodine quando ela desligou.

— Você a tomará mesmo assim, porque é inteligente o bastante para saber que precisa comer alguma coisa. Do mesmo jeito que Rory e sua mãe são inteligentes.

Bodine conseguiu abrir um sorriso.

— Você está cuidando de nós?

— Alguém precisa fazer isso. Você parece tão abatida, e sei que tem uma procissão de gente te procurando hoje, buscando apoio, assim como estão fazendo com Rory e Maureen. Mas a sua sala está mais concorrida.

— Sou a chefona.

— Pois é. Eles precisam de apoio, e você precisa tomar sopa. Agora, me diga o que posso fazer para ajudar.

— Eu organizei algumas coisas e... Você não tinha reunião com o pessoal da Rhoder Company agora? E uma entrevista?

— Eu remarquei tudo, e ninguém reclamou. Um membro da nossa família morreu.

Agora, os olhos ardidos de Bodine se encheram de lágrimas. Enquanto os pressionava com os dedos, Jessica se virou e fechou a porta.

— Sinto muito, Bodine. Eu não conhecia Billy Jean muito bem, mas gostava dela. Deixe-me ajudar. Sei que Sal geralmente cobre você quando precisa, mas... ela está arrasada.

— As duas eram muito próximas. Preciso de ajuda com algumas coisas, mas sei que sua agenda está bem cheia.

— Chelsea é tão competente quanto nós duas esperávamos. Como agora a tenho na equipe, estou com tempo livre.

— Então vou te ocupar. Primeiro, escrevi uma declaração para a imprensa. Já tive que usá-la duas vezes com jornalistas que ligaram para saber o que aconteceu. Quero ter certeza de não ter deixado passar nada.

— Posso revisar o texto.

— E também precisamos fazer um comunicado para os hóspedes. Para os que estão aqui e os que fizeram reserva e podem entrar em contato. Já tenho um rascunho. Você não a conhecia direito — adicionou Bodine —, então vai ser mais objetiva. Talvez eu tenha sido fria e breve demais porque Billy Jean era minha amiga e estou tentando não deixar isso transparecer.

— Tudo bem.

— E, por fim, temos que fazer uma cerimônia para a Billy Jean. Aqui. Já falei com a mãe dela. — Bodine fez uma pausa, respirando fundo. — Nós oferecemos chalés, motoristas, e tudo do que precisarem, mas a família vai ficar em Missoula e levá-la para Helena, para casa, assim que puderem. A cerimônia vai ser para todos nós do resort e do rancho, e para quem mais da região quiser vir prestar condolências.

— Deixe que eu tomo conta disso. Não quero soar petulante, mas eventos são a minha área. Só me diga quando e onde será, e eu organizo tudo.

Grata, Bodine tirou esse peso dos ombros.

— Acho melhor ser do lado de dentro, já que não podemos confiar no tempo. O Moinho é o melhor lugar.

— Concordo. — Jessica se levantou ao ouvir uma batida à porta, e foi abri-la. — Obrigada, Karleen, está perfeito. — Ela levou a bandeja até a mesa. — Coma.

— Não estou com fome.

— Coma mesmo assim.

Com uma risada fraca, Bodine pegou a colher.

— Você parece a minha bisa.

— Um elogio e tanto. Me dê uma ideia geral do que você quer, e eu cuidarei dos detalhes.

Flores, porque Billy Jean as adorava. E música country. Enquanto elaborava tudo, Bodine comeu. A sopa fora uma boa ideia, já que era só engolir e não dava muito trabalho.

— Acho que a cerimônia deve durar quatro ou cinco horas com um representante da família lá. Podemos dar um jeito nisso — disse Bodine. — Mas eu queria que todos os funcionários pudessem comparecer, passar um tempo lá, porém não há um dia em que não estejamos lotados. Pensei em fecharmos por 24 horas.

Jessica, ainda tomando nota de tudo, nem se deu ao trabalho de erguer o olhar.

— E então você pensou que estaria estragando os planos das pessoas que não só reservaram um chalé, mas também compraram passagens de avião, tiraram folga do trabalho.

— Não seria justo. Mas todo mundo tem que ter a oportunidade de participar. Seria mais fácil se fizéssemos no rancho, mas...

— Ela fazia parte da família do resort.

— Isso não entra na minha cabeça. — Apesar de estar com a garganta apertada, Bodine empurrou as palavras para fora. — Não consigo aceitar que uma coisa dessas tenha acontecido. Não é como se nunca tivéssemos problemas. Um hóspede que se exalta, um funcionário fazendo escândalo com outro ou até mesmo brigas em uma festa. Mas algo assim? Não entra na minha cabeça.

— Bo? Desculpe. — Rory entrou. — A mamãe precisa falar com você por um instante, se for possível.

— Claro. Já vou. Jessie, pode usar a minha mesa e dar uma olhada nas declarações. Assim, tiro alguma coisa da lista. — Bodine abriu os arquivos no computador e se levantou. — Volto logo.

Jessica se acomodou na cadeira e leu as declarações. Diretas, mas talvez um pouco frias, com um tom meio artificial.

Ela se virou para o teclado e começou a digitar sugestões.

— Bo, eu queria... — Já no meio da sala, Chase parou. — Achei que você fosse a Bo.

— Ela teve que sair por um instante. — Jessica se levantou. — Chase, sinto muito.

— Obrigado. — Ele tirou o chapéu. — Vou deixar você comer seu almoço em paz.

— Não é meu. Aparentemente, eu tive que canalizar a dona Fancy e forçar Bodine a comer alguma coisa. Ela já vai voltar. Sente-se. Vou pegar um café para você.

— Não aguento mais café. Nunca achei que falaria uma coisa dessas. — Mas ele sentou, quase se jogando na cadeira. — Hum, ela está bem? Bodine?

Chase parecia cansado, até mesmo um pouco pálido, pensou Jessica, e percebeu que nunca o vira com aquela aparência antes. Ela deu a volta na mesa para se sentar na outra cadeira de convidados.

— Você parece cansado, e não gosto nem um pouco de ter que mencionar isso. Mas Bodine parece exausta.

— Ela vai precisar organizar tudo — comentou ele. — Planejar cada detalhe, falar com todo mundo.

— Sim, e já está fazendo isso. Mesmo assim, acho que trabalhar ajuda a lidar com o choque inicial, mas a verdade é que todo mundo conta com ela. Bodine está pálida e cansada, e ainda não teve tempo para ficar triste e assimilar a perda.

Chase ficou em silêncio por um instante, apenas encarando o chapéu.

Mais do que pálido e cansado, pensou Jessica. Ele parecia extremamente triste.

— Você já comeu hoje?

— O quê?

— Pelo visto, estou forçando todo mundo a tomar sopa hoje. Posso pedir uma para você.

— Não, eu... — Chase simplesmente a encarou por um instante bem longo. — Estou bem. Eu... Eu criei caso com a Bo por causa de você.

— Por causa de... mim?

— Quando ela disse que ia te pedir ajuda com as declarações e tal.

Enquanto digeria isso, Jessica empurrou um grampo, que não estava solto, no coque arrumado atrás de seu pescoço.

— Porque eu não sou daqui.

— Você não é daqui, não está aqui há muito tempo, e...

— E?

— Não importa. Eu vim pedir desculpas. Eu sabia que ela estava sofrendo, e mesmo assim fui implicante. Porque eu estava com raiva. — Chase fez uma cara feia para o chapéu de novo. — Com muita raiva. Ainda estou.

— E é assim que você parece quando fica com raiva?

— Depende. — Ele ergueu o olhar. — Do motivo pelo qual estou com raiva. Bo acha que você é a pessoa certa para ajudá-la com isso, e não tenho motivos para achar o contrário.

Jessica assentiu com a cabeça, cruzando os pés de salto alto na altura dos tornozelos.

— Já que você tocou no assunto... Qual é o seu problema comigo? Nós dois sabemos que existe algo.

— Não sei. Talvez eu só demore um pouco para me acostumar com as pessoas.

— Pessoas como eu?

— Pessoas no geral. — Chase hesitou por um momento, depois deu de ombros. — Tem um bom motivo para eu trabalhar no rancho e Rory, no resort. Eu ia enlouquecer se tivesse que lidar com pessoas o dia todo.

— Bem, se você descobrir qual é o problema comigo além do fato de eu ser humana, me avise. Talvez possamos resolver as coisas. Vou avisar a Bo que você está esperando.

Chase limpou a garganta quando ela começou a seguir na direção da porta.

— Preciso pedir desculpas para você também?

Jessica virou a cabeça, lançando um olhar penetrante.

— Depende — disse ela, e foi embora.

Parte Dois

Um Propósito

Agarre-se ao agora, ao presente, por meio do qual
todo futuro mergulha no passado.

— James Joyce

Capítulo 8

♦ ♦ ♦ ♦

1995

ALICE — SEU NOME ERA *ALICE*, independentemente do que ele a chamasse — deu à luz um filho. Era o seu terceiro bebê, o único que o senhor permitiu que cuidasse. A segunda criança, outra menina, viera somente dez meses após a primeira. Uma garotinha que batizara de Fancy, pois nascera com uma bela penugem de cabelo vermelho.

Quando ele levara seu bebê, sua segunda filha, por aquelas escadas acima, Alice se recusara a comer e beber por quase uma semana, mesmo quando era surrada. Tentara se enforcar com o lençol, mas acabara só desmaiando.

O senhor forçara comida por sua garganta, e, ao perceber que seu corpo ansiava por aquilo, ela se sentira um pouco morta. Três semanas depois do parto, os estupros recomeçaram. Depois de seis, concebera um filho.

O nascimento do menino que batizou de Rory, em homenagem ao pai que nunca conhecera, mudou as coisas. O senhor chorou, deu um beijo na cabeça do bebê enquanto a criança se esgoelava de chorar. E lhe trouxe flores — pulsatillas roxas que floresciam por todo o rancho em abril.

Isso a fez lembrar de *casa*, e instigava a faca enferrujada da esperança a entalhá-la.

Ela ainda estava perto de casa?

O senhor não levou o menino embora; em vez disso, trouxe leite, verduras e legumes frescos, até mesmo um bife. Alegou que o leite dela precisava continuar forte e saudável.

O porão foi abastecido com fraldas, lenços umedecidos e óleo para bebê, uma banheira de plástico e sabonete neutro. Quando Alice perguntou — com cuidado — se podia ter toalhas mais macias para o filho, o senhor as trouxe, assim como um móbile de animais e uma arca que tocava cantigas de ninar.

Ele passou meses sem bater nela ou estuprá-la. O bebê era a sua salvação, livrando-a das surras e dos estupros, dando-lhe um motivo para viver.

Dando-lhe coragem para pedir por mais.

O senhor vinha ver o menino e trazer comida três vezes por dia. O almoço surgira depois do nascimento de Rory. Alice começou a contar as horas de acordo com as visitas.

Ela o preparava para o encontro do café da manhã, dando-lhe de mamar, limpando-o e vestindo-o. Na véspera, ele dera seus primeiros passos, fazendo a mãe chorar de orgulho.

Uma nova esperança surgiu dentro dela. O senhor veria o filho andar pela primeira vez e permitiria que os dois subissem, permitiria que ela levasse o bebê para fora da casa, que caminhassem sob a luz do sol.

E ela poderia analisar o terreno. Poderia começar a planejar como fugir com o filho.

Seu filho, seu menino amado, sua salvação e sua alegria, não seria criado num porão.

Alice tomou banho e penteou o cabelo que agora estava castanho-escuro e batendo abaixo dos ombros.

Quando o senhor desceu as escadas com um prato de ovos com gema mole e duas fatias de bacon fritas demais, ela se sentou na cadeira, balançando o bebê no colo.

— Obrigada, senhor.

— Coma tudo. Saco vazio não para em pé.

— Vou comer. Prometo. Mas tenho uma surpresa para o senhor.

Ela fez Rory se erguer sobre as belas perninhas gordas e beijou o topo de sua cabeça. O menino ficou agarrando seus dedos por um instante, mas então os soltou e deu quatro passos cambaleantes antes de se sentar no chão.

— Ele consegue andar — disse o senhor, baixinho.

— Acho que talvez seja um pouco cedo demais para isso, mas ele é muito esperto e bonzinho.

Alice prendeu a respiração quando o senhor foi até Rory e o ergueu novamente.

E Rory, com as mãos balançando no ar, riu enquanto caminhava pelo cômodo.

— Logo, logo vai estar correndo — disse ela, forçando um tom alegre. — Meninos precisam correr. Seria bom se ele tivesse mais espaço. Quando o senhor achar que chegou a hora — acrescentou rapidamente quando o homem a fitou com aqueles olhos sombrios e rígidos. — Para pegar um pouco de sol. A luz do sol... a luz do sol tem vitaminas.

O senhor ficou quieto, mas se abaixou e pegou o bebê. Rory puxou a barba desalinhada que o homem deixara crescer nos últimos meses.

Ela queria morrer sempre que aquele sujeito encostava em seu filho. Sentiu o estômago se embrulhar de medo e desespero. Mas se forçou a sorrir enquanto levantava.

— Vamos dividir meu café. Ele gosta de ovos.

— É seu dever lhe dar o leite materno.

— Ah, sim, e eu dou, mas ele também gosta de comidas sólidas. Só uns pedacinhos. Ele já tem cinco dentes e mais um crescendo. Senhor? Estou lembrando o que minha mãe falava sobre ar fresco, como ele é necessário para se crescer forte e saudável. Se nós pudéssemos ir lá fora, tomaríamos um pouco de ar fresco, mesmo que por pouco tempo.

Enquanto ele segurava o bebê, seu rosto virou pedra.

— O que foi que eu já disse sobre isso?

— Sim, senhor. Só estou tentando ser uma boa mãe para o... nosso filho. O ar fresco faria bem para ele e para o meu leite também.

— Coma a sua comida. Os dentes do menino estão crescendo, vou trazer alguma coisa para ele mordiscar. Se você não me obedecer, Esther, vou ser forçado a lembrá-la do seu lugar.

Alice comeu e não falou mais nada, dizendo a si mesma para esperar outra semana. Outra semana inteira antes de pedir de novo.

Mas, três dias mais tarde, depois de ela ter comido a refeição da noite e ter dado de mamar ao bebê, o senhor voltou.

E a deixou chocada quando lhe mostrou a chave para a corrente em sua perna.

— Preste muita atenção em mim. Vou te levar lá para fora por dez minutos, nem um segundo a mais. — Alice estremeceu enquanto a faca enferrujada da esperança atravessava seu coração. — Se você tentar gritar, arrebento seus dentes. Levante.

Dócil, e com a cabeça baixa para não exibir o brilho de esperança em seus olhos, ela se levantou. A esperança se esvaiu quando ele passou uma corda ao redor do seu pescoço.

— Por favor, não faça isso. O bebê.

— Cale essa boca. Se tentar fugir, quebro seu pescoço. Obedeça, e talvez eu considere deixar você tomar esse tal de ar fresco uma vez por semana. Caso contrário, vou te dar uma surra.

— Sim, senhor.

O coração de Alice disparou no peito quando ele enfiou a chave na fechadura e, pela primeira vez em quatro anos, o peso do ferro saiu do seu tornozelo.

Ela soltou um som baixo, gutural, um animal sofrendo ao ver a cicatriz vermelha, em carne viva, que circulava a pele acima de seu pé.

Os olhos do senhor eram poças escuras brilhantes.

— Estou te dando um presente, Esther. Não faça eu me arrepender disso.

Quando a empurrou para frente, ela deu seu primeiro passo sem a corrente, depois outro, o ritmo descompassado, como se mancasse.

Apertou Rory contra si, lutou para subir as escadas.

Fugir? Ela mal conseguia andar, pensou, sentindo o coração trêmulo se apertar.

O senhor apertou a corda quando chegaram ao topo das escadas.

— Me obedeça, Esther.

Ele abriu a porta.

Alice viu uma cozinha com piso amarelado, uma pia de ferro fundido presa à parede, com pratos dispostos num escorredor ao lado. Uma geladeira da altura dela e um fogão de duas bocas.

O lugar cheirava a gordura.

Mas havia uma janela sobre a pia, e, através dela, viu os últimos raios de sol do dia. O mundo. Alice viu o mundo.

Árvores. Céu.

Ela tentou prestar atenção, guardar as informações na memória. Um sofá velho, uma única mesa e luminária, uma televisão do tipo que só vira em fotografias — tipo uma caixa com... antenas, lembrou.

Piso de taco, paredes sem enfeites, de tábua de madeira, uma lareira pequena e vazia, feita de tijolos diferentes.

Ele a empurrou na direção da porta.

Tantas trancas, pensou ela. Por que o senhor precisava de tantas trancas?

Ele as abriu, uma por uma.

Tudo — seus planos, suas esperanças, sua dor, seu medo — se esvaiu quando ela saiu para a varanda apertada e caindo aos pedaços.

A luz, ah, a luz. Só aquele pedacinho do sol que se punha atrás das montanhas. Só um resquício de vermelho contra os picos.

O cheiro de pinha e terra, a *sensação* do ar se movendo contra seu rosto. O ar quente de verão.

As árvores a cercavam, e havia um pedaço de terra remexido onde verduras e legumes eram cultivados. Alice viu a velha picape — a mesma na qual cometera o erro de subir —, uma máquina de lavar antiga, um motocultivador, um portão de gado trancado e arame farpado formando uma cerca afiada ao redor do que ela conseguia ver do chalé.

Fez menção de sair da varanda, perdida em seu devaneio, mas o senhor a puxou para trás.

— Aqui está bom. O ar lá de fora é igual a este.

Ela ergueu o rosto enquanto lágrimas de alegria escorriam pelas bochechas.

— Ah, as estrelas estão aparecendo. Veja, Rory! Veja, meu bebê. Veja as estrelas.

Tentou inclinar a cabeça do menino com o dedo, mas ele o agarrou e tentou mordiscá-lo.

Isso a fez rir, beijar o topo da cabeça do filho.

— Escute, escute. Está ouvindo a coruja? Está ouvindo o vento passando pelas árvores? Não é lindo? É tão lindo.

Enquanto o bebê balbuciava e mordiscava, Alice tentou ver tudo ao mesmo tempo, absorver cada detalhe.

— Basta. Volte para dentro.

— Ah, mas...

A corda apertou sua garganta.

— Eu disse dez minutos, nem um segundo a mais.

Uma vez por semana, lembrou ela. O senhor dissera uma vez por semana. Alice entrou sem dar um pio e, daquela vez, viu uma espingarda pendurada em cima da lareira.

Será que estava carregada?

Um dia, por Deus, um dia ela tentaria descobrir.

Desceu as escadas mancando, surpresa com o quanto ficara feliz e cansada em apenas dez minutos.

— Obrigada, senhor. — Ela não pensou, não podia pensar, no que significava o fato de a humildade daquelas palavras não queimar mais sua garganta como antes. — Rory vai dormir melhor hoje depois de tomar ar fresco. Veja só, os olhos dele já estão fechando.

— Coloque o menino na cama dele.

— Eu preciso dar de mamar e trocar a roupa dele antes.

— Coloque o menino na cama. Se ele acordar, faça isso.

Alice obedeceu. O bebê quase não reclamou, ficando em silêncio quando a mãe esfregou suas costas em círculos suaves.

— Viu? Viu como fez bem a ele? — Mais uma vez, ela manteve a cabeça baixa. — Eu obedeci a tudo que o senhor mandou?

— Obedeceu.

— Nós podemos ir lá fora uma vez por semana?

— Veremos, se você continuar me obedecendo. Se me mostrar que está agradecida pelo que te dou.

— Vou mostrar.

— Mostre agora.

Mantendo a cabeça baixa, Alice apertou os olhos.

— Você já teve tempo mais que suficiente para se recuperar do parto do menino. E ele está comendo comidas sólidas. Então não precisa tanto do seu leite como antes. Já está na hora de cumprir suas obrigações como esposa.

Sem dizer uma palavra, Alice foi para a cama dobrável, tirou o vestido largo e deitou.

— Está ficando flácida — disse o senhor enquanto tirava a roupa. Ao se inclinar sobre ela, apertou seus seios, sua barriga. — Posso tolerar esse tipo de coisa. — E subiu em cima dela.

Ele cheirava a sabonete barato e gordura de cozinha, e seus olhos tinham aquele brilho perverso, ardente, que Alice conhecia tão bem.

— Eu sou capaz de cumprir com minhas obrigações. Está sentindo meu mastro, Esther?

— Sim, senhor.

— Diga: "Quero que meu marido use seu mastro para me dominar." Diga, agora!

Ela não chorou. Que diferença faziam as palavras?

— Quero que meu marido use seu mastro para me dominar.

Ele a penetrou com força. Ah, como doía, como doía.

— Diga: "Faça o que quiser de mim, pois sou sua esposa e sua serva."

Alice repetiu as palavras enquanto ele se movia e gemia, o rosto contorcido num prazer horroroso.

Fechou os olhos e pensou nas árvores e no ar, nos últimos raios de sol, nas estrelas.

Ele cumpriu sua palavra, e, uma vez por semana, ela fazia o trajeto escadas acima, seguindo até a varanda.

Quando o bebê completou 1 ano, Alice tomou coragem para perguntar ao senhor se ela podia preparar uma refeição gostosa para lhe agradecer por sua bondade. Para comemorar o aniversário de Rory.

Se fosse capaz de convencê-lo, mostrar que era obediente, talvez conseguisse pegar a espingarda.

O senhor desceu com a refeição da noite e pegou o bebê como sempre.

Mas, daquela vez, sem dar uma palavra, levou o bebê para as escadas.

— Nós vamos lá para fora?

— Coma o que eu trouxe.

O medo tornou sua voz aguda.

— Para onde o senhor vai levar o bebê?

— Já está mais do que na hora de ele desmamar. De passar mais tempo com o pai.

— Não, por favor, não. Eu fiz tudo que o senhor mandou. Sou a mãe dele. Ainda não o amamentei esta noite. Deixe...

O senhor parou nos degraus, fora de seu alcance.

— Comprei uma vaca. Ele vai ter leite suficiente. Se você me obedecer, vou deixar que suba e sente lá fora uma vez por semana. Caso contrário, não.

Alice caiu de joelhos.

— Faço qualquer coisa. Qualquer coisa. Por favor, não tire meu filho de mim.

— Bebês viram meninos, meninos viram homens. Está na hora de ele conhecer o papai.

Quando a porta foi fechada e trancada, Alice se ergueu, trêmula. Algo se partiu dentro dela. O som foi audível, como o *quebrar* de um galho seco dentro de sua mente.

Ela foi até a cadeira, dobrou os braços e se balançou.

— Calma, bebê. Calminha.

E, sorrindo, cantarolou uma cantiga de ninar para os braços vazios.

Dias atuais

MAIS DO QUE PRONTA para ir para casa, Bodine saiu em direção às persistentes luzes selvagens do pôr do sol. Disse a si mesma que tinha uma justificativa para ir embora mais cedo que o normal — sabia que se concentraria melhor nos relatórios, nas planilhas e nos horários em casa.

Era impossível lidar com o sofrimento dos outros, além do seu próprio, sem desabar.

E então, sob o céu pintado e manchado de tons de vermelho, roxo e dourado, viu Callen parado com os cavalos, distraindo um jovem casal e seu filho, que parecia feliz da vida.

— Pocotó, pocotó, pocotó! — cantarolava o menininho, sacolejando-se no colo da mãe enquanto se esticava para bater no pescoço de Pôr do Sol.

Bodine notou Callen confabular baixinho com o pai, e então o pai sussurrou algo no ouvido da mãe que a fez balançar a cabeça rapidamente, negando, depois mordeu o lábio e lançou um olhar desconfiado para o caubói.

— Você quem sabe — disse ele. — Mas prometo que ele é um anjo.

— Deixa disso, Kasey. Vai dar tudo certo. — O pai, já sorrindo, tirou o celular do bolso.

— Só sentar. Só sentar — insistiu a mãe.

— Pode deixar. — Callen subiu na sela, um movimento que fez o menino bater palmas como se tivesse testemunhado um truque de mágica. — Quer subir, amiguinho?

Quando Callen esticou os braços, o garotinho tentou pular em sua direção. Hesitante, a mãe o ergueu e então pressionou as duas mãos contra o peito diante da visão do filho gritando de alegria.

— Pocotó! Tô pocotó!

— Dê um sorriso para o papai tirar uma foto.

— Tô pocotó, papai.

— Isso aí, Ricky! Isso aí.

— Ia! — gritou Ricky. Pôr do Sol virou a cabeça e olhou para Callen com o que, na opinião de Bodine, só podia ser um sorriso. — Ia, pocotó! — Ricky se retorceu para trás, fitando Callen com um ar suplicante. — Ia!

— Ah, meu Deus. — Kasey bufou. — Talvez só alguns passos. Pode ser?

— Claro.

— Kasey, tire as fotos. Vou fazer um vídeo. Isso é demais.

— Coloque a mão aqui. — Callen guiou a mão direita do menino, colocando-a sobre a sua nas rédeas. — Diga: Eia, Pôr do Sol.

— Ia, Pussol!

Quando Pôr do Sol andou para a frente, o menino parou de gritar. Por um instante, seu belo rostinho ficou surpreso, os olhos espantados, cheios de alegria.

— Mamãe, mamãe, mamãe, tô pocotó!

Callen guiou Pôr do Sol em duas voltas lentas enquanto o menino pulava, sorria e até gritava para o céu. No caminho de volta para os pais, lançou uma piscadela para Bodine.

— Hora de dar *adiós*, amiguinho.

— Mais, mais, mais! — insistiu Ricky ao ser erguido para fora da sela.

— Chega por hoje, Ricky. O pocotó precisa ir para casa. — Quando Kasey tentou pegá-lo, o menino se inclinou para longe.

— Você é um caubói agora, Ricky — disse Callen. — E caubóis sempre obedecem suas mães. É o nosso código de honra.

— Eu caubói. — E, com certa relutância, o menino se deixou ir para o colo da mãe. — Beijo pocotó.

— Pôr do Sol gosta de beijos.

Ricky deu beijos molhados no pescoço do cavalo, depois apontou para o paciente Leo.

— Beijo pocotó.

— Leo gosta de beijos também. — Bodine se aproximou. — Alguns cavalos ficam arredios quando recebem beijos, mas esses dois adoram.

Kasey moveu Ricky para ele estalar os lábios no pescoço de Leo.

— Esse pocotó. Por favor. Agora. Por favor.

— Ele precisa ir para casa jantar. Mas... vocês vão estar aqui amanhã?

— Temos mais dois dias — disse o pai.

— Se levarem Ricky para o Centro de Atividades amanhã, podemos dar um jeito.

— Está combinado. Viu só, Ricky? Você vai ver mais cavalos amanhã. Agradeça ao Sr. Skinner — instruiu o pai.

— Obrigado! Obrigado, caubói. Obrigado, pocotó.

— Disponha, amiguinho.

Bodine montou e virou Leo para o outro lado.

— *Adiós* — disse Callen, baixando a aba do chapéu enquanto os dois se afastavam.

— *Adiós* — repetiu Bodine.

— Temos que entreter o público.

— Nem vou falar nada sobre seguros, termos de responsabilidade, riscos.

— Ótimo. Não fale.

— Já que é assim, prefiro dizer que aquilo era exatamente o que eu estava querendo, o interesse, ter cavalos andando pelo Vilarejo Bodine de vez em quando. E é por isso que fazer um showzinho para as crianças e suas famílias vai dar certo. Não achei que você fosse me esperar com os cavalos.

— Eu liguei para cá. Um cara na recepção disse que você sairia por volta das cinco.

— Eu já tinha arrumado um carro para voltar para casa, mas cancelei enquanto você levava o jovem Ricky para dar o passeio mais emocionante da sua vida. Obrigada. Assistir a isso foi um antídoto inesperado para um dia péssimo.

Callen a analisou.

— Você aguentou firme.

— E vou aguentar amanhã. Preciso avisar que Garrett Clintok tentou armar para você.

— Eu já sabia disso.

— Ele distorceu minhas palavras. Quero que você saiba que *ele* distorceu minhas palavras. Eu nunca disse...

— Bo. — Callen interrompeu o discurso cada vez mais exaltado com tranquilidade. — Você não precisa me explicar nada.

— Preciso, sim. Nunca falei nada do que ele disse, e estou fula da vida por ele tentar me usar, e pior, muito pior, tentar usar Billy Jean para meter você em confusão. Eu esclareci as coisas com o xerife Tate, mas, se...

— Tate está ciente da situação. Está tudo bem com ele.

Bodine só faltou cuspir fogo.

— Porque o xerife não é idiota, mas ainda estou com raiva. Estou com raiva, e Clintok vai ouvir poucas e boas da próxima vez que nos encontrarmos.

— Deixe isso para lá.

— Deixar para lá? — Chocada e revoltada, ela se moveu na sela. — Eu não deixo para lá meus problemas com pessoas que mentem e tentam intimidar os outros. Com pessoas que colocam palavras na minha boca. Com pessoas que atacam meu irmão e o amigo dele, e tentam lhe dar uma surra.

Callen fez Pôr do Sol parar.

— Como você ficou sabendo disso?

— Chase nos contou hoje, e ele devia ter...

— Ele quebrou um juramento de cuspe. — Com um olhar decepcionado, Callen balançou a cabeça, seguindo em frente.

— Eu diria que ele estava com a cabeça quente na hora, porque sei que juramentos de cuspe são sagrados. Quando se tem 12 anos.

— Não tem nada a ver com isso. Juramento é juramento. E passado é passado.

Homens, pensou Bodine. Como ela podia ter crescido cercada por eles e ainda assim se irritar tanto com o que diziam?

— Você pode arrancar o couro do Chase por ele ter te defendido, por ter apresentado uma prova de que Garrett Clintok é uma víbora. Mas, se passado fosse mesmo passado, ele não continuaria tentando te atacar.

— Isso é problema dele, não meu.

— Ah, pelo amor... — Mais indignada do que o necessário, Bodine passou para um meio-galope.

Callen a alcançou com facilidade, brincando com o perigo.

— Não tem motivo para você se irritar comigo.

— Ah, cale essa boca! Homens. — Descontando a raiva na cavalgada, Bodine acelerou Leo para um galope.

— Mulheres — disse baixinho o cavaleiro, e deixou que ela se afastasse o quanto quisesse, porém sem perdê-la de vista até chegarem ao rancho.

Ele não queria matá-la. Ao analisar a situação e pensar bem no assunto, dava para ver que, na verdade, ela fora a culpada.

A garota não devia ter corrido daquele jeito. Não devia ter tentado gritar. Se não tivesse tentado chutá-lo, ele não teria dado o empurrão. Ela não teria caído com tanta força, batido a cabeça com tanta força.

Se o tivesse acompanhado em silêncio, ele a teria trazido para casa, e tudo ficaria bem.

Seu erro? Não ter batido nela logo de cara. Devia tê-la nocauteado e a colocado dentro da picape. Mas ele quisera prová-la primeiro, só isso. Para se certificar de que ela serviria.

Precisava de uma esposa com idade para ter filhos. Uma mulher jovem e bonita que lhe daria prazer e meninos fortes.

Talvez tivesse se decidido rápido demais, mas tinha ficado doido por aquela garota.

O restante das coisas fora feito da forma correta, lembrou a si mesmo. Tinha tirado a gasolina do carro dela com um sifão, deixando o suficiente para que conseguisse se afastar do burburinho da região. E a seguira com os faróis desligados, indo ajudá-la quando o carro parou.

Convencera-a a se aproximar com facilidade, mantendo a conversa tranquila.

Mas então se empolgara demais — foi aí que cometeu seu erro. Não devia ter tentado agarrá-la, tentado prová-la. Devia ter esperado.

Mas aprendera a lição.

Da próxima vez, ele a apagaria, a jogaria na picape e a levaria para o chalé. Simples assim.

Havia um monte de moças bonitas para escolher. Ele teria calma. A garçonete era uma graça, mas já vira melhores. E, parando para pensar, talvez ela fosse mais velha do que o ideal. Não lhe restavam muitos anos para gerar filhos, que era o propósito de uma mulher na vida.

Mais jovem, mais bonita — e era bem capaz de a fulana que se matou ser uma piranha, já que trabalhava num bar. Talvez tivesse alguma doença.

Ainda bem que ele não a usara para o seu prazer.

Encontraria a mulher certa. Jovem, bonita — e limpa.

Depois que a escolhesse, faria as coisas com calma, a colocaria dentro da picape e a levaria para o chalé. O quarto já estava pronto. Ele a treinaria da forma correta, ensinaria aquilo que tantas esqueciam. As mulheres eram criadas para servir aos homens, para serem submissas e obedientes, para gerar filhos.

Ele não se importaria em ter que discipliná-la. A disciplina era tanto seu dever quanto seu direito.

E plantaria sua semente nela. Ela seria fértil e lhe daria filhos. Ele encontraria uma que o fizesse.

Isso podia exigir paciência, planejamento.

Mas não significava que não encontraria outra para lhe dar prazer no meio-tempo.

No chalé, no seu quarto, ele passou a mão sobre a Bíblia disposta na mesa de cabeceira. Então, alcançando embaixo do colchão, pegou uma revista pornográfica.

No geral, as mulheres eram vagabundas e vadias, ele sabia. Viviam se exibindo, tentando os homens a pecar. Ele lambeu um dedo, virou uma página, sentiu-se virtuoso enquanto seu membro endurecia.

Não havia nenhum motivo para não se aproveitar de uma mulher exibida enquanto não encontrava a esposa certa.

Capítulo 9

♦ ♦ ♦ ♦

QUATRO DIAS APÓS A MORTE DE BILLY JEAN — que a polícia declarou tratar-se de um homicídio —, Bodine dirigiu até Helena para o funeral.

No dia seguinte, estava no segundo andar do Moinho, ouvindo Tim McGraw, Carrie Underwood e Keith Urban — os favoritos da amiga — tocando ao fundo enquanto as pessoas prestavam condolências.

Jessica fora a única responsável por criar o clima certo. Fotos de Billy Jean, algumas sozinha, outras com amigos, estavam espalhadas pela sala em molduras de ferro. Flores, explosões de cor, saíam aos montes de vidros de leite e de conserva. A comida simples, despretensiosa — frios, frango frito, macarrão com queijo, broas de milho —, fora disposta sobre uma mesa comprida coberta por uma toalha.

Nada sofisticado ou chamativo, tudo reconfortante.

As pessoas subiam até o microfone no palco, faziam um pequeno discurso ou contavam uma história sobre Billy Jean. Algumas arrancavam lágrimas da plateia, mas a maioria causava risadas, o melhor apaziguador para o sofrimento.

Houve quem trouxesse violões, violinos ou banjos, e tocasse uma ou duas músicas.

Bodine se preparava para sair quando viu Chad Ammon entrar e ir direto para o palco.

As conversas silenciaram, e depois recomeçaram com um burburinho. Bodine ficou onde estava, vasculhando o salão até encontrar Chase e os dois trocarem um olhar.

Naquele ato, concordaram que o deixariam falar e depois lidariam com qualquer problema que isso pudesse causar.

— Sei que muitos de vocês acham que eu não deveria ter vindo. — A voz de Chad falhou um pouco. — Se alguém tiver algo a me dizer, espere até eu acabar. Não fui legal com ela. Billy Jean merecia alguém melhor do que eu.

— Merecia mesmo — gritou alguém, o que fez o burburinho recomeçar.

— Sei disso. Billy Jean era... era uma boa mulher, companheira. Era generosa. Podia até não levar desaforo para casa, mas todo mundo sabia que podia contar com ela quando precisasse. Ela não podia contar comigo. Eu a traí. Eu menti. Posso nunca ter batido em mulher nenhuma, mas não a tratei com respeito. Se eu fosse um homem melhor, talvez nós ainda estivéssemos juntos. Talvez nós estivéssemos juntos, e ela estaria aqui. Não sei. — Lágrimas escorriam por suas bochechas. — Não sei, e nunca vou saber. A única certeza que tenho é de que uma pessoa boa e generosa, uma pessoa que sabia rir, que gostava de dançar e que confiava em mim, se foi. Não há nada que qualquer um possa me dizer que faça eu me sentir pior do que já me sinto todos os dias. Mas vocês podem tentar. Não vou culpá-los.

Chad se afastou do microfone. Suas pernas pareciam tremer enquanto ele descia do palco.

Bodine percebeu que tinha duas escolhas. Podia deixar que os murmúrios e olhares duros se transformassem em palavras, talvez algo pior. Ou podia começar o processo de conciliação.

Abriu caminho entre a multidão, viu Chad parar, erguer o rosto molhado pelas lágrimas em sua direção. Ele começou a chorar descontroladamente quando ela o abraçou.

— Acalme-se, Chad. Venha comigo. Não se culpe pelo que aconteceu. Billy Jean não iria querer que fosse assim. Ela não era rancorosa.

Bodine se certificou de que sua voz soava alta o suficiente enquanto o guiava para fora do salão, descendo as escadas.

No silêncio pesado que se seguiu, Jessica subiu rapidamente no palco. Ao que parecia, a chefe começara a acalmar os ânimos. Ela tentaria fazer com que as coisas continuassem seguindo naquela direção.

— Eu não conhecia Billy Jean muito bem. Não trabalho aqui há tanto tempo quanto a maioria de vocês. Mas lembro que fui ao Saloon na minha primeira semana aqui. Eu estava gostando do trabalho, mas me sentia um pouco deslocada, sentia falta de casa.

Jessica afastou o cabelo do rosto. Deixara-o solto para aquela ocasião, batendo nos ombros. Assim era mais casual, mais amigável, do que prendê-lo num coque.

— Eu queria me enturmar — continuou —; então fui ao Saloon naquela noite. Billy Jean estava trabalhando no bar. Perguntei o que ela sugeria e lhe contei que eu havia acabado de começar a trabalhar no resort. Ela falou que já sabia disso, que as garçonetes sempre sabem de tudo mais cedo ou mais tarde, geralmente mais cedo. E recomendou uma margarita de mirtilo. Preciso admitir, aquilo não me pareceu uma boa ideia.

No palco, Jessica riu ao ouvir as risadas.

— O bar estava cheio naquela noite, e notei como ela fazia seu trabalho parecer fácil. Como sorria para todo mundo, mesmo quando tinha as duas mãos ocupadas. Ela me serviu o drinque. Eu olhei para o copo e me perguntei por que diabos todo mundo aqui coloca mirtilo em tudo. Então, tomei um gole e entendi.

Jessica sorriu de novo diante das risadas rápidas, esperou um instante.

— Tomei minha primeira margarita de mirtilo. Depois tomei a minha segunda, sentada ao bar, observando Billy Jean trabalhar. Quando ela me serviu a terceira, recusei porque precisava dirigir de volta para casa. Era só até o Vilarejo, mas eu não podia me sentar atrás do volante depois de três drinques. E ela me disse: "Querida, aproveite! Beba a sua margarita e comemore sua primeira semana aqui." Em seguida, falou que terminaria seu turno dali a uma hora e me daria uma carona. Então eu obedeci, e ela me levou para casa. Não foram os mirtilos que fizeram eu sentir que estava começando a me enturmar. Foi Billy Jean.

Jessica saiu do palco, analisando o clima emotivo do ambiente ao redor. E, depois de decidir que os ânimos tinham mesmo se acalmado, seguiu para o fundo do salão.

— Foi um belo discurso.

Ela olhou para Chase. Não o vira se aproximar.

— Sua irmã fez a coisa certa. Eu só ajudei. E tudo que falei era verdade.

— Foi um belo discurso— repetiu ele. — Assim como este evento. Queria te dizer que você organizou tudo do jeito certo, e talvez você a conhecesse melhor do que pensa.

— Eu tinha noção de como ela era, e conversei com pessoas que a conheciam bem. — Jessica olhou ao redor do salão, para as fotos, as flores, os rostos. — Tudo isso me ensinou algumas coisas. Queria ter passado mais tempo no bar enquanto Billy Jean trabalhava. E ela era, todos nós somos, parte de um grupo, não apenas funcionários de uma empresa legal. Bodine me contou que algumas das pessoas que vieram hoje só trabalham em temporadas, e teve gente que veio de muito longe. Isso é ser família. E esse tipo de sensibilidade vem da chefia. Sua família criou esse ambiente, e ele é sincero.

— Vou me desculpar.

Jessica ergueu aqueles olhos azuis e encontrou os dele, arqueando as sobrancelhas.

— É mesmo?

— Eu não queria que você se sentisse deslocada.

— Você só acha que não estou no lugar certo.

Chase se mexeu, incomodado.

— Estou me desculpando.

— E eu devo aceitá-la educadamente. E é isso que vou fazer. São águas passadas. — Jessica ofereceu uma das mãos.

— Tudo bem. — Apesar de ela parecer minúscula dentro da sua, Chase apertou sua mão. — Preciso ir, mas...

— Dona Fancy está sentada bem ali, e Rory já vai chegar. Não tem problema se você for embora.

— Então, eu... ah... — Ficando sem palavras, Chase assentiu e fugiu.

Enquanto seguia para a saída, trocando palavras com algumas pessoas sentadas às mesas do primeiro andar, viu Callen se aproximar do Moinho.

— Só consegui sair agora — disse o amigo.

— Você tem tempo de sobra. Tivemos um momento dramático quando Chad apareceu para dizer algumas coisas.

— Jura?

Reconhecendo aquele tom, Chase soltou um suspiro e afundou o chapéu ainda mais na cabeça.

— Você ainda está irritado.

— Você quebrou um juramento.

— Você não estava lá. Sinto muito se deixei minha raiva falar por mim, mas foi o que aconteceu. E agora já era. Se quiser deixar as coisas em pé de igualdade, te dou permissão de quebrar o juramento sobre o dia em que enchi uma garrafa de Coca com uísque para nós dois bebermos no acampamento, e depois botamos os bofes pra fora.

— Você vomitou mais que eu.

— Talvez. Você vomitou bastante. Pode contar essa história se isso nos deixar quites.

Pensando no assunto, Callen prendeu os dedos nos bolsos da frente da calça jeans.

— Não adianta de nada se você escolher a história. Sou eu quem tem que decidir.

Como isso fazia sentido, Chase franziu a testa, encarando as montanhas.

— Tudo bem. Escolha uma, e vamos acabar logo com isso.

— Talvez eu queira contar sobre como você perdeu sua virgindade, quando Brenna Abbott te convenceu a ir com ela para o palheiro no meio da festa de aniversário de 13 anos da sua irmã.

Chase fez uma careta. Aquele podia não ter sido o seu melhor momento — considerando que toda a sua família e mais uns cinquenta convidados estavam a uma distância audível —, mas fora interessante.

— Como quiser.

Callen estava parado com o quadril deslocado, analisando as montanhas junto com o amigo, ouvindo a música e as vozes que vinham do Moinho.

— Droga, isso só faria com que eu me sentisse um babaca, e você se sentisse melhor. Eu prefiro que você seja o babaca por enquanto. Que fim teve Brenna Abbott?

— Da última vez que tive notícias, ela estava morando em Seattle. Ou talvez fosse Portland.

— Como nossa memória é fraca. Bem, são águas passadas — disse Callen, oferecendo a mão.

Chase a encarou e então soltou uma risada.

— É a segunda vez em dez minutos que me dizem isso. Eu devo estar criando o hábito de fazer besteiras.

— Nada disso, não é um hábito. Só um erro de percurso.

— E tem mais uma coisa. Se Clintok criar caso, me chame antes de você resolver a situação.

— Não estou preocupado com Clintok.

— Me chame — repetiu Chase, e então cuspiu na mão e ofereceu a palma.

— Meu Deus. — Comovido, achando graça e tentando não pensar no comentário de Bodine sobre crianças de 12 anos de idade, Callen imitou o gesto e apertou a mão do amigo.

— Muito bem. Preciso ir. — Chase foi embora.

Esfregando a mão na calça jeans, Callen foi prestar suas condolências.

BODINE NÃO DIRIA que era a melhor cozinheira do mundo. Talvez não chegasse nem perto de ser boa. Porém, no Dia de Ação de Graças, havia um dever a ser cumprido.

Ela picava, descascava, mexia e misturava. E, seguindo uma tradição que iniciara anos antes, reclamava que nenhum dos irmãos a ajudava.

— Não é justo mesmo. — Do seu jeito tranquilo, Maureen regava o peru. — Mas você sabe tão bem quanto eu que todos os homens desta casa só atrapalham na cozinha. Clementine e eu nos esforçamos para ensiná-los, mas Rory é capaz de queimar água, e Chase quebra tudo que vê pela frente.

— Eles fazem isso de propósito — resmungou Bodine enquanto ela e Cora descascavam uma montanha de batatas.

— Ora, querida, também sei disso, mas o resultado é o mesmo. Vovó, pode dar uma olhada no presunto?

Dona Fancy, usando um avental que afirmava que MULHERES E VINHOS MELHORAM COM A IDADE, abriu o forno de baixo, assentindo com a cabeça.

— Acho que está na hora de botarmos o molho. Não se incomode tanto, Bodine. Os homens estão lá fora, grelhando carne na churrasqueira. E vão carregar o segundo peru e todos os acompanhamentos para os rapazes do alojamento. Acho melhor do que ficarem aqui dentro se metendo em tudo.

— Gosto dos cheiros e dos sons da cozinha no Dia de Ação de Graças — comentou Cora enquanto descascava outra batata. — Lembra, Reenie, como eu costumava fazer mais massa de torta do que devia, e deixava você e Alice... — Ela se interrompeu, soltou um suspiro. — Deixa pra lá.

— Eu lembro, mamãe. — O tom de Maureen era brusco, e ela se virou para mexer algo no fogão que não precisava ser mexido.

— Não vou ficar emotiva — disse Cora. — Gosto de pensar que Alice está sentindo o cheiro e ouvindo os sons do Dia de Ação de Graças hoje. Que encontrou o que não conseguimos dar a ela.

Dona Fancy abriu a boca, mas então a fechou com firmeza. Bodine teve o bom senso de ficar quieta. Nas raras ocasiões em que o nome da tia surgia em uma conversa, as avós pareciam estar em lados opostos. Uma era tomada pela tristeza; a outra, pelo ressentimento — e a mãe tendia para o lado do ressentimento também.

— Acho que a equipe da cozinha merece uma taça de vinho. — Maureen foi até um armário e pegou os copos. — Podem apostar que os homens já tomaram bem mais do que uma cerveja a esta altura. Bodine, lave as batatas e depois as coloque para cozinhar. Mamãe, as batatas-doces parecem estar no ponto para você começar a fazer sua mágica.

— Ainda faltam algumas batatas inglesas para descascar.

Maureen colocou as taças sobre a bancada e deu um apertão rápido na mão da avó. Em resposta, dona Fancy deu de ombros.

— Vocês duas acham que não sei o que estão pensando? — reclamou Cora. — Nem tentem vir com gracinhas para cima de mim.

Bodine se empertigou ao ouvir o som da campainha.

— Eu atendo. — Aliviada, ela seguiu correndo para a porta. Quando a abriu e encontrou Jessica, disse: — Perfeito.

— Puxa, muito obrigada. E obrigada por me convidar.

— Entre. Quando começou a nevar? Eu estava enrolada com a cozinha e com um fantasma da família; então nem percebi. — Gesticulando para Jessica entrar, ela se afastou da porta. — Você pode se juntar a nós, no primeiro tópico, e ajudar a exorcizar o segundo só por estar aqui. Não precisava trazer nada — adicionou, indicando com a cabeça o suporte de bolo que a amiga segurava.

— *Precisava* insinua que era uma obrigação. *Quis* significa um agradecimento.

— Obrigada de qualquer forma. Deixe-me guardar o seu casaco.

Trocando o suporte de bolo de uma mão para a outra, Jessica tirou o casaco e o cachecol enquanto analisava o vestíbulo.

— Este lugar é maravilhoso. Adorei as vigas no teto, as tábuas largas do piso, e, ah, olhe só aquela lareira.

— Esqueci que você não tinha estado aqui antes. Vou te mostrar a casa.

— Adorei a ideia. — Em seu vestido azul simples, Jessica deu alguns passos na direção da sala de estar. — E essa vista!

— Adoramos vistas bonitas. A da cozinha também é linda. Vamos até lá. Você precisa de uma bebida.

A casa se alongava, deixando-a maravilhada. Tudo ali tinha um estilo confortável, casual e familiar. Muita madeira e muito couro, notou Jessica, e várias obras de arte e peças country misturadas com porcelanas e cristais irlandeses. As janelas quadradas e largas, com molduras finas, não tinham cortinas, tornando os campos, o céu e as montanhas parte da decoração.

Ela parou na porta de um cômodo com uma escrivaninha antiga grande, e apontou para a parede.

— Aquilo é um... *papoose*?

— *Papoose* era como os índios chamavam os bebês que colocavam lá dentro — explicou Bodine. — É uma bolsa indígena para carregar crianças. Era do avô do meu pai.

— É maravilhoso, e invejável, poder rastrear suas origens tão longe, dos dois lados, e ter objetos como esse, uma conexão tangível.

— Somos um quebra-cabeça de etnias. — Bodine seguiu na frente até a cozinha. — Vejam só quem chegou.

— Jessie. Que bom te ver. — Maureen abandonou a vigília diante do fogão para receber a convidada com um abraço. — Você está sempre tão bonita.

— Usar um vestido elegante de vez em quando não arrancaria pedaço, Bodine — disse dona Fancy enquanto mexia o molho do presunto.

— Obrigada — murmurou Bodine para Jessica. — O que quer beber?

— O que vocês estiverem bebendo. — Ela colocou o suporte de bolo sobre a bancada. — Como posso ajudar?

— Primeiro, vinho — declarou Maureen. — O que trouxe?

— É um *pitchye moloko.*

— Acho que não consigo pronunciar isso, mas vou dar uma olhada. — Cora se aproximou, ergueu a tampa. — Caramba, mas que coisa linda!

— É uma sobremesa russa. Bolo de leite de passarinho, mas sem leite de passarinho. Minha avó sempre fazia em ocasiões especiais.

Bodine ofereceu a taça de vinho, analisou a cobertura lisa de chantili misturada artisticamente com o chocolate.

— Foi você quem fez?

— Eu gosto de fazer bolos. Não tem muita graça fazer um só para mim; então aproveitei a oportunidade.

— Vou pegar o suporte chique e colocá-lo na mesa de sobremesas com as tortas e o pavê da mamãe. — Maureen foi para a sala de jantar pegar o suporte. — Sente e tome o seu vinho, Jessie.

— Pode deixar — disse ela —, mas quero ajudar antes.

— Dê alguma coisa para a moça fazer — ordenou dona Fancy. — Os homens chegarão daqui a pouco e vão começar a atrapalhar.

Para Jessica, participar de uma grande reunião de família era fascinante. As interações e a dinâmica entre as quatro gerações de mulheres, com alguns papéis definidos de forma mais relaxada — Bodine, me passe aquilo; mamãe, prove isto — e outros defendidos com unhas e dentes.

Dona Fancy cuidava do presunto enquanto Maureen era encarregada do peru. O molho estava sob responsabilidade de Cora.

Qualquer que fosse o fantasma de família que Bodine mencionara, ele parecia ter desaparecido, e as mulheres trabalhavam harmoniosamente, cheias de afeição. Apesar de ela imaginar que jamais precisaria preparar um balde de molho, Jessica ouviu com atenção as dicas de Cora sobre como fazer isso. E lembrou-se das horas que passara na cozinha com sua própria avó.

— Você está com uma carinha triste — disse Cora, num tom baixo. — Está com saudade da sua família?

— Eu estava pensando na minha avó, em como ela me ensinou a cozinhar e a apreciar a criatividade que existe no preparo da comida.

— Ela continua morando no Leste? Talvez esteja na hora de marcar uma visita.

— Ela faleceu no último inverno.

— Ah, querida, sinto muito. — Por instinto, Cora passou um braço ao redor dos ombros de Jessica, ainda mexendo o molho com a outra mão. — Foi sua avó quem te ensinou a fazer o bolo?

— Foi.

— Então ela está aqui com a gente, não é? — Dito isso, Cora deu um beijo na testa da convidada.

Chase entrou na cozinha e ficou surpreso ao encontrar uma Jessica meio chorosa apoiada em sua avó.

Ele limpou a garganta.

— Ah, estamos quase prontos para levar o peru e tudo mais para o alojamento.

O anúncio deu início a uma busca rápida e militarmente organizada pelos acompanhamentos e doces reservados para os empregados do rancho.

Um deles, um homem forte e grisalho, segurando o chapéu, parou atrás de Chase.

— Nós ficamos muito agradecidos por toda essa comida maravilhosa, dona Fancy, dona Cora, dona Reenie, Bo, ah...

— Jessica — disse ela.

— Sim, senhora. O cheiro aqui dentro está delicioso. Ora, não precisa levantar esse panelão, dona Cora. Deixa comigo.

— Você e os meninos tratem de comer tudo, Hec, e não se esqueçam de devolver a panela.

— Devolvo, sim, e pode ter certeza de que não vai sobrar nem sinal desse purê de batata. Muito agradecido. E feliz Dia de Ação de Graças para as moças.

Assim que Hector, Chase e uma montanha de comida foram embora e a porta foi fechada, Bodine soltou uma risada seca.

— Ele ainda está caidinho por você, vovó.

— Pare com isso, Bodine Samantha Longbow.

— Dizer meu nome todo não muda os fatos. Hector é apaixonado pela vovó desde que eu me entendo por gente.

— Mas você não se entende por gente há tanto tempo assim, não é? — rebateu Cora, sarcástica.

— Tempo suficiente para saber que você teria um namorado se desse uma chance a ele.

— Estou acostumada demais a fazer as coisas do meu jeito para arrumar um homem. E olha só quem está falando de namorados. Quando foi a última vez que você teve um encontro sábado à noite?

Bodine deu uma mordida num dos ovos que a bisavó recheara.

— Talvez eu também esteja acostumada demais a fazer as coisas do meu jeito.

— Eu sei de um rapaz que podia mudar isso. — Dona Fancy sorriu para a janela. — Aquele Callen Skinner veste bem uma calça jeans.

— Bisa!

Dona Fancy riu, piscando para a bisneta.

— Eu não sou cega, nem preciso de óculos depois que operei a catarata. Isso mesmo, minha visão está ótima. Minha audição também. Ouvi falar que vocês vão juntos para o trabalho quase todos os dias.

— Isso não significa nada.

— Mas poderia significar, se ele estiver interessado em você.

— Eu não sou um alvo — rebateu Bodine.

Cora a cutucou no ombro.

— Quem mandou ficar falando sobre paixonites?

— Vocês deviam perguntar para Jessica por que ela não sai sábado à noite.

— Por que não, Jessie? — quis saber Maureen.

— Precisava me jogar aos leões? — perguntou Jessica a Bodine.

— Neste caso, acho que seria às leoas, mas não faz diferença.

Jessica foi poupada de ter que responder quando os homens voltaram em bando para a casa e, como esperado, começaram a se meter em tudo.

Fora de um evento, Jessica nunca vira tanta comida junta. Além do tradicional peru, a família também serviu presunto e carne, batatas cozidas e purê, um oceano de molho, batatas-doces cozidas com conhaque, batatas-doces cristalizadas, recheios, uma montanha de legumes e saladas, molho de maçã caseiro, molho de *cranberry*, bolinhos e pãezinhos recém-saídos do forno.

Junto com a comida e a bebida, a conversa fluía. Ela notou que o assunto Billy Jean ficou fora da mesa de Ação de Graças e se sentiu grata por isso.

Não havendo um dia no trabalho que passasse sem perguntas e especulações. Jessica considerou aquela refeição como uma folga do assunto.

Sentada entre Chase e Callen, ela provou a batata-doce.

— Tome cuidado com esses pedacinhos de carne no seu prato — aconselhou Callen. — Não vai sobrar espaço para a sobremesa.

— Tenho espaço suficiente para mais do que uns pedacinhos de carne. E onde você vai encontrar espaço? — Jessica apontou para o prato mais generoso do vizinho.

— A torta de maçã da dona Maureen é a melhor do mundo. Quando não estava sentando à essa mesa, passei todos os dias de Ação de Graças sonhando com esta torta.

Então essa era a tradição dele, pensou Jessica. Passar o feriado com aquela família e não com a sua. Ela guardou a informação.

— Acho que você consegue queimar as calorias depois. Não consegui ir ao seu show no último sábado, mas fiquei sabendo que você e seu cavalo fizeram o maior sucesso.

— Nós nos divertimos.

— Quero tirar fotos da próxima vez. — Bodine se inclinou para a frente do outro lado de Callen, e aí gesticulou para Rory, sentado diante dela. — Nós devíamos colocar algumas no site. Eu assisti a uma parte. As pessoas ficaram encantadas com o Pôr do Sol. Você também não se saiu tão mal — disse a Callen.

— Ele me ensinou tudo que sei.

— É o cavalo mais esperto que já vi — acrescentou Sam. — Não me surpreenderia se um dia ele me cumprimentasse com um "Oi, Sam" quando eu passasse por sua baia.

— Estamos praticando — disse Callen.

— Preciso conhecer esse cavalo maravilhoso. — Jessica provou uma garfada do purê de batata.

— Ele vai adorar. Pôr do Sol gosta de moças bonitas. Ainda mais quando lhe dão cenouras.

Bodine se remexeu um pouco quando Callen a fitou.

— Imagino que você vá dizer que ele te contou isso.

— A gente se entende. Eu e Pôr do Sol, a gente se entende. Você tem tido tempo para cavalgar, Jessie?

— Eu? Ah, eu não ando a cavalo.

A conversa e todos os pequenos focos espalhados pela mesa silenciaram completamente. Mais uma vez, Bodine se inclinou na direção de Callen.

— Você nunca cavalgou?

— Não é o tipo de coisa que se faz em Manhattan.

— Mas você já montou um cavalo. Tipo, numa das cavalgadas. — Surpreso o suficiente para perguntar, Chase se virou para ela.

— Na verdade, não. Nunca montei um cavalo.

— Como é que a gente não sabia disso? — indagou Rory. — Como é que a gente não sabia disso?

— Ninguém perguntou. — Subitamente se sentindo exposta, como se, sem querer, tivesse confessado um crime, Jessica pegou a taça de vinho. — Não fazia parte das exigências do emprego.

— Bem, vamos dar um jeito nisso. — Sam pegou outro bolinho. — Cora é uma ótima professora. Na verdade, todo mundo nesta mesa pode te ensinar o básico num instante. Ela pode montar Maybelle, não é, Bo?

— Mais boazinha e paciente que Maybelle, impossível. Abe sempre a escolhia para os alunos iniciantes ou que tinham medo.

— Sério, não precisam se incomodar com isso. Eu não...

— Você tem medo de cavalos? — perguntou Chase, num tom tão gentil que ela sentiu um calor subindo pelo seu pescoço.

— Não. — Em teoria. — Não, não tenho — respondeu com mais firmeza.

— Vamos te colocar numa sela — disse Sam. — Não se preocupe.

Sem saída, Jessica sorriu e tomou mais vinho.

Ela não estava preocupada. Agora, porém, era bem provável que não parasse de se preocupar.

O intervalo entre o jantar e a sobremesa envolvia limpar a mesa e escolher um jogo de cartas ou futebol americano.

Como Jessica entendia mais de futebol americano do que de cartas, optou por isso. Mal tinha se acomodado quando Chase apareceu com seu casaco e um par de botas de celeiro.

— Mamãe mandou que eu a levasse até os cavalos para você se acostumar.

— Ah, sério, não precisa.

— Eu não discuto com a minha mãe. É uma perda de tempo, porque ela sempre ganha.

— É verdade — confirmou Rory, e então gritou para o jogo: — Pelo amor de Deus, cadê a defesa? Eles tiraram férias?

— Ela disse que estas devem caber. — Chase ofereceu as botas. — Não dá para você atravessar o quintal usando esses saltos.

— Está bem.

Jessica decidiu que era melhor acabar logo com aquilo. Sua anfitriã — e chefe — fizera um pedido. Ela iria até lá, daria uma olhada nos cavalos, e encerraria o assunto.

Já vira um monte de cavalos desde que se mudara para Montana.

De uma distância segura.

Ela calçou as botas, que serviam bem, mesmo ficando ridículas com o vestido, e colocou o casaco.

Chase a guiou para a porta lateral. Havia parado de nevar, mas uns oito centímetros de neve brilhavam sob as luzes do quintal.

Isso a fez se sentir grata pelas botas.

— Não é como se eu precisasse ir a cavalo para algum lugar — começou ela.

— É importante aprender. Como nadar. Você sabe nadar?

— Claro que eu sei nadar.

— Eu nunca estive em Manhattan. Não sabia se esse também é o tipo de coisa que não se faz por lá.

— É uma ilha — lembrou Jessica enquanto gritos alegres explodiam vindos do alojamento.

— Estão assistindo ao jogo.

— Você provavelmente queria estar fazendo a mesma coisa — percebeu ela. — Vamos acabar logo com isso para que possamos voltar.

— Eu gosto de futebol americano, mas é só um jogo.

Chase abriu a porta, acendeu a luz.

O aroma era delicado, percebeu Jessica. Cavalos. Era diferente, um pouco diferente de quando passava por eles nos pastos ou na arena de equitação.

Ele caminhou pelo piso de concreto inclinado, depois parou.

— Esta aqui é Maybelle. Ela é uma boa opção para a sua primeira cavalgada. — Enquanto Chase falava, a égua ergueu a cabeça marrom-escura com uma mancha branca sobre a porta da baia. — Se ela tivesse asas, seria um anjo. Não é, Maybelle?

As orelhas dela foram para a frente quando ele acariciou sua bochecha. Os olhos se focaram em Jessica.

— Pode fazer carinho. Ela gosta. Você já fez carinho num cavalo antes?

— Não.

— Não vou dizer que eles não mordem, porque estaria mentindo. Exceto por Maybelle. Ela é uma boa menina. Vamos.

Antes que Jessica se desse conta do que ele pretendia fazer, Chase pegou sua mão e a pressionou contra a bochecha da égua.

Delicado — como o aroma. Macio. Quente.

Com o coração desacelerando, Jessica começou a apreciar a experiência.

— Ela tem olhos lindos.

— Tem, sim.

Chase esperou até que ela se sentisse confiante o suficiente para acariciar o pescoço de Maybelle.

— Você já foi jogado para fora do cavalo?

— Não exatamente. Uma vez, escorreguei e caí no chão. Mas Cal e eu estávamos cavalgando sem sela e um pouco bêbados. Já faz bastante tempo — acrescentou quando Jessica o encarou.

— Sua família quer mesmo que eu faça isso.

— Ninguém vai te forçar a fazer nada que você não queira ou tenha medo.

— Eu devia tentar. Experimentar. — Jessica se afastou. — Vou pensar no assunto. — Ela se sobressaltou um pouco e virou ao ouvir uma bufada às suas costas. — Quem é esse?

— Esse é o famoso Pôr do Sol.

— Pôr do Sol, o cavalo-maravilha. — Ela se aproximou com nervosismo, mas se aproximou. — Que lindo. E enorme. Ele é enorme.

— Tem um metro e setenta, um pouco maior que a média. Ele é inteligente, como o papai disse, e um pouco travesso. Mas muito bonzinho.

Testando sua coragem, Jessica se aproximou mais. Sua mão parou na metade do caminho, hesitante. Enquanto se forçava a levar a mão até a bochecha dele, ela imaginou se era possível que um cavalo risse.

— Muito bem, essa é a segunda tentativa da noite. Você é enorme, intimidante, e muito, muito bonito.

Pôr do Sol virou a cabeça, inclinando-a para baixo, como se tivesse ficado tímido de repente. Chase riu.

— Juro que não sei como ele faz isso. Parece que entende cada palavra que a gente diz.

Sorrindo, Jessica se virou.

— Talvez entenda mesmo. Eu acho...

Daquela vez ela não se sobressaltou, mas deu um pulo e se jogou em cima de Chase.

— Pôr do Sol só estava cheirando o seu cabelo. — Para equilibrá-la, Chase passou os braços em volta dela. Pelo menos essa foi a justificativa que deu a si mesmo. — Ele é bonito e cheiroso. A ideia não era te assustar.

— Ele me assustou. Fui pega de surpresa. — Ainda um pouco ofegante, Jessica ergueu o olhar. Os olhos dele eram tão verdes, reparou ela, tão verdes e manchados de dourado.

— É bonito — repetiu Chase. — Seu cabelo é bonito.

E desceu a boca até a dela.

Ele cheirava a cavalos, pensou Jessica. Delicado e quente. A boca tinha a mesma sensação, delicada e quente contra a sua. Um beijo tranquilo, que teria sido calmo se não fosse pelo coração dela, batendo acelerado no peito. Apesar disso, apoiar-se nele, naquele momento, foi a coisa mais fácil que Jessica já tinha feito na vida.

Chase se afastou, soltando-a.

— Desculpe. Eu não devia... ter me aproveitado desse jeito.

O clima delicado e brilhante foi quebrado.

— De que jeito?

— Bem, eu... Parece que trouxe você até aqui para te agarrar.

Jessica ergueu as sobrancelhas.

— Acho que fui eu quem te agarrou primeiro.

— Aquilo foi... — Ele se interrompeu, tirou o chapéu, passou os dedos pelo cabelo. — Não tenho certeza do que... Não tenho certeza.

— Estou vendo. Talvez seja melhor você me explicar quando entender. Vamos voltar.

Chase enfiou o chapéu de volta na cabeça, correndo para alcançá-la.

— É só que eu não quero que você ache que me aproveitei, que se sinta obrigada...

Jessica parou na mesma hora, congelando-o com um olhar.

— Não me ofenda.

— Não quis fazer isso. Não quis dizer... Meu Deus, sei conversar com as pessoas melhor do que isto. Com mulheres. As palavras não estão saindo como eu quero.

— Você insulta a minha inteligência e a minha capacidade de julgar os outros se pensa que eu acredito que você me forçaria a me envolver com você, física ou sexualmente, só porque trabalho para a sua família. E minhas palavras saíram bem do jeito como eu queria.

— Tudo bem.

— E, se acha que eu encorajaria ou permitiria esse tipo de comportamento, você é um idiota.

— Acho que já entendi o que você quis dizer com todas as letras. Só quis me desculpar caso você pensasse que eu estava passando dos limites. Não era a minha intenção, não importa se foi certo ou errado. E você é cheirosa.

— Já estabelecemos essa última parte, obrigada. E eu aviso se você estiver passando dos limites.

— Tudo bem. — Decidindo que era mais seguro deixar as coisas como estavam, Chase abriu a porta para ela.

Olhou para trás, viu Pôr do Sol observando o drama dos humanos com um ar aparentemente divertido.

Então apagou a luz e fechou a porta.

Capítulo 10

♦ ♦ ♦ ♦

DEZEMBRO VEIO COM UM ALVOROÇO DE EVENTOS, festas, a loucura da montagem de decorações, uma mudança na escala de trabalho quando vários funcionários importantes pegaram uma virose e, para Bodine, a frustração anual que era fazer compras.

Ela não tinha problema nenhum em comprar coisas, ainda mais quando se tratava de encontrar e selecionar produtos pela internet. Mas o Natal elevava o seu conceito de presentes adequados. Bodine era incapaz de se contentar com algo adequado, bom o bastante ou até mesmo "nada mal" quando se tratava do Natal.

No que dizia respeito aos seus presentes natalinos, ela exigia perfeição.

O do pai já estava garantido — duas dúzias de charutos Cohiba e um umidificador antigo pelo qual ela batalhara ferozmente no eBay. E arrematou tudo com uma garrafa de uísque *single malt* Three Ships. Os presentes dos irmãos já tinham sido comprados, assim como os das avós. Havia encomendado os dos gerentes e logo assinaria os cartões que acompanhariam o bônus de fim de ano dos funcionários.

Faltavam algumas lembranças para amigos e umas compras de prendas— uma tradição dos Longbow para rechear as meias —, mas isso não a preocupava. Só que ainda não encontrara o presente perfeito para a mãe.

Essa preocupação se tornou um ponto fraco que a deixou vulnerável para a sugestão não muito sutil de Jessica de que fossem fazer compras em Missoula.

Então, num raro dia de folga — em que Bodine teria preferido dormir até tarde e depois fazer um longo e solitário passeio com Leo —, ela procurava uma vaga livre num estacionamento da cidade.

Como todo mundo parecia ter tido a mesma ideia, essa era uma tarefa complicada.

Pelo menos o dia estava bonito, pensou enquanto finalmente estacionava a picape. O frio estava de lascar, mas o céu se mostrava claro e sem nuvens.

Depois de sair do carro e pendurar a bolsa na diagonal, por cima do casaco, ela olhou para Jessica.

— Depois que eu encontrar o presente perfeito para a minha mãe, o que certamente acontecerá, vamos comer uma pizza no Biga.

— Tudo bem.

— Você ainda não foi lá, foi?

— Não. — Jessica pegou um batom e, sem a ajuda de um espelho, retocou os lábios com perfeição.

— Como você faz isso? — quis saber Bodine.

— O quê?

— Passar batom sem se olhar no espelho?

— Bem, eu sei onde minha boca fica.

Bodine também sabia onde ficava a sua, mas queria aprender aquele truque.

— Você disse que nunca comeu no Biga? Nunca mesmo?

— Quando preciso comer em Missoula, geralmente peço uma salada.

— Que coisa triste. — Bodine começou a subir as escadas para chegarem à rua. — Você vem aqui umas duas vezes por mês e ainda não provou a melhor pizza de Montana. Talvez do mundo.

Jessica respondeu com um olhar de pena.

— Você esquece que eu sou de Nova York. Não existe pizza melhor que a de lá.

— Vamos ver se essa opinião não vai mudar depois de termos comido. — Na calçada, Bodine colocou as mãos no quadril, analisou a bela cidadezinha com suas lojas fofas, restaurantes, cervejarias. — Não faço ideia do que comprar para a minha mãe.

— Você vai pensar em alguma coisa. Eu achava que era boa em comprar presentes, mas não chego nem aos seus pés. Sério, Bo. — Sempre feliz em fazer compras, Jessica enroscou o braço no da amiga. — Aquelas fotos que você ampliou e coloriu para dar a Cora com aquela moldura tripla linda? Ficaram tão perfeitas, foi tão bem pensado.

— Comprei a moldura na loja da irmã do Callen. Tem umas coisas lindas lá. Ela se chama Arte Artística.

— Eu adoro essa loja! A irmã do Callen é a dona?

— Sim, ela e o marido.

— Já perdi as contas de quantas vezes estourei meu cartão de crédito naquele lugar. Mas a parte mais importante do presente são as fotos.

— A do casamento dela e do meu avô é a melhor de todas, e a dos dois com a minha mãe é uma graça. Mas aquela com minha avó, mamãe e Alice quando era bebê talvez cause problemas. — Percebendo o silêncio de Jessica, Bodine adicionou: — Você pode perguntar.

— Eu sei que Alice causa sentimentos complicados. E que ela fugiu de casa quando era nova.

— No dia do casamento dos meus pais. Pelo que entendi ela simplesmente deixou um bilhete mal-educado e foi embora numa das caminhonetes. Ia para a Califórnia, virar artista de cinema. — Bodine revirou os olhos. — Sei que enviou alguns cartões-postais, mas só. Nunca mais mandou notícias.

Como havia uma brecha, Jessica se intrometeu um pouco mais.

— Eles devem ter tentado encontrá-la.

— Ninguém fala muito disso, porque vovó fica nervosa, e ela e a bisa brigam. Entendo por que a bisa ficou ressentida, depois de passar esse tempo todo vendo a filha sofrer. Mas também entendo os sentimentos da vovó.

As duas passaram por um homem que usava meias com estampa de renas até os joelhos, por fora da calça jeans, e tinha sinos de trenó pendurados no pescoço.

— Alice é filha dela, assim como a minha mãe. E isso deixa a mamãe no meio das duas, o que é complicado. Então, ninguém nunca tocou muito no assunto, mas crianças sabem prestar atenção nas conversas, e ouvimos o suficiente para entender que vovó contratou um detetive por um tempo, e ele encontrou a picape abandonada em Nevada, acho. E Alice simplesmente desapareceu. Não é algo difícil de fazer, suponho, se for o que a pessoa realmente deseja.

— Pobre Cora — disse Jessica.

— Pois é. A bisa não vai gostar muito do meu presente para a vovó, mas acho que vou equilibrar as coisas depois de ter desencavado, mandado restaurar e emoldurar o vestido de batizado que a avó dela costurou.

— Ficou tão bonito. E ter colocado as fotinhos de todos os bebês que o usaram foi uma sacada genial.

Bodine parou diante de uma loja.

— Eu tenho meus momentos. Sempre pensei que se um dia encontrasse Alice Bodine lhe daria um soco na cara; então chega de falar dela. Vamos tentar esta loja, talvez tenha alguma coisa boa.

Não foi o caso, mas ela encontrou o que queria na da irmã de Callen.

— Eu devia ter vindo aqui primeiro. Queria que Savannah estivesse trabalhando hoje.

— Venho aqui toda vez que estou em Missoula. Já devo ter conhecido ela.

— Ela está bem grávida agora.

— Sim! Ela é ótima. E agora conheço mais uma pessoa em Montana.

Bodine ergueu uma *clutch* chique de pele de couro de avestruz.

— Isto aqui é a cara da Sal. Roxo é a cor favorita dela, e não é algo que ela compraria para si mesma. Não é prático.

— Não mesmo, mas é lindo.

— Eu e Sal nos conhecemos bem. Ela ama coisas femininas.

— Eu também, assim como a Chelsea. Vou comprar esta echarpe para ela.

Bodine encarou a peça — parecia uma pintura do céu de Montana ao pôr do sol.

— É uma graça, mas não vai esquentar o pescoço de ninguém.

— A ideia não é essa. — Jessica jogou o tecido em torno do pescoço, retorceu um lado, ergueu o outro e fez a arrumação parecer algo saído de uma revista de moda.

— Como é que você faz essas coisas sem olhar? E não me diga que sabe onde o seu pescoço fica.

— Tenho talento com echarpes. — Mas Jessica foi até o espelho, roçou os dedos sobre a seda fina e macia. — Quero ela para mim, pois é um bom presente.

— Eu nunca conseguiria comprar nada para ninguém se esse fosse o meu parâmetro. É só que... Ah!

— O que foi? Ah, o quadro. É a sua casa, não é?

— É o rancho. Tem neve nas montanhas, nos picos, mas as flores de outono estão desabrochando nos vasos e no jardim. E as árvores de gingko biloba estão douradas.

A lojista, sentindo que estava prestes a realizar várias vendas, se aproximou.

— Foi uma artista local que pintou. Adoro as cores fortes dos gingkos, as linhas compridas da casa, como o céu está avermelhado atrás das montanhas. Dá vontade de sentar naquele banco antigo embaixo das árvores e ver o sol se pôr.

— Como a pintora batizou o quadro?

— *Serenidade.* Acho que combina. A casa é o Rancho Bodine. A família é dona do Resort Bodine, um dos melhores lugares para se hospedar ou jantar no estado. Eles moram lá há gerações; fica a uma hora de carro de Missoula.

— Dá para ver o pasto mais perto aqui no canto, e Chester está ali, dormindo na varanda. Nosso cachorro — explicou ela para a lojista. — Eu moro lá. Bodine Longbow. — E ofereceu uma mão.

A mulher corou com um prazer envergonhado enquanto apertava a mão oferecida.

— Ah, caramba! E eu fiquei dando explicações sobre a sua casa. É um prazer conhecê-la, Srta. Longbow. Stasha, a pintora, vai adorar saber que gostou do quadro.

— Espero que ela adore saber que vou comprar o quadro. Como presente de Natal para a minha mãe. Pode dizer a Stasha que gostei muito do trabalho dela, mas foram as árvores de gingko que selaram o negócio. — Bodine se virou para Jessica. — Numa noite fresca de outono, naquele banco, embaixo daquelas árvores, papai beijou mamãe pela primeira vez.

— Ah, caramba! — repetiu a lojista, gesticulando com uma das mãos diante do rosto enquanto seus olhos se enchiam de lágrimas. — Que romântico. E encontrar o quadro foi tipo o destino, não foi? Ah, preciso ligar para Stasha. Tem problema?

— Nenhum. Diga a ela que, quando minha mãe conta a história desse primeiro beijo, diz que sentiu como se o mundo tivesse ficado dourado, como as folhas sobre a sua cabeça.

Agora a lojista tirou um lenço do bolso.

— Quanto tempo ela levaria para pintar os dois no banco? — quis saber Jessica. E então percebeu o que disse. — Desculpe. Eu só estava pensando alto.

— Ah, minha nossa, Jessie, essa é a melhor ideia que você já teve! Ela poderia fazer isso? — perguntou Bodine. — Seria mais como se fossem silhuetas, a essa distância. Posso trazer fotos deles dessa época, mas ela não precisaria pintar igualzinho.

— Vou ligar agora mesmo. Ela mora aqui na cidade. Vou ligar. Caramba.

— Jessica. — Bodine passou um braço ao redor dos ombros da amiga. — Eu encontrei o presente perfeito, e você ainda deu uma turbinada. Mamãe ficará louca. Louca! A pizza fica por minha conta.

Com o passar dos anos, Bodine se divertira saindo para fazer compras — às vezes — com a mãe, com as avós. Todas juntas ou uma por vez, apesar de parecer que a mãe, na busca por uma bolsa preta, por exemplo, se sentia na obrigação de analisar todas as bolsas do mundo antes de tomar uma decisão.

Mas precisava admitir que o passeio com Jessica, com seu sucesso excepcional, tinha sido imbatível. As prendas também foram cortadas da lista — seu favorito eram as meias compridas estampadas com caubóis vestindo apenas botas, chapéu e cueca branca.

Empolgada, Bodine se deixou influenciar pelos poderes de persuasão de Jessica e acabou comprando um colete vermelho — cor que normalmente evitava — e uma blusa branca com mangas bonitas para usar por baixo, além de um batom novo que sempre se esqueceria de passar.

Além do mais, o dia sempre era bom quando lhe dava a oportunidade de comer a pizza do Biga.

Ela deu uma mordida na sua fatia, observando a amiga.

— E aí?

— É gostosa. — Jessica deu uma segunda mordida, pensou, saboreou. — É muito gostosa.

— Eu estava certa. Apesar de não entender por que você quis botar espinafre na sua.

— Saudável e delicioso. E você não estava certa. A pizza é muito gostosa, mas...

Mastigando, Bodine balançou um dedo no ar.

— Isso é só a teimosia nova-iorquina.

— Um dia desses, nós duas vamos fazer compras em Nova York.

Atacando sua fatia, Bodine soltou uma risada irônica.

— Claro, isso vai acontecer.

— Darei um jeito. E, quando acontecer, vou levar você ao Lombardi's. Mas... — Jessica comeu um pouco mais. — Admito que saber que este lugar existe me faz sentir menos falta de Nova York.

— Você ainda sente saudades?

— Às vezes. Talvez eu nunca me acostume com o silêncio. Alguns dias, ainda acordo no meio da noite por estar tão silencioso. Ou olho pela janela e imagino que vou encontrar prédios e trânsito, mas vejo só ar livre, campos e montanhas.

— Que estranho sentir falta dessas coisas. Barulho e trânsito.

— Pois é. — Jessica bebericou o vinho, rindo. — Tem dias que sinto saudade do ritmo, da energia. E do restaurante tailandês na esquina da minha casa. Mas então fico deslumbrada com essas montanhas, com o ar, com o trabalho que amo de paixão, com as pessoas que conheci. E, agora, estou aprendendo a andar de cavalo.

— Como estão indo as aulas? Pensei em ir assistir, mas achei que talvez você não quisesse plateia por enquanto.

— Não quero mesmo. Sua avó é maravilhosa, uma professora muito paciente. Parei de sentir como se estivesse arriscando minha vida sempre que subo em Maybelle. Nada mal depois de três aulas.

— Logo você vai estar tocando uma boiada.

— Vou fazer das suas palavras as minhas. — Jessica ergueu a taça. — Claro, isso vai acontecer.

— Você vai se surpreender. Não quero ficar falando de negócios, mas preciso dizer que, em tão pouco tempo, você se tornou uma parte fundamental da família do resort. Eu passei a contar com a sua ajuda, e sabendo que posso contar com alguém me torna melhor no que faço.

— Ouvir isso significa muito para mim. Adoro trabalhar para você e para a sua família. Meu Deus, como amo coordenar os eventos com o Rory. Ele é tão inteligente e criativo, e sempre me faz rir.

— Ele está dando em cima da Chelsea, não está?

Jessica tentou não deixar a resposta transparecer, mas seus lábios se curvaram quando ela ergueu a fatia de pizza.

— Talvez. Dá para entender. Chelsea é uma pessoa adorável, além de ser esperta e proativa. É ótima cuidando de assuntos mais gerais, mas também resolve todos os detalhes de que preciso. Ela é outro motivo para eu adorar o trabalho. Eu não tinha certeza de que ia gostar.

— Você largou tudo e veio parar do outro lado do país. Desse modo é difícil imaginar que tenha hesitado.

— Eu me arrisquei num momento difícil da minha vida, e disse a mim mesma que era melhor tentar e errar do que ficar parada e infeliz. Que bom que me arrisquei e descobri que não estava cometendo um erro, mas fazendo a coisa certa. — Analisando Bodine, Jessica bebericou mais vinho. — Acho que agora já posso perguntar por que você resolveu me contratar. A moça de Nova York que nunca tinha passado do Mississipi.

— Bem, seu currículo chamou a minha atenção. Quando vi suas referências, fiquei ainda mais impressionada. Mas não sabia se daria certo. Você parecia triste.

— Eu estava.

— Mas também resolvi arriscar. Meus instintos me diziam o tempo todo que ia dar certo. Nas primeiras entrevistas por telefone, na reunião que tivemos pessoalmente. Acho que puxei mais os lados irlandês e indígena da família. Isso ameniza a parte francesa mais prática, de certa forma. Eu sigo os meus instintos quando posso. Acredito neles.

— E cá estamos nós.

— Um brinde. — Ela bateu com sua taça na de Jessica.

O sol descia na direção dos picos brancos, dando a eles um brilho dourado enquanto Bodine dirigia para casa.

Com sua lista de Natal encerrada — e o quadro nas mãos da pintora empolgada para adicionar aquele toque sentimental —, ela previa dias tranquilos nas duas semanas antes do grande dia.

— Que bom que você me convenceu a vir. Mesmo que eu ainda desconfie que o colete vermelho foi um erro.

— Mas ele ficou lindo! Você fica bem em cores vivas. Devia usar mais vermelho e tons fortes.

O ar distraído fez Bodine olhar para ela de soslaio. A cada quilômetro que passava, Jessica se tornava mais quieta, mais contida.

— Você está bem?

— Hum? Sim. Sim, estou bem. — Mas voltou a ficar em silêncio, parecendo preferir olhar pela janela enquanto a luz do dia diminuía. Então se empertigou no banco. — Nós somos amigas.

— Claro.

Com um som frustrado, Jessica balançou a cabeça.

— Eu passei praticamente toda a minha vida sem fazer amigos. Sou ótima em ter conhecidos, colegas interessantes, do tipo com quem se toma um drinque uma vez a cada dois meses. Já tive amigos de trabalho, mas costumo ter o cuidado de não me aproximar de pessoas que não se enquadrem nessas qualificações.

— Por quê?

— Talvez porque meus pais se divorciaram. Eu mal me lembro dos dois juntos, e, sinceramente, nunca passei muito tempo com nenhum deles. Fui criada pelos meus avós. No início, eles mentiam. "Você está com a gente porque sua mãe está viajando ou seu pai está trabalhando." Depois de um tempo, até mesmo uma criança percebe a verdade. Meus pais não me queriam por perto.

— Sinto muito. Isso... — Bodine não conseguiu encontrar as palavras. — Sinto muito.

— Mas meus avós me queriam, me amavam, deixavam isso claro todos os dias. Só que saber que seus pais não querem você é algo difícil de superar. De toda forma, deve ser por isso que nunca fiz muitos amigos. Mas nós somos amigas, e não quero estragar as coisas de jeito nenhum.

— E por que estragaria?

— Eu beijei o Chase. Ou ele me beijou. Eu diria que, no fim das contas, nós dois estávamos nos beijando.

Para dar a si mesma um momento para absorver a informação, Bodine ergueu uma das mãos do volante, mostrando a palma para que ela parasse.

— O quê?

— Não foi planejado, por nenhum dos dois. O cavalo me empurrou para cima dele. Bem, não foi um empurrão, mas o cavalo... o cavalo de Cal cheirou meu cabelo, e eu me joguei sobre o Chase. E aí aconteceu.

— Quando? No Dia de Ação de Graças?

— Sim.

— Eu *sabia*. — Bodine sacudiu o punho fechado no ar. — Não sobre o beijo, mas eu sabia que alguma coisa tinha acontecido. Chase estava com aquela expressão envergonhada de quem tenta disfarçar quando apronta alguma. — Ela colocou a mão de volta no volante, percebendo que tinha pisado mais fundo no acelerador enquanto gesticulava, e diminuiu um pouco a velocidade. — Um beijo de verdade? Na boca?

— Sim, um beijo de verdade. E sei que ele é seu irmão. Sou sua amiga, mas também sou sua funcionária, então...

— Ah, pare com essa história de trabalho. Chase é adulto e pode beijar quem ele quiser. Contanto que seja mútuo. E ele não forçaria ninguém a beijá-lo, não faz parte da sua índole. Então, se vocês dois ficaram felizes, por que eu iria criar caso?

— Eu não diria que Chase ficou feliz. Foi ele quem parou e começou a se desculpar. Eu quis bater nele. Quer dizer, que tipo de idiota... — Jessica se interrompeu. — Ele é seu irmão.

— Eu posso amar e defender meu irmão e mesmo assim saber que ele é um idiota sob certos aspectos. Ele pediu desculpas por te beijar?

— Por se aproveitar de mim. — Ao perceber que tinha um ouvido solidário, ela abriu o jogo. — Acha que ele se aproveitou de mim? Por acaso pareço uma pessoa que se deixaria aproveitar? Eu sou de Nova York! Será que Chase acha que nunca encontrei um homem que deu em cima de mim quando eu não estava a fim? E depois ele começou a falar que não queria que eu me sentisse na obrigação. Como se eu fosse me envolver com ele por ser funcionária do resort e me sentisse pressionada. Foi *isso* que ele entendeu quando o beijei de volta? Ah, é melhor eu ficar na linha se quiser manter meu emprego! Se eu me sentisse assediada, ele descobriria rápido assim! — Jessica estalou os dedos. — Não sou uma menininha boba e assustada que ficaria quieta ou se sentiria pressionada.

Bodine deixou a amiga desabafar.

— Deixe eu dizer uma coisa. Pedir desculpas desse jeito? É típico do Chase. E imagino que já fazia algum tempo que ele estava pensando em te beijar. Meu irmão não é impulsivo, a menos que esteja com Skinner, que encoraja esse tipo de comportamento. Ele... ele rumina as coisas, e é óbvio que ainda não tinha terminado de ruminar sobre você quando isso aconteceu. E então ficou se sentindo culpado. Não estou dizendo para não ficar irritada pela estupidez dele, porque foi uma estupidez ofensiva, mas espero que possa lhe dar um desconto, porque Chase só estava sendo ele mesmo.

— Posso tentar.

Bodine se esticou e cutucou o braço de Jessica.

— Não estou defendendo o Chase, longe disso. Espero que você tenha deixado claro o quanto ele a ofendeu.

— Ah, deixei bem claro.

— O que deve tê-lo deixado confuso e frustrado, e, depois que a ficha caiu, horrorizado, é porque Chase respeita muito as mulheres. Mas eu jamais diria que leva jeito com elas.

Jessica soltou uma risada rápida diante da ideia.

— Não como o Rory, e posso mudar de assunto por um instante? Mais cedo ou mais tarde, Rory vai fazer mais do que só dar em cima da bela Chelsea, se ela permitir. Nosso caçula interpreta as pessoas tão bem quanto um acadêmico interpreta livros. É por isso que ele se dá tão bem na área de vendas. E, assim como o Chase, jamais tiraria vantagem dela, mas vai dar o bote bem mais rápido. Enfim. — Bodine dirigiu em silêncio por um minuto enquanto organizava os pensamentos. — Eu não me surpreenderia se Chase se desculpasse pelo pedido de desculpa. Então vou perguntar como amiga: você gosta dele?

— É claro que gosto — começou Jessica. — Ele é um cara muito legal.

— Rory é um cara legal. Você pretende beijar ele?

Ela bufou.

— Não.

Amigas, pensou Jessica. Não apenas colegas de trabalho, não apenas conhecidas.

Amigas. Ela podia dar aquele passo.

— Eu me sinto atraída por Chase. Estou interessada nele.

— Então, se você quiser repetir a dose ou algo mais, vai ter que dar o próximo passo. Ele não vai fazer isso ou talvez demore um ano antes de criar coragem.

— Só para esclarecer. — Jessica ergueu um dedo — Você está me dizendo para dar em cima do seu irmão?

— Eu estou dizendo, como sua amiga e como sua chefe, para deixarmos tudo bem claro, que você e Chase são adultos, solteiros e com vidas próprias. Como irmã que o conhece melhor do que ninguém, meu conselho é: se você quiser começar alguma coisa, vai ter que tomar a iniciativa. E ninguém que conheça vocês dois vai se surpreender ou se preocupar se começarem a dormir juntos. Não entendo por que as pessoas complicam tanto o sexo.

— Não estou falando de transar com ele.

— Claro que está.

Jessica suspirou.

— É claro que estou. Preciso pensar no assunto. Não por um ano. Um ou dois dias já me bastam. Bodine?

— Hum?

— Gosto de ter uma amiga.

Olhando para ela, Bodine sorriu.

— Você deu sorte comigo. Sou uma amiga maravilhosa.

Ela continuou a sorrir enquanto pisava no acelerador de novo. Percebeu que já estavam quase em casa ao passar pelo carrinho azul que vinha na direção contrária e queria chegar logo.

SE O PNEU DE KARYN ALLISON tivesse furado dois minutos antes, Bodine a teria visto no acostamento e parado em vez de passar voando pelo carro enquanto a outra mulher seguia para Missoula.

Dois minutos mudaram tudo.

ELE USOU A NEVE para limpar o sangue das mãos. Não tivera a intenção de fazer aquilo. Por que a garota não tinha se *comportado*? Ele tinha o direito — determinado por Deus —, até mesmo a obrigação, de procriar, de continuar sua linhagem.

De espalhar sua semente pelo mundo.

E Deus não a colocara bem no seu caminho?

Lá estava ela, no acostamento da estrada com um pneu furado. Nunca houvera um sinal mais óbvio da intervenção divina.

Se ela fosse velha demais — para gerar filhos — ou feia, já que um homem tinha o direito de desposar uma mulher bonita, ele teria trocado o pneu, como o bom cristão que era, e seguido seu caminho.

Sua caça.

Mas a moça era jovem. Mais jovem do que a vagabunda da taverna e bonita como uma flor. Como ela já colocara o macaco no carro, isso mostrava que tinha vivacidade, algo que qualquer homem gostaria de que os filhos herdassem.

E não lhe agradecera, não abrira um sorriso enorme quando ele parara o carro para ajudar?

Ele gostava de pessoas bem-educadas. A forma como ela se afastara para deixá-lo assumir o trabalho também mostrava que sabia o seu lugar.

Mas então pegara o telefone, dissera que ia ligar para os amigos que tinha combinado de encontrar, avisaria o que estava acontecendo.

Ele não podia permitir isso.

E dissera isso a ela, recebendo de volta um olhar de que não gostara muito. Insolente.

Então lhe dera uma bofetada. Parando para pensar agora, ele entendeu que não devia ter hesitado no golpe por causa do que acontecera com a outra. Devia ter apagado a moça, ainda mais considerando como ela gritara e revidara.

E o acertara bem no saco antes de ele lhe dar uma bela porretada com a chave de roda.

Mas a garota estava respirando, até mesmo gemera baixinho quando a jogara na caçamba da picape, a amarrara e tampara sua boca com fita adesiva para o caso de a gritaria recomeçar.

Depois ele voltara, pegara o celular e a carteira dela do carro. Ficara sabendo como a polícia encontrara as coisas da outra vez.

E se sentira tão bem sabendo que cumprira seu objetivo, sua missão. A moça acordaria no quarto dela, e ele logo mostraria qual era o seu lugar. O seu dever.

Mas, quando chegara no chalé e fora tirá-la da caçamba, havia mais sangue do que esperava. Seu primeiro pensamento fora que daria trabalho para limpar tudo.

O segundo fora que ela batera as botas bem na caçamba da sua picape. Simplesmente batera as botas.

Isso não apenas fora um banho de água fria no seu bom humor, como também o assustara.

Ele a cobrira e saíra de novo. Nem mesmo entrara no chalé. Seu lar não era lugar para uma desgraçada morta que não sabia se comportar.

Ainda mais quando o chão estava duro demais para cavar uma cova.

Amargurado com seu azar, ele passou a noite dirigindo, atravessando a ventania de uma nevasca em direção à floresta. Levara algum tempo. Fora preciso atravessar a neve com uma garota morta pendurada em seu ombro, mas não tivera que ir muito longe.

Enterrara-a na neve, junto com o telefone e a carteira. Mas, antes, pegara o dinheiro e o lençol com o qual a embrulhara. Ele não era burro.

Era bem provável que não a encontrassem antes da primavera, se a encontrassem. Os animais resolveriam o problema antes.

Ele considerou rezar por sua alma. Depois decidiu que ela não era digna de orações, não era digna dele. Então usou a neve para limpar o sangue em suas mãos e a deixou na escuridão imóvel da floresta.

Capítulo 11

♦ ♦ ♦ ♦

BODINE ERA COMPLETAMENTE APAIXONADA pela véspera de Natal. O resort fechava ao meio-dia, depois de os últimos hóspedes irem embora, e só reabria após o feriado. Os seguranças faziam rondas, é claro, em turnos, e os cavalos recebiam cuidados. Mas, para todos os efeitos, todo mundo tinha um dia e meio para passar com a família e os amigos.

As avós viriam para passar a noite, e os empregados do rancho ou do resort que não estivessem com as próprias famílias eram bem-vindos para a fartura de comes e bebes.

Ela cavalgava para casa com Callen — algo que agora fazia pelo menos três vezes por semana — em meio a uma nevasca interminável.

— Você vai passar o Natal com sua mãe e sua irmã? — perguntou ela.

— Vamos jantar amanhã.

— Mande lembranças a elas. O que você fazia no Natal quando estava na Califórnia?

— Era penetra nas festas dos meus amigos. Que nem vou fazer hoje na sua casa.

— Nós temos comida para alimentar um batalhão. Graças a Deus as mulheres da minha família decidiram deixar a cozinha do resort cuidar deste jantar anos atrás. Caso contrário, eu teria que começar a descascar e a picar coisas assim que botasse o pé em casa.

— Você poderia se esconder na cabana, me ajudar com os presentes que vou levar pra casa da minha irmã amanhã.

— Você ainda não embrulhou nada?

— Tenho até amanhã para fazer isso, não tenho? E não embrulho nada. É pra isso que servem aquelas sacolas bonitas. — Callen olhou para o lado. O cabelo dela tinha sido trançado, uma longa corda escura, e o rosto estava corado de frio e prazer. — Você já embrulhou os seus presentes?

— Estão embrulhados, com um laço de fita, identificados e embaixo da árvore.

Mas como Bodine parecia orgulhosa disso. E bonita como uma árvore de Natal.

— Exibida.

Rindo, ela inclinou a cabeça, piscou os olhos.

— Ser esperta e organizada não é ser exibida. Além do mais, admito que Sal me ajudou. Ela gosta de montar embrulhos bonitos e faz isso muito melhor que eu, mesmo que demore uma eternidade. E isso a distraiu. — O sorriso de Bodine perdeu o brilho até desaparecer. — Ela está sentindo falta de Billy Jean. As duas sempre passavam o Natal bebendo champanhe. E agora aquela outra garota desapareceu, e Sal botou na cabeça que ela foi raptada pela mesma pessoa que matou Billy Jean. — Quando Callen não respondeu, Bodine o fitou. — Você também acha?

— Acho que eram duas mulheres sozinhas com o carro quebrado. Uma sem gasolina, outra com um pneu furado. O xerife é quem tem que descobrir o resto.

— O carro estava suspenso no macaco, como se ela tivesse começado a trocar o pneu, mas não tinha uma chave de roda... pelo que eu li. É de imaginar que ela teria ligado para alguém, já que a mãe disse que tinha levado o celular. Mas talvez a bateria tenha acabado. É bem provável que tenha pegado uma carona. E aí... Eu devo ter passado por ela — adicionou Bodine. — É quase certo.

— Como assim?

— Eu li sobre a hora que ela saiu da casa da mãe. Tinha ido fazer uma visita, e depois ia encontrar uns amigos da faculdade em Missoula. Ela estudava na Universidade de Montana. Provavelmente Jessie e eu passamos pelo carro dela, indo em direções opostas, quando voltamos para casa naquele dia. Eu passei bem na frente de onde encontraram o carro. Fico me perguntando qual foi o intervalo de tempo. — Bodine balançou a cabeça. — Mas acho que o que aconteceu com Billy Jean foi com alguém de fora. Pode ter sido um hóspede, apesar de eu detestar cogitar dessa ideia. Talvez essa garota tenha sido sequestrada, o que é uma coisa terrível, mas diferente. Ela só tinha 18 anos, era bem mais nova, e Billy Jean sempre ia para casa tarde da noite. Pelo que fiquei sabendo, fazia umas duas semanas que Karyn Allison não visitava a mãe.

Callen compreendia por que Bodine precisava acreditar nisso — e talvez estivesse certa. Mas essa crença não a forçaria a tomar cuidado. Então foi firme ao destruir sua teoria.

— Pode ser que duas pessoas diferentes tenham ido atrás de duas mulheres com carros quebrados num intervalo de um mês, num raio de trinta quilômetros.

Bodine bufou.

— É o que digo para Sal quando ela começa a ficar nervosa demais com isso e o que digo a mim mesma quando quero dormir à noite.

Como essa resposta o deixou satisfeito, ele assentiu com a cabeça.

— Não há nada de errado nisso, contanto que você fique atenta e preste atenção ao seu redor. Mas nunca te vi agindo de outra forma.

— Nem sei por que estou falando disso na minha noite favorita do ano. É só que eu estava pensando em como sua mãe deve estar feliz por você passar o Natal em casa e em como aquela outra mãe não sabe onde a filha está. — Para se consolar, Bodine se inclinou para a frente para acariciar Leo, e então se empertigou. — Espere um pouco. Eu tenho que prestar atenção? É por isso que você ou Rory ficam pegando carona comigo para ir e voltar do trabalho quando não estou com o Leo?

Callen não se deixou abalar.

— Só estamos economizando gasolina.

O sarcasmo dela era palpável.

— Vocês só estão preocupados com o meio ambiente?

— Mais pessoas deviam fazer a mesma coisa.

Não podia discordar. E, parando para pensar, Bodine concluiu que também não devia se ofender. Muito.

— Agradeço a preocupação. Apesar de eu saber cuidar muito bem de mim mesma, fico grata por essa discreta vigilância masculina.

Ela abriu um sorriso exagerado quando Callen lhe lançou um olhar lento e cauteloso.

— É mesmo?

— É. Não gosto do fato de que os homens grandes e fortes tenham optado por não me contar o que estavam fazendo porque não queriam abalar minha fragilidade feminina, mas agradeço a preocupação.

— Não tem nada a ver com fragilidade feminina. Está mais relacionado à sua teimosia e ao seu gênio forte.

— Por que as pessoas dizem que os homens são fortes ou durões, mas as mulheres são teimosas?

— Não vou me meter nessa furada. — Ele estalou a língua e acelerou Pôr do Sol para um trote.

— Covarde — acusou Bodine, mas estava rindo quando o alcançou.

— Quando se trata de certos assuntos.

Os dois seguiram bem-humorados até o rancho.

— Preciso pegar uma coisa na cabana.

Quando Callen se desviou, Bodine deu de ombros e levou Leo para o estábulo.

— Foi um bom passeio — disse ela ao tirar a sela e o arreio dele. — Você merece uma bela escovada e talvez um presentinho especial depois.

Bodine pegou um limpador, cuidou dos cascos dele antes de lhe dar uma boa esfregada com uma toalha. Enquanto buscava uma escova macia, Callen chegou com Pôr do Sol.

Como ela estava adiantada, terminou mais rápido, levou sua sela para a selaria e voltou para pegar a de Callen.

— Eu já vou fazer isso.

— Pode deixar comigo. — Mas parou do lado de fora da baia. — Também tenho um pote de petiscos de hortelã...

— Não! — alertou Callen ao mesmo tempo que Pôr do Sol soltava um relincho longo e agudo, dando uma cutucada animada no dono com a cabeça antes de colocá-la para fora da baia e lançar um olhar entusiasmado para Bodine. — Da próxima vez, soletre. Imagino que uma hora ele vai entender isso também, mas, por enquanto, não diga nenhuma dessas palavras. E, você, me dê licença.

Callen conseguiu afastar Pôr do Sol e sair da baia antes de o cavalo voltar a colocar a cabeça para fora.

Bodine não conseguiu se controlar e fez um teste:

— Petiscos de hortelã.

— Ah, pelo amor de... — Callen balançou a cabeça e tirou a sela das mãos dela enquanto Pôr do Sol dançava e relinchava.

— Ele está... comemorando?

— Acho que é como se ele estivesse gritando *oba*. Espere um pouco.

Fascinada, Bodine voltou para a baia de Leo enquanto Callen guardava a sela, e tirou o pote de petiscos da prateleira da baia — ela os comprara especialmente, e sentimentalmente, como um presente de Natal para o cavalo.

Depois de tirar o canivete do bolso, abriu o selo.

Deu dois petiscos para Leo, que os engoliu com prazer, e então lhe beijou na bochecha.

— Feliz Natal, Leo.

Tirando mais dois do pote, ela saiu da baia. Ao vê-los, Pôr do Sol fez uma imitação excelente de alguém estalando os lábios.

— Ele é o melhor — comentou Bodine enquanto Callen voltava. — Posso dar?

— Só depois que ele disser por favor.

Como resposta, Pôr do Sol fez um som na garganta, e seus olhos diziam *por favor* tão claramente quanto as palavras.

Bodine ofereceu a mão, e ele tirou os petiscos de sua palma. Então pareceu suspirar e encostou a boca na bochecha dela.

— De nada. Leo ficou feliz em dividir aquela palavra que não posso dizer com você neste Natal. Se eu soubesse que ele gostava tanto de petiscos, teria comprado outro pote.

— Tenho um na cabana. Se o guardasse aqui, ele daria um jeito de abri-lo, mesmo que eu o colocasse dentro de um cofre. Falando em Natal.

Callen abriu a baia de novo e pegou uma sacola de presente.

— Ah. — Aturdida, Bodine encarou o presente, depois Callen. — Você não... Você não precisava ter comprado nada para mim.

— Quem disse que é para você? Tente lembrar que o espírito de Natal se trata de dar, não de receber, Bodine. É para o Leo, do Pôr do Sol.

— É para... O seu cavalo comprou um presente para o meu?

— Os dois viraram bons amigos. Você vai dar para ele?

— Claro. Mas acho melhor eu abrir, se Pôr do Sol não se importar.

— Ela pode abrir? — perguntou Callen ao cavalo, que assentiu rapidamente com a cabeça.

— Ora, vamos ver o que temos aqui, Leo. — Ela foi até a baia do animal, remexeu o papel, sentindo couro. — Veja só, Leo, você ganhou uma cabeçada nova. E olha como é bonita. Ah, tem seu nome e o logotipo Bodine entalhados. Callen, isto é maravilhoso, tão gentil. Obrigada.

— Não precisa me agradecer. — Apoiado na porta da baia, Callen apontou com o polegar para trás. — Foi o Pôr do Sol que escolheu.

— É claro que foi. Obrigada, Pôr do Sol. Esta é a cabeçada mais bonita que o Leo já teve. Vamos prová-la agora. Vamos provar — murmurou ela para o cavalo enquanto vestia o presente nele. — Ficou certinha, e veja só como Leo está bonito. — Bodine se virou para Callen. — Obrigada por ajudar Pôr do Sol com os detalhes.

— Bem, ele já tinha tudo decidido. — Enquanto a observava com o seu cavalo e com o dela, Callen também já tinha se decidido. — Está vendo aquilo ali? — Ele apontou para o teto.

Bodine olhou para cima e não viu nada além de vigas.

— Não vejo nada.

— Tem um ramo de visco pendurado ali.

Ela olhou de novo.

— Não tem, não.

— Você não deve estar olhando na direção certa.

Mas ele estava, pensou Callen. Com certeza estava.

E a puxou para perto.

Daquela vez, os seus lábios não se esbarraram por acaso. Daquela vez, Callen estava levando aquilo bem a sério, e fez questão de deixar isso claro. As mãos nos ombros dela desceram para a cintura, agarraram-na, enquanto sua boca tomava a dela da forma como ele imaginara. Devagar, com segurança, firme.

E, como ele imaginara, ela não se afastou, mas retribuiu o beijo com a mesma intensidade.

Bodine ficara mais bonita, percebeu Callen, e seus lábios eram fartos, quentes, nada tímidos. O corpo dela se pressionou contra o dele até que sua mente memorizasse todas as curvas.

Quando a mão dela subiu, segurando a parte de trás do seu pescoço, Callen sentiu todas as fibras do corpo sobressaltarem.

Bodine sabia que aquilo aconteceria mais cedo ou mais tarde. Havia intensidade demais, faíscas demais nas suas cavalgadas amigáveis para que não chegassem àquele ponto. Apesar de ter pensado sobre como reagiria, quem tomaria a iniciativa, havia pensado que estava preparada para o momento.

Mas se enganara.

Aquilo era maior, mais forte e mais intenso do que qualquer coisa que imaginara. A reação do seu corpo a deixou tão chocada que ela se sentiu estremecer, pelo menos por dentro.

Callen tinha gosto de calor e segredos, cheirava a cavalos, a couro e a homem, e sua boca era mais habilidosa do que ela esperava.

Quando ele começou a se afastar, Bodine o puxou de volta.

Ele tinha começado aquilo. Então seria ela quem terminaria.

Quando estava quase ofegante, afastou-o.

— Ramo de visco, uma pinoia.

— Talvez eu tenha me enganado. — Callen ergueu o olhar novamente, pareceu pensar no assunto, e então voltou os olhos para ela. Mais azulados do que cinzentos agora, notou Bodine. Como sinais de relâmpagos em meio à tempestade. — Mas eu queria que nós dois tivéssemos uma amostra do que está por vir.

— E o que está por vir, Skinner?

— Você sabe tão bem quanto eu, mas temos que aguentar até Abe voltar na primavera. Consigo esperar até lá.

Bodine se virou para pegar o casaco pendurado fora da baia.

— Você é muito presunçoso.

— Não estou sendo presunçoso só por causa dessa parte do meu corpo.

Droga, ele a fez rir.

— Pode até ser, mas eu também tenho direito a dar minha opinião.

— Você acabou de dar.

Lançando um olhar irritado, Bodine vestiu o casaco. Ela não tinha certeza se queria brigar ou encontrar uma baia vazia para terminar o que tinham começado.

— Talvez eu só estivesse agindo com espírito natalino.

— Podemos fazer outro teste.

Ele se aproximou com um passo. Bodine ergueu uma das mãos.

— Acho melhor deixamos as coisas como estão por enquanto.

Callen colocou as mãos nos bolsos.

— Eu já disse. Consigo esperar.

— Falta bastante tempo até abril. Nós dois podemos mudar de ideia até lá.

— Acho que não. Mas resolveremos isso quando a primavera chegar.

— Tudo bem. — Ela pensaria nesse assunto como mais um item em sua agenda. Na primavera, resolveriam aquilo. — Você vai entrar?

— Vou me limpar primeiro.

— Então, até logo. — Bodine desceu o piso de concreto inclinado. — Sabe de uma coisa, Skinner? — disse ela, sem virar para trás. — Talvez eu durma com você só por causa do seu cavalo. Pense nisso.

Enquanto a porta fechava atrás dela, Callen olhou para Pôr do Sol.

— Não foi por sua causa.

Pôr do Sol provou que um cavalo era capaz de gargalhar.

O CASAMENTO DE LINDA-SUE, mesmo com toda pompa e circunstância adicional, mostrou-se um grande sucesso — e louros para a coroa de Jessica. Ou, pelo menos, para o chapéu de caubói de borda reta que Bodine lhe dera de Natal.

Ela lidou com a noiva e as madrinhas, designou Will para cuidar do noivo e dos padrinhos e, com a ajuda de Chelsea, venceu o maior problema.

A mãe da noiva.

Da chegada dos convidados a problemas com o vestuário, de flores à decoração e música — e uma harpista —, o casamento fez com que Jessica e sua equipe passassem três dias inteiros fazendo ajustes, consolando pessoas, animando convidados e coordenando momentos.

A cerimônia foi seguida pelos eventos de fim de ano: a variedade de atividades, os entretenimentos e a enorme e barulhenta festa da virada.

Jessica não discutiu quando Bodine mandou que tirasse dois dias de folga, durante os quais ela passou grande parte do tempo dormindo.

Uma noite, depois de acordar às duas da manhã, sonolenta e confusa, ela saiu da cama para pegar uma garrafa de água na cozinha e olhou pela janela. Notou que havia uma picape desconhecida parada na estrada diante do Vilarejo em vez de estar no estacionamento.

Distraída, perguntou-se se Chelsea — sua vizinha mais próxima — havia deixado algum convidado passar a noite lá e por que alguém estacionaria na estrada.

Porém, quando voltou para o quarto, a picape tinha ido embora. Sem pensar mais no assunto, voltou para a cama e dormiu.

A calmaria do início de janeiro logo deu espaço para a conferência dos escritores — outro sucesso —, que foi imediatamente seguido pelo Festival de Esculturas de Neve.

Toda vez que faziam uma nova reserva, Rory ia até o escritório de Jessica para fazer uma dancinha da vitória.

Não era nada mal ter a mídia local interessada.

Com o campo atrás dela cheio de pessoas, trenós guiados por cavalos tinindo com ainda mais gente e criancinhas circulando em pôneis na arena mais próxima, Bodine era entrevistada por um canal de televisão local.

— Estamos muito felizes com o nosso primeiro Festival Anual de Escultura de Neve, aqui no Resort Bodine. Recebemos hóspedes do país inteiro e do Canadá. E também temos um casal inglês que veio para passar a lua de mel e decidiu participar.

Com o canto do olho, ela viu Callen colocar nas costas um menino que esperava sua vez para subir no pônei e se perguntou de onde ele tirara tanto jeito com crianças.

Mas manteve o foco no jornalista, respondendo às perguntas.

— Todos os funcionários do Resort Bodine se dedicaram muito, realmente entraram no espírito da festa para tornar este evento especial e divertido para todos os participantes. E adoramos ver muitos dos nossos amigos e vizinhos se juntando à festa, seja como escultores ou apenas espectadores dos shows. Hoje, teremos o prazer de apresentar Anna Langtree e os Homens da Montanha cantando no Moinho, de duas às três e meia da tarde, e novamente às nove da noite.

Quando acabou, Bodine foi até Jessica.

— Você é ótima nisso — comentou a amiga. — Em passar o recado e os detalhes ao mesmo tempo em que parece tranquila.

— Não tem nada de mais, é só falar. Sabe, algumas dessas esculturas estão ficando bem impressionantes. Aquela ali parece uma família de neve, e também tem um castelo. Acho que aquele é um cavalo. Um cavalo bem grande. E... não sei o que é aquilo ali na frente.

— Parece uma cobra gigante.

— Não gosto de cobras, mas gosto não se discute. — Sorrindo, ela deu um tapinha no chapéu de Jessica. — Sabe, ele combina com você.

— Eu adorei. Quem diria? Bem, você. Se alguém tivesse me dito um ano atrás que eu estaria em Montana, usando um chapéu de caubói, vendo alguém esculpir uma cobra de neve, eu teria me escangalhado de rir. E aqui estou.

— Isso tudo também combina com você. E combina tanto que vamos te promover a diretora de eventos e te dar um aumento.

— Puxa. — Jessica tirou os óculos escuros, apertou os olhos contra a luz que a neve irradiava. — Uau! Nós íamos falar sobre isso depois que eu terminasse meu primeiro ano.

— Apressamos as coisas. Você merece.

— Obrigada. — Rindo, Jessica puxou Bodine para um abraço. — Obrigada a todos vocês. Eu... — Ela parou quando o telefone apitou com uma mensagem. — Chelsea — explicou —, bem na hora. Estão montando o bufê no Moinho. Você pode anunciar em quinze minutos. Vou lá ver se está tudo indo bem.

— É por isso que você é diretora.

Rindo, Bodine olhou para a arena, viu Callen e Pôr do Sol dando um show improvisado. No momento, ele sentava ao contrário na sela enquanto o cavalo mantinha a cabeça baixa e a balançava, triste.

— Você tem que virar pro outro lado, moço! — gritou uma das crianças.

— Tenho que fazer o quê?

— Virar — gritaram várias crianças em coro.

— Talvez ele devesse virar.

Obedecendo, Pôr do Sol mudou de direção.

— Melhorou? — perguntou Callen, o que fez as crianças morrerem de rir enquanto gritavam: *Não!*

Ele prestou atenção, aparentemente interessado, enquanto a plateia infantil explicava que o certo era sentar de frente para a cabeça do cavalo.

— Tudo bem, tudo bem, preciso dar um jeito de mudar de posição.

Callen girou para um lado, girou para o outro, e Pôr do Sol soltou uma bufada que deixava claro sua zombaria. Ele escorregou um pouco para a esquerda, para fora da sela, jogou-se para a direita enquanto as crianças riam e tampavam os olhos.

— Certo, tudo bem, acho que entendi o que preciso fazer.

E jogou as pernas para a lateral do cavalo, sentando na diagonal. Pôr do Sol virou a cabeça, bufando.

— Não quero ouvir reclamações suas. Estou quase conseguindo.

Em resposta, o cavalo ergueu as patas traseiras, fazendo Bodine dar um pulinho. Como se o movimento o tivesse jogado para cima, Callen guinou para a sela.

Sob gritos de alegria, Pôr do Sol dançou de um lado para o outro, e então fez uma mesura.

Callen olhou direto para Bodine e piscou.

Um dia bom, pensou ela enquanto o observava cavalgar o animal em círculos pequenos e rápidos. Um dia muito bom.

Enquanto as pessoas se deliciavam com churrasco, asinhas de frango e filés grelhados, uma fotógrafa desejosa por tirar fotos da floresta cheia de neve encontrou o que restava de Karyn Allison.

Para ela, que praticamente caíra em cima dos restos mortais abandonados, aquele estava longe de ser um dia muito bom.

VINTE E QUATRO HORAS MAIS TARDE, pouco depois de o xerife ter se sentado na sala de estar da mãe de Karyn para lhe contar que a filha não voltaria para casa, Garrett Clintok parou a picape no estacionamento do CAB.

Em sua cabeça, ninguém podia lhe impedir de fazer seu trabalho. Nem o xerife, que já lhe passara um sermão, nem qualquer outra pessoa.

Ele entendia muito bem o que estava acontecendo.

Já era policial por tempo suficiente para saber identificar um mau elemento. Encontrara vários quando estava no Exército. Encontrara vários durante toda a vida.

A maioria das confusões naquela área era causada por brigas, bebedeiras, uma ou outra discussão de casal — nas quais, em sua opinião, era bem provável que a mulher tivesse merecido um sopapo —, estudantes de faculdade mimados fazendo merda e talvez algum problema com drogas.

Mulheres de vez em quando reclamavam de estupros, e ele não acreditava em metade delas. Além de acidentes e coisas assim.

Mas com certeza não havia duas mulheres assassinadas num intervalo de dois meses.

Não antes de Callen Skinner voltar.

Para Garrett, quando se somava dois com dois, o resultado era sempre quatro.

Talvez o xerife se fingisse de cego por Skinner ser próximo dos Longbow.

Mas ele não faria isso.

Seguiu até onde Callen descarregava cavalos de um trailer.

— Mande seu ajudante terminar de cuidar dos cavalos. Você vem comigo.

Callen tranquilamente guiou o animal que soltara até o curral.

— E por que eu faria uma coisa dessas?

— Porque estou mandando.

— Easy, escove ela. Vou pegar o outro.

Clintok inflou o peito. Um pavão exibindo as penas. Um touro pronto para atacar.

— Eu disse para você vir comigo.

— Nada disso. A menos que você tenha um mandado no bolso. — Callen guiou o segundo cavalo rampa abaixo. — Você tem um mandado, policial?

— Posso conseguir um.

— Então faça isso. — Callen olhou para Easy, que estava parado de olhos arregalados e de boca aberta ao lado da égua. — Vá escová-la, Easy. — Então, segurando frouxamente a cabeçada do outro cavalo, virou-se novamente para Clintok. — Estamos ocupados por aqui. Se você quiser marcar uma cavalgada, faça isso lá dentro.

— Você quer fazer as coisas do jeito mais difícil?

— Parece que sim. — Quando Callen sorriu, não havia sinal de humor em sua expressão. — Vou te deixar avisado, tendo esse rapaz como testemunha, que, se você se meter comigo sem um mandado, vou revidar. Isso é difícil suficiente?

A fúria era visível no rosto de Clintok, que ardia como uma fogueira. E Callen continuou como estava, com o olhar fixo, o corpo enganosamente despreocupado.

— Onde você estava no dia 12 de dezembro, das quatro da tarde às nove da noite?

— Bem, vejamos. — Com a mão livre, Callen pegou o telefone, abriu o calendário. — Parece que comecei cedo nesse dia. Dei uma aula antes do horário da escola. Tivemos alguns passeios de trenó. Quando voltei para cá, esse rapaz, Easy, guiou um, eu guiei outro, e Ben ficou com o restante. Ele está lá no centro agora. Houve uma entrega de cereais naquele dia, e anotei aqui que o cavalo chamado Cochise estava mancando com a perna esquerda. Tivemos...

— Não quero saber dessa merda toda. Quatro da tarde.

— Eu, provavelmente, estava indo embora nessa hora.

— Sozinho?

Callen guardou o telefone no bolso.

— Isso já faz mais de um mês, mas como não acredito que você tenha ficado subitamente interessado em como passo meu tempo, lembro que 12 de dezembro foi o dia em que aquela garota desapareceu. Sendo assim, eu estaria sozinho, já que Bodine estava em Missoula e cheguei cedo demais para pegar uma carona com Rory.

— Você não tem nenhum dos poderosos Longbow fazendo fila para te dar um álibi? — Clintok deu uma olhada exagerada ao redor. — Não estou vendo Bodine vir correndo para te esconder atrás dela.

— É melhor você tomar cuidado com o que diz — rebateu Callen, tranquilo.

— Veremos quem precisa tomar cuidado. Dinheiro não compra bom senso, coisa que os Longbow e os Bodine provaram não ter ao te contratarem. Fico me perguntando como vão reverter as coisas depois que você estiver atrás das grades, onde é o seu lugar.

Mesmo quando a irritação lutava para emergir, Callen falou com calma:

— Nós dois, Clintok, sabemos muito bem que seu problema não é com os Longbow e nem com os Bodine, pelo menos não em grande parte. Então por que não deixamos as coisas entre nós?

— Como não tem nenhum deles aqui para te defender desta vez, alguém viu você no dia 12 de dezembro? Alguém pode testemunhar sobre o que estava fazendo?

Nem uma única alma, pensou Callen, pois colocara Pôr do Sol num trailer e o levara para o centro para treinarem por algumas horas.

— Seria difícil ter certeza.

Clintok se inclinou para a frente.

— E qual é a dificuldade?

— Ah, chefe? — Engolindo com força o suficiente para fazer barulho, Easy se aproximou um pouco. — Desculpe, mas ouvi que você estava tentando se lembrar das coisas. No dia que Cochise precisou imobilizar a perna, não foi quando começamos a ajeitar os arreios? Nós limpamos, consertamos. Você acabou ficando aqui, trabalhando comigo até quase às seis. Tomamos uma cerveja quando terminamos. Acho que só fui embora depois das sete, e você ainda estava aqui. Disse que queria dar uma olhada na perna de Cochise antes de ir para casa. Eu me lembro bem.

Callen olhou nos olhos de Easy por um instante.

— Talvez tenha sido.

— Eu tenho certeza. Era isso que o senhor queria saber, policial?

Clintok se virou para ele.

— Você está mentindo para mim? É um crime grave mentir para um policial.

— E por que eu faria uma coisa dessas? — Easy deu um passo para trás. — Só estou respondendo ao que o senhor perguntou. Nós ficamos aqui até as sete e depois fui para casa. Foi bom tomar uma cerveja depois de um dia cansativo.

— Volte para a égua, Easy — disse Callen.

— Tudo bem, chefe, eu só queria ajudar.

— Por que é que você não tem essa baboseira toda no telefone, Skinner?

— Eu tenho a minha escala, e meu horário de trabalho terminou às quatro. Às vezes, há coisas que precisam ser feitas ou que eu quero fazer, e fico até mais tarde. Não faço anotações sobre tomar uma cerveja com um dos funcionários depois do trabalho. Se isso responde às suas perguntas, tenho que cuidar dos cavalos.

— Duas mulheres morreram, Skinner. Duas desde que você voltou. Talvez eu dê uma pesquisada nos registros da Califórnia e descubra outras.

— Faça o que quiser com o seu tempo, policial. Eu também farei.

Callen guiou o cavalo para o curral, retirou cuidadosamente o lençol e apoiou os punhos fechados sobre o garrote. Mais dez segundos — talvez cinco — e ele teria usado as mãos.

Não seria capaz de continuar se segurando.

Forçou-se a relaxar quando ouviu o motor de Clintok ser ligado e o carro se afastar, os pneus jogando cascalho no ar.

Precisava agradecer ao rapaz por ter lhe poupado do que seria uma briga feia. Mas...

— Você não precisava ter feito aquilo, Easy.

— Eu só contei o que lembrava. Cuidamos dos arreios.

— Começamos a cuidar dos arreios dois dias depois. Você sabe disso tão bem quanto eu.

— Não sei, não. — Easy o encarou sobre as costas dos cavalos. O queixo trincado em teimosia relaxou diante do olhar de Callen. — Talvez eu saiba agora que parei para pensar, mas não gostei da forma como ele estava atacando você, chefe. Não gostei de como aquele policial falava, nem da cara dele. Juro que parecia que ele queria puxar a pistola e te dar um tiro. Juro. Só não queria que ele te colocasse em apuros.

— Obrigado. De verdade. Mas, da próxima vez, porque sempre tem uma próxima vez com Clintok, não faça isso. Não há motivo para você entrar na mira dele. O sujeito me detesta desde que éramos garotos, e isso nunca vai mudar.

— Acho que tem gente que nasce má. Ele estava falando da garota desaparecida? Aquela que morreu?

— Foi o que me pareceu.

— Puta merda, Cal. — Easy respirou fundo enquanto passava uma escova macia na égua. — Puta merda. Que coisa horrível. Isso não está certo. Mas ele deve ser burro se pensa que você faria uma coisa dessas.

— É como eu disse, faz muito tempo que ele me detesta. Cedo ou tarde, Clintok vai inventar uma desculpa para colocar o dedo no gatilho.

Cedo ou tarde, pensou Callen, talvez ele perdesse o controle e lhe desse um motivo.

Capítulo 12

♦ ♦ ♦ ♦

2012

ESTHER ESFREGOU O BANHEIRO, do piso ao teto, como fazia todos os dias. A limpeza aproximava de Deus.

Suas mãos, vermelhas, em carne viva e rachadas dos anos de água quente e sabão vagabundo, arderam um pouco quando ela enfiou a escova no balde. Seus joelhos doíam, suas costas estalavam.

Ela nem percebia.

Orgulhava-se tanto do piso de linóleo branco, do brilho que fizera surgir nas torneiras da pia e do chuveiro.

Cantava enquanto trabalhava, a voz tão jovem, forte e bela como ela um dia fora.

Depois que acabasse ali, varreria e esfregaria o restante da casa, e, quando chegasse, o senhor ficaria satisfeito.

Ele construíra aquele lugar para Esther, não foi? Até mesmo dissera que ela fizera por merecer. E lhe avisara, já que sua mente era fraca e preguiçosa, que a deixaria sem nada novamente se não tratasse o lugar — e a ele — com o devido respeito.

Até a deixara pendurar uma cortina com estampa de flores para separar o banheiro do restante da casa.

Esse restante consistia em um espaço de dois por três metros que abrigava uma cama de solteiro, uma luminária de piso enferrujada com a cúpula rasgada, a cadeira que ele trouxera do quarto no porão, uma bancada improvisada com troncos e uma folha de madeira compensada e um suporte de cortina de banheiro que fazia as vezes de armário.

Rebocos de gesso não terminados cobriam as paredes; um tapete marrom trançado, esfarrapado nas bordas, cobria o piso. Esther tinha dois armários, um para guardar os pratos de plástico, outro para comida, e uma caixa térmica para colocar alimentos perecíveis.

E a melhor parte, uma janela. Era pequena e quase na altura do teto, mas permitia que a luz entrasse em dias ensolarados, mostrava o céu e as estrelas noturnas.

Quando ficava em pé na cama, Esther conseguia ver mais. Algumas árvores, as montanhas — ou um pedacinho delas.

O espaço era menor do que o quarto no porão, mas ela chorara de gratidão quando o senhor a levara para lá e lhe dissera que viveria ali agora.

Sua perna não era mais presa com a corrente, apesar de o senhor tê-la prendido à parede como um lembrete do que aconteceria caso se irritasse.

Ela se esforçava bastante para não irritá-lo.

Ali, no que lhe parecia um palácio, podia ferver água no fogão elétrico e fazer seu próprio chá ou abrir uma lata e esquentar uma sopa.

Ele até permitia que cuidasse da horta nas estações apropriadas. É claro que precisava amarrá-la para o caso de ela sair andando por aí e se perder ou ser atacada por um urso.

Era preciso trabalhar antes de o dia amanhecer ou à noite, com o cachorro preso, que tomava conta dela, mas aquelas horas no ar fresco, com as mãos na terra, plantando ou tirando ervas daninhas, eram preciosas.

Uma ou duas vezes, ela imaginara ter ouvido uma criança berrar ou chorar, e numa outra ocasião — talvez mais de uma — tivera certeza de escutar alguém gritando por ajuda. Mas o senhor dizia que eram pássaros para voltar ao trabalho.

Ele provinha tudo para si mesmo e para a sua família, como gostava de falar, com as galinhas no galinheiro, a vaca leiteira no estábulo e o cavalo no pasto.

A horta tinha um papel importante, e era a mulher que trabalhava na terra e a fazia render frutos. Assim como a mulher devia ser inseminada e gerar filhos.

Ela tivera mais três bebês, todas meninas, assim como dois abortos naturais e um menino que nascera morto.

As meninas foram levadas embora, e, apesar de Esther ter chorado por elas, tão preciosas, permitira-se esquecer. E então viera o menino. Ela sentira tanta alegria, tanta esperança, e então todo o choque e sofrimento.

O senhor dissera que a raiva de Deus se abatera sobre ela, como castigo por sua maldade, a maldição de Eva.

Enquanto segurava aquele embrulho imóvel, aquela criança sem vida, como uma boneca de porcelana azul-claro, Esther soubera que ele falava a verdade.

Deus castigava os pecadores. Ela era uma pecadora. Mas todos os dias fazia penitência por seus pecados, esforçava-se para alcançar a redenção.

Esther se levantou, fazendo uma careta quando seus joelhos estalaram. Usava o vestido de limpeza — uma tenda branca que ia até o meio das panturrilhas — e chinelos finos. Seu cabelo, que batia muito abaixo da cintura agora, fora penteado numa trança ressecada e cheia de fios brancos.

Espelhos lhe eram proibidos, já que a vaidade era um pecado alojado no fundo do coração de todas as mulheres, mas seus dedos sentiam as rugas no rosto.

Disse a si mesma que devia se sentir grata pelo senhor permitir que ainda cumprisse seus deveres matrimoniais, motivo pelo qual ele provinha seus alimentos.

Esther pressionou a mão contra a barriga, onde mais uma criança crescia. Ela rezava para ser um menino. Todas as noites, ajoelhava e rezava por um filho, um filho que seu marido permitiria que ficasse com ela. Um que amaria, amamentaria, cuidaria e ensinaria.

Ela esvaziou o balde, depois o encheu novamente. Hora de esfregar os armários, a bancada, a caixa térmica e a pequena pia da cozinha. Hora de fazer seu trabalho.

Mas, depois que levou o balde até a cozinha, precisou se recostar na parede. Era o bebê, é claro. Crescendo em seu corpo, precisando sugar suas energias, deixando-a tão cansada, quase febril.

Ela faria chá e se sentaria por um instante até se sentir mais forte. Mais forte para o bebê, pensou enquanto pegava o pote com o dente-de-leão que o senhor tivera a bondade de ensinar a ela, uma mulher ignorante, como secar.

Esther colocou um pouco de água para ferver e, enquanto isso, usou a água morna e cheia de sabão no balde para esfregar a pia.

Não adiantaria de nada deixá-la esfriar. O ganho estava em poupar.

Quando a água começou a ferver, Esther se sentia quente e tonta. O chá a deixaria melhor, o chá e um pouco de descanso.

Despejou a água fervente sobre a xícara de plástico com dente-de-leão, levou-a consigo até a cadeira.

Enquanto sentava, fechou os olhos.

— Vamos descansar um pouquinho — disse ao bebê. — Só um pouquinho. Temos feijões e tomates para colher hoje à noite. E talvez algumas abóboras. Temos que...

Ela se interrompeu, arfando com a cólica repentina e dolorosa.

— Não! Não, por favor!

A segunda onda de dor fez com que se dobrasse sobre a cadeira e caísse de joelhos enquanto a xícara escorregava de sua mão, espalhando chá pelo velho tapete trançado.

Esther sentiu aquela vida se esvaindo, sendo expelida com sangue e dor.

Deus castigava os pecadores, pensou ela, e ficou deitada no tapete, desejando sua própria morte.

Dias atuais

Bodine conseguiu chegar em casa pouco antes de escurecer — e antes do início de outra nevasca de fevereiro. Enquanto tirava os acessórios de inverno, sentiu os aromas de comida que vinham da cozinha.

— Meu Deus, que cheiro bom! Estão dizendo que vai nevar bastante hoje, Clementine. Talvez seja melhor... — Ao encontrar a cozinheira durona e impassível secando rapidamente as lágrimas, Bodine se interrompeu e correu até ela. — O que houve? O que aconteceu? Mamãe...

Fungando enquanto tentava descartar a preocupação com um gesto, Clementine fez que não com a cabeça.

— Ela e seu pai saíram. Não é nada. Alguma coisa entrou no meu olho.

— Não me venha com essa baboseira. Você é capaz de arrancar uma farpa do tamanho do meu polegar do seu olho sem derramar uma lágrima. Sente-se.

— Você não está vendo que preciso terminar o frango?

Bodine desligou o fogo.

— Ele não vai estragar. Eu disse para você se sentar, e estava falando sério. Agora.

— Desde quando você dá ordens por aqui?

— Estou dando uma agora. Ou prefere que eu ligue para mamãe?

— Não ouse fazer uma coisa dessas! — Com o rosto rígido e as bochechas ainda molhadas, Clementine se sentou. — Pronto. Satisfeita?

Apesar de querer rebater, Bodine mordeu a língua. Pensou em fazer chá, mas concluiu que isso levaria tempo demais e talvez ela perdesse o controle da situação. Em vez disso, pegou uma garrafa de uísque e serviu dois dedos.

Depois de depositar firmemente o copo diante de Clementine, também se sentou.

— Agora, me conte o que aconteceu. Quantas vezes já desabafei com você quando me magoei ou me chateei, ou simplesmente estava irritada o suficiente para chorar?

— Não é da sua conta.

— Você é da minha conta.

Derrotada, Clementine ergueu o copo, bebeu metade do uísque.

— Não sei o que me deu. Acabei de ficar sabendo... Uma amiga minha do clube de costura... Você conhece Sarah Howard.

— Claro. Estudei com o filho mais novo dela, Henry. Eu... Ah, Clem, aconteceu alguma coisa com a Sra. Howard?

— Não, não, ela está bem. Eu só... — Erguendo a mão, Clementine se recompôs. — Sarah é amiga de Denise McNee. A mãe de Karyn Allison, pobrezinha. Ela voltou a usar o nome de solteira depois que se divorciou, uns anos atrás. A prima de Sarah, Marjean, é casada com o irmão de Denise, e as duas ficaram amigas com o passar dos anos.

— Certo.

— Nós íamos fazer uma reunião do clube de costura na minha casa hoje. Das oito às dez. Sarah acabou de ligar, disse que não poderia vir. Ela ia trazer bolo de café.

Não era difícil entender aonde aquela tagarelice toda chegaria.

— O que houve com Denise McNee, Clem?

— Ela tomou um monte de comprimidos, Bodine. Simplesmente se encheu do remédio que o médico receitou para ela conseguir lidar com a tragédia. Não sei o que tomou.

— Ah, Clem.

— Foi Sarah quem a encontrou e chamou a ambulância. Ela foi até a casa de Denise para levar comida e lhe fazer companhia.

— Ela se matou.

— Tentou se matar. Talvez até consiga. Está internada, e Sarah disse que ainda não sabem o que vai acontecer. Minha amiga estava chorando no telefone. Arrasada. E eu comecei a pensar em como aquela pobre mulher queria morrer, em como perdeu a filha de um jeito tão horroroso, em como isso deve ter sido igual a perder o próprio coração.

— Sinto muito, Clem. Sinto muito.

— Essa mãe nunca mais será a mesma. — Com o queixo tremendo, Clementine usou a borda do avental para secar os olhos vermelhos. — Se ela sobreviver, não será a mesma de antes. As pessoas olham para mim e acham que nunca tive filhos, mas isso não é verdade.

— Não, não é. — Com o tom gentil e o toque firme, Bodine segurou a mão da outra mulher. — Você tem a mim, Chase e Rory. E Callen também.

— Isso me deixou tão abalada. — Mais calma, Clementine secou as lágrimas com a mão livre. — Uma amiga minha chorando ao telefone por causa de outra amiga. Aquela pobre menina morta por motivos que não sabemos. E Cora, vivendo todos esses anos sem saber se a filha está viva ou morta. Isso me deixou muito abalada. Eu comecei a pensar no que faria, como eu suportaria se alguma coisa acontecesse com um dos meus? — Ela se balançou um pouquinho e bebericou o uísque. — Não existe amor como o de uma mãe por seus filhos, não importa como esses filhos entraram em sua vida, e não há perda e sofrimento que se equiparem.

— Nós vamos ficar de olhos abertos e tomar conta uns dos outros, prometo. Não tenho deixado que Callen ou Rory me acompanhem até o trabalho? Só para proteger eles?

Clementine sorriu.

— Você é uma boa menina na maior parte do tempo, Bodine.

— Sou mesmo. Agora, quero que você faça o que está matutando nessa cabeça e o que me diria para fazer se estivesse no meu lugar. Vá dar apoio para sua amiga no hospital. Ela precisa de você.

— Ainda não terminei o jantar.

— Eu dou um jeito nisso. Vá logo. Vai começar a nevar logo. Então dirija com cuidado e me mande uma mensagem quando chegar em casa. Para eu não me preocupar — acrescentou Bodine rapidamente.

— Eu dirijo na neve de Montana desde antes de você nascer. Mas me sentiria melhor se pudesse fazer companhia a Sarah.

— Então vá.

— Eu vou. — Ela se levantou. — Agora, o frango precisa cozinhar em fogo médio por mais vinte minutos. Não se distraia e não o deixe queimar.

— Sim, senhora.

— Tem cenouras e batatas assando no forno.

Bodine ouviu as instruções detalhadas — e repetidas — enquanto Clementine se agasalhava.

Sozinha, ligou o fogo novamente, deu uma olhada no forno, levantou o pano sobre a massa de pão que Clementine dissera precisar de mais quinze minutos para crescer.

Serviu sua taça de vinho e pensou sobre o desespero de uma mãe sobre o seu sofrimento. Uma não fora capaz de aguentar a perda. A outra se forçara a viver.

Mas as duas precisavam de apoio, de amigos ao seu redor. De parentes para preencher o vazio, de amigos que faziam parte da família.

Bodine olhou pela janela, viu as luzes acesas na cabana.

Num impulso, mandou uma mensagem para Callen.

Já jantou?

Ele levou um minuto para responder. *Não.*

Venha comer com a gente. Até te pago uma cerveja.

A resposta veio em segundos. *Bote a lata para gelar e mais um prato na mesa.*

Pode deixar.

Ela voltou, mexeu o frango, e só conseguiu pensar que as crianças de Clementine comeriam juntas hoje.

UM DIA PASSOU, depois outro, e Bodine não conseguia tirar a conversa com Clementine da cabeça. Não importava que a cozinheira tivesse voltado a ser a pessoa impassível e firme de sempre.

Talvez porque Denise McNee entrara em coma e parecia presa naquele espaço misterioso entre a vida e a morte. Será que o caminho que seguiria seria uma escolha? Será que sempre era uma escolha?

Bodine não sabia se havia respostas, mas decidiu fazer as perguntas.

Ela foi a cavalo até o Centro Equestre, os cascos de Leo ressoando como sinos de igreja pela estrada dura. Os campos cobertos de neve se espalhavam ao redor enquanto o inverno mantinha tudo sobre seu domínio gelado.

Ainda assim, o céu estava azul, e falcões voavam em círculos lá em cima. Talvez a primavera começasse a dar as caras quando março chegasse.

Ela viu a picape da avó, o SUV de Jessica e guiou Leo na direção deles. Desmontou, abriu as portas e o levou para dentro do centro.

A voz de Cora ecoava pelo espaço.

— Troque de direção e a leve para o outro lado. Você não precisa mais ficar agarrada ao pito, Jessie.

— Eu sinto como se precisasse.

— Mantenha a coluna reta. Isso aí. Pode sair para um trote.

— Tudo bem. Meu Deus, vou ter que passar mais um dia inteiro sentada num travesseiro.

Achando graça por saber que Jessica já fizera isso duas vezes, Bodine levou Leo até a cerca e afrouxou sua cela.

Quando foi até a arena, notou que a amiga guiava a égua em círculos num belo trote.

— Costas retas. — Cora, sobre seu favorito Vaqueiro, a observava com olhos de águia. — Mova-se junto agora, deixe que ela sinta que você está aí.

Para Bodine, estar em cima de um cavalo sempre deixava a avó mais bonita. Com a camisa xadrez para dentro da calça jeans, a calça para dentro das chamativas botas vermelhas. O belo cabelo abrigado sob um elegante chapéu preto com a aba dobrada.

— Continue e mude de direção. Não pense muito, só aja.

— Eu consegui!

— É claro que conseguiu. Agora, diminua a velocidade, deixe que ela mude para uma marcha. Mantenha os cotovelos para baixo. — Cora virou o cavalo e viu Bodine.

A neta levou um dedo aos lábios, e então recebeu um sorriso como resposta.

— Está sentindo como ela reage?

— Estou. — Jessica ajustou o capacete de equitação. — Sinceramente, não entendi o que você queria dizer com isso nas primeiras vezes. Mas, agora, entendo. Não acredito que estou fazendo isto. Consigo fazê-la andar e parar, andar numa marcha e trotar, ir para um lado e para o outro.

— E está gostando?

— É divertido. Mesmo que meu traseiro e minhas pernas tenham que pagar o preço depois. É emocionante.

— Você vai se emocionar ainda mais. Faça-a passar de um trote para um meio-galope.

Mesmo de longe, Bodine viu os olhos de Jessica se arregalarem mais e mais.

— Ah, Cora, acho que não estou pronta. Sério, fico satisfeita só com isto.

— Você está pronta. Precisa confiar em mim, nela e em si mesma. Comece com o trote. Mantenha os joelhos para dentro, os calcanhares para baixo, os cotovelos também. Mostre o que você quer. Isso mesmo. Ela quer te agradar. Agora, só precisa dar uma cutucada, manter a postura, fazer o sinal, e Maybelle vai saber o que fazer.

— E se eu cair?

— Isso não vai acontecer, mas, se for o caso, você levanta. Um cutucão, Jessie.

O olhar ansioso no rosto de Jessie fez Bodine se perguntar se a avó não estava forçando a barra cedo demais. Mas Jessica, com os lábios comprimidos, se balançou na cela, cutucou com os calcanhares e seguiu suavemente para um meio-galope.

A ansiedade se transformou em choque.

— Ah, meu Deus!

— Mova-se com ela, assim mesmo. Cotovelos para baixo! Olhe só para você. Dê uma volta. Está lindo, querida. Muito bem. Diminua a velocidade de novo, tranquila.

Parando Maybelle, Jessica colocou uma mão sobre o coração.

— Isso aconteceu mesmo?

— Eu filmei. — Bodine se aproximou, erguendo o telefone. — Os últimos segundos, pelo menos. Você foi ótima.

— Ela aprende mais rápido do que imagina — disse Cora. — Dê mais uma volta. Marcha, trote, meio-galope.

— Por que essa ideia me deixa morta de medo se foi o que acabei de fazer?

— Faça de novo, e será mais fácil da próxima vez.

— De novo — cedeu Jessica.

Bodine girou num círculo, seguindo a amazona inexperiente e a égua veterana ao redor da arena com o telefone.

— Vou te mandar o vídeo — disse quando Jessica trouxe Maybelle de volta para o centro.

Sem fôlego e com o rosto corado, a amiga franziu a testa para o telefone que Bodine carregava.

— Vou ficar feliz ou envergonhada?

— Acho que impressionada.

Quando ela foi pegar um bloco de apoio, Jessica fez que não com a cabeça.

— Não preciso de um. Desmontar é uma das minhas melhores habilidades equestres. Mas, ai, como a minha bunda dói.

— Quando passar a cavalgar por mais tempo, com mais frequência, ela vai parar de doer. — Cora desmontou com facilidade. — Vamos ver se você lembra como tirar a sela do cavalo.

— Na verdade, eu faço isso. — Bodine pegou as rédeas de Maybelle. — Preciso conversar com a vovó sobre uma coisa.

— Então vou para casa, tomar um banho quente. — Jessica fez carinho na égua. — Obrigada, Maybelle. Obrigada, Cora.

— Disponha. Você me lembrou de como é divertido ensinar a alguém desde o início.

Com Bodine, Cora guiou os cavalos para as baias.

— Meu plano era tirar as selas para a Jessica praticar e depois escová-los no CAB. Mas podemos fazer isso aqui se você precisa conversar comigo. Quer uma Coca-Cola? Temos umas latas na selaria.

— Eu pego. — Bodine levou a sela para dentro, colocou-a no lugar e pegou as bebidas.

Como deixara a segunda sela sobre a cerca, Cora já passava uma toalha em Vaqueiro.

— Qual é o problema, querida?

— Eu nunca perguntei porque não queria que ficasse triste. — Bodine pegou uma toalha limpa, colocou a mão na massa. — Se o assunto lhe deixar triste demais e a senhora não quiser falar sobre isto, eu paro.

— Parece sério.

— É sobre Alice. Acho que entendo por que a bisa fica irritada, e mamãe também. A bisa... a senhora é filha dela, e o fato de alguém ter lhe magoado tanto a deixa irritada. É a mesma coisa com mamãe. E acho que as duas também se magoaram.

— É verdade, e não falamos muito sobre o assunto porque isso só traz o sofrimento à tona.

— Não quero fazer isso. — Enquanto escovava a égua, Bodine olhou para a avó. — Não quero causar mais dor.

— Mas você tem curiosidade. Quer fazer perguntas, e é típico de você querer respostas. — Enquanto trabalhava, a avó encontrou os olhos da neta. — Pode perguntar.

— Acho que foi a mãe de Karyn Allison que me fez parar para pensar, vovó. Como ela queria morrer, e talvez morra. E eu mesma conversei com a mãe de Billy Jean, e, mesmo que as duas não fossem tão próximas quanto Karyn e a mãe, a dor dela era imensurável. Isso me fez pensar em como deve ter sido para a senhora, todos esses anos, sem ter certeza se Alice está...

— Viva. Se ela está viva — terminou Cora. — No meu coração, sinto que sim. Preciso acreditar que sim.

— Mas por que não sente raiva? Entendo por que a bisa e a mamãe se sentem assim. Entendo por que a senhora acredita que ela está viva. Mas por que isso não a deixa com raiva? — Esse era o âmago da questão, percebeu Bodine. Nunca conhecera Alice, mas só o seu nome já lhe causava irritação. — Ela simplesmente foi embora, cortou todas vocês de sua vida. Que tipo de pessoa, vovó, sequer dá sinal de que está viva em algum canto? Nem entende que causa sofrimento e preocupação, nem se importa?

— Fiquei com raiva. Ah, *raiva* não é uma palavra forte o suficiente. Não tem como descrever o que senti. — Cora continuava penteando a crina de Vaqueiro com mãos pacientes, gestos firmes. — Ela sumiu no dia do casamento da irmã. No dia mais feliz da vida da irmã. Na noite, na verdade, depois que entendemos o que aconteceu. Deixou um bilhete dizendo que não ia ser como Reenie, que se acomodou com as correntes do casamento, com o tédio da vida no rancho. Fez insinuações sobre como eu jamais a compreendera, como não a amava tanto quanto a Reenie. Ela queria nos magoar. De propósito. Alice gostava de pôr o dedo na ferida.

Apesar de Bodine guardar seus pensamentos para si, ela se perguntou se a tia não fizera um favor à família quando fora embora.

— Eu não queria contar a Maureen e Sam, não queria estragar a lua de mel. Mas eles passaram a noite num chalé, e, quando vieram se despedir antes da viagem, precisei falar. Então tive que obrigá-los a ir embora, tive que dizer que Alice só estava causando alvoroço, como gostava de fazer, e logo voltaria. Eu acreditava nisso de verdade.

— Mas ela não voltou.

— Ela não voltou — repetiu Cora. — Mandou cartões-postais por um tempo. Contratei um detetive. Eu não ia obrigá-la a voltar. Alice já tinha 18 anos, podia fazer o que queria, e não adianta de nada prender alguém que quer partir. Eu só queria saber se ela estava bem, se estava segura... mas não conseguimos encontrá-la. — Respirando fundo, Cora acariciou o pescoço de Vaqueiro. — Eu parei de sentir raiva, Bodine, porque isso não mudava os fatos. E passei a me perguntar se tinha sido dura demais com ela, leniente demais. Estava lutando para manter o rancho funcionando, depois o hotel--fazenda, e então o início do resort. Será que tudo isso me impediu de ser uma boa mãe para ela?

A avó não iria culpar a si mesma, pensou Bodine. Ela não permitiria.

— Vovó, eu vejo como a senhora e a mamãe agem uma com a outra. E isso me mostra o tipo de mãe que foi, que é. Odeio saber que duvidou de si mesma.

— Mães fazem isso, todos os dias. É uma coisa engraçada, Bo, como uma mulher pode dar à luz duas crianças, criá-las da mesma forma, com as mesmas regras, os mesmos valores, as mesmas indulgências e repreensões. E, ainda assim, duas pessoas diferentes se formam. — Por um instante, Cora apoiou a bochecha no pescoço de Vaqueiro. — Minha Alice era difícil desde que nasceu. Ela sabia ser engraçada e doce, e, meu Deus, tão charmosa. Mas, enquanto Maureen adorava o rancho, Alice sempre sentiu que ele a limitava. Sei que ela achava que eu preferia Reenie, mas, quando uma filha se dedica aos estudos e a outra mata aula, bem, uma vai receber elogios, e a outra vai ser castigada. — Cora soltou um suspiro, quase uma risada. — Alice nunca pareceu entender como as coisas funcionavam. Quando estava com a cabeça no lugar certo, ela era maravilhosa. Ousada, corajosa e curiosa. Enquanto Reenie era séria demais, sempre preocupada com os detalhes, em agradar todo mundo, Alice a distraía um pouco disso, fazia com se aventurasse mais. Era parecido com Chase e Callen, mas Callen... Ele nunca foi difícil, jamais se ressentiu por Chase ser como é, ter o que tem. Essa é a diferença.

— E nada disso importava, e continua sem importar — disse Bodine, baixo. — Mesmo com o comportamento difícil, os ressentimentos, a ousadia e a curiosidade, ela era sua. Você a amava. Ainda ama.

— Amava e amo. E a dor de perdê-la? De saber que ela optou por me esquecer, por esquecer a todos nós? É tão forte quanto sempre foi.

— Como a senhora aguenta? Como segue adiante?

— Tenho que olhar o contexto todo, não posso me focar num único espaço vazio e sofrido. — Tirando folhas de hortelã do bolso, Cora as deu para os cavalos. — Quando seu avô morreu, antes de você conhecê-lo, meu mundo desabou. Eu o amava, Bodine, tanto que não sabia como continuar vivendo em um mundo onde ele não existia. Mas eu tinha sua mãe, e ela precisava de mim. E estava grávida de Alice. Eu precisava viver. — Depois de acariciar a trança da neta, Cora pegou um limpador de cascos. — Sua bisavó e seu bisavô... Eu sei que mamãe e eu brigamos às vezes. Não tem jeito quando duas mulheres dividem o mesmo teto. Mas não há nada neste mundo que diminuiria meu amor e gratidão por tudo que ela e meu pai fizeram. Os dois venderam a casa e se mudaram para cá quando precisei. Eu não teria suportado sem eles. Talvez tivesse perdido o rancho, mesmo com seus tios me ajudando.

— A senhora podia ter desistido, vendido tudo. Ninguém a culparia.

Cora ergueu o olhar sob a aba do chapéu, enquanto limpava o casco direito traseiro de Vaqueiro.

— Meu Rory amava o rancho. Arriscou tudo que tinha para construí-lo. Eu jamais abriria mão dele, mas, sem ajuda, poderia ter perdido tudo. Em vez disso, fomos bem-sucedidos, e sei que seu avô teria orgulho do que conquistamos. — Sorrindo, ela se apoiou na perna dianteira do cavalo e deu uma olhada no casco quando ele o ergueu. — Tenho uma filha que ilumina meu mundo, um genro que é o melhor homem que conheço. E três netos lindos que só trazem orgulho para os meus dias solitários. Eu tenho uma vida plena, Bodine, porque escolhi viver assim. Tenho meus sofrimentos. É impossível não tê-los. Sinto falta do meu marido. Não importa quantos anos tenham se passado sem que eu veja o seu rosto, ouça sua voz. Eu ainda o vejo, ainda o ouço, e isso me consola. Sinto falta da minha filha, das partes boas e das ruins. Posso desejar ter outra chance de ser sua mãe sem que esse desejo desmereça tudo que tenho, todas as minhas dádivas.

— A senhora tem uma vida plena porque escolheu vivê-la, e se esforçou para conquistá-la.

— Sim, mas não deprecie a mãe daquela pobre menina, Bodine, por ter sido dominada pelo sofrimento. A dor é uma coisa poderosa, viva.

— Não farei isso. Não vou depreciá-la. Mas posso me orgulhar da senhora, vovó, por ser mais forte que a dor e mais corajosa que o sofrimento.

— Minha menina querida — murmurou Cora.

— Eu sei como é forte, vovó. Forte, inteligente e carinhosa. Sei que a bisa e a mamãe também são assim. Não estou desmerecendo os homens da família quando digo que tenho orgulho de ser a herdeira da linhagem dos Riley, Bateau, Bodine e Longbow. E, pela senhora, vou torcer para Alice ter uma vida boa, onde quer que esteja.

— Você é o meu tesouro, Bodine. Um tesouro rico e brilhante.

Quando Cora contornou os cavalos para abraçá-la, Bodine a apertou de volta.

E refletiu que poderia até torcer pela tia, pelo bem da avó, mas era incapaz de acreditar que qualquer um conseguiria ter uma vida boa enquanto ignorava a própria família e todos aqueles que a amaram.

Capítulo 13

♦ ♦ ♦ ♦

INFORMAÇÕES, FOFOCAS DESCARADAS, insinuações discretas e pura especulação sempre davam pano pra manga na linha direta entre o resort e o rancho. Era difícil definir a credibilidade do falatório, mas sempre havia alguma verdade nos rumores.

Como Bodine não sabia se o boato que ouvira naquele dia tinha mérito, decidiu que era seu dever investigar.

Havia dois motivos para bater à porta da cabana após o jantar. Dessa forma, a conversa ocorreria fora do expediente — algo que ela acreditava ser importante, assim como achava justo realizá-la no que era, em essência, mais o território de Callen do que o seu próprio.

— Pode entrar! — gritou ele.

Bodine o encontrou jogado no sofá, com o laptop no colo, uma cerveja na mesa ao lado e um jogo de basquete passando na televisão.

Callen se queimara um pouco com o sol, ela percebeu, já que a luz da luminária ressaltava tons mais claros no cabelo da cor da pelugem de cervos.

— E aí?

Ele continuou a digitar no teclado — não com a técnica de dois dedos que o pai e Chase usavam, mas de forma tão competente quanto um funcionário do escritório.

Onde aprendera a fazer isso?

— Pegue uma cerveja e sente — convidou ele.

— Dispenso a cerveja. — Mas sentou.

— Espere só um segundo, preciso... Tudo bem, isso deve bastar.

Bodine esperou enquanto ele salvava o arquivo e deixava o computador de lado. Callen parecia confortável, relaxado, ela observou, e um pouco desalinhado, o que, estranhamente, sempre o fazia parecer mais atraente.

Ela podia entender a atração, e até mesmo a tranquilidade, se a fofoca se provasse mesmo verdadeira, mas jamais conseguiria compreender o relaxamento.

Callen se esticou e apoiou as pernas na mesa de centro.

— Como vão as coisas?

— Na verdade, eu ia perguntar a mesma coisa.

Ele assentiu com a cabeça e pegou a cerveja.

— Não tenho do que reclamar. Já listei as reservas de cavalgadas das próximas duas semanas, arrumei a escala, organizei a sequência dos cavalos, montei sua planilha de gastos e fiz projeções dos números que vão aumentar quando tivermos mais reservas na primavera. E precisamos conversar sobre trocar alguns arreios. Agora estamos fazendo um inventário sempre que temos um tempo livre.

Callen aprendera muito mais, percebeu ela, do que simplesmente digitar com os dez dedos.

— Me mande um relatório quando vocês acabarem. Mas eu queria saber das coisas num nível mais pessoal.

Ele ergueu uma sobrancelha e a bebida.

— Também não tenho do que reclamar.

— Não entendo como você não tem do que reclamar com o Garrett Clintok enchendo o saco de novo. Ainda mais enquanto você estava trabalhando para nós no resort. Acho que isso é digno de uma reclamação.

Apesar de Callen dar de ombros e tomar um gole da cerveja, Bodine viu um brilho de irritação aparecer e sumir nos seus olhos.

— Talvez eu não esteja preocupado com Clintok.

Ao mesmo tempo frustrada e intrigada, Bodine apoiou um tornozelo sobre o joelho.

— Se isso é verdade, você se tornou um idiota pacífico demais, Skinner. Ele foi ao CAB no seu horário de trabalho e o acusou de assassinato.

— Não com todas as letras.

Independentemente de ele ter se tornado uma pessoa pacífica demais ou não, *ela* virara uma mulher que sabia administrar as próprias frustrações para conseguir chegar onde queria.

— Por que não me conta quais foram as letras que Clintok usou para que eu não precise ficar sabendo das coisas por outras fontes?

— Em primeiro lugar, Easy não devia ter contado nada.

— Eu discordo completamente, mas, na verdade, não foi ele. Easy falou com o Ben. Pelo que entendi do desenrolar da fofoca, Ben viu Clintok chegar, viu vocês dois se desentenderem, e viu Clintok ir embora, cantando pneu. Então, *Ben* perguntou ao Easy o que tinha acontecido, descobriu alguns detalhes, passou a história adiante, e assim foi, até uma versão completamente distorcida chegar a mim. — Bodine respirou fundo e se viu irritada por Callen continuar esparramado, sem falar coisa alguma, praticamente *irradiando* aquele ar despreocupado. — Eu não gosto de saber das coisas por boatos, Skinner. Ainda mais quando se trata de um assunto tão polêmico. Você devia ter me contado.

Callen assentiu com a cabeça, pensativo, e deu de ombros como se considerasse o ponto de vista dela.

— Eu não vejo as coisas desse modo. Foi uma questão pessoal, e eu lidei com o problema. Aquilo não teve nada a ver com trabalho, com você ou com o resort.

— De novo, isso aconteceu no terreno do resort. — Bodine ergueu uma das mãos antes que ele pudesse discutir. — Eu tenho todo direito de reclamar com o xerife quando um dos policiais dele assedia nossos funcionários no nosso estabelecimento. Não me importa se você não vê as coisas dessa forma, porque isso não muda os fatos. E se está me dizendo que ele não colocou o nome dos Bodine ou dos Longbow na conversa vou ter que te chamar de algo que você nunca foi. Um mentiroso.

Agora, finalmente, a tranquilidade sumiu. Callen se levantou num pulo, andou de um lado para o outro no espaço apertado. Daquela vez, foi ela quem ergueu uma sobrancelha, esperando. Pelo visto, agora ele demorava mais para se irritar do que no passado, mas dava para notar o gênio estourado ganhando força.

Então, ela ficaria esperando.

— Você sabe muito bem, Bo, muito bem, que essa história com Clintok é mais antiga do que essa merda toda. Ele só está usando a situação como desculpa para se meter comigo. E não vou lhe dar essa satisfação, e também não vou sair correndo atrás de você toda vez que ele vier me encher o saco. Quero que se foda, quero que ele se foda. E *essa* é a verdade.

Bodine sorriu, doce como uma torta de morango.

— Ora, puxa vida, Callen, você não parece tão tranquilo agora.

— Quero ver você ficar tranquila depois que um babaca te acusar de matar duas mulheres.

— Era isso que eu estava querendo dizer. Exatamente isso então concordamos nesse ponto. O xerife Tate o avisou para ficar longe de você, especificamente e com motivo. Clintok não obedeceu e, pelo que eu entendi, resolveu ir te acusar no trabalho, na frente de outro funcionário, um funcionário que está sob a sua supervisão. Acho que o xerife não iria gostar de saber disso.

— Isso não cabe a você. — Ele se virou para ela, os olhos de um azul cheio de fogo. — Não cabe a você ir atrás do xerife, e não cabia eu ir atrás de você.

— Aquela tranquilidade toda estava escondendo uma cabeça dura e teimosa. Não vou contar ao xerife. Mas só porque cresci cercada por homens, trabalhando com eles, morando com eles, e sei, talvez até compreendo, que fazer isso significaria, para o cérebro masculino, um insulto aos seus colhões cheios de orgulho, mas...

— Isso não tem nada a ver com... Certo. — Bodine tinha razão, e ele não gostava de mentir. — Certo, isso é só parcialmente verdade. O restante é como eu disse. Isso é, e sempre foi, assunto meu com o Clintok.

— E voltamos aos colhões cheios de orgulho. O que não digo para ofender a sua espécie, Skinner, é simplesmente um fato. Então não vou falar com Tate, mas contarei o que sei e o que penso caso o xerife fique sabendo da situação e me pergunte.

Talvez isso o irritasse para cacete — e ofendesse seu orgulho —, mas era impossível argumentar racionalmente contra o que ela dissera. Então Callen desabou de volta no sofá.

— Justo.

— E estou pedindo como gerente do resort, e como sua amiga, para me avisar se Clintok voltar a incomodar. Preciso saber o que acontece no meu estabelecimento, e, por trás dessa irritação, você compreende isso.

Callen tomou outro gole da cerveja.

— Você é boa nessas coisas.

— Eu sou muito boa nessas coisas. Estou pedindo para você confiar em mim e se desvencilhar desse orgulho machão idiota para entender que me contar sobre as ameaças babacas dele não é se esconder embaixo das saias de uma mulher. Se você fizer isso e me manter informada, para que eu não tenha de descobrir as coisas através de um telefone sem fio entre o resort e o rancho, vou deixar que lide com a situação do seu jeito.

— Acho que "muito boa" é modesto demais. — Callen bufou. — Você é tão sensata que não consegui me manter firme sem parecer um idiota.

— Você não é nenhum idiota, Skinner, nunca foi. — Inclinando-se até chegar perto o suficiente, ela deu um soco leve na perna dele. — E, pelo que tenho visto, se tornou muito bom em lidar com babacas. Agora, temos um acordo?

— Sim, sim. — Resolvido o problema, Callen se sentiu à vontade para liberar um pouco da raiva. — Meu Deus, como ele me irritou. Ficou me provocando, me ofendendo... E a sua família também, você tinha razão. Fez de tudo pra me fazer perder a cabeça e lhe dar um soco.

— Houve uma época em que você teria feito isso, com menos motivo. Quando foi que aprendeu a esconder esse seu gênio por trás da tranquilidade?

Callen pensou em como chegara perto — cinco segundos — de dar aquele soco. Mas...

— Se um homem não aprende uma lição ou outra pelo caminho, está perdendo tempo. O que é uma ótima descrição de Garrett Clintok. O filho da puta não aprendeu nada. Só conseguiu um distintivo para usá-lo como desculpa para provocar os outros. — Callen a fitou. — Quero acrescentar uma coisa ao acordo.

— Já está tudo combinado.

— A gente não trocou um aperto de mãos.

Bodine só revirou os olhos.

— O que você quer acrescentar?

— Se ele for atrás de você ou da sua família por minha causa, quero saber.

Inclinando-se novamente, Bodine esticou uma das mãos.

— Sem problema.

Os dois trocaram um aperto de mãos. Callen se jogou de volta no encosto do sofá.

— Mas admito uma coisa. Estou remoendo esse assunto desde que aconteceu. Não conseguia tirar isso da cabeça. Porque, não importa o que Clintok é, acho que ele realmente acredita que eu seria capaz de uma coisa dessas.

Bodine fez menção de discordar, mas pensou melhor.

— Talvez você tenha razão. Ele te odeia, sempre odiou. É um sentimento irracional e verdadeiro; então ele acredita que você é capaz do pior. E Clintok nunca te conheceu. Qualquer um que te conheça não pensaria uma coisa dessas.

— Talvez não, mas ele estava tão cheio de si que Easy se sentiu na obrigação de se meter e me dar um álibi, ainda que falso. Também não gostei disso.

— Imagino que Ben teria feito o mesmo.

— Talvez. — Callen fez uma careta para a cerveja. — Sim, droga, ele teria feito o mesmo. Também não gosto dessa ideia.

Ele a analisou enquanto ela o analisava. Bodine soltara o cabelo da trança, e os fios caíam um pouco ondulados sobre os ombros, escuros como breu.

O tom, espelhado em seus cílios, tornava o verde dos seus olhos mais intenso, profundo. Naqueles olhos, Callen via compreensão, um pouco de compadecimento, em vez da firmeza de quem não aceitaria desculpas como quando começaram a discussão.

— Tenho que admitir que, depois desta conversa com você, acho que vou conseguir parar de remoer o assunto.

— Você faz parte da família, Callen.

— Pode ser, mas não te vejo mais como uma irmã.

Bodine soltou uma risada irônica.

— Você nunca me viu como sua irmã.

— Eu pensava em você como a irmã mais nova do meu melhor amigo. É a mesma coisa. Agora, eu te vejo e não consigo pensar mais assim. Tinha um conhecido meu que era vaqueiro na Califórnia. Nunca vi ninguém tão conectado com os cavalos. Eu costumava dizer que ele tinha sido cavalo numa vida passada. Ele adorava animais, um bom uísque e a companhia de outros homens. Mas, de vez enquanto, me dizia: "Skinner, estou necessitado de uma mulher." — Bodine soltou outra risada irônica, e Callen sorriu. — Palavras dele. Então, ia atrás de uma mulher e resolvia a necessidade até a próxima vez que ficava com fogo no rabo.

Ela compreendeu, percebendo a lógica simples e a organização do método.

— Era assim que você fazia quando ficava com fogo no rabo?

— Um homem precisa se preocupar com seus colhões cheios de orgulho.

Bodine teve que rir.

— Você está usando minhas palavras contra mim. Muito bem.

— A questão é que, já que estou no clima de admitir as coisas, desde que voltei, estou necessitado de uma mulher.

Callen observou as sobrancelhas dela se erguerem, aquele sorrisinho se abrir nos belos lábios.

— Mas só estou necessitado de você. — E observou o sorrisinho desaparecer. — E ficar me lembrando de que você é irmã do melhor amigo que já tive e que jamais terei não ajuda em nada a diminuir essa necessidade.

Isso fez um calor subir por Bodine. Tanto que ela desejou ter aceitado aquela cerveja.

— Que ousado da sua parte admitir isso.

— Bem, você mesma disse que não sou mentiroso. Quero te tocar, Bodine. E vou fazer isso logo, logo.

— Eu superei minha paixonite, Callen.

— Acho que nós dois sabemos que estamos além de paixonites de adolescente. Você também não é mentirosa.

— Você tem razão, e talvez eu queira que me toque só para saber como é. Se estamos sendo sinceros, sexo é uma coisa bem simples.

Ele riu.

— Se você pensa assim, nunca transou do jeito certo. Vai ser divertido mudar isso.

— Você está criando expectativas demais para si mesmo, mas... eu tinha outro motivo para vir aqui hoje.

— Se quiser me demitir, posso te mostrar como supero essas expectativas?

— Não. Não, é o contrário disso. Falei com o Abe hoje.

— Como vai Edda?

— Ela está bem. Começou a fazer... não é kung-fu, é... — Tentando se lembrar do nome, Bodine fez uma onda lenta com as mãos.

— Tai chi?

— Isso! Ioga também, e, de acordo com Abe, agora é meio vegetariana. Não consigo imaginar.

— Se essas coisas ajudam — decidiu Callen.

— E parecem estar ajudando. Mas ela... Os dois tomaram um susto e conversaram bastante, pensaram nas coisas. E decidiram se mudar para perto da filha, em Bozeman. Eles não vão voltar, Callen.

— Droga. Preciso de outra cerveja. — Devagar, ele levantou. — Tem certeza de que não quer uma?

— Agora, não. Abe disse que voltaria e me daria mais tempo, ajudaria a treinar um substituto se nós precisássemos. Mas achava que, como temos você, não haveria necessidade. O emprego é seu, se quiser. Caso contrário, queria pedir para continuar como gerente enquanto não encontramos outra pessoa. Como uma das donas e gerente do Resort Bodine, eu preferia que você aceitasse.

Callen deu meia-volta e colocou a cerveja sobre a mesa. Bodine não se surpreendeu quando foi puxada para fora da cadeira.

Ela se perguntou se o surpreendeu quando agarrou o cabelo dele com as duas mãos e atacou sua boca.

Necessidade coisa nenhuma, pensou ela. Aquilo era uma fome, profunda e angustiante, com uma ânsia perpétua que deixara seu corpo inteiro tenso desde o instante em que entrara na cozinha meses atrás e o encontrara galanteando Clementine.

As coisas não precisavam fazer sentido, não precisavam ser sensatas. Só precisavam acontecer.

Ela o tomou, uma tempestade perfeita de desejo e poder, com relâmpagos que brilhavam e queimavam, deixando flashes eróticos de corpos emaranhados e frenéticos. E seguiu em frente, além do que ele planejara com sua frustração e impulsividade. Agitou as marés, ameaçou uma inundação, tudo isso com apenas um único beijo ávido.

Callen a amaldiçoou, a si mesmo, a situação complicada, mas se afastou. Bodine agora se agarrava à sua camisa, e o olhar desejoso em seus olhos deixava claro que ainda não estava satisfeita.

Eu também não, pensou ele, mas, com cuidado, mantendo os olhos nos dela, soltou as mãos que apertavam sua blusa.

Ela baixou as mãos rapidamente, e Callen não conseguia mais interpretar a mistura de emoções em seu rosto. Choque, ultraje e decepção pareciam se alternar.

— Você... — Bodine se interrompeu, respirou fundo. Agora, ele via desdém e bastante arrogância. — Você não pode estar realmente achando que eu usaria sexo para te convencer a continuar como gerente dos tratadores de cavalos.

— Sabe, Bodine, você é esperta, mas um dia desses vai ter que cuidar desse seu complexo de superioridade. Agora, só... — Callen ergueu uma das mãos, mostrando a palma, sinalizando para que ela se afastasse. E deu um passo para trás.

Os olhos dela se estreitaram por um instante, depois brilharam. Ah, tão maliciosa, notou ele. Os lábios se curvaram.

— Isso mesmo. — Callen não seria capaz de explicar por que aquela presunção toda no rosto dela fazia com que a desejasse ainda mais. — Eu tenho os meus limites e, neste momento, estou quase os ultrapassando. Então nós vamos... — Ele se interrompeu novamente, acenando para Bodine se afastar. — Manter a distância por enquanto.

— Foi você quem começou.

— Pode até ser, e talvez eu não tenha contado com... certas eventualidades. Tenho que pensar em tudo isso e, enquanto penso, preciso conversar com Chase, já que foi ele quem me contratou.

— Tudo bem. E sua conversa com Chase vai incluir essas tais eventualidades?

A situação era mesmo complicada. Mas um homem não passava a perna no melhor amigo.

— É provável.

— Bem, é você quem sabe. Mas quero lembrar, e também lembrarei a ele, se for necessário, que não preciso da permissão do meu irmão para decidir com quem vou para a cama.

Em outro momento, Callen teria gostado da franqueza, mas, agora, a vontade de ultrapassar aquele limite era quase incontrolável.

— Não se trata de permissão. Agora, preciso que você... — Callen gesticulou na direção da porta. Quando Bodine inclinou a cabeça para o lado, erguendo uma sobrancelha, ele colocou as mãos no bolso. Mãos que queriam muito agarrá-la e tirar aquele ar satisfeito e convencido do seu rosto. — Vá, Bo, saia antes que eu perca o controle.

— Tudo bem. Eu agradeceria se você me informasse sobre o trabalho nos próximos dias. — Ela abriu a porta e então ficou parada no frio, iluminada pelas luzes do quintal que adicionavam um ar misterioso. — Mas já estou avisando: aceitando ou não o emprego, eu terei você. Já me decidi.

Aquela maldita linha estava começando a desaparecer.

— Vá logo, Bodine.

Ela o deixou com uma risada que ele sabia que o manteria acordado por boa parte da noite. Callen sentou, pegou a cerveja. Não tinha certeza se deveria se sentir um homem honrado ou um idiota.

No momento, não parecia haver muita diferença entre as duas coisas.

Enrolar para dar uma resposta parecia uma atitude covarde, e como essa resposta dependia, para Callen, do que Chase diria, ele foi direto à fonte.

Antes de o sol nascer, encontrou o amigo junto de alguns empregados do rancho, tocando os cavalos das baias para o pasto.

— Bom dia, Cal. — Chase deu um tapa despreocupado no flanco do cavalo alazão para fazê-lo passar pelo portão aberto. — Vou começar sua rotação, mas Feijão não poderá ir hoje. Parece que ele está com o olho direito inflamado; então quero que a veterinária dê uma olhada. Tem problema se eu mandar Cochise?

— Tudo bem. Você tem um minuto livre?

— Tenho dois. — Sentindo que Callen queria mais privacidade, Chase se afastou do pasto. — Vamos castrar uns bezerros hoje.

— Que bom que vou perder isso.

Quando Chase concluiu que os dois tinham se afastado o suficiente de ouvidos curiosos, parou.

— Dizem que vai esquentar hoje. Pelo menos não vamos morrer congelados enquanto transformamos os tourinhos em bois.

— Não seria tão ruim conseguir trabalhar só de camisa.

— Eu não reclamaria. Fiquei sabendo que talvez o Abe não volte.

— Bodine disse que isso é certo. — A respiração de Callen saiu numa nuvem de vapor. — Eu diria que um ataque cardíaco, mesmo que seja leve, faz as pessoas acordarem para a vida. Acho que ninguém se surpreendeu com a decisão deles de se aposentarem.

— Sentiremos falta dos dois. Eles trabalham no resort desde a abertura. Não me surpreenderia se Bodine te oferecesse o emprego do Abe.

— Ela ofereceu.

— Você vai aceitar?

— Não vou dar uma resposta até ouvir sua opinião.

— Eu não tenho nada com isso, Cal.

— Ah, que palhaçada. Com quem eu falei quando soube que era hora de voltar? — questionou Callen. — Você me recebeu, até ajeitou a cabana.

Acostumado com o temperamento estourado, Chase o enfrentou da maneira de sempre. Com serenidade.

— Eu teria feito isso em nome da nossa amizade, todos nós faríamos. Mas não precisamos. Você é um funcionário valioso, Cal, o melhor cavaleiro que conheço, incluindo meu pai. Ele diria a mesma coisa. Nós todos sabemos que você poderia ter ido para qualquer lugar.

— Eu não queria ir para qualquer lugar. Já estive lá.

— Então aí está. — Sentindo que o amanhecer se aproximava, Chase olhou para o céu, observou algumas estrelas desaparecerem. — Eu posso até brigar com Bo por você, quem sabe até consiga ganhar, apesar de Deus ser testemunha de que não seria fácil, porque ela luta sujo para vencer. Você se lembra daquela vez que tivemos que tirá-la de cima de Bud Panger? Bud era um ano mais velho que ela, uns cinco quilos mais pesado, no mínimo, e Bo o jogou no chão e o fez chorar, chamando pela mãe.

— Eu lembro. Ela me acertou na canela enquanto a gente a puxava. Passei dois dias mancando. Não vou ser motivo de briga entre você e sua irmã.

— Não seria. A gente pode até discutir, mas o resort faz parte de um todo; então, bem, dá tudo no mesmo, não dá? Além do mais, é você quem tem que saber o que quer, Cal. Por mais que Bo lute sujo, ela diria a mesma coisa. E imagino que já tenha dito.

— Eu vim trabalhar para você, Chase.

— Você veio trabalhar para o Rancho Bodine, e o resort faz parte dele.

A longa noite se transformava em dia, diminuindo a escuridão, intensificando um pouco o vento. O relinchar dos cavalos, o mugido do gado, os passos dos homens já ocupados com o trabalho.

— Eu amo este lugar. — Callen inspirou. — Eu o amo quase tanto quanto você. Ir embora foi uma das coisas mais difíceis que já fiz. Mas, se eu quisesse conquistar alguma coisa na vida, não teria opção.

Conhecendo o amigo, Chase permaneceu em silêncio, esperando Callen terminar de refletir.

— Admiro o resort. Admiro pra cacete tudo que vocês construíram lá. Essa visão dos Bodine e dos Longbow é algo maravilhoso e impressionante. Sei que eu seria de grande ajuda aqui no racho, e sei que vocês poderiam contar comigo para fazer meu trabalho e talvez tirar um pouco das responsabilidades dos seus ombros e dos de Sam. No resort... — Callen fez outra pausa, organizando os pensamentos. — Acho que talvez eu possa colaborar com essa visão. Posso bolar formas de fazer isso, de contribuir.

— Então é isso que você devia fazer. Pelo que entendi, é o que você quer, e o que está te fazendo hesitar é se sentir obrigado a ficar aqui. Isso não é necessário. Se nós precisarmos de você no rancho por algum motivo, também daremos um jeito. E não se sinta mal por nós provavelmente termos que contratar mais dois caras no próximo mês para te substituir.

A maior parte do estresse entalado na garganta de Callen desapareceu.

— Três seria melhor.

— Você não é tão bom assim. Resolva as coisas com a Bo, continue me ajudando aqui por algumas horas como você tem feito até contratarmos mais gente, e está tudo certo.

— É. — O estresse voltou. — Falando em Bodine. — Callen se moveu, desconfortável, olhando para o leste, esperando o sol nascer. — Eu... nós... — corrigiu ele, já que a noite passada deixara bem claro que era mútuo. — Nós temos um lance rolando. — Ele esfregou o queixo que não se dera ao trabalho de barbear naquela manhã. — Um lance intenso.

— Que lance?

Callen olhou para o amigo, viu sinais de uma curiosidade leve e confusa.

— Você sempre foi tapado no que diz respeito às dinâmicas românticas e sexuais das pessoas, Longbow. Lesado feito uma porta.

E então viu a ficha finalmente cair.

— O quê?

— Eu e Bo nos interessamos e nos sentimos atraídos um pelo outro.

— O quê? — repetiu Chase, dando um passo para trás como se seu corpo tivesse sido golpeado. — Você... você... com a minha irmã?

— Ainda não, mas só por causa da minha heroica força de vontade até agora e porque fico ouvindo você na minha cabeça, falando "minha irmã" exatamente desse jeito.

— Você nunca se interessou por ela — começou Chase, mas então pensou duas vezes. — Ou se interessou?

— Meu Deus, Chase, ela ainda era uma menina quando eu fui embora. No geral. — O desejo foi acrescentado ao estresse. — Talvez eu tenha me interessado um pouco. Mas só porque, droga, ela sempre foi bonita e estava começando a crescer quando fui embora. Nunca fiz nada. Nunca pensei em fazer nada. Mas ela não é mais uma menina. E é... — Os dois eram irmãos, lembrou Callen a si mesmo. Mesmo que tivessem uma irmã entre eles. — Bodine é inteligente. Sempre foi, mas, cara, ela está em outro nível agora. O jeito como administra aquele lugar? Ela é inteligente e astuta, sabe como fazer os funcionários trabalharem bem e se sentirem felizes. Uma coisa dessas requer talento. Admiro isso.

— Então vocês têm esse *lance* por causa do cérebro e das capacidades administrativas dela.

Não era sempre que Chase era sarcástico, mas, quando era, causava impacto.

— Essas coisas fazem parte do pacote. Ela é linda. — Callen suspirou. — Não sei quando foi que Bodine passou de muito bonita para linda, e, talvez, se eu tivesse continuado aqui, isso não teria me acertado como um raio na cabeça. Sinto alguma coisa por ela. Ainda não sei bem o quê, mas está claro que vamos descobrir. Mas eu não podia fazer isso pelas suas costas ou sem te contar.

— Você está parado aí, me dizendo com todas as letras que pretende transar com a minha irmã.

— Vamos colocar as coisas de outro modo. É bem vergonhoso para eu admitir que, por não querer agir pelas suas costas e por causa da oferta de trabalho, tive que mandar Bodine embora da cabana ontem. Ela me acertou em cheio.

— Ela bateu em você?

Callen riu, riu até se inclinar para a frente e apoiar as mãos nas coxas.

— Lá vem você sendo lesado de novo. Como é que consegue comer alguém?

— Vá se danar, Sr. Hollywood. E tome cuidado em mencionar comer alguém e a minha irmã na mesma conversa.

Respirando fundo, Callen se esticou novamente.

— Bodine foi embora me dizendo que, aceitando o emprego ou não, ela pretendia seguir adiante com... a parte pessoal. Acho que posso tentar afastá-la se você se incomodar muito com isso. Acho que ela provavelmente me venceria, mas posso me esforçar.

Chase encarou as colinas, as montanhas, lentamente formando o relevo de uma silhueta enquanto o dia esperava para nascer.

— Quando eu acordei hoje, não imaginava que teria esta conversa.

— Eu estava com a vantagem, já que passei a maior parte da noite pensando no que diria. Quando não estava pensando nela. E Bodine sabia que isso iria acontecer. Esperta. Eu não disse? Ela é uma mulher esperta. Gosto disso.

Chase ficou parado, ruminando, refletindo, tendo um pouco de dificuldade enquanto os primeiros brilhos vermelhos subiam acima dos picos ao leste.

— Ela é uma mulher adulta que faz as próprias escolhas. Se essa escolha é... Eu prefiro não entrar em detalhes na minha cabeça. Só digo que te amo como um irmão, e tem vezes que Rory me enche tanto o saco que gosto mais de você do que do irmão que meus pais me deram. Mas é melhor deixarmos uma coisa clara: se você magoar Bodine, quebro a sua cara. E com mais força do que ela quebrou a de Bud.

— Justo.

Tendo compreendido um ao outro, os dois ficaram parados ali por mais um momento e, quando o galo começou a cantar, observaram o sol se erguer avermelhado no céu púrpura.

Capítulo 14

♦ ♦ ♦ ♦

MAIS PARA EVITAR A TENTAÇÃO que Bodine apresentava do que ela em si, Callen foi bem mais cedo para o trabalho. Sozinho, no silêncio, terminou o inventário dos arreios, montou um relatório do que achava que precisava ser substituído e do que poderia ser consertado.

No meio da manhã, já tinha mandado Easy para o centro com dois cavalos para Maddie e uma aluna. Junto com Ben, selou mais quatro montarias para a cavalgada, comprou suprimentos — mandando uma cópia do pedido para a chefe — e confirmou mais reservas.

Era um belo dia para cavalgar, refletiu ele, e a temperatura aumentaria ainda mais à tarde. Ficou pensando que as esculturas de neve que tinham sobrevivido tão bem até agora estariam um pouco derretidas no fim do dia.

— Olá, caubói.

Soltando o casco que verificava, ele se empertigou e sorriu para Cora.

— Senhora. Bom dia, dona Fancy.

— Fiquei sabendo que está ajudando o Abe — disse dona Fancy, empurrando para cima a aba envergada do chamativo chapéu de caubói verde para analisá-lo.

— Sempre gosto de ajudar.

— Ele é um bom homem. E você era um garoto quase rebelde, Callen. Sempre tive um fraco por garotos quase rebeldes. Do meu ponto de vista mais avançado, você ainda precisa aumentar essa quilometragem antes de se tornar um homem, mas acho que já está no caminho certo.

— Mamãe está se sentindo assanhada hoje. Desde novembro que não temos um dia bonito como este, e queríamos aproveitar. Você pode nos emprestar uns cavalos por uma ou duas horas?

— Por quanto tempo quiserem. Dona Fancy, ainda prefere aquela égua baio? A que batizou de Della?

— Como você se lembra de uma coisa dessas?

— Nunca me esqueço de uma mulher bonita nem de um bom cavalo.

O sorriso que Callen recebeu em resposta era uma mistura perfeita de flerte com deleite. Não era de estranhar que ele fosse louco por dona Fancy.

— Por acaso, ela está aqui na arena hoje. Se quiser, posso trazê-la para cá e selá-la.

— Eu adoraria passear com Della, e ainda consigo selar meu próprio cavalo.

— Tenho certeza de que consegue, mas eu quero fazer a gentileza. A senhora tem usado o Vaqueiro no centro, vovó, mas ele está numa aula agora.

— Vamos ver quais são as outras opções.

Os três seguiram para os cavalos, e, depois que Cora escolheu, Callen guiou a égua baio e o cavalo castanho de uma arena para outra.

Com uma das mãos no quadril e a jaqueta jeans — com o sinal de paz bordado — desabotoada, dona Fancy o observou selar a égua.

— Você tem boas mãos, rapaz. Eu julgo muito um homem por suas mãos. Fico surpresa por não as estar usando em fêmeas de duas pernas.

— Mamãe. — Cora revirou os olhos enquanto selava o cavalo.

— Se eu não posso perturbar o juízo de um rapaz em quem dei umas palmadas quando ele tinha 3 anos, com quem poderei fazer isso? — perguntou dona Fancy. — Você deve estar de olho em alguma moça.

— Como estou sempre de olho na senhora, a senhora estaria se oferecendo, dona Fancy?

Ela soltou uma gargalhada.

— É uma pena que você tenha nascido cinquenta... Ah, droga, sessenta anos tarde demais.

— Mas minha alma é velha.

Ela riu de novo, dando-lhe um tapinha na bochecha.

— Eu sempre tive uma quedinha por você.

— Dona Fancy. — Ele pegou a mão dela e a beijou. — Passei a vida inteira apaixonado pela senhora.

— É bem seguro dizer isso para uma mulher de quase 90 anos. — Mas, desta vez, ela lhe deu um beijo na bochecha. — Não me ofenda pegando um bloco de apoio. Só preciso que me dê um impulso.

Callen entrelaçou as mãos e ficou maravilhado quando ela subiu na sela sem dificuldades. Se ele conseguisse viver até quase os 90, esperava ser capaz de fazer isso também.

— Ande, Della, vamos ver como nos sentimos hoje.

Enquanto Cora verificava se sua sela estava presa, dona Fancy fez Della mudar de direção, passou para um trote e então para um meio-galope na arena.

— Mamãe estava louca para sair hoje. — Cora ajustou o chapéu sobre os cabelos grisalhos curtos. — Os invernos estão ficando mais longos para ela. Um dia assim é uma dádiva. Não, pode deixar — disse ela quando Callen entrelaçou as mãos de novo. — Voltamos daqui a umas duas horas. Eu também estou louca para sair. Faz tempo desde a última vez que passeamos pelo terreno.

— Aproveitem. Ah, espero que não me leve a mal, mas a senhora trouxe um celular?

Pequenas argolas prateadas brilharam nas orelhas de Cora quando ela sorriu do alto.

— Nós duas trouxemos, e obrigada por se preocupar conosco. Você e Della estão prontas, mamãe?

— Nasci pronta em todas as minhas vidas.

— Vou abrir o portão. — Callen atravessou o chão arenoso da arena e segurou o portão aberto.

As mulheres passaram por ele num passo tranquilo. Então dona Fancy olhou para trás para dar uma piscadinha. E acelerou para um galope.

— Tudo bem — murmurou Callen. — Não me importo de morrer cedo.

Ele as observou com admiração, e então voltou para o trabalho.

Quando estava quase na hora de ir para casa, deixou Ben e Carol cuidando das coisas e foi a cavalo até o Vilarejo Bodine, levando Leo junto.

Prendeu os dois cavalos antes de entrar no prédio, acenando para a recepcionista, e seguiu até o escritório de Bodine.

Ela estava sentada à escrivaninha, com o telefone ao ouvido, lendo alguma coisa no computador.

— Sim, recebi. É claro que pode, Cheryl. Nós temos jardins, estufas, e... A escolha é sua. Sim, estamos muito animados em recebê-la. Já fizemos o anúncio no site e em folhetos, e você e o evento serão os destaques a partir do dia primeiro.

Quando Bodine se recostou na cadeira, fechou os olhos e emitiu sons de *ahammm*, Callen deu uma olhada no frigobar dela, e pegou duas latas de Coca--Cola. Abriu uma, colocou sobre a escrivaninha, abriu a outra, e se sentou.

— Prometo que nossa cozinha e nossa equipe fazem jus à sua classificação de cinco estrelas. Infelizmente não podemos pagar por isso. Se você sentir necessidade de trazer seu próprio *sous chef*, fique à vontade, mas os gastos serão seus. Sim, sim, isso não é negociável, e foi mencionado no seu contrato. Como eu disse, estamos muito animados em recebê-la como chef convidada para o evento. Imagino que venderemos todos os ingressos. Por favor, nos envie os seus planos de viagem quando tiver resolvido tudo. Podemos buscá-la no aeroporto. — Enquanto ela voltava a ouvir, seu olhar se estreitou, ficando um pouco agressivo. — Sinto muito, Cheryl, deixe-me abrir seu contrato, ver se ele menciona qualquer coisa sobre uma limusine. Aham. Por que você não me manda um e-mail com tudo isso, e eu converso com o nosso departamento jurídico? Se tiver mais alguma coisa que eu possa fazer, pessoalmente, para tornar sua visita mais agradável, é só me avisar. Até logo. — Bodine desligou devagar, respirando fundo. — Vaca arrogante e dissimulada.

— Eu admiro isso. Admiro como você se manteve totalmente educada e razoável, mesmo usando um tom frio como uma geleira.

— Contratamos Cheryl como nossa chef convidada para o Banquete da Colheita da Primavera, mês que vem. Ela trabalha num restaurante chique de Seattle e, quando a convidamos e redigimos o contrato, ela ficou toda feliz e solícita. Mas desde então, ela apareceu num reality show de culinária e agora virou uma diva, quer trazer seus funcionários e quer que a gente pague por eles, quer usar seus próprios temperos, ficou fazendo um discurso sobre espinafre com mostarda...

— É mais provável que fosse espinafre-mostarda. Califórnia — disse ele, e Bodine lhe lançou um olhar furioso. — Você aprende essas coisas.

— Com ou sem a droga da mostarda não faz diferença. Ela está me enchendo o saco e do nada ficou ofendida porque não deixaremos uma limusine à disposição dela.— Mande-a para o inferno.

Os olhos faiscaram um pouco mais — ele também admirou isso.

— Não vou cancelar o contrato e lhe dar um motivo para nos processar. Se Cheryl quiser voltar atrás, eu dou um jeito. Ela e sua mostarda podem ser substituídas. Então... — Bodine ergueu a lata de Coca-Cola, e deu um gole. — O que posso fazer por você?

— Eu penso bastante nisso, mas, agora, sou eu que posso fazer por você. Aceito o emprego.

— Que bom! Que bom mesmo, Callen.

— Que bom que você ficou feliz. Ainda mais porque também tenho alguns pedidos para fazer.

— Tudo bem. — Bodine pegou uma caneta, cutucou o *tablet* diante de si como se em preparação para anotar o que ele estava prestes a dizer. — Perguntar não ofende, a menos que você seja uma chef babaca de Seattle.

— Ainda bem que não sou. Mas imagino que nós também vamos assinar um contrato.

— Sim. Fazemos contratos anuais com gerentes, com cláusulas razoáveis para ambas as partes caso as coisas não deem certo. Posso imprimir um para você dar uma olhada.

— Eu queria que você adicionasse que, se Chase ou seu pai precisarem de ajuda no rancho e eu estiver livre aqui, isso não será um problema.

Recostando-se novamente na poltrona, Bodine deu um gole em sua bebida.

— Posso fazer isso, Callen, mas não preciso colocar esse tipo de coisa por escrito e assinar. É um fato. Espero que minha palavra baste.

— Basta.

— Então você conversou com Chase sobre isso?

— Hoje cedo.

— E sobre... as outras coisas?

— Conversei também. Ele demorou um pouco mais para se acostumar com a ideia. — Callen sorriu para ela. — Quando você quiser que alguém quebre a minha cara, só precisa dizer a Chase que fui um babaca, e ele prontamente cuidará do assunto.

— Eu não esperaria menos do meu irmão — respondeu Bodine, doce. — Mas sei cuidar de mim mesma. De qualquer forma, é bom saber que ele se importa.

— Claro que se importa. Quero dar uma olhada nas avaliações dos trabalhadores sazonais que pretende contratar de novo. Não tenho a intenção de rever suas decisões, já que você trabalhou com eles antes. Só prefiro saber com quem estarei trabalhando.

Empertigando-se de novo, Bodine anotou o pedido.

— Vou pedir que alguém te entregue isso.

— Por último, tenho algumas ideias sobre atividades extras que podemos acrescentar.

— Tipo?

— Algumas pessoas só querem subir num cavalo, dar uma voltinha, saltar e ir para o bar. Outras podem gostar de aprender e ter papéis mais ativos. Selar os cavalos, escová-los.

— Temos um curso de educação equestre no clube infantil, no verão.

— Não são só as crianças que querem aprender a escovar um cavalo. Existe um monte de aulas sobre culinária, certo? Compras, receitas, provas. Estou dizendo para fazermos algo parecido com a equitação. Cavalgar, alimentar, dar água, escovar. Não apenas uma cavalgada, mas... um dia de caubói.

— Coloque tudo isso por escrito — sugeriu Bodine enquanto anotava a ideia. — Então, mostre para a Jessie. Rory, mamãe e eu leremos depois, mas é a Jessie quem acerta os detalhes antes de a proposta chegar até nós.

— Tudo bem, farei isso.

— Não gostamos de ideias novas por aqui, Skinner, nós as adoramos. Tem mais alguma?

— Ainda estou bolando umas coisas.

— Tudo bem. Enquanto isso, vou imprimir seu contrato.

— Certo. — Callen se levantou. — Eu trouxe Leo.

— Ah, eu não... — Ela se interrompeu ao olhar para o relógio, viu que não estava pronta para partir, apesar de estar na sua hora. — Preciso de mais quinze minutos.

— Fico esperando. Eu tinha dito que ia te levar para dançar em maio.

— Eu lembro.

— Do jeito que as coisas estão, não faz sentido esperar. Que tal sábado à noite?

Bodine começou a sorrir, depois inclinou a cabeça.

— Você está falando de dançar de verdade?

— Claro. Você só pensa em sexo, Bodine. Não a culpo, mas imagino que o Rebanho ainda tenha música ao vivo sábado à noite. Posso pegar você às oito e jantamos antes.

— Sair para jantar e dançar no Rebanho? Tudo bem.

— Ótimo. Vou dar uma olhada nos cavalos.

Jantar e dançar, pensou Bodine quando ele a deixou sozinha. Quem diria que Callen Skinner seria um homem tão tradicional?

APESAR DE TER UM SÁBADO CHEIO pela frente, Bodine calculou que poderia sair do trabalho às três. Quatro, no máximo.

Não que precisasse de muito tempo para se arrumar para uma noite no Rebanho. Mas talvez colocasse um vestido, só para pegar Callen desprevenido. Ela gostava de dançar, e não fazia isso desde... Meu Deus, nem conseguia se lembrar da última vez.

Porém, por mais que gostasse de dançar, Bodine queria ter tempo de se arrumar para o que viria depois. Seu plano era continuar com as atividades quando a banda parasse de tocar.

Ela já colocara a chave do Chalé Lua Crescente no bolso e tinha uma lista na sua pasta de tudo com que pretendia abastecer o quarto. Se tudo corresse conforme o planejado, teria tempo de sobra para resolver isso, trocar os lençóis e ir se arrumar em casa.

Sua lingerie pode-ser-que-sim-pode-ser-que-não estava dentro da cômoda pronta para ser usada. Se tudo desse certo com Callen, talvez precisasse comprar outras, mas o que tinha agora era suficiente. Ela conferira só para garantir, já que havia mais de um ano desde a última vez que tivera a oportunidade de usá-la.

Apesar de o ano cheio de trabalho ter influenciado, esse não era o principal motivo. Sexo não precisava ser complicado, mas uma mulher tinha seus padrões. Era necessário sentir atração e gostar de verdade de um cara antes que ele se tornasse qualificado para a lingerie pode-ser-que-sim-pode-ser-que-não.

Antes de a maioria dos funcionários ter chegado, Bodine pegou uma garrafa de vinho da adega, algumas latas de cerveja e de Coca-Cola do Saloon — anotando no inventário do estoque, colocando os itens na sua conta pessoal.

Pegaria café na Mercearia Longbow e, apesar de duvidar que precisariam, alguns petiscos.

Havia acabado de guardar as coisas numa bolsa de pano na sua sala e começara a trabalhar quando Jessica entrou.

— Achei que você não fosse chegar tão cedo.

— A ideia é sair cedo também. Tenho um encontro.

— Ora, ora. — Tomando isso como um convite, Jessica se aproximou, apoiou um lado do quadril na escrivaninha. — Com quem, onde e como?

— Callen Skinner, vamos jantar e dançar no Rebanho.

— Se o pessoal do escritório tivesse feito um bolão, eu apostaria em Cal. O que você vai vestir?

— Ainda não resolvi. Talvez eu o pegue desprevenido e coloque um vestido. Tenho alguns, sabe.

— É o primeiro encontro?

— Acho que podemos dizer que sim.

— Um vestido, com certeza. O Rebanho está na minha lista de recomendações para hóspedes que querem se aventurar fora do resort. É bem descontraído, né?

— É um lugar bom para comer um hambúrguer, tomar uma cerveja gelada, dançar nos fins de semana. Você ainda não foi lá?

— Não.

— Bem, deveria ir. É bom conhecer os lugares na sua lista, e esse é divertido.

— Ah, Jess, achei você. Desculpe, é melhor conversarmos depois? — Chelsea apareceu na porta de entrada.

— Pode ser agora.

— Eu só estou dizendo a Jessie que ela devia ir ao Rebanho num fim de semana desses.

— Você ainda não foi?

— Pelo visto, tenho um buraco na minha lista de atividades pessoais.

— Você devia ir — disse Chelsea. — É divertido. A comida é boa. Não tão boa quanto a daqui, mas gostosa. E a música é sempre de uma banda local. É um bom lugar para curtir a noite se você não quiser ir até Missoula.

— Onde? — perguntou Rory ao entrar na sala.

— O que você está fazendo aqui? — quis saber Bodine. — Hoje é seu dia de folga.

— O casamento de Carlou. Carlou Pritchett. Fui convidado; então resolvi vir ajudar com o evento. Onde é um bom lugar?

— Nós estávamos falando sobre o Rebanho. — Chelsea jogou o cabelo para trás devagar, de um jeito sutil. — Jess ainda não foi lá.

— Bem, você precisa ir. Os Bitterroots vão tocar hoje.

— Ah, eu adoro os Bitterroots! — Chelsea acrescentou piscadelas rápidas e sensuais à jogada de cabelo. — Eu me acabo de dançar nos shows deles.

Agora, Rory abriu um sorriso charmoso.

— Então vamos. É um casamento simples, à tarde. Vai acabar cedo.

— Ah, bem, eu queria...

Recostando-se na cadeira, Bodine observou o irmão esperto fechar negócio.

— Vamos todos. Nos divertir um pouco. Ora, podemos chamar Cal e Chase também. Vamos, Jessie, não tem opção melhor do que o Rebanho e os Bitterroots numa noite de sábado.

— Não tenho certeza de que...

— Ah, venha com a gente, Jess — insistiu Chelsea. — Vamos numa festa sem ter que planejar ou trabalhar.

— A gente ensina umas coreografias para ela. — Rory empurrou Chelsea com o ombro, fazendo-a rir.

Enquanto os dois saíram da sala, planejando o evento, Jessica lançou um olhar assustado para Bodine.

— Não pense duas vezes — assegurou a amiga. — Vai ser divertido.

— Mas agora vai ter um monte de gente no meio do seu encontro.

Bodine simplesmente deu de ombros.

— Pegaremos uma mesa maior. Ela esqueceu o que veio falar. É a mágica de Rory Longbow.

— Vou descobrir. Sério, Bo, posso explicar a eles que você e Cal têm um encontro.

— Não. — Horrorizada, Bodine ergueu as mãos, mostrando as palmas. — Um não do tamanho de Montana. Isso tornaria as coisas importantes demais, que é algo que gosto de evitar com a minha família. E a verdade é que faz meses que não vou ao Rebanho com Chase e Rory. Já está na hora. Prepare-se para uma farra ao estilo de Montana.

Depois de expulsar Jessica da sala, Bodine mandou uma mensagem para Callen.

Ficaram sabendo do Rebanho. A reserva de dois aumentou para seis. Mais parceiros de dança. Mas não faça planos para depois do fim da festa. Eu já fiz.

Minutos depois, ele respondeu.

Não me incomodo com o pessoal. Antes do fim da festa.

— Ótimo — disse Bodine em voz alta, e então escreveu um lembrete para ligar para o gerente do Rebanho na hora do almoço e convencê-lo a reservar uma mesa para seis.

CALLEN CHEGOU EM CASA mais tarde do que planejara, mas com tempo suficiente para tomar um banho, tirar o cheiro de cavalos e vestir algo limpo. Ele podia até ter se planejado para uma noite íntima com jantar, conversas e dança — e o que mais pudesse acontecer depois —, mas crescera aprendendo a ajustar planos e expectativas.

Além do mais, do seu ponto de vista, o clima de festa tiraria um pouco da pressão do que aconteceria no fim da noite.

Bodine dissera que tinha planos. Pelo jeito como deixaram as coisas, ele tinha uma ótima noção de qual seria o foco desses planos.

Naquela manhã, Callen se dera ao trabalho de trocar a roupa de cama. Uma coisa era certa: se os seus planos dessem certo, não passaria sua primeira noite com Bodine no quarto da casa da família dela.

Seria desrespeitoso.

Ele entrou na cabana, deu uma olhada ao redor. Além da roupa de cama, que já fora trocada, não tinha mais nada que precisasse fazer antes de trazer uma moça para casa. Sabia manter um espaço pequeno limpo: lavava a louça depois que comia e pendurava as roupas.

A cerveja pós-trabalho foi ignorada. Ele beberia umas duas no Rebanho, e, como estaria dirigindo, seriam só duas mesmo. Enquanto seguia para o chuveiro, tirou o telefone que tocava do bolso, olhou o visor.

— Oi, mãe. Claro que tenho um minuto. Tenho vários.

Callen ouviu enquanto tirava o casaco, a bandana presa ao pescoço. Jogou o chapéu sobre a cadeira, passou a mão pelo cabelo.

Ela não pedia muita coisa, nunca pedira. Um filho não poderia recusar algo, mesmo quando aceitar o faria ser encoberto por um nevoeiro.

— Tenho tempo na segunda. Posso buscá-la às quatro, se der, e levá-la ao cemitério. Que tal jantarmos depois? Ora, por que seria trabalho levar a minha mãe para jantar? Se Savannah e Justin quiserem ir, é por minha conta. O pimpolho também. — Ele desabotoou a camisa enquanto a mãe falava. — Não, não tem problema. Só nós dois, então. Como ela está? O próximo já vai sair do forno.

Ele sentou, tirou as botas enquanto a mãe tagarelava sobre a filha grávida. Quando ela acabou e lhe agradeceu uma última vez, Callen deixou o telefone de lado.

Ela não pedia muita coisa, nunca pedira, pensou ele de novo. Então a levaria para visitar o túmulo do marido. Ele jamais conseguiria entender o amor e a devoção da mãe por um homem que perdera a vida, que perdera a vida da família, no jogo, mas a levaria para deixar suas flores e fazer suas orações — e guardaria seus pensamentos para si.

Callen reconsiderou a cerveja; então balançou a cabeça. Pegar uma agora seria uma fraqueza, não um desejo. Tirando a calça, seguiu para o chuveiro no banheiro minúsculo.

E lembrou a si mesmo que aquela noite e Bodine estavam muito mais próximos de acontecer do que segunda-feira e o cemitério.

Mais ou menos na mesma hora que Callen saía do banho e Bodine estava parada diante do espelho, analisando o vestido que escolhera, Esther, que esquecera Alice, colocava um pano tão gelado quanto possível no queixo machucado.

Ela já chorara um pouco, sabia que talvez chorasse de novo, mas o frio ajudava a diminuir a dor.

O senhor estava tão irritado. Ela o escutara berrando, e alguém berrara de volta antes de ele vir atacá-la. A limpeza ainda não tinha sido terminada, e isso o irritara ainda mais. Já fazia tempo que ele não a machucava, mas o fizera naquele momento, arrastando-a pelos cabelos, batendo em seu rosto, socando sua barriga, tomando seus direitos matrimoniais de forma agressiva, maldosa — mais do que o normal.

Alguém o irritara — parte de Esther sabia disso, mas as outras partes, há tanto tempo doutrinadas, culpavam a si mesma.

Ela não terminara a limpeza. Apesar de o seu relógio interno e da faixa de sol que passava pela janelinha indicarem que ainda faltavam horas para o horário normal das visitas. Sua casa não estivera em ordem. A casa que ele provera.

O castigo fora merecido.

Agora, ele fora embora; ela ouvira a picape partir, assim como ouvira alguém — a pessoa que berrara de volta — ir embora segundos antes de o senhor aparecer ali.

O rosto dele estava vermelho de irritação; os olhos, escuros e maldosos. As mãos, agressivas e cruéis.

E aquele era o dia da semana em que ela passava uma hora sentada lá fora, no ar fresco, sem trabalhar, quando tinha permissão de descansar e ver o pôr do sol.

Esther olhou com tristeza para a porta, a porta que ele batera ao sair, xingando-a por ser uma vagabunda preguiçosa. Apesar de seu rosto, sua barriga e aquilo que ele tomara com tanta força doerem, ela terminara a limpeza, usando a água que esfriara e que fora jogada no chão.

O senhor derrubara o balde. Ou ela derrubara. Era mais provável que tivesse sido ela, pois era desastrada, preguiçosa e ingrata.

Esther disse a si mesma para fazer um chá, ler a Bíblia, pagar penitência por seus pecados, mas seus olhos se encheram de lágrimas ao fitar a porta.

Era egoísta de sua parte desejar sua hora lá fora, desejar sentar para observar o céu se encher de cor, talvez até ver uma estrela ou outra surgirem. Egoísta, porque não fizera por merecer.

Mesmo assim, foi até a porta, passou os dedos pela madeira, apoiou a bochecha quente nela. Se prestasse bastante atenção, conseguiria ouvir os pássaros cantando, mas não o ar passando pelas árvores, da forma como escutaria do outro lado.

O ar frio contra sua bochecha aliviaria a dor e acalmaria seu coração.

Esther só percebeu que tocou a maçaneta quando ela mexeu.

Aterrorizada, deu um pulo para trás com o susto. A maçaneta nunca se mexia. Nem mesmo quando a limpava.

Lentamente, Esther esticou a mão, tocou-a novamente, só uma leve pressão. O metal moveu de novo, fez o clique que precedia as visitas do senhor.

Com a respiração acelerada, ela puxou.

A porta abriu.

Cega por um momento, Esther viu o senhor parado lá, os punhos erguidos para lhe castigar por tomar tais liberdades. Ela se encolheu, levantando as mãos para proteger o rosto.

Mas o golpe não veio. Quando baixou os braços, olhou em volta. Esther não viu ninguém, nem mesmo o senhor.

O ar se moveu ao seu redor, praticamente a puxou para fora.

Esther deu um pulo quando a porta se fechou às suas costas, jogou-se contra ela, abriu-a de novo, correu de volta para dentro. Com o coração disparado, caiu de joelhos, rezou baixinho.

Mas a tentação era tão forte, o ar era tão doce, e ela se arrastou de volta, abriu a porta mais uma vez.

Levantou-se lentamente. Será que o senhor a deixara aberta de propósito? Como uma recompensa? Um teste?

Esther olhou na direção do pedaço coberto de neve onde, na primavera, cuidaria da horta. Perto dali, o cachorro dormia sob uma cobertura de toras de madeira inclinadas.

Ela deu dois passos, esperou.

Algumas galinhas magricelas ciscavam pelo galinheiro, a velha vaca ruminava. O cavalo com lordose dormia em pé.

Esther não viu mais vivalma. Mas escutou os pássaros, sentiu o ar passando pelas árvores, e, com desleixo, deu mais um passo pelo caminho limpo que levava de sua casa à do senhor.

Seguiu em frente, simplesmente confusa, esquecendo o ataque, as dores, em meio à felicidade pura que era estar lá fora, livre da corda, capaz de caminhar em qualquer direção.

Inclinando-se para baixo, ela pegou um pouco de neve na mão desnuda, esfregou-a contra o rosto. Ah, como era gostoso!

Esther pegou mais um pouco, lambeu. O som que saiu de sua garganta era tão estranho que não sabia como o emitira. Não sabia que ria.

Mas o cachorro ouviu e acordou com um latido feroz, pulando em sua direção. O medo a fez sair correndo, mancando. Correu até seus pulmões queimarem, até aqueles latidos horrorosos sumirem. O esforço a cansou, e ela cambaleou, o corpo caindo na neve.

Arfando, ela girou, encarando o céu através das árvores, ainda deitada, e observou admirada o formato das nuvens, como os galhos as atravessavam.

Algo foi acionado em alguma parte do seu cérebro, uma memória oculta que a fez mover os braços, as pernas, rindo de novo da sensação.

Quando se levantou e olhou para baixo, viu um anjo na neve. Ele parecia apontar para oeste. Sim, oeste, onde o sol se punha.

O senhor iria querer que ela obedecesse ao anjo.

Em seu longo vestido de algodão e chinelos de pano, Esther foi mancando para o oeste.

Enquanto procurava por outros anjos, o céu começou a queimar em tons de vermelho, a se mesclar em tons de roxo, a brilhar em tons de dourado. Fascinada, ela seguiu em frente. O som da neve pingando dos galhos parecia música. Música dos anjos, guiando seu caminho. E então chegou num lugar onde pedrinhas — *cascalho*, disse sua memória — atravessavam a neve.

Ela não notou quando o cascalho virou terra, quando a estrada se bifurcou. Viu um passarinho e, hipnotizada, seguiu por um tempo na mesma direção que ele.

Pássaros voavam, assim como os anjos.

O ar ficou frio, muito frio, quando o sol desapareceu. Mas a lua iluminava o céu. Então ela seguiu em frente, sorrindo para o alto.

Pulando pela estrada, cervos surgiram. Uma pequena manada. Esther cambaleou para trás, o coração disparando novamente enquanto os olhos deles — amarelos contra a escuridão — brilhavam.

Demônios? Os olhos dos demônios eram amarelos.

Com um choque repentino, ela percebeu que não sabia onde estava, não sabia em que direção ficava sua casa.

Era preciso voltar, voltar e fechar a porta que jamais deveria ter aberto.

O senhor ficaria tão irritado. Irritado o suficiente para bater em suas costas com o cinto, como fazia para ensiná-la a obedecer.

Num ataque de pânico — Esther sentia a dor do cinto acertando suas costas —, ela correu. Correu com uma perna que se arrastava atrás da outra, com pés dormentes. Quando escorregou e caiu, seus joelhos arderam, as palmas de suas mãos sangraram.

Precisava voltar para casa, pagar penitência por aquele grave pecado.

Lágrimas escorriam por suas bochechas; a respiração saía com dificuldade dos pulmões, até que, tonta e fraca, ela precisou fazer uma pausa, esperar a cabeça parar de girar.

Então voltou a correr. Andou, correu, mancou, perdida na própria mente, perdida no desespero, caiu novamente no cascalho. De joelhos, notou que o chão agora era liso. Uma estrada. Ela se lembrava de estradas. As pessoas viajavam em estradas. Estradas a levariam de volta para casa.

Com a esperança inundando seu peito, Esther seguiu mancando, com o sangue dos joelhos ralados escorrendo pelas pernas. A estrada a levaria para casa. Ela faria um chá, leria a Bíblia e esperaria o senhor voltar.

Não contaria que ele deixara a porta aberta. Isso não seria pecado. Contar seria desrespeitoso, decidiu. Seria insinuar que ele cometera um erro.

Ela faria um chá e deixaria o líquido aquecê-la; esqueceria o anjo na neve e o pássaro no céu. Sua casa, a casa que o senhor provera, era tudo de que precisava.

Mas Esther caminhou mais e mais, sem encontrá-la. Caminhou mais e mais, até as pernas se dobrarem, até a cabeça começar a girar de novo. Ela podia descansar mais um pouco, só por um minuto. Descansaria, e depois encontraria sua casa.

Mas, antes de conseguir fazer isso, a lua começou a dar voltas e voltas no céu. Deu voltas até cair e desaparecer, deixando Esther na escuridão.

Parte Três

Um Pôr do Sol

Há pores do sol que dançam em despedida.
Eles agitam lenços em meios arcos,
Depois pelo arco inteiro, depois através do arco.
Fitas penduradas nas orelhas, faixas na cintura,
Dançando, dançando em despedida. E então o sono
Se remexe um pouco com os sonhos.

— Carl Sandburg

Capítulo 15

♦ ♦ ♦ ♦

O Rebanho, um celeiro enorme convertido em bar, era um lugar simples. Música ao vivo nos sábados à noite — e às vezes nas sextas — de novembro até o 1º de maio. De maio a novembro, havia o acréscimo das noites de karaokê às quartas-feiras.

Fora isso, o barman-chefe deixava músicas tocando para quem quer que estivesse aboletado num banco no bar ou comendo nachos ou hambúrguer numa das mesas.

O gênero musical era basicamente country, com variações ocasionais. Rock não era muito popular, apesar de ser tolerado em doses homeopáticas.

Callen crescera ouvindo aquelas músicas, com seus lamentos, suas histórias. Mas seu gosto musical se tornara mais abrangente com suas viagens.

Apesar disso, depois de ter dado uma olhada nas pernas de Bodine, pouco lhe importaria se a banda começasse a tocar disco music naquela noite.

Elas eram tão maravilhosas quanto ele imaginara.

O vestido tinha um decote que acabava pouco acima dos seios, estreitava-se na cintura e então se abria acima dos belos joelhos.

Callen sempre gostara de mulheres com joelhos bonitos, apesar de não saber por quê.

Demorou um pouco até notar a cor por cima do que o vestido cobria, mas gostou do azul alegre com aqueles pequenos redemoinhos de rosa e verde. E da forma como ela arrematara tudo com botas num tom de verde que combinava.

O cabelo estava solto, longo e comprido sobre os ombros.

Callen não achou ruim que tivessem chegado primeiro, tendo a oportunidade de tomar uma cerveja antes de os outros aparecerem. Não quando podia aproveitar para dar em cima dela.

— Acho que não te vejo num vestido desde que você tinha uns 14 anos. Num casamento, acho. De um dos seus primos.

— Deve ter sido no de Corey, se eu tinha mesmo essa idade. E devia ter mesmo. Depois disso, mamãe não podia mais vetar minhas escolhas de roupas.

— Esse aí ficou melhor em você do que aquele.

— A puberdade demorou um pouco para aparecer para mim, mas ela veio. Você também melhorou.

Callen vestia calça jeans e uma camisa xadrez que fazia seus olhos parecerem mais azuis. Ele não cheirava a cavalos hoje, mas à floresta, o que era quase tão bom.

— Eu queria agradecer, antes que Rory e os outros cheguem, por você não ter se irritado, ou por não parecer irritado, por eles virem. Acabou acontecendo.

— Não estou irritado. Eu gosto de todo mundo que virá. Não conheço Chelsea muito bem, mas ela parece legal.

— Rory está de olho nela, e parece ser mútuo.

— Eu não a conheço bem, mas já a vi por aí. Não me surpreende Rory estar interessado nela.

— E como eu acho que Jessica e Chase estão enrolando um ao outro, podemos considerar a noite de hoje como um encontro triplo.

— Se tratando de Chase, essa enrolação pode durar por mais cinco... dez anos.

— Se continuar interessada, acho que Jessie não vai deixar chegar a tanto.

— Boa sorte para ela — desejou Callen. — E nós dois, Bo, vamos parar de enrolar.

— Ora, ora, olá, Bo! Faz semanas que não vejo você. — Uma garçonete parou diante da mesa, deu um apertão rápido no ombro de Bodine. — Vocês vão jantar? Tem mais gente vindo, não é? Que tal eu deixar uns cardápios aqui para... — Ela se virou para Callen, analisando-o. Seus olhos se arregalaram. — Callen Skinner! Eu fiquei sabendo que estava de volta, mas não vi nem sinal de você. — Ela se inclinou para a frente e lhe deu um beijo na boca. — Bem-vindo de volta!

— Obrigado. É bom estar de volta. — O cérebro dele fez uma busca desesperada por arquivos antigos para associar um nome ao rosto.

— Um dia desses, quero ouvir suas histórias de Hollywood. Deve ter sido tão divertido. Ora, quem iria imaginar naquela época em que andávamos por aí na sua picape velha, que você viraria amigo de estrelas de cinema? Conheceu Brad Pitt?

— Infelizmente, não.

— Aposto que você não sabe que Darlie se casou, sabe, Callen? Agora ela não é mais Darlie Jenner, mas Darlie Utz — Bo entrou na conversa.

— Que nem aquela marca de batatas fritas — disse Darlie com uma risada. — Embora, se nós fossemos os donos, eu não estaria trabalhando no Rebanho. Está bem, Lester, pelo amor de Deus! Já te vi. Estou conversando com um velho amigo. Então espere um pouco. — Ela se virou de volta para os dois depois de brigar com um cliente habitual que demonstrava impaciência, sorrindo radiante para Callen. — Faz três anos que estou casada, e temos uma menina.

— Parabéns, Darlie! Como vai o seu irmão? Andy continua no Exército?

— Continua. Agora é sargento. Temos muito orgulho dele.

— Da próxima vez que encontrá-lo, diga que sou grato por tudo que faz por nós.

— Pode deixar. Tenho que ir ver o que Leslie quer. Podem olhar os cardápios com calma. Querem que eu traga outra rodada quando voltar?

— Vamos esperar pelos outros. Obrigada, Darlie.

— E obrigado pela ajuda — disse Callen quando a garçonete seguiu para Lester. — Eu não conseguia me lembrar do nome dela. Nós saímos algumas vezes, mas o nome fugiu.

— Ela parou de pintar o cabelo de louro e passou a pintar de vermelho, e agora os cacheia até que fiquem como uma mola. Não estou sendo maldosa, só quero dizer que Darlie está diferente do que era quando tinha seus 16, 17 anos. O marido dela é bombeiro paraquedista.

Callen pensou nos combatentes que treinavam ali perto e apagavam incêndios florestais o ano inteiro.

— Eu devia ter agradecido a ele também. — Callen deu um tapinha no cardápio. — Você está com fome?

Bodine apoiou o queixo na palma da mão e lançou um sorriso diretamente para ele.

— Passei o dia inteiro com fome.

— Você está me matando, Bodine.

— Skinner, eu ainda nem comecei. Ah! — Ela se empertigou, acenou antes de Callen conseguir puxá-la para perto, começar as coisas por conta própria. — Rory chegou. E trouxe Jessica e Chelsea. Não me diga que Chase deu para trás.

Callen levantou enquanto o homem mais jovem guiava as mulheres para a mesa.

— Vocês querem mais? — Rory gesticulou para as cervejas enquanto tirava o casaco. — Vou pedir nossas bebidas no bar.

— Acho que não.

Callen assentiu com a cabeça para Bodine.

— Não.

— Já volto — disse Rory.

— Vou com você. — Jogando o casaco de lado, Chelsea o seguiu.

— Eu não imaginava que o lugar era tão grande. — Jessica olhou ao redor enquanto Callen a ajudava a tirar o casaco. — Acho que é o maior bar que já vi.

— Tem várias cervejas — disse Bodine. — Muitas locais. O vinho? — Ela balançou a mão no ar para sinalizar que era mais ou menos.

— Que bom que pedi uma margarita de mirtilo. Aprendi a apreciar esse drinque. Sabe, acho que podemos criar uma parceria com este lugar.

— Hoje, não. — Bodine bateu no braço da amiga. — Nada de trabalho no Rebanho.

— Certo.

— E Chase?

— Ah, Rory, que insistiu em me buscar, disse... Ah, sim. Chase falou que precisava terminar umas coisas e para pedirmos um Brilho Verde e o Hambúrguer Especial de Sábado se começássemos antes de ele chegar. O que são essas coisas?

— Uma cerveja local e um hambúrguer de búfalo com bacon, queijo Monterrey Jack apimentado e molho jalapeño — explicou a amiga. — Chase tem um fraco por eles. Como você vai dançar com esses sapatos?

Jessica olhou para os saltos vermelho-fogo.

— Com muita elegância.

— Eu gostei. — Callen olhou para elas com malícia e piscou. — Como foi o casamento?

— Sem problemas. A noiva usou um vestido de renda com os ombros à mostra e franjas na bainha, botas brancas e um chapéu de caubói branco cravejado de cristais. A decoração foi, bem, um exagero country, com ferraduras prateadas, flores silvestres dentro de botas e chapéus de caubói servindo de vasos. Mais botas nas mesas como copos de shot, bandanas como guardanapos, toalhas de mesa de juta. O bolo foi coberto com pasta americana imitando couro de vaca, e no topo estavam bonequinhos do casal sentados num cavalo. Até que ficou bom.

— Eu ia gostar de tomar um shot num copo de bota — disse Callen.

— Bem, posso ver se sobrou algum. — Jessica deu uma olhada no cardápio enquanto falava. — O que são Nachos Escandalosos?

— Eles fazem todo mundo suar — explicou Bodine. — Boa ideia. Vamos pedir um para a mesa.

— Não estou encontrando as saladas.

Por um ou dois segundos, Bodine a encarou; então jogou a cabeça para trás e soltou uma gargalhada.

— Jessie, você veio aqui atrás de carne vermelha, pimenta, cerveja e música. Pode até ter coelho no cardápio, mas não comida de coelho. — Ela sorriu enquanto Rory e Chelsea voltavam com as bebidas. — Beba um pouco. Tudo vai descer mais fácil. — Então, chamou Darlie e pediu uma porção grande de Nachos Escandalosos.

Quando Chase finalmente chegou, os nachos eram coisa do passado — apesar de Jessica achar que eles ficariam entranhados para sempre no seu estômago —, e o jantar tinha sido pedido.

— Desculpe, eu estava ocupado.

— Você perdeu os nachos. E eles continuam tão potentes quanto eu lembrava. — Callen ergueu a cerveja que continuava a bebericar. — O jantar já vai chegar.

— Estou pronto para ele. A casa está cheia.

A maioria dos bancos no bar já fora ocupada. Algumas mesas continuavam vazias; no entanto, havia tanta gente comendo, bebendo e falando que o barulho superava a playlist do barman.

A banda só subiria ao palco dali a uma hora, mas os dançarinos já ocupavam a pista de dança. O grande quadrado de madeira exibia manchas de inúmeras cervejas derrubadas e a infame marca desbotada, quase no centro, de sangue de uma briga — por causa de uma mulher, segundo a lenda — quase uma década antes.

Os dançarinos giravam sob luzes que saíam de três rodas de carroça enormes. Quando a banda começasse a tocar, o barman-chefe — o capitão do navio —, diminuiria a intensidade delas que no momento brilhavam como o sol de meio-dia.

Callen podia até ter imaginado que a noite seria diferente, mas era incapaz de encontrar qualquer defeito no fato de estar sentado a uma mesa cheia, grudado aos amigos — perto o suficiente de Bodine para sentir o cheiro de seu cabelo quando ela virava a cabeça.

Nos anos que passara fora, ele frequentara lugares não muito diferentes do Rebanho, bebendo com amigos e paquerando mulheres com cabelos cheirosos.

Mas sabia, sem qualquer resquício de dúvida, que, para ele, não havia lugar como o próprio lar.

O assunto da conversa não era importante, e, com Rory à mesa, nunca havia silêncio, mas o foco logo se voltou para Callen e sua experiência em Hollywood.

— Tive bons momentos — respondeu ele quando Chelsea, com os olhos um pouco arregalados, perguntou se aquela fase tinha sido divertida, glamorosa. — Eu passava a maior parte do tempo com os cavalos, mas tive bons momentos.

— Não muitos — interferiu Bodine —, já que nunca conheceu Brad Pitt.

— Nunca.

Rory apontou para ele.

— Melhor encontro feminino. Categoria estrela de cinema.

— Bem, essa é fácil. Charlize Theron.

Agora, era Rory quem estava de olhos arregalados.

— Não brinca. Você conheceu Charlize Theron?

— Conheci. *Um milhão de maneiras de pegar na pistola,* um filme de Seth MacFarlane. O sujeito é engraçado.

— Dane-se MacFarlane. Você conheceu Charlize Theron. Como ela é? Chegou a tocar nela?

— É bonita, inteligente, interessante. Talvez eu tenha encostado nela em algum momento. No geral, conversamos sobre cavalos. Ela leva jeito com eles.

— Antes de Rory ter uma crise histérica. — Bodine engoliu o último pedaço do hambúrguer. — Melhor encontro masculino, mesma categoria.

— Essa também é fácil. Sam Elliott. Não vou dizer que ele é bonito, mas é inteligente e interessante. E nunca vi um ator montar tão bem num cavalo.

— "Eu ainda tenho um braço bom para te segurar."

Jessica se virou para Chase e a famosa voz grave.

— Você falou igualzinho a ele. De onde saiu essa fala?

— *Tombstone, a justiça está chegando.* Virgil Earp.

— Ele sabe um monte de falas — alegou Rory. — Imite Val Kilmer, Chase. Imite Doc Holliday.

Com um meio sorriso, Chase deu de ombros.

— "Eu sou o mirtilo" — disse num sotaque sulista arrastado.

— O que isso quer dizer?

Chase a encarou.

— No geral, significa que eu sou o seu homem.

Ele afastou o olhar de novo, pegou a cerveja.

— Então é um idioma romântico.

Ao mesmo tempo que Rory ria, Chase se virou para ela.

— Ah, acho que Doc não tinha nenhum sentimento romântico por Wyatt Earp. Você nunca assistiu a *Tombstone*?

— Não. — Agora, o olhar de Jessica percorreu a mesa e as expressões divertidas ou chocadas. — Ih, estou prestes a ser expulsa daqui?

— Você devia assistir. — Foi tudo que Chase conseguiu dizer.

Quando a mesa toda começou a perguntar que filmes de faroeste ela já assistira, Jessica testemunhou o repertório de Chase de imitações, de John Wayne a Alan Rickman.

Por mais divertido que aquilo fosse, ficou aliviada quando a banda subiu ao palco — sob uma salva de palmas e gritos —, terminando a inquisição.

A primeira música era tão desconhecida para ela quanto as citações de *Contratado para matar.*

— Vamos lá. — Rory agarrou a mão de Chelsea e a levou girando para a pista de dança.

— Eu disse que te levaria para dançar. — Callen se levantou, oferecendo a mão para Bodine.

— Vamos ver se você realmente é bom nisso.

Ele era muito bom. Callen a segurava com firmeza, movendo-se junto com ela, contra ela, num prelúdio do que ambos sabiam que estava por vir. Bodine riu, girando com facilidade quando ele a rodou, depois lhe dando um gostinho de suas próprias habilidades ao virar e pressionar as costas contra a frente dele, ondulando-se.

— Você aprendeu uns passos novos — disse Callen em seu ouvido.

Ela jogou a cabeça para trás, de forma que seus lábios praticamente se tocassem.

— Aprendi um monte.

Bodine girou de novo, deixou-se ser puxada para perto, e passou um braço ao redor do pescoço dele enquanto acompanhava seu ritmo.

— Eu percebi. O que foi que você andou aprontando enquanto eu estava fora, Bodine?

— Eu pratiquei.

Na mesa, Jessica observava os dançarinos. Muitos passos, giros e o que ela imaginava serem corridinhas. Quando Bodine e Callen faziam todas essas coisas, os gestos tinham um ar sexual.

Ela nunca pensara que dançar música country podia ser sensual.

Quando o início da segunda música emendou no fim da primeira, Chase limpou a garganta.

— Eu não sou dos melhores dançarinos.

Jessica se virou para ele.

— Isso nos colocaria no mesmo patamar, porque nunca dancei assim antes. Pode me ensinar um pouco?

— Ah... posso tentar. — Ele se levantou e pegou a mão dela. — Você provavelmente vai precisar de outro drinque depois que terminarmos.

— Vou arriscar. — Quando chegaram à pista de dança, Jessica se virou e colocou a mão no ombro dele. — Certo?

— Isso, e... — Chase passou um braço ao redor da cintura dela. — Agora a gente meio que... Você consegue andar para trás com esses sapatos?

— Eu consigo correr de costas com eles. E... — Jessica tomou a iniciativa, ergueu as mãos entrelaçadas deles, girou e voltou a ficar de frente para ele. — Sem problema.

— Você já é melhor que eu.

Ela sorriu. Eles não pareciam estar tendo dificuldade em se mover pela pista.

— Eu posso te ensinar se você quiser.

NA MESMA HORA em que as mulheres ocupavam a pista ao som de "Save a Horse (Ride a Cowboy)" e Jessica aprendia — ou tentava aprender — sua primeira coreografia country, Jolene e Vance Lubbock voltavam para casa.

Os dois tinham saído para a sua noite sem filhos — um evento que acontecia uma vez na vida e outra na morte. A programação consistira em um jantar tranquilo — algo do qual se lembravam vagamente de uma época antes de terem três filhos em menos de seis anos — e um filme que não tivesse nenhum tipo de animação ou animais falantes.

No caminho, Jolene chegara à conclusão do que realmente queria fazer naquelas quatro horas preciosas pelas quais pagaram a babá. Mandara Vance entrar e sair da estrada interestadual e pegar um quarto num hotel.

Ele não tinha reclamado.

Pela primeira vez em mais de um ano, os dois tiveram uma noite de sexo frenético, acordado e ininterrupto. Duas vezes.

E então uma terceira depois que Vance retornou de sua expedição à lanchonete ao lado para comprar comida.

Apesar de não terem disposição para a quarta, tomaram um banho quente e demorado juntos sem que ninguém chamasse pela mamãe ou pelo papai.

Os dois voltavam para casa num estado de felicidade sonhadora, jurando que a Noite de Sexo em um Motel seria um evento regular.

— Vamos nos esforçar mais. — Estava tão relaxada que se perguntava como ainda não havia deslizado pelo banco. Jolene sorriu para o pai de seus filhos, lembrando por que se casara com ele.

— Da próxima vez, levaremos uma garrafa de vinho. — Vance beijou sua mão.

— E uma lingerie sensual.

— Ah, querida!

Jolene riu, suspirando.

— Eu amo nossos filhos, Vance. Não consigo imaginar a vida sem eles. Mas, meu Deus, ter algumas horas sem ter a prioridade de ser a mamãe? Uma vez por mês. Podemos fazer isso uma vez por mês.

— Está combinado.

Vance beijou a mão dela de novo, completa e loucamente apaixonado pela esposa. Foi quando viu um vulto cinza caído no acostamento. Supôs que fosse um animal morto. Já tinha passado por ele quando seu cérebro registrou o que seus olhos diziam.

— Vance!

— Eu sei, eu sei. Espere. — Ele pisou no freio, deu marcha a ré.

— É uma mulher. Juro que é uma mulher.

— Estou vendo. Estou vendo. — Vance parou o carro no acostamento. — Fique aqui.

— Mas não vou ficar mesmo! — Jolene abriu a porta antes mesmo de ele ligar o pisca-alerta. — Meu Deus, Vance, ela está congelando. Pegue o cobertor no porta-malas.

— Vou ligar para a emergência.

— Pegue o cobertor primeiro. Ela tem batimentos cardíacos. Está viva, querido, mas congelando. Não consigo ver se está machucada. Ela está com uns arranhões horríveis. E parece que bateu com a cabeça. Ou bateram nela.

Vance jogou o cobertor para a esposa, pegou os sinalizadores.

— Vou chamar uma ambulância.

Jolene tentou aquecer as mãos geladas com as suas, olhou para o marido, iluminado pela luz vermelha do sinalizador.

— Peça para a polícia vir também.

Pouco depois de meia-noite, os Lubbock deram seu depoimento ao policial de plantão enquanto os paramédicos colocavam a mulher inconsciente numa ambulância.

Chase deu uma carona para Jessica até em casa. A ideia fora de Rory, pensou ela, não porque queria juntar os dois, mas porque — obviamente — pretendia passar o máximo de tempo possível com Chelsea.

— Imagino que vão fechar o bar. Seu irmão e Chelsea.

— Rory tem o costume de só ir embora das festas quando é forçado.

— Obrigada por me trazer em casa. Eu não aguento o ritmo deles.

— Ah, imagina. — Chase lhe lançou um olhar de esguelha. — Você parece ter se divertido.

— Eu me diverti muito. Aprendi duas coreografias, dancei com um homem chamado Gostosão e comi Nachos Escandalosos.

— Bem diferente das festas com as quais você está acostumada.

— Nem me fale.

— O que você faria numa noite assim se estivesse em casa?

— Em Nova York? — Fechando os olhos, Jessica refletiu. — Eu provavelmente jantaria num restaurante de comida asiática com amigos do trabalho, depois iria para alguma boate que tocasse techno, onde um martíni custaria tanto quanto duas rodadas de hoje. Dançaria com homens desconhecidos, fingiria me interessar por seus empregos ou seus problemas com a ex e depois pegaria um táxi de volta para casa.

— O que é techno?

Completamente encantada, encantada até o último fio de cabelo, ela sorriu para Chase.

— Música eletrônica. O que você faria numa noite em que não fosse para o Rebanho?

— Ah, acho que não sou muito de sair. Mas gosto de ir ao cinema.

— Filmes de faroeste.

— Não só filmes de faroeste. Gosto de filmes. Fui visitar Cal há dois anos, e ele me levou num set de filmagem. Tipo um cenário externo. Não de faroeste, mas um filme de época em que a mulher tenta manter a fazenda depois que o marido morre. O nome era *Catorze acres*.

— Eu vi esse. É um bom filme.

— Você gosta de ir ao cinema? — perguntou ele enquanto estacionava diante do prédio dela no Vilarejo.

— Apesar dos poucos filmes de faroestes na minha lista, eu adoro ir ao cinema.

— Você devia assistir a *Tombstone*.

— Eu vou.

Chase a deixou encantada novamente ao sair da picape, dar a volta e abrir a porta para ela. Jessica pensou em dizer que não precisava ser acompanhada até a porta, mas queria que ele fizesse isso.

Os dois tinham passado a noite dançando, conversando e, a menos que o tivesse interpretado errado, dando em cima um do outro.

Ela podia ter sido uma mulher com regras rígidas sobre voltar para casa sozinha de táxi depois de uma noitada na boate. Mas o Rebanho não era uma boate. E Chase Longbow não era um desconhecido.

— Você já se ajeitou na casa nova?

— Chase, faz seis meses que estou aqui. Já me ajeitei há um tempo. — Jessica abriu a porta, se virou para ele. Tomou uma decisão. — Você não quer entrar e ver por si mesmo?

— Ah, não quero incomodar.

Ela ficou na ponta dos pés doloridos, roçou os lábios nos dele. Às vezes, uma mulher precisava tomar a iniciativa, pensou. E, agarrando a frente da camisa de Chase, o puxou.

Só levou uns dez segundos para a timidez dele desaparecer.

No caminho de volta para casa, Bodine esticou os braços, girou os ombros.

— Sua ideia foi ótima, Skinner. Sair para dançar, e jantar era exatamente o de que eu precisava.

— Tenho outras ideias.

— Aposto que elas também são ótimas. Você precisa entrar aqui, no resort.

— Esse é o caminho mais longo.

— Depende de para onde vamos.

Ele sabia para onde queria ir. Para aqueles lençóis limpos e cheirosos, com ela sob seu corpo, mas obedeceu.

— Acho que a escuridão e o silêncio podem ser muito bonitos. Vire à esquerda na próxima. Não sei como as pessoas conseguem dormir na cidade com tantas luzes e barulho.

— As cidades têm o seu lado bom.

Curiosa, Bodine o encarou.

— Você voltaria um dia?

— Odeio dizer que nunca, mas não vejo graça. Acho que senti falta da escuridão e do silêncio.

— Isso é algo que não falta aqui. Diminua e vire à esquerda ali.

— Aquilo não é uma estrada, Bo.

— Não, não é. Mas é um chalé. E veja só o que eu tenho aqui. — Ela pegou uma chave e a exibiu.

Callen olhou para a chave, olhou para ela.

— Você é uma mulher inteligente e interessante.

— Concordo.

Talvez Callen tivesse dado a volta para abrir a porta para ela, mas Bodine não lhe deu a oportunidade. Então ele pegou sua mão enquanto seguiam pelo caminho de cascalho, seguiam escada acima e chegavam à varanda.

— Fui inteligente o suficiente abastecendo o lugar com comida e bebida, para o caso de querermos alguma coisa, e café para amanhã, se decidirmos ficar.

— Cada vez mais interessante.

Bodine abriu a porta, acendeu a luz da sala de estar.

— Vou te mostrar a casa. — Ela jogou a chave de lado, depois o casaco. — Podemos começar com o quarto.

Callen a seguiu.

— Aqui no Resort Bodine oferecemos luxo rústico. Ofurô na varanda dos fundos, uma banheira enorme no banheiro, chuveiro com jatos de hidromassagem, lençóis de altíssima qualidade.

Os tais lençóis cobriam uma cama pronta para ser ocupada, com um dossel pesado e de frente para uma janela que ele imaginava ter uma bela vista de manhã.

— Cozinha completa, que podemos estocar mediante pedidos dos hóspedes, lareira à lenha, televisões de tela plana e, bem, tudo mais que torne a sua estadia memorável. Vamos ver o que podemos fazer para a nossa estadia ser memorável. Você pode começar tirando o meu vestido.

— É um vestido bonito. Passei a noite inteira pensando em tirá-lo.

— Não tem nada te impedindo.

Callen se aproximou, segurou o rosto dela e a beijou. Com gentileza no início, depois se tornando mais intenso quando Bodine agarrou seu quadril.

Como fizera na pista de dança, ele a girou, fazendo-a rir. Pressionou os lábios no ombro dela e abriu o zíper nas costas do vestido.

Costas longas e lisas, atravessadas por fina faixa de um azul-escuro.

Bodine tirou as botas enquanto o vestido deslizava para baixo.

Mais um pedaço longo de pele, curvas magras e sutis, outro pedaço de azul-marinho cobrindo parte do quadril estreito.

— Ora, olhe só para você.

— Você só quer olhar?

— Nem de longe, mas quero aproveitar por um instante. — Callen passou a ponta de um dedo pelo topo dos seios dela, sentiu-a estremecer. — Sim, você com certeza ficou mais bonita.

— Eu também quero olhar. — Bodine desabotoou a camisa dele, passando a ponta do dedo pela parte exposta da pele. — Você se mantém em forma.

— Eu me esforço.

Para ver por si mesma, ela afastou a camisa.

— Olhe só. — E usou as palmas agora, pressionando-as contra o peito duro, o abdômen trincado. — Olhe só para você. Antes, dava para contar suas costelas de longe.

Ela ergueu o olhar para ele com aquele sorriso malicioso e abriu o cinto.

— Bodine.

Enquanto sua calça jeans era desabotoada, Callen a puxou para si, atacou sua boca, sentiu o próprio corpo praticamente implodir quando ela enlaçou seu pescoço com os braços e sua cintura com as pernas.

E caíram na cama.

Um corpo quente sob lençóis frios. As mãos dela passando por suas costas, puxando sua calça jeans.

Callen tirou as botas com os pés, chutou-as para longe. E a ajudou com o jeans.

Bodine ergueu o quadril, pressionando-se contra o seu corpo até o desejo praticamente cegá-lo.

Ele lutou para acalmar a respiração, recuperar o controle.

— Foi uma noite cheia de preliminares.

Mãos impacientes puxaram sua cueca boxer.

— Vamos para o evento principal, Skinner. Agora. Ah, meu Deus, agora mesmo.

As mãos de Callen não estavam totalmente firmes quando tirou a calcinha dela, abriu o gancho do sutiã para poder provar aqueles seios tão, tão maravilhosos. Queria ter certeza de que Bodine ansiava por aquilo tanto quanto ele, só mais um minuto para fazê-la ansiar.

E então estava dentro dela, e jurou que seu mundo perdeu o prumo.

Bodine gemeu, não em choque, mas quase em triunfo. Suas mãos agarravam o quadril dele, apertando, pedindo por velocidade enquanto os dela acompanhavam o ritmo.

Callen precisou segurar as mãos dela sobre sua cabeça, pressioná-las, ou tudo acabaria antes de começar.

— Só um instante — conseguiu dizer. — Só um instante.

— Se você parar, eu te mato.

— Não vou parar. Seria impossível. Meu Deus, Bodine. — Sua boca passou pela garganta dela, pelos seios. — Onde estava tudo isto?

— Não consigo. — Ela sentiu a intensidade aumentar, indo além do seu controle, aquela tempestade crescente de prazer profundo, sensual, aquele instante ao qual se agarrou. — Não consigo.

A sensação a atravessou, linda, gloriosa, a onda de calor, a vibração dos tremores, a queda lenta e inacreditável.

— Meu Deus. Meu Deus. Não consigo respirar.

— Você está respirando — sussurrou ele, tornando a elevar os dois.

Callen lhe deu aquela velocidade que ela tanto queria, o poder que a acompanhava. Atordoada, quase delirante, Bodine ouviu o som rítmico de seus corpos batendo um contra o outro, viu que os olhos dele eram como as nuvens de um tornado — de um cinza bem, bem escuro, com riscos verdes.

Ele era a tempestade dentro dela.

Quando a chuva desabou, arrebatou os dois, e Bodine se permitiu ser levada.

Capítulo 16

♦ ♦ ♦ ♦

Os dois nunca abriram o vinho nem chegaram perto da cerveja. Quando a exaustão finalmente superou o desejo, Bodine adormeceu jogada em cima dele, com uma das mãos de Callen emaranhada em seu cabelo.

Ainda assim, seu relógio biológico a acordou antes do amanhecer. Com ou sem relógio, seu corpo parecia leve, quente, completamente usado. Os dois tinham mudado de posição nas poucas horas da noite em que não estiveram ativos, e Bodine, que nunca se considerara uma pessoa que gostava de dormir agarradinho, percebeu que estava grudada em Callen.

Ele cobria a cintura dela com um braço, e suas pernas estavam entrelaçadas, e ele não parecia ter se importado.

Ela fechou os olhos e, enroscada como uma gata, torceu para o sono voltar por mais uma hora.

Mas conseguia ouvir o coração dele batendo, lento e constante. Sentia o cheiro de sua pele. E lembrava exatamente como suas mãos — calejadas, duras e habilidosas — aprenderam e concretizaram todos os segredos que ela possuía.

Como o sono não voltaria, e já que não tinha certeza de que aguentaria outra rodada de sexo, ela se afastou e se levantou para começar o dia.

Callen sonhou com Bodine, com os dois deitados, nus, sobre um campo gramado. Pequenas flores brancas com formato de estrela estavam presas ao cabelo dela. Eles se mexiam lentamente, da forma como o desejo, a ganância e a impaciência não permitiram durante a noite. Mas, no prado, a doçura superava a pressa.

Ele observava o rosto de Bodine, a forma como aqueles olhos verdes escureciam quando se fixavam nos seus, a forma como a respiração dela suspirava. A forma como uma das mãos se erguia para tocar sua bochecha.

Chovia, então a grama brilhava, molhada, tão verde quanto os olhos dela.

Grama molhada, cabelo molhado, mulher molhada.

Callen acordou buscando-a na cama.

Confuso, ficou onde estava, analisando o tom da luz que lhe dizia que o nascer do sol ainda demoraria.

E a chuva no sonho? O som do chuveiro no banheiro ao lado.

O teor do sonho o surpreendeu e o envergonhou ainda mais. Era uma coisa ter sonhos eróticos, mas prados e flores com gotas de chuva? Isso era romântico demais.

Deixaria essa ideia de lado por enquanto.

Então ouviu o chuveiro ser desligado e, logo depois, a porta abrir.

— Hoje é domingo — disse Callen.

— Ah, você acordou. Pois é, hoje é domingo.

Ele a ouviu caminhar pelo quarto, viu sua silhueta na escuridão.

— Por que você não está na cama?

— Eu tenho um despertador interno. Às vezes, consigo desligá-lo; às vezes, não. Preciso de café. Pode voltar a dormir. Sei que você trabalha hoje, mas ainda tem algumas horas para ficar na cama. Só vou pegar sua camisa emprestada enquanto vou atrás do café.

Quando Bodine saiu do quarto, ele encarou o teto. Como um homem conseguiria dormir depois de um sonho romântico — mesmo que o tivesse deixado de lado? Ainda mais quando uma mulher tinha acabado de sair do banho cheirando a mel?

Quando a imaginava vestindo apenas a camisa dele.

Sexo frágil coisíssima nenhuma. As mulheres tinham todo o poder do mundo simplesmente por serem mulheres.

Callen levantou, seguiu nu para o banho e encontrou uma escova de dente na embalagem e um tubo de pasta pequeno sobre a bancada do banheiro.

Ela pensava em tudo.

Quando voltou para o quarto, o ar cheirava a café. Bodine tinha acendido a lareira e estava parada diante da grande janela da sala, bebericando uma xícara.

Vestindo apenas a camisa dele.

— Os alces estão cantando — disse ela. — Vindo pastar. O sol já vai nascer. Vai dar para ver daqui, é uma vista bem bonita.

Bodine se virou, as longas pernas desnudas, a camisa dele larga, com apenas alguns botões centrais abotoados. Seu cabelo estava molhado, liso, escuro como a noite.

Todo o poder, pensou Callen de novo.

— Tem iogurte grego e granola se você quiser.

— E por que alguém iria querer uma coisa dessas?

— Eu sei. — Rindo, ela voltou para a cozinha americana, abriu a geladeira. — Fico dizendo a mim mesma que vou aprender a gostar, mas estou perdendo as esperanças. Ontem trouxe um pacote de batatas chips para o caso de um de nós sentir fome.

Callen olhou para o pacote, pensou *Dane-se*, e o abriu. Ele só precisava de alguns segundos para seu corpo se acalmar de novo. Apoiado no balcão, ficou observando enquanto Bodine misturava uma colherada de iogurte com um pouco de granola.

— Só preciso trocar os lençóis e as toalhas, dar uma limpada no banheiro, lavar a louça.

— Eu te ajudo com isso.

— Vai ser rápido. Posso pegar uma carona com você para o CAB e então ir andando para o escritório. Senão, não vou fazer exercício hoje. — Ela comeu uma colherada e fez uma careta. — Nunca fica melhor.

Callen ofereceu o pacote de batatas.

Bodine hesitou, perdida.

— Só desta vez. — Ela esticou a mão. — Por que é que tudo que faz mal é tão gostoso? — E franziu a testa para o iogurte. — Quem sabe se eu esfarelar a batata por cima.

Callen tirou a tigela de suas mãos, deixou-a de lado.

— Preciso falar uma coisa.

Os olhos de Bodine passaram de divertidos para cautelosos.

— Está bem.

— Eu não sei para onde estamos indo, onde vamos parar, mas, enquanto estivermos seguindo nesta estrada... Ainda estamos seguindo nesta estrada?

— Nós estamos aqui tomando café e comendo batatas chips sabor churrasco depois de passarmos a noite inteira nos enroscando, nus. Então parece que sim.

— Certo. Se é assim, somos apenas nós dois. Não vamos ter outros companheiros de viagem.

Analisando o rosto dele, Bodine comeu outra batata.

— Acho que você está querendo dizer que nenhum de nós deveria dormir com outra pessoa.

— Foi o que eu quis dizer.

Ainda o analisando, ela deu um gole no café.

— Acho que, a esta altura, você já está ciente de que gosto de sexo.

— É, percebi. E você é ótima nisso.

— Gosto de pensar que sou. — Aproveitando o pecado casual do ato, ela mordeu outra batata. — Mas gostar de sexo não significa que sou fácil.

— Nunca achei que fosse, e eu não estava falando só de você. Há duas pessoas aqui.

Bodine comprimiu os lábios, assentiu com a cabeça.

— Tudo bem. Então é um acordo razoável. Nada de caronas para nenhum dos dois. — Depois de colocar a caneca sobre a bancada, ela bateu as mãos para limpar o sal. — Quer fazer um juramento de cuspe?

E lá estava aquele sorriso malicioso de novo.

— Não. — Callen deixou o pacote de batatas de lado e a jogou contra a geladeira. — Tenho outros planos.

Ele a tomou ali, naquela mesma hora, com mais ferocidade do que planejara, enquanto o sol brilhava vermelho do outro lado da janela.

APESAR DE BODINE NÃO PRECISAR IR TRABALHAR, já tinha colocado isso em seus planos. Só uma hora ou uma hora e meia para cuidar de parte da papelada. Considerou pegar a mochila da academia — sempre pronta — e passar outra hora malhando.

Mas concluiu que já fizera exercício suficiente nas últimas 24 horas. O suficiente para não ter se esquivado quando Callen insistira em levá-la até a porta em vez de deixar que fosse andando do CAB.

Deixara a sacola com o vinho, a cerveja e o café com ele, dissera-lhe para mantê-la à mão e depois surpreendera a si mesma e a ele, ao se inclinar para a frente e lhe dar um memorável beijo de despedida.

Em sua percepção, se você passar a noite com um homem e pretender continuar passando, não devia ficar envergonhada de as outras pessoas descobrirem.

Bodine entrou no próprio escritório cantarolando um pouco e decidiu manter a postura de ligar o *foda-se* que assumira no início do dia, com as batatas chips.

Pegou uma Coca em vez da água, esforçando-se para beber mais.

Acabara de sentar à escrivaninha quando Jessica passou pela porta e voltou.

— Eu não sabia que você vinha hoje.

— Só por uma hora — explicou Bodine. — Você está cuidando do brunch pós-casamento.

— Deixei Chelsea encarregada, mas vim ajudar. Por enquanto, tudo bem. O tema continuou com omeletes country, burritos de café da manhã, bolinhos, molho de carne, mimosas de mirtilo e assim por diante. — Com as sobrancelhas erguidas, Jessica inclinou a cabeça para o lado. — Você deve gostar muito desse vestido.

— Gosto, e acho que é um bom sinal o fato de eu não estar me escondendo de vergonha.

— Ótimo. Callen é bem legal. Gostei bastante de ter aproveitado para conhecer ele e todo mundo melhor. Meu Deus. — Jessica entrou na sala, fechou a porta, e se inclinou contra ela. — Dormi com o seu irmão.

— Rory ou Chase? Estou brincando — disse Bodine com uma risada, quando Jessica ficou de queixo caído. — Ele também é bem legal.

— Eu tomei a iniciativa.

— Conheço Chase minha vida inteira. — Bodine cutucou o próprio rosto. — Esta não é minha cara de surpresa.

— Você não se importa. — Com um ar aliviado, Jessica passou uma das mãos pelo cabelo penteado num coque elegante. — Sei que conversamos sobre isso na teoria, mas agora é uma realidade. Que bom que não se importa.

— Estou presumindo que você também esteja feliz.

— Eu... eu estou exausta — disse Jessica, rindo também. — Não quero que esta conversa seja estranha. Então só vou dizer que, quando Chase se solta, fica bastante empolgado, o que é uma coisa esquisita de se dizer para a irmã dele.

— Pelo contrário, fico orgulhosa. Amo meu irmão, Jessie. Não há nada de estranho em saber que ele se interessa por alguém que eu gosto e respeito, e que o interesse é mútuo.

— Você faz amigos com facilidade. — Um tom de melancolia contagiou seu sorriso. — Já percebi. Você faz amizades e as mantém. Eu faço colegas com facilidade, e eles nunca duram muito. Queria dizer o quanto a valorizo como amiga. Agora, vou te deixar trabalhar, pentelhar Chelsea por uma hora, e depois voltar para casa. Preciso de uma soneca.

— Faça um favor para a sua amiga?

— É claro.

— Volte para me dar uma carona antes da sua soneca.

— Pode deixar.

Sozinha, Bodine tirou mais um momento para considerar outra coisa interessante. Se Jessica ainda não estava apaixonada por Chase, estava no caminho.

— Maravilha — disse em voz alta, e então se virou para o computador.

O XERIFE TATE estava parado do lado de fora do quarto do hospital para o qual designara uma de suas policiais. Ele conversara com a enfermeira de plantão no início da manhã e sabia que a mulher não identificada havia sido sedada porque, quando finalmente acordara, estava histérica, quase violenta.

Aterrorizada fora a palavra usada pela enfermeira.

Ele lera o relatório do policial que respondera ao chamado de emergência, as declarações do casal que pedira ajuda e agora queria ouvir a avaliação do médico antes de conferir a situação por conta própria.

— Eu não estava aqui quando ela deu entrada. — O Dr. Grove, um homem de expressão grave com mãos gentis, continuou a analisar o prontuário enquanto falava. — Mas conversei com o residente da emergência que a recebeu. Ele fez o exame de corpo de delito, vamos enviá-lo para o senhor. Ela apresenta sinais de violência sexual. Recebeu tratamento para ulcerações por frio nos pés. A temperatura não estava baixa o suficiente para hipotermia, mas suas roupas estavam molhadas. Possui vários ferimentos nos calcanhares, nas palmas das mãos, nos joelhos e cotovelos. Havia sujeira nos cortes e arranhões. Várias contusões e lacerações na têmpora direita e na testa, provavelmente ocasionadas pela queda. Ela sofreu uma concussão. — O médico ergueu o olhar, fitando Tate. — Há cicatrizes ao redor do tornozelo direito e nas costas.

— Seriam cicatrizes por ficar amarrada?

— Eu diria que é bem provável. E também é possível que as cicatrizes nas costas sejam resultado de agressões constantes. Com um cinto ou uma correia. Algumas são bem antigas; outras, não.

Tate soltou o ar que estava prendendo.

— Preciso conversar com ela.

— Eu compreendo. Porém, o senhor precisa ter em mente que, quando tentei fazer isso hoje cedo, ela estava incoerente, histérica. Nós a sedamos para evitar que se machucasse ainda mais.

— Ela não disse como se chama?

— Não. Enquanto o sedativo não fazia efeito, implorou para que a soltássemos, disse que precisava voltar. Referiu-se a alguém a quem chamava de senhor. Disse que ele ficaria muito irritado.

— Quando ela estará em condições de falar?

— Logo. Meu conselho é que o senhor vá devagar. Independentemente de quem ela seja, do que lhe aconteceu, essa mulher sofreu abusos durante muito tempo. Nosso psiquiatra de plantão também vai conversar com ela.

— É melhor que isso seja feito por uma psiquiatra. Se ela foi estuprada e abusada por um homem, talvez uma mulher consiga resultados melhores.

— Concordo.

— Muito bem. Quero dar uma olhada nela. Já pegamos suas impressões digitais, vamos ver se foi fichada em algum lugar. Talvez isso demore alguns dias, como hoje é domingo, e sempre tem um monte de burocracia para resolver. Eu queria descobrir um nome, pelo menos.

— Posso entrar com o senhor. O tratamento será mais eficaz se ela começar a identificar meu rosto como o de alguém familiar, e não como uma ameaça.

Os dois entraram no quarto juntos.

A mulher estava imóvel na cama, quase não parecia respirar. Mas os monitores apitavam. O fio de soro preso à sua mão levava a um saco pendurado num apoio.

Na luz fraca, ela parecia tão pálida quanto um cadáver, com o cabelo comprido e grisalho selvagem como o de uma bruxa.

— Podemos acender mais algumas luzes? — perguntou Tate. Ele se aproximou da cama enquanto o Dr. Grove obedecia ao pedido. — Meu policial avaliou a idade em torno de 60 e poucos anos, mas ela é jovem. Teve uma vida dura, mas eu diria que tem por volta de 50.

— Concordo.

Tate analisou a cabeça enfaixada e os ferimentos nas mãos, o hematoma no queixo.

— Esse queixo não ficou assim por causa da queda.

— Não, me perdoe, me esqueci de mencionar essa parte. Imagino que ela tenha levado um golpe. Um soco.

— Sim, já vi hematomas o suficiente para concluir a mesma coisa.

Tate avaliou que o policial fora mais preciso ao determinar a altura e o peso.

— Ela teve mais de um filho — contou o Dr. Grove.

Uma vida dura, pensou o xerife novamente, brutal, para ter causado tantas rugas profundas no rosto e aquilo que ele chamava de palidez de prisão. E, mesmo assim, era perceptível que ela fora bonita um dia — uma estrutura óssea interessante, uma boca bem-formada, um queixo delicado apesar, ou talvez em contraste, do hematoma.

Algo perpassou sua mente, fazendo o seu estômago se revirar.

— Posso?

Grove assentiu com a cabeça quando Tate parou a mão acima do lençol, sobre o tornozelo direito. Ele ergueu o tecido, analisou a cicatriz.

— Quanto tempo deve ter esta lesão?

— Como eu disse, algumas das cicatrizes são mais recentes, mas a área maior tem pelo menos dez anos.

— Então existe a possibilidade de ser mais antiga. Ela pode ter passado mais tempo presa?

— Sim.

— Qual é a cor dos olhos dela? O policial não registrou. Ele é jovem, como eu disse.

— Também não tenho certeza. — Grove se aproximou e, com um toque gentil, ergueu uma pálpebra. — Verdes.

O estômago se revirou mais.

— Ela tem um sinal? Preciso olhar atrás do joelho. Do joelho esquerdo, bem na dobra. Veja se há um sinal.

Grove caminhou para a extremidade da cama, mas manteve os olhos no xerife.

— O senhor acha que sabe quem ela é.

— Olhe. Só olhe.

Grove ergueu o lençol e se inclinou para olhar.

— Uma pinta pequena, oval, na dobra atrás do joelho esquerdo. O senhor a conhece.

— Conheço. Senhor Todo-Poderoso, eu a conheço. É Alice. Alice Bodine.

Enquanto ele falava, ela se mexeu, revirou os olhos.

— Alice. — Tate falou com tanta calma quanto como se falasse com um bebê assustado. — Alice, sou eu, Bob Tate. Bobby. Você está bem agora. Está segura.

Mas, quando ela abriu os olhos, eles estavam cheios de terror. Alice gritou, um gemido alto, e o empurrou.

— Sou eu, Bob Tate. Alice, Alice Bodine, sou Bobby Tate. Não vou deixar ninguém te machucar. — Tate gesticulou para Grove se afastar. — Você está segura. Está em casa.

— Não. Não. Não. — Ela olhou ao redor com selvageria. — Não estou em casa! O senhor! Preciso voltar.

— Você se machucou um pouco, Alice — continuou a dizer Tate naquele tom calmo, tranquilo. — Nós a trouxemos ao hospital para que cuidem de você.

— Não. Preciso ir para casa. — Ela gemeu de novo enquanto lágrimas encharcavam suas bochechas. — Eu desobedeci. Preciso ser castigada. O senhor vai tirar o demônio de mim.

— Quem é o senhor? Posso tentar encontrá-lo. Qual é o nome todo dele, Alice?

— O senhor. Ele é o senhor. Eu sou Esther. Eu sou Esther.

— Ele a chamava de Esther. Ele a chamava assim, mas sua mãe e seu pai a chamavam de Alice. Num verão, nós dois fomos nadar pelados, Alice. Você foi a primeira garota que eu beijei. Alice, sou eu, Bobby Tate. — Diga o nome dela, diga o nome dela, repita-o o tempo todo, de forma clara e tranquila. — Sou o seu velho amigo Bobby Tate.

— Não.

Mas ele viu algo surgir nos olhos dela — ou tentar surgir.

— Não se preocupe com nada. Você vai lembrar mais tarde. Só quero que saiba... Pode olhar para mim, Alice?

— Es... Esther?

— Olhe para mim, querida. Só quero que saiba que está segura aqui. Ninguém vai te machucar.

Aqueles olhos, aqueles olhos verdes que ele lembrava tão bem, se reviraram nas órbitas, foram de um lado para o outro como um animal assustado.

— Preciso ser castigada.

— Você já foi, mais do que o suficiente. Agora, só tem que descansar um pouco, recuperar suas forças. Aposto que está com fome.

— Eu... eu... O senhor provê. Eu como o que o senhor provê.

— Nosso amigo médico ali vai pedir para alguém trazer algo para você comer. Isso vai fazê-la se sentir melhor.

— Eu preciso voltar para casa. Não sei como voltar. Me perdi sob o luar, na neve. Pode me mostrar o caminho de volta para a minha casa?

— Vamos conversar sobre isso mais tarde, talvez depois que você comer. Nosso amigo médico está cuidando bem de você. Ele quer deixá-la melhor. E vai pedir para uma enfermeira trazer comida. Está com fome?

Alice começou a fazer que não, veemente, mas seus olhos hesitantes permaneceram fixos nos de Tate. Ela mordeu o lábio inferior e assentiu com a cabeça.

— Eu posso tomar chá sempre que quero. De ervas.

— Aposto que conseguimos arranjar chá. Talvez uma sopa. Só vou ali um instantinho, conversar com o seu médico.

— Eu não devia estar aqui, eu não devia estar aqui, eu não devia...

— Alice. — Tate a interrompeu com o mesmo tom tranquilo. E não a tocou, embora quisesse segurar sua mão. — Você está segura.

Quando ele se afastou, ela juntou as mãos, fechou os olhos e começou a murmurar o que parecia ser uma oração.

— Alice Bodine? — perguntou o médico. — A família Bodine... O que ela é deles?

— Filha de Cora Bodine. Irmã mais nova de Maureen Longbow. Faz mais de 25 anos que desapareceu. Preciso que essa informação não saia desta sala. Não quero que a fofoca se espalhe. — O estômago revirado formou um bolo que lhe subiu à garganta. — Meu Deus, meu bom Deus, o que fizeram com ela? Será que vai conseguir comer?

— Vou mandar que lhe sirvam chá e sopa. Vamos devagar. O senhor lidou muito bem com a situação, xerife. Sabia o que dizer, como dizer.

— Sou policial há tanto tempo quanto ela andou sumida. A gente aprende algumas coisas. — Tate tirou uma bandana do bolso, usou-a para limpar o rosto e secar o suor. — Preciso ligar para a mãe dela.

— Sim. Mas terei que conversar com ela, com os parentes, antes que possam visitá-la. Alice está fraca, em todos os sentidos. Pode levar algum tempo.

Tate assentiu com a cabeça e, enquanto pegava o telefone, observou Alice rezar.

CORA GOSTAVA DE SE EMPERIQUITAR para os jantares de domingo. Adorava aquelas refeições de família no rancho, gostava tanto da forma como Maureen se certificava de que acontecessem uma vez por mês, independentemente de qualquer coisa. E também gostava do modo como a sua menina planejava com cuidado as refeições dominicais daquele seu jeito despreocupado.

Reenie quase nunca se deixava abalar. Cora recordava com clareza o jantar de domingo em que a filha servira um belo piquenique de verão com salada de batatas, vagens e tomates colhidos da horta, e Sam e o pai de Cora grelhando bifes e filés de frango.

O pequeno Chase corria de um lado para o outro com os cachorros, e Bodine se esforçava tanto para acompanhá-lo com suas perninhas de bebê.

Recordava-se de como todos se sentaram e conversaram e riram na grande mesa externa, comendo bolo de morango e sorvete de mirtilo antes que Maureen anunciasse, toda tranquila, que era melhor chamarem a parteira, porque o bebê estava nascendo.

Aquela menina, pensou Cora enquanto passava seu novo batom rosa. Tão determinada a ter seu terceiro filho em casa. Ela passara mais de três horas cronometrando as contrações sem contar a ninguém — e sem dar qualquer sinal do que estava acontecendo.

E não é que, duas horas depois, ela tinha trazido Rory ao mundo naquela velha cama enorme, com a família inteira ali?

Uma determinação despreocupada, pensou Cora, aprovando a cor nova nos lábios com um sorriso. Assim era a sua Maureen.

Quando pensava em todas as formas como era abençoada, perdia a conta. Talvez tivessem momentos em que sentisse falta de morar no rancho e até dos dias em que acordava dizendo a si mesma para levantar, ir trabalhar, porque o gado precisava ser cuidado.

Mas nunca se arrependia, nem por um instante, de passar o rancho para Maureen e Sam, e se mudar para a Casa Bodine com os pais.

Legados podiam ser passados adiante em vida. E sua filha e seu genro faziam jus a tudo que ela conquistara.

Cora olhou para as fotos que Bodine reformara e emoldurara. Como seu Rory fora bonito, como se sentiria orgulhoso do que construíram juntos. De suas duas meninas.

Ela levou um dedo aos lábios, depois o encostou no rosto do amor de sua vida, e então no da sua primeira filha, no da última.

Se pudesse realizar um desejo, seria que a filha mais velha compreendesse que a mãe podia amá-la e se orgulhar dela com uma intensidade que ofuscaria o restante do mundo — ao mesmo tempo em que sentia tanto a falta da menina que perdera.

Cora deixou esse pensamento de lado, já que suas dádivas sempre foram maiores que os desejos. Ainda precisava embalar o bolo que fizera com a mãe.

Mas deu uma última olhada no espelho.

— Você ainda tem esperança, Cora. Fica cada vez mais difícil, Deus é testemunha, mas você ainda tem esperança.

Rindo de si mesma, pegou a bolsa e deu um pulinho quando o telefone tocou no mesmo segundo. Um calafrio percorreu sua espinha e fez com que ela revirasse os olhos diante da própria reação.

E atendeu ao telefone.

DONA FANCY ESTAVA SENTADA NA CAMA, analisando as botas. O estilo era maravilhoso, com raios vermelhos enfeitando as laterais. Ela sempre gostara de sapatos bonitos. Mas, meu Deus, como sentia falta de usar um belo salto alto sensual.

— Essa época já era — disse com um suspiro, e então se repetiu quando ouviu os passos de Cora. — Só estou lembrando a mim mesma de que meus dias saracoteando por aí em saltos altos estão no passado.

— Mamãe.

— Teve uma época em que eu era capaz de passar a noite inteira dançando num par de saltos altos. Eu tinha uns vermelhos, com a frente aberta, que economizei quase seis meses para...

— Mãe. Mãe. Mamãe.

Dona Fancy ergueu os olhos quando finalmente entendeu o tom. O rosto pálido e assustado da filha foi como um golpe em seu coração.

— Meu amor, o que houve? O que aconteceu?

— É Alice — conseguiu explicar Cora enquanto a mãe se levantava. — É Alice. Encontraram Alice.

E então desabou, desmoronando sobre os joelhos enquanto dona Fancy corria para alcançá-la.

QUANDO JESSICA ESTACIONOU diante do rancho, Bodine se virou para a amiga.

— Você realmente devia reconsiderar o jantar de domingo. É um evento épico por aqui. E seria mais uma chance de flertar com o Chase.

— É uma ideia tentadora, pode acreditar. Mas preciso dormir — insistiu Jessica. — E acho que eu não devia forçar muito a barra com ele por enquanto.

— Boa estratégia. — Aprovando, Bodine cutucou o ombro da amiga. — Chase é quem tem que tomar a iniciativa da próxima vez.

— Acho que sim.

— Bem, obrigada pela carona.

— Disponha. Mande um beijo para todo mundo.

— Pode deixar.

Como Jessica a deixara na frente da casa, Bodine seguiu para a porta principal. Seu plano era subir correndo, trocar o vestido e então ver se a mãe precisava de ajuda com o jantar.

Ao entrar, parou imediatamente ao notar que sua mãe estava chorando nos braços do pai. Não apenas chorando, pensou ela naquele milésimo de segundo, mas tremendo.

— O que houve? — Seu coração ficou tão apertado que sentiu uma tonteira. — As vovós...

Sam fez que não com a cabeça, acariciando o cabelo de Maureen enquanto encontrava os olhos da filha por cima da cabeça da esposa.

— Todos estão bem.

— Estou bem. Estou bem. — Secando o rosto, Maureen se afastou. — Eu desliguei tudo? Preciso ver se...

— Está tudo desligado — garantiu Sam. — Precisamos ir, Reenie.

— Ir aonde? O que está acontecendo? — Bodine exigiu saber.

— Alice. — Quando sua voz falhou, Maureen respirou fundo, exalou o ar lentamente. — Encontraram Alice. Ela está no hospital. Em Hamilton.

— Encontraram... *Alice*? Mas onde...

— Agora não, querida. — Sam manteve um braço firme ao redor dos ombros de Maureen. — Precisamos ir buscar suas avós. Não podemos deixar Cora dirigir naquele estado.

— Eu... eu... deixei tudo na cozinha — começou Maureen.

— Eu cuido disso, mamãe.

— Chase, Rory, eu ia deixar um bilhete. Esqueci. Preciso...

— Eu conto a eles. Eu conto a eles. — Bodine se aproximou e deu um abraço apertado em Maureen, sentindo os tremores. — Nós já vamos para o hospital. Estaremos lá logo. — Ela segurou o rosto da mãe. — Tome conta das vovós.

Aquilo tinha sido a coisa certa a dizer, ela logo percebeu. Os olhos da mãe retomaram o foco.

— Pode deixar. Tomaremos conta delas. Chase e Rory.

— Vou falar com eles. Podem ir.

Assim que a mãe saiu, Bodine correu para os fundos da casa, tirando o celular do bolso. Não parou nem quando chegou à cozinha com seus aromas de assado de domingo e pão fresco, mas digitou o número de Chase enquanto saía do outro lado.

— Cadê você? — quis saber assim que o irmão atendeu.

— Dando uma olhada nas cercas. Já estamos indo. Não nos atrasamos.

— Você precisa voltar para casa agora. Agora, Chase. Encontraram Alice... a irmã da mamãe, Alice. Rory está aí também?

— Do meu lado. Estamos indo.

Aliviada, entrou na casa de novo, subiu as escadas dos fundos. Arrancou o vestido, vestiu uma calça e uma camisa. Sua mente voltou para a visão da mãe, chorando e tremendo.

Ela não levara a bolsa, percebeu Bodine, e, ainda colocando a roupa, correu para o quarto dos pais para pegá-la. Tentou pensar no que mais a mãe poderia precisar, pensou no estado da cozinha e na comida.

Terminou de se vestir e ligou para Clementine. Então, desceu correndo para encontrar os irmãos.

Capítulo 17

♦ ♦ ♦ ♦

AQUILO ERA COMO UM SONHO. Nada parecia real.

Maureen estava sentada ao seu lado, segurando sua mão, e isso era real. Muito real. Assim como a mãe que segurava a outra mão.

Cora se perguntou se as duas a impediam de sair flutuando.

Ela ouviu o médico falando, mas as palavras que ele dizia simplesmente giravam em sua cabeça, não pareciam se firmar.

Seus netos chegaram. Será que sorrira para eles? Os três sempre a faziam sorrir, simplesmente por existirem.

Bob Tate estava ali, esperando. Bob tinha ligado, dito...

Alice.

— Desculpe. — Cora lutou contra a névoa mental, tentou se concentrar nas palavras do médico. — Minha cabeça não está funcionando direito. O senhor está dizendo que ela não se lembra de quem é?

— Ela passou por uma situação muito traumática, Sra. Bodine. Passou por um trauma a longo prazo, em nível mental, físico e emocional.

— Longo prazo — repetiu Cora, sem emoção.

— Ela entenderia melhor se formos diretos. — Tate se aproximou, agachou, de forma que seus olhos e os de Cora estivessem no mesmo nível. — Parece que alguém manteve Alice presa contra a vontade dela, provavelmente por anos. Ele a machucou, Cora. Ela tem cicatrizes de surras nas costas, e no tornozelo, onde me parece que foi presa por uma corrente. Alice foi estuprada, e pouco antes de ser encontrada. Ela teve filhos, querida.

O tremor, como unhas afiadas encravadas em suas costas, a atravessou.

— Filhos.

— Os médicos dizem que deu à luz mais de uma vez.

Sim, era melhor que fossem direto ao assunto. Melhor.

E horrível.

— Alguém a sequestrou, a prendeu com uma corrente, a surrou, a estuprou. Minha Alice.

— Algumas das cicatrizes são antigas, outras nem tanto. Ele machucou a mente dela também. Uma médica aqui vai ajudá-la com isso, assim como o Dr. Grove.

Anos. Ela vivera por anos e sabia como o tempo voava, mesmo quando alguns momentos pareciam demorar uma eternidade para passar.

Mas *anos*? Sua Alice, sua filha, sua bebê, presa e torturada por anos?

— Quem fez isso? — exigiu saber ela, a névoa dispersada pela raiva. — Quem fez isso com ela?

— Ainda não sabemos. — Antes que Cora conseguisse rebater, as mãos de Tate se apertaram contra as dela. — Mas eu juro pela minha própria vida, Cora, que vou fazer tudo o que for possível para descobrir, para encontrá-lo e fazê-lo pagar por isso. Juro.

A raiva podia esperar, disse para si mesma. O choro e o sofrimento que já reviravam suas entranhas podiam esperar. Porque...

— Preciso ver a minha filha.

— Sra. Bodine. — O Dr. Grove voltou a tomar a dianteira. — Precisa entender que talvez ela não a reconheça. Tem que estar preparada para isso. E para a aparência e o estado emocional de Alice.

— Eu sou a mãe dela.

— Sim, mas pode ser que ela não saiba quem a senhora é. Será preciso manter a calma quando entrar no quarto. Seu instinto pode dizer para abraçá-la, fazer perguntas, esperar uma resposta. Ela pode ficar nervosa. Caso isso aconteça, vou precisar que a deixe sozinha e lhe dê mais tempo. A senhora compreende?

— Eu compreendo e vou fazer tudo que for melhor para ela, mas preciso vê-la com meus próprios olhos.

— Alice não tem a mesma aparência de antes — disse Tate. — Prepare-se para isso, Cora. Ela não se parece nem age como você se lembra.

— Eu vou junto. — Maureen se levantou. — Posso ficar fora do quarto, mas não vou deixar que vá sozinha.

Cora deu um apertão na mão da mãe e se levantou, pegando a da filha.

— Vou me sentir melhor sabendo que você está lá.

— Eu levo vocês até lá. Sra. Bodine — continuou Grove enquanto as guiava —, é preciso que evite fazer perguntas sobre o que aconteceu, que não reaja aos sinais do que foi feito a ela. Permaneça calma. Pode ser que Alice não queira ser tocada, não queira falar. Repita o nome dela. Ela está chamando a si mesma de Esther.

— Esther?

— Sim, mas o xerife insistiu em chamá-la de Alice, e ela se acalmou enquanto os dois conversavam.

— Ela o reconheceu?

— Acredito que não, pelo menos não de forma consciente, mas ele foi capaz de criar uma conexão. — Grove parou diante da porta. — O xerife Tate me disse que a senhora é uma mulher forte.

— Ele tem razão.

Assentindo com a cabeça, Grove abriu a porta.

Em sua mente, Alice permanecera aquela garota jovem e bonita, independente, que fugira para ser estrela de cinema. Aquela garota jovem e bonita, e todos os estágios pelos quais passara.

A menininha em vestidos cheios de babados e botas de caubói. A bebê chorona que ela ninara tarde da noite. A adolescente rebelde, a criança que buscava consolo na cama da mãe depois de um pesadelo.

A mulher no leito de hospital com o rosto machucado, o cabelo sem brilho e grisalho, as rugas profundas ao redor da boca e dos olhos era bem diferente daquelas imagens preciosas.

Mesmo assim, Cora pensou reconhecer a filha.

Seu coração se apertou no peito, pareceu quase estourar, e suas pernas ficaram bambas.

Então Maureen apertou sua mão.

— Eu estou aqui, mamãe. Vou ficar bem aqui, na porta.

Cora se empertigou e seguiu na direção da cama.

A mulher se encolheu. Os olhos, verdes como os do pai, correram o cômodo cheios de terror.

Alguns pesadelos não podiam ser amenizados pela cama da mãe.

— Está tudo bem agora, Alice. Ninguém vai te machucar. Não vou deixar que ninguém te machuque nunca mais.

— Onde está o homem? Onde está...?

— Bob Tate? Ali fora. Foi ele quem me avisou que você estava aqui. Estou tão feliz por te ver, Alice. Minha Alice.

— Esther. — Alice se encolheu. — Não quero tomar mais injeções. O senhor vai ficar muito irritado. Não posso ficar aqui.

— Eu tive uma professora que se chamava Esther — inventou Cora. — Esther Tanner. Ela era tão legal. Mas eu batizei você de Alice em homenagem à mãe do seu pai. Alice Ann Bodine. Minha gatinha manhosa.

Teria sido sua esperança desesperada, sua necessidade extrema, ou ela vira mesmo um brilho de reconhecimento por trás daqueles olhos assustados? Com cuidado, com tanto cuidado que seus ossos doeram, Cora se sentou no canto da cama.

— Eu costumava te chamar assim quando você era bebê e lutava contra o sono. Ah, você lutava contra ele como se fosse o seu maior inimigo. Minha Alice nunca queria perder um segundo de vida.

— Não. Alice era uma vadia e uma vagabunda. Deus a castigou por suas maldades.

Seu coração se apertou de novo, desta vez cheio daquela raiva, mas Cora deixou isso de lado. Para mais tarde.

— Alice é, era e sempre será alegre, teimosa, mas nunca má. Ah, você me fazia perder a cabeça, minha gatinha manhosa, mas também me fazia rir. E me deixava orgulhosa. Como aquela vez em que defendeu a pequena Emma Winthrop, quando as outras garotas estavam zombando dela por ser gaga. Você empurrou duas delas e as fez caírem de bunda no chão. Você se encrencou na escola e me deixou orgulhosa.

Alice fez que não com a cabeça, e Cora decidiu se arriscar.

Com cuidado, com muito cuidado, ela segurou o rosto da filha.

— Eu amo você, Alice. Sua mãe sempre vai amar você.

Quando ela fez que não com a cabeça de novo, Cora apenas sorriu, colocou as mãos no colo.

— Sabe quem mais está aqui para quando quiser vê-las? Reenie e a vovó. Estamos tão felizes por você estar de volta.

Com os olhos correndo pelo quarto de novo, Alice esfregou os lábios.

— O senhor provê. Preciso voltar. Tenho uma casa que o senhor construiu para mim. Eu a mantenho limpa. Preciso limpar a casa.

— Eu adoraria conhecer a sua casa. — Cora manteve o sorriso tranquilo e pensou em coisas horríveis, amarguradas, vingativas. — Onde fica?

— Não sei, não sei. — Agora, os olhos voltaram a se focar nos de Cora. Eles exibiam tanto medo, tanta confusão. — Eu me perdi. Eu pequei e caí em tentação.

— Nós não vamos nos preocupar com isso. Nem um pouco. Você parece cansada, vou deixar que descanse. Só quero deixar uma coisa com você, uma das minhas coisas favoritas.

Cora se levantou e colocou a mão no bolso. Ela tirara a fotografia da carteira enquanto vinham para o hospital. Novamente com cuidado, pegou a mão de Alice e lhe passou a foto.

Na imagem, Cora estava ladeada pelas duas filhas adolescentes, as bochechas pressionadas contra as dela enquanto sorriam para a câmera.

— Seu avô tirou esta foto na manhã de Natal quando você tinha 16 anos. Guarde esta foto. Quando sentir medo, olhe para ela. Agora, descanse, minha Alice. Eu amo você.

Cora aguentou chegar até a porta e Maureen antes de as lágrimas caírem.

— Está tudo bem, mamãe. Você fez tudo certo.

— Ela parece tão doente e assustada. O cabelo dela, ah, Reenie, o cabelo dela era tão bonito.

— Vamos cuidar dela agora. Todos nós vamos cuidar dela. Venha. Vamos sentar. Chase — disse Maureen assim que voltaram à sala de espera. — Pegue um chá para a sua avó, e para a bisa também. Sente-se, mamãe.

Dona Fancy enlaçou a filha num abraço, a balançou, a acalmou.

— Dr. Grove — disse Maureen. — Eu gostaria de conversar com o senhor por um instante. — Ela saiu de perto dos outros, analisou a área para encontrar um lugar mais discreto. — Primeiro — começou —, o senhor disse que alguém avaliaria as condições mentais e emocionais dela. Imagino que seja um psiquiatra.

— Isso mesmo.

— Preciso do nome e das qualificações desse médico. Quero deixar claro — continuou ela, antes de ele conseguir responder — que minha mãe é uma mulher forte, como lhe foi dito. Mas ela precisa que alguém tome as rédeas da situação, assim como a minha irmã. Essa pessoa sou eu. Preciso saber tudo sobre a condição de Alice, cada detalhe, e os tratamentos. — Maureen pegou o telefone. — Vou gravar nossa conversa, se o senhor não se importar, para o caso de eu entender algo errado ou me confundir mais tarde. Antes disso, quero lhe agradecer pela forma como tratou minha irmã até agora e pela compaixão que demonstrou com a minha mãe.

— Contarei tudo que eu puder. Acho que seria benéfico para a minha paciente se a senhora, eu e a Dra. Minnow conversássemos antes de ela avaliar Alice.

— Celia Minnow?

— Sim. A senhora a conhece?

— Conheço, então podemos pular a parte das qualificações. Posso conversar com os dois assim que estiverem disponíveis. Agora — ela ligou o gravador do telefone —, vamos começar com as condições físicas de Alice.

Bodine se inspirou na mãe. Ela esperou até Tate sair de perto para fazer uma ligação e foi atrás dele.

— Tenho perguntas.

— Eu compreendo, Bodine, mas...

Ela simplesmente segurou o braço dele, puxou-o para longe das enfermarias.

— O senhor disse que ela foi estuprada antes de ser trazida para cá. Fizeram o exame de corpo de delito?

— Sim.

— E conseguiram coletar DNA, o DNA dele? Eu já vi um monte de episódios de *CSI*.

— E você devia saber que as coisas não funcionam como na televisão. Vai demorar um pouco para os resultados do exame saírem. E, se houver DNA, vamos precisar de um suspeito para comparar a amostra.

— Ela poderia identificar o culpado.

Num gesto tão cansado quanto ele aparentava estar, Tate esfregou a parte de trás do pescoço.

— Ela não consegue identificar nem a si mesma por enquanto.

— Eu entendo. E entendo que minha família está preocupada com Alice, com seu estado de saúde, mais do que com a forma como chegou até aqui. Então quero começar por aí. Onde ela estava, exatamente? Quem a encontrou?

— Um casal que estava voltando para casa a viu no acostamento da Route 12. Não sabemos de onde Alice veio nem o quanto caminhou antes de desmaiar lá. Ela usava um vestido e chinelos de pano. Não tinha nenhum documento de identificação. Não tinha absolutamente nada.

— Por quanto tempo ela conseguiria andar vestida assim? — Bodine perambulou de um lado para o outro. — Não deve ter percorrido mais do que alguns quilômetros.

— Em qualquer direção — lembrou Tate. — Nós enviamos as roupas dela para a polícia estadual. A equipe forense de lá vai analisar tudo, procurar por algo que nos ajude. Mas isso também não vai ser rápido, Bodine. Essas coisas levam tempo. Você precisa confiar em mim. Farei das tripas coração para encontrar quem fez isso com ela.

— Não duvido disso, nem um pouco. Só preciso de uma direção. Preciso ter algo em que pensar. A ideia de que ela pode ter sido sequestrada e mantida em cativeiro desde que fugiu de casa...

— Não acho que esse seja o caso. A picape que Alice pegou na época foi encontrada em Nevada. Ela mandou cartões-postais da Califórnia.

— É verdade, é verdade. Ninguém falava muito sobre a Alice, mas eu sabia disso. Ela devia estar por aqui. Deve ter sido sequestrada por aqui, xerife. Seria impossível ter caminhado de Nevada ou da Califórnia usando um vestido e chinelos de pano. — E isso lhe dava uma direção, pelo menos. — Tudo bem. — Bodine assentiu com a cabeça, decidida. — Já tenho algo em que pensar. — E se virou de volta para o xerife. — O senhor disse que ela teve filhos. Onde eles estão? Meu Deus, são meus primos.

Quando a ficha caiu, Bodine pressionou os dedos contra os olhos.

— Ela é minha tia. Nunca pensei em Alice dessa forma. — Bodine olhou para o fim do corredor. — Quase nunca pensei nela.

Mas agora pensaria, disse para si mesma.

BODINE CONVENCEU A MÃE a voltar para casa com ela e Rory, usando a bisavó como pretexto. A bisa não podia passar a noite sentada na sala de espera de um hospital. A bisa devia dormir no rancho e precisava que cuidassem dela.

Cora se recusou a ir; então Sam e Chase ficaram para lhe fazer companhia. Eles se revezariam.

Como ninguém comera no hospital, Bodine esquentou a refeição que a leal Clementine terminara de fazer e guardara. Quando duas das mulheres que ela amava começaram a brincar com a comida no prato, precisou ser mais enfática.

— Parece que Rory e eu seremos os únicos a tomar uma dose de uísque depois do jantar. Acho que todos nós precisamos de um pouco de álcool, mas de jeito nenhum vou deixar as duas beberem com o estômago vazio.

— Isso que é incentivo. — Dona Fancy conseguiu abrir um meio sorriso, e comeu um pouco de carne. — Eu sentia tanta raiva daquela menina.

— Eu também — concordou Maureen. — Raiva, ressentimento e todas as palavras duras que diria a ela se tivesse a oportunidade.

— Ah, parem com isso.

Chocado ao extremo, Rory se empertigou na cadeira.

— Espere um pouco, Bodine.

— Não vou esperar coisíssima nenhuma. A raiva e o ressentimento e as palavras duras surgiram por causa do que ela fez. Alice foi embora, e isso nada muda esse fato. Esses sentimentos todos existiam porque vocês estavam pensando na vovó. Uma via o sofrimento da filha; a outra, da mãe. Alice fez o que fez e merecia levar um sermão.

— Meu Deus, Bodine — começou Rory, mas a irmã o fez se calar com um olhar irritado.

— Mas essa atitude imatura não significa que ela merecia tudo o que aconteceu. Ninguém merece. E ninguém nesta mesa é responsável pelo que houve. Então parem com isso e comam.

— Não gosto do seu tom de voz — disse Maureen, rígida.

— E eu não gosto de ficar vendo minha mãe se sentir culpada por algo que não é responsabilidade dela, se lamentando com a minha bisa. E não gosto de ver minha bisa fazendo a mesma coisa com a minha mãe.

— Também não gosto desse tom. — Dona Fancy comeu mais um pouco. — Da mesma forma como não gosto do fato de que a menina tem razão.

— Ela só podia ter dito as coisas de um jeito mais respeitoso. — Mas Maureen voltou a pegar o garfo.

— Se Bodine pode... — Rory olhou para todas na mesa. — A senhora não vai ajudar ninguém se ficar se sentindo mal pelos seus sentimentos, bisa. A família tem de se manter unida, fazer o que precisa ser feito, com todos juntos. A culpa não une ninguém, e temos que nos unir. — Ele acrescentou um sorrisinho para a irmã. — É assim que se diz as coisas com respeito.

— Eu preparei o terreno — lembrou Bodine.

Dona Fancy dispensou o comentário com um aceno de mão.

— De vez em quando, o menino fala coisas sensatas. — Ela se inclinou para a frente, acariciou as costas da mão do bisneto. — Alice vai precisar de nós, Reenie. As duas vão precisar de nós.

Maureen mastigou devagar.

— O médico disse que, fisicamente, ela pode ter alta do hospital em alguns dias. Talvez demore um pouco mais até que esteja mentalmente pronta. Vão transferi-la para a ala psiquiátrica até... Mas eu...

— O que foi, querida?

— Conversei um pouco com Celia Minnow. A psiquiatra que vai tratá-la. Ela precisa avaliar e conversar com Alice, decidir o que será melhor. Pode ser que decida trazê-la para cá. Alice cresceu aqui. Sua família está aqui. Podemos contratar uma enfermeira se for necessário. E Celia faria consultas a domicílio ou levaríamos Alice até o consultório. Preciso conversar com o Sam, e com todos vocês, porque seria pedir muito, esperar muito.

— É claro que ela virá para cá. — Bodine olhou para Rory, que assentiu com a cabeça. — A Casa Bodine é pequena demais para ficar cheia de enfermeiras e médicos. Aqui tem bastante espaço, e é um lugar que Alice conhece.

— Isso me deixa mais aliviada — comentou dona Fancy. — Bodine, não consigo comer mais, está muito tarde, mas acho que mereço meu dedinho de uísque para me ajudar a dormir. Só quero isso e a minha cama.

Bodine se levantou, pegou os copos, serviu a bisavó e ergueu uma sobrancelha para a mãe. Maureen ergueu dois dedos. Ela serviu essa medida, e mais uma dose para si mesma e para o irmão.

— Bem. — Maureen ergueu o copo. — Mesmo que o caminho tenha sido difícil, mesmo que ainda o seja no futuro, vamos fazer um brinde a Alice. Ao retorno da filha pródiga.

Usando a bisavó para chantageá-la de novo, Bodine convenceu a mãe a subir, ajudar a mulher mais velha a se acomodar e ir descansar, enquanto ela e Rory limpavam a cozinha.

— Ela não pode ficar sozinha. Alice — disse Rory. — Vamos chamá-la de "tia Alice"? Meu Deus, Bo.

— Acho que só Alice basta. Vamos nos revezar com isso também, se e quando ela vier. Podemos contratar enfermeiras com experiência em psiquiatria. A mamãe vai cuidar dessa parte, e ter algo tangível para fazer vai ajudá-la a lidar com o resto. Pode ser que a vovó e a bisa passem um tempo aqui também.

— Nós temos espaço. Fico me perguntando há quanto tempo ela voltou. Para a região.

Enquanto limpava a bancada, Bodine olhou para o irmão com ar de aprovação.

— Estamos pensando da mesma forma.

— É de se imaginar que... Eu sempre achei que ela tivesse morrido.

— Eu também. Não conseguia entender como poderia estar viva e não escrever uma carta ou ligar de vez em quando. Nada por anos. Saber que alguém a manteve em cativeiro, que foi tão cruel... E esse tempo todo ela estava tão perto. Tão perto daqui. Rory, a gente pode ter passado de carro ou a cavalo pelo lugar.

— Devia ser uma casa isolada, não acha?

— Não sei. Não faço ideia. Aquelas mulheres em... Não foi em Ohio que aquele desgraçado as prendeu por anos? A casa não era isolada, e ninguém sabia.

— Não consigo imaginar uma coisa dessas. Não consigo imaginar por que um homem iria querer acorrentar uma mulher. Fico enojado só de pensar. — Cheio de desprezo, ele jogou o pano de prato na bancada. — Vou subir. Posso ir cedo para o hospital amanhã, dar tempo de papai e Chase voltarem para casa.

— Mamãe vai querer ir junto, e talvez consiga convencer a vovó a voltar, mesmo que só para trocar de roupa. Se ela quiser vir, posso trazê-la de volta.

— A gente combina. — Rory se virou para a irmã, puxando-a para um abraço. — Não importa quantas vezes você tenha me irritado, eu ia ficar fulo da vida se resolvesse sumir.

— Eu também.

— Vá descansar. — Ele lhe deu um beijo no topo da cabeça e seguiu para as escadas.

Bodine sabia que não conseguiria dormir, ainda não. Disse a si mesma que precisava caminhar, e, mesmo sabendo exatamente aonde sua caminhada levaria, não admitiu aquilo para si mesma até bater à porta de Callen.

Ele atendeu tão rápido que parecia estar esperando.

— Você ficou sabendo.

— Clementine. — Callen a puxou para dentro. — Eu fui até lá para filar o jantar de domingo. Você está bem?

— Não sei como eu estou, mas essa é a parte menos importante.

— Está na minha lista. — Ele esfregou as mãos para cima e para baixo nos braços dela enquanto a afastava para analisá-la. — Não liguei nem mandei mensagem porque não queria me meter. Também não fui até a casa quando vi as luzes da cozinha se acenderem pelo mesmo motivo.

Mas ficara esperando por ela, pensou Bodine. Ele ficara esperando.

— Pode me abraçar por um instante?

— Posso. Como está Cora?

— Ela continua no hospital. Não quer ir embora. Callen, podemos deitar? Não estou falando de sexo. Podemos deitar para eu contar tudo? Estou cansada demais para ficar em pé, e não quero sentar.

Ele passou um braço pela cintura dela e a levou para o quarto.

— Vamos tirar essas botas.

Bodine deixou que ele as tirasse enquanto ela se esticava na cama.

— Obrigada. Eu fui descobrindo as coisas por partes, aos poucos. Quero repassar a história inteira. Talvez, assim, tudo comece a fazer sentido.

Callen se esticou ao seu lado.

— Pode falar.

— Quando eu cheguei em casa, mamãe estava chorando.

Bodine relatou a história toda, cada momento. Callen fez raras interrupções, simplesmente deixou que contasse tudo que vira, ouvira, sentira, conforme lembrava.

— Mamãe vai trazê-la para o rancho — concluiu ela. — Pode ser num futuro próximo, pode ser daqui a meses, mas já está resolvido.

— Isso te deixa preocupada?

— Estou preocupada com o estresse adicional na vida da minha mãe, mas ela vai se estressar de qualquer forma. Estou preocupada com a polícia não encontrar o filho da puta que fez isso, e que esse problema fique pairando sobre as nossas cabeças para sempre. Estou preocupada que o culpado tenha sido alguém que vive aqui perto, perto de casa. Filhos, Callen. Ela teve filhos. Talvez um deles tenha a minha idade, ou a de Rory, ou sejam mais novos. Será que estão presos e sendo machucados como ela ou será que fizeram parte de tudo isso? Tipo, sei lá, um culto.

Ele afastou uma mecha de cabelo do rosto dela.

— São muitas preocupações.

— É como se tivéssemos sido cobertos por uma nuvem de maldade. Duas mulheres mortas, e agora Alice. É como se tivéssemos sido cobertos por uma nuvem de maldade e ela tivesse mudado o meu mundo. Pode me abraçar de novo? Preciso fechar meus olhos por um instante.

— Claro.

Callen a abraçou, sentindo Bodine cair no sono assim que seus olhos fecharam.

Ele entendia suas preocupações, cada uma delas. Mas havia uma coisa que não fora mencionada e que estava no topo da lista dele.

Alice Bodine não morrera. Uma mulher viva poderia, assim que sua mente voltasse ao normal, identificar o culpado por mantê-la prisioneira, por surrá-la, por estuprá-la.

Sua preocupação era que um homem capaz de tudo isso não hesitaria em matar a mulher que poderia reconhecer o seu rosto ou qualquer um que estivesse em seu caminho.

BODINE ACORDOU com a cabeça no ombro dele, ainda sendo abraçada. Uma sensação de conforto? Ela não saberia expressar sua gratidão pelo apoio desse simples gesto.

Quando começou a se afastar, Callen a abraçou mais apertado.

— Durma mais — disse ele.

— Meu plano nem era dormir. Tenho que voltar, caso precisem de mim. — Ela se sentou, jogou o cabelo para trás.

Callen se sentou também, passou uma das mãos pelos fios. Bodine queria se encostar nele, só encostar, por mais um minuto. Mas...

— Aquele relógio está certo?

Ele olhou para onde ela apontava, viu que eram 3:35.

— Sim.

— Está meio tarde para mencionar isto, mas acho que vamos precisar que você se alterne um pouco entre o resort e o rancho até resolvermos tudo. Pelo menos dois de nós têm que ficar no hospital. Vamos organizar turnos.

— Não tem problema.

— Mas não amanhã. Ou hoje, melhor dizendo. — Bodine encontrou as botas, calçou-as. — Você vai visitar a sua mãe.

— Posso adiar isso.

— Não, não precisa. Eu tenho que montar uma escala de qualquer forma, e sua mãe está esperando você. — Ela se apoiou nele por um instante. — Obrigada por ser meu amigo quando precisei.

— Eu sou seu amigo mesmo quando você não precisa. Mas, da próxima vez, vou querer sexo.

Isso a fez rir, como era a intenção.

— Eu também. — Ela segurou o rosto dele e o beijou. — Eu também.

— Dê notícias, Bodine.

— Pode deixar. — Ela se levantou. — Como dormi um pouco, vou para o hospital liberar Chase e papai, querendo eles ou não. Chase também vai precisar de um amigo.

— E sou amigo dele, precisando ou não. Mas não vou transar com o Chase.

Rindo de novo, ela seguiu para a porta.

— Você e Alice foram embora, mas com certeza voltaram de formas diferentes. Vá dormir, Skinner.

Ainda com as roupas em que passara o dia, ele voltou a deitar quando ouviu a porta bater. Mas não dormiu.

Capítulo 18

♦ ♦ ♦ ♦

CALLEN ACRESCENTOU MAIS UMA TAREFA ao seu dia lotado ao se oferecer para ajudar com os cavalos do estábulo. Dane-se, já estava acordado mesmo, pensou enquanto limpava uma das baias.

Aquele trabalho específico fora escolhido porque conhecia os hábitos de Chase tão bem quanto os próprios.

Vinte minutos depois de ter começado, o amigo apareceu.

Com um ar cansado, observou Callen, e meio desarrumado.

— Você está na escala hoje? — perguntou Chase.

— Não, só estou matando tempo.

— Por que você adora cavar merda de cavalo?

— É a minha vocação na vida. — Fazendo uma pausa, Callen se apoiou na pá. — O que eu posso fazer?

— Ainda não sei o que ninguém pode fazer. Só estamos esperando. Ainda nem sei bem pelo quê. Mas um de nós tem que estar lá para apoiar a vovó se ela desabar.

A avó dele também, pensou Callen, já que a considerava assim desde sempre.

— Como ela está?

— Vovó é dura na queda. Acho que eu sempre soube, mas isso nunca ficou tão claro quanto agora. Ela insistiu em passar a noite no quarto de Alice. Eu dei uma olhada nela algumas vezes, papai também. As duas pareciam estar dormindo. E então Bodine apareceu às cinco e meia da manhã. Ela foi até a casa delas, pegou roupas e tudo mais que achou que seria necessário, e mandou papai e eu virmos para casa. Nem deixou a gente argumentar.

— A fruta nunca cai longe do pé.

— Pois é. Não conheço Alice — disse Chase, abrupto. — Não sinto nada por ela. Só lamento e fico enojado de saber que passou por aquele inferno, provavelmente durante anos. Mas não sei absolutamente nada sobre ela, não temos qualquer tipo de conexão. Preciso pensar nas mulheres que conheço, com as quais me importo. — Sem palavras por um instante, Chase esfregou as mãos sobre o rosto. — A bisa já tem quase 90 anos. Como é que vou impedi-la de passar horas na sala de espera de um hospital?

— Arrume uma distração para ela. Uma tarefa.

Chase jogou as mãos para cima, um sinal óbvio de frustração para um homem que economizava palavras e gestos.

— Como o quê?

— Ah, pelo amor de Deus, sei lá. Alguma coisa de avó. Ela é avó da Alice; então possui essa conexão que te falta. E você não devia se sentir culpado por isso, cara.

— Ela é irmã da minha mãe.

— Foda-se, Chase. Você nunca viu a mulher na vida. Roupas. — Callen achou que a ideia era genial.

— O que tem as roupas?

— Bodine disse que Alice só tinha as roupas que vestia. E a polícia as levou embora para serem analisadas. Ela vai precisar de roupas, não vai?

— Imagino que sim, mas...

— Pense comigo. Você volta para lá e, no café da manhã, comenta que Alice não tem nada para vestir além das camisolas do hospital. Aposto uma semana do meu salário como a sua mãe e dona Fancy vão querer resolver isso na mesma hora.

— Eu... É verdade. Nem pensei nisso.

— É provável que elas também não tenham pensado. — Callen jogou mais feno sujo no carrinho de mão. — As duas ainda estão absorvendo tudo, mas logo vão começar a pensar nas coisas mais práticas. Você pode ter a ideia primeiro, dar um empurrãozinho na direção certa.

— É uma ideia muito boa.

— Eu resolvo os problemas do mundo enquanto cavo merda de cavalo.

O sorriso de Chase veio rápido, mas desapareceu com a mesma velocidade.

— Cal, em algum lugar, em algum lugar perto demais, tem um homem capaz de fazer o que ele fez com a Alice. Você consegue lidar com isso?

— Tenho tempo para pensar no assunto, já que tem bastante merda de cavalo por aqui. Vá cuidar da sua família e lembre que posso ir fazer hora no hospital. Vou a Missoula esta tarde e posso passar por lá depois que estiver livre.

— Eu acharia ótimo.

Callen assentiu com a cabeça.

— Então é isso que vou fazer — disse ele, e voltou para a limpeza.

NAQUELA TARDE, depois de refazer a escala de trabalho, pedir a Maddie para cobrir uma aula marcada em cima da hora e deixar Ben encarregado das coisas, Callen bateu à porta azul-claro da bela casa da irmã. As janelas ladeando a entrada exibiam jardineiras vermelhas que o cunhado montara. Com faces roxas e amarelas que ele sempre pensava parecerem humanas demais, alguns amores-perfeitos jorravam delas.

Savannah devia tê-las plantado.

Ele sabia que havia uma estufa no quintal dos fundos que — assim como um conjunto de balanços que parecia uma espaçonave — marido e mulher construíram juntos.

Assim como construíram uma vida, uma família, a bela loja de artesanato e arte. O quintal ainda abrigava uma fornalha, de forma que as prateleiras da loja também exibiam os trabalhos da irmã.

Ela sempre fora esperta, pensou Callen agora. Capaz de criar coisas interessantes de algo que a maioria das pessoas descartaria como lixo.

Os dois brigavam bastante, como irmãos sempre fazem, e ele preferia a companhia de Chase e o rancho à dela e sua casa. Mas sempre admirara a criatividade de Savannah. Sua calma praticamente inabalável — embora aquele ar despreocupado o deixasse muito frustrado quando o sangue dele fervia.

Mas, quando Savannah abriu a porta, o cabelo castanho preso em tranças, o rosto bonito como um *cupcake* e a barriga enorme sob uma camisa xadrez, ele só sentiu uma onda de amor.

— Como é que você consegue se levantar da cama com isso aí. — Callen deu uma cutucada leve na barriga.

— Justin montou um sistema de roldanas.

— Eu não duvidaria disso. Onde está o garotão?

— Hora da soneca. Embora esse momento maravilhoso esteja quase acabando. Entre logo, enquanto ainda temos silêncio.

Ela o puxou para dentro, encostando a barriga nele — só um pouquinho esquisito — enquanto lhe dava um abraço.

— E ainda por cima levou o cachorrinho para a cama. Ele acha que está me enganando.

Savannah seguiu para a sala de estar — com um sofá enorme e fofo estampado com papoulas vermelhas num fundo azul-marinho, poltronas vermelhas com listras azuis. Tudo fora comprado em lojas de segunda mão e estofado novamente. Assim como as mesas que reformaram, as luminárias que a irmã resgatara de uma pilha de lixo, pintara e as deixara como novas.

Todas aquelas peças ao redor, pensou Callen, restos e lixo, nada perfeito, nada exato. E todas formavam um lar.

Ela desabou sobre uma cadeira, esfregou a barriga.

— Mamãe está se arrumando. Você chegou cedo. Quer café? Eu já tomei minha xícara do dia. Não consigo resistir. Mas posso fazer mais.

— Só quero sentar.

— E que tal um chá de sassafrás, caubói?

Ele sorriu.

— Nem morto, sua hippie esquisita. Por que não está na loja?

— Eu precisava de uma folga. Tinha umas coisas para terminar no ateliê, e, neste estágio da fornada, Justin começa a ficar superprotetor. — Ela deu outro tapinha na barriga. — Eu podia ter levado a mamãe, Cal. Sei o que você acha dessas coisas.

— Não tem problema.

— Posso arrumar uma babá num instante se você quiser que eu vá junto.

— Está tudo bem, Vanna.

— Ela está bem animada. Mais por passar tempo com você. — Savannah olhou para o teto ao ouvir um baque, uma série de latidos e a risada de um menino. — O tempo acabou.

— Vou buscá-lo.

Ela acenou para o irmão sentar.

— Não precisa. Acredite, ele conhece o caminho. E cometi o erro de contar que você vinha hoje. Então se prepare.

— Eu me divirto. Ele puxou o seu talento de criar coisas e o jeito de ver o lado engraçado em tudo de Justin. Vocês fizeram um filho interessante.

— Estamos trabalhando no próximo. Quer saber o que é?

— O que é o quê? Ah, menino ou menina? Achei que vocês não fossem descobrir antes de o bebê nascer.

— Não íamos. Nós não sabíamos com Brody, e ele foi a melhor surpresa da vida. Aí decidimos fazer isso de novo, e estava tudo certo, mas então, numa noite, começamos a conversar sobre o quarto, que era neutro no início, mas se tornou cada vez mais decorado para um menino. Podíamos deixar como estava, voltar para o neutro ou fazer algo diferente, agora que Brody se mudou para o seu quarto de irmão mais velho e estamos prestes a ocupar o berço de novo. Então resolvemos descobrir. E foi isso que fizemos.

— Então qual é o sabor do recheio?

— Morango.

— Rosa? Uma menina. — Callen esticou o pé para cutucar o dela. — Vocês vão ter um de cada. Muito bem! — Ele observou a barriga da irmã mexer. — Que coisa esquisita.

— Ela sabe de quem estamos falando. Aubra ou Lilah. Vai ser um desses dois nomes. O que ganhar é o primeiro; o outro vira nome do meio. Qual você prefere?

— Eu não vou me meter em assunto de pai e mãe.

— Não disse qual é o preferido de cada um. Só quero saber qual você acha mais bonito.

— Acho que Aubra.

— Isso! — Ela ergueu um punho no ar. — Mais um voto para mim. Agora, se eu conseguir convencer Justin a ficarmos com Aubra Rose e guardarmos Lilah para a próxima...

— Vocês já estão pensando no próximo?

O cachorrinho, um filhote de labrador loucamente carinhoso, desceu pulando os degraus e foi direto para o colo de Callen, as patas apoiadas no seu peito enquanto lambia o rosto dele. Brody, com o cabelo em pé pela soneca, o rosto rosado e olhos tão alegres quanto os do labrador, descia a escada com um balde de plástico.

— Cal, Cal, Cal!

Tudo mais que foi falado era rápido demais para a capacidade de Callen de compreender a linguagem do sobrinho, mas, quando o menino largou o balde e se jogou em seu colo como o cachorrinho, o amor incondicional ficou claro.

Ele não sabia o que fizera para merecer aquilo, mas com certeza era algo que tornava o seu dia melhor.

Brody desceu novamente para buscar o balde, pegou um boneco.

— *Memdiferro.*

— Estou vendo. Achei que você gostasse dos Power Rangers.

— Ranger vermelho. Hulk. *Capião Mérica.* Ranger pateado.

— Prateado — corrigiu a mãe. — Pra-te-a-do.

— Pra-te-a-do.

O menino apresentou sua coleção enquanto empurrava os bonecos para Callen.

— Não consigo fazer a mamãe parar de comprá-los.

— E por que ela faria uma coisa dessas? — Katie Skinner desceu as escadas. Ela usava um vestido cinza-escuro e botas pretas, curtas e práticas.

E parecia feliz, observou Callen. Em sua memória, fazia anos demais que a mãe não aparentava estar assim.

Esse ar de felicidade combinava com ela, assim como o cabelo que deixara embranquecer e a risada que soltou quando Brody foi correndo abraçar as suas pernas.

— Cal! — contou o menino à avó.

— Estou vendo.

— Cal vem brincar.

— Pode brincar — disse Katie ao filho. — Passe um tempo com ele, não temos pressa. Vou fazer um chá para a Savannah.

— Mamãe, obrigada, eu estava mesmo querendo uma xícara.

— Ela quer de sassafrás — disse Callen enquanto escorregava para o chão, para a felicidade tanto do menino quanto do cachorro.

— Quero mesmo.

— Já volto.

Callen escolheu seus bonecos para a batalha.

— Você trouxe luz para a vida dela, Vanna. Você, Justin e este menino.

— Acho que nós ajudamos. E você também trouxe quando voltou para casa. Uma luz que ficou um pouco mais forte com a ideia de você e Bodine Longbow estarem juntos.

Quando a cabeça do irmão se ergueu, com os olhos estreitos, Savannah abraçou a barriga e riu.

— Você pode ter passado um tempo fora, Cal, mas não devia ter se esquecido de como todo mundo aqui se conhece. Ficamos sabendo sobre você e Bodine e suas danças sensuais no Rebanho sábado à noite.

— "Danças sensuais." — Callen tampou os ouvidos de Brody. — É assim que você fala na frente da criança?

— Ele já viu o pai e eu fazendo nossas próprias danças sensuais.

— Talvez eu precise tampar os meus ouvidos.

Sorrindo, Savannah passou a mão por uma das tranças.

— Então, sobre você e Bodine.

— Não coloque o carro na frente dos bois.

— Sempre gostei dela. Sempre gostei de todos, mas Bodine é a minha favorita. Você não sabe que duas ou três vezes por ano ela aparecia com um saco de roupas para mim. Dizia que sabia que eu tinha talento para costurar, e talvez eu pudesse consertar as peças e usá-las. Não havia nada de errado com as roupas. Talvez um botão faltando ou um rasgo no forro. Ela dizia isso para não me magoar. E então, quando eu e Justin abrimos a loja, foi uma das primeiras clientes. Bodine tem um bom coração e é muito gentil. Não sei se você a merece. — Savannah sorriu ao dizer isso.

— As mulheres, Brody? São todas do contra. É melhor você já ir aprendendo isso.

— Leres. — Brody ergueu a Power Ranger rosa e vaiou.

Uma hora com a irmã e o sobrinho divertido, outra hora levando a mãe para jantar — Callen considerava esses momentos como ótimos apoios de livro. O que eles abrigavam entre si era uma obrigação familiar.

Ele parou o carro quando a mãe pediu para comprar flores, esperou pacientemente enquanto ela escolhia as que queria — e ficou quieto ao ouvir que as tulipas amarelas não aguentariam nem a noite inteira.

Teria pagado pelas flores, mas ela não deixou.

Então dirigiu até o cemitério, e deixou que ela guiasse o caminho depois que estacionou. Ele não ia ao túmulo desde o enterro, e não pretendera voltar ali. Agora percebia que faria aquele trajeto sempre que a mãe pedisse.

Imaginou que devia se sentir agradecido pelo lugar ser bem-cuidado, por limparem grande parte da neve. O que restava não era o suficiente para dificultar a caminhada dela pelo caminho de terra batida.

De todo modo, manteve a mão no braço da mãe enquanto ela passava pelas lápides, chegando na pequena e simples que fora marcada com o nome do pai.

JACK WILLIAM SKINNER

MARIDO E PAI

Era verdade, pensou Callen. Ele fora as duas coisas. A lápide não precisava entrar em detalhes sobre o seu grau de sucesso nas duas posições.

— Sei que você acha difícil vir aqui — começou Katie. — Sei que não é justo pedir que venha.

— Não se trata de ser justo.

— Seu pai tinha uma fraqueza — continuou ela enquanto o vento soprava seu cabelo. — Ele não cumpriu as promessas que fez a você.

Para todos nós, pensou Callen, mas permaneceu em silêncio.

— E tornou a sua vida mais difícil com essa fraqueza e as promessas não cumpridas. Seu pai sabia disso. Ah, Callen, ele sabia, e tentou. Eu podia tê-lo abandonado, levado você e Savannah embora.

— E por que não fez isso?

— Eu o amava, e o amor é uma coisa poderosa. — Enquanto o vento fazia o cabelo dela balançar, Katie acariciou o topo da lápide. — O amor aguenta levar golpes, um após o outro. Seu pai nos amava. É por isso que, quando cedia à sua fraqueza, ele magoava mais a si mesmo do que a mim. E se esforçava para se redimir, só que então...

Então, pensou Callen. Ele se lembrava de muitos *entãos*.

— Havia ocasiões em que você mal conseguia colocar comida na mesa, quando as contas se empilhavam.

— Eu sei. Eu sei. — Ainda assim, ela continuou a passar a mão enluvada pelo topo do túmulo, como se tentasse acalmar um fantasma sofrido. — Assim como sei que ele era viciado no jogo, que lutava contra isso. Seu pai nunca culpou ninguém além de si mesmo, Callen, e é importante nos lembrarmos disso. Há quem aja assim, quem culpe os outros por seus vícios. Bebidas, drogas, jogo. Passar a culpa adiante é algo cruel, violento. Seu pai nunca foi violento, nunca tocou num fio de cabelo meu ou de vocês. Não havia maldade nele. — Com um suspiro, Katie parou de acariciar a pedra, pegou a mão de Callen. — Mas ele o decepcionou.

— E você? — Meu Deus, como o irritava ver que ela nunca culpava o marido pelas perdas, pelas economias, pelas humilhações.

— Ah, Cal, ele me decepcionou. E era sempre mais doloroso, muito mais doloroso, quando ele conseguia resistir por bastante tempo. E você também me culpa por não obrigá-lo a parar.

— Eu costumava culpá-la — admitiu ele. — Eu costumava culpá-la por isso. Mas entendo agora. Não a culpo por nada, mamãe. Juro por Deus.

Katie o encarou fixamente, analisando-o, e então fechou os olhos.

— Isso me tira um peso das costas. Não tenho como explicar o quanto me sinto mais leve, sabendo que essa é a verdade.

O pai, pensou Callen, não fora o único a cometer erros, a decepcionar as pessoas.

— Desculpe por não ter dito isso antes. Desculpe.

— Eu errei. Errei quando inventei desculpas por ele, quando as inventei para você e Vanna. — Ela apertou a mão dele. — Posso me arrepender disso, pedir que me perdoe. Ele acreditava que tinha melhorado. Sabia que estava mentindo para si mesmo, mas acreditava nisso. Só ia participar de uma partida de pôquer entre amigos, fazer uma apostinha num cavalo, não era nada de mais. Ele sabia que ia cair em tentação de novo, mas se enganava. Parava de ir aos encontros.

— Que encontros?

— Jogadores Anônimos. Seu pai não queria que você e Savannah soubessem. A verdade é que, no fundo, sentia vergonha de ir, de precisar ir. E não me contava quando parava, mas eu começava a ver os sinais. A única coisa sobre a qual seu pai mentia para mim era sobre esses encontros, sobre cabulá-los para ir jogar. E eu o perdoava, porque as mentiras e o jogo eram parte do mesmo problema. Ele sentia tanto orgulho de você e de Savannah. Talvez você não se lembre de como isso é verdade. E a culpa é do seu pai, não sua. Talvez você não se lembre dos bons momentos, mas eles existiram. Como quando ele o colocou num cavalo pela primeira vez, quando te deu o seu primeiro cachorro, quando te ensinou a martelar um prego e consertar uma cerca. Tudo isso aconteceu, Callen, e seu pai se orgulhava de você. Ele nunca perdoou a si mesmo por fazer com que você e Savannah perdessem seu patrimônio, por perder acre por acre do rancho no jogo.

— Era a sua casa.

— Vou contar um segredo. — Katie pôs a mão no braço dele, acariciando-o. — O rancho só me dava trabalho. Era um meio de ganhar a vida. Eu teria preferido uma casa como a de Vanna. Com vizinhos por perto, um jardim, uma hortinha. Cavalos, gado, campos para arar e plantar... Era um trabalho interminável. Seu pai adorava. Você adora. Eu nunca gostei.

— Mas você... — Callen se interrompeu, balançando a cabeça. Talvez fosse impossível para os homens entenderem as mulheres, a força que corria nelas. Ou o amor que sentiam.

— Eu aprendi a viver no rancho, mas a verdade é que isso nunca foi natural para mim. Adoro morar com a Savannah, o Justin e aquele garotinho. E sou útil lá. Isso me é natural. Posso facilitar a vida deles, e todo dia me sinto abençoada por ver como são felizes juntos. Como minha menina tem uma vida boa. Eu nunca soube o que fazer para tornar a sua vida mais fácil, para compensar tudo o que você perdeu.

— Não se preocupe com isso. Posso seguir o meu caminho. Não preciso do passado.

— Eu sei. Você não me mandava dinheiro todo mês? E ainda o faz... apesar de não ter necessidade...

— Eu tenho necessidade — disse ele, interrompendo a mãe.

— Você pode seguir o seu caminho, Callen, e sei que vai construir uma vida feliz, mas aquela terra era sua, e não consegui mantê-la para você.

— Não quero que carregue esse peso, mamãe. Não quero que pense assim. Se o problema fosse só a terra, eu poderia tê-la comprado de volta ou pelo menos uma parte. Fui embora para ganhar a minha vida, para provar que conseguiria fazer isso. Para mim mesmo. E voltei porque era algo que eu tinha que fazer, porque senti falta do meu lar. E o meu lar não era um pedaço de terra.

— Eu quis que você viesse hoje comigo para conversarmos sobre essas coisas e talvez deixá-las para trás. Seu pai nunca se perdoou por perder o que deveria ser seu. E, quando finalmente aceitou que seria impossível recuperar tudo, esse desespero o fez tirar a própria vida. Eu não consegui perdoá-lo por isso. — Katie olhou de novo para a lápide, para o nome entalhado. — Por todo o restante, eu o perdoei. No dia em que o enterramos aqui, não havia uma gota de perdão no meu coração. Só raiva e culpa. Não conseguia sentir mais nada. Amigos e vizinhos vieram, eu disse as coisas que deveriam ser ditas. Disse as coisas que deveriam ser ditas para você e sua irmã. Mas o que falei ao seu pai nos meus pensamentos eram palavras de raiva, de rancor.

— Mas você vem aqui colocar flores no túmulo dele.

— Eu teria feito isso independentemente de perdoá-lo. Mas perdoei. Eu o perdoei. Seu pai perdeu muito mais do que alguns acres de terra, algumas construções, alguns animais, Callen. Ele perdeu o respeito, senão o amor, da filha; perdeu o filho. Perdeu os anos que teria com os netos. Então o perdoei. Venho aqui, coloco flores no túmulo e penso nos bons tempos, no nosso amor. Nós dois fizemos você e Savannah, e esse é o meu milagre. Então faço isso e deixo o restante para lá. — Katie se inclinou para a frente e depositou as flores. — Não vou pedir que você o perdoe, Cal. Mas preciso que tente compreender, que tente deixar isso para trás. Quero poder ver o meu menino construir uma vida boa.

Por tempo demais, por vezes demais, ele pensara na mãe como uma pessoa fraca. Agora, via que Cora Bodine não era a única mulher em sua vida que era dura na queda.

— Não há nenhum ressentimento entre nós, mamãe. Desculpe se a fiz se sentir assim. Eu não podia ficar aqui.

— Ah, não, Cal, você teve razão em ir embora. — Ela tirou um lenço do bolso. — Senti tanto a sua falta, mas fiquei feliz por você seguir o seu caminho.

Aquelas não eram palavras que Callen dizia com facilidade ou com frequência, mas viu que ela precisava ouvi-las, embora jamais pudesse pedir por elas.

— Eu te amo, mamãe.

Os olhos de Katie, já marejados, deixaram cair as lágrimas.

— Callen. Cal. — Ela se apoiou no filho, pressionou o rosto contra o peito dele. — Eu te amo tanto. Meu menino, eu te amo tanto.

Ele a sentiu relaxar de uma tensão que parecia estar ali há anos.

— Agora sei que você voltou de verdade.

— Eu fui embora porque precisava ir. Voltei porque quis. Senti saudade da minha mãe — disse Callen, e ouviu um soluço abafado contra o seu coração. — Pare de se preocupar. Você está ficando gelada. Venha, vamos voltar para o carro e ligar o aquecedor.

Katie olhou para a lápide, para as flores.

— Sim, está na hora de irmos embora.

— Ótimo, porque tenho um encontro marcado com uma moça bonita. — Ele passou um braço ao redor dos ombros da mãe. — Vou levá-la para jantar num lugar chique.

Katie secou as últimas lágrimas.

— Isso inclui uma taça de vinho?

— Você bebe vinho agora?

— Hoje eu bebo.

— Então vamos pedir uma garrafa.

QUANDO ELE VOLTOU AO CHALÉ, viu as marcas na neve logo de cara. A raiva que quase o engolira retornou numa onda conforme seguia para o barraco. Viu que a porta estava destrancada.

Violento, ele entrou com a certeza, ainda com a certeza, de que a encontraria. Ela não ousaria, não *ousaria* desobedecer.

Mas o lugar que provera estava vazio, nem mesmo arrumado por completo.

Esther pagaria por aquilo, pagaria caro.

Ele correu para o lado de fora, apertando os olhos enquanto analisava o terreno. A lua fornecia luz suficiente para ver as pegadas, apesar de nuvens estarem surgindo.

Ela não conseguiria ir muito longe. Vadia ingrata. E, quando a pegasse, ele quebraria suas duas pernas. Esther achava mesmo que podia sair andando por aí? Aquela seria a última vez que andaria para qualquer lugar.

Ele marchou até o chalé, destrancou a porta.

Os suprimentos ali dentro eram suficientes para durar um ano. Sacos de feijão e arroz, farinha e sal. Latas empilhadas do piso ao teto.

Havia lenha no interior e lá fora sob uma lona.

Mas seu armamento ficava no quarto.

Três rifles, duas espingardas, meia dúzia de pistolas e uma AR-15 que lhe custara caro. Também tinha ferramentas para produzir as próprias balas e munição suficiente para travar uma pequena guerra.

Ele sabia que o dia chegaria em que teria de lutar. E estaria pronto. Estaria pronto quando os cidadãos soberanos daquele país que já fora poderoso se rebelassem para remover o governo corrupto e tomar de volta a nação, a terra e os direitos negados a eles e dados aos imigrantes, aos negros, aos homossexuais, às mulheres.

Um governo que mijava nas páginas da Constituição e da Bíblia.

A guerra estava a caminho, e ele rezava todas as noites para o momento chegar logo. Mas, naquela noite, havia uma mulher para caçar, uma mulher que ele tomara por esposa e a quem provera, uma mulher para punir.

A arma escolhida foi um belo e pesado revólver Colt — fabricado nos Estados Unidos da América e já devidamente carregado. Ele tirou o casaco para vestir um colete tático, enchendo-o de munição e balas de espingarda. Prendeu uma faca embainhada no cinto, passou os óculos de visão noturna ao redor do pescoço e pendurou a espingarda no ombro.

Passara boa parte da vida caçando e rastreando animais por aquela floresta, pensou ao sair novamente. Nenhuma vadia ignorante, nenhuma mulher ingrata, seria capaz de fugir para muito longe quando ele estivesse em seu encalço.

As pegadas eram ridiculamente fáceis de seguir, mesmo cobertas por uma fina camada de neve. Ela saíra andando sem nenhum senso de direção, concluiu ele, acelerando o passo.

Quando viu que Esther mudara de rumo, ficou um pouco preocupado, pois aquele novo caminho acabaria levando a uma estrada de rancho. Ele não tinha problema nenhum com as pessoas que moravam lá, e sua bela casa ficava a uns bons dois quilômetros de distância. Mas, se ela pegasse a estrada, se seguisse naquela direção...

Mas isso não acontecera. Ela era idiota demais para fazer uma coisa dessas, constatou ele com uma satisfação cruel ao ver as pegadas indo para o lado oposto da casa.

O rastro foi perdido por algum tempo, e o homem decidiu que Esther andara um pouco pela estrada, encontrou marcas novamente quando ela voltara a andar ou cambaleara pela neve.

Quando a lua sumiu atrás das nuvens, ele colocou os óculos e seguiu em frente. Dava para segui-la pelo cascalho também, pela forma como arrastava uma das pernas.

Piranha idiota, piranha idiota. Ele usava as palavras como uma oração enquanto seguia as pegadas e suas pernas começavam a doer. Como Esther andara tanto?

Quando viu sangue, ele agachou, analisou a mancha. Era difícil julgar com a neve molhada, mas parecia fresco o suficiente; então devia ser dela.

Seguiu em frente. Uma trilha fraca de sangue, uma gotinha ali, outra acolá, mas o homem aumentou o ritmo até começar a arfar.

Sua cabeça começou a latejar quando percebeu aonde aquele caminho a teria levado. Apesar de seus pulmões queimarem, forçou-se a correr, com a espingarda batendo contra suas costas, o revólver pesando na coxa.

Ele a mataria, e sua morte seria justa.

Não dissera a si mesmo para trancá-la, acorrentá-la novamente e arrumar outra esposa? Mais jovem, numa idade fértil. Uma esposa que geraria filhos em vez de filhas inúteis que ele preferia vender a manter.

Agora, não se daria nem ao trabalho de acorrentá-la e alimentá-la. Não depois de ela ter mostrado suas garras dissimuladas. Ele a estriparia como um cervo e a abandonaria para que os animais comessem.

Com a sua próxima esposa, seria mais seletivo. Menos generoso.

Mas, ao chegar na estrada, soube que perdera sua chance. Era possível enxergar por quatrocentos metros em cada direção, e não havia sinal de Esther.

Ele disse a si mesmo que ela morreria de frio, e seria bem-feito. Disse a si mesmo que, ainda que sobrevivesse, jamais levaria ninguém ao seu chalé. Disse a si mesmo que a corrupção da polícia local jamais seguiria o rastro dela como ele fizera.

Mas resolveu se certificar disso limpando as pegadas, voltando, deixando marcas falsas.

Quando a neve fina se transformou em chuva, ele sorriu. Deus provinha, pensou, e fez uma oração mental. A água lavaria o rastro de sangue, ajudaria com as pegadas na neve. Ainda assim, continuou se molhando, criando novos caminhos, cuidadosamente voltando sobre as pegadas, satisfeito ao ver que a chuva continuava a cair pesadamente depois de uma hora de trabalho.

Quando finalmente voltou para as suas terras, suas pernas tremiam de exaustão, e sua calça estava ensopada.

Mesmo assim, ainda teve forças e raiva suficientes para chutar o cachorro com força.

— Por que não impediu que ela fugisse? Você a deixou ir embora.

Enquanto o cachorro gania, tentando se arrastar de volta para o abrigo, o homem tirou a pistola do bolso. Já estava com o dedo no gatilho e determinado a enfiar uma bala na cabeça do animal.

Mas então pensou melhor no assunto. Na manhã seguinte, levaria o cachorro inútil para passear, amarrado numa corda. E o deixaria correr por todo e qualquer rastro que houvesse nos arredores do chalé. Colocaria uma sela no saco de pulgas que era o cavalo, daria uma volta. Um homem cavalgando seu cavalo, levando o cachorro para correr.

Era isso que faria.

Ele entrou no chalé, acendeu a lareira. Então tirou a roupa e vestiu ceroulas de inverno para aquecer os ossos.

A fome o incomodava, mas o frio e o cansaço eram piores. Com a cabeça latejando novamente, foi para a cama.

De manhã ele sairia a cavalo, certificando-se de que cobrira todas as pistas. Foi o que disse a si mesmo.

Enquanto caía no sono, desejou que Esther fosse o alvo de toda a fúria que Deus almejava contra os pecadores e os profanos.

Ao mesmo tempo em que era xingada, Alice passou sua primeira noite de liberdade em mais de 25 anos num sono protegido por drogas.

De manhã, com a pele quente, o peito apertado, a garganta arranhando, o homem se forçou a se vestir, comer e selar o cavalo manso. O cachorro mancou e tossiu, mas caminhou pelas pegadas que desapareciam.

Apesar de a chuva ter feito a maior parte do trabalho, ele lembrou a si mesmo que Deus ajuda quem cedo madruga. Passou mais de uma hora cavalgando antes dos tremores o forçarem a voltar para o chalé.

Não se deu ao trabalho de prender o cachorro — para onde o animal iria? — e quase não conseguiu tirar a sela do cavalo. Lá dentro, engoliu os remédios de gripe direto do frasco. Ele precisava sair, ouvir os boatos, ver se alguém estava falando sobre terem encontrado uma velha idiota, ver se aquela piranha dissimulada dissera alguma coisa.

Mas isso podia esperar, teria que esperar até se recuperar do resfriado que pegara por culpa dela.

Então voltou para cama, dormiu entre os tremores e a febre.

Só acordou para tomar outra dose de remédios mais ou menos na hora em que Callen pedia uma garrafa de vinho para a mãe.

Capítulo 19

♦ ♦ ♦ ♦

No terceiro dia, Bodine já estava tão acostumada com o ritmo do hospital que conseguia identificar qual enfermeira atravessava a sala de espera apenas pelo som de seus passos.

Ela trabalhava remotamente pelo *laptop* e o celular durante o tempo que considerava seu horário de plantão. A mãe, sua companheira naquela manhã, fazia o mesmo. A sala de espera lhes servia de escritório, sala de estar e limbo.

À tarde, assim como no dia anterior, Sam ou Rory chegariam com dona Fancy, e Bodine e Maureen poderiam retornar ao trabalho. As duas tentariam convencer Cora a ir junto, fazer um intervalo até o turno da noite. Mas, por enquanto, ninguém fora capaz de tirá-la de lá.

Sabia que Callen havia passado a noite naquele mesmo sofá razoavelmente confortável com Chase. Ele não aceitaria sua gratidão por aquilo, mas ela era grata da mesma forma.

Quando chegara com a mãe, logo depois de o nascer do sol, servira para todos o café da garrafa térmica que enchera em casa. Então desembrulhara sanduíches de ovo e bacon e os distribuíra.

Fora então que Callen a beijara com entusiasmo.

— Foi mamãe quem fez os sanduíches — dissera ela, e ele se virara imediatamente para Maureen e a beijara também com entusiasmo.

Aquela fora a primeira vez que Bodine ouvira a mãe rir em dias.

Sim, era grata a ele.

A base na qual tinham apoiado sua vida nos últimos 25 anos desaparecera. As rotinas de casa, do trabalho e da vida em família estavam arruinadas.

Seu mundo se resumia ao hospital, a estar ali, a ir e vir, a constante alternância entre momentos de sono e refeições corridas. As exigências do trabalho, das pessoas e dos animais que dependiam deles, a tensão da preocupação com Cora.

Se a volta de Alice fora responsável por tantas lágrimas e confusões, pensou Bodine, como sua partida impensada afetara a família tantos anos antes?

— É mais difícil? — perguntou ela.

Maureen parou de franzir a testa para um e-mail e ergueu o olhar por cima dos óculos.

— O que é mais difícil, querida?

— Alice ter voltado dessa forma ou do que quando foi embora. Não estou fazendo a pergunta do jeito certo.

— Não, está certo o suficiente. Está certo o suficiente. Eu me perguntei a mesma coisa. — Para responder às duas, Maureen deixou o *tablet* de lado, dobrou os óculos e os guardou. — Fiquei tão irritada, não me preocupei nem um pouco no início. Lá estava eu, prestes a viajar para a minha lua de mel, e Alice aprontando uma para chamar atenção. Nós não queríamos deixar mamãe sozinha no meio daquela confusão, mas ela não quis que ficássemos. Disse que isso só a deixaria mais nervosa. E eu queria tanto ir. Eu havia me tornado uma mulher casada, prestes a ir para o Havaí com o meu marido. Tão exótico, tão romântico, tão emocionante. Não se tratava só da parte do sexo. Não me guardei para o casamento.

— Caramba, estou chocada. Estou simplesmente chocada por ouvir uma coisa dessas.

Maureen riu um pouco e se recostou na cadeira.

— Eu estava tão orgulhosa de ter me casado, tão loucamente apaixonada, tão animada de ir com o meu marido para o que era quase o equivalente a um país estrangeiro para mim, na época. E Alice teve um de seus famosos chiliques, nos jogou um balde de água fria.

Bodine esticou a mão e apertou a da mãe.

— Eu também teria ficado irritada.

— Eu estava fula da vida — respondeu Maureen. — Só comecei a me preocupar de verdade no fim da nossa semana de lua de mel. Todos os dias eu tinha certeza de que ela apareceria. E, todos os dias, eu ouvia mais tensão na voz de mamãe quando nos falávamos pelo telefone. Então voltamos um dia antes, e aí vi a tensão ao vivo. Na mamãe, na vovó e no vovô. Nós íamos construir uma casa.

Como estava imaginando a tensão, o estresse e os rostos, Bodine não prestou atenção à última frase.

— Desculpe, o quê?

— Seu pai e eu, nós íamos construir uma casa para nós. Já tínhamos escolhido a parte do terreno. Era perto o suficiente para ele ir a cavalo para o trabalho, e eu também. Nós estávamos começando a expandir o hotel-fazenda, bolando planos concretos para o que temos hoje. E íamos construir a nossa casa. Mas nunca fizemos isso.

Daquela vez, Bodine segurou a mão da mãe.

— Porque Alice foi embora.

— Eu não podia abandonar a minha mãe. No início, achamos que poderíamos adiar os planos até a Alice aparecer e tudo voltar ao normal. O primeiro ano foi o pior; todos os dias daquele primeiro ano. Quando encontraram a picape... A bateria estava arriada. Ela simplesmente abandonou o carro. Alice era assim. Não conserte nada, só siga em frente. Os cartões-postais, tão alegres e convencidos. O detetive que mamãe contratou encontrava uma pista e depois a perdia. Foi vovó quem a convenceu a parar de jogar dinheiro fora com isso, porque ela ficava de coração partido toda vez. E eu estava grávida do Chase naquele primeiro ano. Então, foi a época mais feliz e mais difícil da minha vida. Das nossas vidas. Alice não estava com a gente, mas nós a víamos em todo canto. — Maureen esticou o braço, esfregou a perna de Bodine. — E aqui estamos nós, com o nosso mundo girando ao redor dela de novo. Agora, meus filhos também estão no meio do furacão, e eu não gosto disso. Não gosto de não conseguir tirar minha mãe daquele quarto por mais de dez minutos, de como ela parece cansada, exausta. Ela está pálida, Bodine.

— Eu sei — concordou a filha.

— Não gosto desse ressentimento feio que tenho dentro de mim. Ele continua aqui, mesmo quando sei que coisas horríveis aconteceram com a minha irmã, coisas que ela não podia impedir, coisas que não merecia. Alguém a machucou, roubou sua vida, e quero que ele pague por isso. Mas ainda sinto raiva daquela menina egoísta incapaz de celebrar a minha felicidade, que não pensou na mãe, que só se preocupou consigo mesma.

Bodine deixou o *laptop* de lado, passou um braço ao redor dos ombros de Maureen.

— Eu tenho que perdoá-la. — Cedendo, ela pressionou o rosto na curva do pescoço da filha. — Preciso encontrar uma maneira de perdoá-la. Não por Alice, não pela mamãe, mas por mim.

— Eu nunca soube que você e o papai queriam construir uma casa. Uma parte sua deve ter perdoado uma parte de Alice muito tempo atrás.

Empertigando-se novamente, Maureen tentou fazer pouco caso do assunto.

— Bem, teve uma época em que eu também pretendia ser uma estrela da música country.

— A sua voz é muito bonita.

— Não me arrependo de não ter ido cantar em Nashville e com certeza não me arrependo de criar meus filhos na casa onde eu fui criada. As coisas acabam se encaixando, Bodine, se você trabalha duro e pensa bem nas suas escolhas.

Bodine ouviu passos — saltos altos, não solas macias —, e, quando entraram na sala de espera, a mãe se virou.

— Celia.

— Maureen. E você deve ser Bodine. — A mulher elegante, com cabelo castanho brilhante batendo nos ombros, se aproximou e ofereceu uma das mãos. — Sou Celia Minnow.

— É um prazer. A senhora é uma das médicas de Alice.

— Sim. — Ela se virou para Maureen. — Podemos conversar?

— Vou dar uma volta — começou Bodine, mas Celia acenou para que sentasse.

— Fique. Sua avó fala muito bem de você. — A médica se acomodou, alisando a saia escura. — Já tive três sessões com Alice, além da minha avaliação inicial. Posso dar um panorama geral da situação.

— Por favor.

— Sei que você conversou bastante com o Dr. Grove sobre as condições físicas dela e que está ciente da avaliação mental e emocional feita por ele.

— Celia, espero que você me conheça bem o suficiente para saber que não precisa enrolar e amenizar o golpe.

— Sim. — E, cruzando as pernas, Celia parou de enrolar. — Por anos Alice sofreu enormes traumas físicos, mentais e emocionais. Ainda não conseguimos determinar quantos. Ela não se lembra, e talvez nem tenha noção do tempo. Pode ser que a memória volte, pode ser que não. É mais provável que tudo venha em partes, aos poucos. Acredito que, durante esse período não determinado de tempo, tenha sido doutrinada com o uso de força, abusos físicos, elogios e castigos. Sua mãe me contou que ela nunca foi muito religiosa.

— Não.

— Alice cita passagens bíblicas do Velho Testamento, algumas reais, outras popularizadas. Um Deus vingativo, a superioridade dos homens e seu domínio sobre as mulheres. O pecado de Eva. Mais uma vez, acredito que essas ideias sejam parte de uma lavagem cerebral. Os abusos físicos, o fanatismo religioso, o cárcere, a forma como a única pessoa de quem ela fala é o homem quem chama de senhor, o provável isolamento.

— Tortura — disse Maureen.

— Sim, intensa até ela se submeter, até perder as forças e começar a ceder às vontades do torturador. Ele é sádico, fanático religioso, psicopata e misógino. E o provedor dela. Era quem lhe dava casa, comida e companhia, por mais terrível que fosse. Esse homem a surrava, mas também a alimentava. Ele a estuprava, mas colocava algum tipo de teto sobre sua cabeça. Ele a prendia, mas considerando as condições em que ela foi encontrada permitia que tivesse uma higiene básica. Alice era completamente dependente. Ao mesmo tempo que o teme, sente-se leal. Acredita que ele é seu marido, e o marido, por mais cruel que seja, foi criado por Deus para mandar.

— Ninguém mandava em Alice. E quando se tratava de garotos... ela gostava de passar tempo com eles — disse Maureen. — Gostava de atraí-los. Não de um jeito maldoso, ela não era má. Indiferente, talvez até insensível. E não era muito fã de casamento naquela época, falava que era uma armadilha para mulheres. Vivia me dizendo isso quando eu estava planejando o meu. Em parte era só o jeito dela, mas também havia aquela ânsia de um dia se tornar uma mulher livre, desejada e famosa. Ela era tão segura de si mesma, Celia; impulsiva, determinada e confiante.

— Ela queria esfregar o piso do quarto.

— O quê?

— Ela tem a obrigação de limpar a casa dia sim, dia não. Ficou nervosa, querendo esfregar o piso do quarto.

— Alice preferia parar de comer a lavar um copo. Para ela arrumar a própria cama de manhã, você tinha que ouvir uma enxurrada de desaforos. — Alisando uma mecha de cabelo castanho-escuro, Maureen esfregou a têmpora. — É possível que alguém mude tanto outra pessoa? Que a transforme no oposto do que era?

— Se você fosse surrada ou estapeada todas as manhãs antes de fazer a sua cama...

— Eu começaria a fazê-la mais rápido — concluiu Maureen.

— Posso fazer uma pergunta?

Celia focou os profundos olhos castanhos em Bodine.

— É claro.

— Alice teve filhos. Ela falou alguma coisa sobre eles? Não consigo tirar isso da cabeça.

— Ela disse que o senhor os levou, que o pai os levou. Ficou triste e distante quando tocamos no assunto. Não vou tocar nessa ferida de novo até nos tornarmos mais próximas. Ela aceitou sua mãe. Não como mãe, mas como uma companhia e uma figura de autoridade. Também obedece ao xerife Tate e parece confiar nele tanto quanto consegue confiar em alguém.

— Ela e Bob eram amigos — disse Maureen. — Talvez tenham sido um pouco mais que amigos durante uma época.

— Sim, ele me contou. Alice aceitou o Dr. Grove, apesar de ainda ficar nervosa durante os exames e fica nervosa na presença das enfermeiras. Mas é obediente. Come quando lhe trazem comida, dorme quando lhe dizem para descansar, toma banho quando mandam. Quem teve a ideia de trazer as agulhas de crochê da sua mãe?

— Foi Bo.

— Bem, essa é uma ótima terapia. Cora está ensinando Alice a fazer crochê, e elas têm momentos tranquilos assim. Faz bem para as duas. As coisas vão demorar para se acertar, Maureen. Queria poder dar uma estimativa.

— Ela não pode ficar naquele quarto para sempre. Nem a minha mãe.

— Não, você tem razão. Fisicamente, Alice já se recuperou o suficiente para ter alta. O Dr. Grove e eu conversamos sobre um centro de reabilitação.

— Celia, Alice precisa voltar para casa. Minha mãe vai acabar dormindo no quarto de qualquer outro hospital em que ela for parar. Podemos cuidar da minha irmã no rancho.

— Levando em conta as circunstâncias, fazer isso seria uma tarefa complicada e árdua. Você precisa pensar nas consequências, tanto no que diz respeito à Alice quanto ao restante da família.

— Você pode recomendar enfermeiras ou ajudantes por quanto tempo for necessário. E pode continuar a tratá-la. Nós a traremos para cá todos os dias se for necessário. Já pensei no assunto. Talvez isso traga mais clareza para ela. A casa, a vista, Clementine e Hec. Eles trabalham com a gente desde que nós duas éramos adolescentes. Coisas familiares, uma vida normal, não a ajudariam?

— No seu estado mental atual, Alice não pode ficar sozinha. Existe a possibilidade de ela sair andando por aí, Maureen. Há remédios que precisam ser ministrados e, mais importante, há a necessidade de não pressioná-la, de não sobrecarregá-la.

Assentindo, Maureen esfregou a têmpora de novo.

— Eu ando lendo tudo que consigo encontrar sobre o assunto, e acho que já tenho uma noção. Vamos obedecer suas orientações e as do Dr. Grove sobre o que precisamos e o que não podemos fazer. Sei que posso levá-la para casa sem a sua permissão, mas não quero fazer isso. E não quero internar minha irmã num hospital psiquiátrico, porque é isso que significa "centro de reabilitação", antes de tentar levá-la para casa.

— Alice precisa concordar. Ela precisa sentir que tem algum controle da situação.

— Tudo bem.

— Ficar indo e voltando para consultas todos os dias causaria muita agitação, estímulo demais. Se Alice e o Dr. Grove concordarem, podemos fazer um teste por uma semana. Terei que vê-la, conversar com ela, todos os dias. Vocês precisarão de enfermeiras psiquiátricas 24 horas por dia até eu ter certeza de que ela está se ajustando e não vai machucar a si mesma.

— Machucar a si mesma?

— Alice não apresenta tendências suicidas — disse Celia. — Mas pode se machucar sem querer. Sua mãe deveria ficar por perto.

— Ela e minha avó irão se mudar para o rancho pelo tempo que for necessário.

— Começaremos aqui. — Celia se levantou. — Vamos visitá-la, conversar com ela.

— Eu... eu achei que ainda não pudesse entrar no quarto.

— Agora você pode.

— Ah, eu... Me dê um segundo. — Maureen ergueu uma das mãos, exibindo a palma. — Você me pegou desprevenida.

— Vai ser assim com ela.

— Eu sei. Mas não estava esperando por isso. — Ainda assim, Maureen levantou. — Bodine.

— Estarei aqui. Vou ligar para Clementine e pedir que arrume um quarto para Alice. Estará pronto quando a levarmos para casa.

— Bodine, não sei o que faria sem você. Tudo bem, Celia. — A caminhada pelo hospital pareceu interminável, mas rápida demais. — Estou nervosa.

— Isso é normal.

— Quero perguntar se estou apresentável, mas sei como isso soa idiota.

— Está, e isso também é normal. Você ficará chocada com a aparência dela, Maureen. Tente não deixar transparecer.

— Já me disseram isso.

— Ouvir falar e ver por conta própria são duas coisas diferentes. Mantenha um tom de voz calmo, chame-a de Alice, explique quem você é. Ela provavelmente não vai lembrar, pelo menos não de forma consciente. É um bloqueio profundo, Maureen.

— E vai demorar para as coisas se acertarem. Eu sei. — Respirando fundo, ela esperou Celia abrir a porta e entrar.

Mesmo que tivessem lhe dito aquilo mil vezes, nada a teria preparado para a transformação da irmã. O choque acertou seu estômago como um soco, mas Maureen se controlou para não emitir qualquer som.

Como suas mãos tremiam, colocou-as no bolso, torcendo para o gesto parecer casual.

A Alice que voltara estava sentada na cama, o longo cabelo grisalho arrumado numa trança, o lábio inferior sendo mordido enquanto ela cuidadosamente trabalhava com uma agulha de crochê e lã verde.

A mãe estava sentada numa cadeira, crochetando uma peça mais complexa com vários tons de azul.

As duas trabalhavam num silêncio confortável.

— Alice, Cora.

Os dedos de Alice pararam, apertaram-se com força diante da voz de Celia. E os olhos voaram para o rosto de Maureen.

Os ombros caíram, o queixo baixou.

— Eu trouxe uma visita.

— Estou fazendo um cachecol. Estou fazendo um cachecol verde. Visitas não são permitidas.

— Agora, são.

— Gostei desse tom de verde. — Maureen escutou as próprias palavras, engoliu o tremor em sua voz enquanto dava alguns passos para a frente. — Também gosto de fazer crochê. A mamãe me ensinou. — Ela se inclinou, deu um beijo na bochecha de Cora e, segurando o ombro da mãe, sorriu para a mulher que a encarava. — É tão bom ver você, Alice. Sou sua irmã, Maureen. Não tenho a mesma aparência de antes.

— Preciso fazer o cachecol.

— Vá em frente. Mamãe trançou seu cabelo, não foi? Ficou bonito.

— Mulheres são criaturas vãs que pintam rostos falsos para seduzir homens com pensamentos libidinosos.

— Nós somos feitas à imagem e semelhança de Deus — disse Cora com tranquilidade enquanto continuava com o crochê. — Acho que Deus gosta que apresentemos uma imagem bonita quando é possível. E Ele disse "ide e procriai". Então acho que um pouco de luxúria ajuda com essa parte. Seus pontos estão bem uniformes, Alice.

Ela olhou para baixo, e Maureen notou que seus lábios tentavam se curvar.

— Está bom?

— Está muito bom. Você aprende rápido, sempre aprendeu. Nunca consegui fazer com que ficasse quieta por tempo suficiente para te ensinar a costurar quando você era pequena.

— Eu era má. Quem se nega a castigar o filho, não o ama.

— Não seja boba. Você só era agitada. Mas gostava de plantar, tinha jeito para isso. Eu adorava quando você e Reenie cuidavam do jardim de flores.

— Marias-sem-vergonha e gerânios — começou Maureen.

— Reenie, Reenie, Reenie — murmurou Alice. — Sempre mandona, sempre melhor.

— Alice, Alice, Alice — ecoou Maureen sobre o som de seu coração disparado. — Sempre teimosa, sempre reclamona.

Estreitando os olhos, Alice a fitou. E, apesar de sua garganta ter secado, Maureen correspondeu o olhar e sorriu.

— Ainda estou feliz em ver você, Alice.

— Reenie nunca gostou de Alice.

— Eu não diria nunca. Havia momentos em que eu não gostava, mas nós sempre fomos irmãs. Ainda cuido da horta, e do jardim de flores na primavera. Marias-sem-vergonha e gerânios, flores-de-mel e ervilhas-de-cheiro.

— Bocas-de-leão. Gosto das vermelhas.

Agora, seus olhos ardiam, pareciam latejar com as lágrimas que se esforçavam para sair.

— Ainda planto as vermelhas.

— Preciso terminar isto aqui, preciso fazer um bom trabalho. Flores não alimentam ninguém. Não há motivo para plantar flores. Vãs e inúteis como as mulheres.

— As abelhas precisam delas. Os pássaros também. — Cora esticou a mão, e apertou a de Maureen. — Eles são criaturas de Deus.

— O senhor disse que não quer saber de flores! — As palavras saíram irritadas. — Você planta feijão e cenoura, batata nos barris, repolho e tomate. E capina e tira as ervas daninhas, e rega tudo se não quiser levar uma coça. Está quase na época de plantar. Preciso voltar. Preciso terminar o cachecol.

Celia tocou o braço de Maureen, mas ela ainda não tinha terminado. Ainda não.

— Eu preciso de ajuda para plantar. Com a horta e as flores.

— O senhor disse que não quer saber de flores. — Uma lágrima escorreu pelo rosto de Alice enquanto manejava a agulha com intensidade. — Se você pedir por favor, ele é forçado a te bater para ensinar o que significa a palavra não.

— Nós temos flores no rancho. Você quer ir para casa, Alice, e plantá-las comigo, aonde ninguém vai te bater?

— Voltar para a minha casa?

— Voltar para o rancho, voltar para o seu lar. Para plantar flores no jardim comigo de novo.

— Deus castiga os pecadores.

Maureen torcia muito para que isso fosse verdade.

— Mas não irmãs, Alice. Não irmãs que plantam flores juntas e cuidam delas, que as observam florescer. Venha para casa, Alice. Ninguém nunca mais vai te bater.

— Você me bateu.

— Você geralmente me batia primeiro, e não é para contar essas coisas para a mamãe.

Mais lágrimas caíram, porém, por entre elas, algo de Alice vinha à tona.

— Eu não sei o que é real.

— Não tem problema. Eu sei que você é real. Pode continuar com o seu cachecol. Volto mais tarde para ver como ficou.

Maureen deu um passo para trás.

— Você cortou o cabelo.

Ela precisou reunir todas as forças para que a mão não tremesse enquanto a passava pelos próprios fios.

— Você gostou?

— Eu... Mulheres não devem cortar o cabelo.

— Não tem problema, gatinha manhosa — disse Cora. — Nem todas as regras são de verdade, pode acreditar. Algumas são inventadas. Reenie, pode pedir para nos trazerem chá? Nós gostamos do nosso chá do meio da manhã, não é, Alice?

Alice fez que sim com a cabeça, e voltou para o cachecol.

No mesmo instante em que Maureen saiu do quarto, ela pressionou as mãos contra o rosto. Esperando essa reação, Celia passou os braços ao redor da amiga.

— Você foi ótima. Bem melhor do que eu esperava. Ela se lembrou de você.

— Ela se lembrou de que eu era mandona. E era mesmo.

— Alice se lembrou da irmã, de uma vivência. Das bocas-de-leão vermelhas. E vai se lembrar de mais coisas. Isso é bom, Maureen.

— Aquele homem a fez se esquecer da vida dela, Celia.

— Ele tentou, mas as informações ainda estão lá, voltando. Você acabou de comandar uma sessão de terapia, Maureen, com resultados muito positivos.

— Ela pode ir para casa?

— Vou falar com o Dr. Grove. Temos que pensar em como isso vai funcionar, e você vai precisar de ajuda profissional domiciliar. Mas acho que, se forem cuidadosos, se forem pacientes, continuar o processo de recuperação de Alice em casa pode ser uma boa decisão. Vou avisar à enfermeira sobre o chá. Vá atrás da sua filha, dê uma volta.

— Acho que isso vai me fazer bem, e vou acabar despejando tudo em cima de Bo.

— Bo me parece uma pessoa forte.

Maureen concordou com a cabeça.

— Ela está lá, Celia. Minha irmã está lá.

As próximas 24 horas giraram em torno de Alice de novo; daquela vez, ela estava voltando para casa.

Na arena de equitação, Bodine segurava as rédeas da égua.

— Eu sei que você não tem tempo para isto. — Jessica prendeu o capacete. — Tem uma pilha de trabalho te esperando, e, se sobrar uma hora livre, o que não vai acontecer, você devia tirar uma soneca.

— Eu não discuto com a vovó, e ela me passou um sermão sobre as suas aulas. Você não pode mais perder nenhuma. Nosso mundo está de cabeça para baixo, Jessie. Isto é normal. Para mim, uma hora de normalidade seria mais produtiva do que tirar uma soneca.

— Queria poder ajudar mais.

— Você está cuidando de boa parte do trabalho do Rory e da mamãe, assim como a Sal está me ajudando. Callen passa quase tanto tempo no hospital quanto nós. Temos bastante ajuda. — Bodine apoiou a bochecha contra a da égua. — Não sei se as coisas vão ficar mais fáceis ou mais difíceis agora. Mamãe e minhas avós estão determinadas a trazê-la para casa hoje, e provavelmente têm razão. Os médicos dizem que isso pode ajudá-la com as memórias. E Deus é testemunha de que todos nós queremos que ela se lembre do suficiente para o xerife Tate encontrar esse desgraçado. Mas eu ainda não a vi. Não sei como devo agir com ela por perto.

— Você vai saber o que fazer.

— Acho que não tenho ideia. Mas sei o que fazer aqui. Suba.

Chase apareceu enquanto Jessica dava a volta na arena num meio-galope bonito. Isso deixou seu coração mais leve. Bastava olhar para ela para se sentir assim — e parecia que fazia anos desde a última vez que fizera isso —, mas vê-la cavalgando, sorrindo, adicionou um toque extra.

A última semana fora um desafio. Tudo parecia sombrio e devagar, e era preciso se forçar a seguir em frente, dormir um pouco, recomeçar.

Agora, a luz parecia ter voltado.

Jessica reduziu de acordo com as instruções de Bodine.

— Você tem plateia — disse a irmã, sorrindo para Chase.

— Não quero atrapalhar.

— Se você estivesse atrapalhando, eu te expulsaria. Mas, já que está aqui, pode terminar de dar a aula. Chegou a hora de a novata sair da arena.

— Ah, mas...

— A vovó disse que deveria te levar para dar uma volta na última meia hora. Você pode ir com ela, não pode, Chase?

— Sim, posso. Tenho uma hora livre.

— Ótimo. Vou voltar para o escritório e tentar diminuir minha pilha de trabalho.

E saiu a galope antes que qualquer um dos dois pudesse impedi-la.

— Ela me jogou para cima de você.

Chase se aproximou, pegou as rédeas. Tirou um instante apenas para observá-la, com o cabelo louro brilhante e solto sob o capacete e os olhos azuis focados.

— Eu com certeza estou feliz em te ver.

— Como você está?

— Um pouco cansado, bastante confuso. Vai ser bom darmos uma volta, isso vai ajudar.

— Então vamos. Estou meio nervosa em sair da arena sem as cercas.

— Acho que você vai gostar de cavalgar ao ar livre. — Ainda segurando as rédeas, ele guiou a égua até o seu cavalo. — Desculpe por eu não ter... desde que nós... Não quero que você pense...

— Que eu me aproveitei da situação e você fugiu?

Chase olhou para cima com uma expressão chocada e extremamente horrorizada.

— Chase, eu sei o que a sua família está passando. Não pensei em nada disso.

— Eu odiaria passar a impressão errada. — Quando ele subiu na sela, Jessica notou as íris roxas no alforje.

— Essas flores são para mim ou para a minha égua?

Ele se enrolou um pouco enquanto as puxava.

— Eu só queria que você soubesse... queria ter certeza de que... Sou péssimo nessas coisas.

— Não acho. Elas são lindas, obrigada. Se você não se importar, pode ficar com elas? Acho que não sou boa o suficiente para segurar flores e rédeas ao mesmo tempo.

— Claro.

Depois que Chase as guardou novamente, ela se esticou, agarrando sua camisa.

— Acho que tenho que tomar a iniciativa de novo.

Jessica o puxou para perto e sentiu um calor subindo pelo corpo assim que a boca dele tocou a sua. Quando a égua se mexeu, ela agarrou o pito da sela e riu.

— Foi a primeira vez que beijei alguém a cavalo. Nada mal para uma novata.

— Espere um pouco. — Chase pegou as rédeas dela para manter os dois cavalos parados e a puxou.

O que a fez se lembrar de que, dado o primeiro passo, ele sabia muito bem o que estava fazendo.

— Agora foi melhor ainda — disse ela.

— Senti sua falta. Os últimos dias foram uma loucura, parece que semanas se passaram. Senti mesmo a sua falta, Jessie. Talvez eu possa te levar para sair hoje à noite. Só um jantar ou coisa assim.

— Você não precisa estar em casa? Por causa da sua tia.

— Disseram que é melhor irmos devagar, não jogar um monte de gente em cima dela de uma vez. Meu plano era ficar longe. Nós podemos sair se você estiver livre.

— Podemos. Mas tenho uma ideia melhor. Você pode vir para a minha casa hoje. Eu faço o jantar.

— Você vai cozinhar?

— Eu gosto de cozinhar. E ia gostar de cozinhar para você. Quero que vá para a minha casa. Quero que passe um tempo na minha cama.

Chase sorriu da mesma forma como fazia tudo. Devagar. E o sorriso sempre aparecia em seus olhos antes.

— Gostei de todas essas ideias.

— Preparo alguma coisa que a gente possa comer a qualquer hora para você ficar à vontade para chegar quando puder.

— Nunca conheci ninguém como você.

— Isso vale para nós dois. — Jessica olhou ao redor, rindo. — Eu estava cavalgando esse tempo todo. Nem percebi.

— Acontece quando você se sente confortável e segura sobre o cavalo. Seu corpo está ótimo.

Ela lhe lançou um olhar.

— É mesmo?

— Em vários sentidos. Quer tentar um trote?

— Tudo bem. — Jessica ergueu o rosto primeiro, olhou para o céu, para as montanhas, sentiu o ar que trazia os primeiros sinais de primavera. — Gosto de cavalgar ao ar livre. Vamos lá, caubói, me mostre como se faz.

Capítulo 20

♦ ♦ ♦ ♦

ALICE TREMIA DURANTE o trajeto do hospital — o quarto com a cama que mexia para cima e para baixo, a gelatina vermelha, a porta que abria e fechava sem cadeados — para o rancho.

Imagens vagas de uma casa com muitas, muitas janelas, não apenas uma, iam e vinham de sua mente. De um cachorro que não rosnava nem mordia, de um quarto com paredes cor-de-rosa e cortinas brancas.

Sons distantes chegavam aos seus ouvidos... Alice, gatinha manhosa... *Pare de ser tão pentelha! Se você quiser tomar sorvete, vai ter que comer as ervilhas antes.*

O cheiro de... cavalos e comida. Uma banheira cheia de bolhas de sabão.

Todas essas coisas a assustavam, todas mesmo, faziam seu coração bater rápido demais, forte demais, mesmo enquanto a mãe segurava sua mão.

Além disso, tudo passava rápido demais. Tudo. O carro que a irmã dirigia enquanto a avó... (*Vovó, vovó, que cabelo vermelho bonito. Quero ter cabelo vermelho também*, dizia a voz de uma garotinha em sua cabeça, seguido pelo som de uma risada.)

A avó com o cabelo vermelho estava sentada na frente do carro. Alice estava no banco de trás com a mãe, apertando a mão dela porque o carro ia rápido demais e o mundo mudava o tempo todo.

Ela desejou estar em sua casa silenciosa, sua casa tranquila e silenciosa. Ficou na dúvida se aquilo não seria apenas mais um de seus sonhos, como um dos sonhos que escondia do senhor.

O senhor. Será que ele estaria nesse tal de lar? Estaria esperando por ela para levá-la de volta para a casa silenciosa?

Cadeados, cadeados na porta, a janela pequena. Mãos duras que batiam, o cinto que machucava.

Alice baixou a cabeça e estremeceu.

— Nós já estamos chegando, querida.

A médica tinha dito que seria normal ficar nervosa, até mesmo assustada. Fazia muito tempo que ela não andava de carro, e tudo pareceria novo e diferente. Se ficasse nervosa ou assustada demais, poderia fechar os olhos e pensar em algo que a deixasse feliz.

Estar sentada do lado de fora de sua casa silenciosa, observando o pôr do sol, era algo que a deixava feliz. Então Alice fechou os olhos e pensou nisso.

Mas, quando a estrada deixou de ser lisa e passou para esburacada, ela gritou.

— Está tudo bem. Chegamos na estrada do rancho.

Ela não queria olhar, não queria ver, mas não conseguiu se controlar. Viu campos e árvores, neve derretendo sob o sol. Vacas. Não das magricelas, mas... *gado* — ela se lembrava da palavra. Grandes, saudáveis, pastando pela neve para comer.

Em um minuto, a estrada viraria para a direita. Seria um sonho?

Quando isso aconteceu, a respiração de Alice acelerou. Na sua mente, viu a menina bonita — ah, tão bonita! — com mechas vermelhas no cabelo, dirigindo uma picape e cantando junto com a música que tocava no rádio.

— *I see you driving by just like a Phantom jet.**

Ela ouviu a voz, não apenas em sua cabeça, mas saindo de sua boca. Isso a fez dar um pulo, e a mão da mãe apertou a sua.

A irmã a olhou pelo espelho e cantou de volta:

— *With your arm around some little brunette.***

Uma risada, um som baixo, estranho e enferrujado, saiu de dentro de Alice. Os campos, o céu — ah, Deus, tão grande —, as montanhas que não pareciam iguais às que via de sua casinha passaram a lhe dar menos medo conforme cantava as próximas palavras. Conforme a irmã cantava as que vinham depois.

E as duas cantaram o refrão juntas.

Ao seu lado, a mãe fez um som baixo, e quando Alice olhou em sua direção viu que ela chorava.

---

* "Vejo você passando de carro, correndo como um jato", numa tradução literal. "Have Mercy", canção de The Judds. (N. da T.)

** "Abraçado com uma morena qualquer", numa tradução literal da mesma canção. (N. da T.)

Estremeceu de novo.

— Eu fiz maldade. Eu fui má. Eu sou má.

— Não, não, não. — A mãe beijou a mão de Alice, sua bochecha. — Estou chorando de alegria. Sempre adorei ouvir minhas meninas cantando juntas. Vocês têm vozes tão bonitas.

— Não sou uma menina. E uma mulher é...

— Você sempre será a minha menina, Alice. Assim como Reenie.

A estrada em aclive, e ela viu a casa. Sua garganta emitiu um som engasgado enquanto a mente era inundada por memórias e um quarto de século de negações forçadas.

— Está um pouco diferente de antes — disse a mãe. — Nós aumentamos alguns cômodos, derrubamos algumas paredes. As cores são outras — continuou ela, enquanto Reenie estacionava o carro. — Móveis novos. Acho que a cozinha foi o que mais mudou. Mas a estrutura continua a mesma. — Enquanto falava, a mãe passou um braço ao redor dela, acariciando-o para acalmar o tremor. — Ainda temos o celeiro nos fundos, o estábulo, as arenas, as galinhas, e compramos porcos um tempo atrás.

Os cães vieram correndo para o carro, e Alice se encolheu.

— Cachorros! Eles rosnam, eles mordem.

— Não esses daí. São Chester e Clyde, e não mordem.

— Só querem saber de balançar o rabo, esses dois. — Para a surpresa de Alice, a avó saiu do carro. Os cães a cercaram, mas não rosnaram, não morderam. Só se balançaram ao seu redor enquanto ela os tocava.

— Balançar o rabo — repetiu Alice.

— Quer fazer carinho neles? — perguntou a mãe. Ela só conseguiu encolher os ombros. — Não precisa, mas eles não vão morder nem rosnar para você.

A mãe abriu a porta do carro e saiu. O pânico subiu por sua garganta, mas a mãe ofereceu uma das mãos.

— Venha, Alice, estou aqui.

Aceitando, ela foi se arrastando pelo assento até a porta. E se encolheu quando um dos cachorros colocou o focinho para dentro do carro e tentou cheirá-la.

— Sente, Chester — ordenou a irmã.

Para a surpresa de Alice — que veio junto com um sentimento que não reconheceu como alegria —, o cachorro baixou as patas traseiras. Seus olhos pareciam sorrir. Seus olhos não eram maus. Pareciam felizes. Eram olhos felizes.

Ela chegou mais perto da porta, e o traseiro do cachorro rebolou, mas ele ficou no lugar.

Alice colocou um pé no chão. Calçava tênis cor-de-rosa com cadarços brancos. Por um instante, ficou encarando o calçado, hipnotizada, e moveu o pé para ter certeza de que era mesmo seu.

Então colocou o outro pé cor-de-rosa no chão, respirou fundo e se levantou.

O mundo queria girar, mas a mãe segurou sua mão.

Apertando-a, ela começou a andar.

Estava usando uma saia jeans — não conseguira vestir nenhuma das calças que as mulheres compraram. Mas a saia cobria a maior parte de suas pernas, como a modéstia pedia. E a blusa branca podia ser abotoada até o pescoço. O casaco a aquecia de uma forma que o velho xale que usava em sua casa parecia incapaz de fazer. Tudo nela era macio, e cheirava a limpo. Mesmo assim, ainda tremia ao subir os degraus até a varanda.

Encarou um par de cadeiras de balanço, sacudiu a cabeça.

— Nós as pintamos ano passado — disse a irmã. — Gosto desse tom de azul. Parece o céu no verão.

Agora, Alice encarava a porta aberta, e deu um passo para trás.

A avó passou um braço por sua cintura.

— Sei que você está com medo, Alice. Mas estamos todas aqui. Só as meninas por enquanto.

— Dois biscoitos depois das tarefas — murmurou ela.

— Isso mesmo, meu doce. Eu sempre dava dois biscoitos para as minhas meninas depois das tarefas. Hoje não tem trabalho — acrescentou a avó. — Mas vamos comer uns biscoitos. Que tal um chá para acompanhar?

— O senhor está lá dentro?

— Não. — Agora, a voz da avó tinha um tom de raiva. — Ele nunca vai entrar nesta casa.

— Mamãe...

— Fique quietinha, Cora. — A avó se virou para encarar Alice. — Este é o seu lar, e nós somos a sua família. Aqui, temos três gerações de mulheres capazes de lidar com qualquer coisa. Você é forte, Alice, e ficaremos ao seu lado até que se lembre do quanto. Agora, vamos entrar.

— Você vai ficar comigo também? Vai ficar no lar como a mãe?

— Pode apostar que sim.

Alice pensou no momento em que saíra pela porta que fora deixada destrancada e entrou na que estava aberta.

Havia flores num vaso, e mesas, e havia cadeiras e sofás e pinturas. Um fogo — não uma fogueira, não um forno. Uma... lareira. Uma lareira, onde as chamas tremeluziam.

Janelas.

Sem querer, ela andou, sozinha, de janela a janela, admirada. Tudo era tão grande, tão distante, tão perto. E menos assustador do que do lado de fora. Lá dentro, o mundo parecia seguro novamente.

— Quer ver o restante? — perguntou a irmã.

Como podia haver mais? Tanta coisa, tão grande, tão distante, tão perto. Porém.

— Um quarto com paredes cor-de-rosa e cortinas brancas.

— O seu quarto? É lá em cima. — A irmã seguiu para uma escada. Tantos passos, tanto espaço. — Vovó se lembrou de como você queria paredes cor-de-rosa. Então pedi para os meus meninos pintarem tudo como era antes. Pelo que conseguimos lembrar. Venha ver o que você acha.

— Vamos tirar o seu casaco primeiro.

Alice se encolheu.

— Posso ficar com ele?

— É claro que pode, querida. — Com gentileza, Cora soltou o casaco. — Ele é seu, mas você não precisa usar casaco aqui dentro. Está quentinho, não está?

— É frio na minha casa. O chá aquece.

— Vamos tomar chá daqui a pouco. — Cora guiou Alice escada acima. — Eu me lembro da primeira vez que vi esta casa. Tinha 16 anos, e seu pai estava me paquerando. Nunca tinha visto escadas tão bonitas. A forma como os degraus se erguem, depois se separam em duas fileiras, uma para cada lado. Foi o seu bisavô quem as construiu. Dizem que ele queria construir a casa mais bonita de Montana para convencer a sua bisavó a casar com ele e morar aqui.

— O senhor construiu uma casa para mim. O homem provê.

Cora não insistiu. Em vez disso, guiou Alice pelo corredor largo até um quarto com paredes cor-de-rosa e cortinas brancas.

— Sei que não está exatamente igual — começou ela. — E desculpe por não ter guardado todos os seus pôsteres e...

Mas se interrompeu quando Alice seguiu andando sozinha, o rosto com uma expressão chocada enquanto observava o quarto ao redor, tocava na cômoda, na cama, nas luminárias, nas almofadas do assento em frente à janela.

— Ela tem vista para o oeste — murmurou Alice. — Eu sento lá fora uma vez por semana se me comportar. Uma hora, uma vez por semana, e assisto ao pôr do sol.

— Você tinha uma janela na sua casa? — perguntou a irmã.

— É uma janelinha, lá em cima no teto. Não consigo ver o pôr do sol, mas vejo o céu. Ele é azul e é cinza e é branco quando neva. Bem diferente do quarto sem janela.

— Você pode assistir ao pôr do sol todas as noites — disse a mãe. — Daqui de dentro ou lá de fora.

— Todas as noites — repetiu Alice.

Comovida com a ideia, ela se virou. E então deu um pulo quando se viu diante de um espelho. A mulher usava uma saia longa e uma blusa branca, com sapatos cor-de-rosa. O cabelo, cinzento como um céu raivoso, estava trançado e afastado de um rosto pálido e cheio de rugas.

— Quem é essa? Quem é essa? Eu não conheço ela.

— Mas vai conhecer. — A mãe abraçou Alice, abraçou a mulher. — Quer descansar agora? Aposto que Reenie pode trazer aqueles biscoitos e o chá aqui para cima.

Alice seguiu cambaleando para a cama, jogou-se nela para sentar. O colchão parecia tão grosso, tão macio, que começou a chorar de novo.

— É macio. Ela é minha? É bonita. Posso ficar com o casaco?

— Sim. Viu só? Você pode chorar quando está feliz também. — A mãe sentou ao lado dela, e então a avó sentou do outro lado.

A irmã sentou no chão.

Naquele momento, pelo menos naquele momento, Alice se sentiu segura.

APESAR DE AINDA NÃO ENTENDER BEM como se sentia com o fato de trazerem Alice para casa, Bodine abriu um sorriso ao entrar na cozinha.

Deparou-se com a mãe e dona Fancy encostadas na bancada, descascando batatas.

— Achei que fosse encontrar Clementine.

— Eu disse a ela para ir para casa. Resolvemos evitar mais rostos novos no primeiro dia. E a enfermeira já está lá em cima com a Alice e sua avó.

— Como foram as coisas?

— Acho que melhor do que qualquer um esperava. — Dona Fancy deixou uma batata descascada de lado e pegou outra. — Ela teve uns momentos difíceis e terá outros, mas, por Deus, também teve uns bons. Nós fizemos certo ao trazê-la para cá, Reenie.

— Fizemos, e mamãe já parece mais tranquila. Acho que, pela primeira vez, ela vai conseguir dormir bem esta noite. Clementine deixou um frango assando antes de ir. Vamos fazer purê de batata, molho, as cenouras caramelizadas da bisa e brócolis com manteiga. Era uma das refeições favoritas de Alice, então...

— Vou ajudar.

— Não. — Soltando o descascador, Maureen limpou as mãos num pano de prato. — Quero que você suba para conhecê-la.

— Mas...

— Nós decidimos que vamos adiar a vinda dos meninos um pouco, e Sam também. Hoje, seremos só as mulheres. Vamos levar o jantar para ela numa bandeja, deixar que se acomode no quarto. Mas ela precisa te conhecer.

— Tudo bem.

— Vocês duas podem ir. Vou terminar de descascar as batatas e colocá-las para ferver.

Elas subiram pelas escadas dos fundos.

— Nós combinamos de manter as coisas tão tranquilas e naturais quanto possível.

— Eu sei, mamãe.

— Sei que isto é difícil para você, Bodine.

— Não é.

— É, sim. Para você, para todos nós. Então direi a você o que repetirei para todos: quando precisar tirar uma folga de tudo isso, tire.

— E você?

— Seu pai já deixou claro que vou descansar de tempos em tempos. — Maureen baixou a voz quando chegaram ao segundo andar. — As enfermeiras vão usar a sala de estar do lado do quarto de Alice quando não estiverem no quarto, e o banheiro do outro lado do corredor é delas. Celia vem amanhã, lá pelas onze. Nossa casa vai passar um bom tempo cheia de gente.

— Mamãe. — Bodine a fez parar de andar. — Não estávamos todos lá, todos nós, quando o biso ficou doente? Não o trouxemos da Casa Bodine para cá, e passamos um tempo com ele, lendo e fazendo tudo que podíamos, mesmo com as enfermeiras, para que ele morresse em casa, na casa que escolhera? Alice não está morrendo — continuou ela —, mas é a mesma coisa. Faremos de tudo para ajudá-la a recomeçar a viver.

— Eu te amo tanto, minha querida.

— Eu também te amo. Agora, me apresente à sua irmã.

As duas faziam crochê juntas, mãe e filha, nas duas cadeiras que Maureen escolhera para essa finalidade.

Apesar de Bodine ter sido alertada sobre a aparência de Alice, se não soubesse que a mulher era dois anos mais nova que a mãe, teria jurado que era dez anos mais velha.

— Alice.

A cabeça dela se ergueu ao som da voz de Maureen; os olhos brilharam de agonia ao ver Bodine.

— Ela é médica? Enfermeira? Da polícia?

— Não, esta é minha filha. Esta é sua sobrinha, Bodine.

— Bodine. Alice Bodine. A mãe diz Alice Ann Bodine.

— Eu a batizei de Bodine em homenagem a essa nossa parte da família.

— Ela tem olhos verdes. Você tem olhos verdes.

— Como os da minha mãe e os seus. — Tentando manter um ar casual, Bodine se aproximou. — Gostei dos seus sapatos.

— Eles são cor-de-rosa. Não machucam meus pés. Estraguei meus chinelos e as meias. Isso foi maldade e um desperdício.

— Às vezes, as coisas estragam. Você está fazendo um cachecol?

— Ele é verde. — Num gesto quase amoroso, Alice alisou a lã. — Gosto de verde.

— Eu também. Nunca consegui aprender a fazer crochê.

Com os lábios pressionados, Alice se dedicou à tarefa.

— A irmã tem uma filha — murmurou para si mesma. — Eu tive filhas. A irmã pode ficar com a filha dela. Eu não posso ficar com as minhas. Um homem precisa de filhos.

Bodine abriu a boca, mas viu a avó fazer que não com a cabeça.

— Mas que quarto bonito. Esse tom de rosa é bem alegre. Você gostou?

— Aqui não é frio. Não preciso de um xale. A cama é macia. Tem vista para o oeste, para o pôr do sol.

— Essa é minha parte favorita. O pôr do sol está muito bonito hoje.

Confusa, Alice olhou para a janela.

O cachecol escorregou de suas mãos e caiu no colo. Um gemido muito, muito longo escapou enquanto o rosto dela se transformava. Cora pegou de volta a agulha e a lã enquanto a filha se levantava.

Do lado de fora da janela, o céu parecia preencher o mundo com cores intensas, tons de dourado brilhando pelas nuvens onduladas, raios de luz saindo delas e pintando as montanhas brancas.

— Você quer assistir lá fora? — perguntou Maureen.

— Lá fora. — Sua voz e seu rosto estavam tomados de fascinação, mas então ela analisou o terreno abaixo e rapidamente fez que não com a cabeça. — Pessoas, tem pessoas lá fora. Você não pode falar com pessoas. Se as pessoas te verem, te ouvirem, Deus vai lançar sua fúria sobre você. Ele vai lançar sua fúria enquanto elas morrem.

— Isso não é verdade aqui. — Cora se levantou e parou junto à filha. — Mas vamos ficar no quarto esta noite. É bonito, não é, Alice?

— Todas as noites? Não só uma vez por semana?

— Sim, todas as noites. Acho que um Deus que nos dá algo tão lindo quanto esse pôr do sol é amoroso demais, bom demais e sábio demais para lançar sua fúria sobre alguém.

Acreditando naquilo ou não, as palavras e a beleza tiveram um efeito calmante, e Alice apoiou a cabeça no ombro da mãe.

NA CABANA, Callen lavava a louça. Ele estava esperando ouvir uma batida à porta, mas, como ela não viera, pensou em ir até o alojamento. Passar um tempo na companhia dos homens. Talvez jogar uma partida de pôquer. Ele não era de jogar muito, mas, como não herdara o problema do pai, gostava de uma partidinha de vez em quando.

Uma coisa era certa: não queria passar a noite sozinho. Ficaria tempo demais pensando e se preocupando com o que poderia estar acontecendo na casa, tempo demais pensando e desejando Bodine. Tempo demais pensando nas coisas que a mãe dissera.

Pensando demais.

Então, talvez precisasse de uma cerveja com os caras e algumas partidas de baralho que podiam lhe render uma grana. Callen não tinha o problema do pai, e sua sorte geralmente era bem melhor.

Conversaria com Bodine pela manhã, quando fossem para o trabalho. Ele podia se contentar em só conversarem até a vida dela se estabilizar.

E então uma batida à porta. Callen ficou parado na pia, irritado consigo mesmo por aquela onda instantânea de prazer. Seria melhor, ele sabia que seria melhor, não estar tão ligado a ela. Mas simplesmente não conseguia cortar o laço.

— Está aberta — gritou.

Quando Bodine entrou, o estresse e a exaustão em seu rosto fizeram Callen se envergonhar da irritação.

— Eu precisava sair de lá por um tempo.

— Você veio para o lugar certo. Quer uma cerveja?

— Não.

— Vinho. Ainda tenho aquela garrafa do chalé.

Ela começou a balançar a cabeça e então exalou.

— Sim. Sim, isso seria ótimo. Ainda não tomei minha taça de vinho hoje.

— Sente-se. Também tenho torta de mirtilo.

— De onde você tirou isso?

— Yolanda, a confeiteira. Deixei o filho dela dar uma volta em Pôr do Sol. Faz uma semana que ele ficava me lançando olhares, praticamente implorando todos os dias depois da escola. Eu cedi e ganhei uma torta de mirtilo.

— Com chantili?

— Não seria uma torta de mirtilo decente sem chantili.

— Fez um bom negócio. Eu topo. — Bodine tirou o casaco, sentou.

Ele pegou o canivete para servir de saca-rolhas. Só depois de abrir a garrafa notou que os olhos dela estavam cheios de lágrimas.

— Ah, merda.

— Não vou chorar, não se preocupe. Talvez eu fique um pouco chorosa por um tempo, mas não vou desabar.

— Foi tão ruim assim?

— Sim. Não. Não sei. Não sei, a verdade é essa. — Respirando, apenas respirando por um instante, Bodine pressionou os olhos como se quisesse empurrar as lágrimas para dentro. — Ela parece uma década mais velha que a minha mãe, com o corpo flácido e meio pelancudo, um rosto cheio de rugas profundas, como uma mulher que teve uma vida dura. Meu Deus, sei como isto está soando. Não a estou julgando.

— Eu sei. — Callen lhe serviu a bebida e, apesar de preferir uma cerveja, serviu uma taça para si mesmo também, em solidariedade.

— O cabelo dela é todo quebrado e seco, e muito comprido. Parece que não vê um condicionador ou uma tesoura há anos. E não deve ter visto mesmo. O olhar é assustado. Como os olhos dos animais que estão sempre alertas, achando que vão apanhar ou levar uma chicotada, porque isso vai acontecer com frequência. Então ela viu o pôr do sol pela janela daquele quarto que eu sei que você ajudou a pintar.

— Eu cheguei no final.

— Você ajudou a pintar — repetiu Bodine, e uma lágrima escapou no fim das contas. — E havia tanta alegria no rosto dela, Callen. Tanta fascinação. Parecia uma criança. Ela não quis sair da casa porque alguns homens ainda estavam trabalhando lá fora, mas ficou olhando para cada segundo do pôr do sol como se os fogos do Quatro de Julho, a manhã de Natal e o circo tivessem chegado todos juntos.

— Nada como um pôr do sol em Montana. — Ele colocou uma fatia de torta diante dela.

— Meu Deus, Yolanda realmente é boa na cozinha. Sabe, eu e Sal e algumas meninas fomos para a costa do Oregon nas férias de verão depois da formatura. O pôr do sol lá é bonito, mas ainda assim não é melhor que o nosso, não em minha opinião. E Alice... Callen, ela disse que tinha permissão de passar uma hora sentada do lado de fora para ver o pôr do sol, uma vez por semana. Mas só se se comportasse.

— Ela vai se lembrar do suficiente para pegarem esse cara, Bo.

— Já se lembrou de algumas coisas. Um pouco das minhas avós e da mamãe, talvez da casa. E disse que teve filhas, mas que não pôde ficar com elas como a mamãe ficou comigo. Isso partiu o meu coração. — Quando a voz dela falhou, Bodine encheu a boca de torta. — Em pedacinhos.

Respirar ardia. Ela aguentou firme, forçou-se a comer mais.

Callen não disse nada. Ofereceu apenas o consolo do silêncio daquele que escuta para lhe dar tempo de terminar a história.

— Nós levamos o jantar em bandejas para ela, a vovó e a enfermeira. Comida caseira e gostosa num dos pratos bonitos da mamãe, com guardanapo de pano. Parecia que tínhamos servido um banquete. O restante de nós comeu lá embaixo. Bem, menos o Chase. Mas eu só conseguia pensar em como Alice ficou olhando para o prato de frango e batatas como se fosse o melhor da culinária francesa, sem saber o que fazer. — Ela suspirou, depois comeu mais torta. — Então precisei sair de lá.

— Não estou dizendo que vai ser fácil, mas acho que as coisas vão melhorar. Eu estava torcendo para você aparecer.

Bodine encontrou forças para abrir um sorriso.

— Bem, você tinha dito que ia querer sexo.

— Também estava torcendo por isso, mas vinho e torta não são nada mal.

— A torta está bem gostosa. Chase foi jantar na casa da Jessica.

— Fiquei sabendo.

— Ele levou o DVD de *Tombstone.*

Callen riu, feliz de ver a risada espelhada nos olhos dela.

— O sujeito não consegue se segurar.

— Talvez os dois até assistam a uma parte. Tenho quase certeza de que ele pretendia passar a noite lá. E comprou flores para ela hoje.

Callen apenas resmungou e comeu mais torta.

— Ele está apaixonado.

— Por que comprou flores?

— Pense um pouco. Sei que você passou alguns anos fora, mas nós o conhecemos melhor do que ninguém. Então pense um pouco. Quando você se lembra de ele ter comprado flores para uma mulher? Ou uma garota, na época?

Callen deu um gole no vinho, refletindo.

— Ele comprou um daqueles... — ele circulou um dedo sobre o pulso — para Missy Crispen. Na festa da primavera.

— Isso era obrigatório. Estamos falando de flores no meio da semana, sem os dois estarem num encontro. Um buquê de íris, o que significa que foi numa floricultura.

Callen apontou com o garfo para ela.

— Todo homem que já deu flores a você estava apaixonado?

— Eu com certeza saberia que ele gostava muito de mim. E Chase é tímido com as mulheres. Para ele, flores são uma declaração das suas intenções.

— Intenções de...

— Ela não vai saber disso — desmereceu Bodine. — Mas eu sei. Ele está apaixonado, e nunca gostou de verdade de ninguém. Quer saber de uma coisa?

— Talvez, mas você vai me falar de qualquer forma.

— Não sei se Jessica está apaixonada por ele. Não a conheço por tempo suficiente para ter certeza. Mas sei que ela gosta muito do Chase. Não é um casinho. — Bodine empurrou o prato. — Meu Deus, como me sinto melhor. Acho que Rory ia sair com Chelsea.

— Ele está apaixonado também?

— Não, mas se importa com ela e está todo se oferecendo. E acho que isso é completamente mútuo. Papai vai obrigar mamãe a descansar, e minhas avós estão mais tranquilas ficando no rancho. Então... Você tem uma escova de dente extra?

— Não.

— Puxa vida.

— Você quer escovar os dentes?

— Não agora, mas vou querer de manhã. — Bodine virou o restante da taça e se levantou. — Estava pensando em testar a sua cama.

— Ela não é tão grande quanto a que testamos antes, mas o colchão tem molas boas.

— Bem, vamos ver se elas funcionam direitinho. Posso trancar a porta? Prefiro não arriscar que alguém entre aqui e dê de cara comigo em cima de você.

— Quem disse que você vai estar em cima de mim?

— Acho que veremos.

— Tranque a porta.

As molas aguentaram firme. E, depois, Bodine ficou deitada sem forças, num estupor suado.

— Ah, sim, eu me sinto melhor.

— Que bom que pude ajudar. Mas acho que está na hora de você se sentir ainda melhor.

Callen girou, ficando em cima dela.

O estupor tinha doçura suficiente para Bodine entrelaçar os dedos pelo cabelo dele e sorrir.

— Essa seria uma recuperação heroica, Skinner.

— Na verdade, não, porque vamos fazer uma coisa que ainda não tentamos.

— Não consigo pensar em nada.

— Nós não tivemos calma. — Os lábios dele roçaram pelos dela, passaram para o queixo.

— Rápido e intenso, funciona bem.

— Vamos ver como nos saímos com lento e cuidadoso. Gosto de como você foi moldada. — Os dedos de Callen subiram e desceram pela lateral do seio direito. — Suas pernas são compridas, compridas e bem fortes.

— Eu malho — disse ela, com dificuldade.

— Seios firmes, bonitos. — Callen roçou o mamilo com o dedão. — Esse cabelo todo, tão liso e escuro como a noite. Gosto do cheiro dele. Então sempre quero chegar mais perto. Gosto do seu gosto.

Ele passou a boca para a garganta dela.

— E desses olhos, da cor de folhas nas sombras. Da sensação da sua pele embaixo das minhas mãos, macia como seda. Da forma como sua boca se encaixa na minha.

Ele levou os lábios de volta aos dela, deixou o beijo durar e durar, tranquilo e preguiçoso como uma chuva de primavera.

— Gosto mesmo de como você foi moldada.

— Você vai me deixar convencida. — Mas Bodine não conseguiu rir. Não quando sua cabeça tinha começado a girar e aquelas ondas de calor percorriam sua pele.

— Quanto mais eu te toco, mais eu te quero. Desta vez, você simplesmente vai ter que aguentar.

O sangue de Bodine pulsava sob os lábios de Callen, devagar e denso, da forma como ele queria. O corpo dela se esticou, ondulando sob suas mãos. Então estremeceu e se acalmou. Ele a queria assim, não apenas a excitação, o êxtase, mas tudo. Como seria tudo com Bodine?

Suspiros e beijos profundos, gemidos baixos e a luz da lua na cama estreita. Reações num ritmo tranquilo, sem pressa. Belos olhos verdes exibindo tudo aquilo que ele podia lhe dar.

Callen foi descendo pelo corpo dela. E, desta vez, quando Bodine suspirou, o som veio com seu nome.

A cabeça dela não girava mais. Em vez disso, parecia se mover. Os dois se moviam, por entre uma névoa quente e maravilhosa, onde tudo brilhava. As mãos dele, duras, cheias de calos, só tornavam as carícias preguiçosas mais eróticas. A barba por fazer roçando sua pele enquanto ele lambia sua barriga a fez estremecer.

E então a língua foi mais para baixo, por cima, por dentro, e isso a fez girar, girar, girar devagar, como num sonho, sem controle, até chegar quase lá.

Mesmo assim, Callen não teve pressa. Mesmo assim, aquelas mãos de palmas duras continuaram a guiá-la para o prazer sobrepujante, de forma que a névoa brilhante se tornou mais espessa. Quando a boca dele tomou a dela novamente, Bodine já tinha se rendido.

E então Callen a penetrou, ouviu Bodine prender a respiração, viu seus olhos embaçarem.

— Esta parte também — sussurrou ele, brincando com seus lábios. — Devagar. Tranquilo e devagar.

Longo, devagar, profundo, e ela, tão quente e molhada ao seu redor. Bodine desabou novamente com um gemido, mas Callen seguiu em frente, movendo-se dentro dela, aproveitando cada momento, cada gota de prazer. Mais e mais, devagar, implacável, até senti-la ceder, só mais uma vez, e ceder junto.

Capítulo 21

♦ ♦ ♦ ♦

BODINE DORMIU DEMAIS — algo que nunca fazia. Talvez meia hora não fosse um exagero, mas criava um buraco na sua rígida programação matinal.

Ela pulou para fora da cama tão rápido que Callen nem teve tempo de reagir.

— Por que tanta pressa?

— Já estou atrasada. Posso malhar menos e dar prioridade aos e-mails. — Enquanto se vestia, ela fazia planos. — Posso ir com a picape em vez de cavalgar.

— Posso alimentar e selar o Leo para você. Eu tinha planejado usá-lo hoje.

Bodine olhou para a cama, para a silhueta nas sombras do homem com quem dormira.

— Isso vai te dar menos tempo para fazer as suas coisas.

— Parece que já estou acordado.

E sem reclamar, pensou ela, achando graça, tendendo ao resignado.

— Quer ir tomar café lá em casa?

— É melhor do que comer ovo frito e torrada.

— Então vejo você em uma hora. — Bodine hesitou, depois voltou, inclinou-se e o beijou. — Se eu soubesse que isto ia acontecer, teria insistido para comprarmos uma cama maior para a cabana.

— Esta aqui serviu bem.

— Concordo. Preciso ir.

Ela saiu correndo. Segundos depois, Callen ouviu a porta da frente abrir.

A mulher com certeza vivia com pressa, pensou ele, forçando-se a levantar para fazer café.

Naquele limite de uma hora, Bodine fez uma versão abreviada de sua série de exercícios, tomou banho, arrumou-se, e respondeu alguns e-mails. O restante podia esperar. O café, não.

Já que ainda estava atrasada dez minutos no seu cronograma, tinha sacrificado aquela primeira xícara solitária. Clementine já estaria na cozinha agora.

Como esperado, ao descer as escadas dos fundos correndo, o cheiro de café dominava o ar. Clem tinha deixado a massa dos bolinhos crescendo numa tigela e agora ralava batatas. Não era estranho ver Maureen conversando com a cozinheira e fritando bacon e salsichas.

Mas encontrar Alice sentada à mesa, com a cabeça baixa, focada no crochê, fez Bodine dar um passo em falso.

— Seu ritual está atrasado hoje. — Maureen colocou o bacon crepitante sobre o papel-toalha, enviando um sinal silencioso para a filha.

— Só um pouquinho. Bom dia, Clem. Bom dia, Alice.

— Estou fazendo um cachecol.

— Está ficando bonito.

— Como você, Alice gosta de acordar cedo. A bisa ainda não levantou, mas a vovó está tomando banho. Eu disse a Cathy, a enfermeira da noite, que fizesse as coisas com calma, pois Alice poderia tomar seu chá aqui embaixo enquanto nós preparávamos o café.

— Cathy é a enfermeira. Ela foi ao hospital. Clementine faz bolinhos. Gosto dos bolinhos.

— Botei um pouquinho de pimenta-caiena neles — disse a cozinheira, tranquila. — Você sempre gostou de quando eu botava pimenta. O café está fresco.

— Sim. — Bodine se serviu de uma xícara.

— Café não é permitido para mulheres em idade de gerar filhos. Pode impedir que a semente germine.

— Nunca ouvi falar disso. — Bodine se apoiou na bancada e deu um gole. — Seria o anticoncepcional mais fácil do mundo.

— Bodine — alertou Maureen baixinho.

Ela manteve o sorriso no rosto e foi sentar com Alice.

— Não acho que café cause isso, mas ainda não estou pronta para ser mãe.

— Você tem idade para gerar filhos.

— Tenho.

— A mulher tem o dever de gerar filhos para o marido. Você devia ter um marido, um marido para prover suas coisas.

— Eu mesma provejo as minhas coisas. Talvez resolva ter um marido um dia desses, mas ele vai ter que se adequar às minhas expectativas. E elas são bem altas, já que tenho meu pai como parâmetro. Então, esse marido hipotético precisa ser bonito, forte, inteligente, gentil e engraçado. Precisa me respeitar, como o papai respeita a mamãe. É provável, considerando minhas tendências pessoais, que ele saiba andar bem a cavalo. E vai ter que me amar como se eu fosse uma rainha, uma guerreira, um gênio e a mulher mais sensual que já existiu.

— O homem escolhe.

— Não, Alice, as pessoas escolhem umas às outras. Sinto muito, muito mesmo, que alguém tenha tirado seu poder de escolher.

Bodine sentiu uma movimentação, viu a mulher parada na porta da cozinha. Com mais ou menos a idade da mãe, cabelo curto, louro-escuro, a boca um pouco severa.

A enfermeira, pensou ela, com medo de ter passado de algum limite. Mas a mulher assentiu com a cabeça.

— Acho que você é muito corajosa — terminou, observando os olhos de Alice se agitarem, como sempre pareciam fazer quando ela lutava para processar um comentário.

— Mulheres são fracas.

— Algumas pessoas são fracas. Você, não. Acho que é a pessoa mais corajosa que eu conheço.

Alice baixou a cabeça, encolheu os ombros, mas Bodine notou um sorriso fraco.

— Estou fazendo um cachecol. Clementine está fazendo bolinhos de café da manhã. A irmã está...

Ela se interrompeu e soltou um grito abafado quando Callen entrou pela porta dos fundos.

Merda! Ela devia ter voltado e dito para ele esperar, pensou Bodine.

— Bom dia. — Ele ficou onde estava. — Vim filar o café da manhã. Aquilo ali são bolinhos de nata, Clementine?

— São, sim. Suas mãos estão limpas?

— Já vão estar. A senhora deve ser a dona Alice. — A voz dele era tranquila, num tom que Bodine o ouvira usar inúmeras vezes com cavalos agitados. — É um prazer conhecê-la.

— Um dos filhos, um dos filhos da irmã.

— Um filho de coração. — A voz de Maureen talvez soasse um pouco alegre demais, mas fez as mãos nervosas de Alice pararem de se mexer. — Este é Callen. Cal é como se fosse da família. É um bom menino, Alice.

— Homem. Ele não é nenhum menino. — Alice deu batidinhas nas bochechas.

Em resposta, Callen esfregou as dele.

— Não fiz a barba hoje. Esqueci. Que trabalho bonito esse que a senhora está fazendo. Minha irmã costura. Não me surpreenderia se ela fosse capaz de costurar uma casa inteira.

— Não sei costurar uma casa. Estou fazendo crochê. Estou fazendo um cachecol.

— Se você quiser comer alguma coisa nesta cozinha, vá lavar essa sujeira de cavalo das mãos — ordenou Clementine enquanto cortava os bolinhos. — O café vai estar pronto logo.

— Sim, senhora.

— Ela manda no homem — sussurrou Alice para Bodine.

— Ela manda em todos nós.

— Eu lavei as minhas mãos.

Apesar de seus olhos se encherem de lágrimas, Clementine assentiu com a cabeça para Alice.

— Então você pode tomar café.

Ao ouvir o barulho vindo das escadas, Alice deu outro pulo. Bodine cobriu a mão dela com a sua.

Rory veio saltitando para a cozinha, feliz como um cachorrinho, o cabelo ainda molhado, o rosto recém-barbeado.

— Dormi demais. O cheiro está ótimo aqui. Eu queria...

Ele viu a mulher sentada à mesa com Bodine. Como o restante da família, já recebera instruções sobre como agir. E Rory era, no fundo, um vendedor. Então abriu um sorriso enorme.

— Bom dia, Alice. Nós ainda não nos conhecemos. Eu sou Rory.

O rosto de Alice ficou perplexo. Bodine a ouviu arfar duas vezes antes de seu rosto se transformar numa expressão que ia além da alegria. Algo radiante demais para ser considerado alegria.

— Rory. Rory. — Lágrimas caíam enquanto ela ria. Ao mesmo tempo se levantou num pulo da mesa, voou para cima dele. E o abraçou. — Meu bebê. Meu Rory.

Sem jeito, dando tapinhas nas costas da tia, ele encarou a mãe com um olhar chocado.

— Esse é meu filho mais novo, Alice — disse Maureen com cuidado. — O meu filho Rory.

— Meu Rory. — Alice se afastou o suficiente para observar o rosto dele, acariciar suas bochechas. — Olhe só como é lindo. Você era um bebê tão bonito, um menino tão bonito. Agora, está lindo. Tão grande! Tão alto! Mamãe não consegue mais te ninar, meu bebê.

— Ah...

— Alice — disse a enfermeira num tom calmo, prático. — Esse é o filho da sua irmã. Esse é o seu sobrinho.

— Não. Não. — Alice o agarrou de novo. — Meu bebê. Ele é o Rory. Você não pode levá-lo embora. Não vou deixar que ninguém o leve embora de novo.

— Não vou a lugar algum — disse Rory. — Está tudo bem.

— Eu rezei por todos os meus bebês. Por Cora e Fancy e Rory e Lily e Maureen e Sarah e por Benjamin, apesar de ele ter ido direto para o céu. Você sabe onde elas estão, Rory, os outros bebês? Minhas meninas?

— Não, sinto muito. Vamos sentar, está bem?

— Estou fazendo um cachecol para você. É verde. Meu Rory tem olhos verdes.

— Que bonito. É muito bonito. — E, enquanto ele olhava de novo para a mãe, Bodine se levantou.

E foi até a escada dos fundos para abraçar Cora enquanto ela chorava.

ELE FICOU MAL por uma semana inteira. Mal conseguia sair da cama para ir ao banheiro, que dirá para tomar remédios ou abrir algum enlatado para comer.

A febre queimava, os calafrios eram constantes, mas a tosse forte e insistente era a pior parte. Ela o deixava fraco, sem ar, com o peito apertado e a garganta ardendo com a secreção espessa e amarelada que saía de seus pulmões.

O homem culpava e xingava Esther, deitado sobre os lençóis manchados de suor.

Quando se recuperasse, iria atrás dela. Iria atrás dela e a espancaria até sangrar, a sufocaria até morrer. Aquela mulher não merecia que desperdiçasse uma bala.

Mesmo quando conseguia ficar de pé por alguns minutos, a tosse o derrubava.

No dia em que finalmente conseguiu se arrastar para fora de casa, viu que o cachorro estava quase morto — talvez morto. Ele jogou um pouco de ração num balde. Bombear água causou mais uma crise violenta de tosse. O catarro que cuspiu saiu misturado com sangue, e, arfando, ele foi dar uma olhada na vaca.

Parecia fazer alguns dias que ela não era ordenhada e, assim como o cavalo, se virara lambendo a neve e comendo o pouco de grama que havia por baixo. As galinhas não estavam muito melhor. Tudo isso mostrava, de forma clara e amargurada, que o garoto mal tinha aparecido. E, quando aparecera, fizera o trabalho malfeito.

Era um inútil, assim como sua maldita mãe.

Quando recuperasse as forças, ele daria uma bela coça naquele moleque. E então sairia, arrumaria uma esposa jovem, que pudesse gerar filhos que honrariam o pai, em vez daquele que ia e vinha quando queria.

Cometera um erro com Esther, admitia. Desperdiçara muitos anos com ela. Cometera um erro ou outro enquanto tentava conseguir uma segunda esposa, porém isso não aconteceria mais.

Só precisava recuperar as forças, ou melhorar o suficiente para comprar remédios, suprimentos.

Tonto com o esforço de cuidar dos animais, ele cambaleou para dentro de casa. Queria dar uma olhada na internet, confortar-se um pouco com as palavras de homens que detinham os mesmos conhecimentos que ele, as mesmas crenças.

A antena do wi-fi, os roteadores e os equipamentos de rede tinham custado uma grana preta. E ele aprendera como usá-los sem se expor.

Maldito governo que espionava a tudo e a todos, roubava terras, forçava seus gays e pretos e mexicanos goela abaixo de americanos de verdade.

Ele era um cidadão soberano, pensou, um homem preparado, até mesmo ansioso, para derramar sangue na busca pela proteção de seus direitos.

E derramaria o sangue de Esther. Ensinaria àquele vira-lata que ela gerara a ter respeito por ele. E encontraria uma esposa que lhe daria os filhos que merecia.

Mas tudo que conseguiu fazer foi se jogar de volta na cama, estremecendo com os calafrios, arfando com os pulmões cheios de secreção.

O ESTÔMAGO DE CALLEN se revirou quando viu o xerife Tate estacionar.

— Avise se precisar de alguma coisa — disse ele para o ferrador, afastando-se para encontrar Tate. — Encontraram mais uma?

— Não. Não, pelo menos isso. O dia está quente para esta época do ano.

— Logo, logo isso acaba, mas vou aproveitar enquanto posso.

Tate observou as arenas, o curral.

— Você está sozinho?

— Temos duas cavalgadas que acabaram de sair, mais duas hoje à tarde, e aulas no centro. Tempo bom significa agenda lotada.

O xerife assentiu com a cabeça.

— Aquele ali é o Ferrão?

— É. Ótimo nome para um ferrador.

— Não é sempre que você encontra um ferrador que usa gargantilha e tem meia dúzia de tatuagens. Mas ele é bom no que faz. Você pode fazer um intervalo?

— Parece que já estou fazendo.

— Vamos andar por aqui. — Tate seguiu para a arena maior. — Que cavalos bonitos.

— Nós trouxemos mais hoje. Vamos levá-los para o pasto amanhã se o tempo continuar assim. Sinto falta de levar os cavalos para pastarem ao nascer do sol e trazê-los de volta à noite.

— Parece que está ansioso.

— Acho que sim. Gosto de trabalhar aqui, mesmo que envolva muita papelada e coisas de computador. — Ele esticou a mão e esfregou o focinho de um cavalo baio curioso. — Sei que o senhor não veio até aqui para saber se estou me adaptando ao trabalho.

— Não. Estou indo conversar com a Alice no Rancho Bodine. Ela deve estar com a psiquiatra agora. Espero que tenha se lembrado de mais alguma coisa.

— Sei que contou mais coisas. Eu mesmo ouvi quando fui até lá tomar café. Ela achou que Rory fosse filho dela. Disse o nome de sete bebês. Todas meninas, menos Rory e mais um outro. Pelo que pareceu, o último morreu ao nascer ou logo depois.

— Ah, meu Deus.

— Imagino que eu não esteja contando nada que não deveria quando digo que ela se atirou em cima de Rory. Falou sobre como o ninava, cantava para ele, brincava de esconde-esconde, como ele aprendeu a andar sozinho. Foi de partir o coração. O senhor descobriu alguma coisa sobre esse filho da puta, xerife?

— Bem que eu queria. Estamos trabalhando com a polícia estadual. Entregamos uma foto dela para a imprensa, para o caso de alguém tê-la visto antes. Usamos cachorros para tentar farejar seu rastro, mas, com a chuva e sem termos nenhuma ideia do quanto ela andou antes de desmaiar, é difícil encontrar um ponto de partida.

— O senhor precisa que ela conte o que aconteceu, mas não pode insistir muito.

— Isso mesmo. — Quando o cavalo baio curioso cutucou o seu ombro, Tate lhe deu um tapinha. — Mas qualquer coisa que ela diga já é mais um detalhe que pode nos ajudar. Só que não foi por isso que eu vim. Soube que o Garrett esteve aqui com a viatura, fardado, e te atacou de novo.

— Não estou preocupado com o Clintok.

— Eu o suspendi.

Callen se virou, empurrando o chapéu.

— O senhor não precisa fazer isso por minha causa.

— Não foi por sua causa. — A irritação corou as bochechas de Tate. — Ele desobedeceu uma ordem direta. Intimidou e ameaçou um cidadão. Preferi suspender aquele idiota arrogante a demiti-lo, já que existem qualidades por trás daquela merda toda, e... Tenho dois bandidos para pegar. Duas moças morreram, e não há pistas de quem as matou. Um homem manteve uma mulher de quem gosto em cativeiro por sabe-se lá quantos anos. E, por enquanto, também não temos pistas sobre ele. Mas, se Garrett sair da linha de novo, vai perder o emprego, e quem decide isso sou eu. — Tate cutucou o peito de Callen. — Você é o chefe por aqui?

— Acho que sim.

— E toleraria que algum dos seus funcionários guiando uma cavalgada, dando uma aula, cuidando dos animais, fizesse o oposto do que mandou? Brigasse com um dos hóspedes? Desrespeitasse a sua autoridade?

Encurralado, Callen exalou o ar.

— Tudo bem, o senhor tem razão.

— E tem outra coisa. Garrett está fulo da vida. Se vier atrás de você, Cal, quero que me conte. Não me venha com essa merda de que sabe lidar com ele, sobre não estar preocupado. Ele é meu funcionário, e, se vier atrás de você outra vez, preciso saber. Não posso ter um homem assim, num cargo de autoridade, andando por aí com uma arma. Entendeu?

— Sim, sim, entendi.

— Você não precisa gostar da ideia.

— E não gosto mesmo. Mas entendo.

— Me dê a sua palavra. — O xerife ofereceu uma das mãos.

— Droga. — Encurralado de novo, Callen a aceitou. — Dou a minha palavra.

— Então estamos combinados. Vou conversar com a Alice. — Mas Tate ficou encarando os cavalos por um instante. — Sete filhos.

— Ela deu nomes para todos. Para todos.

— Meu Deus — murmurou Tate, e foi embora.

Quando estacionou diante da casa do rancho, torceu para ter chegado na hora certa. O carro da Dra. Minnow estava ali, o que era bom. Também queria falar com ela.

Quando bateu à porta, Cora atendeu.

— Espero não estar atrapalhando, Sra. Bodine.

— Claro que não. Você estava me chamando de "Cora" no hospital, Bob. Continue assim. Ah, Alice está conversando com a médica. Com a Dra. Minnow. Acho que já devem estar acabando. Entre.

Ele tirou o chapéu ao entrar.

— Como está Alice desde que veio para casa?

— Acho que bem melhor. De verdade. Mamãe, veja só quem chegou.

— Ora, ora, Bob Tate. — Deixando de lado a peça que tricotava, dona Fancy bateu na almofada ao seu lado no sofá. — Sente-se aqui comigo e me conte todas as novidades e fofocas da região.

— Bem que eu gostaria, dona Fancy.

— Vou pegar um cafezinho para você.

— Por favor, não quero dar trabalho, dona Fancy.

— O dia em que eu não puder mais pegar um cafezinho para um homem bonito quando ele me faz uma visita será o dia em que encontrarei o Criador.

A camisa que usava dizia:

LUGAR DE MULHER

É NA BANCADA

DO CONGRESSO

E ela acreditava piamente naquilo.

— Você vai ter que esperar um pouco, de qualquer forma — adicionou dona Fancy. — Alice está falando com a médica da cabeça. Sente, vou buscar o café.

— Estamos arrumando coisas para fazer — disse Cora quando a mãe saiu da sala. — Tentando nos manter ocupadas. Acho que você já teria me contado se tivesse descoberto alguma coisa.

— Sinto muito, Sra. Bodine... Cora. Estamos fazendo tudo ao nosso alcance.

— Não duvido disso. Ah, Dra. Minnow. Acabaram?

— Nós tivemos uma boa conversa. Xerife.

— Dra. Minnow. Será que ela aguenta conversar mais um pouco?

— Dê a ela alguns minutos. Alice está indo muito bem, Sra. Bodine. Acho que seu instinto, e o de Maureen, de trazê-la para cá estavam certos. Este é só o começo, mas ela está calma.

— Ela se lembra de algo sobre o sequestrador, sobre o cativeiro?

— Ela evita falar nisso, o que é natural, xerife. Está confusa pela lavagem cerebral que ele fez e esta nova realidade. Esta realidade da qual, no fundo, ela recorda, e onde se sente mais segura, até mesmo feliz. Mas me contou sobre a casa e, quando perguntei se era maior que seu quarto lá em cima, disse que era mais ou menos do mesmo tamanho, só que agora ela tem janelas e paredes bonitas. — Celia se virou para Cora com outro sorriso. — Ter paredes com a mesma cor de antes a deixa mais confortável, lhe dá um senso de posse, mesmo que não o reconheça. — E então se concentrou em Tate. — O homem não morava na casa. Pelo tamanho, eu diria que era mais um barraco do que outra coisa. Alice não quis falar sobre o que via quando saía. Mencionou um cachorro malvado, mas não deu outros detalhes.

— Uma construção externa e um cachorro são mais do que eu sabia antes.

— Prontinho, Bob. Ah, Dra. Minnow. — Dona Fancy levou o café para Tate. — Quer um café?

— Obrigada, mas preciso ir. Volto amanhã, na mesma hora. Por enquanto, não a pressionem sobre o Rory. Ela precisa de um tempo para digerir isso.

— Vou pegar o seu casaco e levá-la até a porta.

Tate ficou parado com o chapéu numa das mãos e a xícara de café na outra.

— Dona Fancy, se a senhora não se importa, vou subir para conversar com ela.

— A enfermeira lá em cima se chama... — Dona Fancy esfregou a têmpora. — Droga, esqueci o nome dela.

— Não se preocupe com isso. Venho me despedir da senhora antes de ir embora.

Tate presumiu que estavam usando o quarto antigo de Alice e sabia onde ficava. Por alguns meses, muito tempo atrás, ele passara muitos momentos sonhando acordado, olhando para a janela dela. E, às vezes, Alice saía escondida para encontrá-lo.

Agora, com o peso dos anos nos ombros, ela estava sentada diante da janela, fazendo crochê.

A mulher na segunda cadeira lia um livro, mas se levantou quando o xerife entrou.

— Você tem visita, Alice.

Ela ergueu o olhar e sorriu, tímida.

— Eu te conheço. Você estava no hospital. Foi muito gentil comigo, me visitou. E... — Os olhos dela se agitaram. — Você consegue andar usando as mãos.

— Eu costumava conseguir. — O coração de Tate se apertou um pouco ao lembrar como a fazia rir quando andava pela grama usando apenas as mãos. Os dois tinham 16 anos, e ele era completamente apaixonado por ela. — Acho que não consigo mais.

— Vou deixar os dois à vontade. Estarei na sala ao lado — disse a enfermeira baixinho para ele.

— Você toma café. Ninguém devia tomar café, mas Bodine toma. Ela é filha da irmã. Também é gentil comigo.

— Conheço Bodine. É uma moça muito legal. Posso me sentar com você?

— Homens não precisam pedir. Homens fazem.

— Homens educados pedem. Posso me sentar com você, Alice?

Ela corou um pouco.

— Pode. Estou fazendo um cachecol. É para Rory. É para o meu filho. Ele tem olhos verdes. É tão bonito. Ficou tão alto.

— Quando vocês se viram pela última vez?

— Nós tomamos café da manhã. Clementine fez bolinhos. Eu... eu gosto dos bolinhos dela.

— Quis dizer antes do café da manhã. Quando foi a última vez que o viu?

— Ah, ele só tinha 1 ano. Só 1 ano. Um bebê tão bonzinho. Eu podia ficar com ele, dar de mamar a ele, dar banho, ensinar a bater palmas. E ensinei a andar e dizer "mamãe". Porque ele é o filho.

— Você teve filhas.

— Meninas. Cora e Fancy e Lily e Maureen e Sarah.

— Você as ensinou a bater palmas?

— Não pude. O senhor teve que levá-las embora. Filhas não servem de nada para ele e rendem um dinheiro bom. Talvez você consiga encontrá-las.

— Posso tentar.

— Mas não vai encontrar Benjamin. Deus o levou embora antes de ele sair de mim. E também não vai encontrar Rory. Eu o encontrei aqui. Estou feliz por ter vindo para cá.

— Você teve os bebês na sua casa? Quer dizer, eles nasceram lá?

— Só Lily e Maureen e Sarah e Benjamin. O senhor me proveu a casa porque lhe dei um filho, como uma mulher tem a obrigação de fazer.

— Onde Cora e Fancy e Rory nasceram?

— No quarto lá embaixo. — Os lábios dela se apertaram. — Eu não gostava lá de baixo. Não gostava. Preferia a casa.

— Tudo bem. — Tate tocou sua mão trêmula. — Você nunca mais vai voltar para aquele quarto.

— Posso ficar aqui com Rory. Com a mãe e a irmã e a vovó. Vovó. Vovô tem M&M's. Ele cheira a cereja e tem uma barba.

— Isso mesmo. — Ocorreu a Tate que Alice não sabia que o avô tinha morrido; então seguiu em frente com cuidado. — O senhor tem barba?

— Bastante, bastante. — Ela esfregou a mão pelas bochechas e pelo queixo.

— Ele cheira a cereja?

— Não, não. Como sabão que arde. Às vezes, não. Às vezes, como uísque. Às vezes, como uísque e suor. Não gosto. Gosto de fazer o cachecol, gosto de fazer o cachecol, gosto, e da janela e dos bolinhos. Gosto das paredes cor--de-rosa.

— Elas são bem alegres. De que cor eram as paredes da sua casa?

— Cinza com manchas brancas e linhas. Prefiro as daqui. Sou ingrata, sou ingrata pelo que o senhor proveu.

— Não, não é. Você é grata por estar de volta ao seu lar, com a sua família. Pode me contar uma coisa, Alice?

— Não sei.

— Pode me contar quando foi que conheceu o senhor, a primeira vez que o viu?

— Não sei. Preciso terminar o cachecol, preciso terminar o cachecol para Rory.

— Tudo bem. Preciso ir agora, mas vou voltar, se você não se importar.

— Não me importo. Eu queria voltar para casa — disse ela quando o xerife se levantou.

— Você voltou.

— Eu devia ter ligado para o vovô quando cheguei a Missoula. Ele teria ido me buscar. Não ficaria irritado.

— Você estava voltando de Missoula?

— De... algum lugar. Não sei. Estou muito cansada agora.

— Vou chamar a enfermeira. Você pode descansar um pouco.

— Eles assam um peru no Dia de Ação de Graças, mas prefiro o presunto da vovó. Vovó faz batata doce no Dia de Ação de Graças, e todas nós preparamos tortas. Vou dormir.

— Tudo bem, Alice. Pronto, vou te ajudar. — Ele a ajudou a subir na cama, e a cobriu.

— É macio. Tudo aqui é macio. A mãe está aqui?

— Vou chamá-la. Descanse.

Tate saiu, fez um sinal para a enfermeira antes de descer para buscar Cora.

Uma construção externa, um cachorro, algum lugar na estrada entre Missoula e o rancho, algum momento perto do Dia de Ação de Graças — apesar de só Deus saber quanto tempo atrás.

Era mais do que ele sabia antes.

Capítulo 22

♦ ♦ ♦ ♦

O TEMPO PASSOU. Enquanto boa parte da vida em casa agora girava em torno de Alice — o que dizer, o que não dizer, o que fazer, o que não fazer —, a primavera chegou com toda a sua doçura e todas as suas exigências. O sol nascia mais cedo, ia embora mais tarde, e esse tempo de luz solar aumentou a quantidade de trabalho.

Bodine com frequência via esse excesso como uma fuga do estresse e da preocupação dos cuidados necessários em casa. E então se sentia culpada por pensar assim.

As noites que passava com Callen na cama estreita ou em algum chalé vazio também eram vistas como uma fuga. Mas essa ideia não causava qualquer tipo de culpa. Se parasse para analisar as coisas, como às vezes fazia, concluía que a situação lhe dava equilíbrio, companhia, um bom ouvinte, um efeito tranquilizador que jamais teria imaginado.

E sexo maravilhoso.

Gostava de pensar que oferecia as mesmas coisas a Callen.

Na maioria dos dias, os dois iam e voltavam juntos do trabalho, a cavalo. Se conseguisse arrumar tempo, Bodine também ia para casa ao meio-dia, para dar às avós uma folga de Alice.

— Gosto dela. — Apesar de estar bolando planos em sua cabeça, Bodine cavalgava tranquilamente ao lado de Callen. — De vez em quando, alguma coisa, alguém, surge por trás do trauma. E sei que eu gostaria desse alguém. Os cachorros gostam dela, o que é sempre um bom parâmetro.

— Os cachorros gostam de Alice?

— E é mútuo. Eles ficam jogados aos pés dela, roncando, enquanto ela faz crochê. O xerife fez uma visita enquanto eu estava lá esta tarde. Ele também leva jeito com ela.

— Ele descobriu mais alguma coisa?

— Parece que Alice tinha acabado de completar 21 anos quando começou a pegar caronas de volta para casa. Então isso ajuda a ter uma ideia mais precisa de quando tudo aconteceu. Não sei como ele irá analisar 26 anos e descobrir alguma coisa, mas percebi que era importante saber disso. Ela estava animada quando começou a falar, como se estivesse fazendo sala para nós. Está fazendo outro cachecol. Para mim. Já terminou o do Rory. — Erguendo o rosto para o céu, Bodine sacudiu a cabeça. — Não sei o que estou fazendo.

— Nem tanto. Ela gosta de você, confia em você. Gosta de Tate. É tímida comigo quando estou por perto, mas não sente medo.

— É a mesma coisa com o papai e Chase. Tímida, mas sem medo. E, mesmo assim, se recusa a sair. Tem pessoas lá fora e ponto-final.

— Ela precisa de mais tempo.

— Eu sei, e tudo ainda é recente. Mas... Nós temos que ser tão cuidadosos, e isso cansa, Callen. Está ajudando, mas cansa. Tem dias em que Alice sabe que Rory não é seu filho. Em outros, fica agarrada a ele. É difícil para Rory. Ele está reagindo melhor do que seria de esperar. Às vezes nos esquecemos de como ele tem um bom coração. Um coração muito bom.

— Quer saber o que eu acho?

— Estou falando sem parar sobre isso de novo. Então devo querer.

— Vocês sempre foram próximos. Meu Deus, passei a vida inteira admirando e invejando isso. Sua família sempre se une, e essa situação fez vocês se unirem ainda mais. Acho que Alice está aparecendo aos poucos, por baixo do que aquele filho da puta fez com ela, porque tem isso dentro de si. Sei como é ter 18 anos e estar com raiva do mundo. Mais do que você — adicionou Callen.

— Eu tive sorte com o meu mundo.

— Não foi só sorte, mas teve mesmo. Sei como é querer voltar para casa, precisar voltar. Ninguém me impediu, ninguém roubou metade da minha vida. Mesmo assim, foi difícil.

— Nunca pensei nisso — disse Bodine, baixo. — Nunca pensei que seria difícil para você voltar. — Enquanto os dois cavalgavam, num ritmo tranquilo e despreocupado, ela analisou o perfil dele. — Mas devia ter imaginado.

— Você nunca sabe o que mudou, o que continua igual, se vai se encaixar de novo. É o risco que se assume ao decidir ir embora e depois voltar. Eu acho que o fato de Alice conseguir fazer cachecóis e conversar com o Tate, com qualquer um, sem gritar, sair da cama pela manhã e se deitar à noite, mostra que tem muito dos Bodine lá dentro. Acho que ela vai começar a aparecer mais e mais.

Bodine precisou esperar um momento antes de conseguir falar.

— Quer saber o que eu acho?

— Estou ouvindo você falar sem parar sobre isso. Então devo querer.

— Acho que eu acabaria enlouquecendo um pouquinho se não tivesse você para conversar. Agora, no rancho, sempre temos que tomar cuidado com tudo o que dizemos. E Deus é testemunha do que não dizemos. Precisa ser assim. Mamãe e a bisa estão preocupadas com a vovó, e papai está preocupado com todas elas. Chase pede a ajuda de Rory mais do que precisa só para lhe dar uma folga.

— Você faz a mesma coisa.

— Sim, mas não falamos muito sobre isso. Não podemos. E aposto que não sou a única desabafando com você.

— Eu aguento a barra.

— Era isso que eu estava pensando.

Remexendo-se na sela, Callen a analisou com cuidado.

— Então você não devia achar que precisa mudar de direção e sair do caminho que estava seguindo. Nós já estamos em terras que seriam minhas se as coisas tivessem sido diferentes. Mas não foram. Elas não são minhas.

— Desculpe. — Bodine parou o cavalo e percebeu que não devia ter se surpreendido por ele notar que tentava se afastar de sua velha casa. — Parecia uma boa ideia. Acho que não era.

Callen conhecia aquele terreno como a palma de sua mão. Por enquanto, sentia-se satisfeito em ficar sentado no seu cavalo e observá-lo.

— Nós assinamos o contrato, e o lugar é seu. Da sua família. Não me arrependo.

— Eu ficaria arrasada se tivéssemos que vender nossas terras.

Por mais estranho que aquilo fosse, ele também ficaria se isso acontecesse com ela.

— Não é assim comigo com esta terra. Acho que nunca foi. Um dia desses, vou querer algo que seja meu e vou cuidar disso. — Dando de ombros, Callen sorriu. — Eu me dei bem na Califórnia. Você não é educada demais para perguntar sobre isso, mas não perguntou.

— Há uma diferença entre não ser educada demais e ser completamente grosseira. Vou ser completamente grosseira — decidiu Bodine. — O que é “se dar bem”, mais ou menos?

— O suficiente para que eu não precisasse ter vendido nada. Podia ter ficado com o terreno, dado à minha mãe e à minha irmã a parte delas. Comprado um pouco de gado, começado um rancho decente.

Talvez Callen tivesse se dado melhor do que ela imaginara, e talvez isso adicionasse a ele outro aspecto que ainda não considerara. Bodine admirava quem tinha uma boa cabeça para negócios e segurança financeira.

— Mas você não fez isso.

— Não. Porque não era o que eu queria. Até gostei de ter o meu próprio negócio, e era bom nisso.

— Como assim ter seu próprio negócio?

Como ele sabia para onde ela estava seguindo, continuou cavalgando.

— Eu arrumei um sócio na Califórnia, e nós abrimos uma empresa para domar cavalos. E nos demos bem. Quando decidi voltar, ele comprou a minha parte. Também gosto de trabalhar para os outros. Então estou satisfeito.

Mais um aspecto que Bodine não tinha considerado.

— Não sabia que você tinha começado um negócio... Achei que trabalhasse para alguém.

— Eu queria tentar. — Fora simples assim, refletiu ele, agora. Queria tentar fazer as coisas, ver como era. — Deu tudo certo por um tempo. Pelo que vejo, dá mais certo para você. Tomei gosto por mulheres que sabem gerenciar as coisas, e é preciso admirar ainda mais uma que consegue arranjar tempo para passar em casa no meio do dia e dar prioridade à família.

— Ora, Callen Skinner. — Com os olhos arregalados, Bodine tocou o coração. — Você vai me fazer corar.

— Só acredito vendo.

Agora, ele enxergava a casa lá na frente, o único andar em formato de L levemente torto. Os pastos vazios, o quintal com a grama alta demais, os esqueletos de um galinheiro. O celeiro vazio, exibindo um cinza desbotado, riscado de vermelho, onde o pai se enforcara.

Algumas flores silvestres tentavam brotar. Ao longe, as montanhas apresentavam tons de azul e verde sob a neve que descongelava.

— Qual era o plano? — perguntou ele. — Por que vir aqui?

— Ainda estamos decidindo o que fazer. Temos algumas opções. A primeira é resolver se as terras vão fazer parte do rancho ou do resort. Eu prefiro, que surpresa, o resort.

— Que chocante — respondeu Callen.

— Chase está em cima do muro, outra surpresa. Mas acho que parte disso é por estar esperando para saber o que você prefere.

— A terra não é minha.

— Cale a boca. Rory está comigo. Mamãe anda distraída demais para pensar nessas coisas, e papai prefere o rancho, mas está aberto a sugestões. Ainda não conversamos com as minhas avós sobre o assunto, mas faremos isso.

— Certo.

— Ambos levam a opções diferentes, mas, por enquanto, como parece mais provável que o terreno fique com o resort, vou apontar algumas referentes a ele. Podemos reformar a casa, as construções externas, alugar esta parte como uma simulação da vida no rancho. Para famílias, grupos ou eventos corporativos. Podemos derrubar a casa, as construções e construir coisas novas. Tanto para a simulação do rancho quanto para chalés de luxo, com uma cozinha central e uma área comunitária, como fazemos com o acampamento chique. Ou traríamos alguns animais para cá, criaríamos uma experiência educacional para os mais jovens. Como cuidar dos cavalos, do gado e das galinhas. Várias opções.

— Você tem uma preferência. Qual é?

Bodine fez que não com a cabeça.

— Todas as opções são viáveis, boas e podem ser melhoradas e fazer sucesso. Quero saber o que *você* acha.

— Já disse, não me importo. Nada disso é meu para eu dar opinião.

Bodine bufou e em seguida desmontou.

— Ah, desça do cavalo, Skinner. E pare de palhaçada. — Ela levou Leo até a arena e prendeu as rédeas na cerca. — Você cresceu naquela casa. Cuidou desta terra, criou os cavalos e o gado. Você tem uma opinião. Você sente alguma coisa.

Callen desceu do cavalo, sentiu que estava sendo encurralado.

— Eu não me importo tanto quanto você parece querer que eu me importe.

— Uma ova que não. Estou pedindo para me dar a sua opinião enquanto estamos aqui. Derrubamos tudo, a casa, o celeiro, tudo, ou reformamos as coisas e construímos algo novo. Só isso. Me diga. — Mais irritada do que queria estar, Bodine bateu com o punho sobre o peito dele. — Diga como você se sente, o que quer.

E deixou a mão onde estava. Callen tinha certeza de que o calor dela queimara um buraco em seu peito, como o sol queimava o céu enquanto descia lentamente. Como os olhos de Bodine pareciam lançar rajadas de fogo.

— Derrube tudo. Tudo. Eu...

— Está resolvido.

— Bodine...

— Está resolvido — repetiu ela. — Era só isso que eu queria saber.

Antes de conseguir se afastar, Callen agarrou seu pulso. A irritação que os dois sentiam sumiu quando ela tocou a bochecha dele com a outra mão.

— O que você sente, Callen, é importante. Não só para mim, mas me importo bastante. Existem opções, e todas são boas. Por que a sua opinião não faria diferença?

— Nada disso é meu.

— Mas era.

— Poderia ter sido, mas não foi. Se o único jeito de voltar fosse vir para cá, para esta terra, esta casa, eu teria continuado onde estava. Não é aqui que estão as minhas raízes, e, se um dia estiveram, estavam tão rasas que arrancá-las não mudou nada. — Callen a puxou para perto, de forma que os dois olhassem para a fachada da casa. — Tenho memórias boas e ruins. Não sei se uma coisa é mais forte que a outra. Lembro quando meu pai meteu na cabeça que ia construir aquele anexo. Ele não tinha ideia do que estava fazendo, e eu tinha 12 anos; então também não tinha. Mas ele tentou.

Callen ouviu a voz da mãe enquanto estavam parados sob o vento, diante do túmulo do pai.

Ele tentou.

— Ele tentou — repetiu Callen, talvez finalmente aceitando essa verdade. — E isso deixou minha mãe feliz. Ficou torto, e o piso lá dentro é desigual, mas ele tentou, e isso a deixou feliz. São memórias boas e ruins.

Sem dizer nada, Bodine se aconchegou mais. Uma oferta de consolo.

— Mas minha mãe nunca vai andar por aquele piso de novo. E nunca vai ficar parada aqui, olhando para aquele celeiro, se lembrando de como o marido tirou a própria vida. Não quero que vocês derrubem tudo por minha causa.

— Já disse que está resolvido. — Virando-se para Callen, Bodine voltou a colocar a mão sobre o coração dele. — Talvez um dia ela volte aqui e veja o que construímos. Talvez isso a deixe feliz. Talvez isso deixe você feliz. — Bodine gesticulou, esperando até ele parar de fitar seus olhos e seguir o seu movimento. — Tem umas rosas ali. Você devia cavá-las. Tire todas as raízes, cubra-as com um saco de pano e as leve para Missoula. Aposto que sua irmã sabe como replantá-las. Sua mãe ia gostar.

Ele pareceu sentir na garganta um bolo de emoções e gratidão.

— Às vezes não sei o que te dizer. Às vezes você me derruba. — Ele a puxou para perto, apertou-a. — Vou cavá-las. Ela vai gostar disso, e eu nunca teria pensado numa coisa dessas.

— Talvez pensasse.

— Eu teria jogado tudo fora — afirmou Callen, olhando por cima da cabeça de Bodine para tudo que podia ter sido dele. — Isso não é certo. Tem uns narcisos começando a brotar do lado da casa. Posso cavá-los também. Savannah sempre gostou deles quando éramos pequenos. E...

— O quê?

— Talvez eu tire algumas tábuas do piso antes de vocês botarem tudo abaixo. Justin e Savannah podem bolar alguma coisa para fazer com isso. Ela vai gostar.

— Viu só? — Bodine se inclinou o suficiente para beijá-lo. — Quer dar uma volta? Ver se tem mais alguma coisa?

Antes que Callen pudesse responder, seu telefone apitou.

— Mensagem da minha mãe. — Ele franziu a testa para a tela. — Ela nunca manda mensagem. Só... Meu Deus, minha irmã entrou em trabalho de parto.

— Bem, você tem que ir! — Agarrando a mão dele, Bodine o puxou de volta para os cavalos. — Você tem que ir para lá.

— Ela vai ter o bebê em casa. Por que alguém faria uma coisa dessas? Devia ter uma lei que proibisse esse tipo de coisa. Por que ela...?

— Suba, Skinner. — Bodine riu enquanto falava, momentaneamente arrebatada por aquela frustração masculina. — Em menos de dez minutos você vai estar na sua picape. Então pode ir até lá e perguntar para ela pessoalmente.

Ele subiu no cavalo.

— Talvez Vanna não queira que eu atrapalhe.

— Homens são idiotas. — Bodine forçou Leo a galopar, sabendo que Pôr do Sol seguiria o ritmo.

De bom humor, Bodine entrou na casa. Encontrou Clementine, diante da bancada com Alice, descascando batatas.

— Estou fazendo purê. Clementine vai me ensinar. Posso ficar assistindo enquanto ela frita o frango.

— E eu posso comer — disse Bodine, e Alice baixou a cabeça e sorriu. — Alguma coisa já está cheirando bem.

— Fizemos um bolo de chocolate. Gosto de cozinhar com Clementine. Minha casa não tem forno. Eu não podia fazer bolo de chocolate.

— Você está me deixando com fome. — Bodine servia sua taça de vinho quando a mãe entrou na cozinha. — Tenho uma novidade — anunciou ela. — A sobrinha de Callen está nascendo.

— Que notícia boa! — disse Maureen. — Sirva uma taça para mim também, vamos fazer um brinde a um bebê saudável.

— Eu tive bebês. — Alice continuou a descascar a batata enquanto falava, mas seus ombros se curvaram. — Dói e tem sangue, e dói muito, muito. Se forem meninas, você não pode ficar com elas, porque rendem um bom dinheiro. A irmã fica com a sua menina, mas eu não posso ficar com as minhas. — Ela lançou um olhar furioso para Maureen. — Minhas meninas seriam tão bonitas quanto a sua. *Mais bonitas!* Não é justo.

— Não, não é — começou Maureen. — Sinto muito...

— Não quero que você sinta nada. Não quero que você sinta nada. Quero meus bebês. Quero o meu Rory. Por que ele é seu também? Por que você fica com tudo?

— Vamos sentar, Alice. — Bodine se aproximou dela. — Você pode me mostrar o cachecol que está fazendo para mim.

— Não! — Pela primeira vez, Alice gritou com a sobrinha, e então se voltou contra ela. — Você é a filha. Eu também sou a filha! Eu sou a filha. Por que ela sempre fica com tudo?

— Chega. — Com a paciência se esgotando, Maureen se enfiou no meio das duas. — Já chega, Alice.

— Cale a boca. Cale a boca, cale a boca! Você não manda em mim. Reenie, Reenie, Reenie. Sempre a boazinha, sempre a vencedora, sempre, sempre. — Alice a empurrou.

Para o choque de Bodine, Maureen a empurrou de volta.

— Talvez você devesse começar a agir de acordo com a sua idade. Talvez devesse parar de reclamar de tudo, como sempre fez. Talvez devesse culpar a si mesma e não aos outros.

— Eu te *odeio.*

— Jura? Que novidade.

— Meninas! — Cora entrou correndo na cozinha, com dona Fancy em seu encalço. — Parem agora mesmo com isso.

— Foi ela quem começou. — Alice apontou para a irmã. — Reenie não pode ficar mandando em mim, mamãe. Você sempre fica do lado dela. Não é justo. Por que é que eu tenho que passar uma *semana* lavando a louça, e ela, não? Só porque as notas dela são boas? A professora não gosta de mim. E eu ia limpar o meu quarto, mamãe, juro! Só esqueci. Reenie, Reenie, Reenie é uma noiva tão bonita. Bem, eu vou ser uma estrela de cinema. Vocês vão ver. Por que ela pode ficar com os bebês? Por quê? — Chorando, Alice pressionou as laterais da cabeça. — Por quê, por quê, por quê? Não entendo. Quem sou eu? A velha, quem é a velha no espelho? Quem sou eu?

— Alice. Minha Alice. — Cora se aproximou. — Alice Ann Bodine. Pronto. — Com a ponta dos dedos, Cora limpou as lágrimas. — Quem sou eu?

Bodine sentiu a garganta apertada ao observar o esforço da tia para se lembrar.

— Mamãe. Mamãe. Eu... eu estava voltando para casa.

— Eu sei. Eu sei. Você está aqui agora.

— Não me sinto bem. Não me sinto bem com nada. Posso voltar? Só quero voltar?

— Vamos seguir em frente, e tudo vai ficar bem.

— Reenie ficou chateada comigo.

— Não, não fiquei. — Maureen acariciou a trança da irmã. — Não fiquei chateada. Estou feliz por você estar em casa, Alice.

— Eu fiquei chateada. Eu fiquei chateada. Eu fiquei chateada. Não lembro por quê. Minha cabeça está doendo.

— Você pode deitar um pouco — disse Cora. — Vou com você.

— Não, não. Estou fazendo purê. Clementine vai me ensinar. Clementine. Se eu ganhasse uma moeda a cada reclamação, estaria bilionária.

— Isso mesmo. — Apesar de seus olhos estarem cheios de lágrimas, a cozinheira deu uma batidinha numa batata descascada pela metade. — Elas não vão se descascar sozinhas, menina.

— Vou sentar aqui do seu lado para te supervisionar. — Dona Fancy se aproximou e sentou num banco.

— Vovó. — Alice apoiou a cabeça no ombro de dona Fancy. — Vovó está sempre cheirosa. Onde está o vovô?

— No céu, querida, cuidando do seu pequeno Benjamin.

— Vovô está com Benjamin. Não preciso me preocupar. — Enquanto pegava o descascador, ela se virou para Maureen, os olhos cheios de dor. — Ele não é o meu Rory. É o seu.

— Nós somos irmãs. Dividimos tudo.

— Odeio dividir.

Agora, Maureen riu.

— Como se eu não soubesse disso.

Atrás delas, Bodine passou um braço ao redor de Cora e falou baixinho:

— Vamos sentar. A senhora está tremendo. Vou fazer um chá.

— Prefiro aquele vinho.

— Primeiro, sente-se.

Bodine voltou para pegar a garrafa, esperou a avó segurar a taça com as mãos e dar um gole.

— Ela me chamou de mamãe.

— Eu sei.

— Foi a primeira vez. Ela me chamou de mamãe e, quando olhou para mim, lembrou. Dava para ver em seus olhos. Ela está voltando. Alice está voltando.

CANSADO, CONFUSO E COMOVIDO, Callen entrou na cabana. Jogou o chapéu e o casaco na direção de uma cadeira. Apesar de querer muito uma cerveja, precisava descansar mais. Seguiu para o quarto e, caindo na cama para tirar as botas, sentou-se em Bodine.

Ele soltou um "Meu Deus" nos segundos que levou para perceber que era uma mulher e não qualquer outra coisa. Ela se sentou com um resmungo.

— Você devia olhar antes de se sentar.

— Quem disse? — Callen tateou em busca do interruptor e o acendeu, fazendo Bodine cobrir os olhos com uma das mãos. — O que você está fazendo dormindo na minha cama, vestida?

— Não consegui dormir.

— Você estava fingindo muito bem.

— Em casa. Pensei em esperar por você, mas caí no sono. Savannah? A bebê?

— Estão bem, e ela é muito bonita. Eu acho. Foi a primeira criança que vi assim que saiu do forno. Aqui. — Ele tirou o telefone do bolso. — Veja por si mesma.

Bodine piscou os olhos sonolentos, concentrando-se na imagem de um embrulhinho enrolado numa coberta rosa e branca, usando uma touca rosa.

— Ela não é muito bonita. É linda. Qual é o nome?

— Aubra. Aubra Rose.

— Você a segurou?

— Admito que não queria. Parecia que iam me passar uma dinamite, mas me convenceram. E foi um momento daqueles. Houve muitos momentos daqueles.

Callen mexeu na tela para mostrar mais fotos da bebê para Bodine — nos braços da mãe, do pai, da avó. E, finalmente, nos dele.

A palavra que veio à mente dela, analisando-o com a sobrinha, foi: apaixonado.

— No geral, fiquei me perguntando por que qualquer mulher concordaria em passar por aquilo. Não me envergonho de dizer que saí do quarto o tempo todo, mas ficavam me puxando de volta. Sim, muitos momentos daqueles. — Ele finalmente tirou as botas e então se esticou ao lado dela, ambos ainda vestidos. — Eu não fiz nada, mas parece que escalei uma montanha. — Ele fechou os olhos. — E, no calor da situação, disse que tomaria conta do menino por algumas horas na semana para deixá-los descansar. Tenho que ver o que vou fazer com ele. Passeios de pônei, cavar esterco. As coisas favoritas de meninos nessa idade.

— Miranda, a recreadora infantil, pode ajudar.

— É?

— Claro.

— Talvez isso salve a minha sanidade. — A mente dele começou a perder o foco. — E como foi a sua noite?

— Intensa. Mamãe e Alice brigaram feio antes do jantar. Gritaram, e se empurraram.

— O quê? — Seu cérebro voltou a funcionar. — O quê?

— Na verdade, tudo começou com Aubra Rose. Eu mencionei que sua irmã estava em trabalho de parto, e Alice começou a falar, e aí ela e mamãe se estranharam. É uma revelação ver a sua própria mãe brigando com a irmã da mesma forma como você faria. E, quando a vovó se meteu, Alice se descontrolou de vez. — Bodine se virou para que ficassem deitados um de frente para o outro. — Ela se lembrou de coisas, Callen. Coisas confusas, bobas, implicantes, infantis, mas lembrou. Chamou a vovó de mamãe. Não de "a mãe", como tem feito. E chamou minha mãe de Reenie. Foi um avanço. De verdade. Talvez isso mude as coisas. Não sei. Vovó tem certeza de que vai mudar, e fico preocupada que ela se encha de esperança, porque Alice pode acordar amanhã e não se lembrar de nada do que aconteceu.

— Não há nada de errado em ter esperança. Você devia fazer o mesmo.

— Talvez. Chase, Rory e eu fizemos uma reuniãozinha no celeiro depois. Concluímos que o papai está cuidando da mamãe. E, durante o dia, Rory e eu podemos ficar de olho nela no trabalho. Chase vai cuidar da bisa; Rory, da vovó; e eu fico com Alice. Ela pode acabar contando demais com o Rory, e ainda se sente mais à vontade comigo do que com o Chase. Só preciso dar um jeito de conseguir tomar a dianteira. Hoje foi o primeiro dia sem a escala das enfermeiras, e, *bum!*, intenso.

— Vocês vão dar um jeito. Nós devíamos tirar a roupa e dormir.

— Sim. Daqui a pouco.

Daqui a pouco, os dois caíram no sono como estavam.

O HOMEM CONHECIDO como senhor fez uma bengala de um galho grosso. Ela o ajudava quando suas pernas ficavam bambas demais para terminar o trabalho no rancho.

O cachorro tinha morrido, mas seria fácil encontrar outro. Arrumaria um novo quando sentisse necessidade.

Considerou dar um tiro no cavalo — ele não valia o trabalho que dava —, mas, enquanto um homem conseguia se virar sem um cachorro por um tempo, perder o cavalo seria como amputar um membro.

Então, continuou lhe dando uma quantidade de comida moderada, racionando os cereais.

Dedicou-se mais à vaca. Ela ainda produzia leite, mesmo que ordenhá-la o deixasse exausto.

Ele arfava enquanto andava, mas conseguia andar. Pelo menos até começar a tossir. Quando isso acontecia, precisava parar, sentar e esperar o sofrimento acabar.

Em alguns dias, quando se sentisse melhor, iria comprar mais remédios, pegar dinheiro para os cereais e para feno.

Começaria a caça por uma esposa nova, jovem. Uma que fosse forte o suficiente para arar o solo e plantar. Uma com vitalidade o suficiente para lhe dar filhos. Uma bonita o suficiente para lhe dar prazer.

Aquele era o momento para esperar.

Todas as noites, ao se jogar na cama, dizia a si mesmo que se sentiria forte pela manhã. Forte o suficiente para começar a caça.

Já arrumara o porão, onde a esposa ficaria. E, enquanto ela semeasse o solo, ele semearia seu corpo. Quando o solo desse frutos, ela lhe daria um herdeiro. De sua semente.

Todas as noites, o homem dormia com um revólver sob o travesseiro, com uma bala pronta para despachar qualquer um que tentasse impedi-lo de defender os direitos que Deus lhe dera.

Parte Quatro

Um Retorno

Você procura, Joe,
coisas imaginárias; estou falando de um começo.
Términos e começos — nada disso existe.
Temos apenas os interlúdios.

— Robert Frost

Capítulo 23

♦ ♦ ♦ ♦

Se Jessica precisava passar metade do dia correndo de um lado para o outro, preferia fazer isso sobre incríveis sapatos de salto agulha. De acordo com o aplicativo em seu telefone, já dera mais de sete mil passos hoje, e ainda não era nem meio-dia.

Melhor ainda, seu evento importante do fim de semana seria um sucesso.

E, em homenagem ao dia ensolarado — e a Montana —, acrescentou seu chapéu de caubói aos sapatos incríveis, cobrindo um rabo de cavalo baixo.

Pensou no modelito como um encontro do Leste com o Oeste.

Com os sapatos de salto agulha cor-de-rosa choque — era primavera! —, ela voltava mais uma vez do Moinho, com planos de passar no Saloon e no Bornal, mas parou quando viu Bodine estacionar um dos carros do resort.

— Diga que o tempo vai continuar bom assim no fim de semana — pediu.

Ao sair do carro, Bodine olhou para o céu azul.

— Parece que sim. Vai nevar um pouco hoje à noite, mas a previsão para amanhã é de sol e uns quinze graus. O que é bom — acrescentou ela. — Estamos montando as barracas.

— Tem convidados do evento com reservas para o Acampamento Ribeirinho e o Ninho da Águia hoje. Eles vão estar prontos na hora do check-in?

— O Ribeirinho está pronto, e a equipe está montando o Ninho da Águia agora. Seus convidados terão o acampamento chique deles, pode acreditar. — Bodine deu tapinhas no ombro da amiga. — Então, não há necessidade de ir até lá perturbar o pessoal.

— Já eliminei perturbar o pessoal do acampamento da lista. Estou torcendo muito para que tudo saia conforme o planejado nesse evento.

— A reunião de família dos Cumberland, certo?

— Reunião de família mais festa de aniversário. A matriarca vai completar 102 anos amanhã. Estou fascinada e horrorizada. Cento e dois anos! Você já viu o bolo?

— Ainda não.

— Está quase pronto, e, em vez de ficar perturbando o pessoal, eu só fiquei observando, maravilhada. É enorme, lindo, temático. Uma torre, na verdade, com símbolos e decorações que representam marcos importantes da vida dela. Vou tirar fotos para o site. É uma obra de arte, de verdade. E grande o suficiente para alimentar os 78 convidados, com idades que vão de sete meses de idade até os tais 102 anos.

— Você está praticamente pulando de alegria.

— Eu sei! — Rindo, Jessica gesticulou na direção do Moinho. — É um clima especial. A continuidade, a longevidade, a família enorme, que mora longe, se unindo. Faz semanas que me mandam fotos e lembranças. Reservaram o Moinho para todo o fim de semana, e arrumamos tudo de acordo com o que nos enviaram, como um museu divertido da história da família. É como um mundo paralelo para uma pessoa que praticamente não tem histórico familiar e nenhum parente próximo.

— Você faz parte da família Bodine-Longbow agora.

Emocionada, Jessica empurrou a amiga com o ombro.

— E, como tal, estou determinada a fazer desse evento mais um marco na vida de Bertie Cumberland. Falando em famílias, como vão as coisas?

— Há bons e maus momentos, mas está tudo se mantendo estável por períodos mais longos. — Prendendo o dedão no bolso dianteiro da calça jeans, Bodine deu uma olhada ao redor. — Como tudo parece estar sob controle por aqui, acho que já vou para casa, ficar trabalhando lá pelo resto do dia. Foi difícil, mas convenci a vovó e a bisa a saírem, irem ao cabeleireiro, tirarem umas horas de folga. Clementine está lá, e nós duas podemos tomar conta de Alice.

— É difícil.

— É bem difícil. Mas ela faz parte da família.

— Chase me conta uma coisa ou outra. Mas você sabe como ele é.

— Sei. E também sei que o meu irmão está feliz. E, mesmo sem dizer muito, ele se faz entender. Ontem, selou os cavalos da mamãe e do papai e os obrigou, daquele jeito dele, a darem uma volta juntos. Os dois gostam de sair sozinhos, e não fazem isso desde que Alice voltou. Foi assim que resolveu o problema. — Bodine soltou um suspiro quando as duas começaram a andar.

— E Chase e Callen levaram Rory para o alojamento na semana passada para jogar pôquer — ele estava saturado de Alice.

— Chase disse que ela aceitou que Rory não é filho dela.

— Parece que sim, mas teve uma recaída na semana passada. Ou precisou ter. Os dois o levaram para esfriar a cabeça por algumas horas.

— E o que faz você esfriar a cabeça?

— Isto. — Bodine gesticulou para o resort. — E Callen é um bom ouvinte. Você também.

— Imagina.

— A gente devia sair para dançar de novo. Nós seis. — Aquela noite no Rebanho parecia ter acontecido séculos atrás. — Rory ainda sai com a Chelsea de vez em quando.

— Eu topo, a qualquer hora. Exceto nesse fim de semana — acrescentou Jessica. — Este evento vai... — Ela olhou para o relógio. — Ah, meu Deus! Preciso falar com o pessoal do bufê da recepção e com os motoristas que vão para o aeroporto.

— Eu confirmo os motoristas no caminho para casa. Qualquer problema que possa surgir estará resolvido antes de eu chegar lá.

— Obrigada. Bo, se você precisar de ajuda. Um dia no salão, um dia de compras, um dia para reclamar. Só avisar. — Jessica se afastou correndo sobre os saltos cor-de-rosa. — Só não posso neste fim de semana! — gritou.

AO CHEGAR EM CASA, cheia de papelada para resolver, Bodine deixou o trabalho de lado. Precisava das duas mãos livres e de toda a sua força de vontade para obrigar as avós a saírem de casa.

Feito isso — e depois de ficar observando o carro das duas desaparecer —, deu um pulo na sala de jantar, onde Clementine polia a mesa.

— Tem certeza de que elas não estão dando meia-volta?

Bufando, Bodine desmoronou sobre uma cadeira.

— Quase. Vou dar uns dois minutos antes de subir e começar a resolver as coisas de trabalho que trouxe para cá. Vovó disse que Alice estava descansando, que a consulta da manhã pareceu ir bem.

— Acho que sim. Mas vou te contar uma coisa. Convencer suas avós a passar a tarde fora foi a melhor coisa para todos. Alice também precisa de um pouco de espaço, se quer saber a minha opinião.

Satisfeita com o próprio trabalho na mesa, Clementine passou para o aparador grande.

— As duas sempre brigavam daquele jeito? — perguntou Bodine. — Alice e mamãe, como na outra noite? Quando eram pequenas?

— Elas se estranhavam e se engalfinhavam também. O mais provável era que Alice começasse com as provocações, mas sua mãe não era fácil. Gostava de ser a mais velha, dava para perceber. Queria mandar em tudo.

Fascinada e achando graça, Bodine apoiou o queixo no punho fechado.

— Sério?

— Ah, ela não se fazia de rogada para jogar na cara da irmã que *chegara aqui primeiro*. Mas detestava quando Alice se safava de alguma coisa por ser a caçula, assim como Alice enchia a paciência quando sua mãe recebia alguma vantagem por ser a mais velha. Nada que eu não tenha ouvido de você e dos seus irmãos todos esses anos. — Clementine fez uma pausa e apontou um dedo comprido para Bodine. — Você não se fazia de rogada em tirar vantagem de ser a filha do meio ou a única menina quando isso era conveniente.

— Às vezes dava certo. — Bodine deu de ombros. — Às vezes, não. Mas elas gostavam uma da outra, Clem? Amor é diferente. Eu amo Chase e Rory, gosto deles. Os dois me irritam, e a gente briga e se estranha, mas gosto deles.

— Acho que sim. As duas alternavam entre viver grudadas feito carrapatos e ficar batendo boca. Riam e trocavam segredos cinco minutos depois de gritarem e se empurrarem. Cora tinha uma paciência de Jó para aguentar aqueles humores todos. — Clementine continuou polindo, deixando o ar com cheiro de laranja. — Uma vez, quando sua mãe estava grávida de Chase, eu a encontrei sentada sozinha lá em cima, chorando. Chorando e esfregando a barriguinha. Disse que queria a irmã, que queria Alice. Você sabia que elas escolheram os nomes dos primeiros filhos uma da outra?

— O quê? Como?

— Quando eram meninas, cada uma escolheu o nome do primeiro filho e da primeira filha da outra. Charles, por causa do seu bisavô, e Maureen lhe daria o apelido de Chase. E sua mãe escolheu Rory para Alice, em homenagem ao pai delas. Bodine para Maureen, se tivesse uma menina. Cora para Alice. — Com cuidado, Clementine colocou o grande candelabro de prata de volta no aparador. — Eu diria que as duas se importavam muito uma com a outra, pois cumpriram o combinado, mesmo afastadas.

— Ninguém nunca me contou isso.

— Não sei se alguém sabia além delas e de mim. As duas me contaram para tornar a decisão oficial. — Virando-se para Bodine, Clementine sorriu. — Acho que deviam ter por volta de 12 e 14 anos.

— Fico feliz por você ter me contado isso. Eu as entendo melhor agora. — Ela se levantou. — Vou arrastar aquela minha pasta pesada lá para cima e voltar ao trabalho. Dou uma olhada em Alice antes de começar.

— Você é uma boa menina, Bodine, pelo menos na maior parte do tempo.

— Isso basta.

Enquanto pegava suas coisas e seguia para o andar de cima, ela pensou na mãe aos 14 anos, fazendo um pacto com a irmã, um pacto que se tornaria uma família. Em Alice aos 12, sonhando com bebês, como meninas faziam. E tendo esses bebês sozinha, no porão de um maníaco. No fato de que esses bebês, que podiam ter lhe dado algum consolo, terem sido tirados dela.

Agora, Bodine se sentia determinada a ser mais paciente, mais bondosa, apenas por Alice. Não por se preocupar com as avós, com a mãe, mas por Alice, que já tivera 12 anos um dia.

E então viu a tia, com o cabelo grisalho solto, olhos selvagens e raivosos. E a tesoura brilhante abrindo e fechando em sua mão.

— Alice. — Foi preciso deixar a palavra soar com firmeza por cima do bolo de pânico entalado em sua garganta. — Tem alguma coisa errada?

— Tudo está errado. Tudo. Eu não gosto. Eu não gosto. Não quero.

— Tudo bem. Do que é que você não gosta? O que não quer? Posso tentar ajudar. — Esperando que seu tom parecesse tranquilo e natural, Bodine tentou dar um passo para frente.

— Eu posso falar que é errado! — Alice golpeou o ar com a tesoura, mas a fez parar na mesma hora. — Posso falar que odeio. A médica disse que posso. Ela disse, ela disse.

— Claro que pode. Você pode me contar se quiser.

— A mamãe e a vovó saíram. — Alice abriu e fechou a tesoura, uma vez após a outra. *Click, click, click.* — A mamãe e a vovó saíram para arrumar o cabelo.

— Mas já vão voltar. E eu estou aqui. Clementine está lá embaixo. Você não quer me mostrar o cachecol que está fazendo para mim?

— Já terminei. Está pronto. — Com os dentes cerrados, Alice golpeou o ar com a tesoura. — Posso fazer um para o Chase. Para todos os filhos de Reenie. Tudo dela, dela, tudo dela.

— Eu queria muito ver o cachecol. Posso provar?

Com o olhar fixo nos olhos da tia, Bodine tentou dar outro passo para frente. Só mais alguns e estaria perto suficiente para pegar seu pulso. Ela era mais forte, mais rápida, conseguiria pegar a tesoura.

— Sim, sim, sim! Mas eu não quero. — Alice agarrou o cabelo com a mão livre, puxou com força.

— Tudo bem, não tem problema. Você pode... — E então a ficha caiu. — Seu cabelo? Você queria fazer o cabelo como a sua mãe, como a bisa?

— Eu não quero. — Cerrando os olhos, Alice puxou de novo. — O senhor disse que é um pecado a mulher cortar o cabelo, mas a médica disse que eu *posso* falar. Eu posso falar o que não quero e o que quero. O que é certo? Não sei!

— Você pode falar — concordou Bodine, dando mais um passo para a frente. — Isso é direito seu. Você pode falar porque é o seu cabelo, Alice.

— *Odeio* ele.

— Então vamos mudá-lo. Podemos ir no salão fazer um corte, Alice. Eu te levo.

— Não lá fora. Não, não, não lá fora. Posso cortar. Quero cortar. Ele não pode me impedir se eu estiver aqui, no lar.

— Ah, dane-se ele. — As palavras de Bodine fizeram Alice arregalar os olhos. — Dane-se ele, Alice. O cabelo é seu, não é? Ninguém vai te impedir. Mas que tal se eu cortar para você?

— Você... — Alice baixou a tesoura e a encarou. — Você pode fazer isso? Pode?

— Bem, você seria a minha primeira cliente, mas posso tentar. — Talvez o coração de Bodine ainda estivesse disparado, mas ela sorriu quando a tia lhe entregou a tesoura, obediente. — Que tal montarmos nosso salão no banheiro? Você pode se sentar no banco. Em qual altura quer que fique o corte?

— Não gosto dele. Não quero. Você pode cortar.

Bodine a guiou para o banco.

— Lembrei agora que conheço uma garota que deixou o cabelo crescer bastante, ficou quase tão comprido quanto o seu. Ela o deixou crescer e depois cortou tudo, porque queria doá-lo para um lugar que faz perucas para mulheres que ficam doentes e perdem o cabelo todo. Se quiser fazer isso, posso pesquisar.

— Você manda o cabelo para uma garota doente. Manda o cabelo?

— Sim. Quer fazer isso?

— Mas ele é feio. Velho e feio. — As lágrimas caíram. — Quem vai querer ele?

Desejando acalmá-la, Bodine acariciou os fios longos.

— Aposto que podem ajeitá-lo, deixá-lo bonito. Vou dar uma olhada no meu telefone enquanto você se penteia.

Ela pegou uma escova, observando Alice franzir a testa para o espelho.

Depois, seguindo as instruções que encontrou na internet, trançou aquele cabelo tão, tão comprido.

— Acho que pelo menos duas garotas doentes vão ficar agradecidas. Vou te virar um pouquinho, para poder ver a lateral. Quer que eu corte até aqui? — Indicou o meio das costas de Alice com a mão.

— Mais.

Bodine foi subindo centímetro por centímetro, até sua mão chegar acima dos ombros de Alice, recebendo uma afirmação da cabeça da tia.

— Tudo bem, vamos ver. — Ela prendeu as duas extremidades com um elástico, respirou fundo. — Estou nervosa. Você tem certeza?

— Eu não quero o cabelo.

— Tudo bem, então vamos lá.

Rezando para o resultado não causar outra onda de lágrimas ou fúria, Bodine cortou. Ficou segurando a trança pesada enquanto ela caía, a respiração presa.

Alice só ficou encarando o espelho com as sobrancelhas baixas.

— Acho que posso ajeitar um pouco mais. Talvez com a tesoura menor da vovó ou...

Lentamente, Alice ergueu uma das mãos, passou os dedos pelos fios.

— Continua feio, mas está melhor. Cortei o cabelo, e ele não pode me impedir. Você cortou o cabelo, e ele não pode te impedir. Mas não sei quem é essa. — Ela apontou para o reflexo no espelho. — Não sei.

Bodine colocou a trança sobre a bancada, segurou seus ombros.

— Essa é a minha tia Alice, que escolheu meu nome.

Os olhos das duas se encontraram no reflexo, e Alice abriu um pequeno sorriso.

— Você é Bodine, porque nós prometemos.

— Isso mesmo. Tive outra ideia. Sabe, a bisa tem tinta no quarto. Que tal pintarmos o seu cabelo?

— Vermelho como o da vovó? Eu adoro o cabelo da vovó.

— Eu também. Vamos pintar o seu cabelo, Alice.

Agora, ela sorriu, com os lábios e os olhos.

— Quero pintar. Quero vermelho como o da vovó. Você tem um colete vermelho. É bonito.

— Gosta dele? — Bodine passou uma das mãos pelo colete de couro que Jessica a convencera a comprar. — Posso te emprestar se quiser.

— Reenie odeia quando eu pego as roupas dela.

— Eu não me importo, e estou oferecendo. Vou pegar a tinta.

Como precaução, levou a tesoura junto.

Ela não conseguiu trabalhar muito, mas compensaria depois. E imaginava que não era a melhor consultora de cabelo e maquiagem do mundo, mas fez o melhor que pôde.

Encorajada pelo sucesso, convenceu Alice a vestir uma calça jeans — pela primeira vez desde que voltara —, uma blusa bonita e o seu colete vermelho. Até mesmo pegou um par de brincos.

Ao ver a tia parada diante do espelho de corpo inteiro, analisando a si mesma, Bodine concluiu que aquele devia ser um dos melhores momentos da sua vida.

— Consigo me ver — disse Alice, fascinada. — Envelheci, mas consigo me ver. Consigo ver Alice. Alice Ann Bodine.

— Você está muito bonita.

— Eu era bonita. — Alice levou a mão à bochecha. — Eu era muito bonita. Ele levou minha beleza embora. Recuperei um pouco dela. Um pouquinho. Gosto do meu cabelo. Gosto de vestir o colete vermelho, de pegar emprestado. Obrigada.

— De nada. Vamos mostrar o resultado para Clementine.

Bodine esticou a mão, e, apesar de baixar a cabeça, Alice a segurou.

Quando estavam no meio das escadas, ouviu a voz da mãe. E a tia também, pois apertou sua mão com mais força.

— Vou levar o chá dela e tirar uma soneca — disse Maureen. — Talvez eu volte lá depois do jantar, só para ajudar Jessie com o evento, mas...

Ainda servindo o chá, Maureen congelou quando Bodine guiou Alice para dentro da cozinha. A água quente transbordou da xícara antes que Clementine conseguisse salvar o bule.

— Alice. — Com os olhos cheios de lágrimas, Maureen pressionou as duas mãos contra a boca. — Alice. Alice. — Ela correu para frente e, apesar de a irmã se encolher, ficar dura, continuou se aproximando até abraçá-la. — Ah, Alice.

— Eu não queria o cabelo. Bodine cortou. Uma garota doente pode ficar com ele.

— Ah, Alice. — Afastando-se, Maureen afofou o cabelo vermelho que Bodine ajeitara num corte desfiado, amador. — Eu amei. De verdade. E amo você.

Ela a abraçou de novo, esticou a mão para pegar a de Bodine, que beijou antes de fechar os olhos. E ficou balançando a irmã.

COMO O EVENTO DE JESSICA incluía cavalgadas, passeios de pônei, boiadas a serem tocadas e aulas, Callen fez hora extra. Precisaria voltar ao nascer do sol, mas, por enquanto, estava feliz em aproveitar uma volta para casa tranquila sobre o seu cavalo.

Torceu para encontrar Bodine quando chegasse. Quem sabe conseguisse convencê-la a passar um tempo com ele, tomar uma cerveja, assistir ao pôr do sol.

E, talvez, se os seus horários batessem nos próximos dias, poderia levá-la para jantar num lugar chique.

Ele não entendia por que queria fazer uma coisa dessas. Nunca fizera questão de jantares em lugares chiques. Mas queria tentar fazer isso com ela, ver o que acontecia.

Queria tê-la de volta em sua cama, não apenas para dormir.

Simplesmente queria tê-la, e já era hora de admitir isso.

Tudo em Bodine se encaixava. Então por que tornar as coisas menos do que eram?

Ele não havia voltado por causa de uma mulher, mas encontrara uma que queria, com quem conseguia se imaginar construindo uma vida.

Talvez ela ainda não estivesse pronta para isso, mas Callen achava que não demoraria muito para chegar lá. A questão agora era: esperava até que ela o alcançasse ou lhe dava um empurrãozinho?

Precisava pensar no assunto.

— As coisas não ficam muito melhores que isto. — Inclinando-se para a frente, esfregou o pescoço de Pôr do Sol. — Não é, garoto? Uma noite fresca depois de um dia quente. Flores brotando. Uns cervos ali, está vendo? É, você está vendo. Estão perdendo os pelos do inverno. Os campos estão ficando mais verdes. Nós vamos trazer alguns cavalos para aquele pasto amanhã cedo. Ainda tem neve no pico das montanhas, mas isso só torna o céu mais azul.

Callen parou o cavalo para aproveitar o momento, observou os rabos brancos dos cervos pulando pelo campo próximo. Quando começou a considerar desmontar para colher flores para Bodine, sentiu vergonha.

Tudo tinha limite.

Então guiou o cavalo por uma leve curva.

— Vamos esticar as pernas.

Na mesma hora em que deu o sinal, Pôr do Sol se impulsionou para a frente. Ele sentiu o ardor na panturrilha, ouviu o *bum* de um tiro. Pôr do Sol soltou um gemido de dor, cambaleou.

O instinto tomou conta.

— Vai!

Callen sentiu o cavalo relutar, mas os dois estavam em campo aberto. Então o forçou até poderem parar num ponto onde o chão era mais inclinado, com um chalé e árvores para dar cobertura.

Ele saltou, xingou ao sentir a dor na perna. E viu o sangue saindo da barriga de Pôr do Sol.

— Calma, calma, calma. — Tirando a bandana, Callen a pressionou contra o ferimento. — Está tudo bem, você está bem.

Então ouviu o som de um motor, o eco e o rugido. Tirou o telefone do bolso enquanto analisava as árvores, o espaço ao redor. E jurou vingança contra quem machucara seu cavalo.

BODINE SAIU DE CASA torcendo para Callen já ter chegado. Pensou em como ele acharia graça de ela ter cortado o cabelo de Alice e ter lhe dado uma transformada. Queria ficar sentada no ar fresco, assistir ao pôr do sol, contar sobre o seu dia, ouvir sobre o dele.

Ela gostava de saber que podia fazer essas coisas, de saber que os dois poderiam entrar depois que escurecesse e fazer bom uso daquela cama estreita.

Enquanto pensava nisso, sorrindo, virou de supetão ao ouvir Chase gritar e sair correndo da casa.

A primeira reação que teve foi achar que algo acontecera com Alice, mas, então, o pai também saiu correndo, seguido por Rory. E todo mundo.

— O que houve? O que aconteceu?

— Alguém atirou em Callen, acertou o cavalo. Ele está a um quilômetro e meio daqui, na estrada Angus Preto.

Chase seguiu correndo para o trailer dos cavalos. Rory foi para o estábulo. O kit de primeiros socorros equestre, pensou Bodine enquanto ia atrás dele. Pegou as rédeas, prendeu-as em Leo em segundos.

— O que você está fazendo? — quis saber Rory.

— Eu vou junto. Consigo chegar lá mais rápido com Leo, cortando caminho.

— Fique aqui. A pessoa que fez isso talvez ainda esteja lá.

— Então você fique aqui — ralhou ela de volta. Montando no dorso não selado de Leo, partiu a galope.

Pensando bem, Bodine percebeu que ouvira o tiro. Ouvira o eco quando saíra de casa e nem piscara. Agora, a ideia de que o disparo fora direcionado a Callen e que acertara aquele belo cavalo a enchia de raiva.

Inclinada para a frente, ela guiou Leo para o meio das árvores, cortando grande parte do caminho pela estrada, incentivando-o a seguir como um raio pelo caminho estreito, desnivelado, diminuindo a velocidade apenas para descer o barranco.

Então viu Callen, e sentiu uma onda de alívio ao vê-lo em pé, ao ver Pôr do Sol em pé. E outra onda de medo ao notar o sangue que encharcava o chão.

Ele ergueu o olhar, o rosto cheio de raiva. Sua expressão não mudou ao vê-la.

— Que diabos você está fazendo?

— É muito ruim? — gritou Bodine, descendo. — Eles estão a caminho. É muito ruim?

— Não sei. Mas que merda, Bodine, você não tem direito de... — Callen se interrompeu. Ela estava ali, não havia como mudar isso. — Segure a cabeça dele, está bem? Converse. Ele está machucado, nervoso.

Tremendo, pensou Bodine ao saltar de Leo e ir até a cabeça de Pôr do Sol para acalmá-lo.

— Está tudo bem. Está tudo bem. Nós vamos te levar para casa e cuidar de você. Foi a barriga?

— Acho que pegou de raspão. O suficiente para fazer um corte comprido, fundo pra cacete. Está sangrando bastante. — Ele havia tirado uma camisa extra do alforje quando a bandana ficara encharcada. — Alguém chamou a veterinária?

— Sim — respondeu Bodine, porque alguém teria feito isso, e Callen precisava ser acalmado tanto quanto o cavalo. — Não se preocupe. Pôr do Sol vai ficar bem. Aí estão eles.

Ela segurou os dois cavalos enquanto o pai manobrava a picape e o trailer. Rory pulou para fora antes mesmo de o carro parar.

— A veterinária está vindo, e o xerife também. Ele consegue andar? Trouxemos o guincho.

— Ele está andando. Vai entrar no trailer.

— Vamos dar uma olhada, garoto. — Sam apertou o ombro de Callen e se abaixou. — Acho que a bala não entrou. Parece que passou feio de raspão. Você vai ficar bem. — Verificando tudo enquanto se movia, Sam foi para a cabeça de Pôr do Sol, analisou seus olhos. — Você vai ficar bem. Vamos te levar para casa. — E olhou para baixo quando Callen se aproximou, mancando. — Te acertaram? — disse ele, num tom surpreendentemente casual.

— Talvez.

— Pelo amor de Deus! Você levou um tiro! — Bodine agarrou o braço de Callen, que o sacudiu e a afastou.

— Estou cuidando do meu cavalo.

De forma lenta e dolorosa para ambos, ele guiou Pôr do Sol para o trailer.

— Dê um tempo a ele. — Sam deu um tapinha no braço de Bodine. — Callen está machucado e irritado. Só dê um tempo. Vamos para casa cuidar dos dois.

Apesar de ela também se sentir machucada e irritada, Bodine ficou quieta, subiu em Leo e voltou para casa.

E deu um tempo a ele. Ficou observando de longe enquanto a veterinária trabalhava, enquanto Callen continuava a acalmar o cavalo ferido. Era de partir o coração ver o animal apoiar a cabeça no ombro do dono, vê-lo fechar os olhos enquanto a veterinária aplicava algo para amenizar a dor.

O tempo todo, Callen o acariciava, murmurava, observava cada passo da médica.

— Vou dizer que ele teve sorte. — A especialista tirou as luvas ensanguentadas, jogando-as num saco plástico. — Embora ser atingido por um tiro nunca ser sinal de sorte. A bala passou de raspão. Não penetrou. Pôr do Sol perdeu um pouco de sangue e vai sentir dor por um tempo. Vou receitar um anti-inflamatório e volto amanhã de manhã. Ele vai precisar de descanso e de ser paparicado. Você terá que manter o ferimento limpo.

— Mas ele vai ficar bem?

— Pôr do Sol é um garoto forte e saudável. Vou passar as instruções por escrito e vamos ficar de olho nele. Nada de exercícios puxados por alguns dias. Nada de cavalgadas por pelo menos uma semana, e veremos depois disso. Ele vai melhorar, Cal. Só vai ficar com uma cicatriz de guerra.

— Isso não nos preocupa.

A veterinária ajustou os óculos quadrados, observando Callen por cima das lentes.

— Você vai dormir aqui hoje?

— O que a senhora acha?

— Acho que vou deixar por escrito tudo o que você precisa fazer e o que pode ser digno de uma ligação no meio da noite. Caso contrário, volto amanhã cedo.

— Obrigado. Pôr do Sol, agradeça à doutora.

A reação podia até ter sido um pouco grogue, mas o cavalo baixou a cabeça.

Agora, Bodine se aproximou.

— A senhora pode dar uma olhada em Callen antes de ir embora, Dra. Bickers?

Quando ela gesticulou para a perna dele, a veterinária revirou os olhos para o céu.

— Pelo amor de Deus. Pare de forçar essa perna, rapaz. Você aí, Chase Longbow, ajude esse idiota até a cozinha para eu avaliar se ele precisa ir para a droga do hospital.

— Não vou deixar o meu cavalo.

— Bem, então arrume alguma coisa para ele se sentar e eu poder ver o estrago.

Chase arrastou um banco e então simplesmente empurrou Callen para baixo.

— Não comece — alertou ele — ou eu mesmo enfio uma daquelas injeções em você.

— Prefiro uma cerveja.

Bickers balançou a cabeça e ajeitou os óculos.

— Só depois de eu ver o que temos aqui.

Ela tirou a bota, e o movimento, a fricção, fez Callen perder toda a cor no rosto.

As mãos de Bodine se fecharam em punhos. Uns cinco centímetros acima do osso do calcanhar, a pele estava roxa e avermelhada ao redor de um corte ensanguentado.

— Bem. — Bickers fungou, calçando luvas novas. — A bota recebeu a maior parte do impacto.

— Eu gostava daquela bota.

Ainda fula da vida, Bodine forçou as mãos a relaxarem, aproximou-se e pegou a de Callen.

— Pare de frescura. Você pode comprar botas novas.

— A bala te pegou um pouco, mas apenas o suficiente para te causar uma baita dor por um ou dois dias. Se precisar de analgésicos, consulte-se com um médico de gente. Posso receitar um tratamento tópico, e você também vai ficar com uma cicatriz. Se quiser levar pontos, também deverá ir ao médico de gente. Eu poderia fazer isso, mas acho que não tem necessidade. Agora, aguente firme. Vou ter que limpar e desinfetar o ferimento, e a dor vai piorar.

— Quer alguma coisa para morder?

Callen lançou um olhar amargurado para Bodine.

— Quero.

E então puxou a cabeça dela para baixo, atacou sua boca. Quando a dor veio, perdeu o fôlego por um instante, mas Bodine segurou seu maxilar e o beijou com mais força.

— Estou quase acabando — disse Bickers. — Evite pisar com este pé o máximo possível. Acho que não há necessidade de muletas, mas passe uns dois dias usando tênis antes de tentar voltar para as botas. Não é tão ruim quanto o ferimento daquele amorzinho de cavalo. Foi só um arranhão.

— Agora, parece que a senhora me espetou até o osso com um braseiro quente.

— É, isso vai melhorar. Você é um rapaz forte e saudável. — Bickers deu um tapa no joelho dele. Pode tomar um analgésico para a dor. Se tiver algo por aí que seja mais forte, me avise antes de tomar.

— Não tenho.

— Tudo bem. Vou deixar tudo por escrito para você, e nos vemos amanhã.

— Obrigado.

Bickers assentiu e jogou as luvas fora.

— Eu queria saber que tipo de filho da puta desalmado atira num amorzinho de cavalo. Acho que era mais fácil estarem mirando em você, mas acabaram machucando mais Pôr do Sol. — Ela pegou a bolsa, acenou com a cabeça para Tate. — Sua vez.

O xerife se aproximou.

— Quer conversar comigo agora, Cal?

— Sim, mas aceito aquela cerveja primeiro.

Rory ofereceu uma lata.

— Já peguei. Eu prometi que ia voltar para avisar a todo mundo que você e Pôr do Sol estão bem.

— Obrigado.

Callen deu um gole longo, lento.

— Vou contar o que sei. Trabalhei até tarde, voltei para casa sem pressa. A noite estava bonita. Resolvi deixar Pôr do Sol correr quando fizemos aquela curva na Black Angus. Ele tinha acabado de aumentar o ritmo. Senti o impacto e depois ouvi o barulho, e ele cambaleou. Eu o obriguei a seguir em frente. Isso o machucou, mas estávamos em campo aberto, e eu não sabia se levaríamos outro tiro. Então o forcei até encontrarmos cobertura. Ouvi um quadriciclo ligar o motor e ir embora.

— Tem certeza? Poderia ser uma picape, uma moto?

— Eu sei a diferença. Um quadriciclo. Provavelmente na trilha mais alta. Ele precisou esperar até fazermos a curva para ter uma mira boa; do contrário, não haveria motivo para não ter atirado enquanto estávamos parados ou indo devagar. O galope provavelmente foi o que atrapalhou. Ele precisou compensar, mudar de ângulo rápido. Provavelmente não é bom de mira. — Callen deu outro longo gole na cerveja. — Se não me falha a memória, Garrett Clintok não é bom de mira. E eu gostaria de saber se ele tem um quadriciclo.

— Deixe isso comigo.

Callen passou a cerveja para Bodine, depois se levantou. A fúria transformara seus olhos numa tempestade de nuvens azul-flamejantes.

— Está vendo aquele cavalo? Eu o amo como se fosse meu irmão. Um babaca se esconde no meio das árvores, tenta me emboscar e atira no meu cavalo? Não acho que tenha sido qualquer um.

— Se for atrás de Garrett, vou acabar tendo que te prender por agressão, e só depois de ele te dar uma surra, porque você não consegue apoiar o peso nessa perna. Acha que vou deixar para lá se eu descobrir que ele foi o culpado?

— Não. O senhor acha que eu vou deixar para lá?

Tate suspirou, esfregando o rosto.

— Vou resolver esse problema. Não faça nada idiota.

Como sua perna latejava como um dente cariado, Callen voltou a sentar quando Tate saiu.

— Deixe Clintok comigo — disse Chase.

Ele olhou para o amigo e fez que não com a cabeça.

— Sei que você quer ajudar, mas eu mesmo tenho que resolver isso. Tate tem razão em dizer que eu acabaria levando uma surra agora. Então vou passar uns dois dias me recuperando.

— Tate já terá prendido Clintok até lá. Ele tem um quadriciclo.

Callen assentiu com a cabeça.

— Ele vai ser solto mais cedo ou mais tarde. Posso esperar.

— Certo. Vou trazer um saco de dormir para você.

— Traga dois — disse Bodine antes de o irmão ir embora.

Callen ergueu o olhar para ela enquanto Chase se afastava.

— Vai dormir aqui?

— O que você acha?

Ele se levantou de novo, puxou-a para perto.

— Não tenho forças para te dar uma bronca por ter cavalgado até lá daquele jeito.

— Ótimo. Eu detestaria brigar com você nestas circunstâncias. Prefiro ir buscar o prato que Clementine certamente deixou esquentando no forno para você, e mais uma cerveja. E dois analgésicos.

— Quatro.

— Quatro — concordou ela.

— Bodine. — Como o cavalo fizera com ele, Callen baixou a cabeça para o ombro dela. — Quase morri de medo.

— Eu sei. — sabia que ele não estava falando sobre ter levado um tiro. Estava falando sobre quase ter perdido Pôr do Sol. — Vou pegar o seu jantar.

Callen a soltou, e então mancou de volta para o cavalo.

Pensou em como quase parara para pegar flores para Bodine.

E desejou ter feito isso.

Capítulo 24

♦ ♦ ♦ ♦

BODINE ACORDOU ACONCHEGADA contra Callen. Por si só, isso não era novidade nenhuma. Mas o fato de os dois usarem o peito de Pôr do Sol como travesseiro adicionava um elemento novo.

Tinham dormido melhor do que ela esperava, especialmente porque deixaram as luzes acesas para o caso de precisarem lidar com alguma emergência médica. Agora, a baia cheirava a feno, cavalo e antisséptico.

E o cavalo roncava.

Ela considerou isso um bom sinal enquanto se afastava e se levantava. Usou o telefone para ver que horas eram — 5:15. Não, nada mal, mas seus companheiros de estábulo podiam dormir por mais algumas horas.

Se as pernas de Callen não estivessem dentro do saco de dormir, ela teria dado uma olhada no ferimento. Em vez disso, deu a volta, permanecendo abaixada para examinar com cuidado o machucado de Pôr do Sol.

Estava feio, observou, e ele sentiria dor ao acordar. Mas parecia limpo. Com delicadeza, tocou a barriga do cavalo. Quente, mas nada absurdo.

Depois de voltar ainda abaixada, Bodine se levantou e analisou os dois. Incapaz de resistir, tirou o telefone do bolso outra vez e tirou algumas fotos. Imprimiria uma e a emolduraria para Callen. Ora, talvez até colocasse uma no site.

Ao pensar nisso e no belo show equestre de Callen, Bodine se abaixou de novo para mudar o ângulo. Uma ótima fotografia para acompanhar a que já estava no site, com ele de braço erguido, e Pôr do Sol com as duas patas dianteiras no ar.

— Já está de manhã? — murmurou Callen. — Sério?

— Quase. Volte a dormir. Ele está bem — disse Bodine quando ele sentou. — Dei uma olhada no machucado. Nada muito quente, parece limpo. Deixe-me dar uma olhada no seu antes de ir tomar banho.

— Está tudo bem.

— Então vamos ver.

Ele resmungou, mas tirou as pernas de dentro do saco de dormir.

O hematoma, notou Bodine, era impressionante, mas, ao remover o curativo, viu que o ferimento parecia limpo, como o do cavalo. Nada de partes avermelhadas, nenhum calor preocupante.

— Está um pouco inchado, mas nada além do esperado. Parece que vocês dois estão se recuperando. E têm o dia todo de folga para continuar assim.

— Estou bem. Temos um dia cheio hoje.

— E o restante de nós vai cuidar disso. Levar um tiro significa um dia de folga para o cavalo e para o cavaleiro. — Bodine cutucou o peito de Callen. — Eu sou a chefe aqui. De toda forma, não vai querer sair de perto dele. — Ela se sentou sobre os tornozelos. — Fiquei fula da vida com você.

— Por levar um tiro? — Ele passou os dedos pelo cabelo. — Isso não me parece justo.

— Por não me contar logo que levou um tiro. E por me empurrar quando eu descobri.

— Posso pedir desculpa por essa parte.

— Não precisa. Fiquei mais irritada por estar morta de medo. Mas depois que isso passou, pensei no assunto. Eu teria feito a mesma coisa. Temos isso em comum, acho.

— Temos o suficiente para eu saber que teria ficado bem irritado com você se fosse ao contrário.

— Então estamos bem. Tente dormir mais. Trago café depois que sair do banho. Então você pode tomar uma chuveirada e comer um pouco. Papai, Chase, Rory, mamãe, ou qualquer um dos caubóis pode ficar com ele enquanto você troca de roupa e toma café.

— Eu sei disso.

Bodine começou a se levantar, mas ele a puxou para um beijo.

— Valorizo uma mulher disposta a dormir numa baia com um cavalo machucado.

— Não seria a primeira vez que faço isso, e duvido que será a última.

— Eu valorizo essas coisas.

Ela lhe deu um tapinha no joelho, levantou-se, e calçou as botas.

— Não ponha peso na perna.

Enquanto ouvia os passos se afastarem, Callen fez carinho em Pôr do Sol — sabia que o cavalo tinha acordado.

— Parece que entramos num território novo. Não sei o que fazer com essa ânsia que ela causa. — Ele olhou para baixo, encontrou o olhar de Pôr do Sol. — Está doendo, não é? Bem, vamos levantar devagar, nós dois, e ver como resolver isso.

Segundos após Bodine fechar sua porta, Alice abriu a dela. Enquanto andava com cuidado, teve uma visão da garota que fora, entrando — ou tentando entrar — escondida em casa tarde da noite.

Ela ouvira falar do cavalo machucado. Todo mundo ficara agitado, ela escutara uma gritaria e correria. Primeiro, isso a deixara com medo, com medo de que o senhor tivesse vindo buscá-la. De machucá-la por ter cortado o cabelo e o pintado de vermelho como o da vovó.

Mas não fora o senhor. Alguém fizera uma maldade com o cavalo, e Alice queria vê-lo. Gostava de cavalos. Lembrava-se de montá-los e escová-los. De ajudar um deles a nascer.

Queria ver o cavalo machucado, mas todo mundo lhe dizia para não se preocupar. Tudo estava bem.

Mas ela queria ver o cavalo machucado; então o *veria*.

Cabeça-dura. Uma teimosia sem limites.

Por algum motivo, ouvir essas palavras a fez rir. Precisou tampar a boca para abafar o som enquanto descia pela escada dos fundos.

E sabia, lembrava, quais degraus faziam barulho. Ah, puxa vida, ela lembrava! Lágrimas encheram seus olhos enquanto os evitava.

Ela ainda não fora lá fora, nem uma vez. Não chegara nem ao vestíbulo, porque sabia que a porta dali levava ao mundo exterior.

Sua barriga doía, sua perna ruim doía, sua cabeça doía.

Em vez de sair, devia preparar um chá. Um chá gostoso, e então voltaria para o seu cachecol.

— Não, não, não. Não seja medrosa. Não seja medrosa. Não seja medrosa.

Não conseguia parar de repetir aquelas palavras, uma vez após a outra, mesmo quando tampou a boca de novo. Elas simplesmente saíam.

Quando empurrou a porta, voltou ao momento em que abrira a porta na casa que o senhor provera. Agora sua cabeça girava; então precisou se apoiar no batente. O ar soprou sobre o seu rosto. Frio, doce.

Como fizera semanas antes, Alice saiu.

Estrelas, tantas estrelas. Um mundo cheio de estrelas! Ela girou embaixo delas, com os braços jogados para o alto. Lembrava-se de dançar — será que já dançara sob um mundo de estrelas?

Ali estava o celeiro enorme, e ali o alojamento, e ali o estábulo, e ali o galinheiro. Ah, e lá estava o lugar onde mamãe plantava sua horta. E havia o jardim das flores.

Ela lembrava, ela lembrava.

Mas, quando os cachorros que Bodine soltara vieram correndo, Alice congelou.

Eles não mordiam. Não rosnavam e não atacavam. Balançavam o rabo e pulavam e se esfregavam contra suas pernas. Gostavam de dormir aos seus pés enquanto ela fazia cachecóis. Estarem do lado de fora não significava que a morderiam.

— Vocês são cachorros bons — sussurrou ela. — Não são malvados. Conheço vocês. Você é Chester, e você é Clyde. Entram na casa e dormem enquanto eu faço meu cachecol. Nós vamos visitar o cavalo.

Alice seguiu para o estábulo sob o mundo de estrelas, com os cachorros bons correndo ao seu redor.

Tentou abrir a porta em silêncio — silenciosa feito um ratinho. Conhecia os cheiros dali! Nada assustador, nada malvado.

Cavalos, feno e esterco, sabão para sela e linimento. Cereais e maçãs.

Também andou silenciosa feito um ratinho, com os chinelos de pano, vestindo o pijama de flanela do qual tanto gostava. Tão macio.

Uma voz a fez parar de novo, pousar uma das mãos sobre o coração disparado.

— Você vai tomar o remédio, e não quero ouvir reclamação. Também não adianta me olhar com essa cara triste. Eu vou tomar o meu. Está me vendo reclamar e fazer drama? Certo. Vou tomar primeiro.

Alice andou um pouco mais, e viu o homem. O homem que jantava às vezes na casa aos domingos, que tomava café lá. Às vezes.

Ela já o vira beijar Bodine, e Bodine não parecia se importar.

Mas, se o homem a deixava com um pouco de medo, o cavalo... Ah, o cavalo era tão bonito. E o cavalo bonito estava com a cabeça apoiada no ombro dele.

— Eu sei que dói.

A voz carregava bondade, amor, o oposto de qualquer maldade.

— Você não machucou o cavalo.

O homem se virou, a mão ainda acariciando o pescoço do animal. Seu rosto tinha barba por fazer e olhos cansados, e o cabelo estava despenteado.

— Não, senhora. Eu jamais o machucaria.

— Quem machucou?

— Ainda não tenho certeza. Está com frio, dona Alice? Quer o meu casaco?

O homem despiu o casaco, chegou perto. Ela começou a se afastar, a fugir, mas notou que ele mancava um pouco.

— Eu também manco. Alguém te acorrentou?

— Não. Eu me machuquei junto com o Pôr do Sol. Este é Pôr do Sol. Pôr do Sol, esta é a Srta. Alice Bodine.

Para o encanto dela, e para o orgulho ridículo de Callen, o cavalo baixou as pernas da frente numa mesura.

— Ele é tão bonito!

— E com certeza sabe disso. Pode fazer carinho. Ele gosta de receber carinho de moças bonitas.

— Eu era bonita. Fiquei velha. Bodine cortou o meu cabelo e me fez gostar dele de novo.

— É mesmo? — Orgulhe-se. — Ficou muito legal. Bem parecido com o da dona Fancy. — Callen continuou falando enquanto ela se aproximava, erguendo a mão para acariciar a bochecha de Pôr do Sol. — Sabe, sou caidinho pela dona Fancy.

Alice riu — um som um pouco alto demais, um pouco enferrujado.

— Ela é até mais velha que eu!

— Isso não importa.

— Pôr do Sol — murmurou Alice. — Seu nome é Pôr do Sol. Gosto de assistir ao sol se pondo. O céu fica bonito. Como mágica. Gosto de cavalos. Eu lembro. As coisas ficam tão confusas na minha cabeça, mas lembro que gosto de cavalos. Gosto de montar neles, cavalgar rápido. Eu ia ser uma estrela de cinema e ter um rancho em Hollywood Hills. Faria compras na Rodeo Drive.

— Olhe, vamos vestir o casaco. — Ela não se afastou quando Callen a ajudou a se agasalhar. — Talvez, quando ele estiver melhor, a senhora queira andar em Pôr do Sol.

Alice pressionou a mão contra os lábios, os olhos arregalados e cheios de alegria.

— Posso?

— Quando ele estiver melhor. A médica precisa liberar. Mas pode andar nele quando ela deixar.

— Eu... eu... pode ser que não me lembre do que fazer.

— Não tem problema. Eu dou aulas. Eu e o Pôr do Sol aqui. A senhora pode pensar no assunto.

— Posso pensar no assunto. Ninguém pode me impedir. Posso pensar no assunto. Onde ele se machucou?

— Aqui na barriga. Está vendo?

Ela arfou — e, independentemente de se lembrar ou não de como cavalgar, mostrou que se lembrava de como se mover e agir com cavalos.

Agachou-se com uma mão acalmando o flanco de Pôr do Sol enquanto analisava o ferimento.

— Isso é maldade. É maldade. Eu conheço a maldade. A maldade que acorrenta e bate com os punhos e chicoteia com cintos. Isso é uma maldade igual. Ele vai ficar com uma cicatriz. Eu tenho cicatrizes. Sinto muito — cantarolou ela enquanto se levantava, voltava para a cabeça de Pôr do Sol e o acariciava. — Sinto muito por alguém ter machucado você. Alguém malvado.

Quando o cavalo apoiou a cabeça em seu ombro, Alice fechou os olhos por um instante. Ao abri-los, fitou diretamente os de Callen.

— Você não é malvado. Eu conheço gente malvada. Conheço gente mais malvada do que as pessoas imaginam. Mas não me lembro de você.

— Eu não vivia aqui na sua época.

— Fui embora.

— Também fiz isso, mais ou menos na mesma idade que a senhora tinha quando partiu.

Inclinando a cabeça, Alice o encarou por mais algum tempo, e então continuou acariciando Pôr do Sol.

— Para onde você foi?

— Sabe, é engraçado. Para a Califórnia, que nem a senhora. Terminei indo parar em Hollywood.

Ela arfou de novo, e algo brilhou em seus olhos.

— E virou estrela de cinema? Você é bonito.

— Não, senhora, mas trabalhei com cinema por um tempo. Com os cavalos dos filmes.

Havia um ar juvenil e maravilhado no suspiro dela.

— Foi emocionante?

— Eu gostei.

— Mas voltou.

— Senti falta daqui. Do rancho, das pessoas. Tenho uma mãe e uma irmã, e as duas precisam mais de mim por aqui do que eu queria acreditar quando fui embora.

— Senti falta do rancho, da minha família. Eu estava voltando. Ninguém impediu quando você voltou.

— Não. E sinto muito que alguém tenha feito isso com a senhora.

— Eu fiquei velha lá — contou ela. — Velha e fraca e maluca.

— Dona Alice? Não é isso que eu vejo quando olho para a senhora. Não é o que escuto nesta nossa conversa.

— Conversa — disse ela, devagar. — Nós estamos conversando.

— O que eu vejo, o que escuto, é uma pessoa que se feriu, mas é forte por suportar tudo isso. Como Pôr do Sol. Forte, inteligente e bom, mas está um pouquinho machucado.

— Não tenho medo de você.

Callen testou sorrir para ela.

— Também não tenho medo da senhora.

Ela deu uma risadinha, o que o deixou feliz.

— Eu me sinto mais como Alice com o cabelo cortado e vermelho como o da vovó. Me sinto mais como Alice com o Pôr do Sol. Se, depois que ele melhorar, eu puder montá-lo, mas não conseguir me lembrar do que fazer, você me ajuda?

— Prometo. Talvez a senhora possa me fazer um favor também?

— Ainda não consigo fazer muita coisa. Posso fazer um cachecol para você. Seus olhos são cinza e são azuis. Cinza e azul misturados. Talvez a mamãe tenha uma lã assim, talvez eu possa fazer um cachecol.

— Isso seria ótimo, mas queria saber se a senhora pode me ajudar com o Pôr do Sol rapidinho. Ele precisa tomar o remédio, mas não quer. E isso vai ajudá-lo a melhorar e parar de sentir dor. Talvez consiga convencê-lo.

Callen notou o olhar que Pôr do Sol lhe lançou, claramente o acusando de ser espertinho. Em resposta, apenas abriu um sorriso. Se alguém dissesse que aquele cavalo não entendia cada vírgula do que falavam, seu cavaleiro diria que, na melhor das hipóteses, essa pessoa era pouco imaginativa e, na pior, mentirosa.

ARRUMADA PARA O DIA, Bodine levava uma garrafa térmica cheia de café para o estábulo.

Já arrumara os horários de Callen, mandara uma mensagem para Easy, que tinha o dia de folga, e lhe pedira ajuda. Pronto. Enviara uma mensagem para Maddie cobrir uma das aulas. Teria que cancelar o show de Pôr do Sol quando chegasse ao escritório — e estava pensando em algo divertido para substituí-lo —, porém tudo mais já fora resolvido.

Os empregados do rancho deviam estar acordando no alojamento, já que o pai e os irmãos ainda estavam na casa. Clementine, imaginou ela, chegaria a qualquer momento.

Outro dia começaria.

Torceu para que o dia de Garrett Clintok — porque concordava com Callen sobre quem fora o autor do tiro — começasse atrás das grades.

Ela praticamente tropeçou nos próprios pés quando viu Alice vindo em sua direção sob a luz perolada do nascer do sol.

— Alice? Alice, o que você está fazendo aqui fora? — Usando o casaco de Callen, notou.

— Fui ver o cavalo. Ele se machucou. E o homem... o homem... Não consigo lembrar o nome dele.

— Callen?

— Callen! Cal. "Eu sou Cal", disse. Ele se machucou também. Eu o ajudei a dar remédio para o cavalo e nós conversamos. Ele vai me ajudar a cavalgar quando Pôr do Sol melhorar. Alguém foi muito malvado. Malvado, malvado. Eu *odeio* gente malvada. Você se acostuma com a maldade. Eu me acostumei, mas agora odeio. Tinha estrelas. Elas sumiram agora.

— O sol está nascendo. — Bodine gesticulou para o leste. — Viu só?

— O sol está nascendo. Gostei. Os homens estão saindo.

Reconhecendo a onda de pânico, Bodine tocou o braço da tia.

— Eles não são malvados.

— Como você sabe? — chiou Alice. — O senhor não parecia malvado quando entrei na picape. Como você sabe?

— Porque conheço eles. Cada um deles. Sei que a protegeriam de maldades. Você não se lembra de Hec? Ele nunca seria malvado.

— Eu... acho.

— Não tem problema. Você já teve um dia agitado antes de o sol nascer.

— Vou fazer um cachecol para o Cal. Gosto dos olhos dele. São azuis, são cinza? São azuis, são cinza? É divertido. Vou contar à Dra. Minnow que saí. Ela vai ficar surpresa.

— Talvez, quando eu voltar do trabalho hoje, você possa vir comigo visitar Pôr do Sol e Callen. E vai conhecer o meu cavalo também. O nome dele é Leo.

— Eu quero. Se não estiver me sentindo maluca.

— Combinado.

Bodine seguiu para o estábulo e decidiu que devia mais do que um dia de folga a Callen.

A FOFOCA CORREU. Apesar de saber que isso aconteceria, Bodine esperava poder amenizar as informações em vez de começar a apagar incêndios no segundo em que colocou os pés no trabalho.

Sal praticamente pulou em cima dela assim que entrou na recepção.

— É verdade? Estou sozinha aqui — disse ela, rápido. — Fiquei sabendo pela Tess da Cidade Zen. Zeke mandou uma mensagem para ela ontem à noite, contando.

Zeke, caubói do rancho, irmão de Tess, massagista. Meu Deus.

— É verdade. Callen e Pôr do Sol levaram um tiro de raspão. Ainda não sabemos se foi intencional. O xerife Tate está investigando.

Sal colocou as mãos no quadril.

— Você está falando comigo, Bo, e sei quando está enrolando.

— Eu queria manter as coisas nesses termos, oficialmente. E longe dos ouvidos dos hóspedes. Então, por favor, repita essa versão se alguém perguntar.

— O que está acontecendo por aqui, Bo? Billy Jean foi assassinada, a outra garota também. E agora isso? Ah, meu Deus, tudo está conectado? Tudo...

— Não. Acho que não. E não estou enrolando.

— Mas a sua tia...

— Sal, juro por Deus, não acho que uma coisa esteja ligada à outra.

— Ainda não descobriram quem matou Billy Jean. — Só de dizer essas palavras, os olhos de Sal já se enchiam de lágrimas. — Ninguém fala mais sobre isso, já mudaram o foco.

— Nós não nos esquecemos dela. Você sabe disso. O que aconteceu ontem foi outra coisa. Só uma estupidez maldosa.

— Você sabe quem atirou.

— Eu acho que sei, o que é algo bem diferente.

— Nem perguntei se Cal está bem. — Sal esfregou os olhos. — E aquele cavalo. Todo mundo adora aquele cavalo.

— Os dois estão se recuperando.

— Ótimo. Tudo bem. Que tal eu fazer uma vaquinha, comprar um presente bobo desejando melhoras em nome de todo mundo?

— Acho que seria uma ótima ideia.

Bodine mal tinha sentado à escrivaninha, tentando bolar algo para substituir o show de Pôr do Sol, quando Chelsea e Jessica entraram juntas.

— Juro que os homens fazem mais fofoca que as mulheres. Rory te contou, Chase te contou.

Jessica teve a presença de espírito de fechar a porta.

— Eles levaram um tiro!

— Sim, mas foi só de raspão. Não vou tentar minimizar as coisas — acrescentou ela rapidamente. — Todos nós quase tivemos um treco, e, se a bala tivesse atingido os dois com alguns centímetros de diferença, seria bem mais que um susto. Mas eles vão ficar bem. Não tenho certeza de que vou conseguir impedir Callen de vir trabalhar amanhã como fiz hoje.

— Rory disse que foi Garrett Clintok quem deu o tiro.

Bodine ergueu as sobrancelhas para Chelsea.

— Rory precisa tomar mais cuidado antes de acusar os outros.

— Chase disse a mesma coisa — contou Jessica. — Nunca o vi daquele jeito. Tão furioso, tão frio, cheio de raiva. E falou um monte sobre Clintok estar perseguindo Cal agora, do mesmo jeito que fazia quando eram garotos.

— Vamos manter essa opinião, que também é a minha, longe dos ouvidos do resort.

— Pôr do Sol está bem mesmo? Quer dizer, Cal também — explicou Chelsea. — É só que...

— Eu sei. E sim. Ele se machucou, mas está se recuperando. Vai demorar um pouco antes de poder voltar ao trabalho aqui. O que é outro problema. Preciso bolar alguma coisa para substituir o show. Sei que isso fazia parte do cronograma do fim de semana.

— Droga. — Jessica cutucou a têmpora. — Cabeça de vento. Podemos dizer que o cavalo não está bem. Invento alguma desculpa. Vou pensar em como substituir a programação.

— Na verdade, tive uma ideia.

Jessica passou um braço pela cintura de Chelsea.

— Não disse que esta garota é cheia das ideias? Diga lá.

— Bem, Carol compete em provas de tambor, Easy e Ben já participaram de rodeios. Seria improvisado hoje, mas aposto que conseguimos montar um espetáculo.

— É um bom plano. Chase faz umas laçadas bonitas.

— Faz?

Bodine sorriu para Jessica.

— Estou surpresa por ele ainda não ter laçado você. Ele vai tentar enrolar a gente, mas posso pedir para a mamãe colocar uma pressão. Se os outros concordarem, incluindo Thad no rancho, que também participava de rodeios, podemos montar um show de uma hora para preencher a lacuna, manter o clima feliz de reunião de família.

— Vou ao CAB explicar o plano.

— Você tem uma reunião daqui a cinco minutos — lembrou Chelsea a Jessica. — E queria conversar com o pessoal da cozinha sobre o almoço de hoje. Deixa que eu vou. E entrego um programa por escrito em uma hora.

— Nunca me abandone — disse Jessica.

A CONFIANÇA DE JESSICA sempre incentivava Chelsea. Ela adorava o trabalho, as pessoas, o lugar. E gostava mais ainda de ter alguém que a admirava, dando-lhe oportunidades de criar e até mesmo de tomar o controle.

Ainda pensando em como anunciar o programa alternativo, seguiu de carro para o CAB. Se o cronograma não estivesse tão apertado, teria adorado fazer a caminhada até lá. Para ela, não havia nada melhor que a primavera em Montana.

Na metade do caminho, uma das picapes de manutenção sinalizou para que parasse. O motorista se inclinou para fora da janela.

— Ouvi falar que alguém atirou no cavalo de Cal Skinner enquanto ele estava cavalgando!

Chelsea repetiu a versão básica que Bodine lhe passara antes de sair do escritório.

— Eles estão bem. Alguém estava caçando e acertou os dois de raspão, mas estão bem.

— Fiquei sabendo que tiveram que sacrificar o cavalo.

— Ah, não. A veterinária já deu um jeito nele. Pôr do Sol só precisa de uns dias de folga.

O homem — como era mesmo o nome dele?... Vance! — lançou um olhar desconfiado.

— Tem certeza, moça?

— Eu conversei com Rory, e com Bodine agora pouco. Estamos até fazendo uma vaquinha para comprar um presente de melhoras para o Pôr do Sol.

— Quem está cuidando disso? Sal?

— Ela mesma.

— Vou colaborar. Um cavalo muito bom. As pessoas não deviam sair caçando por aí se não sabem mirar no alvo. Um monte de amadores principiantes do Leste. Aposto que foi gente assim. Tenha um bom dia, moça.

— Você também.

Ela seguiu adiante desejando que tivesse sido um principiante. Mas Rory, fulo da vida, tinha certeza de que fora Clintok. E de que fora de propósito.

Por mais que isso fosse preocupante, não imaginava que Rory estivesse errado.

Chelsea estacionou o carro, viu Easy guiando dois cavalos para a arena mais próxima.

— Oi, Easy.

— Olá, Chelsea.

— Ben está por aqui?

— Acabou de ir buscar umas latas de Coca-Cola.

— E Carol?

— Teve uma cavalgada cedo. Ela volta em... — Ele olhou para cima, apertou os olhos, analisou o ângulo do sol. — Ah, talvez em meia hora. Posso ajudar?

— Na verdade, pode. Você, Ben e Carol. Precisamos substituir o show de Pôr do Sol e Cal esta tarde.

— Cal está doente? A chefona me mandou uma mensagem pedindo para vir hoje. Imaginei que a agenda estivesse lotada.

— Você não ficou sabendo?

Easy prendeu os cavalos e se virou.

— Fiquei sabendo do quê?

— Bem, alguém logo vai te contar, e a história está aumentando; então é melhor descobrir por uma fonte segura. Alguém estava na floresta acima da estrada Black Angus ontem dando tiros. Cal e Pôr do Sol foram atingidos.

— O quê? — Easy agarrou o braço de Chelsea. — Eles levaram um tiro?

— Espere. Eu devia ter dito "de raspão". Os dois foram atingidos de raspão, mas vão ficar bem.

— Jesus Cristo amado. É muito ruim? Cal é um chefe bom pra cacete, e aquele cavalo é especial.

— Cal machucou a perna; Pôr do Sol, a barriga.

A expressão de Easy ficou séria.

— Foi aquele policial desgraçado.

Ele tinha soltado seu braço, e, agora, foi Chelsea quem o segurou.

— Por que você acha isso?

— Eu estava bem aqui quando ele veio atrás do Cal um dia. O negócio foi feio. E o vi andando de quadriciclo por aí ontem, quando estava guiando uma cavalgada de volta. Sem a farda, mas o reconheci. Não entendi por que estava no terreno do resort, mas eu estava com os hóspedes e não podia parar para perguntar.

— Você o viu — repetiu Chelsea — aqui no terreno, num quadriciclo?

— Sim. Lá pelas quatro da tarde. Por aí.

— Talvez seja bom contar isso ao xerife.

— Com certeza vou contar se for importante.

— E, se você puder, evite contar isso aos outros por enquanto? Bodine quer evitar que as pessoas fiquem... nervosas.

— Eu estou bastante nervoso. Foi uma emboscada. Atirar num cavalo — murmurou Easy, acariciando a égua baio. — Que tipo de filho da puta faz uma coisa dessas?

— Um desalmado, imagino.

Ele a encarou.

— Também acho.

— Tenho que ir, mas seria bom se pudéssemos contar com vocês hoje à tarde.

— Pode deixar. Estou fulo da vida.

— O show — começou ela, explicando o plano.

— Vai ser divertido. Vamos participar, pode deixar. Falo com Ben e Carol. Não conheço Chase muito bem, nem o outro cara.

— Vamos falar com eles. Se vocês puderem decidir o que vão fazer, a ordem das apresentações, essas coisas. E se vão precisar de algo. Mas tudo tem que estar resolvido até o meio-dia para organizarmos tudo.

— Então está combinado. Fico muito feliz em poder ajudar.

— Ótimo. Preciso voltar e começar os preparativos.

Ele mudou o foco quando Ben veio correndo, gritando:

— Puta merda! Puta merda, alguém atirou em Cal e Pôr do Sol!

Easy afastou o chapéu do rosto.

— Pode ir. Eu conto para ele.

— Mas não sobre Clintok, está bem? Ainda não.

Easy piscou, levando um dedo aos lábios. E a admirou enquanto ela se afastava antes de se virar para o colega ofegante.

— Calma, Ben. Já fiquei sabendo da história toda.

Capítulo 25

♦ ♦ ♦ ♦

Easy não sabia o que fazer. Ele nunca tivera tanto trabalho e, junto com Ben, tinha praticamente virado o chefe.

Precisava carregar os cavalos no trailer para a aula no centro, separar mais alguns para outra cavalgada e bolar um show.

Ele gostava da parte do show, de como isso seria divertido, estar novamente se apresentando para as pessoas, como era na sua época de rodeios.

E precisava pensar em Cal. Ele gostava bastante de Cal — o sujeito sabia lidar com cavalos e homens e cuidar para que as coisas corressem bem. Alguém havia atirado no seu chefe, e isso já era ruim o suficiente. Mas o fato de esse alguém também ter atirado num cavalo tão maravilhoso era intolerável.

O fato de que ele provavelmente vira esse alguém, reconhecera esse alguém, deixava-o orgulhoso. E bem nervoso também.

A bela Chelsea dissera que ele devia contar ao xerife, e Ben falara a mesma coisa. Então devia ser isso o que precisava fazer. Porém, não sabia como, ainda mais quando estava cheio de trabalho e precisava bolar o show.

E com certeza não sabia como ser o chefe.

Quando viu Chase Longbow chegar a cavalo, guiando um segundo animal, não soube se devia sentir alívio ou preocupação. Ben se adiantou, correndo até Chase antes mesmo de ele desmontar.

— Você esteve com o Cal? Ele está bem? E Pôr do Sol?

— Eles estão bem. A Dra. Bickers estava examinando os dois quando saí. Fiquei sabendo que vocês estão cheios de trabalho, e minha irmã inventou uma porcaria de show para apresentarmos mais tarde. Posso ajudar por enquanto. Thad e Zeke virão mais tarde.

— Você vai dar umas boas laçadas?

Chase deu um tapinha na corda enrolada e presa na sela.

— É o que parece. Quando sai a próxima cavalgada?

— Carol está terminando uma — informou Easy. — Já deve estar voltando. Vou guiar a próxima. Às dez. Ah, Maddie tem uma aula no centro; então precisamos carregar dois cavalos no trailer.

— Bem, vamos pôr as mãos na massa.

— Espere. Espere. Conte a ele, Easy — insistiu Ben. — Você precisa contar a Chase sobre Clintok.

O olhar de Chase mudou de amigável para duro — duro como uma pedra de gelo —, fazendo Easy engolir em seco.

— O que tem Clintok?

— Hum...

— Easy o viu, Chase. Ele o viu dando uma volta de quadriciclo ontem.

Chase levou os cavalos até uma viga para amarrá-los, depois se virou.

— Quando? Onde?

— Foi...

— Deixe que ele me conte.

Fechando a boca, Ben cutucou Easy com o cotovelo.

— Bom, sabe, eu saí numa cavalgada e vi aquele policial na estrada Pata do Urso. Eu estava guiando o grupo pela trilha dos Alces quando ele passou lá embaixo.

— Quando?

— Devia ser umas quatro horas.

— Tem certeza de que era ele? Tem certeza de que era Clintok?

— Sim, tenho. Ele estava de óculos, mas não colocou capacete. O sujeito veio aqui uma vez para encher o saco de Cal e o reconheci na mesma hora.

— E o grupo que você estava guiando? Alguém o viu?

— Bem, sim, não tinha como não ver. — Easy fez uma pausa, coçou a parte de trás do pescoço e arrumou o chapéu. — A moça atrás de mim até comentou alguma coisa sobre ele estar andando de quadriciclo sem capacete. Perguntou se não eram obrigatórios, porque os filhos tinham se inscrito para o passeio na cidade-fantasma amanhã. Bem, no caso, seria hoje, já que estamos falando de ontem.

— Você se lembra do nome dela?

— Não, não de cabeça. Mas o grupo todo faz parte daquela reserva grande. A família que está dando esse trabalhão todo.

— Tudo bem. Espere um pouco.

— Aí vem Carol com o grupo — disse Ben.

— Vá ajudá-los, Ben. Fique aqui comigo, Easy. — Chase pegou o telefone. — Bodine, preciso que veja quem estava no grupo da cavalgada de Easy ontem às quatro. Só veja, preciso saber se continuam aqui. Eu pareço me importar com o quanto você está ocupada?

Easy se moveu de modo desconfortável, limpou a garganta e lançou um olhar invejoso para Ben e Carol.

— Tudo bem — disse Chase depois de um minuto. — Precisamos mudar os horários de Easy hoje. Fique quieta por um segundo — reclamou, irritado. — Ele viu Clintok num quadriciclo ontem à tarde, na Pata do Urso. Foi o que eu disse. Descubra quem são essas pessoas, veja onde estão agora. Eu cuido disso. Ora, meu Deus, Bo, é claro que vamos ligar para o Tate. Aviso se tiver alguma novidade.

— Nós estamos bem ocupados por aqui — começou Easy quando Chase desligou.

— Pois é. E agora você vai ligar para o xerife Tate. Se ele não puder vir aqui, você vai até a delegacia para conversarem. Nós te cobrimos.

— Puxa vida — disse Easy baixinho. — Preciso ligar para a emergência?

— Não tem necessidade. — Chase mexeu na tela do telefone até chegar ao contato de Tate, que adicionara depois da morte de Billy Jean. — Use o meu.

— Não sei o que dizer nem como falar direito. Nunca fiz nada assim antes.

— Diga a ele quem você é e o que me contou.

— Certo. — Easy respirou fundo, clicou no contato. — Ah, xerife Tate? Aqui é Easy. Aqui é Esau LaFoy. Trabalho com os cavalos no Resort Bodine. Chase... ah, o Sr. Longbow falou que eu precisava ligar para lhe contar o que acabei de contar a ele.

Antes de Easy terminar a ligação, Bodine chegou em um dos seus carrinhos. As palmas das mãos do funcionário estavam suadas quando devolveu o aparelho para Chase.

— Tem certeza? — perguntou Bodine de cara.

— Sim, senhora, tenho. O xerife virá conversar comigo, disse que tenho que ficar aqui até ele aparecer, mas tenho uma cavalgada e...

— Nós te cobrimos. O grupo que estava com você também o viu?

— Não tinha como não ver. Eu parei por um minuto... Bem, talvez meio minuto, acho, enquanto ele passava lá embaixo.

Bodine assentiu, e olhou para o irmão. Seus olhos não estavam duros como uma pedra de gelo, notou Easy. Estavam soltando fogo.

— O grupo todo era formado por hóspedes do evento do fim de semana. Dois foram para Garnet, para o passeio de quadriciclo, um está tocando uma boiada, e dois têm hora na Cidade Zen. Se Tate precisar de mais do que a palavra de Easy, pode conversar com eles. — Ela deu uma olhada no relógio, e respirou fundo. — Certo. Easy, vá cuidar dos cavalos que acabaram de chegar. Carol pode levar o trailer para a aula no centro. Ben cuida da sua cavalgada.

— Temos outra marcada para sair assim que esta chegar.

— Fico com ela — disse Chase, sem muita empolgação. — Se você ainda não tiver terminado de falar com o xerife Tate, eu guio a cavalgada.

— E o show está marcado para as três, então...

Bodine passou uma das mãos pelo cabelo, e percebeu que esquecera o chapéu.

— Vamos fazer assim então.

Ela explicou um plano completo rapidamente, de um jeito que deixou Easy sem fôlego e impressionado. Não conseguia entender como alguém pensava tão depressa.

— E passeios de pônei — continuou ela, cortando itens da lista. — Posso ligar para as nossas avós se precisarmos de mais ajuda. Caso seja necessário, libero a minha agenda da tarde para guiar uma cavalgada. Você só precisa fazer o que o xerife pedir.

Easy coçou a lateral do pescoço.

— Sim, senhora.

— Obrigada, Easy. — Ela lhe deu um tapinha no braço. — Isso é importante.

Bodine pensou se devia ou não ligar para Callen. Refletiu sobre o assunto enquanto ajudava a selar o próximo grupo de cavalos, e resolveu que, se fosse ela quem estivesse mancando por aí, cuidando de um cavalo amado, e ele não lhe contasse na mesma hora, ela o esfolaria vivo.

Antes de conseguir pegar o telefone, Tate apareceu. Ela seguiu até o xerife enquanto ele ia na direção de Easy.

— Bodine, Easy.

— O senhor chegou rápido — comentou ela.

— Eu estava na estrada Black Angus com Curtis. Você conhece Curtis Bowie?

— Claro.

— Ele está lá agora, tirando umas fotos. Então, Easy, vamos começar aqui. Que tal me contar como era esse quadriciclo que viu?

— Certo, claro. Não era um dos nossos, de toda forma. Era menor, daqueles esportivos. Pintado com camuflagem. Não prestei atenção além disso.

Tate assentiu com a cabeça. Apesar de usar óculos escuros que cobriam seus olhos, ela notou um tom de resignação em sua linguagem corporal.

— Bodine, tem algum lugar mais tranquilo onde eu possa conversar com o Easy?

— Posso levá-los para o escritório dos fundos do CAB.

— Está bem. — Enquanto seguiam para lá, ele a fitou. — O grupo que Easy guiava continua por aqui?

— Sim. Duas pessoas estão na Cidade Zen e devem terminar o tratamento em meia hora. Os outros só voltam à tarde, mas posso passar os locais onde estarão se o senhor precisar.

— Eu aviso. Que tal me mandar os nomes de todo mundo para começar?

— Farei isso agora mesmo.

Bodine seguiu na frente, desviando da recepção, dos funcionários, dos hóspedes e entrando no pequeno escritório.

— Precisam de mais alguma coisa?

Enquanto Tate fazia que não com a cabeça, ela analisou Easy. Ele parecia um garoto convocado para a sala do diretor da escola.

— Quer uma Coca-Cola, Easy?

— Eu não recusaria. Minha garganta está bem seca.

— Vou pegar duas latas, e então deixo vocês à vontade.

Bodine lançou um olhar a Matt na recepção que dizia: "Nem pergunte." Pegou as bebidas na máquina de venda automática, levou-as para a sala e fechou a porta. E foi embora antes que alguém a encurralasse com perguntas.

Ela não devia fazer aquilo, disse a si mesma. Não tinha *tempo* para fazer aquilo. Mas entrou no carro do resort e pegou a rota mais curta até o rancho.

Foi direto para o estábulo, grata por todo mundo estar ocupado demais para se meter no seu caminho.

Pôr do Sol estava em pé na baia, parecendo infeliz. Ergueu a cabeça quando a viu, esticando-a o máximo possível.

— Cadê o seu dono, hein? Está tão entediado quanto você? — Ela ouviu barulhos de algo raspando, retinindo, e olhou ao redor. — Lá atrás? Vou dar uma olhada.

Quando chegou na selaria, viu Callen juntando rédeas, cordas e cabeçadas. Ele parecia tão entediado quanto o cavalo.

— Você não devia estar descansando essa perna?

— Já estou melhorando, e vou descansar daqui a pouco. Posso limpar os arreios, mas, se fizer isso aqui, Pôr do Sol vai ficar emburrado.

— Ele já está emburrado.

— Viu só?

— Tudo bem, vou ajudar. Podemos montar uma mesa de trabalho. Você devia deixar a porta do Pôr do Sol aberta se vai ficar lá. Assim, ele se sente menos preso.

— Boa ideia. O que veio fazer aqui?

— Já falaremos disso.

Juntos, os dois arrastaram uma mesinha, um banco alto, um balde de água, panos, esponjas, pincéis e óleos.

— O que Bickers disse?

— O ferimento está sarando bem. Ela não quer saber de selas e de ninguém em cima dele por pelo menos uma semana. Ele só pode voltar às cavalgadas depois que ela liberar. Mas posso levá-lo para dar uma volta, andar um pouco. Já fiz isso. Tenho uma lista do que posso ou não fazer, e ela vai voltar amanhã.

— E o garanhão de duas patas?

Pelo menos isso fez Callen abrir um sorriso.

— Basicamente a mesma coisa que Pôr do Sol. Posso voltar a trabalhar na segunda, talvez amanhã por algumas horas. Ela espera que eu não seja idiota e a faça se arrepender de me liberar para o trabalho e de concordar que não preciso ir no médico de gente. Agora, você veio até aqui só para ver se estávamos fazendo alguma besteira?

— Não. Sente-se. Você estava mancando mais na última rodada. Tate está no CAB conversando com o Easy.

— Easy? Sobre o quê?

— Sobre ele ter visto Clintok dando uma volta num quadriciclo ontem, uma hora antes de você e Pôr do Sol levarem o tiro. Na Pata do Urso.

— É mesmo? — A pergunta foi feita lentamente, com frieza. Mas os olhos soltavam faíscas azuis sobre o cinza tempestuoso. — E como Easy sabia que era Clintok?

Mantenha o equilíbrio, pensou Bodine. Por enquanto.

— Ele o reconheceu. Estava de óculos, mas sem capacete. E o xerife pediu para que descrevesse o quadriciclo. Nunca vi o quadriciclo de Clintok, mas aposto que o xerife já. Menor do que os que usamos, camuflado. Easy estava guiando uma cavalgada. Os hóspedes também o viram, e imagino que Tate irá querer falar com eles, confirmar o depoimento.

— Parece que eu devo mais do que uma cerveja ao Easy — disse Callen, e começou a desmontar uma rédea para limpá-la.

— Curtis, o policial Curtis Bowie, talvez você se lembre dele, está tirando fotos do local. Não tenho certeza, mas acho que conheço Tate bem o suficiente para supor que já tenha falado com Clintok, que deve ter negado tudo. Mas, agora, temos testemunhas que o colocam no terreno do resort e numa área que leva a um ponto de onde faria sentido mirar num cavalo e no cavaleiro passando pela Black Angus.

Assentindo como se estivessem fazendo planos para o jantar, Callen pendurou a rédea num gancho e começou a limpá-la com um pano limpo e úmido.

— Talvez isso seja suficiente.

— Eu apostaria dinheiro que é o suficiente para Tate demiti-lo, e espero que seja o bastante para prendê-lo. E sei, porque te conheço, que, se ele não estiver atrás das grades, você mesmo vai querer resolver o problema.

Callen ficou em silêncio e continuou limpando os arreios.

— Vou pedir uma coisa. Só uma.

— Posso tentar, diga.

— Quando for resolver o problema, me avise. Coloco uma cerveja na geladeira para quando você voltar.

Deixando o pano de lado, Callen ergueu o olhar.

— Sinto algo forte por você, Bodine. Na maior parte do tempo, isso me deixa atordoado.

— Deve ser consequência de levar um tiro na perna.

— Não. — Depois de umedecer o sabão para a sela, e molhar a esponja, ele esfregou até criar uma leve espuma. — Quer sair para jantar num lugar chique?

Ela começou a afastar o chapéu do rosto, mas lembrou que o esquecera.

— Você mudou o assunto de dar uma surra em Clintok para jantares em lugares chiques?

— Não sou muito fã dessas coisas, mas quero ver como é fazer isso com você. — Como fizera com o pano, Callen pacientemente ensaboou o couro. — Podemos nos arrumar, talvez pedir uma garrafa de vinho francês metido à besta. — Ele ergueu o olhar para o dela. — Topa?

— Também nunca fui muito fã de jantares em lugares chiques, mas não acharia ruim fazer esse teste com você. Depois que seu machucado melhorar.

— Está combinado. Se... Está bem, quando eu resolver ir atrás de Clintok, aviso.

Satisfeita em todos os aspectos, Bodine apertou o ombro dele, depois fez um carinho rápido em Pôr do Sol.

— Preciso ir. Quer que alguém te traga uma bebida gelada?

— Fui convidado para almoçar na sua casa. Vamos ficar bem até lá.

Callen continuou limpando os arreios depois que ela partiu, metodicamente, enquanto Pôr do Sol observava.

— Pode ser que o coloquem atrás das grades. Pode ser que o deixem lá por tempo suficiente para considerarmos nossas contas ajustadas. Caso contrário, bem, vou ajustá-las por nós dois. — Ele esticou a mão, acariciou a bochecha de Pôr do Sol. — Prometo.

TATE RECOLHEU OS DEPOIMENTOS, viu as fotos, e, por mais que aquilo lhe pesasse, aceitou o seu dever.

Seguiu para a casa de Clintok, o chalé entocado no rancho da família. A picape e o quadriciclo estavam estacionados sob um abrigo aberto, anexo à casa, como na noite anterior, quando fora lá.

E, como na noite anterior, Clintok passou pela porta e parou na varanda estreita.

Ele vestia calça de moletom, um blusão com rasgos nos cotovelos, e suava. Tate concluiu que devia estar malhando, um dos seus passatempos favoritos.

— Garrett.

— Xerife. Curtis — adicionou ele ao ver o policial saltar pela porta do passageiro. — Como posso ajudar?

— Bem, Garrett, não tem jeito. Você tem o direito de permanecer calado...

— Que porra é essa?

Tate continuou a recitar a advertência.

— Nós todos sabemos que você sabe os seus direitos, mas pode confirmar isso?

— Vá se foder.

Quando ele deu as costas e abriu a porta do chalé com força, Curtis se aproximou.

— Vamos, Garrett, não precisa dificultar ainda mais as coisas.

Mas Clintok dificultou ao acertar o punho contra a mandíbula do colega. Xingando, Tate correu para ajudar Curtis a forçá-lo a deitar no chão.

— Você está sob custódia, merda — disse Tate, irritado. — Coloque a porcaria das algemas nele, Curtis. Resistência à prisão, agressão a um policial.

— Eu *sou* policial.

— Não é mais. Você é acusado de disparar uma arma em propriedade privada e de tentativa de assassinato.

— Puta merda, você perdeu a cabeça.

— Pelo amor de Deus, tenho testemunhas. — Juntos, os dois forçaram Clintok a se levantar. — E mais, mentiu para um policial. Quando vim aqui ontem, você disse que fazia uma semana que não saía com o quadriciclo. E ele estava brilhando de limpo. Brilhando. Mas que merda, Garrett, tenho testemunhas que te viram no resort, que te viram na estrada acima da Black Angus.

— Skinner é um mentiroso.

— Seis pessoas viram você. Seis. E recuperamos a bala que Bickers tirou daquele cavalo. — Esta parte era mentira, mas Tate estava cansado de ser justo. — Quando testarmos suas armas, fizermos o exame de balística, o que acha que vamos descobrir?

Então viu o pânico, a onda de raiva, a forma como seu olhar desviou rapidamente.

— Quero um advogado. Quero um advogado agora. Não tenho mais nada a dizer.

— Você vai ter o seu advogado. Coloque-o lá atrás, Curtis. Não consigo nem olhar para a cara dele. Um dos meus policiais, um dos meus, atirando num homem pelas costas.

A acusação fez Clintok se debater com chutes e cotoveladas.

— Skinner matou aquelas duas mulheres, e você não fez *nada*. O sujeito mata mulheres, e você me suspende por pressioná-lo. Ele merecia mais do que ficar com o cavalo machucado. Ele merecia pior.

O rosto de Tate estava furioso e determinado quando empurrou Clintok contra a picape.

— Sua ideia era mirar no cavalo? É isso que está dizendo?

— Você não fez nada.

— Estou fazendo agora.

SEU ESTÔMAGO ESTAVA EMBRULHADO depois de interrogar um de seus policiais — um ex-policial —, depois de lidar com aquele advogado meia-tigela. E o fato de Clintok ser burro a ponto de se incriminar não fazia com que se sentisse melhor.

Talvez ajudasse ficar um momento parado na cozinha dos Longbow, olhando pela janela enquanto Alice cuidadosamente guiava o cavalo machucado pela arena, com Callen mancando ao seu lado.

— Sua evolução é realmente impressionante. — Celia Minnow observava também.

— Ela vai lembrar mais sobre o cativeiro?

— Queria poder dar essa certeza. Posso dizer que ela está mais forte, tanto mental quanto fisicamente. Posso dizer que parece ter criado uma conexão com Callen Skinner. Em parte, é pelo cavalo. Mas também é por ele. Callen foi embora de casa, e voltou. Ela também. Alguém o machucou. Alguém a machucou. Estar aqui, cercada pela família, ajudou a criar uma sensação de segurança, a abandonar boa parte da lavagem cerebral.

— Mas ainda preciso que Alice me conte o que lembra.

— Ela confia muito no senhor. Forçar respostas pode prejudicar isso. Sei que é frustrante.

— Estou começando a me perguntar se ele morreu e foi por isso que ela escapou.

— Se está pensando que Alice possa ter causado a morte dele, minha opinião é que ela não seria capaz. O senhor a dominava, a submetia. E ela fala dele como se estivesse vivo. Seu padrão de pensamento simplifica tudo, como o de uma criança. É sua forma de lidar com as coisas. Existem as coisas ruins e as coisas boas, maldade e bondade, macio e duro. E, em outros momentos, ela é supreendentemente astuta. — Celia gesticulou para a janela. — O corte de cabelo? A coragem desse ato, o que ele representa? Foi um ato do ego, de reconhecer o ego. Talvez ela regrida de novo, e todos devem estar preparados para isso. Mas está progredindo.

— Vou lá fora falar com ela, enquanto está com Cal e o cavalo. Tentarei manter um tom leve e amigável.

Callen imaginava que, se tivesse de ir e voltar a pé de Billings com Pôr do Sol, Alice faria isso com um sorriso. Sua própria perna doía como o diabo, e a culpa era sua por ter pulado o analgésico da tarde. Mas não tinha coragem de pedir a ela para parar.

— Posso trançar a crina dele?

— Ah... — Callen lançou um olhar para Pôr do Sol, calculando a humilhação.

— Eu costumava trançar a crina de Vênus. E dar cenouras para ela. Posso dar uma cenoura para ele. — De repente, Alice parou, olhou ao redor. — Onde está Vênus?

— Não sei. É a sua égua?

— É minha. Vovô me deixou escolhê-la. Bela Vênus. Ela é bege, com a crina e o rabo louros. E... isso foi muito tempo atrás. Eu esqueço. Foi muito tempo atrás. Ela deve ter morrido como o vovô enquanto eu estava no porão ou na casa. Deve ter morrido enquanto eu não estava aqui.

— Eu tive um cavalo antes de Pôr do Sol. O nome dele era Batalha. Foi bem difícil para mim quando ele morreu.

— Mas Pôr do Sol está melhorando. Não vai morrer.

— Está melhorando.

— Está melhorando — repetiu ela, e voltou a andar. — Quando estiver mais forte, posso montar nele?

— Assim que a médica liberar.

— Conversei com a minha médica hoje também. Com meus dois médicos, o homem e a mulher. Disseram que eu também estou melhorando. Lá vem o Tate. Bobby Tate. Eu o conheço. Ele não é malvado.

— Eu o conheço também.

— Alice Bodine — disse Tate com um sorriso amigável. — Gostei muito do cabelo.

— Foi Bodine quem cortou. Esse é o nome dela, esse é o meu sobrenome. Este é Pôr do Sol. Alguém machucou ele e Cal, mas os dois estão se sentindo melhor.

— Estou vendo.

— Você é xerife agora. Bobby Tate é xerife. Precisa encontrar pessoas que machucam pessoas.

Tate assentiu com a cabeça, aproveitando a oportunidade.

— Tem razão. Encontrei a pessoa que machucou Pôr do Sol e Cal. E o coloquei na cadeia.

Os olhos dela se arregalaram.

— Ele precisa ficar lá? Preso? É difícil ficar preso. Você não pode sair. Ninguém vem te soltar nem te escuta gritar. — Alice pressionou o rosto contra o pescoço do cavalo. — Eu não machuquei ninguém.

— Não, não machucou, querida. Mas esse homem, sim, então a lei decide o que é feito com ele.

— Você é a lei. Bobby Tate é a lei. Encontrou o senhor? Colocou ele na cadeia?

— Quero muito fazer isso. Estou tentando.

Ela voltou a endireitar a cabeça.

— A gente costumava se beijar, não é?

— Sim.

— Você não me beija mais.

— Bem, eu me casei. — Tate deu um tapinha na aliança de casamento. — Mas, antes de nos beijarmos, e depois também, nós éramos amigos. Nós somos amigos, Alice.

— O senhor não me beijava. Eu não queria que fizesse isso, mas não importava. E ele não me beijava. Nós fazíamos outras coisas. Você fez outras coisas comigo.

Tate limpou a garganta enquanto Callen discretamente olhava para o outro lado.

— Bem, sim, fizemos.

— Mas você não foi malvado. Não me machucou. Nós ríamos e ríamos, e você andava com as suas mãos. O senhor não ri. Ele machuca. As mãos dele são duras e malvadas, e ele me estupra. A Dra. Minnow disse que é estupro, não direitos matrimoniais. Se eu lutar, ele me bate e me bate, e é pior. Mesmo quando eu ficava deitada lá e deixava, ela disse que é estupro. Essa é a lei? É? Você é a lei, essa é a lei?

— Sim. Essa é a lei.

— Se encontrá-lo, vai prendê-lo? Eu quero que isso aconteça. — Alice surpreendeu Callen ao esticar a mão e apertar a dele. — Quero que o senhor fique preso num lugar de onde não consiga escapar, aonde ninguém venha ajudar quando ele gritar. Quero isso.

— Vou continuar procurando por ele para que isso aconteça. Prometo, Alice. Você disse que ele tinha barba e olhos escuros.

— Olhos escuros. Eu fecho os meus quando ele sobe em mim.

— Talvez pudesse me contar mais sobre a aparência dele, e nós poderíamos desenhá-lo.

— Não sei desenhar. Reenie também não. Eu desenho melhor que ela, mas não consigo fazer rostos.

— Conheço uma pessoa que sabe desenhar rostos, se você quiser me contar mais sobre a aparência dele. Da sua memória.

— Não sei. — A mão dela apertou forte a de Callen. — Não quero ver o rosto dele. Vou fazer um cachecol para o Cal. Vou montar Pôr do Sol quando ele estiver melhor.

— Não tem problema. — Engolindo sua frustração, Tate manteve o tom tranquilo. — O dia está bonito demais para você ficar se preocupando. Talvez eu volte amanhã, Alice, só para uma visita.

Ela assentiu para Tate, depois olhou para Cal.

— O que você faria? Você foi embora e voltou. Alguém te machucou, e machucou Pôr do Sol também. Você veria o rosto dele para poderem desenhá-lo?

— Acho que, às vezes, quando se encara algo, olho no olho, não é tão assustador quanto parece em sua mente. E acho que a senhora é a pessoa mais corajosa que eu já conheci. Então, se precisar de mais tempo antes de encarar isso, espere.

— Bodine disse que sou corajosa, a médica disse que sou corajosa. Você disse que sou corajosa, mas não me sinto assim. Não quero voltar para a casa, não quero que ele me encontre. Quero ficar aqui. Você pode voltar amanhã — disse Alice para Tate — e me perguntar de novo?

— Claro que posso. Foi bom te ver, Alice. Você também, Cal.

Callen hesitou enquanto Tate se afastava.

— Dona Alice, pode tomar conta do Pôr do Sol por um segundo? Preciso perguntar uma coisa para o xerife.

— A gente fica aqui esperando.

Callen o alcançou no portão.

— Ele admitiu?

Tate se apoiou na grade.

— Garrett mudou a história meia dúzia de vezes. E o fato de ser esquentadinho não está ajudando. Nem está mentindo para mim sobre estar no terreno com aquele quadriciclo, coisa que sabe que não tem como negar. Já cometeu vários deslizes, e está tentando alegar que queria atirar numa cobra, não mirou direito e não percebeu que acertou você e o cavalo. Essa desculpa não vai colar. Mas, em um dos deslizes, acho que consegui a verdade. Ele não queria atirar em você.

— Mas que mentiroso.

— Ele estava atirando no cavalo.

Callen se balançou sobre os calcanhares, esperou a raiva aumentar e diminuir.

— Ele mirou em Pôr do Sol?

— Estou dizendo que essa é a minha opinião. Acho que tudo se resume a um maldito cachorro e a um maldito jogo de pôquer quando vocês eram garotos. O pai dele perdeu o cachorro para o seu, e Garrett atirou no animal por puro ressentimento. E tentou matar o seu cavalo pelo mesmo motivo. Puro ressentimento.

Callen olhou para trás, onde Alice caminhava e tagarelava com Pôr do Sol. E viu o ferimento que atravessava sua barriga. Notou como alguns centímetros a mais teriam terminado o serviço.

— O senhor tem que fazer ele pagar por isso.

— Vai depender do promotor, do juiz e do júri. Mas estou dizendo que vou insistir até ele admitir o que fez. Farei isso.

— Tudo bem.

— O que você disse para a Alice vai me ajudar a cumprir o meu dever com ela também. Farei meu trabalho, Cal.

Ele assentiu, mas, enquanto voltava para o seu cavalo, pensou que, às vezes, a justiça não tinha nada a ver com estas questões.

Capítulo 26

♦ ♦ ♦ ♦

NA NOITE DE DOMINGO, com o fim de semana enlouquecedor tendo chegado ao fim, Jessica dirigiu até o rancho. A ideia de dormir por doze horas seguidas era muito tentadora, mas o convite para o jantar de domingo a conquistara.

Ela gostava de ver Chase em seu *habitat*, e ainda não vira Callen desde que ele e Pôr do Sol se machucaram. Aceitou que sua transição para o mundo do Oeste estava completa quando percebeu que ficara tão ansiosa para ver o cavalo quanto para ver as pessoas.

A transição, porém, não incluía, e provavelmente jamais incluiria, sua escolha de sapatos. Quando viu Pôr do Sol na arena e, para seu encanto, Chase girando uma corda no ar — laço, corrigiu —, deixou no carro a torta de mirtilo que fizera e se aproximou para assistir.

Rory estava sentado na cerca, ao lado de uma mulher com cabelo vermelho preso num rabo de cavalo curto. A mulher bateu palmas com entusiasmo quando Chase pulou para dentro e para fora da corda que girava.

Quando ele baixou a ponta do chapéu para Jessica com a mão livre, a mulher olhou para trás. Apesar de ter ouvido falar no que acontecera, ver a transformação de Alice a deixou chocada.

— Essa pessoa é diferente — murmurou ela, e pegou a mão de Rory.

— Talvez você não se lembre de mim. Nós só nos vimos por um minuto, algumas semanas atrás. Sou Jessica Baazov. Trabalho para Bodine.

— Bodine é a filha de Reenie. Este é Rory. Não o meu Rory. É o Rory da Reenie. E Chase é da Reenie. Ele está se apresentando para mim porque não pude ir ver o show.

— Ele é ótimo, não é?

— Tio Wayne fazia laçadas. Chase disse que foi o tio Wayne quem o ensinou. Pôr do Sol também faz truques. Cal o ensinou. Cal não é só da Reenie. Ele é meu também.

— Eu queria ver Pôr do Sol e Cal.

— A vovó brigou com o Cal e disse para ele entrar e ficar com a perna para cima por um tempo. Daqui a uns dias, vou poder montar Pôr do Sol. Ele está bem melhor, e o homem que o machucou está na cadeia. — Alice olhou para Rory para confirmar a informação. — Ele está na cadeia?

— Isso mesmo. Não precisamos mais nos preocupar com ele.

— Bobby Tate faz seu trabalho. — Alice aplaudiu de novo enquanto Chase fazia uma mesura. — Foi um bom show — disse ela para o sobrinho. — Jessica está aqui. Agora lembrei. Ela é sua namorada.

Chase baixou a cabeça e se concentrou em enrolar a corda.

— Parece que sim.

— Ele é tímido — contou Alice para Jessica. — Eu nunca era tímida, mas, agora, sempre me sinto assim. Vamos ajudar com o jantar. — Ela deu um tapinha no braço de Rory. — Para Chase passar um tempo com a namorada.

Sem se esforçar para abafar a risada, Rory pulou para o chão, erguendo Alice da cerca.

— Gostei dos seus sapatos — disse ela.

Jessica mal teve tempo de agradecer antes de Alice se afastar com Rory.

— Não acredito que aquela seja a mesma mulher que veio do hospital.

— É a determinação. — Chase prendeu a corda numa estaca da cerca. — É a determinação dos Bodine. Papai disse que ela vai conversar com um desenhista amanhã, concordou em fazer isso para tentar criar uma imagem do sequestrador. — Ele pegou a mão dela do outro lado da cerca, puxou-a para que subisse na primeira balaustrada. — Sapatos bonitos. Não servem para cavalgar.

— Eu me arrumei para o jantar de domingo. — E riu quando Pôr do Sol parou atrás de Chase e o empurrou para a frente. — Ele com certeza já voltou ao normal.

— Pode ir embora, não preciso de ajuda. — Para provar, Chase segurou a parte de trás do pescoço de Jessica com uma das mãos, depois baixou a boca até a dela.

E então ficou parado ali por um instante, olhando-a nos olhos, com os dedos levemente roçando sua pele.

— Não podemos andar a cavalo. — Ele pulou a cerca. — Então vamos caminhar um pouco.

— Ainda nem entrei para cumprimentar sua mãe.

— Vai ser rápido.

De mãos dadas, com o sol esquentando seu rosto, Jessica foi com ele.

Ouviu uma vaca mugindo num campo distante, um chilreio que sabia vir de algum esquilo ocupado. E, da janela aberta da cozinha, o som de risadas.

— Vocês plantaram amores-perfeitos. — Ela parou por um instante, olhando para os vasos nos degraus da varanda dos fundos. — Minha avó sempre plantava amores-perfeitos no início da primavera, no vaso embutido na janela da cozinha. Dizia que a faziam sorrir enquanto lavava a louça. Que ficava feliz por saber que a primavera tinha voltado.

— Não achei que você fosse durar o inverno todo.

Realmente surpresa, Jessica o encarou.

— Por quê?

— Agora, acho que o problema era mais meu do que seu. — Chase a levou até a frente da casa, até o banco sob as árvores de gingko. — Eu pensava: "Olhe só para ela, vai voltar correndo para Nova York depois da primeira nevasca em Montana". Mas você não fez isso.

— Você realmente achava que eu era tão... — Qual era a palavra que ele usara para Alice? *Determinação.* — Tão pouco determinada?

— Não. O problema era mais meu, e não era com a minha determinação que eu estava preocupado. Podemos sentar? Acho que preciso terminar de falar.

— É, talvez precise mesmo.

— Jessica. Eu acho que via você como um passarinho exótico. Tão bonito que os meus olhos doíam, e tão fora do meu alcance. Capaz de sair voando e ir embora.

— Passarinho exótico *coisa nenhuma*. Trabalhei a minha vida inteira, e trabalhei duro. E...

— O problema era mais meu do que seu — lembrou Chase. — A primeira vez que a vi, você estava usando um terninho vermelho, seu cabelo estava preso num coque, e seu perfume era como o de uma flor misteriosa desabrochando numa estufa. Você apertou a minha mão e disse: "Jessica Baazov, é um prazer conhecê-lo." Tive que me esforçar para abrir a boca. Só conseguia pensar que estava torcendo para Bodine não te contratar.

— Certo. Que bom saber disso.

Chase tocou o ombro dela e a pressionou para baixo quando ela começou a se levantar.

— E, quando você foi contratada, disse a Bodine que era um erro, e já entendi que isso tinha muito mais a ver comigo do que com você.

Num gesto defensivo, Jessica cruzou os braços sobre os seios.

— Se você me desaprovou tanto à primeira vista, muito me surpreende não ter pressionado mais a sua irmã.

— Eu não desaprovei você, e pressionar Bodine depois que ela já está decidida é uma perda de tempo. Fazer as coisas com calma, não. — E ele seguiu com calma agora. — Achei que fosse um erro, porque não imaginava que você fosse ficar aqui. Tão bonita, tão sofisticada, não achei que fosse se adaptar. E, como eu praticamente perdi os sentidos quando te vi pela primeira vez naquele terninho vermelho, minhas perspectivas não eram das melhores. Achei melhor ficar longe até Bo chegar em casa um dia e contar que eu estava certo e você estava indo embora.

— Pelo visto, você se desapontou.

— Não, só me enganei. Eu me esforcei para ficar longe, porque toda vez que via você queria tocá-la. E sabia que, se fizesse isso, iria querer mais. Sabia que, quando você fosse embora, mesmo me mantendo distante, não iria conseguir te tirar da minha cabeça. Não estava nos meus planos cruzar esse limite. Só que então, bem, eu cruzei.

Jessica fungou alto, mas amoleceu.

— Forcei você a cruzar esse limite.

— Eu ia chegar lá. Teria levado mais tempo, mas ia chegar lá. Então entendi que, se você fosse embora, além de não conseguir te tirar da minha cabeça, eu jamais te esqueceria. Qualquer mulher que viesse depois seria comparada a você. E nunca superaria as expectativas. Ela não teria o seu rosto, ou não seria tão inteligente, ou não teria essa bravura por trás da sua sofisticação. Não haveria mais ninguém. — Chase segurou a mão dela, analisou-a. — E quero uma mulher, uma família, uma vida que criaremos para nós. Não me importo de esperar por essas coisas, mas, sem você, eu ficaria esperando para sempre.

— Eu... Eu assisti a *Tombstone*. Aprendi a cavalgar. Tenho um chapéu de caubói.

Os lábios dele se curvaram enquanto pressionavam a mão dela.

— Eu te amo. Acho que te amei antes de todas essas coisas acontecerem, se o amor for capaz de surgir tão rápido. Amo saber que você fez tudo isso. E me sinto tranquilo sabendo que está feliz aqui.

— Eu estou feliz aqui. Não há nada para mim em Nova York. Construí minha vida aqui. Amigos, trabalho, uma vida. Perdi minha família, Chase, quando perdi meus avós. E ganhei uma aqui quando nunca pensei que teria outra de novo. Nunca tive uma amiga como Bodine, e agora como Chelsea. E... todo mundo.

— Estou perguntando se você consideraria continuar a construir isso comigo. Se seria capaz de me amar o suficiente para isso. Para construir uma vida e uma família comigo.

Casamento, meu Deus, ele estava falando de casamento. Esse passo repentino num homem de ritmo lento a deixou sem chão.

Imóvel, quase sem respirar, Jessica pensou nos pais. Egoístas, despreocupados, frios, abandonando-a sem nem pensar duas vezes. E então nos avós. Bondosos, amorosos, generosos, acolhendo-a sem nem pensar duas vezes.

Então pensou em Chase.

— Não sei como posso amar alguém tão idiota que não percebe que já o amo mais do que o suficiente. Mas, pelo visto, é o que acontece.

Agora, Chase levou a mão dela para o rosto dele, simplesmente a segurou ali, antes de virar a cabeça e pressionar os lábios contra sua palma.

— Esse foi um jeito sofisticado de dizer que sim?

— Não foi sofisticado.

— Foram muitas palavras. Que tal eu colocar as coisas de outra forma? Quer casar comigo um dia desses?

— Um dia desses é muito pouco definitivo.

— Você aceita. Você resolve quando.

— Preciso de um segundo. — Jessica olhou ao redor, para o terreno, para as montanhas, para o céu azul que cobria tudo. Sentiu Chase esperando, tão estável e forte em seu silêncio. Confiava que ele esperaria até sua cabeça alcançar seu coração. — Eu aceito. E resolvi que outubro é uma boa época. Depois do meu primeiro verão, antes do meu próximo inverno. — Mais uma vez, ela tocou o rosto dele. — E aceitar, Chase, só aceitar, fez eu me sentir completa de uma forma que nem imaginava. Você fez isso. Você ajudou a me completar.

Ele a beijou, doce feito o mel, e a abraçou.

— Você ainda tem aquele terninho vermelho?

— Não vou me casar num terninho vermelho.

— Eu estava pensando mais na lua de mel.

Jessica riu. Estável e forte, pensou de novo. E bastante surpreendente.

— Tenho, sim.

Enquanto o jantar de domingo no Rancho Bodine se transformava numa comemoração, o homem conhecido como senhor seguia aos trancos e barrancos com sua picape pela estrada estreita cheia de buracos e rachaduras que o inverno cavara. Cada pulo fazia seu corpo doer.

Ele parou, saltou para destrancar o portão que exibia placas de Não Entre. O metal enferrujado rangeu ao ser aberto. Voltou para a picape, passou pelo velho portão de gado, saltou novamente, arrastou o portão para fechá-lo, trancou-o e passou a corrente.

Um ataque de tosse o dominou até que precisasse se apoiar na grade. Ele tossiu e cuspiu catarro, esperou a respiração voltar ao normal e retornou para a picape, seguindo aos sacolejos até o chalé.

Como precisava parar e descansar com frequência, levou quase uma hora para descarregar os suprimentos. Tomou os remédios primeiro, para a tosse, para a dor de cabeça — sempre parecia estar com dor de cabeça ultimamente —, os descongestionantes, misturando tudo num coquetel medicinal, engolindo-os com o café misturado ao uísque que considerava outro elemento para a sua cura.

Tinha comprado uma refeição, e comeu os dois cheeseburgers devagar e sem muito apetite. Precisava de carne, de uma boa carne vermelha, e se forçou a dar cada mordida.

Respirando pesadamente, arfando e sibilando, ele caiu no sono na cadeira diante da lareira, enquanto o suor que cobria a sua pele esfriava. Acordou na escuridão.

Xingando, acendeu as lamparinas a óleo e a lareira.

Passava tempo demais dormindo e precisava começar a fazer planos.

Ele fora e voltara de Missoula, provando a si mesmo que se recuperara da maldita praga que Esther o infligira. Comprara remédios e suprimentos, até mesmo conseguira fazer o reconhecimento do terreno.

Vira muitas mulheres. Mulheres exibindo as pernas desnudas, mulheres com os seios à mostra sob blusas decotadas. Os rostos maquiados.

Achou que uma ou duas delas lhe seriam adequadas, poderiam ser boas esposas depois que as domesticasse. Mas não tinha forças — ainda — para pegá-las.

Então tomaria seus remédios, comeria carne vermelha e recuperaria suas forças. Depois, caçaria em estradas secundárias, assombraria lugares escuros fora dos antros de pecado. Bares e hotéis baratos.

A mulher certa iria aparecer. Deus proveria.

Não outra como Esther. Ou como a que batizara de Miriam, que conseguira usar os lençóis da cama para se enforcar depois de dar à luz a primeira menina.

Ou Judith, ou Beryl.

Ele enterrara todas, todas menos Esther. Dera a elas enterros cristãos, apesar de serem pecadoras. Decepções.

Tinha que encontrar outra logo. Uma mulher forte, jovem, fértil, que pudesse ser treinada para obedecer. E que cuidasse dele, já que a sua doença provava que ele não era mais um rapaz.

Era preciso ter filhos para seguir com o seu legado, honrá-lo enquanto envelhecia. E era preciso uma mulher para gerá-los.

Os turistas chegariam logo — aqueles parasitas —, assim como pessoas que viriam para cozinhar suas refeições, e arrumar suas camas. Enquanto caía no sono novamente, ele pensou que as próximas semanas estariam cheias de oportunidades.

CALLEN TERIA ACHADO MELHOR ir para o trabalho a cavalo, e com certeza preferia ir com Pôr do Sol. Como nada disso era possível, estava sentado no banco do passageiro da picape de Bodine.

— Eu podia ter vindo com o Rory.

Ela o olhou de soslaio.

— Tem algum problema com a forma como eu dirijo, Skinner?

— Eu preferia estar atrás do volante.

— Paciência. — Mas Bodine olhou para ele de novo. — O que está te incomodando? A perna?

— Meu Deus, foi só um arranhão. Não levei um tiro na barriga.

Ela deu de ombros, permanecendo em silêncio até chegarem ao CAB.

— Caia fora e leve seu mau humor junto.

Callen ficou sentado por um instante.

— Passei bastante tempo com a Alice nos últimos dias.

— Eu percebi e agradeço.

— Tome cuidado para não tropeçar e cair, andando por aí com esse ar superior, de nariz em pé. Gostei de passar tempo com ela. Ajudou a me manter distraído. E sinto que ela passou a confiar em mim. Não vou estar lá hoje quando ela tentar fazer o retrato falado com Tate e o desenhista.

— É bondade sua se preocupar com Alice. Estou falando sério. A vovó e a bisa estarão lá, e a Dra. Minnow também. E o Dr. Grove disse que vem dar uma olhada nela. — Bodine observou o sol surgir acima do horizonte numa linha fina de dourado brilhante, radiante. — Você também ajudou a mantê-la distraída. Pode parecer estranho dizer que escolheu uma boa hora para levar um tiro, mas acaba que foi assim.

— Essa é uma forma de encarar a situação. — Callen se virou para ela enquanto o céu ao leste explodia. — Que tal sairmos para o nosso jantar chique sábado à noite?

— Não basta ser um jantar chique, mas ainda vai ser sábado à noite? — Com os olhos arregalados, ela balançou os ombros. — Talvez eu precise comprar um vestido novo.

— Se você tem mais do que um, ainda não vi.

Bodine riu e deu um beijo nele.

— Ande logo, Skinner, vá embora. Você está me atrasando. — Quando Callen obedeceu, ela se inclinou para fora da janela. — Se eu ficar presa no trabalho, peço para o Rory vir buscá-lo no final do expediente.

— Eu espero por você. — Ele foi até a janela. — Venha para casa comigo. Pego alguma coisa da cozinha daqui para nós dois. Venha para casa comigo.

— Tudo bem, mas eu pego a comida. Estou mais perto da cozinha.

— Nada chique — gritou ele enquanto ela dava marcha a ré. — Isso fica para o sábado.

Enquanto fazia a curva e dava uma olhada em Callen pelo espelho retrovisor, ocorreu a Bodine que os dois não estavam mais só dormindo juntos. Estavam namorando.

Ela acabou mesmo trabalhando mais do que queria. Os funcionários sazonais estavam voltando, havia vagas abertas. Novas contratações significavam entrevistas, análises, treinamento, orientações.

— Tudo isso é bom — disse para Jessica enquanto arrumava a pasta. — As reservas para a primavera estão concorridas desde o primeiro dia do ano e foram boas ano passado. Como estamos adicionando mais atividades e pacotes, a tendência é que melhorem ainda mais.

— Você precisa de uma assistente em tempo integral. Sei que Sal é ótima, mas você devia contratá-la para fazer o serviço direito ou, se preferir que ela fique na recepção, achar outra pessoa. Ter Chelsea fez uma diferença enorme nos eventos. Você precisa de ajuda também.

Bodine franziu a testa diante da ideia, diante da verdade que ela continha.

— Sempre fico nervosa quando penso em contratar uma assistente de verdade.

Jessica apontou um dedo com a unha rosa perfeitamente esmaltada.

— É o seu lado controlador falando.

— Já ouvi essa antes. Talvez eu converse com a Sal. Talvez. Mas, agora, preciso buscar meu pedido na cozinha. Tenho um encontro hoje.

— Também tenho. Pelo visto, já está mais do que na hora de eu assistir àquele filme de faroeste, *Silverado*. Em troca, Chase concordou em provar o meu macarrão com molho de limão e rúcula salteada.

Aquilo deixou Bodine pasmada de novo, e ela parou no meio do caminho.

— Meu Deus, ele está tão apaixonado quanto Romeu. Vocês vão se casar.

— Pois é. — Jessica deu um tapinha no peito. — Você vai ser madrinha, não vai?

— Não acredito que você levou um dia inteiro para me pedir isso! — Aproximando-se aos pulos, Bodine deu um abraço na amiga. — Fui madrinha no casamento da minha prima Betsy. Então tenho experiência. E imagino que você não vai me obrigar a usar um vestido rosa-framboesa com mangas bufantes.

— Juro por tudo que é mais sagrado.

Mas o sorriso de Jessica pareceu um pouco ansioso para Bodine, e ela inclinou a cabeça para o lado.

— Não me diga que está repensando as coisas.

— Eu já pensei e repensei um milhão de vezes. E acabo sempre voltando ao fato de que amo Chase de verdade. É a ideia de casamento que me assusta.

— Ele vai comer folha salteada, e você vai assistir a um filme de faroeste clássico. Na minha cabeça, vocês já parecem casados. Só não fizeram a festa ainda.

— Como minha madrinha, pode continuar dizendo coisas assim durante os próximos meses?

— Claro. Agora, vamos atrás dos nossos caubóis.

Logo depois, enquanto dirigia para casa com duas quentinhas de frango no banco de trás e Callen ao seu lado, Bodine perguntou:

— Você já comeu rúcula salteada?

— Por que eu comeria uma coisa dessas? — Virando, ele analisou as quentinhas no banco de trás com ar desconfiado. — Não foi isso que você pegou na cozinha, foi?

— Não. É o que Chase vai comer hoje na casa de Jessica.

— O sujeito está caidinho — disse Callen, com pena. — Ele não gosta nem de alface ao natural.

— Foi o que eu pensei. Jessica ficou com a parte boa do acordo, já que ele vai comer em troca de ela assistir a *Silverado.*

— Um clássico.

— E uma festa para os olhos das mulheres. Nós vamos comer frango à cajun, batatinhas com alecrim e aspargos.

— Ainda bem que não estou apaixonado por Jessica.

— E ainda tem *cheesecake* de mirtilo.

— Talvez a gente devesse se casar.

Rindo, Bodine virou os olhos brilhantes para ele.

— Tome cuidado, Skinner, algumas mulheres aceitam qualquer proposta. Que tal nós assistirmos a *Silverado*? Também tenho um DVD.

— E pipoca?

— Acho que consigo arrumar.

— Eu tenho cerveja. — Ele tocou o braço dela. — Alice está sentada na varanda da frente.

Callen ainda nem tinha terminado de falar e Alice já se levantava, as mãos apertadas na altura da cintura.

Como se estivesse esperando uma deixa, Cora saiu da casa.

Bodine parou bem na frente.

— Eu encarei a situação — disse Alice. — Olhei na minha cabeça e contei ao Pete.

— Pete é o desenhista. O que Bob Tate trouxe aqui hoje. — Cora passou um braço ao redor dos ombros da filha. — Alice estava esperando para te contar.

— Como foi? — perguntou Callen.

— Estou feliz por ter acabado. Doeu. — Ela pressionou sua mão contra a barriga. — Precisei parar e começar, e parar e começar. Estou feliz por ter acabado. Vocês precisam ver. Nós temos um, e Bobby disse que todo mundo devia dar uma olhada para ver se reconhecem o senhor. Mamãe?

— Vou buscar.

— Gosto de ficar aqui fora. Gosto... — Alice parou, batendo com o dedo na boca.

— O que foi? — perguntou Bodine.

— Fico querendo repetir as coisas uma vez atrás da outra. Estou tentando parar. Gosto de ficar aqui fora — continuou ela com cuidado —, talvez porque tive de ficar do lado de dentro por tanto tempo. Sair quando quero faz com que eu me sinta bem. — Agora, ela apertou os lábios enquanto Cora voltava com o desenho. — Este é o senhor. Ele não é exatamente assim, mas não consigo explicar melhor. O cabelo ficou grisalho como o meu, e a barba... às vezes estava lá, às vezes não. Mas, na maioria das vezes, estava. E o rosto dele envelheceu como o meu. Essa é a sua aparência, do melhor jeito que consegui explicar, agora.

Bodine analisou o desenho.

Será que os olhos do homem realmente tinham aquele ar insano, ou essa era apenas a visão de Alice? No desenho, pareciam selvagens, violentos. O cabelo era fino, despenteado, desgrenhado. Uma barba grisalha, que cobria a metade inferior de um rosto duro, magro. A boca formava uma linha cruel, comprimida.

— Vocês o conhecem? — quis saber Alice. — Sabem quem é? Bobby diz que ele tem um nome de verdade, não senhor. Um nome de verdade.

— Acho que não conheço. — Bodine olhou para Callen.

— Não, mas agora sabemos como ele é. Isso vai ajudar a encontrá-lo e prendê-lo. — Porque sabia que podia, Callen se aproximou e a abraçou. — Você se saiu muito bem, Alice.

Suspirando, ela apoiou a cabeça no peito dele por um instante antes de se afastar.

— Ele não é tão alto quanto você, mas é maior que o Bobby. Contei isso ao Pete. Os braços são fortes. E as mãos são grandes, mais duras que as do Rory ou as suas. Ele tem uma cicatriz numa das palmas. Desta. — Alice cutucou a mão esquerda, fez uma linha com o dedo. — E uma aqui, assim. — Ela fez uma curva no lado esquerdo do quadril. — E tem uma marca de...

Olhou para a mãe.

— Marca de nascença.

— Uma marca de nascença aqui. — Ela tocou a lateral da coxa direita. — Como uma mancha. Eu disse que lembraria quando ele me prendeu, disse que lembraria quando fugisse. E lembrei. Lembrei. Podemos ir ver o Pôr do Sol agora? Não quero mais pensar nisso.

— Claro que podemos. Ficou de olho nele para mim hoje?

— Fui lá hoje cedo, e voltei depois que ajudei a desenhar o rosto. Dei uma cenoura para ele e outra para Leo com os olhos azuis bonitos, e o escovei e cantei uma música.

— Pôr do Sol adora quando a senhora canta. Eu também. Talvez possa cantar para nós de novo quando estivermos lá.

Callen ofereceu o braço, fazendo Alice sorrir.

— Ela está voltando, cada vez mais — disse Cora para Bodine. — E, hoje, vi que ela sofreu com suas memórias e seus medos. Aquele homem parece um monstro. Ele parece um monstro e passou esses anos todos com a minha menina.

— Ele nunca mais vai chegar perto dela. Vovó, ele nunca mais tocará nela.

— Não acredito em vingança. A guerra levou meu marido, o homem que eu amava, o pai das minhas filhas. E eu sofri, mas nunca senti ódio no coração. Só que, agora, sinto. Sinto todos os dias. Minha menina está em casa, está voltando, mas, por trás dessa alegria, sinto tanto ódio, Bodine. É um sentimento sombrio e forte.

— Vovó, acho que a senhora não seria humana se não se sentisse assim. E não sei se, quando o encontrarem e o prenderem pelo resto de sua vida miserável, isso a fará se sentir melhor.

— Também não sei. — Cora soltou um suspiro longo. — Preciso me lembrar de olhar para ela, vê-la como é, como está voltando, e me sentir grata. Mas isso não me impede de desejar cortar o saco dele fora com uma faca enferrujada e ouvi-lo gritar. — Depois de balançar a cabeça, Cora ergueu as sobrancelhas para a neta. — A maioria das pessoas não sorriria depois de ouvir uma coisa dessas.

— Eu não sou a maioria das pessoas.

— Pois é. Vou guardar este desenho horroroso. — Ela olhou para a imagem mais uma vez. — Quer convidar Cal para jantar?

— Na verdade, ele já me convidou. Temos duas quentinhas na picape. Vamos assistir a um filme na cabana.

— Isso, sim, é motivo para sorrir.

— Só vou subir rapidinho, pegar o filme e uns sacos de pipoca da despensa.

— Não esqueça a escova de dente — gritou Cora.

— Francamente, vovó. — Rindo, Bodine olhou para trás. — Veja bem com quem está falando. Faz semanas que deixei uma extra lá.

Enquanto Bodine subia, Callen analisava o ferimento de Pôr do Sol. Alice fazia carinho no cavalo e cantava "Jolene".

— A senhora canta bem mesmo — disse ele quando ela terminou.

— Eu cantava com Reenie, cantava para o meu Rory, e cantava para mim mesma. Não podia ter rádio, nem discos, nem televisão. Rory, o Rory de Reenie, me deu um... É pequeno, e tem músicas dentro, e você pode colocar nos ouvidos e escutar.

— Um iPod.

— Sim! Foi o melhor presente. Rory é tão bom, é um menino tão bom. O iPod parece mágica. Tem várias e várias músicas, e posso ficar escutando quando não consigo dormir.

— Está tendo dificuldade para dormir, dona Alice?

— Só às vezes agora, menos do que antes. E a música leva embora os pesadelos. Mesmo nos pesadelos, não consigo vê-lo como era quando entrei na picape. Não consigo mais vê-lo daquele jeito. A picape era azul ou era vermelha? Eu não devia ter entrado. Vi as cobras.

— Na picape? Ele tinha cobras na picape?

— Não de verdade. Um desenho. Um adesivo. Ele é um cidadão soberano, um patriota de verdade, e os patriotas de verdade vão se rebelar e tirar os federalistas corruptos do poder. Vão reconquistar o país de volta.

— A senhora contou ao xerife sobre o adesivo?

— Contei? Acho que sim. Talvez. Os patriotas de verdade vão se rebelar porque a árvore da liberdade precisa ser regada com sangue para devolver o país para as pessoas, perante Deus. Um homem precisa de filhos que protejam a terra. Eu só gerei um que sobreviveu. Um não é suficiente para lutar e trabalhar e proteger. Acho que ele teve mais.

— Mais filhos?

— Não sei. Não sei. Não sei. Mais esposas. Você acha que vou poder montar Pôr do Sol logo?

— Vamos perguntar à Dra. Bickers. Dona Alice, pode me contar por que acha que ele tinha mais esposas?

Callen se preparou para parar de pressionar. Dava para notar a forma errática como as mãos dela se moviam, a ansiedade em sua voz. Mas Alice pressionou o rosto contra o de Pôr do Sol.

— Ele disse que eu só estava ouvindo o vento. Não ouvi gritos, nem choros, nem berros. Eu tinha imaginado tudo e devia calar a minha boca.

— Não tem problema.

— Pôr do Sol está quase bom. Você está quase bom também. Não mancou hoje. Algumas coisas melhoram.

— A senhora está bem melhor, dona Alice.

— Estou melhor, as coisas estão melhores. Posso sair sempre que quero. Mamãe está me ensinando a fazer um suéter de crochê. Ouvi a picape do senhor naquela noite, ouvi. Eu não estava dormindo. Ele levou o bebê embora, depois levou o próximo e o próximo. Levou Benjamin, o pobrezinho que foi pro céu, e eu não estava dormindo porque sentia dor por dentro e por fora, na minha cabeça e no meu coração.

Desesperadamente compadecido, Callen roçou a mão sobre a dela, apertou seu ombro. Alice a agarrou com força.

— Ouvi a picape voltar e fiquei com medo, com tanto medo de que ele voltasse e tomasse seus direitos matrimoniais. E ouvi o grito. Não era o vento, não era uma coruja nem um coiote. E não foi a primeira vez, mas ouvi o som com tanta clareza, uma vez, duas vezes. Ouvi. E ouvi o senhor também. Gritando, xingando. E ele não voltou atrás dos direitos matrimoniais naquela noite nem na próxima nem na próxima.

— A senhora estava na casa ou no porão?

— Na casa. Já era noite, estava escuro do outro lado da minha janela. E, uma vez depois disso, não na próxima nem na próxima, mas depois, durante o dia. Na claridade, ouvi gritos. *Socorro, socorro, socorro!*, acho. Não consegui ouvir muito bem, mas eu *ouvi*. E aí não ouvi mais. Mas o choro, uma vez. Às vezes, quando eu trabalhava na horta, ouvia choros. Talvez fossem os bebês chorando atrás de mim. Tive que parar de ouvir os choros, porque não conseguia encontrar os bebês. Acho que foi assim que fiquei maluca.

— A senhora não é maluca.

Alice se afastou, sorrindo.

— Só um pouco. Acho que eu era mais maluca naquela época. Precisava ser ou teria me matado.

Callen seguiu seu coração, seus instintos, e segurou o rosto dela e lhe deu um beijo suave nos lábios.

— A senhora pode ser um pouco maluca, mas é a pessoa mais sã que conheço.

Os olhos de Alice se encheram de lágrimas enquanto ela ria.

— Você deve conhecer muita gente maluca.

— Pode ser.

Quando ela foi embora, cantando para si mesma, Callen pegou o telefone para ligar para o xerife. Talvez houvesse mais mulheres presas num porão, enlouquecendo.

Capítulo 27

♦ ♦ ♦ ♦

LEVOU QUASE UMA SEMANA, além de um dia inteiro de atraso por causa de uma chuva forte, mas, numa noite fresca de abril, Callen selou Pôr do Sol para o que denominara de A Grande Revelação.

— Talvez eu ainda não devesse fazer isso na frente de todo mundo.

Ele virou, analisou Alice em suas botas novas e chapéu caramelo, calça jeans e camisa cor-de-rosa choque. Ela adicionara um colete de couro marrom que ele desconfiava ser de Bodine.

— A senhora está uma graça.

Alice baixou a cabeça, mas Callen viu o sorriso.

— Vou estar do seu lado — lembrou. — Se preferir esperar...

— Não, é bobagem. Eu sou boba. Mas você vai estar comigo.

— O tempo todo. Pronta?

Ela assentiu com a cabeça, colocou um pé sobre as mãos dele para ser impulsionada. Quando se acomodou sobre a sela, soltou um suspiro longo e feliz.

— É uma sensação tão boa, como na primeira vez. Não a primeira vez da vida, mas depois. Desde que você me ajudou a montar Pôr do Sol.

— Quer as rédeas?

— Ainda não. Ainda não. A maioria das pessoas já me viu montada nele, com você guiando. Continue guiando, está bem?

Callen seguiu em frente, num *ploc-ploc* lento em direção à porta do estábulo.

— Eu costumava ir tão rápido, tão longe.

— E vai fazer isso de novo quando quiser.

Ele a guiava depois de um longo dia de trabalho, quando A Grande Revelação incluía bifes na grelha, broas de milho e cerveja, e uma família que se reunira para algo tão simples, e tão monumental, quanto a mulher de meia-idade sentada no cavalo.

A maioria dos empregados do rancho também estava ali e explodiu num aplauso.

Chase abriu a porta da arena e a fechou depois que eles passaram. Callen os guiou numa volta completa.

— Podemos ficar só andando assim — disse ele para Alice. — Pode me dizer se está pronta ou não. A escolha é sua.

— Não estou acostumada a ter tanta gente me olhando — confidenciou ela. — Sinto uma dor no peito.

— É porque está sentindo o orgulho no meu.

— Você diz coisas bonitas. Eu me sinto bem quando conversamos. Meu Benjamin foi para o céu, mas, talvez, se isso não tivesse acontecido, ele seria como você.

Os espectadores estavam sentados na cerca ou em pé, com uma bota apoiada nela. Alice reconhecia os rostos, sabia seus nomes. Mas, mesmo assim, todos a observavam.

— Eles também estão orgulhosos.

— Orgulhosos de mim. — Esse comentário também foi murmurado, como se estivesse sendo absorvido por sua mente. — E felizes por reverem Pôr do Sol.

— Isso mesmo. A senhora o ajudou a melhorar.

— Eu ajudei. Estou pronta. Estou pronta, mas você vai ficar comigo.

— Sabe que sim. — Callen lhe passou as rédeas. — Vá dar uma volta, dona Alice.

Ela sentiu o couro nas mãos, as memórias antigas e as novas, a sensação de um bom cavalo sob seu corpo, o frescor da brisa de primavera em seu rosto. Pôr do Sol ficou completamente imóvel até ser cutucado para que andasse num passo.

Callen se manteve por perto, mas *ela* guiava. E isso a deixou orgulhosa. Fez com que se lembrasse de como era se sentir jovem, segura e livre. Trouxe uma sensação borbulhante que agora reconhecia como felicidade.

Olhou para Callen.

— Posso?

— Basta mostrar a ele.

Quando passou para um trote, sozinha, ouviu os aplausos, alguns gritos de incentivo. Mas não prestou muita atenção. Ela estava *mesmo* livre.

— Você não disse nada sobre a Alice ter aprendido a trotar — disse Bodine.

Callen apenas deu de ombros, mantendo-se perto da cerca.

— Você não precisa saber de tudo.

Quando ela parou diante da cerca com o rosto corado, buscou pela permissão de Callen, que assentiu com a cabeça. Então tirou o chapéu, segurou-o acima da cabeça, enquanto Pôr do Sol fazia uma mesura.

Quando Callen a ajudou a desmontar, Alice jogou os braços ao redor do pescoço do cavalo, depois ao redor da cintura do rapaz.

— Posso montar de novo amanhã?

— A senhora pode montar todos os dias que quiser.

— Alice, fiz um vídeo. — Rory ergueu o telefone. — Um filme seu andando a cavalo.

— Um filme! Quero ver.

Quando ela saiu correndo na direção do sobrinho, Callen se virou para Bodine e Maureen.

— Quero levá-la numa cavalgada fácil. Quando ela estiver pronta, acho que Rosie seria uma boa montaria. É uma égua tranquila e esperta.

— Não sei se ela iria querer sair do rancho — começou Maureen.

— Com Callen, iria — opinou Bodine. — Ou com Rory. Talvez comigo. E Rosie é uma boa escolha quando ela estiver pronta para subir num cavalo que não seja Pôr do Sol.

— Quero conversar com Celia sobre isso antes e com a mamãe.

— Reenie, venha ver! Sou uma estrela de cinema!

— Ela só está sendo cuidadosa. — Bodine pulou por cima da cerca. — A esta altura, vovó deixaria Alice ir cavalgando até a lua se isso a fizesse feliz. Mamãe está tentando equilibrar as coisas.

— Não tem problema. Talvez você queira conversar com a médica sobre Alice cuidar dos cavalos aqui e depois no CAB.

— No CAB?

— Uma horinha de vez em quando, comigo. Eu li um pouco sobre métodos terapêuticos, e muitos incluem animais. Cavalos funcionam com a Alice, embora ela também goste de cachorros. Ela escova o Pôr do Sol como se ele fosse participar de um concurso de beleza. Seria bom se pudesse fazer isso com mais frequência.

— Talvez. — Bodine ainda não tinha pensado nisso, mas, agora que ouvira a ideia, via como seria bom. — Talvez fosse bom que Alice pudesse trabalhar do lado de fora, nos estábulos. Ela tem ajudado Clem na cozinha. Seu cérebro funciona, Skinner.

Ela lhe deu um cutucão amigável nas costelas.

— Às vezes eu gosto de usá-lo.

— Trabalhar faz com que ela se sinta útil, e se sentir útil faz com que se sinta normal. Você devia conversar com o papai sobre isso. Veremos como ficam as coisas por aqui, e então podemos conversar sobre ela passar um tempo no CAB, se quiser.

Alice obviamente estava aproveitando a noite. Ela conversou com a mãe sobre o suéter que tinha começado e, surpreendentemente, com Hec sobre os cavalos. Também assistiu ao vídeo de Rory inúmeras vezes.

Callen, por sua vez, não estava com pressa. Sob a luz das estrelas, enquanto Chase escapava para a casa de Jessica e Rory ia se encontrar com Chelsea, ele se sentou com Sam na varanda da frente.

Charutos e uísque eram sempre uma boa forma de terminar o dia.

— Você passou muito tempo com Alice — disse Sam depois de um longo silêncio tranquilo.

— Ela passou muito tempo comigo.

— Antes de falarmos disso, quero te perguntar uma coisa. Imagino que vá ser sincero comigo, como não me lembro de já ter acontecido o contrário.

Callen sentiu um súbito frio na barriga. Ele estivera se preparando para quando a questão com Bodine viesse à tona, e ainda não tinha formulado as respostas para as perguntas que o pai dela poderia fazer.

— Talvez tenha acontecido algumas vezes de eu evitar mencionar as encrencas em que me metia com o Chase.

— Não se eu perguntasse diretamente.

— Não, não se perguntasse diretamente. — Evasão? Bem, isso era só uma questão de ser cauteloso sobre um assunto ou outro. Uma mentira era uma mentira.

— Então vou ser direto: está pretendendo ir atrás de Garrett Clintok?

O frio na barriga se dissipou. Ele descobriu que era bem mais fácil responder a isso do que explicar para um pai quais eram as suas intenções com a filha dele.

— Clintok pagou a fiança. — De forma preguiçosa, Callen puxou o charuto, observou a fumaça se dissipar na noite. — Estou recuperado. Vai depender dele se teremos uma conversa ou algo mais... físico. Mas não posso deixar para lá. Será mais difícil se você me pedir para fazer isso, mas, mesmo assim, não posso.

— Só vou pedir para não começar essa conversa sozinho. Não duvido que você seja capaz de cuidar de si mesmo, Cal. Seria uma luta limpa da sua parte. É da sua índole. Mas Clintok não faria isso, não é da índole dele. O rapaz não é flor que se cheire, nunca foi. — Sam deu um gole no uísque. — E agora a reputação dele está arruinada por estas bandas. Ninguém vai ficar do lado dele nessa história. Nunca mais será policial, não importa para onde ele vá. E vai acabar indo embora, se não terminar na prisão. Ele vai querer fazer mais do que quebrar o seu nariz. — Sam deu uma puxada no charuto, soltou a fumaça. — É tudo que peço. Não vá atrás de Clintok sozinho. Leve alguém em quem confie para ser testemunha de uma briga justa.

Aquilo não era o ideal, mas o fato era que Sam Longbow sempre dizia coisas com fundamento.

— Não irei sozinho.

— Está certo. Agora, qual era a pergunta que eu queria fazer? Se for pedir a mão da minha filha, é bem provável que eu aceite, apesar de isso deixar meu coração apertado.

O frio voltou, mais forte que antes.

— Não vou... Nós ainda não chegamos a esse ponto.

— Tudo bem. Para nos poupar do momento desconfortável quando chegarem lá, considere o pedido aceito. Não precisamos falar disso de novo.

— Eu não tenho terras. — Callen ouviu-se dizer.

Sam inclinou a cabeça para o lado, analisando-o com cuidado.

— Você gastou todo o dinheiro que ganhou na Califórnia com uísque e mulheres?

— Só um pouco.

— Imagino que pretenda continuar trabalhando.

— Contanto que você não me demita, sim.

— Bem, a avó dela não me demitiu quando me engracei com Maureen. Então você está seguro. Agora, se não era sobre isso que você queria falar comigo, no que está pensando?

— O que acha de contratar a Alice?

— Contratar a Alice?

— Eu ia perguntar o que acha de ela nos ajudar com os cavalos. No estábulo. Alice gosta de escová-los e podia limpar o estábulo também. Ela é forte. A perna manca é uma dificuldade, especialmente quando está cansada, mas ela é forte. Leva jeito com os cavalos. E, agora, com os cachorros também. Acho que com animais no geral. Mas, quando pensei mais no assunto, acho que ela se sentiria mais orgulhosa se recebesse um salário. Não precisa ser muito.

Enquanto os pássaros noturnos cantavam, Sam contemplou o charuto.

— Nunca pensei nisso.

— Toquei no assunto com Maureen antes, e sei que ela quer conversar com a vovó e com a médica. E ela tem razão, mas você gerencia o rancho, então...

— É uma boa ideia, Cal. Muito boa. E, pelo que observei nas últimas duas semanas, parece ser a coisa certa a fazer. Veremos se funciona. Tem alguém vindo. — Mesmo antes de ver a luz dos faróis, Sam ouviu o motor no silêncio da noite. — É tarde para uma visita — comentou ele, mas cruzou as botas com as pernas esticadas diante de si; um homem confiante no seu território.

— É o xerife Tate — disse Callen baixinho quando a picape se aproximou.

Os dois esperaram o xerife estacionar o carro, e saltar.

— Boa noite, Sam, Cal.

— Boa noite, Bob. Você parece cansado.

— É porque estou.

— Que tal uma cadeira, um uísque e um charuto?

— Se eu aceitar o charuto, vou passar uma semana sofrendo. Mesmo que uma brigada de combate a produtos químicos me lavasse com uma mangueira, minha esposa sentiria o cheiro. Mas aceito o uísque. Estou fora do expediente.

— Fique com a cadeira. — Callen se levantou. — Eu pego o uísque.

— Obrigado.

Antes que conseguisse chegar à porta, Bodine a abriu.

— Xerife.

— Boa noite, Bodine.

— Eu ia pegar um uísque para ele.

— Eu pego.

Quando ela fechou a porta novamente, Callen pegou o charuto que deixara apoiado no cinzeiro e se apoiou na balaustrada da varanda.

— Eu estava indo para casa e achei melhor passar aqui antes para atualizar vocês. Conversei com um pessoal nos últimos dias, investigando as questões que Alice contou a Callen. Pessoas que sabemos que são ativas ou mais do que simpatizantes de milícias. Os patriotas de verdade se encaixam nisso. Foram essas as palavras que ela usou?

— Algumas vezes — concordou Callen.

Tate fez uma pausa quando Bodine voltou.

— Obrigado. Foi um dia longo. — Ele deu um gole demorado. — Longo e difícil. O pessoal metido nesses grupos não gosta de cooperar com investigações policiais, ainda mais quando se trata de falar com quem não é o que chamam de "xerife constitucional". — Ele fez outra pausa, tomando outro longo gole. — Mesmo assim, nós fomos até lá, conversamos, mostramos o retrato falado e nos certificamos de que soubessem por que estamos procurando esse indivíduo. Só os mais fanáticos continuam quietos quando sabem que um homem fez esse tipo de coisa. Mesmo assim, não tínhamos descoberto muita coisa. Até hoje.

Naquele momento, Bodine se aproximou, parando ao lado de Callen.

— Recebi um telefonema. Não vou dizer de quem, nem sei se vocês reconheceriam o nome, mas é melhor manter o anonimato de toda forma. O sujeito disse que reconheceu o rosto, que já viu esse homem no complexo deles algumas vezes. Não tem certeza sobre o nome. Disse que atende por J.G. e que ele treina lá de vez em quando, mas não aparece com regularidade. Compra suprimentos para o grupo. Parece que não vê o sujeito há meses. O complexo fica a leste, mas o cara que ligou acha que nosso homem tem um pedaço de terra por aqui e mora num lugar afastado, como muitos deles. Vamos investigar, mas com cuidado.

— Uma recompensa ajudaria?

— Dinheiro nunca faz mal — disse Bob a Sam.

— Cinquenta mil, se ele conseguir te levar até esse filho da puta.

— Dez mil é suficiente para esse povo. Se você permitir que eu ofereça dez, ele vai descobrir mais do que acredito que já saiba.

— Então faça isso.

— Um problema a menos. — Bob deu outro gole. — Tem mais, sobre as outras informações que Alice contou a Callen. Sobre as outras mulheres. A época que ela disse que ouviu gritos, pedidos de ajuda depois do período no qual deduzimos que ele a transferiu para o barraco. Pesquisei sobre pessoas desaparecidas com a idade que parece ser mais apropriada, e descobri uma que nunca foi encontrada. Uma garota de 19 anos foi fazer trilhas e tirar fotos em Lolo. Ela ligou para a mãe e para o namorado de Stevensville, em 16 de julho, logo depois de sair da trilha. Disse que pretendia comer, talvez andar mais um pouco, e depois montar acampamento para passar a noite. Foi a última notícia que tiveram dela. Que qualquer um teve. Ela não deixou rastro.

— Ele pode ter sequestrado outras mulheres além da Alice — sugeriu Bodine. — Talvez outra mulher esteja trancada lá nesse exato momento.

— Conversei com o policial encarregado do caso, que ainda está aberto. Vamos conversar de novo. Fui a Stevensville, falei com as mesmas pessoas que foram questionadas por ele na época, pessoas que se lembravam de vê-la. Ainda era dia quando ela seguiu para a trilha, e Alice disse que ouviu o grito durante a noite. Vamos seguir essa pista, tentar estabelecer quando ele a capturou, e se foi realmente isso que aconteceu. Preciso conversar com a Alice de novo para saber quando ela ouviu os outros sons que mencionou ao Cal. Outras coisas que possam significar mais mulheres. — Ele bufou. — No que diz respeito à outra pendência, preciso avisar que ainda não temos pistas sobre o assassinato de Billy Jean ou de Karyn Allison. Tudo que julgamos ser viável não deu certo. Ainda estamos investigando, mas não temos novidades, e já se passaram meses. Quanto mais tempo demora, mais difícil fica. Lamento muito e me sinto péssimo por isso. E, por último — ele ergueu o olhar para Callen —, imagino que você já saiba que Garrett foi liberado depois de pagar a fiança.

— Ouvi falar.

— Quero que saiba que o promotor vai processá-lo. Ele acha que as provas e a estupidez de Garrett são consistentes. Talvez o advogado consiga fazer um acordo, mas ele vai cumprir pena atrás das grades, Cal. Isso vai acontecer, e ele nunca mais vai trabalhar na polícia.

— Que bom.

— É melhor você ficar longe dele.

— Só estou fumando um charuto na varanda.

Tate balançou a cabeça e se levantou.

— É melhor ficar longe dele. Obrigado pela bebida. Quero conversar com a Alice amanhã, mas agora vou para casa, e estou torcendo para Lolly ter esquentado para mim o que quer que tenha preparado para o jantar. — Ele se levantou, olhou para os degraus da varanda. Olhou para cima. — A noite está bonita hoje. Quando vemos um céu desses, não importa há quanto tempo se é policial, fica difícil entender por que as pessoas fazem o que fazem.

Enquanto o xerife partia, Sam pegou seu copo vazio e o de Tate.

— É melhor eu ir contar tudo isso para a sua mãe.

— Quer que eu vá com você?

Ele fez que não com a cabeça.

— Eu cuido disso. — E olhou para o ponto onde a luz dos faróis de Tate ficava cada vez menor. — Foi um dia longo e difícil para alguns de nós.

— Não sei o que fazer. — Bodine ergueu as mãos e as deixou cair depois que o pai entrou. — Não sei o que fazer nem o que sentir.

— Não há nada a fazer por enquanto. Sei que você sabe que ando prestando atenção no que dizem sobre Clintok. Ele anda frequentando o bar Levanta. Vou dar uma passada lá daqui a uns dias.

— Por que não amanhã?

— Acho que temos um encontro e um jantar chique.

Bodine dispensou o comentário com um aceno de mão.

— Podemos jantar no outro sábado. Resolva isso, Skinner. Você vai ficar remoendo esse assunto até resolvê-lo. Nós vamos amanhã.

— Bodine, está me dizendo que prefere ir a uma provável briga de bar em vez de um restaurante caro?

— Não vejo por que alguém iria preferir outra coisa.

Sorrindo, Callen ofereceu a mão.

— E lá vem aquele sentimento poderoso. Vamos dar uma volta sob esse céu bonito.

Ele tinha escolhido a sua esposa. Tinha bolado um plano. Daquela vez, não cometeria erros. Suas noites geralmente eram reservadas para se organizar, se preparar. Suprimentos e segurança.

Mulheres precisavam ficar bem presas até aprenderem como as coisas funcionavam. E depois disso também.

Ele aparafusou bem as correntes para as pernas na parede, adicionou mais duas trancas resistentes à porta. Ao pensar no barulho que algumas faziam, deu-se ao trabalho de pregar placas de espuma nas paredes.

Não que o chalé recebesse visitantes, mas ele devia ter tomado esse tipo de precaução muito antes.

Quando terminou, olhou ao redor, imaginando sua esposa na cama. Estaria nua — ele se certificaria disso — e pronta para ser inseminada.

A imagem o enrijeceu, tanto que ficou grato por não ter que esperar por muito mais tempo.

O longo inverno tinha acabado, e a primavera chegara. Hora de semear. Para tudo há uma estação, pensou ele. E aquela era a sua.

A semente, sua semente, formaria um fruto. Cresceria dentro de um útero jovem e fértil. E então ele faria outra mudança. Deixaria o filho aos cuidados da mãe. Honrai pai *e* mãe. Sim, daquela vez, seria assim. Até mesmo traria o menino para visitá-la, talvez para receber aulas enquanto crescesse. E faria o mesmo com os filhos que viessem depois.

Formariam uma família; ele como chefe, a mulher como ajudante, os filhos como legado.

Confiante em seus planos, em sua escolha, deitou na cama em que lavraria e plantaria. E pensou em como poderia encontrar outra esposa, ter outro filho, quando aquela primeira semente vingasse.

Ele tinha espaço, podia mantê-las separadas até que aprendessem a ser irmãs. Duas para lhe darem prazer, criarem os filhos, plantarem a horta, cuidarem dos animais, limparem e cozinharem com o passar do tempo.

Duas para cuidarem das tarefas femininas enquanto ele fazia o trabalho de homem, seguia interesses masculinos.

Ele fechou os olhos, visualizando tudo isso em sua mente. Um tipo de reino, pensou, e dormiu um pouco para sonhar com seus planos.

CALLEN PRETENDIA COMER alguma coisa rápida depois do trabalho no sábado, e ir para o bar Levanta por volta das nove.

Ele tinha trabalhado o dia inteiro — os fins de semana da primavera no resort estavam lotados — e ainda alimentara e escovara Pôr do Sol.

Durante algum tempo passou óleos vitaminados na cicatriz rosa na barriga do cavalo.

— Cicatriz de guerra. — Ele se empertigou, esfregou Pôr do Sol. — As coisas só ficariam quites se eu desse um tiro no desgraçado, e não sou capaz disso. Ou, se sou, não é algo que queira fazer. Mas posso tentar equilibrar as coisas.

O cavalo bateu duas vezes com o casco direito no chão, e, apesar de Callen saber que estava reagindo ao seu tom, seguiu na mesma linha.

— É, um por você e outro por mim. Comporte-se — ordenou enquanto saía, fechando a porta da baia. Seguiu até Leo, coçou entre as orelhas do capão de Bodine, seu lugar favorito. — Fique de olho nele.

Seguiu para fora do estábulo, trocando palavras com alguns dos caubóis, recusando um convite para jogar pôquer. Como levara mais tempo com Pôr do Sol do que planejara, desistiu de cozinhar e resolveu comer um sanduíche.

E então entrou na cabana e se deparou com o cheiro de comida e Bodine diante do fogão.

— Mulher, por que o meu jantar não está na mesa?

— Que engraçado — respondeu ela sem se virar.

— Foi mesmo. O que você está fazendo? Não sabia que cozinhava.

— Não cozinho, mas sei grelhar um bife, jogar molho barbecue por cima e fritar batatas. É isso que você vai comer.

O cheiro era bem melhor que o de um sanduíche de queijo.

— Aceito e agradeço.

— Foi o que imaginei. Quer uma cerveja? — Bodine olhou para trás e o viu balançando a cabeça, e assentiu com a dela. — Vai guardar para depois. Apesar de algumas cervejas deixarem as brigas mais interessantes, é mais inteligente manter o foco. Eu tomaria uma Coca-Cola.

Ele pegou duas latas e as abriu.

— Bodine?

— Callen?

Isso o fez sorrir e dar um beijo no topo da cabeça dela.

— Ando pensando em algumas coisas, tentando desembaralhar as palavras. Quando eu conseguir fazer isso, precisamos conversar.

— É uma conversa que vou gostar de ter?

— Bem, isso é você quem vai ter que me dizer. Preciso tomar um banho. Estava com os cavalos.

— Você tem cinco, talvez dez minutos, antes de a comida estar na mesa.

Quando ele voltou, ela serviu porções generosas de carne com molho entre duas fatias de pão, batatas fritas, e adicionou colheradas grandes de legumes.

— Roubei os legumes de Clementine. Ela fez um monte.

Quando ela se sentou com o próprio prato, Callen pegou o sanduíche de carne com as mãos e o provou.

— Está gostoso. Picante.

— É o molho. Achei que você gostaria.

— E gostei. Eu estava querendo te perguntar: como não estamos com a agenda muito cheia na terça-feira, pensei em pedir para a minha mãe trazer meu sobrinho de novo. Brody adora os cavalos e anda pedindo para dar outra volta no pônei.

— Você não precisa pedir, Callen.

— Gosto de consultar a chefe antes.

— A chefe está dizendo que você pode fazer isso sempre que quiser. Me mande uma mensagem quando eles chegarem. Se der, eu passo por lá.

— Pode deixar. Contei a ela que começaram a demolir a casa antiga.

— E o que ela disse?

— Nada de mais. Não teve importância. Não pareceu que estava fingindo, e fiz questão de questionar Savannah sobre o assunto. Porém, ela disse a mesma coisa; mamãe está tranquila. Adorou receber o pedaço do piso, ainda mais depois que o Justin fez porta-retratos com ele. E gostou ainda mais das roseiras. Foi a coisa certa a se fazer.

— Você estava preocupado?

— Um pouco. Às vezes. Agora, não. Então só tenho um problema. Você não prefere ficar esperando aqui enquanto me resolvo com Clintok?

Bodine espetou algumas batatas no garfo, encarando-o com um sorrisinho enquanto comia.

— Agarrada com o meu colar de pérolas, andando nervosa pela casa? Depois de cortar minha anágua para fazer curativos?

— Nunca vi você usando um colar de pérolas nem uma anágua. Mas imagino que ficaria ótima nas duas coisas. E por que acha que vou precisar de curativos?

— O colar de pérolas da vovó será a minha herança, e posso pegá-lo emprestado se precisar. Não tenho uma anágua; então seus curativos vão ter que sair de outra fonte. Mas já deixei um saco de ervilhas congeladas no freezer, porque Clintok é grande e gosta de brigar. Não duvido que você vá dar uma surra naquele idiota, mas tenho certeza de que ele vai te acertar também. — Observando Callen, ela lambeu o molho dos dedos. — Mas, respondendo à sua pergunta, não comece a achar que só porque eu cozinhei o jantar vou passar a agir como o estereótipo de mulherzinha.

— Você não é estereótipo de nada.

— Não sou mesmo. Eu vou com você. Alguém precisa segurar o seu casaco, e ninguém vai me tirar o prazer de te ver dando uma surra nele.

— Que tal nós reservarmos um quarto de hotel chique depois do nosso jantar chique no sábado que vem?

Bodine terminou de comer o sanduíche, e então deu um gole na Coca-Cola.

— Seu dinheiro é capim, Skinner?

— Meu dinheiro é para gastar.

— Parece que vou ter que arrumar uma mala. Vamos lavar a louça e ir embora.

— Eu queria repetir o prato.

Ela cutucou a barriga dura dele.

— Vai se arrepender disso se Clintok te acertar no estômago.

— É verdade — decidiu Callen, e se levantou da mesa.

Capítulo 28

♦ ♦ ♦ ♦

O BAR LEVANTA ficava encolhido ao lado de um posto de gasolina com duas bombas que basicamente só vendia cigarros, fumo de mascar e munição. Era possível comprar café também, caso você não se importasse em abrir um buraco no seu estômago, mas a máquina de venda automática de refrigerante na frente era uma alternativa melhor nas poucas ocasiões em que estava abastecida.

Do outro lado do estacionamento esburacado e cheio de mato havia um hotel com vinte quartos, cujos padrões de higiene tinham uma reputação duvidosa que recebia os viajantes mais desesperados.

Ainda assim, alguns habitantes locais gostavam da atmosfera desleixada e iam ao bar para encher a cara. E, às vezes, o excesso de bebida fazia com que um ou outro casal fosse até o hotel em busca das estadias cobradas por hora que não eram divulgadas ao público.

Os três negócios eram sustentados basicamente por motoqueiros de passagem que preferiam bebidas baratas, jogos de sinuca e brigas ocasionais a um ambiente mais luxuoso.

Antes de partir para a Califórnia, Callen arrastara Chase até lá para algumas rodadas rebeldes de bebedeira juvenil, já que todo mundo ali estava pouco se lixando para quem tinha idade suficiente para beber ou não.

Ao se aproximar, passando pelo letreiro tremeluzente do hotel Única Chance, que avisava que tinham quartos vagos, ele notou que pouca coisa havia mudado.

A placa emitia um zumbido no ar noturno estático. Lá em cima, a lua reinava, quase cheia, num céu cheio de estrelas.

Ele passou direto pela fila de motos estacionadas e parou do lado de uma picape. Balançou a cabeça.

Chase estava apoiado no veículo, com Rory ao seu lado. Jessica e Chelsea flanqueavam os dois.

— Eu não sabia que seria uma festa.

— A vida tem dessas coisas — disse Bodine enquanto saltava.

Callen saiu do carro, aproximou-se, e analisou o grupo.

— Agradeço pelo apoio, mas, assim, fica parecendo que preciso de um exército para resolver o meu problema.

— Não me importa o que parece. — Chase se afastou da picape. — Clintok fez o que fez na nossa terra. Nós não vamos nos meter a menos que ele tente algum golpe sujo.

— Ele está lá dentro. — Rory apontou para trás com o polegar. — A picape dele está parada ali.

Callen fez uma última tentativa.

— Aqui não é o melhor lugar para trazer as namoradas.

Agora, Rory sorriu.

— Você trouxe a sua. Além do mais... conte pra ele, Chelsea.

— Eu sou faixa-preta em *tae-kwon-do.* — Quando ela assumiu uma postura de luta, Callen ficou na dúvida. — Frequentei as aulas durante a faculdade.

— E eu sei como dar um tapa na cara como ninguém — adicionou Jessica.

Como não podia mudar as coisas, Callen decidiu que confiaria nos irmãos para manter as mulheres fora de perigo caso alguma coisa acontecesse.

— Só preciso dar um soco na cara dele. Isso me basta.

Chase assentiu com a cabeça.

— Então vamos acabar logo com isso e voltar para casa.

Callen entrou com o que agora considerava ser uma maldita escolta e viu que o interior do bar também não mudara muito.

A decoração era cheia de animais empalhados, com cabeças de ursos e cervos presas nas paredes, e a bandeira do estado de Montana emoldurada ao lado da bandeira de Gadsden. A única coisa nova? Uma placa onde se lia:

ARMAS NÃO MATAM PESSOAS. EU MATO.

Dois sujeitos com cara de motoqueiros jogavam sinuca, e outros dois bebiam *long necks* enquanto assistiam.

O lugar tinha duas mesas. Em uma, dois caras mais velhos que pareciam permanentemente emburrados estavam sentados um de frente para o outro, bebendo cerveja e jogando cartas.

Callen imaginou que os motoqueiros estivessem ocupando a segunda mesa, já que garrafas vazias cobriam a superfície e jaquetas de couro ocupavam os assentos.

Havia sete bancos diante do bar, todos cheios. A princípio, ele não reconheceu ninguém além de Clintok no fim da fila, mas então notou um sujeito grande no meio do bar, comendo amendoim.

Quando os outros entraram atrás dele, as bolas pararam de bater umas nas outras, e traseiros se viraram nos bancos. Callen torceu para o fato de a população feminina no bar, que agora era equivalente a três, não causar problemas.

Mas soube que, pela forma como Clintok se empertigou no banco, pelo menos um dos clientes estava ciente de que a confusão acabara de chegar.

— Skinner? É você? — O grandalhão gesticulou. — Puta merda, é você, Cal Skinner. Fiquei sabendo que tinha voltado.

— Sandy Rhimes — murmurou Bodine, clareando sua mente.

— Como vai, Sandy?

— Até tenho do que reclamar, mas não me dou ao trabalho. E aí, Chase, Rory, Bodine, moça, moça. — Ele tinha um rosto largo, sem graça, e um sorriso doce, quase angelical. — Vocês se perderam?

— Não. Estou exatamente onde queria estar.

— Bem, se vão tomar cerveja, é melhor ficarem com as long necks. Meu amigo Slats diria a mesma coisa — acrescentou ele, apontando com a garrafa para o barman corpulento, que parecia entediado.

— Não viemos beber. Temos um assunto para resolver.

Sandy deu uma olhada no bar.

— Clintok? Se você tem algum problema com ele, eu... Espere aí. — Os ombros largos se empertigaram, ficaram tensos, e o sorriso doce desapareceu. — Foi ele quem atirou no seu cavalo? Fiquei sabendo dessa história. — Sandy bateu com a cerveja no balcão, e começou a levantar o corpo pesado do banco.

— Está tudo bem. — Pelo amor de Deus, ele não precisava de mais um. — Eu resolvo isso.

— Espero que resolva mesmo.

— Fiquem aqui — disse Callen para os outros, e foi até Clintok. — Nós temos um assunto para resolver.

— Vá se foder, Skinner.

— Como imagino que você esteja armado, já vou avisar que, se a sua mão se aproximar de onde acho que a arma está, quebro o seu pulso.

O rosto de Clintok começou a ficar vermelho.

— Você está ameaçando um policial?

— Estou ameaçando um babaca, que ainda por cima está desempregado, pelo que ouvi falar. Estou ameaçando um covarde que se esconde atrás de árvores e atira num cavalo. Então é melhor deixar suas mãos visíveis.

Callen sentiu o homem sentado no banco atrás dele sair de fininho.

— Covarde? — Clintok se levantou. — Você que é um covarde assassino. Matou duas mulheres.

Agora, sentiu que os motoqueiros prestavam atenção.

— Você quer acreditar nisso. Sabe que não é verdade, e quer que seja. Mas o fato é que você atirou no meu cavalo.

Clintok cutucou o peito de Callen; ele não reagiu.

— Eu atirei numa cobra.

— Nem a sua mira é tão ruim assim.

— Você continua o mesmo. — Com os olhos raivosos, mostrando os dentes, Clintok o cutucou de novo. — Inútil, cria de um idiota inútil que perdeu tudo no jogo e se enforcou de vergonha. E agora vem atrás de mim? Vem aqui com os Longbow e traz mulheres para que te escondam atrás das saias delas?

— Eles só vão servir de plateia para a surra que eu vou te dar. Quer que seja aqui ou lá fora? A escolha é sua.

— Vão lá pra fora. — O barman veio com um bastão de beisebol, e o bateu contra a mão.

— Então vai ser lá fora — disse Callen.

Ele viu o soco vindo, mas, novamente, não reagiu. O golpe foi forte o bastante para que seus ouvidos começassem a zunir, mas simplesmente limpou o sangue do lábio.

— Continue. Pode vir. — Callen foi andando de costas para a porta.

Clintok deu dois passos raivosos, e, enquanto Callen se preparava, Sandy esticou um braço gordo.

— Ora, o que é que você estava tentando pegar aí atrás, Garrett? — Ele puxou a pistola calibre .32 do coldre. — O sujeito é um calhorda — anunciou para o bar. — Atirou no cavalo desse cara enquanto ele estava cavalgando. Nós não toleramos esse tipo de coisa. Não, senhor, não mesmo. Também não aturamos gente que puxa uma pistola contra um homem desarmado. — Ele bateu com a arma no bar. — É melhor você guardar isto, Slats. Agora, você vai lá pra fora sozinho, Garrett, ou quer que eu ajude?

— Fique longe de mim. Seu bêbado retardado.

— Segure a porta aberta — murmurou Callen para Chase. — Vou fazê-lo sair. Ande logo, Clintok. Se tentar fugir pelos fundos, aposto que te alcanço.

— Fugir de você? — Clintok se jogou para a frente. Pegou uma cerveja no bar, quebrou a garrafa e continuou vindo, atacando com o vidro quebrado.

Callen desviou, deixou o impulso levar Clintok adiante, e lhe deu um chute no traseiro com força suficiente para jogá-lo para a porta.

Chase agarrou o pulso dele, torceu. A garrafa quebrada caiu no cascalho.

— Obrigado. — Callen veio correndo. — Fique fora disso.

Ele derrubou um Clintok desequilibrado, teve o prazer de vê-lo derrapar sobe o cascalho e deixar uma mancha de sangue nas pedras.

Então se afastou, esperando.

Bodine chutou o vidro quebrado para longe e, como Callen, ficou observando enquanto Clintok se levantava lentamente. As mãos sangravam do encontro brusco com o chão. Sob a lua grande e o tremeluzir da placa do hotel, ela viu a mancha escura causada pela queda nos joelhos da calça jeans.

E o brilho de ódio em seu olhar.

— Acabe com ele — murmurou para Callen.

Mas, na cabeça de Callen — surpreendentemente fria no momento —, as palavras podiam ser um insulto tão poderoso quanto socos.

— Armas, garrafas quebradas. Essas coisas são a sua cara, Clintok. Assim como se esconder atrás de pedras e árvores para atirar num cavalo. Assim como dar um tiro na cabeça de um cachorrinho.

— Ele deu um tiro num cachorro? — Isso veio de um dos motoqueiros que saía para assistir à briga. — Filho da puta!

— Tudo isso é a sua cara — continuou Callen. — Assim como emboscadas, como mandar seus amigos segurarem um homem enquanto você bate nele. Essa ideia não funcionou muito bem pelo que me lembro. Vamos ver como se sai numa luta mano a mano, só nós dois.

— Eu devia ter atirado em você.

Callen sorriu.

— Quando? Na época em que éramos garotos e você matou o cachorro, ou quando atirou no meu cavalo?

— Nas duas vezes. — E, com isso, Clintok atacou.

Callen desviou do soco que veio voando num ataque de fúria, revidou com um golpe cruzado de direita que acertou na mosca, jogando a cabeça de Clintok para trás e fazendo o nariz dele sangrar.

Ele dissera a si mesmo que ficaria satisfeito com isso, com um soco que tirasse sangue. Mas aquilo tinha acendido um fogo dentro de si, um fogo que passara anos queimando em brasa.

Antes de pensar no que estava fazendo, seu soco de esquerda acertou a mandíbula de Clintok.

Talvez os dois golpes rápidos tenham clareado a cabeça do ex-policial, ou talvez ele tivesse instintos próprios. De toda forma, Callen levou dois socos nas costelas antes de deixar o olho do oponente roxo.

Atrás deles, Jessica pegou a mão de Bodine.

— Nós devíamos interromper isso.

— Ah, de jeito nenhum.

Ela fez uma careta quando Callen levou um soco no rosto, golpeou com a mão livre quando ele acertou dois socos na barriga de tirar o fôlego, seguidos de um doloroso direto no queixo.

As botas faziam barulho contra o cascalho enquanto os dois se atacavam, se circulavam. O cheiro metálico de sangue se misturava ao de cerveja, suor, e do pedaço de charque que Sandy surpreendentemente mordiscava.

Gemidos animalescos, o estalo e o baque de juntas acertando a carne e os ossos. Ao seu lado, Jessica se moveu inquieta, depois desistiu, cobrindo os olhos com as mãos.

— Avise quando acabar.

— Está quase.

Depois de passar a vida inteira trabalhando com caubóis e tendo dois irmãos — sem mencionar o próprio Callen —, Bodine já tinha visto uma boa quantidade de brigas e discussões. E sabia avaliá-las.

Clintok tinha a vantagem da força, mas Callen tinha o mérito da estratégia. E então havia a questão da fúria ardente contra a raiva gélida.

Toda vez que Callen acertava um golpe, a reação de Clintok ficava mais descuidada. *Ele está deixando óbvio o seu próximo movimento*, pensou ela. *Vamos, Skinner, você não viu que... ai.*

Então observou enquanto Callen revidava o soco inclinado na sua maçã do rosto com um murro rápido e ágil feito uma cobra, seguido por um golpe na barriga e um vertical direto no queixo.

O último murro derrubou Clintok, e Callen subiu no ex-policial. Mas não socou o oponente caído, e ela não teria perdido nem um pingo de respeito por ele se isso tivesse acontecido. Os observadores não só esperavam por esse tipo de coisa, mas gritavam incentivos.

Callen, porém, segurou Clintok e falou de forma clara:

— Acabou. Se você vier atrás de mim de novo, se vier atrás de qualquer um que seja importante para mim, não vou te jogar no chão. Vou te botar embaixo dele. Pode acreditar. — Ele se impulsionou para cima. — Agora, dê o fora daqui.

E se afastou — controlando-se para não mancar apenas com a força do orgulho —, pegando das mãos de Bodine o chapéu que voara durante a briga. Ajeitou-o confortavelmente na cabeça.

— Acho que eu devia pagar uma rodada para todo mundo.

— Você está sangrando — disse Jessica.

Depois de passar as mãos feridas pelo rosto machucado, Callen deu de ombros.

— Só um pouco.

— São os homens? — perguntou-se Jessica. — São os homens no geral ou só homens com chapéu de caubói?

— A gente discute isso tomando uma cerveja. — Achando graça, Bodine começou a puxar a amiga na direção do bar, mas então deu um grito.

Clintok veio cambaleando de volta para a luz, empunhando uma arma.

Callen a empurrou para longe, rapidamente se afastou do grupo enquanto Clintok erguia a pistola.

O mundo de Bodine pareceu congelar por um instante, voltando a girar num ritmo infinitamente lento no mesmo segundo. Ela ouviu gritos, como vozes distantes num túnel, sentiu alguém puxá-la para trás enquanto tentava ir para frente.

E então, nada.

Viu, com uma clareza horrível, o dedo de Clintok apertar o gatilho. Uma, duas, três vezes.

E nada.

O olhar chocado no rosto dele poderia ter sido engraçado se o chão não estivesse tremendo sob os pés dela. E, enquanto isso, Callen se adiantou. O chute foi de pura fúria e fez Clintok voar antes de aterrissar de volta no chão. E lá ficou.

— Você podia ter acertado minha namorada, seu filho da puta desgraçado. — Ele pegou a arma, verificou. — Vazia.

— Rory imaginou que Clintok tivesse uma na picape. — Pálida mas decidida, Chelsea apertou o braço do namorado. — Então foi dar uma olhada.

— Um bom vendedor entende com quem está lidando. — Tranquilo, Rory foi até Callen, pegou a arma. — Então eu tirei as balas.

— Estou te devendo essa.

— Claro que não, mas aceito aquela cerveja.

Callen voltou a olhar para Clintok, que não apenas estava caído no chão, mas desmaiado.

— Temos que fazer alguma coisa sobre isso.

— Eu já fiz. — Erguendo o telefone, Jessica voltou para o lado de fora. — O xerife está vindo.

— Ah, puxa, Jessie, por que você fez uma coisa dessas?

Ela encarou Callen, boquiaberta.

— Por quê? Ele tentou te matar.

— Ela tem razão. — Chase a puxou para o seu lado. — Sei como você se sente sobre essas coisas, mas ela tem razão.

— Ela tem muita razão. — Bodine precisou reunir todas as suas forças para não explodir. — Se Rory não tivesse mais bom senso do que eu jamais imaginaria, você estaria morto ou quase. Ele não é só um idiota, é um idiota maluco. Não é só um covarde, é um assassino...

Como ouviu um tom de histeria, Callen se aproximou dela e segurou seus braços.

— Tudo bem. Tudo bem. Talvez seja melhor você respirar.

— Não me diga para respirar.

— Respire. — Ele a beijou. — Merda — disse quando o toque nos lábios fez arder, e então se inclinou para sussurrar. — Não chore. Você vai se odiar depois.

— Eu estou bem.

— Uma rodada para todos — disse Callen para o barman enquanto continuava a fitar Bodine. — Eu pago.

— É melhor pagar mesmo. — Olhando uma última vez para Clintok, o barman bateu com o bastão contra a mão. — Ele teve o que mereceu.

AQUILO PODIA ATÉ SER VERDADE, mas Tate obviamente não parecia feliz quando chegou, vinte minutos depois.

Ele olhou para Clintok, sentado no chão, as mãos presas às costas com uma abraçadeira de náilon, o rosto cheio de sangue. Olhou para Callen, apoiado na parede do bar, tomando uma cerveja com Bodine, os irmãos dela e as outras mulheres.

Agachou ao lado de Clintok.

— Falei para você ficar longe.

— Eu estava tomando uma cerveja quando ele apareceu com o seu grupinho e começou a me provocar.

— E você resolveu acabar com o problema usando uma arma?

— Isso não teria acontecido se você tivesse feito o seu trabalho e botado aquele assassino desgraçado atrás das grades.

— O meu trabalho está sendo feito esse tempo todo, da mesma forma que vai ser feito agora. Você quebrou os termos da fiança quando resolveu sair por aí carregando a merda de uma arma. Curtis, coloque-o no banco de trás da viatura, e vamos tomar depoimentos para descobrir que diabos aconteceu aqui. — O xerife foi até Callen. — Eu também te disse para ficar longe dele, não disse?

— Nós resolvemos sair para beber — explicou Bodine. — Queríamos que Jessica conhecesse uns lugares com um clima mais local.

Depois de encará-la por um bom tempo, Tate esfregou o rosto com uma das mãos.

— Bodine, isso é ofensivo.

— Não deixa de ser verdade — acrescentou Callen. — Mas eu também sabia que Clintok provavelmente estaria aqui, e queria muito dar uma surra nele.

— Posso colocar você na viatura também, acusá-lo de agressão.

— Bem, sim, pode. — Analisando a cerveja, Chase falou com um ar pensativo. — Mas não vai dar muito certo, considerando que foi Clintok quem deu o primeiro soco e depois pegou a arma. O senhor pode perguntar para o pessoal daqui se foi assim que as coisas aconteceram, e Sandy Rhimes com certeza vai contar que puxou a arma de Clintok, a que estava em seu cinto, antes de ele conseguir usá-la.

— A Srta. Baazov disse que Clintok apontou uma arma para Callen lá fora.

— Ele pegou essa na picape, depois de Callen lhe dar uma surra numa briga justa. Eu tirei as balas dela — adicionou Rory. — Imaginei que ele tivesse uma no carro, e, como ele já tinha dado um tiro em Callen e tentado fazer a mesma coisa lá dentro, me pareceu prudente tomar essa precaução.

Agora, Tate usou as duas mãos para esfregar o rosto.

— Misericórdia.

— Você se esqueceu do vidro. Clintok quebrou uma garrafa — continuou Chelsea — e atacou Cal. Ele só parou de lutar sujo quando foi forçado, e mesmo assim tentou se esquivar.

— Sua mãe sabe que você está aqui se metendo em brigas de bar? — quis saber Tate.

— Ela sabe que estou com o Rory. Ou imagino que saiba. Estou morando no Vilarejo, mas falo com ela quase todos os dias.

— E ainda tenho que aturar todo esse atrevimento. Curtis, vá lá para dentro e comece com Sandy Rhimes. Pegue o depoimento dele. Srta. Baazov...

— Jessica.

— Jessica, vamos até a máquina de refrigerante, já que não posso tomar uma boa dose de uísque, como gostaria. Imagino que a senhorita seja a pessoa com mais bom senso por aqui. Então vai me contar tudo que aconteceu.

— Eu adoraria.

Callen deu outro gole na cerveja enquanto os dois atravessavam o estacionamento.

— Ele vai ficar emburrado por um tempo.

— Daqui a pouco passa. — Bodine deu de ombros. — Tate sabia que você faria isso, que iria atrás de Clintok, e sabe que ele faria o mesmo no seu lugar, dadas as circunstâncias. A decepção vai demorar mais para passar. Não com você, mas com Clintok.

LEVOU MAIS DE UMA HORA, e, quando finalmente acabaram, Callen sentia cada corte e hematoma. Pensou com carinho no saco de ervilhas que Bodine deixara no congelador — e desejou que ela tivesse deixado meia dúzia.

Mesmo assim, achava que todas as pontadas, latejos e dores tinham valido a pena. Garrett Clintok passaria um bom tempo atrás das grades. Ele achava que o comentário que Jessica fizera antes de o grupo se separar tinha sido bastante pertinente.

O sujeito precisava de umas sessões intensivas de terapia.

Se ele trincou os dentes por causa da dor nas costelas ao sair do carro, pelo menos pôde lembrar a si mesmo que seu oponente estava pior.

— Quer ir contar a Pôr do Sol que ele foi vingado?

— Amanhã.

Em solidariedade, Bodine passou um braço ao redor da sua cintura.

— Pode se apoiar em mim. — E, ao erguer os olhos, ela suspirou para a lua. — Na minha experiência, acho que esta pode ser classificada como a noite mais bonita para uma briga. Jessica tirou umas fotos esquisitas e artísticas do Levanta e de alguns clientes enquanto Tate passava aquele último sermão. — Ela abriu a porta, tirou o chapéu de Callen, jogou-o para o lado. Então passou os dedos por seu rosto enquanto avaliava o estrago. — Você vai passar uns dias com o rosto machucado, mas quebrou o nariz dele.

— Acho que sim.

— Nunca mais me empurre daquele jeito.

Agora, Callen ergueu as sobrancelhas — e até isso doeu.

— Posso garantir que, se acontecer de algum babaca fodido erguer uma arma na sua direção outra vez, vou te empurrar de novo.

— Então vou estar preparada e empurrar você primeiro. — Bodine lhe deu um empurrãozinho e o puxou de volta para desabotoar sua camisa. — Vamos dar uma olhada no restante.

Callen segurou as mãos dela.

— Meu coração parou, ficou imóvel, só com a ideia de ele acertar você.

— Bem, o meu também não ficou no melhor dos estados quando você saiu de perto de nós e se enfiou bem na mira dele. Que mania idiota de bancar o Gary Cooper.

— Clint Eastwood. Chase faz mais o tipo Gary Cooper.

Ele agarrou o rosto dela, beijou-a com tanta força que a dor e o desejo e o prazer explodiram e se misturaram.

Excitada, tão instantaneamente excitada, Bodine agarrou seus ombros, porém, forçando-se a não apertá-lo com tanta força.

— Você não está em condições de me deixar animada hoje, Skinner.

— Eu preciso fazer isso. — Rápido, Callen tirou a blusa dela, empurrou-a contra a porta. — Preciso te ter. Deixe eu te ter. — Ele abriu o fecho do sutiã, afastou-o, preencheu as mãos com os seios dela. — Deixe eu te ter.

— Eu queria arrancar suas roupas desde que você deu o primeiro soco. — E foi o que ela fez, começando pela camisa. — Não vá reclamar quando eu te machucar.

Enquanto suas bocas se atracavam, ele a puxou para o chão.

Todo o calor, todo o fogo, toda a paixão que deixara de lado para se manter frio e concentrado durante a briga agora vieram à tona. A necessidade de penetrá-la agora ardia como uma ânsia de possuir aquele corpo. De possuir Bodine.

E, num surto de loucura, tomou conta dele.

Callen sentiu dor enquanto as mãos dela, agressivas e afoitas, puxaram suas roupas, apertaram seus músculos. Mas era uma sensação distante, quase desconectada, praticamente enterrada sob aquela fome revigorada, selvagem.

Não esperou por Bodine, não podia esperar, e se impulsionou para dentro dela tão logo havia conseguido despi-la o suficiente para isso. Então, se moveu como se sua vida dependesse daquilo.

Ela arqueou o corpo num grito arfante, agarrando o cabelo de Callen como se fosse uma corda que a impedia de cair de um precipício. Os olhos dele estavam verdes, refletindo os dela, com uma intensidade que mantinha seus olhares unidos.

A sensação a atravessou, como fogo grego, como um raio, transformando seus sentidos numa terra arrasada. Bodine se impulsionou sob Callen, forçando-o a ir mais rápido, com mais força. Se ele invadia, ela extasiava. Quando aquele raio veio novamente, segurou-se nele até perderem as forças.

Estremecendo, molhada de suor e de um pouco de sangue dos ferimentos que se abriram na loucura do momento, Bodine ansiou por ar. O coração de Callen martelava contra o seu, com ele deitado — jogando todo o seu peso — esgotado sobre ela.

Ao pensar no momento em que Clintok erguera a arma — aquela sensação de tudo girando, com o chão tremendo —, chegou à conclusão de que se sentia quase da mesma forma agora.

— Vou explicar o que você vai fazer.

— Bodine, acho que existem vários motivos para eu não ser capaz de me mover neste momento.

— Avisei para não reclamar quando eu te machucasse. Você vai tomar um banho quente. Quando sair, vai tomar um analgésico, uma dose de uísque, e nós vamos colocar gelo onde precisar e fazer curativos no restante.

— Estou bem aqui.

— Isso é a adrenalina do sexo, e já vai passar.

— Adrenalina do sexo. — Ela sentiu os lábios dele se curvarem contra a sua garganta. — Deviam vender isso.

— Você deu uma surra merecida hoje e completou isso com o melhor sexo selvagem e delicioso no chão que já tive.

— Eu também.

— Até onde eu sei, não dá para ser mais machão do que isso numa noite só. E está mais machucado do que pensa. Vai ser pior se não cuidarmos disso. — Com cuidado, quase com delicadeza, a mão dela acariciou suas costas. — Faça isso por mim, Callen.

Bodine nunca pedia nada, não de verdade, e nunca daquela forma, com ternura. Então ele não tinha escolha.

E, quando se moveu, arfou e gemeu antes de conseguir se controlar.

— Suas costelas são a pior parte. Do lado esquerdo.

— Eu sei. — Mas, pela primeira vez, ele olhou para baixo, viu a marca roxa enorme, as manchas vermelhas. — Ora, mas que merda.

— Vai parecer pior e doer mais amanhã; então vamos cuidar disso. — Bodine puxou a única bota que ele ainda calçava, e a calça jeans que ficara presa nela. Levantando-se, ofereceu uma das mãos. — Vamos, caubói, para o banho.

Callen agarrou seu braço, ergueu-se lenta e dolorosamente. Então ficou parado, olhando para ela.

— Você sabe o que está por vir.

O coração de Bodine perdeu um passo.

— Talvez, mas não acho que deveria vir enquanto você não se aguenta em pé e nós estamos nus.

— É verdade. Isso pode esperar.

Bodine vestiu a calça jeans de novo enquanto ele seguia mancando para o banho. Aquilo podia esperar. Ela não precisava de muito estardalhaço, mas, se e quando o homem para o qual, agora percebia, passara a vida inteira buscando lhe dissesse que a amava, preferia ouvir isso quando ele não estivesse sangrando.

Capítulo 29

♦ ♦ ♦ ♦

ELE NÃO SE IMPORTAVA com o olho roxo nem com o queixo dolorido, com os cortes e arranhões e as juntas dos dedos inchadas. As costelas eram mais problemáticas; porém, depois de um ou dois dias, não gritavam mais de dor sempre que fazia um movimento brusco.

Como era quase verdade, bolou uma história para os hóspedes, especialmente as crianças, sobre ter se metido numa briga de bar com um caipira.

E convenceu Alice a sair para uma cavalgada.

Ela encheu Rosie de afeto e atenção, e a jovem égua retribuiu com sua completa devoção.

Com Maureen, Alice cuidava do jardim. Na cozinha, preparava pratos simples com Clementine. Já que o clima estava mais quente, com frequência passava um tempo sentada com as avós na varanda, fazendo crochê.

O grande dia veio quando ela concordou em ir de carro com as avós até a Casa Bodine, para dar uma olhada nas coisas, pensar se gostaria de morar lá.

Elas pararam no CAB — depois, Callen descobriu que isso foi feito a pedido de Alice. Mesmo de longe, notou o nervosismo dela. Então mudou sua rota e levou os dois cavalos que escolhera para uma cavalgada agendada na direção das mulheres.

— Senhoras. E aqui estava eu pensando que o dia não podia ficar mais bonito. Me enganei.

— Eu adoro homens paqueradores. — Dona Fancy piscou para ele.

— Nós fomos até a casa, a Casa Bodine. A mamãe e a vovó moram lá quando não estão no rancho. Eu posso morar lá. Eu posso morar lá. Não sei.

— Você não precisa resolver isso agora — acalmou Cora. — Só queríamos que desse uma olhada.

— Tem um estábulo, pequenininho, e Rosie podia ficar lá. Ela ficaria solitária? É difícil ficar sozinha.

— Ela poderia passar o dia todo visitando garotões como esses aqui.

Alice analisou os dois cavalos, e se aproximou para fazer carinho.

— Tem muitos cavalos na arena. Muitos. Quem é aquela?

Callen olhou para trás.

— É a Carol. Ela trabalha comigo.

— Com os cavalos. Ela tem cabelo comprido e trabalha com os cavalos. As coisas não parecem iguais como antes. — Alice olhou ao redor, abraçou os cotovelos. — Quase não consigo lembrar como era, mas não era assim. Ela trabalha aqui. Você trabalha aqui. É perto da Casa Bodine.

— Eu gosto de ir lá filar o almoço quando a sua mãe e a dona Fancy estão em casa. Talvez, se a senhora decidir morar com elas, poderia vir aqui às vezes para me ajudar.

Ela parou de olhar para todos os lados com aqueles olhos nervosos.

— Vir aqui ajudar você? Com os cavalos? Como eu faço com Sam e Chase no rancho?

— Sim, desse jeito. Sempre preciso de gente que saiba cuidar de cavalos como a senhora.

— Eu levo jeito com os cavalos. Eles levam jeito comigo. Quem é aquele?

— É o Easy. Ele também trabalha aqui.

— Isso é um nome? Não conheço esse nome.

— Easy é o apelido dele — disse Callen, e sinalizou para que o cavaleiro se aproximasse. Alice imediatamente deu um passo para trás, pegou a mão de Cora. — Só quero que ele leve estes rapazes aqui para a outra arena. Tem um pessoal vindo para andar neles.

— Porque ele trabalha aqui — sussurrou Alice, e agarrou a mão de Cora.

— Senhoras. — Easy baixou a ponta do chapéu.

— Easy, pode levar estes dois aqui e selá-los?

— Claro, chefe.

— Porque você trabalha aqui — murmurou Alice, encarando-o.

— Trabalho, sim, senhora. O melhor emprego que existe. Cal, Carol disse que vai levar Harmonia nessa cavalgada. Eu queria saber se levo Pôr do Sol para o centro no trailer, para a sua próxima aula.

— Eu vou com ele. Dar uma volta faria bem a nós dois.

— Pôr do Sol está aqui. — Alice gesticulou. — Lá está ele.

— É um ótimo cavalo. A chefona está vindo — adicionou Easy, e Alice tirou os olhos do rosto do caubói para olhar ao redor.

— É Bodine! — A mão dela relaxou na de Cora. — Bodine também trabalha aqui. É perto da Casa Bodine.

— Vou selar estes camaradas. Senhoras. — Easy baixou a ponta do chapéu de novo, guiou os cavalos para longe enquanto a chefe se aproximava.

— Bodine. Eu fui ver a Casa Bodine. Nada está igual. Tudo está diferente. É grande.

— É grande mesmo. — Despreocupadamente, ela passou um braço ao redor dos ombros de Alice. — Nós gostamos de pensar que oferecemos tudo para a pessoa que quer experimentar a vida no Oeste. Talvez, um dia, você queira cavalgar comigo por aí, conhecer o restante. Em minha opinião, não tem jeito melhor de conhecer o resort do que a cavalo.

— Podemos cavalgar por aí?

— Isso mesmo.

— Agora?

— Eu...

— Quero ir agora. Posso cavalgar com você.

— Hum.

Callen sorriu para Bodine, sabendo que ela estaria fazendo um inventário mental de todas as coisas que precisava fazer. E nenhuma delas incluía um *tour* a cavalo com Alice.

— Bodine deve estar muito ocupada — começou Cora.

— Ela é a chefona.

— Sabe, sou mesmo. E a chefona pode tirar um intervalo de uma hora para passear com você. Skinner, escolha um bom cavalo para a minha tia.

— Tudo bem.

— Você vai com o Leo. Vi que ele está na arena. Eu vou com um cavalo novo. Não tenho medo de andar com um novo.

— É melhor a senhora vir comigo e escolher aquele de que gosta mais.

Satisfeita, claro, Alice pegou a mão de Callen.

— Sei que você está ocupada, Bo — disse Cora, observando Alice se afastar.

— Eu gosto de estar ocupada. Por que a senhora e a bisa não sobem, almoçam e mando uma mensagem quando voltarmos?

— Você é uma boa menina, Bodine. Não deixe ninguém dizer o contrário. Venha, Cora. Estou com vontade de tomar uma taça de vinho com o meu almoço.

Ela teria que trabalhar até tarde, concluiu enquanto selava Leo. Mas já tinha planejado fazer isso de qualquer forma. Com dois eventos naquela noite, pretendia ajudar pelo menos com os preparativos.

Além do mais, tinha aquele jantar chique amanhã. Imaginava que Callen já teria pensado nas palavras certas até lá. E, se não tivesse, ela mesma tomaria a dianteira e diria o que queria.

— Carol trabalha aqui — disse Alice, tão baixo que Bodine quase não ouviu. — Ela vai levar aquelas pessoas para andar a cavalo. Suas botas têm passarinhos.

— Eles vão sair numa cavalgada. Achei que podíamos dar uma volta em campo aberto, para você ter uma ideia de onde as coisas ficam.

— Vamos dar uma volta em campo aberto. Easy trabalha aqui. Ele é magro demais. Deve precisar de uma esposa para cozinhar sua comida.

— Easy pode aprender a cozinhar por conta própria.

— Ele chama Cal de chefe, mas você é a chefona.

— E ela nunca deixa a gente se esquecer disso. — Callen se aproximou para verificar os arreios. — A senhora fez uma boa escolha com o Jake. Quer ajuda para subir?

— Não preciso mais.

Alice subiu na sela como se tivesse feito isso todos os dias de sua vida. E o deixou orgulhoso.

— Bom passeio, dona Alice.

— Vou fazer, porque você e Pôr do Sol me ensinaram de novo. Você tem uma mãe, mas é meu também. Você pode ser meu também.

Emocionado, Callen deu tapinhas no joelho dela.

— Nós podemos ser um do outro.

— Sou Alice. Meu nome é Alice. Nada de dona Alice se podemos ser um do outro.

— Alice, então.

Com Bodine, ela guiou o cavalo através do portão que Callen abriu.

— Vamos na direção do rio — disse a sobrinha. — Veremos uns chalés, a paisagem bonita e um dos acampamentos.

— Acampamentos.

— É um acampamento chique. São cabanas finas e luxuosas, bem no resort. Não tem nada a ver com montar barracas e sacos de dormir.

— Preciso conhecer mais pessoas?

— Não. — Notando que a tia estava nervosa, Bodine tentou abrir um sorriso tranquilo. — Quer dizer, talvez a gente passe por alguém que nos cumprimente, mas você não precisa falar com ninguém que não queira.

— Fico nervosa quando tenho que falar e não conheço as pessoas. Estou melhor. Acho que estou melhor.

— Alice, você está muito melhor.

— Conheci Carol e Easy.

— E isso já foi suficiente para um dia. — Sorrindo, Bodine olhou para o lado e viu lágrimas nos olhos da tia. — O que foi? O que houve? Você quer voltar?

— Não. Não. Não. Fiquei feliz de ver você. Feliz de ver Cal. Fico feliz quando vejo Chase e Rory. Vocês não são meus. Vocês não são meus. Ele levou meus bebês embora, todos os meus bebês. E eles não são mais meus. Eles são meus bebês e não são meus bebês. Se Bobby encontrá-los, se eu encontrá-los, não serão meus bebês. Já são adultos, com outras mães. Uma boa mãe nunca, jamais, contaria sobre o pai deles. Não posso tê-los de volta. Eu teria que contar a verdade. E eles não me conhecem. Não sou a mãe. — Alice soltou um suspiro estremecido. — Posso dizer isso, posso dizer isso para você enquanto estamos cavalgando. É uma coisa que dói no meu coração, só que dói muito mais quando penso em contar a verdade para eles. Cal diz que sou corajosa. É mais corajoso não procurar, não encontrar, não contar. Mas dói.

— Não consigo nem imaginar o quanto.

— Bobby colocou o homem que atirou em Cal e em Pôr do Sol na cadeia. Ele vai colocar o senhor na cadeia quando encontrá-lo. Mas preciso lhe dizer para não encontrar os meus bebês. Preciso dizer isso e protegê-los.

— Se um dia eu tiver uma filha, vou chamá-la de Alice.

Alice arfou, e, apesar de as lágrimas brilharem em seus olhos, eles se arregalaram com uma alegria chocada.

— Alice? Por minha causa?

— Por causa da minha tia corajosa que vai poder mimá-la.

— E niná-la? — Daquela vez, seu suspiro era de prazer. — Posso cantar para ela. Eu e Reenie vamos cantar para ela. Vai ser uma bebê com uma boa mãe, e um bom pai. — Mais calma, olhou ao redor. — É uma paisagem bonita. Me sinto em casa de novo. A cada dia que passa, me sinto mais em casa.

APESAR DE TER ATRAPALHADO SUA AGENDA, Bodine decidiu que a hora que passara com a tia valera a pena.

Ao pôr do sol, saiu para dar uma olhada no clube de fotografia que realizava seu banquete de premiação anual e ficou satisfeita ao ver que o céu não os desapontara.

Todos os 38 membros tentavam capturar o brilho das luzes e das cores, as nuvens e os raios. Vários hóspedes que tinham vindo para o primeiro recital a céu aberto da temporada faziam o mesmo.

Contente, ela foi verificar a atração principal, os músicos, e deu de cara com Chelsea e Jessica.

— Peça para os garçons acenderem as velas em quinze minutos — dizia Jessica. — Quero que as varandas, os pátios e os jardins estejam brilhando assim que escurecer. E precisamos de dois atendentes circulando por aqui.

— Está na minha lista — garantiu Chelsea.

— Eu estava prestes a ir atrás de vocês, e aqui estão. Chelsea, você pegou as amostras para as mesas de verão? Os guardanapos, os enfeites e as velas?

— Ontem. Deixei tudo na sua... — Ela bateu com a mão na testa. — Droga! Esqueci na bancada da minha cozinha. Nem pensei nisso quando saí, e você queria ver essas coisas hoje. Vou dar um pulo em casa para pegar.

— Você está cheia de coisas para fazer. Posso esperar.

— Desculpe, Bo. Sei que você queria resolver isso hoje, mostrar tudo para a sua mãe e suas avós, e eu só... Não vou demorar nem dez minutos para ir e voltar.

— Daqui a pouco, você vai estar correndo de um lado para o outro aqui — lembrou Jessica. — Eu posso escapar um pouco daqui a uma hora.

Aquilo não era uma prioridade, pensou Bodine, mas estava no cronograma do dia.

— Por que não fazemos assim? Eu dou um pulo lá no caminho para casa. Minha ideia é deixar vocês duas cuidando de tudo em mais ou menos uma hora. Não vou sair muito do meu caminho se passar no Vilarejo. Se você não se importar em me dar uma chave.

— Claro. Desculpe, de verdade.

— Não era nada que não pudesse esperar, mas são coisas que vou mostrar para um bando de mulheres. Quero que elas tenham tempo de discutir sobre o assunto.

— Dois minutos. Pode deixar a chave embaixo do tapete depois que sair. Aviso aos garçons sobre as velas no caminho.

— Ela vai passar uma semana se lamentando.

— Não devia — disse Bodine. — Ela me fez um favor indo buscar as coisas quando eu estava sem tempo. De qualquer forma, vou passar mais uma hora aqui, até mais se vocês quiserem. Me avise se precisar de ajuda com algum dos grupos.

Com a chave de Chelsea no bolso, Bodine deu uma volta, entrando no Salão de Jantar para ver a arrumação, depois passando no Moinho para fazer o mesmo.

Quando saiu, encontrou Callen parado com os cavalos sob a lua cheia vermelha que subia no céu.

Os músicos do recital começaram a tocar a animada "Nothing On but the Radio".

Ela achou que era perfeito.

— Pensei que você já tinha ido para casa.

— Estou indo — disse ele enquanto ela se aproximava. — Estava me perguntando se enrolei por tempo suficiente para você estar pronta.

— Só daqui a uma hora. Pode levar Leo para mim? Vou roubar um dos Kias.

— Então é melhor eu dar isto agora. — Callen puxou um buquê de flores do alforje.

— Você comprou flores para mim?

— Fui roubando elas pelo caminho. Acho que o pôr do sol me deixou no clima, e a lua terminou o serviço. Você disse uma vez que gosta de receber flores de um homem.

— E gosto mesmo. — Bodine as aceitou, sorrindo para ele. — Não achei que você fosse lembrar.

— Eu me lembro de um monte de coisas quando se trata de você. Já desembaralhei as palavras.

— Ah, mas...

— Meu plano era fazer isso amanhã, depois do jantar chique. Seria mais tradicional. Mas olhe para essa lua, Bodine, para essa lua enorme, vermelha, lá em cima. Ela significa mais para pessoas como nós do que champanhe.

Bodine ergueu os olhos para a grande esfera brilhante no céu infinito. Era verdade que aquilo significava mais para pessoas como eles. Callen a conhecia. Ela o conhecia.

— Quero que saiba que nunca falei o que vou dizer para outra mulher. Para minha mãe e minha irmã algumas vezes. Não o suficiente, e vou trabalhar nisso. Mas nunca para uma mulher, nem quando estava aqui nem quando fui embora, porque dizer essas coisas muda tudo, então sempre tomei cuidado.

Ela olhou para as flores — silvestres, pensou. Nada que vinha de estufas, mas que cresciam selvagens e livres. E então olhou de novo para ele. O rosto ainda estava machucado, os olhos eram azuis sob a luz da lua.

— Você já disse um montão de palavras, Skinner.

— Estou chegando nas importantes. Quando voltei, quando te vi de novo, foi como se um raio me atingisse. Não só você tinha crescido, ficado mais bonita, mas vê-la me fez perceber que tinha pensado muito em você quando estava fora. Coisas bobas, pedacinhos da minha vida aqui. As partes boas. As partes boas sempre pareciam te incluir de uma forma ou de outra. Não voltei por sua causa, mas você fez com que essa decisão me parecesse certa. Completamente certa. A gente sentiu algo um pelo o outro, e talvez tenhamos achado que podíamos nos envolver e isso seria suficiente. Não é suficiente para mim, e vou fazer todo o possível para que não seja suficiente para você. Eu te amo.

— E aí está — sussurrou ela, e se aproximou.

Erguendo uma das mãos, Callen a fez recuar.

— Ainda não acabei. Você é a primeira e será a última. Talvez precise de um tempo para se acostumar com essa ideia, mas é assim que as coisas são. Agora, acabei.

— Eu ia dizer que também te amo, mas preciso que você seja mais específico sobre essa ideia com a qual vou ter que me acostumar.

— Uma mulher esperta como você devia saber juntar os pontos. Nós vamos nos casar.

— Nós... o quê? — Ela deu um passo para trás de propósito.

— Você pode pensar no assunto por um tempo, mas... — Ele a puxou de volta. — Volte para a primeira parte.

— Você não pode simplesmente passar por cima do...

Callen a beijou, arrastando o momento.

— Volte para a primeira parte — repetiu ele.

— Eu também te amo. Mas você não pode simplesmente me contar que vamos nos casar.

— Foi o que acabei de fazer. Posso comprar um anel se quiser. Mas eu escolho.

— Se vou ter que usar uma coisa, tenho direito de opinar sobre... — Desta vez, ela se interrompeu, afastando-se. — Talvez eu não queira me casar.

— Uma mulher que vem das suas origens, que sabe o quanto significa fazer uma promessa? Ela certamente aprecia a ideia. Eu vou precisar que me dê a sua palavra, Bodine, da mesma forma que preciso te dar a minha. Mas pode pensar no assunto por um tempo. — Ele a beijou de novo, com força, rápido, se despedindo. — Podemos conversar sobre isso quando você chegar em casa. — Então, pegou as rédeas de Leo e subiu em Pôr do Sol. — Fico te esperando.

Enquanto ele virava os cavalos, Pôr do Sol olhou para ela. Num rosto humano, Bodine teria achado que aquela expressão era um sorriso.

— Talvez você fique esperando um bom tempo!

— Acho que não — disse Callen, e seguiu num trote despreocupado.

NÃO HAVIA DÚVIDAS de que Bodine se atrasara porque Callen confundira seus pensamentos. Como seria capaz de se concentrar no trabalho, nas perguntas dos funcionários, em garantir que o primeiro show da temporada desse certo quando ele tinha jogado casamento para cima dela como se fossem as chaves de um carro e dito que teria que dirigir quisesse ela ou não?

Ela estava preparada para a parte do eu te amo — embora, no seu cronograma, aquilo fizesse parte do programa de sábado. Mas pular direto para casamento a pegara desprevenida.

Ainda assim, colocou as flores num vaso, o vaso na mesa. Tinha gostado das flores. Gostava de muitas coisas quando se tratava de Callen Skinner.

Mas não gostava de ser informada de como passaria o resto de sua vida. Porque ele tinha acertado na mosca em um quesito. Bodine sabia suas origens, e suas origens levavam casamento a sério. Não era uma decisão impulsiva, não era uma onda de hormônios ou sentimentos idealizados, mas algo sério, a base para tudo.

Com a chave de Chelsea no bolso, ela entrou no carrinho que pegara emprestado pela noite. Decidiu que era isso que diria para Callen. Não seria simplesmente informada das coisas, e casamento era algo importante.

E diria isso quando sentisse vontade de dizer. Ele podia esperar.

Bodine se afastou da música, das luzes, dos hóspedes e dos funcionários e seguiu para o silêncio. Seria bom ter um pouco de silêncio, ter tempo para pensar. Quando parou na frente do apartamento de Chelsea no Vilarejo, quase desejou ter pedido a chave de Jessica também. Um pouco de silêncio e tempo para pensar lá, e depois uma amiga com quem conversar.

Talvez pudesse pegar as amostrar e voltar para o escritório. Ou pegar o caminho pela beira do rio. Ou ir para casa e se trancar no quarto.

Todas as alternativas, admitiu ela, seriam evitar o problema.

Dane-se.

Bodine destrancou a porta, abriu-a com o quadril enquanto colocava a chave embaixo do tapete. E, ao entrar, esticou a mão para ligar o interruptor.

O braço ao redor de sua garganta cortou seu ar e transformou seu grito numa arfada engasgada. O instinto fez com que pisasse duro com as botas, e golpeasse com os cotovelos. A picada rápida e dolorida no seu bíceps transformou o pânico em terror enquanto ela se debatia inutilmente contra o braço ao redor de seu pescoço.

E se sentiu caindo, caindo por um túnel, o corpo mole. Tudo ficou devagar. E então parou.

APESAR DE SER QUASE MEIA-NOITE quando chegou ao Vilarejo, Jessica se sentia animada. Tudo fora perfeito, e, agora, ela podia deixar a parte da limpeza sob a supervisão de Chelsea — e Rory, já que ele aparecera.

Embora achasse que Chase pudesse estar dormindo — a vida no rancho começava cedo —, pensou em lhe mandar uma mensagem, para que tivesse notícias dela assim que acordasse pela manhã.

Faria isso depois de trocar de roupa e se servir de uma taça de vinho.

Com um sorriso no rosto — ainda ficava surpresa em como uma pessoa podia se sentir tão ridiculamente feliz —, estacionou o carro, e saiu. Deu dois passos na direção do seu prédio antes de notar o Kia estacionado no meio-fio e não em uma das vagas. E na frente do prédio de Chelsea.

Perguntando-se por que diabos Bodine ainda estaria ali quando fazia mais de uma hora que fora embora, ela se aproximou e olhou pela janela. A pasta da amiga estava no banco do passageiro.

Insegura e desconfiada, foi até a porta de Chelsea, bateu.

— Bo?

Talvez ela tivesse se distraído com as amostras, mas não havia nenhuma luz acesa lá dentro.

Jessica levantou o tapete, e viu a chave.

Ignorando seu senso de educação inato, pegou a chave e destrancou a porta.

— Bodine?

Esticou a mão para alcançar o interruptor, ligou-o, mas a escuridão permaneceu. Quando deu outro passo, seu pé bateu em algo. Ela se abaixou e pegou o chapéu de Bodine.

O FATO DE BODINE deixá-lo esperando não deixou Callen preocupado. Ela não seria a mulher que ele amava se fosse dócil. Além do mais, gostava de saber que a deixara nervosa. Ela tinha compostura de sobra.

Então ele esperaria. Um homem podia ter destinos piores do que ficar sentado na varanda numa bela noite de primavera, sob uma grande lua vermelha, esperando por sua namorada. Pensou em voltar para dentro, pegar uma cerveja, talvez um livro para matar o tempo.

Chase saiu voando da casa, e Callen se levantou num pulo. Seu coração já tinha ido parar na boca antes de o amigo dizer uma única palavra.

— Bo foi sequestrada.

HAVIA ALGO ERRADO. Havia algo muito errado. Tudo parecia borrado, tudo parecia abafado. Sua visão, sua mente, sua audição. Ela queria gritar, mas não conseguia formar as palavras.

Não sentia dor, não sentia medo. Não sentia nada.

Aos poucos, tomou ciência da luz, como uma luminária com uma cúpula suja. E do som de cliques indistintos. Nenhuma cor, nenhuma cor, mas formas por trás da luz suja. Ela não conseguia pensar em nomes para associar às formas. Enquanto se esforçava para encontrá-las, a dor veio, terrível, latejando em sua cabeça.

Bodine sentiu um gemido se formar em sua garganta e ouviu o som. Uma das formas se aproximou.

Homem. Homem. A forma era um homem.

— Não era você! Aquela não era a sua casa! A culpa é sua. Não é minha.

Ele se afastou de novo, e, em meio à dor terrível em sua cabeça, dos batimentos acelerados de seu coração, ela começou a ver as formas com mais definição, a lembrar os nomes.

Paredes, pia, fogão elétrico, chão, porta. Trancas. Meu Deus, meu Deus.

Bodine tentou se mover, levantar-se, e o mundo girou.

— ... para cavalos — ouviu-o dizer. — Não usei muito. Só o bastante para você ficar quieta, para te trazer aqui. Mas não você, não era para ser você.

O apartamento de Chelsea. A chave embaixo do tapete. A escuridão lá dentro.

Ela se concentrou em mover os dedos, depois as mãos, depois os pés. Algo pesava seu pé esquerdo — pé esquerdo —, e, quando ouviu o barulho de uma corrente, entendeu.

O tremor começou por dentro até alcançar o exterior.

Alice. Como Alice.

— Vamos fazer o melhor desta situação. — O homem voltou, sentou-se na cama dobrável ao seu lado. — É isso que vamos fazer. Você é jovem, é bonita.

Bodine virou a cabeça quando ele acariciou sua bochecha.

— Tem muitos anos para gerar filhos. Faremos vários meninos. Sei como fazer você gostar enquanto fizermos isso.

Ela o empurrou, ainda fraca, quando ele acariciou um seio.

— Não faça assim. Você é minha esposa agora, e tem que me dar prazer.

— Não, não posso ser sua esposa.

— Um homem escolhe e torna seu desejo realidade. Depois que eu te inseminar, você vai entender. Vai entender como são as coisas.

— Não posso. — Quando ele começou a desabotoar sua calça jeans, ela empurrou as mãos. — Enjoada. Água. Por favor. Posso beber água?

As mãos pararam. Suspirando, ele se levantou, e foi até a pia.

— É o sedativo para cavalos, imagino, mas vai passar. De toda forma, vamos começar hoje à noite. Já estou esperando há tempo demais.

Bodine aguentou firme, forçou-se a pensar, a pensar com clareza através do medo e da cabeça latejante que lhe dava vontade de vomitar, fazia sua barriga revirar, mas entendeu.

Ele precisou levantá-la para que pudesse beber, e seu toque a deixou enojada. Mas bebeu a água, devagar.

— Não posso ser sua esposa.

Ele lhe deu um tapa.

— Isso é atrevimento, e não vou tolerar esse tipo de coisa.

A dor só ajudou a clarear a confusão em seu cérebro.

— Não posso ser sua esposa porque somos primos. — Bodine usou todas as energias para continuar sentada, longe dele. — Sua mãe e a minha são irmãs. Isso nos torna primos, Easy.

— Não quero bater em você de novo, mas farei isso se continuar mentindo e sendo atrevida.

— Não estou mentindo. Sua mãe é Alice Bodine, minha tia.

— Minha mãe morreu ao me dar a vida. É o castigo de Eva.

— Foi isso que seu pai disse? Você ficou sabendo de Alice Bodine, de como voltou para casa depois de tantos anos. Anos que passou neste quarto.

— É uma casa!

— Bem aqui, trancafiada, acorrentada, como eu estou agora. Mas a culpa disso não foi sua. Você é jovem demais.

Mas não era jovem demais para ter matado duas mulheres, pensou ela. Não era jovem demais para matá-la se o provocasse.

— Alice te deu o nome de Rory, e fala sobre você o tempo todo. Como cantava e o ninava. Como te amava.

Os olhos de Easy — castanho-claros, notou ela, com um toque de verde, como os Bodine — fitaram os seus.

— Minha mãe morreu, está morta desde que comecei a respirar.

— Sua mãe passou anos morando aqui depois que você nasceu. Ela me contou todos os detalhes. Sei que aquela espuma nas paredes é nova. Sei que, atrás, as paredes são de gesso, com reboco, mas não terminadas. Do outro lado daquele lençol tem um vaso sanitário e um chuveiro pequeno. Como eu saberia dessas coisas se sua mãe não tivesse me contado?

Easy coçou a cabeça.

— Você está tentando me confundir.

— Vocês se conheceram. Acho que algo nela o reconheceu. Ela começou a chorar quando saiu de lá comigo. A chorar e a falar sobre você, sobre os outros filhos que teve. Bebês que o seu pai tirou dela. Você deve tê-la visto algumas vezes por aqui. Cuidando da horta. Ela ficava acorrentada lá fora para cuidar da horta. Você a viu?

— Aquela não era a minha mãe. E também não era a mulher no CAB.

— Era, sim. Você não podia sair quando ela estava lá fora, não era? Não podia falar com ela.

— Cale a boca.

— Nós somos parentes.

Easy lhe deu outro tapa, mais forte, forte o suficiente para Bodine sentir gosto de sangue. Mas havia lágrimas em seus olhos.

— Ele te disse que o nome dela era Esther, mas é Alice. Sabe que não estou mentindo. Seu pai mentiu e tirou você dela.

— Cale a sua boca!

Easy saiu da cama, começou a andar de um lado para o outro.

— Havia um cachorro, um cachorro mau, e um cavalo. Com lordose. Uma vaca leiteira e algumas galinhas. Tem um chalé. Ele a deixou lá primeiro, no porão. Você nasceu naquele porão, morou lá com a sua mãe por um ano, até seu pai levá-lo embora.

— Ele disse que ela morreu, como as outras.

Apesar de seu estômago se revirar ao ouvir falar das *outras*, Bodine esforçou-se para manter a voz estável.

— Seu pai mentiu, você sabe disso. Ele dificultava tanto a sua vida, não é?

— Fui embora quando fiz 15 anos.

Era a hora da compaixão, pensou ela. Hora de ser compreensiva.

— Não é de espantar.

— Tudo tinha uma regra, regras dele, e ele me dava uma coça se eu quebrasse alguma.

— Não me surpreende você ter ido embora. — Mais compaixão, disse Bodine a si mesma. Mostre mais compaixão, mais compreensão. Sentimentos de família. — Sua mãe teria te protegido, mas ele a deixava trancada.

— Eu voltei. A terra é tão minha quanto dele. Tenho direito a ela. Vou montar uma família. Vou ter filhos e esposas, e uma família.

— Você tem uma família. Sou sua prima. Precisa me soltar, Easy. Posso levar você para o rancho, para a sua mãe.

— Não vai ser assim. Não sou burro. Talvez você seja a mentirosa. Preciso pensar. — Ele foi até a porta, destrancou-a. — Se estiver mentindo, vou ter que te machucar. Vou ter que te castigar.

— Não estou mentindo.

Easy saiu, e Bodine ouviu o barulho das trancas sendo fechadas. Por um instante, deixou que o desespero a consumisse, simplesmente desabou, tremeu e chorou. Então se levantou da cama, tremendo, mas levantou.

Colocou a mão nos bolsos de trás, mas não se surpreendeu ao descobrir que ele havia levado o seu telefone. Mas tirou do bolso da frente o pequeno canivete que sempre carregava e, sentada no chão, cortou a espuma. E começou a cortar ao redor da base da corrente.

Capítulo 30

♦ ♦ ♦ ♦

CALLEN NÃO PERMITIA O PÂNICO; não permitia a raiva. As duas coisas borbulhavam em seu interior, mas ele as mantinha trancafiadas enquanto estava parado na cozinha dos Longbow.

O xerife tinha ido e vindo. Ele sabia que Tate colocara todos os policiais na rua, entrara em contato com o FBI, pretendia pressionar ainda mais as fontes com quem estava lidando.

Ele não se importava com isso.

Ouviu Chelsea chorar. Ela se esquecera das amostras, e Bodine passara na sua casa para buscá-las. Ninguém duvidava de que a pessoa que a levara pretendia pegar a moça.

Mas, mesmo quando ela parou de chorar, não fazia ideia de quem planejara sequestrá-la.

Tate alegava que tinham a vantagem, que, pela ordem dos acontecimentos, não podia haver mais do que uma hora de intervalo entre o momento em que pegaram Bodine e a descoberta do carro e do chapéu por Jessica.

Ele também não se importava com isso.

O que importava era que, assim que amanhecesse, partiria do ponto onde Alice fora encontrada e começaria sua própria busca.

Callen prestava atenção, analisava o mapa que Sam abrira sobre a mesa. Notou que os dedos do sogro tremiam de vez em quando, mas ficou quieto. Todas as pessoas do rancho, muitas do resort, se dividiriam em partes daquele mapa para fazer buscas em grupos.

Em picapes, a cavalo, em quadriciclos.

Ele tinha a sua própria seção, e nada o faria mudar de ideia.

— Já procuraram por quilômetros nessa área — argumentou Sam.

— Ainda tem muitos quilômetros faltando. Duvido que a pessoa que pegou Bodine não é a mesma que estava com a Alice. Só preciso pegar um trailer emprestado. Vou dirigindo até lá e depois sigo com Pôr do Sol. Podemos cobrir mais terreno assim.

— Tem estradas, cascalho. — Alice parou no último degrau das escadas dos fundos, pálida como a lua em seu pijama. — E cercas, e lugares onde a neve era tão funda. Fiz um anjo na neve. Eu lembro. O senhor pegou Bodine. Escutei a conversa. Ele pegou Bodine.

— Você não precisa se preocupar. — Cora ficou de pé, mas estava tão exausta que precisou se apoiar na mesa para tomar impulso.

— Sim! Sim, preciso me preocupar. Pare, pare, pare. — Alice pressionou a mão contra a boca. — Posso voltar. Se eu conseguir encontrar a casa, posso voltar. O senhor vai soltá-la se eu voltar? Não quero que ele machuque Bodine. Ela é minha também. Eu volto se conseguir encontrar a casa.

Maureen tocou o braço de Cora, então se levantou e foi até a irmã.

— Sei que você faria isso, mas vamos encontrá-la. Vamos encontrá-la.

— Eu amo Bodine, Reenie. Juro, juro.

— Sim, eu sei.

— Eu não devia ter ido embora. Ele não teria feito isso se eu não tivesse ido embora.

— Não. Isso não é verdade, e nunca pense numa coisa dessas.

— Talvez Rory saiba. Ele sabe como voltar?

— Nós vamos procurar um caminho — explicou Rory. — Vamos encontrá-la.

— Não o Rory de Reenie. O meu Rory. Ele sabe?

— Vamos nos sentar. Jessica, pode fazer um chá? Não consigo...

— É claro.

— Não quero sentar. Não preciso sentar. Sentem vocês! Se Rory sabe... Eu não queria que ele soubesse. O pai dele é mau. O pai dele é malvado. Ele não devia saber. Era só um neném.

— Alice, por favor. — Acabada, Maureen desabou sobre a cadeira, cobrindo o rosto com as mãos.

— Eu falei para Bodine. Eu falei que não queria contar a eles, a nenhum dos meus bebês. Que não são meus bebês agora. Eu falei. Ela disse que eu era corajosa. Mas, se ele sabe, ele já sabe. Precisamos perguntar se ele sabe ou o senhor vai machucá-la. Vai estuprá-la e roubar seus bebês.

— Pare! — Maureen se levantou novamente, e virou para a irmã. — Pare.

Mas Callen a afastou, segurou os dois ombros de Alice.

— Como vamos descobrir se ele sabe?

— Você sabe.

— Não consigo pensar agora, Alice. Não consigo raciocinar direito. Me ajude.

— Ele sabe lidar com os cavalos. É educado e diz senhora. Tem verde nos olhos e o cabelo é um pouco ruivo, só um pouco. Chama você de chefe, e Bodine é a chefona. Vai ajudar a encontrá-la se puder. Ele é um bom menino.

A força da revelação o acertou como um soco. Callen precisou tirar as mãos dos ombros dela para não apertá-la até os ossos.

— Sim, isso mesmo. Easy LaFoy — disse ele enquanto se virava de volta para a mesa. — Ela está falando de Easy LaFoy.

A BASE DA CORRENTE atravessava a parede de gesso e estava presa bem fundo na viga. A lâmina ficou cega depois de tanto cavar e cutucar a madeira. Suada, com os dedos cheios de sangue, Bodine se forçou a levantar e procurar por alguma coisa, qualquer coisa, que pudesse usar como ferramenta ou arma.

Garfos e colheres de plástico, pratos e copos de plástico. Uma caneca de cerâmica barata. Ela pensou em quebrá-la, torcendo para conseguir alguns cacos afiados, e deixou a ideia guardada para depois, caso fosse necessário.

Analisou o banheiro, a corrente que batia no chão atrás de si.

Virou-se, observando a janela escura pela noite. Se conseguisse tirar a maldita corrente da parede, talvez conseguisse pensar numa forma de subir até lá, quebrar o vidro. Conseguiria passar pelo buraco; seria apertado, mas passaria.

O problema era que, com um canivete cego, levaria dias, talvez mais, até conseguir soltar a corrente.

Ela duvidava de que tivesse dias.

Se Easy acreditasse que eram primos, não a usaria. Talvez se livrasse do problema. Se não acreditasse, seguiria em frente com seus planos.

As pessoas iriam procurar por ela, e talvez até a encontrassem antes de morrer ou antes de ser espancada e estuprada, mas não podia contar com isso.

Bodine olhou para o canivete. Mire no olho dele, pensou, fria como o inverno. Isso poderia ser suficiente, mas sua perna continuaria acorrentada à parede.

Ela voltou, sentou-se no chão novamente e, desta vez, usou o canivete no grilhão que prendia seu pé. Nunca tinha arrombado uma fechadura na vida, mas, se havia um bom momento para aprender, era agora.

Será que conseguiria convencê-lo a soltá-la? Usar a cartada da família? Ei, Easy, por que não me mostra a sua casa?

Ela apoiou a cabeça nos joelhos, inalou o ar, depois o soltou.

O homem era doido, tinha sofrido a mesma lavagem cerebral que Alice. E sem os dezoito anos de base familiar que a tia tivera. Nem um pingo de amor pelo pai, pelo que notara. Será que poderia usar isso a seu favor?

— Não vou morrer aqui — declarou Bodine em voz alta. — Não vou ser uma vítima. Vou fugir. Vou voltar para casa. Mas que merda, Callen, vou me casar com você. Já decidi. Resolvi que vai ser assim.

Furiosa consigo mesma, ela limpou as lágrimas, piscou para clarear a visão e continuou trabalhando.

Em certo momento, desmaiou de sono, tomou um susto ao acordar. Dormiria quando chegasse em casa. Tomaria um banho quente, beberia um galão de café. Não, um galão de Coca-Cola gelada contra a sua garganta seca.

Comeria uma refeição quentinha.

Meu Deus, Alice. Meu Deus, como você sobreviveu?

Ao pensar nisso, nos anos em que Alice sobrevivera, Bodine se dedicou mais ao trabalho.

Quando ouviu o *click*, sua mente se esvaziou. Todos os pensamentos simplesmente desapareceram. Suas mãos tremiam, pingavam sangue enquanto abriam o grilhão.

Sobre pernas que pareciam feitas de borracha, ela se levantou, calculando como alcançar a janela, e ouviu as fechaduras se abrindo na porta.

Rápido, com uma nova onda de medo arrepiando sua pele, Bodine colocou a espuma de volta no lugar, arrastou a corrente, parou ao lado da cama com o coração martelando no peito e o canivete escondido na mão.

Ela o convenceria, disse a si mesma. De alguma forma o convenceria; mas e se não conseguisse? Lutaria.

A porta se abriu, e seu coração acelerado perdeu o compasso quando ela se deparou com os olhos amargurados do homem que mantivera Alice em cativeiro por 26 anos.

E soube que seria incapaz de convencê-lo de qualquer coisa.

CALLEN TIROU PÔR DO SOL DO TRAILER. Apesar de fazer anos que não apertava o gatilho, trazia uma arma presa ao cinto. Chase também.

O grupo de busca havia se separado, família, policiais, amigos. Havia muito chão para cobrir, mas não tanto quanto antes. Easy crescera ao sul de Garnet, e Tate confirmara que o homem que agora conheciam como John Gerald LaFoy tinha um chalé em algum lugar ao sul de Garnet.

Ele fez cálculos mentais, dentro de suas capacidades, das áreas mais prováveis com base no lugar onde Alice fora encontrada.

— Vinte e oito homens — disse Chase quando os dois montaram. — É uma área de floresta muito grande, mas 28 homens conseguem cobrir tudo. — Ele olhou para o céu. — O helicóptero do FBI estará aqui a qualquer instante.

O sol surgia, um pedacinho de luz, sobre os picos ao oeste.

— Não vou ficar esperando — disse Callen, e partiu.

Como LaFoy era neurótico por isolamento, ele imaginou que sua casa ficaria longe de ranchos e estradas, usando árvores e o nivelamento do terreno para se manter oculto. Mas precisava entrar e sair de alguma forma.

Os dois seguiram juntos pela estrada do rancho, em silêncio, observando.

— Ele não estaria perto de cidades-fantasma, de turistas, de rotas de quadriciclos. — Chase ergueu os binóculos pendurados no pescoço, analisando a área.

— O filho da puta disse para Clintok que tomamos uma cerveja juntos depois do trabalho na noite em que aquela estudante foi assassinada. Isso não aconteceu, mas fiquei quieto. Pensei que estava inventando uma desculpa por mim, mas era para si mesmo. Nunca imaginei que ele seria capaz de uma coisa dessas, Chase. Nunca.

— Ninguém imaginou.

— Easy não estava atrás de Bodine. Não consigo decidir se isso significa que ela está bem até ele resolver o que fazer, ou...

— Pare com isso. Bodine está bem. Ela sabe cuidar de si mesma.

— Ela sabe cuidar de si mesma — repetiu Callen... porque precisava acreditar nisso. — Nós vamos nos casar.

— Achei que fosse dar nisso mesmo.

— Vai dar nisso. Vou seguir para oeste, sair da estrada. Que tal você seguir para o norte por mais uns quatrocentos metros e depois fazer a mesma coisa? Já cobrimos o lado leste.

— Se você encontrar qualquer sinal, me chame.

Assentindo com a cabeça, Callen guiou Pôr do Sol por uma descida, uma subida e por entre as árvores. Os únicos sinais eram de animais. Cervos, ursos, alces. Sam o ensinara a seguir rastros quando ele era garoto, assim como ensinara a Chase, Bodine e Rory.

Mas, enquanto o sol subia, ele andou por quase um quilômetro sem ver nenhum sinal de pessoas ou máquinas.

Sentiu cheiro de gado, cruzou um pasto onde se alimentavam, seguiu a cerca até conseguir passar por ela. Outra estrada de rancho, e, como Alice dissera que passara por mais de uma, sentiu uma pontada de esperança.

Ele devia ter esperado por ela. Por que não ficara esperando debaixo da grande lua vermelha? Como esses pensamentos só traziam medo e desespero, resolveu bloqueá-los. Em vez disso, desejou que Bodine pensasse nele. Talvez, se pensasse nele com força o suficiente, conseguiria senti-la.

Então se deparou com um rancheiro consertando uma cerca e parou.

— Está perdido, meu filho? — O homem empurrou o chapéu para trás, lançou um olhar frio e sério para a arma no quadril de Callen.

— Não, senhor. Esta terra é sua?

— Isso mesmo. Imagino que você tenha um bom motivo para estar nela.

— Tenho. Uma mulher foi sequestrada ontem à noite. Tenho motivos para acreditar que a trouxeram para esta região.

— Você é policial?

— Não, mas a polícia está procurando também. É a minha namorada.

— Bem, não estou com ela. Talvez tenha fugido.

— Não. Bodine Longbow.

O olhar duro se transformou em preocupação.

— Conheço os Longbow. Bodine é a filha? A que gerencia o resort?

— Isso mesmo. Estou procurando pela casa dos LaFoy. John Gerald LaFoy. Ele tem um filho chamado Easy.

— Não conheço. Nunca ouvi esse nome antes.

— Ele tem um chalé com pelo menos uma construção externa. Um cavalo velho, um cachorro, uma vaca leiteira, algumas galinhas. Vive isolado. Anda metido com Patriotas de Verdade.

— Não conheço o nome LaFoy, mas tem um lugar a um quilômetro e meio daqui, seguindo reto. — Ele gesticulou para o noroeste. — Meu filho o chamava de Mad Max. Ele e os amigos costumavam ir a cavalo para lá, até chegarem perto demais daquele invasor de terras, que é o que o sujeito é, e serem expulsos. Nós brigamos por causa disso, mas já faz pelo menos uns dez anos. Cidadão soberano, meio doido, se quer saber o que acho, mas cada um com o seu cada qual. A gente não se mete um com o outro.

A esperança, mais forte, mais clara, atravessou Callen.

— Você tem um celular?

— Tenho.

— Preciso que ligue para o xerife Tate e conte tudo isso, conte onde fica o chalé.

— Acha que foi ele quem a sequestrou?

— Ele também tem um filho, e, sim, estão com ela.

— Espere eu pegar o meu cavalo, é o jeito mais rápido de chegar lá. Vou junto.

— Não posso esperar. Ligue para o Tate — disse Callen, fazendo Pôr do Sol partir a galope.

Ele precisou diminuir quando o chão ficou irregular demais e a mata foi se tornando mais densa. Enquanto seguia em frente, pegou o próprio telefone, ligou para Chase. Vociferou a localização.

— Estou ao norte de lá.

— Falta uns oitocentos metros para eu chegar — disse ele, e guardou o telefone.

Mal tinha acabado de fazer isso quando ouviu o tiro.

LaFoy analisou Bodine enquanto fechava a porta. Apoiou-se contra a madeira, notou ela, escorando-se como se precisasse de apoio. Sua pele tinha um tom doentio, os olhos estavam vermelhos. Tirando a mão da coxa, Bodine prendeu o canivete cego discretamente entre os dedos.

Ela lutaria.

Ele tinha uma arma na cintura, uma faca embainhada no cinto.

Ela lutaria.

— Eu sabia que ele estava aprontando alguma, indo e vindo como tem feito. Vejo que colocou isolamento nas paredes. Talvez o garoto não seja tão idiota quanto parece. — LaFoy olhou para a cama, para Bodine. — Mas parece que ainda não usufruiu dos seus direitos, e é melhor assim. O filho honra o pai. Sou o chefe desta casa, da casa que provenho. Você é Myra, minha esposa. Vai me chamar de senhor e me obedecer em todas as coisas. Tire as roupas e deite na cama.

— Você parece estar doente. Acho que precisa de um médico. — Bodine precisava que ele se aproximasse, que chegasse perto o suficiente para usar o canivete, pegar a arma.

— Tire as roupas — repetiu LaFoy, vindo para cima dela. — Vou usufruir dos meus direitos determinados por Deus, e você me dará filhos.

Bodine ficou parada. Se desse um passo para trás, ele veria que sua perna não estava presa.

— Por favor. — Deixou que parte do seu medo ficasse aparente. — Por favor. Não me machuque.

LaFoy agarrou sua camisa com uma das mãos, rasgando-a, e lhe deu um tapa com a outra. Com os ouvidos zumbindo, os olhos lacrimejando por causa do golpe, Bodine atacou, enfiou o canivete na lateral da garganta dele.

O choque fez LaFoy cambalear um passo para trás, levando-a consigo. Enquanto o sangue espirrava e escorria, ela agarrou a coronha da arma. Um ataque de tosse violento o fez cair para frente. Bodine foi junto, ficando por baixo, xingando, gritando, golpeando de novo enquanto lutava para soltar a arma do cinto dele.

Uma das suas mãos se fechou ao redor da sua garganta, apertando com uma força surpreendente. Ela ouviu outro grito, vindo de alguém diferente, e o peso e a pressão sumiram.

Então viu Easy jogar o pai contra a parede.

— Ela é minha!

— Vou te dar uma surra, moleque.

— Você mentiu! — Agora, eram as mãos de Easy que estavam em torno da garganta do pai. — Eu podia ter te matado enquanto você dormia. Quase fiz isso.

Enquanto Bodine saía rastejando, ofegante, viu o punho de LaFoy acertar o rosto de Easy. E, enquanto se levantava e corria, os dois começaram a se engalfinhar como animais.

Terreno desnivelado, um cavalo com lordose, uma vaca velha que não fora ordenhada, uma corrente presa ao chão e uma velha coleira de cachorro.

Ela pensou em Alice e, em pânico, correu em direção à floresta.

Um chalé, duas picapes. Bodine se forçou a mudar de direção, a não ceder ao impulso visceral de correr, simplesmente correr. Uma delas podia estar com as chaves.

Ouviu o grito, seguiu em frente, mas, quando escutou o som de alguém correndo às suas costas, virou-se e ergueu a arma. E a mirou bem no centro de Easy.

— Juro que vou atirar. Não vou nem pensar duas vezes.

Ele parou, a boca sangrando, e ergueu as mãos. Ele sorriu.

— Está tudo bem, está tudo bem agora. Meu pai está sob controle. Ele não devia ter tentado pegar o que era meu. Não tem problema você ser minha esposa. Pensei em tudo. Será como Adão e Eva, os filhos de Adão e Eva. Vamos começar uma família. Depois, eu pegarei a Chelsea também. Ela gosta de mim. Você vai ter uma irmã.

— Não, nada disso. Ajoelhe-se.

— Eu posso fazer você gostar. Sei disso.

Quando ele deu mais um passo, Bodine se preparou para atirar, para matar se fosse necessário.

— Não me obrigue a fazer isso — avisou.

E então virou a arma para o outro lado, na direção do homem que vinha correndo da prisão com uma arma em punho e a morte no olhar.

— Honrai ao pai! — gritou LaFoy, e Bodine disparou. Deu um segundo tiro quando ele quase não diminuiu o passo, e um terceiro antes que caísse no chão.

— Você atirou nele. — Com um tom de voz curioso, a cabeça inclinada para o lado, Easy se aproximou, e cutucou o pai com a bota. — Acho que está morto.

— Sinto muito.

— Ele era um filho da puta horroroso. É por isso que não conseguia ter nenhuma esposa por muito tempo. Precisava enterrá-las o tempo todo. Eu não queria machucar as duas que escolhi antes. A culpa não foi minha. Não vou machucar você.

— Por favor, não me obrigue a atirar. Por favor. — Suas mãos tremiam, tremiam tanto que ela achou que não conseguiria apertar o gatilho.

Easy apenas sorriu enquanto seguia em sua direção.

Os dois ouviram o cavalo se aproximar, virando na mesma hora para ver Callen puxando a arma do quadril enquanto Pôr do Sol pulava a cerca.

— No chão, Easy. Com a cara para baixo, antes que eu te faça sangrar. — Ele passou uma perna por cima do pescoço de Pôr do Sol e pulou para o chão com tranquilidade. — Agora.

— A terra é minha. Tenho o direito...

Callen resolveu as coisas do jeito mais simples. Dois socos de esquerda.

— Segure ele aí.

Em resposta, Pôr do Sol colocou uma pata sobre as costas de Easy.

Deixando que o cavalo tomasse conta da situação, ele seguiu até Bodine.

— Passe isso para cá. — Tirou a arma das mãos trêmulas, colocou-a no cinto. — Me deixe ver, me deixe ver onde você se machucou.

— O sangue não é meu. Não é meu. Não estou machucada.

— Tem certeza? — Ele guardou a arma no coldre, passou os dedos pelo hematoma no rosto dela.

— Eu atirei... eu atirei...

— Shh. — Callen a abraçou. — Está tudo bem agora.

Ele ouviu as sirenes, os cascos de cavalo.

— Está tudo bem — repetiu.

— Minhas pernas estão fracas. — E então os joelhos dela não apenas cederam, simplesmente caíram.

— Não tem problema. — Ele a ergueu no colo. — Peguei você.

— Eu atirei... Eu enfiei o canivete nele. Na garganta, acho que foi na garganta. Não consegui cavar a corrente, mas enfiei o canivete nele. Você me deu o canivete, e eu enfiei nele.

— Certo. — Bodine estava em choque, pensou ele, o que não era de surpreender. Ela estava pálida como um fantasma, e suas pupilas eram do tamanho da lua.

— Eu o matei? Ele está morto?

— Não sei. Está apagado, e é isso que importa. Olhe, lá vem Chase. Seu pai e Rory estão a caminho, e Tate. Ouviu as sirenes?

— Eu ia sair pela janela, mas ele entrou. O senhor, não Easy. Não estou falando coisa com coisa. Não consigo pensar.

— Você pode pensar mais tarde. — Callen continuou onde estava enquanto Chase pulava do cavalo, abraçava os dois juntos. — Bodine não está machucada. O sangue não é dela.

Assentindo com a cabeça, Chase se virou, e olhou para os dois homens no chão.

— Foi obra sua? — perguntou a Callen.

— Eu cuidei de um; ela, do outro. — Ele olhou para trás enquanto a picape do xerife vinha correndo pela estrada esburacada. — Você não precisa falar com o Tate por enquanto. Ele vai esperar até que se sinta mais tranquila.

— Estou bem. Melhor. Acho que já consigo ficar em pé.

Mas Callen simplesmente a carregou até um toco de árvore, sentou-se com ela no colo.

— Vamos ficar sentados aqui um pouco.

— Boa ideia.

Bodine conversou com Tate, descobriu que reviver os momentos passo a passo ajudava a clarear sua mente. E observou os policiais levando Easy embora, algemado, ainda insistindo que não fizera nada de errado.

— Ele acredita mesmo nisso — disse ela. — Era um direito dele me sequestrar, mesmo que a ideia inicial fosse pegar Chelsea. A morte de Billy Jean e Karyn Allison foram acidentes, e ele não teve culpa alguma. O pai o criou para acreditar nisso. Esqueci, meu Deus, esqueci, ele disse algo sobre o senhor, sobre LaFoy, ter enterrado as esposas. Acho que Alice tinha razão. Havia outras.

— Vamos investigar.

— Ele ia matar o próprio filho. Saiu gritando com a faca na mão. Não ia parar. Eu estava com a arma. Eu estava com a arma e então a usei.

— Querida, não se preocupe com isso. — Tate lhe deu um tapinha no joelho. — Está mais do que claro que você só se defendeu, provavelmente salvou a vida do homem que a capturou.

— Eu enfiei o canivete nele antes. Na casa. Ele veio para cima de mim, veio para cima de mim quando não tirei a roupa e nem me deitei na cama. Precisava que ele chegasse mais perto. Eu estava usando o canivete. Foi um presente seu — disse Bodine para Callen. — Meu aniversário de 12 anos.

Callen a encarou por um momento, depois encostou a testa na dela.

— Você ainda guarda ele.

— É um bom canivete. Quero de volta. Posso pegá-lo de volta?

— Precisamos usá-lo como prova por enquanto, mas vou devolver.

— Está bem cego agora. Eu o usei para cavar a corrente na parede, mas não deu certo, então arrombei a fechadura.

— Foi isso que aconteceu aqui? — Callen segurou os dedos machucados dela, e os levou aos lábios.

— Levou uma eternidade, mas consegui abrir, e me soltei. Estava tentando encontrar uma forma de chegar na janela... Me soltar da corrente, chegar na janela, quebrar o vidro e sair pelo buraco. Correr. Seria melhor se conseguisse achar uma arma lá dentro, mas eu tinha um plano.

— Claro que tinha — reconfortou Callen, e enterrou o rosto no cabelo dela.

— E aí ele entrou. Não Easy, LaFoy. Me deu um tapa, e rasgou a minha camisa. Easy tinha me batido algumas vezes, mas consegui acalmá-lo. Sabia que não daria para fazer isso com LaFoy. Ele parecia doente. Também me esqueci disso. Parecia que estava doente há um tempo. Teve um ataque de tosse. Eu o acertei com o canivete algumas vezes, e ele caiu em cima de mim. Peguei a arma dele, estava tentando pegá-la quando Easy apareceu e o puxou. Então saí correndo. Pulei a etapa da janela e saí correndo. Vi as picapes; então fui na direção delas. Talvez conseguisse fugir se achasse uma chave, só que Easy veio atrás de mim. Achei que teria que lhe dar um tiro, e aí o que eu diria para a Alice? Mas então LaFoy apareceu com uma faca. E Callen chegou, depois, quando eu já estava achando de novo que teria que atirar em Easy.

— Isso basta por enquanto. Vou até a casa conversar com você assim que acabarmos aqui. Seu pai chegou.

— Preciso levantar, mostrar a ele que estou bem.

Poucos segundos depois de Callen deixá-la se levantar, Sam a tirou do chão de novo.

Seria mais difícil contar para Alice. Bodine sabia disso, assim como sabia que era inevitável. E teria que partir dela. Foi para casa com o pai — ele precisava disso — e segurou sua mão por todo o caminho.

Todas as mulheres estavam na varanda, sua família e Jessica, Clementine e Chelsea. Bodine viu rostos pálidos, olheiras, lágrimas. A mãe veio correndo, a abraçou, e chorou enquanto acalmavam uma à outra.

— Vamos levar você lá para dentro, te deixar confortável, te colocar no banho.

— Ainda não. Podemos, todas nós, nos sentarmos na varanda primeiro? — Bodine olhou para o pai. — Preciso ficar um pouco com elas.

— É difícil tirar os olhos de você. — Mas ele a beijou, sinalizou para os outros que chegavam para irem para os fundos e descarregarem os cavalos.

Bodine abraçou todas as mulheres, uma de cada vez, com força. Viu as perguntas, a esperança nos olhos de Alice, sentiu um aperto no coração.

O queixo de Clementine estremeceu, mas a cozinheira quase conseguiu falar com um tom animado:

— Fiz um galão de limonada. Vou pegar um copo.

— Clem, prefiro uma Coca-Cola, se você não se incomodar.

— Pode deixar.

— Eu ajudo. — As lágrimas rolavam pelo rosto de Chelsea.

Clementine passou um braço por seus ombros.

— Seria bom ter ajuda. Venha comigo, querida.

— Alice. — Precisando tirar aquilo do peito, Bodine pegou a mão da tia. — Vamos nos sentar. Tenho algumas coisas para contar.

— O senhor machucou o seu rosto.

— Sim, mas foi só isso.

Suspirando, chorando, Alice se abaixou para sentar nos degraus da varanda.

— Você escapou. Você escapou antes de ele conseguir te machucar mais, antes de fazer todas aquelas coisas. Estou tão feliz, Bodine. Estou tão feliz. Agora Bobby pode prendê-lo na cadeia. Bobby é a lei. Bobby vai prendê-lo.

— Ele morreu, Alice.

A tia piscou por entre as lágrimas, e secou o rosto.

— Morreu?

— Você nunca mais vai vê-lo. Ele nunca mais vai machucar ninguém. Mas, Alice, não foi o senhor quem me sequestrou, quem me prendeu.

— É isso que o senhor faz. — Agora, ela agarrava a mão de Bodine, tremendo.

— Callen me contou que você percebeu que Easy era o seu Rory, o Rory que o senhor levou embora. Isso os ajudou a me encontrar, Alice. Você ajudou a me encontrar.

— Não queria que nada de ruim acontecesse com você.

— Eu sei.

— Rory pegou você. O meu Rory. Ele pegou você e te prendeu.

— LaFoy... O senhor disse a ele que você tinha morrido. Que morreu no parto. Ele nunca soube que tinha uma mãe. E o senhor lhe ensinou coisas ruins.

Cora se sentou, acariciando as costas de Alice.

— Ele tentou pegar duas outras moças antes de mim, porque foi isso que o senhor ensinou que deveria fazer. E... elas morreram.

— O senhor está nele. Qual é o seu nome, o nome de verdade?

— John Gerald LaFoy.

— John Gerald LaFoy está nele, e o tirou de mim antes que eu pudesse ensinar o que era certo e errado, antes que ele pudesse absorver o suficiente de mim. De nós. Meu Rory era um bebê tão bonzinho. Tentei cuidar bem dele. Ele precisa ir para a cadeia?

— Sim, mas acho que também precisa de ajuda, e a terá.

— Como a Dra. Minnow.

— É o que eu acho. E, talvez, daqui a alguns dias, quem sabe antes, podem deixar você ir visitá-lo, conversar com ele.

Soltando um som engasgado, Alice pressionou uma das mãos contra a boca.

— Não quero que você me odeie.

— Jamais.

— Eu... eu quero vê-lo, quero contar a ele que tem uma mãe. Ele fez coisas terríveis, mas tem a mim. Mamãe...

— Vou com você.

— Eu também — disse dona Fancy, segurando a mão de Maureen. — Reenie.

— Levo vocês lá. Não posso vê-lo, Alice, não posso fazer isso. Mas levo vocês.

— Porque você é minha irmã.

— Porque sou sua irmã.

Alice deu um beijo na bochecha roxa de Bodine.

— Coloque gelo aí. Vá tomar sua Coca-Cola, deixe sua mãe te ajudar a tomar banho. Amo você.

— Também amo você.

Bodine se levantou, pegou a mão da mãe, depois a de Jessica.

— Somos quase irmãs agora, e preciso de ajuda. Além do mais, você pode me contar quem diabos está tomando conta do resort.

— Está tudo resolvido — garantiu Jessica.

Com um suspiro, dona Fancy se abaixou para sentar do outro lado de Alice.

— Vou morar na Casa Bodine com vocês. Vou morar lá e ajudar Cal com os cavalos no resort. Vou cozinhar e fazer crochê e tentar ser uma mãe para o meu Rory. Vamos ser três velhas na nossa casinha bonita.

— Quem você está chamando de velha, garota? — quis saber dona Fancy, e Alice apoiou a cabeça no ombro dela.

— Vou continuar pintando meu cabelo de vermelho, como o seu. Vou fazer bolinhos e galopar com os cavalos. Vou cantar com a minha irmã e parar de sentir medo. Porque eu escapei, eu voltei para casa.

Alice passou um braço ao redor da mãe, puxando-a para perto. E ficou sentada ali, contente.

Epílogo

♦ ♦ ♦ ♦

BODINE FICOU EMBAIXO DO CHUVEIRO até a água esfriar. E, apesar de pretender voltar para o andar de baixo, não reclamou quando a mãe e Jessica a forçaram a ir para a cama. Não conseguiu pensar num argumento quando a cunhada ordenou que ficasse ali e ainda por cima tirasse o dia seguinte de folga.

Apesar de não ter qualquer intenção de obedecer às ordens, caiu no sono antes das duas saírem do quarto. E dormiu cinco horas inteiras, sem saber que Callen passou uma delas esticado ao seu lado, só para estar próximo.

Quando acordou, comeu como se não visse comida há uma semana.

Conforme prometido, Tate foi até lá, e repassou todo o incidente. Bodine se lembrava de detalhes que antes fugiram de sua mente. E então se surpreendeu ao cair no sono de novo depois que ele saiu para falar com Alice.

Entre os momentos de sono e as refeições — incluindo um banquete do lado de fora para todos os empregados do rancho participarem —, não conseguira passar cinco minutos sozinha com Callen.

E tinha coisas que desejava dizer.

Com isso em mente, anunciou que queria dar uma volta a cavalo. E olhou para ele, chamando-o com o dedo.

Os dois quase não falaram enquanto selavam os cavalos. Bodine escolheu a rota, já que tinha um objetivo.

— Nunca perguntei como você me achou. Sei sobre a parte da Alice, mas...

— Tive sorte. Encontrei um rancheiro que conhecia o lugar. Eu estava um pouco longe, e faltavam quase oitocentos metros para chegar quando ouvi o tiro.

— Terei que agradecer a ele pessoalmente. Se você não tivesse chegado naquela hora, eu teria matado dois homens em vez de um.

— Se você estiver sentindo qualquer culpa por isso, é uma bobagem.

— Não é bobagem, e não me sinto culpada por LaFoy. Não é uma coisa que simplesmente se esquece, mas não me sinto culpada. No entanto, me sentiria se tivesse atirado em Easy. Ele não é bom da cabeça, não importa o que fez, ele não é bom da cabeça. E é filho de Alice, então eu teria carregado esse peso. Mas você chegou, e não tenho que me sentir assim. Você me salvou.

— Você salvou a si mesma com um canivete.

— Sim, mas também foi você quem me deu aquele canivete. Você me deu a ferramenta, e eu a usei. Ganhou mais um ponto, Skinner. Vamos andar um pouco. Preciso andar.

Bodine saltou do cavalo, esperando enquanto Callen fazia o mesmo.

Juntos, guiaram os animais até onde as árvores suspiravam contra o vento, a grama se balançava, as flores silvestres desabrochavam.

— Fiquei com tanto medo — admitiu ela.

— Eu também. — Agora, Callen parou, e se virou, puxando-a para perto. — Meu Deus, Bodine, não achei que fosse possível um homem sentir tanto medo e continuar respirando. — E ele nunca, jamais em sua vida, esqueceria a imagem dela parada lá, com a camisa rasgada e ensanguentada, o rosto pálido e machucado.

— Eu sabia que você viria, mas não podia esperar.

— Você bolou um plano.

Rindo, Bodine beijou a lateral do pescoço dele.

— Sim.

— Isso é típico de você, completar tarefas. Graças a Deus. — Ele se afastou, segurou o rosto dela, lhe deu um beijo. — Vou compensar aquele jantar chique uma hora dessas.

— Vou cobrar. Mudando de assunto... Gosto desta parte do terreno. A vista é imbatível. — Bodine gesticulou para as montanhas enquanto o sol descia pelo imenso céu azul diante deles. — Muito espaço para ampliações.

Ela andou mais um pouco, prendeu as rédeas de Leo num galho. Curioso, Callen fez a mesma coisa e a seguiu.

— Já tem uma estrada de terra, um caminho para cavalos ou carros, para facilitar. Imagino que a casa possa ficar aqui, de frente para o oeste, para o pôr do sol. O celeiro ficaria ali, e uma arena. Se e quando você resolver começar um rancho de verdade, pode adicionar outro alojamento. Tem bastante grama, tanto para cavalos quanto para gado. Eu não acharia ruim ter umas galinhas — acrescentou ela, pensativa. — Sempre achei que galinhas possuem um efeito calmante, por incrível que pareça.

Talvez o cérebro dele ainda estivesse confuso, considerando tudo que tinha acontecido, mas estava achando difícil seguir aquele raciocínio.

— Você está falando sobre construir uma casa aqui?

— A parte da casa é por sua conta. Apesar de eu ter vários requisitos que não serão negociáveis. A minha parte é a terra. Meus pais prometeram que cada um de nós poderia ficar com cinco mil acres. Até mais, se quisermos, mas acho que é o suficiente para começarmos. Se você se deu tão bem na Califórnia, deve ser capaz de pagar por uma casa.

Callen estava começando a entender agora, e gostou do rumo da conversa.

— Eu me dei bem o suficiente.

— Ótimo. Quero uma varanda larga, ao redor da casa toda. Janelas grandes também. Lareiras. Quero uma no quarto. Na verdade, vi uma foto numa revista de uma no banheiro da suíte máster. Quero isso.

— Você quer uma lareira no banheiro?

— Sim. E um daqueles chuveiros grandes a vapor. Estou pensando numa varanda para o andar de cima também, mas não ao redor da casa toda. E... vou te passar uma lista.

— Claro que vai. Quantos quartos terei que construir?

— Acho que cinco será suficiente.

Callen fez que não com a cabeça.

— Seis.

Com as sobrancelhas arqueadas, ela lhe lançou um olhar frio.

— Eu pareço uma égua parideira?

— Seis. E numa das salas vamos colocar uma televisão gigante para assistirmos a vários filmes.

As sobrancelhas subiram ainda mais.

— Quão bem você se deu na Califórnia?

— Você vai ter que casar comigo para descobrir.

— Estou falando sobre construir uma casa. Não disse que me casaria com você.

— É melhor casar. — Callen só precisou olhar para Pôr do Sol antes de o cavalo empurrá-la com força com a cabeça, jogando-a nos braços dele. —

Você está em minoria. Vamos construir uma casa, Bodine. Vamos formar uma família.

— Eu sabia que você viria. — Ela tocou o rosto dele. — Senti tanto medo, mas sabia que viria. Não podia ficar sentada lá, esperando, mas sabia. Agora, fico me perguntando se sempre soube disso. Que você voltaria para casa, para mim. Eu não podia ficar sentada, esperando, mas me pergunto se sempre soube. Gosto de pensar que sim. Mas uma coisa é certa: enquanto usava o canivete que você me deu tanto tempo atrás para arrombar a fechadura, soube que, quando saísse de lá, quando fugisse, voltaria para você. Eu ia voltar e me casar com você.

Ela se enroscou nele para beijá-lo, e jurou que conseguia sentir suas raízes sendo plantadas juntas naquele lugar.

— Eu te amo, Bodine. Você vai saber disso todos os dias.

— Eu também te amo. — Ela olhou nos olhos dele. — Eu também te amo tanto.

— Ouviram só? — Callen a tirou do chão, girando.

Pôr do Sol soltou um relincho de aprovação, batendo com o quadril em Leo, que bufou.

Rindo, Bodine apoiou a cabeça no ombro de Callen.

— Vai ser um pôr do sol daqueles.

— Todas as noites.

— Falando em noites. Cinco quartos.

— Seis. — Ele a ergueu para a sela. — E vou colocar um ofurô na varanda de cima, para a suíte máster.

Bodine olhou para o terreno, imaginando a casa.

— Um ofurô — murmurou ela.

Sorrindo, Callen subiu na sela para que os dois pudessem passear pelo terreno e conversar sobre o amanhã enquanto o céu se transformava num espetáculo glorioso.

Impresso no Brasil pelo
Sistema Digital Instant Duplex da Divisão Gráfica da
DISTRIBUIDORA RECORD DE SERVIÇOS DE IMPRENSA S.A.
Rua Argentina, 171 – Rio de Janeiro, RJ – 20921-380 – Tel.: (21)2585-2000